LES
ŒUVRES
DE
M· BOILEAU
DESPREAUX·

TOME SECOND.

LES
ŒUVRES
DE
M. BOILEAU
DESPREAUX,
AVEC
DES ECLAIRCISSEMENS HISTORIQUES.
TOME SECOND.

A PARIS
Chez la Veuve **ALIX**, Libraire, rue Saint Jacques,
au Griffon.

M. DCC XL.
AVEC PRIVILEGE DU ROY.

TABLE
DES PIECES ET CHAPITRES
Contenus dans ce second Volume.

On a marqué d'un Asterisque les Pieces qui paroiffent ici pour la premiere fois.

TRAITE' DU SUBLIME.

Tome II. * ã

TABLE DES PIECES.

TABLE DES PIECES.

OUVRAGES
QUI ONT RAPPORT A CEUX DE L'AUTEUR.

a ij

TRAITÉ

DU

SUBLIME

OU

DU MERVEILLEUX

DANS LE DISCOURS,

Traduit du Grec de Longin.

PREFACE.

CE petit Traité (1) dont je donne la traduction au Public, est une piéce échapée du naufrage de plusieurs autres Livres que Longin avoit composés. Encore n'est-elle pas venue à nous toute entiere. Car bien que le volume ne soit pas fort gros, il y a plusieurs endroits défectueux, & nous avons perdu le Traité des Passions, dont l'Auteur avoit fait un Livre à part, qui étoit comme une suite naturelle de celui-ci. Néanmoins, tout défiguré qu'il est, il nous en reste encore assez pour nous faire concevoir une fort grande idée de son Auteur, & pour nous donner un véritable regret de la perte de ses autres Ouvrages. Le nombre n'en étoit pas médiocre. Suidas en compte jusqu'à neuf, dont il ne nous reste plus que des titres assez confus. C'étoient tous Ouvrages de critique. Et certainement on ne sauroit assez plaindre la perte de ces excellens Originaux, qui, à en juger par celui-ci, devoient être autant de chef-d'œuvres de bon sens, d'érudition & d'éloquence. Je dis d'éloquence ; parce que Longin ne s'est pas contenté, comme Aristote & Hermogéne, de nous donner des préceptes tout secs & dépouillés d'ornemens. Il n'a pas voulu tomber dans le défaut qu'il reproche à Cécilius, qui avoit, dit-il, écrit du Sublime en stile bas. En traitant des beautés de l'Elocution, il a employé toutes les finesses de l'Elocution. Souvent il fait la figure qu'il enseigne ; & en parlant du Sublime, il est lui-même très-sublime. Cependant il fait cela si à propos, & avec tant d'art, qu'on ne sauroit l'accuser en pas un endroit de sortir du stile didactique. C'est ce qui a donné à son Livre cette haute réputation qu'il s'est acquise parmi les Savans, qui l'ont tous regardé comme un des plus précieux restes de l'Antiquité sur les matieres de Rhétorique. Casaubon (2) l'appelle un *Livre d'or*, voulant marquer par là le poids de ce petit Ouvrage, qui, malgré sa petitesse, peut être mis en balance avec les plus gros volumes.

Aussi jamais homme, de son tems même, n'a été plus estimé que Longin. Le Philosophe Porphyre, qui avoit été son disciple, parle de lui comme d'un prodige. Si on l'en croit, son jugement étoit la régle du bon sens ; ses décisions en matiere d'Ouvrages, passoient pour des Arrêts souverains ; & rien n'étoit bon ou mauvais, qu'autant que Longin l'avoit approuvé ou blâmé. Eunapius, dans la vie des Sophistes, passe encore plus avant. Pour exprimer l'estime qu'il fait de Longin, il se laisse emporter à des hyperboles extravagantes, & ne sauroit se résoudre à parler en stile raisonnable, d'un mérite aussi extraordinaire que celui de cet Auteur. Mais Longin ne fut pas simplement un Critique habile : ce fut un

---

(1) L'Auteur la donna en 1674.
(2) Exercit. 1 adv. Baronium. *Dionysius Longinus, cujus extat aureolus περὶ Ὕψους libellus.*

Miniſtre d'Etat conſidérable ; & il ſuffit, pour faire ſon éloge, de dire, qu'il fut conſidéré de Zénobie cette fameuſe Reine des Palmyreniens, qui oſa bien ſe déclarer Reine de l'Orient après la mort de ſon mari Odénat. Elle avoit appellé d'abord Longin auprès d'elle, pour s'inſtruire dans la Langue Grecque. Mais de ſon Maître en Grec, elle en fit à la fin un de ſes principaux Miniſtres. Ce fut lui qui encouragea cette Reine à ſoutenir la qualité de Reine de l'Orient, qui lui rehauſſa le cœur dans l'adverſité, & qui lui fournit les paroles altieres qu'elle écrivit à Aurélian, quand cet Empereur la ſomma de ſe rendre. Il en couta la vie à notre Auteur ; mais ſa mort fut également glorieuſe pour lui, & honteuſe pour Aurélian, dont on peut dire qu'elle a pour jamais flétri la mémoire. Comme cette mort eſt un des plus fameux incidens de l'hiſtoire de ce tems-là, le Lecteur ne ſera peut-être pas fâché que je lui rapporte ici ce que Flavius Vopiſcus en a écrit. Cet Auteur raconte que l'armée de Zénobie & de ſes alliés ayant été miſe en fuite près de la Ville d'Emeſſe, Aurélian alla mettre le ſiége devant Palmyre, où cette Princeſſe s'étoit retirée. Il trouva plus de réſiſtance qu'il ne s'étoit imaginé, & qu'il n'en devoit attendre vrai-ſem-blablement de la réſolution d'une femme. Ennuyé de la longueur du ſiége, il eſſaya de l'avoir par compoſition. Il écrivit donc une Lettre à Zénobie, dans laquelle il lui offroit la vie & un lieu de retraite, pourvû qu'elle ſe rendît dans un certain tems. Zénobie, ajoûte Vopiſcus, répon-dit à cette lettre avec une fierté plus grande que l'état de ſes affaires ne le lui permettoit. Elle croyoit par-là donner de la terreur à Aurélian. Voici la réponſe.

ZENOBIE REINE DE L'ORIENT, A L'EMPEREUR AURELIAN. *Perſonne juſques ici n'a fait une demande pareille à la tienne. C'eſt la vertu, Aurélian, qui doit tout faire dans la guerre. Tu me com-mandes de me remettre entre tes mains ; comme ſi tu ne ſçavois pas que Cléo-patre aima mieux mourir avec le titre de Reine, que de vivre dans toute autre dignité. Nous attendons le ſecours des Perſes. Les Sarraſins arment pour nous. Les Arméniens ſe ſont déclarés en notre faveur. Une troupe de voleurs dans la Syrie a défait ton armée. Juge ce que tu dois attendre, quand toutes ces forces ſeront jointes. Tu rabattras de cet orgueil avec lequel, comme maître abſolu de toutes choſes, tu m'ordonnes de me rendre.* Cette Lettre, ajoûte Vopiſcus, donna encore plus de colere que de honte à Au-rélian. La Ville de Palmyre fut priſe peu de jours après, & Zénobie ar-rêtée, comme elle s'enfuyoit chez les Perſes. Toute l'armée demandoit ſa mort. Mais Aurélian ne voulut pas déshonorer ſa victoire par la mort d'une femme. Il réſerva donc Zénobie pour le triomphe, & ſe contenta de faire mourir ceux qui l'avoient aſſiſtée de leurs conſeils. Entre ceux-là, continue cet Hiſtorien, le Philoſophe Longin fut extrémement regretté. Il avoit été apellé auprès de cette Princeſſe pour lui enſeigner le Grec. Aurélian le fit mourir, pour avoir écrit la Lettre précédente. Car bien

qu'elle

qu'elle fût écrite en langue Syriaque, on le soupçonnoit d'en être l'Auteur. L'Hiſtorien Zoſime témoigne que ce fut Zénobie elle-même qui l'en accuſa. *Zénobie, dit-il, ſe voyant arrêtée, rejetta toute ſa faute ſur ſes Miniſtres, qui avoient, dit-elle, abuſé de la foibleſſe de ſon eſprit. Elle nomma entr'autres Longin, celui dont nous avons encore pluſieurs écrits ſi utiles. Aurélian ordonna qu'on l'envoyât au ſupplice. Ce grand perſonnage, pour-*ſuit Zoſime, *ſouffrit la mort avec une conſtance admirable, juſques à conſoler en mourant ceux que ſon malheur touchoit de pitié & d'indignation.*

Par là on peut voir que Longin n'étoit pas ſeulement un habile Rhéteur, comme Quintilien & comme Hermogéne, mais un Philoſophe, digne d'être mis en paralléle avec les Socrates & avec les Catons. Son Livre n'a rien qui démente ce que je dis. Le caractére d'honnête homme y paroît par tout; & ſes ſentimens ont je ne ſçai quoi qui marque non ſeulement un eſprit ſublime, mais une ame fort élevée au-deſſus du commun. Je n'ai donc point de regret d'avoir employé quelques-unes de mes veilles à débrouiller un ſi excellent Ouvrage, que je puis dire n'avoir été entendu juſqu'ici que d'un très-petit nombre de Sçavans. Muret fut le premier qui entreprit de le traduire en latin, à la ſollicitation de Manuce: mais il n'acheva pas cet Ouvrage; ſoit parce que les difficultés l'en rebutérent, ou que la mort le ſurprit auparavant. Gabriel (1) de Pétra, à quelque tems de là, fut plus courageux; & c'eſt à lui qu'on doit la traduction Latine que nous en avons. Il y en a encore deux autres; mais elles ſont ſi informes & ſi groſſieres, que ce ſeroit faire trop d'honneur à leurs Auteurs, (2) que de les nommer. Et même celle de Pétra, qui eſt infiniment la meilleure, n'eſt pas fort achevée. Car outre que ſouvent il parle Grec en Latin, il y a pluſieurs endroits où l'on peut dire qu'il n'a pas fort bien entendu ſon Auteur. Ce n'eſt pas que je veuille accuſer un ſi ſçavant homme d'ignorance, ni établir ma réputation ſur les ruines de la ſienne. Je ſçai ce que c'eſt que de débrouiller le premier un Auteur; & j'avoue d'ailleurs que ſon Ouvrage m'a beaucoup ſervi, auſſi-bien que les petites (3) notes de Langbaine & de (4) M. le Févre. Mais je ſuis bien aiſe d'excuſer, par les fautes de la traduction Latine, celles qui pourront m'être échapées dans la Françoiſe. J'ai pourtant fait tous mes efforts pour la rendre auſſi exacte qu'elle pouvoit l'être. A dire vrai, je n'y ai pas trouvé de petites difficultés. Il eſt aiſé à un Traducteur latin de ſe retirer d'affaire, aux endroits même qu'il n'entend pas. Il n'a qu'à traduire le grec mot pour mot, & à débiter des paroles, qu'on peut au moins ſoupçonner

---

(1) *Gabriel de Pétra.*] Profeſſeur en Grec à Lauzane. Il vivoit en 1615.

(2) *Ce ſeroit faire trop d'honneur à leurs Auteurs.*] Dominicus Pizimentius, Petrus Paganus.

(3) *Notes de Langbaine.*] Gerard Langbaine, Anglois; il publia ſes notes en 1636. & ces mêmes Notes ont été inſérées avec celles des au-

tres Commentateurs de Longin, dans la belle édition de Tollius, à Utrecht, 1694. Langbaine mourut le 10 Février 1658. ſuivant notre maniere de compter.

(4) *M. le Févre.*] Tannegui le Févre, Profeſſeur à Saumur, pere de l'illuſtre & ſavante Madame Dacier. Il donna ſon édition de Longin en 1663.

d'être intelligibles. En effet, le Lecteur, qui bien souvent n'y conçoit rien, s'en prend plûtôt à foi-même, qu'à l'ignorance du Traducteur. Il n'en est pas ainsi des Traductions en langue vulgaire. Tout ce que le Lecteur n'entend point, s'appelle un galimathias, dont le Traducteur tout seul est responsable. On lui impute jusqu'aux fautes de son Auteur ; & il faut en bien des endroits qu'il les rectifie, sans néanmoins qu'il ose s'en écarter.

Quelque petit donc que soit le volume de Longin, je ne croirois pas avoir fait un médiocre présent au Public, si je lui en avois donné une bonne traduction en notre langue. Je n'y ai point épargné mes soins ni mes peines. Qu'on ne s'attende pas pourtant de trouver ici une version timide & scrupuleuse des paroles de Longin. Bien que je me sois efforcé de ne me point écarter, en pas un endroit, des régles de la véritable traduction, je me suis pourtant donné une honnête liberté, sur-tout dans les passages qu'il rapporte. J'ai songé qu'il ne s'agissoit pas simplement ici de traduire Longin, mais de donner au Public un Traité du Sublime, qui pût être utile. Avec tout cela néanmoins il se trouvera peut-être des gens, qui non seulement n'approuveront pas ma traduction, mais qui n'épargneront pas même l'original. Je m'attends bien qu'il y en aura plusieurs qui déclineront la jurisdiction de Longin, qui condamneront ce qu'il approuve, & qui loueront ce qu'il blâme. C'est le traitement qu'il doit attendre de la plûpart des Juges de notre siécle. Ces hommes accoutumés aux débauches & aux excès des Poëtes modernes, & qui n'admirant que ce qu'ils n'entendent point, ne pensent pas qu'un Auteur se soit élevé, s'ils ne l'ont entierement perdu de vûe : ces petits esprits, dis-je, ne seront pas sans doute fort frappés des hardiesses judicieuses des Homéres, des Platons & des Démosthénes. Ils chercheront souvent le Sublime dans le Sublime, & peut-être se mocqueront-ils des exclamations que Longin fait quelquefois sur des passages, qui, bien que très-sublimes, ne laissent pas d'être simples & naturels, & qui saisissent plûtôt l'ame, qu'ils n'éclatent aux yeux. Quelque assurance pourtant que ces Messieurs ayent de la netteté de leurs lumieres, je les prie de considérer que ce n'est pas ici l'ouvrage d'un Apprenti, que je leur offre ; mais le chef-d'œuvre d'un des plus sçavans Critiques de l'Antiquité. Que s'ils ne voyent pas la beauté de ces passages, cela peut aussi-tôt venir de la foiblesse de leur vûe, que du peu d'éclat dont ils brillent. Au pis aller, je leur conseille d'en accuser la traduction, puisqu'il n'est que trop vrai que je n'ai ni atteint, ni pû atteindre à la perfection de ces excellens Originaux ; & je leur déclare par avance, que s'il y a quelques défauts, ils ne sçauroient venir que de moi.

Il ne reste plus, pour finir cette Préface, que de dire ce que Longin entend par Sublime. Car comme il écrit de cette matiere après Cécilius, qui avoit presque employé tout son livre à montrer ce que c'est que Sublime ; il n'a pas cru devoir rebattre une chose qui n'avoit été déja que

.trop difcutée par un autre. Il faut donc fçavoir que par Sublime, Longin n'entend pas ce que les Orateurs appellent le ftile fublime : mais cet
extraordinaire & ce merveilleux, qui frappe dans le difcours, & qui fait
qu'un Ouvrage enleve, ravit, tranfporte. Le ftile fublime veut toujours
de grands mots ; mais le Sublime fe peut trouver dans une feule penfée,
dans une feule figure, dans un feul tour de paroles. Une chofe peut être
dans le ftile fublime, & n'être pourtant pas fublime ; c'eft-à-dire, n'avoir
rien d'extraordinaire ni de furprenant. Par exemple, *Le fouverain arbitre
de la nature d'une feule parole forma la lumiere.* Voilà qui eft dans le ftile
fublime : cela n'eft pas néanmoins fublime ; parce qu'il n'y a rien là de
fort merveilleux, & qu'on ne pût aifément trouver. Mais, *Dieu dit : Que
la lumiere fe faffe, & la lumiere fe fit ;* ce tour extraordinaire d'expreffion,
qui marque fi bien l'obéiffance de la Créature aux ordres du Créateur,
(1) eft véritablement fublime, & a quelque chofe de divin. Il faut donc
entendre par Sublime dans Longin, l'Extraordinaire, le Surprenant, &
comme je l'ai traduit, le Merveilleux dans le difcours.

(2) J'ai rapporté ces paroles de la Genefe, comme l'expreffion la plus
propre à mettre ma penfée en fon jour, & je m'en fuis fervi d'autant plus
volontiers, que cette expreffion eft citée avec éloge (3) par Longin même,
qui, au milieu des ténébres du Paganifme, n'a pas laiffé de reconnoître le
divin qu'il y avoit dans ces paroles de l'Ecriture. Mais, que dirons-nous
(4) d'un des plus fçavans hommes de notre fiécle, qui éclairé des lumieres de l'Evangile, ne s'eft pas apperçu de la beauté de cet endroit ; qui a
ofé, dis-je, avancer (5) dans un Livre qu'il a fait pour démontrer la Religion Chrétienne, que Longin s'étoit trompé lorfqu'il avoit crû que ces
paroles étoient fublimes ? J'ai la fatisfaction au moins que (6) des perfonnes, non moins confidérables par leur pieté que par leur profonde érudition, qui nous ont donné depuis peu la traduction du livre de la Genefe,
n'ont pas été de l'avis de ce fçavant homme ; & (7) dans leur Préface,
entre plufieurs preuves excellentes qu'ils ont apportées pour faire voir que
c'eft l'Efprit faint qui a dicté ce Livre, ont allegué le paffage de Longin,
pour montrer combien les Chrétiens doivent être perfuadés d'une vérité
fi claire, & qu'un payen même a fentie par les feules lumieres de la raifon.

(8) Au refte, dans le tems qu'on travailloit à cette derniere édition

---

(1) *Eft véritablement fublime.*] Voyez la Réflexion X. de M. Defpréaux fur ce paffage de
Longin.

(2) *J'ai rapporté ces paroles de la Genefe, &c.*]
Toute cette Section fut ajoutée par l'Auteur à
fa Préface, dans l'édition de 1683. qui fut la
troifiéme de ce Traité *du Sublime.*

(3) *Par Longin même.*] Chapitre VII.

(4) *D'un des plus fçavans Hommes.*] M. Huet,
alors fous-Précepteur de M. le Dauphin, puis
Evêque d'Avranches.

(5) *Dans un Livre qu'il a fait,* &c.] *Demon-
ftratio Evangelica : Propof.* 4. *cap.* 2. *n.* 53. *pag.* 54.

(6) *Des perfonnes non moins confidérables,* &c.]
M. le Maître de Saci principalement, &c.

(7) *Dans leur Préface.*] Seconde partie, §. 3.
où il eft traité de la fimplicité fublime de l'Ecriture fainte. On y cite avec éloge M. Defpréaux.

(8) *Au refte, dans le tems qu'on travailloit,*
&c.] L'Auteur ajoûta cette autre Section à cette
Préface, dans la même édition de 1683.

ẽ ij

de mon Livre, M. Dacier, celui qui nous a depuis peu donné les Odes d'Horace en François, m'a communiqué de petites notes très-sçavantes qu'il a faites sur Longin, où il a cherché de nouveaux sens, inconnus jusques ici aux interprétes. J'en ai suivi quelques-unes. Mais comme dans celles où je ne suis pas de son sentiment, je puis m'être trompé, il est bon d'en faire les Lecteurs juges. C'est dans cette vûe que (1) je les ai mises à la suite de mes Remarques ; M. Dacier n'étant pas seulement un homme de très-grande érudition, & d'une critique très-fine, mais d'une politesse d'autant plus estimable, qu'elle accompagne rarement un grand sçavoir. Il a été disciple du célébre M. le Févre, pere de cette sçavante fille à qui nous devons la premiere traduction qui ait encore paru d'Anacréon en François ; & qui travaille maintenant à nous faire voir Aristophane, Sophocle & Euripide en la même langüe.

(2) J'ai laissé dans toutes mes autres éditions cette Préface, telle qu'elle étoit lorsque je la fis imprimer pour la premiere fois il y a plus de vingt ans, & je n'y ai rien ajoûté. Mais aujourd'hui, comme j'en revoyois les épreuves, & que je les allois renvoyer à l'Imprimeur, il m'a paru qu'il ne seroit peut-être pas mauvais, pour mieux faire connoître ce que Longin entend par ce mot de Sublime, de joindre encore ici au passage que j'ai rapporté de la Bible, quelque autre exemple pris d'ailleurs. En voici un qui s'est présenté assez heureusement à ma mémoire. Il est tiré de l'Horace de M. Corneille. Dans cette Tragédie, dont les trois premiers Actes sont, à mon avis, le chef-d'œuvre de cet illustre Ecrivain, une femme qui avoit été présente au combat des trois Horaces, mais qui s'étoit retirée un peu trop tôt, & n'en avoit pas vû la fin, vient mal-à-propos annoncer au vieil Horace leur pere, que deux de ses fils ont été tués, & que le troisiéme ne se voyant plus en état de résister, s'est enfui. Alors, ce vieux Romain, possédé de l'amour de sa patrie, sans s'amuser à pleurer la perte de ses deux fils, morts si glorieusement, ne s'afflige que de la fuite honteuse du dernier, qui a, dit-il, par une si lâche action, imprimé un opprobre éternel au nom d'Horace. Et leur sœur, qui étoit là présente, lui ayant dit, *Que vouliez-vous qu'il fît contre trois ?* Il répond brusquement, *Qu'il mourût.* Voilà de fort petites paroles. Cependant il n'y a personne qui ne sente la grandeur héroïque qui est renfermée dans ce mot, *Qu'il mourût*, qui est d'autant plus sublime qu'il est simple & naturel, & que par là on voit que c'est du fond du cœur que parle ce vieux Héros, & dans les transports d'une colere vraiment Romaine. De fait, la chose auroit beaucoup perdu de sa force, si, au lieu de *Qu'il mourût*, il avoit dit, *Qu'il suivît l'exemple de ses deux freres*, ou, *Qu'il sacrifiât sa vie à l'intérêt &*

---

(1) *Je les ai mises à la suite de mes Remarques.*] M. Despréaux avoit fait imprimer ses Remarques, celles de M. Dacier, & celles de M. Boivin séparément, & à la suite de sa Traduction. Ici on les a placées sous le texte.

. (2) *J'ai laissé dans toutes mes autres éditions*, &c.] Ceci, jusqu'à la fin de la Préface, sut ajoûté par l'Auteur dans l'édition de 1701.

à la gloire de son pays. Ainfi, c'eft la fimplicité même de ce mot qui en fait la grandeur. Ce font là de ces chofes que Longin appelle fublimes, & qu'il auroit beaucoup plus admirées dans Corneille, s'il avoit vécu du tems de Corneille, que ces grands mots dont Ptolomée remplit fa bouche au commencement de *la Mort de Pompée*, pour exagérer les vaines circonftances d'une déroute qu'il n'a point vûe.

✦✦

PREFACE
DE M· DACIER· (1)

DE tous les Auteurs Grecs, il n'y en a point de plus difficiles à traduire que les Rhéteurs, fur-tout quand on débrouille le premier leurs Ouvrages. Cela n'a pas empêché que M. Defpréaux, en nous donnant Longin en François, ne nous ait donné une des plus belles traductions que nous ayons en notre Langue. Il a non feulement pris la naïveté & la fimplicité du ftile didactique de cet excellent Auteur; il en a même fi bien attrapé le Sublime, qu'il fait valoir auffi heureufement que lui, toutes les grandes figures dont il traite, & qu'il employe en les expliquant. Comme j'avois étudié ce Rhéteur avec foin, je fis quelques découvertes en le relifant fur la traduction; & je trouvai de nouveaux fens, dont les interprétes ne s'étoient point avifés. Je me crus obligé de les communiquer à M. Defpréaux. J'allai donc chez lui, quoique je n'euffe pas l'avantage de le connoître. Il ne reçut pas mes critiques en Auteur, mais en homme d'efprit & en galant homme: il convint de quelques endroits; nous difputâmes long-tems fur d'autres; mais dans ces endroits mêmes dont il ne tomboit pas d'accord, il ne laiffa pas de faire quelque eftime de mes Remarques; & il me témoigna que fi je voulois, il les feroit imprimer avec les fiennes dans une feconde édition. C'eft ce qu'il fait aujourd'hui. Mais de peur de groffir fon Livre, j'ai abrégé le plus qu'il m'a été poffible, & j'ai tâché de m'expliquer en peu de mots. Il ne s'agit ici que de trouver la vérité; & comme M. Defpréaux confent que, fi j'ai raifon, l'on fuive mes Remarques, je ferai ravi qu'il a mieux trouvé le fens de Longin, on laiffe mes Remarques pour s'attacher à fa traduction, que je prendrois moi-même pour modéle, fi j'avois entrepris de traduire un ancien Rhéteur.

(1) Cette Préface, & les Remarques de M. Dacier, parurent pour la premiere fois dans l'édition de 1683.

❖❖

PREFACE
DE M· BOIVIN·

L É Roi a dans fa Bibliothéque un Manuſcrit (N°. 3083.) de ſept à huit cens ans , où le Traité du Sublime de Longin ſe trouve à la ſuite des Problémes d'Ariſtote. Il me ſeroit aiſé de prouver que cet Exemplaire eſt original par rapport à tous ceux qui nous reſtent aujourd'hui. Mais je n'entre point préſentement dans un détail , que je réſerve pour une remarque particuliere ſur le Chapitre VII. J'avertis ſeulement ceux qui voudront ſe donner la peine de lire les Notes ſuivantes , qu'elles ſont pour la plûpart appuyées ſur l'ancien Manuſcrit. Il fournit lui ſeul un grand nombre de leçons , que Voſſius a autrefois recueillies , & que Tollius a publiées. Il ne me reſte à remarquer qu'un petit nombre de choſes auſquelles il me ſemble qu'on n'a pas encore fait attention.

Le partage des Chapitres n'eſt point de Longin. Les chiffres qui en font la diſtinction , ont été ajoûtés d'une main récente dans l'ancien Manuſcrit. A l'égard des Argumens ou Sommaires , il n'y en a qu'un très-petit nombre , qui même ne conviennent pas avec ceux que nous avons dans les Imprimés. Après cela il ne faut pas s'étonner ſi les Imprimés ne s'accordent pas entr'eux , en ce qui regarde la diviſion & les argumens des Chapitres.

TRAITÉ

DU

SUBLIME

OU

DU MERVEILLEUX

DANS LE DISCOURS,

Traduit du Grec de Longin.

Tome II.   A

TRAITÉ
DU SUBLIME,
Traduit du Grec de Longin.

❖❖❖❖❖❖❖❖❖❖❖❖❖❖❖❖❖❖❖❖❖❖❖❖❖❖❖❖❖❖❖❖❖❖❖

CHAPITRE PREMIER.
Servant de Préface à tout l'Ouvrage.

 OUS fçavez bien , (1) mon cher Terentianus, que lorfque nous leûmes enfemble le petit Traité que (2) Cecilius a fait du Sublime, nous trouvafmes que (3) la baffeffe de fon ftile répondoit affez mal à la dignité de fon fujet ; que

REMARQUES.

(1) *Mon cher Terentianus.*] Le Grec porte , *mon cher Pofthumius Terentianus*; mais j'ai retranché *Pofthumius* , le nom de *Terentianus* n'étant déjà que trop long. Au refte, on ne fçait pas trop bien qui étoit ce Terentianus. Ce qu'il y a de conftant, c'eft que c'étoit un Latin, comme fon nom le fait affez connoître , & comme Longin le témoi-

gne lui-même dans le Chapitre X. Boileau.

(2) *Cecilius.*] C'étoit un Rhéteur Sicilien. Il vivoit fous Augufte, & étoit contemporain de Denis d'Halicarnaffe , avec qui il fut lié même d'une amitié affez étroite. Boileau.

(3) *La baffeffe de fon ftile , &c.*] C'eft ainfi qu'il faut entendre]αφυινότερον. Je ne

A ij

les principaux points de cette matiere n'y eſtoient pas touchez, & qu'en un mot cet ouvrage ne pouvoit pas apporter un grand profit aux Lecteurs, qui eſt neantmoins le but où doit tendre tout homme qui veut eſcrire. D'ailleurs, quand on traite d'un art, il y a deux choſes à quoy ſe faut tousjours eſtudier. La premiere eſt, de bien faire entendre ſon ſujet. La ſeconde, que je tiens au fond la principale, conſiſte à monſtrer comment & par quels moyens ce que nous enſeignons ſe peut acquerir. Cecilius s'eſt fort attaché à l'une de ces deux choſes : car il s'efforce de monſtrer par une infinité de paroles, ce que c'eſt que le Grand & le Sublime, comme

REMARQUES.

me ſouviens point d'avoir jamais vû ce mot employé dans les ſens que lui veut donner M. Dacier; & quand il s'en trouveroit quelque exemple, il faudroit toujours, à mon avis, revenir au ſens le plus naturel, qui eſt celui que je lui ai donné. Car pour ce qui eſt des paroles qui ſuivent τῆς ὅλης ὑποθέσεως, cela veut dire, *que ſon ſtile eſt par tout inférieur à ſon ſujet* : y ayant beaucoup d'exemples en grec de ces adjectifs mis pour l'adverbe. BOILEAU.

Ibid. *La baſſeſſe de ſon ſtile répondoit aſſez mal à la dignité de ſon ſujet.*] C'eſt le ſens que tous les Interprétes ont donné à ce paſſage : mais comme le Sublime n'eſt point néceſſaire à un Rhéteur pour nous donner des régles de cet art, il me ſemble que Longin n'a pû parler ici de cette prétendue baſſeſſe du ſtile de Cécilius. Il lui reproche ſeulement deux choſes; la premiere, que ſon Livre eſt beaucoup plus petit que ſon ſujet; que ce Livre ne contient pas toute ſa ma-

tiere : & la ſeconde, qu'il n'en a pas même touché les principaux points, Συγγεγραμμένον ταπεινότερον ἐφάνη τῆς ὅλης ὑποθέσεως, ne peut pas ſignifier à mon avis, *le ſtile de ce livre eſt trop bas* : mais *ce livre eſt plus petit que ſon ſujet*, ou *trop petit pour tout ſon ſujet*. Le ſeul mot ὅλης le détermine entiérement. Et d'ailleurs on trouvera des exemples de ταπεινότερον pris dans ce même ſens. Longin en diſant, que Cécilius n'avoit exécuté qu'une partie de ce grand deſſein, fait voir ce qui l'oblige d'écrire après lui ſur le même ſujet. DACIER.

Ibid. *La baſſeſſe de ſon ſtile.*] Longin ſe ſert par tout du mot ταπεινός, dans le ſens que lui donne M. Deſpreaux. Ce qu'il dit dans le Chapitre VII. en parlant d'Ajax, ἤ γὰρ ζῆν εὔχεται. Ἰὼ γὰρ τὸ αἴτημα τοῦ ἥρωος ταπεινότερον : *Il ne demande pas la vie; un héros n'étoit pas capable de cette baſſeſſe* ; eſt fort ſemblable, pour la conſtruction, à ce qu'il dit ici, τὸ συγγεγραμμένον ταπεινότερον

si c'estoit un point fort ignoré : mais il ne dit rien des moyens qui peuvent porter l'esprit à ce Grand & à ce Sublime. Il passe cela, je ne sçay pourquoy, comme une chose absolument inutile. Aprés tout, cet Autheur peut-estre n'est-il pas tant à reprendre pour ses fautes, qu'à loüer pour son travail, & (1) pour le dessein qu'il a eu de bien faire. Toutefois, puisque vous voulez que j'escrive aussi du Sublime, voyons, pour l'amour de vous, si nous n'avons point fait sur cette matiere quelque observation raisonnable, (2) & dont les Orateurs puissent tirer quelque sorte d'utilité.

Mais c'est à la charge, mon cher Terentianus, que nous reverrons ensemble exactement mon Ouvrage, & que vous m'en direz vostre sentiment avec cette since-

rité que nous devons naturellement à nos amis. Car,
*Pythagore. comme un Sage * dit fort bien : fi nous avons quelque
voye pour nous rendre femblables aux Dieux, c'eft de
faire du bien, & de *dire la verité.*

Au refte, comme c'eft à vous que j'efcris, c'eft-à-dire,
à un homme (1) inftruit de toutes les belles connoiffances, je ne m'arrefterai point fur beaucoup de chofes
qu'il m'euft fallu eftablir avant que d'entrer en matiere,
pour monftrer que le Sublime eft en effet ce qui forme
l'excellence & la fouveraine perfection du Difcours :
que c'eft par lui que les grands Poëtes & les Efcrivains
les plus fameux ont remporté le prix, (2) & rempli
toute la pofterité du bruit de leur gloire.

Car il ne perfuade pas proprement, mais il ravit, il
tranfporte, & produit en nous une certaine admiration
meflée d'eftonnement & de furprife, qui eft toute autre
chofe que de plaire feulement, ou de perfuader. Nous
pouvons dire à l'efgard de la perfuafion, que pour l'ordinaire elle n'a fur nous qu'autant de puiffance que nous

REMARQUES.

(1) *Inftruit de toutes les belles connoif-*
fances.] Je n'ai point exprimé φίλτατον :
parce qu'il me femble tout-à-fait inutile en
cet endroit. B o i l e a u.

(2) *Et rempli toute la pofterité du bruit*
de leur gloire.] Gerard Langbaine prétend
qu'il y a ici une faute, & qu'au lieu de
πεϱίβαλον ἐυκλείας τὸν αἰῶνα, il faut mettre
ὑπεϱβαλὼν ἐυκλείαις. Ainfi dans fon fens, il
faudroit traduire, *ont porté leur gloire au-*

delà *de leurs fiécles*. Mais il fe trompe :
πεϱίβαλον veut dire *ont embraffé*, *ont rempli*
toute la pofterité de l'étendue de leur gloire.
Et quand on voudroit même entendre ce
paffage à fa maniere, il ne faudroit point
faire pour cela de correction : puifque πεϱίβαλον fignifie quelquefois ὑπεϱβαλὼν ,comme
on le voit dans ce vers d'Homere. Il. 23.
v. 296. Ι῎ῑς ρὰϱ ὅσον ἐμὲ ἀϱετῇ πεϱιβάλλετον
ἵπποι. B o i l e a u.

voulons. Il n'en eft pas ainfi du Sublime. (1) Il donne au Difcours une certaine vigueur noble, une force invincible qui enleve l'ame de quiconque nous efcoute. Il ne fuffit pas d'un endroit ou deux dans un Ouvrage, pour vous faire remarquer la fineffe de l'*Invention*, la beauté de l'*Oeconomie*, & de la *Difpofition*; c'eft avec peine que cette juftesse fe fait remarquer par toute la fuite mefme du Difcours. Mais (2) quand le Sublime vient à efclater où il faut, il renverfe tout comme un foudre, & prefente d'abord toutes les forces de l'Orateur ramaffées enfemble. Mais ce que je dis icy, & tout ce que je pourrois dire de femblable, feroit fort inutile pour vous, qui fçavez ces chofes par experience, & qui m'en feriez au befoin à moy-mefme des leçons.

REMARQUES.

(1) *Il donne au difcours une certaine vigueur noble , &c.*] Je ne fçais pourquoi M. le Févre veut changer cet endroit, qui, à mon avis, s'entend fort bien, fans mettre παντὸς au lieu de παντός, furmonte tous ceux qui l'écoutent; *Se met au - deffus de tous ceux qui l'écoutent.* BOILEAU.

Ibid. *Il donne au Difcours une certaine vigueur noble , une force invincible , qui enléve l'ame de quiconque nous écoute.*] Tous les interprétes ont traduit de même; mais je crois qu'ils fe font fort éloignés de la penfée de Longin, & qu'ils n'ont point du tout fuivi la figure, qu'il employe fi heureufement. Τὰ ὑπέρφυα προσφέροντα βίαν, eft ce qu'Horace diroit *adhibere vim*: au lieu de παντός, il faut lire παντὸς avec un omega, comme M. le Févre l'a remarqué. Πάντως ἑαυτῳ τῷ ἀκροωμένῳ καδίςαται, eft une métaphore prife du manége, & pareille à celle dont Anacréon s'eft fervi, σὺ δ' ἐκ ἄἴυς, ἐκ εἰδ'ώς ὅτι τῆς ἐμῆς ψυχῆς ἡνιοχεύεις. *Mais tu n'as point d'oreilles,& tu ne fçais point que tu es le maître de mon cœur.* Longin dit donc, *il n'en eft pas ainfi du Sublime : par un effort , auquel on ne peut refifter , il fe rend entiérement maître de l'Auditeur.* DACIER.

(2) *Quand le fublime vient à éclater.*] Notre langue n'a que ce mot *éclater* pour exprimer le mot ἐξοχὴ βίν, qui eft emprunté de la tempête, & qui donne une idée merveilleufe, à peu près comme ce mot de Virgile, *abrupti nubibus ignes.* Longin a voulu donner ici une image de la foudre, que l'on voit plûtôt tomber que partir. DACIER.

❀✧✧✧✧✧✧✧✧✧✧✧✧✧✧✧✧✧✧✧✧✧✧✧✧✧✧✧✧✧✧✧✧✧✧✧✧✧ ✧✧

CHAPITRE II.

S'il y a un Art particulier du Sublime ; & des trois vices qui lui font oppofez.

IL faut voir d'abord s'il y a un Art particulier du Sublime. Car il fe trouve des gens qui s'imaginent que c'eft une erreur de le vouloir reduire en Art , & d'en donner des preceptes. Le Sublime , difent-ils , naift avec nous , & ne s'apprend point. Le feul Art pour y parvenir, c'eft d'y eftre né. Et mefme, à ce qu'ils prétendent, il y a des Ouvrages que la Nature doit produire toute feule. La contrainte des preceptes ne fait que les affoiblir , & leur donner une certaine fechereffe qui les rend maigres & defcharnez. Mais je fouftiens , qu'à bien prendre les chofes , on verra clairement tout le contraire.

Et à dire vray , quoyque la Nature ne fe monftre jamais plus libre que dans les difcours fublimes & pathetiques; il eft pourtant aifé de reconnoiftre qu'elle ne fe laiffe pas conduire au hazard , & qu'elle n'eft pas abfolument ennemie de l'art & des regles. J'avouë que dans toutes nos productions il la faut tousjours fuppofer comme la bafe , le principe , & le premier fondement. Mais auffi il eft certain que noftre efprit a befoin d'une methode pour lui enfeigner à ne dire que ce qu'il faut ,

&

& à le dire en son lieu; & que cette methode peut beaucoup contribuer à nous acquerir la parfaite habitude du
Sublime. (1) Car comme les vaisseaux sont en danger
de perir, lors qu'on les abandonne à leur seule lege-
reté, & qu'on ne sçait pas leur donner la charge & le
poids qu'ils doivent avoir : il en est ainsi du Sublime,
si on l'abandonne à la seule impetuosité d'une nature
ignorante & temeraire. Nostre esprit assez souvent n'a
pas moins besoin de bride que d'esperon. Demosthene
dit en quelque endroit, que le plus grand bien qui
puisse nous arriver dans la vie, c'est *d'estre heureux* :
mais qu'il y en a encore un autre qui n'est pas moindre,

REMARQUES.

(1) *Car comme les vaisseaux, &c.*] Il
faut suppléer au Grec , ou sousentendre
πλοῖα, qui veut dire des vaisseaux de charge , ϰ ὡς ἐπικινδυνότερα αὐτὰ πλοῖα, &c. &
expliquer ἀτρμάνσα, dans le sens de M. le
Févre, & de Suidas, des vaisseaux qui flot-
tent manque de sable & de gravier dans le
fond, qui les soutienne, & leur donne le
poids qu'ils doivent avoir, ausquels on n'a
pas donné le lest. Autrement il n'y a point
de sens. BOILEAU.

Ibid. *Car comme les vaisseaux.*] Les con-
jonctions ὡς & ἔτω, usitées dans les comparaisons , le mot ἀτρμάνσα, & quelques autres termes métaphoriques, ont fait croire
aux Interprétes , qu'il y avoit une comparaison en cet endroit. M. Despreaux a bien
senti qu'elle étoit défectueuse. *Il faut,*
dit-il , *suppléer au Grec , ou sousentendre*
πλοῖα, *qui veut dire des vaisseaux de char-*
ge .... *Autrement il n'y a point de sens.*
Pour moi je crois qu'il ne faut point
chercher ici de comparaison. La con-

jonction ἔτω, qui en étoit, pour ainsi dire,
le caractère , ne se trouve ni dans l'ancien
Manuscrit, ni dans l'édition de Robortel-
lus. L'autre conjonction , qui est ὡς, ne signifie pas , *comme* , en cet endroit , *mais*,
que. Cela posé, le raisonnement de Longin
est très-clair , si on veut se donner la peine
de le suivre. En voici toute la suite. *Quel-*
ques-uns s'imaginent que c'est une erreur de
croire que le Sublime puisse être réduit en art.
Mais je soutiens que l'on sera convaincu du
contraire , si on considére que la Nature ,
quelque liberté qu'elle se donne ordinairement
dans les passions , & dans les grands mou-
vemens , ne marche pas tout-à-fait au hazard;
que dans toutes nos productions il la faut sup-
poser comme la baze , le principe & le premier
fondement : mais que notre esprit a besoin
d'une méthode, pour lui enseigner à ne dire que
ce qu'il faut,& à le dire en son lieu : & qu'en-
fin (c'est ici qu'il y a dans le Grec ϰ ὡς ,
pour ϰ ἔτι , dont Longin s'est servi
plus haut, & qu'il n'a pas voulu répéter)

& fans lequel ce premier ne fçauroit fubfifter, qui eft de *fçavoir fe conduire avec prudence.* (1) Nous en pouvons dire autant à l'efgard du Difcours. (2) La nature eft ce qu'il y a de plus neceffaire pour arriver au Grand : Cependant fi l'art ne prend foin de la conduire, c'eft une aveugle qui ne fçait où elle va. (3) * * * (4) Telles font ces penfées : *Les Torrens entortillez de flamme. Vomir contre le Ciel. Faire de Borée fon joüeur*

REMARQUES.

le Grand, *de foi-même, & par fa propre grandeur, eft gliffant & dangereux, lorfqu'il n'eft pas foutenu & affermi par les regles de l'Art, & qu'on l'abandonne à l'impetuofité d'une nature ignorante.* On fe paffe très-bien de la comparaifon, qui ne fervoit qu'à embrouiller la phrafe. Il faut feulement fousentendre, εἰ ἐπισκέψαιτό τις, qui eft fix ou fept lignes plus haut, & faire ainfi la conftruction ; καὶ [εἰ ἐπισκέψαιτό τις] ὡς ἐπικινδυνότερα ; & fi on confidère, que le Grand, &c. Ἐπικινδυνότερα αὐτὰ ἐφ' ἑαυτῶν τὰ μεγάλα, eft précifément la même chofe que, τὰ μεγάλα ἐπισφαλῆ δι' αὑτὸ τὸ μέγεθος, qu'on lit dans le Chapitre XXVII. & que M. Defpreaux a traduit ainfi : *le Grand, de foi-même, & par fa propre grandeur, eft gliffant & dangereux.* Ἀνερμάτιστα & ἀσύνεκτα, font des termes métaphoriques, qui, dans le fens propre, conviennent à de grands bâtimens : mais qui, pris figurément, peuvent très-bien s'appliquer à tout ce qui eft grand, même aux ouvrages d'efprit. BOIVIN.

(1) *Nous en pouvons dire autant, &c.*] J'ai fuppléé la reddition de la comparaifon, qui manque en cet endroit dans l'original. BOILEAU.

(2) *La Nature eft ce qu'il y a.*] Il manque en cet endroit deux feuillets entiers dans l'ancien Manufcrit : c'eft ce qui a fait la lacune fuivante. Je ne fçai par quel hazard les cinq ou fix lignes que Tollius a eûes d'un Manufcrit du Vatican, & qui fe trouvent auffi dans un Manufcrit du Roi (N°. 3171.) tranfpofées & confondues avec un fragment des Problèmes d'Ariftote, ont pû être confervées. Il y a apparence que quelqu'un ayant rencontré un morceau des deux feuillets égarés de l'ancien Manufcrit, ou les deux feuillets entiers, mais gâtés, n'aura pû copier que ces cinq ou fix lignes. A la fin de ce petit Supplément, dont le Public eft redevable à Tollius, je crois qu'il faut lire ἠγήσαιτο, & non pas κομίσαιτο, qui ne me paroît pas faire un fens raifonnable. Le Manufcrit du Roi, où fe trouve ce même Supplément, n'a que αυτο à la première main : καὶ eft d'une main plus récente, Cela me fait foupçonner, que dans l'ancien Manufcrit le mot étoit à demi effacé, & que quelques-uns ont crû mal-à-propos qu'il devoit y avoir κομίσαιτο. BOIVIN.

(3) * * * * * *] L'Auteur avoit parlé du ftile enflé, & citoit à propos de cela les fotifes d'un Poëte tragique dont voici quelques reftes. BOILEAU.

(4) *Telles font ces penfées, &c.*] Il y a ici une lacune confidérable. L'Auteur après avoir montré qu'on peut donner des régles du Sublime, commençoit à traiter des vices qui lui font oppofés, & entr'autres du ftile enflé, qui n'eft autre chofe que le Sublime

de flustes, & toutes les autres façons de parler dont cette piece est pleine. Car elles ne font pas grandes & tragiques, mais enflées & extravagantes. (1) Toutes ces phrases ainsi embarrassées de vaines imaginations, troublent & gastent plus un discours qu'elles ne servent à l'eslever. De sorte qu'à les regarder de prés & au grand jour, ce qui paroissoit d'abord si terrible, devient tout à coup sot & ridicule. Que si c'est un de-

REMARQUES.

trop poussé. Il en faisoit voir l'extravagance par le passage d'un je ne sçai quel Poëte tragique, dont il reste encore ici quatre vers: mais comme ces vers étoient déja fort galimatias d'eux-mêmes, au rapport de Longin, ils le sont devenus encore bien davantage par la perte de ceux qui les précédoient. J'ai donc crû que le plus court étoit de les passer, n'y ayant dans ces quatre vers qu'un des trois mots que l'Auteur raille dans la suite. En voilà pourtant le sens confusément. C'est quelque Capanée qui parle dans une Tragédie: *Et qu'ils arrètent la flamme qui sort à longs flots de la fournaise.* * *Car si je trouve le Maître de la maison seul, alors d'un seul torrent de flammes entortillé j'embraserai la maison, & la réduirai toute en cendres. Mais cette noble Musique ne s'est pas encore fait oüir.* J'ai suivi ici l'interpretation de Langbaine. Comme cette Tragédie est perduë, on peut donner à ce passage tel sens qu'on voudra: mais je doute qu'on attrape le vrai sens. Voyez les Notes de M. Dacier. BOILEAU.

* *Car si je trouve le Maître.*] M. Despreaux me semble avoir lû dans le Grec, τί γὰρ τὸ ἰσύχον ὄψομαι μόνον, au lieu de τὸ ἰσύχον. Mais j'aimerois mieux dire: *Car si je trouve seulement le Maître de la maison.* TOLLIUS.

Ibid. *Telles sont ces pensées, &c.*] Dans la lacune suivante Longin rapportoit un passage d'un Poëte tragique, dont il ne reste

que cinq vers. M. Despreaux les a rejettés dans ses remarques; & il les a expliqués comme tous les autres Interprétes. Mais je crois que le dernier vers auroit dû être traduit ainsi: *Ne viens-je pas de vous donner maintenant une agréable Musique?* Ce n'est pas quelque Capanée, mais Borée, qui parle, & qui s'applaudit pour les grands vers qu'il à récités. DACIER.

(1) *Toutes ces phrases ainsi embarrassées de vaines imaginations, troublent & gâtent plus un discours.*] M. Despréaux a suivi ici quelques exemplaires, où il y a πτθόλωται γάρ τὸ φράσιν, du verbe θολόω, qui signifie, *gâter, barbouiller, obscurcir;* mais cela ne me paroît pas assez fort pour la pensée de Longin, qui avoit écrit sans doute πτύλωται, comme je l'ai vû ailleurs. De cette maniere le mot *gâter* me semble trop général, & il ne détermine point assez le vice que ces phrases ainsi embarrassées causent, ou apportent au discours, au lieu que Longin, en se servant de ce mot, en marque précisément le défaut: car il dit, que ces phrases & ces imaginations vaines, bien loin d'élever & d'agrandir un discours, le troublent, & le rendent dur. Et c'est ce que j'aurois voulu faire entendre, puisque l'on ne sçauroit être trop scrupuleux, ni trop exact, lorsqu'il s'agit de donner une idée nette & distincte des vices, ou des vertus du discours. DACIER.

B ij

faut infupportable dans la Tragedie, qui eft naturellement pompeufe & magnifique, que de s'enfler mal-
à-propos ; à plus forte raifon doit-il eftre condamné
dans le difcours ordinaire. De là vient qu'on s'eft raillé
de Gorgias, pour avoir appellé Xerxés, *le Jupiter des
Perfes*, & les Vautours (1) *des Sepulcres animez*. On n'a
pas efté plus indulgent pour Callifthene, qui en certains endroits de fes Efcrits ne s'efleve pas proprement,
mais fe guinde fi haut qu'on le perd de veuë. De tous
ceux-là pourtant (2) je n'en vois point de fi enflé que
Clitarque. Cet Autheur n'a que du vent & de l'efcorce.
Il reffemble à un homme, *qui*, pour me fervir des termes de Sophocle, (3) *ouvre une grande bouche, pour
foufler dans une petite flufte.* Il faut faire le mefme

jugement d'Amphicrate, d'Hegesias, & de Matris.
Ceux-cy quelquefois s'imaginant qu'ils sont espris d'un
enthousiasme & d'une fureur divine, au lieu de tonner,
comme ils pensent, ne font que niaiser & que badiner
comme des enfans.

Et certainement en matiere d'éloquence, il n'y a
rien de plus difficile à éviter que l'*Enflure*. Car comme en toutes choses naturellement nous cherchons le
Grand, & que nous craignons sur tout d'estre accusez
de secheresse ou de peu de force, il arrive, je ne sçay
comment, que la pluspart tombent dans ce vice, fon-
dez sur cette maxime commune :

(1) *Dans un noble projet on tombe noblement.*

Cependant il est certain que l'*Enflure* n'est pas

REMARQUES.

& elle faisoit deux différens effets : car outre
qu'en serrant les joues elle les empêchoit de
s'enfler, elle donnoit bien plus de force à
l'haleine, qui étant repoussée sortoit avec
beaucoup plus d'impétuosité & d'agrément.
L'Auteur donc, pour exprimer un Poëte
enflé, qui souffle & se démène sans faire de
bruit, le compare à un homme qui joue de
la flûte sans cette laniére. Mais comme cela
n'a point de rapport à la flûte d'aujourd'hui,
puisqu'à peine on serre les lévres quand on
en joue, j'ai crû qu'il valoit mieux mettre
une pensée équivalente, pourvû qu'elle ne
s'éloignât point trop de la chose ; afin que le
Lecteur, qui ne se soucie pas tant des anti-
quailles, puisse passer, sans être obligé, pour
m'entendre, d'avoir recours aux Remarques.
BOILEAU.

(1) *Dans un noble projet on tombe noble-*

ment.] Il y a dans l'ancien Manuscrit μετ
γάλῳ ἀπολιϑαίνειν ὅμως εὐγενὲς ἁμάρτημα. Les
Copistes ont voulu faire un vers ; mais ce
vers n'a ni césure, ni quantité. On ne trouvera point dans les Poëtes Grecs d'exemple
d'un Iambe qui commence par deux ana-
pestes. Il y a donc apparence que ce qu'on
a pris jusques ici pour un vers, est plûtôt un
proverbe, ou une sentence tirée des écrits
de quelque Philosophe. Μεγάλῳ ἀπολιϑαίνειν,
ὅμως εὐγενὲς ἁμάρτημα, est la même chose que
s'il y avoit, μεγάλῳ ἀπολιϑαίνειν ἁ μάρτημα μὲν,
ὅμως δὲ εὐγενὲς ἁμάρτημα : tomber est une faute,
mais une faute noble à celui qui est grand :
c'est-à-dire, qui se montre grand dans sa chûte
même, ou qui ne tombe que parce qu'il est
grand. C'est à peu près dans ce sens que M.
Corneille a dit, *Il est beau de mourir maître
de l'Univers.* BOIVIN.

B iij

moins vicieufe dans le difcours que dans les corps.
(1) Elle n'a que de faux dehors & une apparence trom-
peufe : mais au dedans elle eft creufe & vuide, & fait
quelquefois un effet tout contraire au Grand. Car comme on dit fort bien : *Il n'y a rien de plus fec qu'un
hydropique.*

Au refte le défaut du ftile enflé, c'eft de vouloir
aller au delà du Grand. Il en eft tout au contraire du
Pueril. Car il n'y a rien de fi bas, de fi petit, ni de fi
oppofé à la nobleffe du difcours.

Qu'eft-ce donc que puerilité? Ce n'eft vifiblement
autre chofe qu'une penfée d'Efcolier, qui, pour eftre
trop recherchée, devient froide. C'eft le vice où tombent ceux qui veulent tousjours dire quelque chofe
d'extraordinaire & de brillant; mais fur tout ceux qui
cherchent avec tant de foin le plaifant & l'agréable :
Parce qu'à la fin, (2) pour s'attacher trop au ftile figuré, ils tombent dans une fotte affeétation.

Il y a encore un troifiéme defaut oppofé au Grand,
qui regarde le Pathetique. Theodore l'appelle une

REMARQUES.

(1) *Elle n'a que de faux dehors.*] Tous
les Interprétes ont fuivi ici la leçon corrom-
pue de ἀναλήθείς, *faux*, pour ἀναλθής,
comme M. le Févre a corrigé, qui fe dit
proprement de ceux qui ne peuvent croître;
& dans ce dernier fens le paffage eft très-
difficile à traduire en notre langue. Longin
dit : *Cependant il eft certain que l'enflure
dans le difcours auffi bien que dans le corps,
n'eft qu'une tumeur vuide, & un défaut de*
forces pour s'élever, qui fait quelquefois, &c.
Dans les Anciens on trouvera plufieurs paffages, où ἀναλήθείς a été mal pris pour ἀναλθής. DACIER.

(2) *Pour s'attacher trop au ftile figuré, ils
tombent dans une fotte affeétation.*] Longin
dit d'une maniere plus forte, & par une figure, *Ils échouent dans le ftile figuré, & fe
perdent dans une affeétation ridicule.* DA-
CIER.

fureur hors de saison, lors qu'on s'échauffe mal-à-propos, ou qu'on s'emporte avec excés, quand le sujet ne permet que de s'échauffer mediocrement. En effet, on voit trés-souvent des Orateurs, qui comme s'ils estoient yvres, se laissent emporter à des passions qui ne conviennent point à leur sujet, mais qui leur sont propres, & qu'ils ont apportées de l'Escole : si bien que comme on n'est point touché de ce qu'ils disent, ils se rendent à la fin odieux & insupportables. Car c'est ce qui arrive necessairement à ceux qui s'emportent & se debattent mal-à-propos devant des gens qui ne sont point du tout esmûs. Mais nous parlerons en un autre endroit de ce qui concerne les passions.

CHAPITRE III.

Du Stile froid.

POUR ce qui est de ce Froid ou Pueril dont nous parlions, Timée en est tout plein. Cet Autheur est assez habile homme d'ailleurs ; il ne manque pas quelquefois par le Grand & le Sublime : (1) il sçait beaucoup, & dit mesme les choses d'assez bon sens : si ce

REMARQUES.

(1) *Il dit les choses d'assez bon sens.*] E'πι-ρονπκὸς veut dire un homme qui imagine, qui pense sur toutes choses ce qu'il faut penser, & c'est proprement ce qu'on appelle un homme de bon sens. BOILEAU.

Ibid. *Il sçait beaucoup, & dit même les choses d'assez bon sens.*] Longin dit de Timée

πολιτικὸς ϗ ἐπινοητικὸς. Mais ce dernier mot ne me paroît pas pouvoir signifier un homme, *qui dit les choses d'assez bon sens :* & il me semble qu'il veut bien plûtôt dire un homme, *qui a de l'imagination,* &c. Et c'est le caractere de Timée. Dans ces deux mots, Longin n'a fait que traduire ce que Ciceron

n'eſt qu'il eſt enclin naturellement à reprendre les vices des autres, quoy qu'aveugle pour ſes propres defauts, & ſi curieux au reſte d'eſtaler de nouvelles penſées, que cela le fait tomber aſſez ſouvent dans la derniere puerilité. Je me contenteray d'en donner icy un ou deux exemples; parce que Cecilius en a desja rapporté un aſſez grand nombre. En voulant loüer Alexandre le Grand : *Il a*, dit-il, *conquis toute l'Aſie en moins de temps qu'Iſocrate n'en a employé* (1) *à compoſer ſon Panegyrique.* (2) Voila, ſans mentir, une comparaiſon admirable d'Alexandre le Grand avec un Rheteur. Par cette raiſon, Timée, il s'enſuivra que les Lacedemoniens le doivent ceder à Iſocrate : (3) puiſqu'ils furent

REMARQUES.

a dit de cet Auteur dans le ſecond Livre de ſon Orateur : *Rerum copia & ſententiarum varietate abundantiſſimus.* Πολυῖσωρ répond à *rerum copia,* & ἐπινοιτικὸς à *ſententiarum varietate.* D A C I E R.

(1) *A compoſer ſon Panégyrique.*] Le Grec porte, *à compoſer ſon Panégyrique pour la guerre contre les Perſes.* Mais ſi je l'avois traduit de la ſorte, on croiroit qu'il s'agiroit ici d'un autre Panégyrique, que du Panégyrique d'Iſocrate, qui eſt un mot conſacré en notre langue. B O I L E A U.

Ibid. *A compoſer ſon Panégyrique.*] J'auroïs mieux aimé traduire, *qu'Iſocrate n'en a employé à compoſer le Panégyrique.* Car le mot *ſon* m'a ſemblé faire ici une équivoque, comme ſi c'étoit le Panégyrique d'Alexandre. Ce Panégyrique fut fait pour exhorter Philippe à faire la guerre aux Perſes ; cependant les Interprétes Latins s'y ſont trompés, & ils ont expliqué ce paſſage, comme ſi ce diſcours d'Iſocrate avoit été l'éloge de Philippe pour avoir déja vaincu les Perſes, D A C I E R.

(2) *Voilà, ſans mentir, une comparaiſon admirable d'Alexandre le Grand avec un Rheteur.*] Il y a dans le Grec, *du Macédonien, avec un Sophiſte.* A l'égard *du Macédonien,* il falloit que ce mot eût quelque grace en Grec, & que l'on appellât ainſi Alexandre par excellence, commé nous appellons Ciceron, l'Orateur Romain. Mais le Macédonien en François, pour Alexandre, ſeroit ridicule. Pour le mot de Sophiſte, il ſignifie bien plûtôt en Grec un Rhéteur, qu'un Sophiſte, qui en François ne peut jamais être pris en bonne part, & ſignifie toujours un homme qui trompe par de fauſſes raiſons, qui fait des Sophiſmes, *Cavillatorem :* au lieu qu'en Grec c'eſt ſouvent un nom honorable. B O I L E A U.

(3) *Puiſqu'ils furent trente ans à prendre la Ville de Meſſene.*] Longin parle ici de cette expédition des Lacédémoniens, qui fut la cauſe de la naiſſance des Parthéniens, dont j'ai expliqué l'Hiſtoire dans Horace. Cette guerre ne dura que vingt ans ; c'eſt

trente

trente ans à prendre la ville de Meffene, & que celuy-cy n'en mit que dix à faire fon Panégyrique.

Mais à propos des Atheniens qui eftoient prifonniers de guerre dans la Sicile, de quelle exclamation penferiez-vous qu'il fe ferve? Il dit, *Que c'eftoit une punition du Ciel, à caufe de leur impieté envers le Dieu Hermés, autrement Mercure; & pour avoir mutilé fes ftatuës. Veû principalement* (1) *qu'il y avoit un des Chefs de l'armée ennemie,* (2) *qui tiroit fon nom d'Hermés de pere en fils, fçavoir Hermocrate fils d'Hermon.* Sans mentir, mon cher Terentianus, je m'eftonne qu'il n'ait dit auffi de Denys le Tyran, que les Dieux permirent

REMARQUES.

pourquoi, comme M. le Févre l'a fort bien remarqué, il faut néceffairement corriger le texte de Longin, où les Copiftes ont mis un λ, qui fignifie *trente*, pour un κ, qui ne marque que *vingt*. M. le Févre ne s'eft pas amufé à le prouver; mais voici un paffage de Tyrtée qui confirme la chofe fort clairement:

Ἀμφὶ τω δ' ἐμάχοντ' ἐννεακαιδεκ', ἔτη
Νωλεμέως, αἰεὶ]αλασίφρονα θυμὸν ἔχοντες,
Αἰχμηταὶ πατέρων ἡμετέρων πατέρες.
Εἰκοςῷ δ' οἱ μὲν κατὰ πίονα ἔργα λιπόντες
Φεῦγον Ἰθωμαίων ἐκ μεγάλων ὀρέων.

Nos braves ayeux affiégerent pendant dix-neuf ans fans aucun relâche la ville de Meffène, & à la vingtiéme année, les Mefféniens quitterent leur citadelle d'Ithome. Les Lacédémoniens eurent encore d'autres guerres avec les Mefféniens, mais elles ne furent pas fi longues. DACIER.

(1) *Parce qu'il y avoit,* &c.] Cela n'explique point, à mon avis, la penfée de Timée, qui dit: *Parce qu'il y avoit un des Chefs de l'armée ennemie, fçavoir Hermocrate fils*

d'Hermon, qui defcendoit en droite ligne de celui qu'ils avoient fi maltraité. Timée avoit pris la généalogie de ce Général des Syracufains, dans les Tables qui étoient gardées dans le Temple de Jupiter Olympien près de Syracufe, & qui furent furprifes par les Atheniens au commencement de cette guerre, comme cela eft expliqué plus au long par Plutarque dans la vie de Nicias. Thucydide parle de cette mutilation des ftatuës de Mercure, & il dit qu'elles furent toutes mutilées, tant celles qui étoient dans les Temples, que celles qui étoient à l'entrée des maifons des particuliers. DACIER.

(2) *Qui tiroit fon nom d'Hermès.*] Le Grec porte, *qui tiroit fon nom du Dieu qu'on avoit offenfé*: mais j'ai mis *d'Hermès*, afin qu'on vît mieux le jeu de mots. Quoi que puiffe dire M. Dacier, je fuis de l'avis de Langbaine, & ne crois point que ὃς ἀπὸ παρωνομασθήτος ἦν, veuille dire autre chofe que, *qui tiroit fon nom de pere en fils, du Dieu qu'on avoit offenfé.* BOILEAU.

qu'il fuſt chaſſé de ſon Royaume par *Dion* & par *Heraclide*, à cauſe de ſon peu de reſpect à l'eſgard de *Dios* & d'*Heraclés*, c'eſt-à-dire, de *Jupiter* & d'*Hercule*.

Mais pourquoy m'arreſter aprés Timée ? Ces Heros de l'antiquité, je veux dire Xenophon & Platon, ſortis de l'Eſcole de Socrate, s'oublient bien quelquefois eux-meſmes, juſqu'à laiſſer eſchapper dans leurs Eſcrits des choſes baſſes & pueriles. Par exemple ce premier, dans le livre qu'il a eſcrit de la Republique des Lacedemoniens : *On ne les entend*, dit-il, *non plus parler que ſi c'eſtoient des pierres. Ils ne tournent non plus les yeux que s'ils eſtoient de bronze. Enfin vous diriez qu'ils ont plus de pudeur* (1) *que ces parties de l'œil, que nous appellons en Grec du nom de Vierges.* C'eſtoit à Amphicrate, & non pas à Xenophon, d'appeller les prunelles *des Vierges pleines de pudeur.* Quelle penſée ! bon Dieu ! parce que le mot de *Coré*, qui ſignifie en Grec la prunelle de l'œil, ſignifie auſſi une Vierge, de

REMARQUES,

(1) *Que ces parties de l'œil, &c.*] Ce paſſage eſt corrompu dans tous les exemplaires que nous avons de Xénophon, où l'on a mis Θαλάμοις pour ὀφθαλμοῖς ; faute d'avoir entendu l'équivoque de κόρη.

Ibid. *Que ces parties de l'œil.*] Iſidore de Péluſe dit dans une de ſes lettres, αἱ κόραι, αἱ εἴσω τῶν ὀφθαλμῶν, καθάπερ παρθένοι ἐν θαλάμοις, ἱδρυμέναι, κ̀ τοῖς βλεφάροις ʊθάπερ παραπετάσμασι κεκαλυμμέναι: les prunelles placées au-dedans des yeux, comme des vierges dans la chambre nuptiale, & cachées ſous les paupières, comme ſous des voiles. Ces paroles

mettent la penſée de Xénophon dans tout ſon jour. BOIVIN.

(2) *Sans la revendiquer comme un vol.*] C'eſt ainſi qu'il faut entendre, ὡς φωρὰν τινὸς ἐφαπτόμενος, & non pas, *ſans lui en faire une eſpéce de vol*, *Tanquam furtum quoddam attingens*. Car cela auroit bien moins de ſel, BOILEAU.

Ibid. *Sans la revendiquer, &c.*] Je ne ſçai pas ſi cette expreſſion de M. Boileau eſt aſſez nette & exacte ; parce que Timée ayant vécu aſſez long-temps après Xénophon, ne pouvoit revendiquer cette penſée

vouloir que toutes les prunelles univerſellement ſoient des Vierges pleines de modeſtie : veû qu'il n'y a peut-eſtre point d'endroit ſur nous où l'impudence eſclate plus que dans les yeux ; & c'eſt pourquoy Homere, pour exprimer un impudent, *Homme chargé de vin*, dit-il, *qui as l'impudence d'un chien dans les yeux.* Cependant Timée n'a peû voir une ſi froide penſée dans Xenophon, (2) ſans la revendiquer comme un vol qui lui avoit été fait par cet Autheur. Voicy donc comme il l'employe dans la vie d'Agathocle. *N'eſt-ce pas une choſe eſtrange, qu'il ait ravi ſa propre couſine qui venoit d'eſtre mariée à un autre ; qu'il l'ait, dis-je, ravie le lendemain meſme de ſes nopces ? Car qui eſt-ce qui euſt voulu faire cela, (3) s'il euſt eu des vierges aux yeux, & non pas des prunelles impudiques ?* Mais que dirons-nous de Platon, quoyque divin d'ailleurs, qui voulant parler de ces Tablettes de bois de cyprés, où l'on devoit eſcrire les actes publics, uſe de cette penſée : (4) *Ayant eſcrit tou-*

REMARQUES.

de Xénophon, comme un vol qui lui pût avoir été fait : mais il croyoit qu'il s'en pouvoit ſervir comme d'une choſe qui étoit expoſée au pillage.

(3) *S'il eût eu des vierges aux yeux, & non pas des prunelles impudiques.*] L'oppoſition qui eſt dans le texte entre *κόςας* & *πόρνας*, n'eſt pas dans la traduction entre *vierges* & *prunelles impudiques.* Cependant comme c'eſt l'oppoſition qui fait le ridicule, que Longin a trouvé dans ce paſſage de Timée, j'aurois voulu la conſerver, & traduire, *s'il eût eu des vierges aux yeux, & non pas des courtiſanes.* DACIER.

(4) *Ayant écrit toutes ces choſes, ils poſeront dans les temples ces monumens de Cyprès.*] De la maniére dont M. Boileau a traduit ce paſſage, je n'y trouve plus le ridicule que Longin a voulu nous y faire remarquer. Car pourquoi *des Tablettes de Cyprès* ne pourroient-elles pas être appellées des *monumens de Cyprès ?* Platon dit, *ils poſeront dans les temples ces mémoires de Cyprès.* Et ce ſont ces mémoires de Cyprès, que Longin blâme avec raiſon ; car en Grec, comme en notre langue, on dit fort bien *des mémoires*, mais le ridicule eſt d'y joindre la matiere, & de dire *des mémoires de Cyprès.* DACIER.

C ij

tes ces chofes, ils poferont dans les temples ces (1) *mo-numens de cyprés.* Et ailleurs, à propos des murs : *Pour ce qui eft des murs, dit-il, Megillus, je fuis de l'avis de Sparte* *, *de les laiffer dormir à terre, & de ne les point faire lever.* Il y a quelque chofe d'auffi ridicule dans Herodote, quand il appelle les belles femmes, (2) *le mal des yeux.* Cecy neantmoins femble en quelque façon pardonnable à l'endroit où il eft ; (3) parce que ce font des Barbares qui le difent dans le vin & la defbauche : mais ces perfonnes n'excufent pas la baffeffe de la chofe, & il ne falloit pas, pour rapporter un mefchant mot, fe mettre au hazard de déplaire à toute la pofterité.

* Il n'y avoit point de murailles à Sparte.

❖❖❖❖❖❖❖❖❖❖❖❖❖❖❖❖❖❖❖❖❖❖❖❖❖❖❖❖❖❖❖❖❖❖❖❖❖❖

CHAPITRE IV.

De l'origine du Stile froid.

TOUTES ces affeétations cependant, fi baffes & fi pueriles, ne viennent que d'une feule caufe, c'eft

REMARQUES.

(1) *Monumens de Cyprès.*] J'ai oublié de dire, à propos de ces paroles de Timée, qui font rapportées dans ce Chapitre, que je ne fuis point du fentiment de M. Dacier, & que tout le froid, à mon avis, de ce paffage, confifte dans le terme de *Monument* mis avec *Cyprés.* C'eft comme qui diroit, à propos des Regiftres du Parlement, *ils poferont dans le Greffe ces monumens de parchemin.* BOILEAU.

(2) *Le mal des yeux.*] Ce font des Ambaffadeurs Perfans, qui le difent dans He-rodote chez le Roi de Macédoine Amyntas. Cependant Plutarque l'attribue à Alexandre le Grand ; & le met au rang des Apophthegmes de ce Prince. Si cela eft, il falloit qu'Alexandre l'eût pris à Herodote. Je fuis pourtant du fentiment de Longin, & je trouve le mot froid dans la bouche même d'Alexandre. BOILEAU.

Ibid. *Le mal des yeux.*] Ce paffage d'Herodote eft dans le cinquiéme Livre, & fi l'on prend la peine de le lire, je m'affure que l'on trouvera ce jugement de Longin un peu

à fçavoir, de ce qu'on cherche trop la nouveauté dans les penfées, qui eft la manie fur tout des Efcrivains d'aujourd'huy. Car du mefme endroit que vient le bien, affez fouvent vient auffi le mal. Ainfi voyons-nous que ce qui contribuë le plus en de certaines occafions à embellir nos Ouvrages : ce qui fait, dis-je, la beauté, la grandeur, les graces de l'Elocution, cela mefme en d'autres rencontres eft quelquefois caufe du contraire; comme on le peut aifement reconnoiftre dans les *Hyperboles* & dans ces autres figures qu'on appelle *Pluriels*. En effet nous monftrerons dans la fuite, combien il eft dangereux de s'en fervir. Il faut donc voir maintenant comment nous pourrons éviter ces vices, qui fe gliffent quelquefois dans le Sublime. Or nous en viendrons

REMARQUES.

trop févere. Car les Perfes, dont Herodote rapporte ce mot, n'appelloient point en général les belles femmes *le mal des yeux* : ils parloient de ces femmes qu'Amyntas avoit fait entrer dans la chambre du feftin, & qu'il avoit placées vis-à-vis d'eux, de maniere qu'ils ne pouvoient que les regarder. Ces barbares, qui n'étoient pas gens à fe contenter de cela, fe plaignirent à Amyntas, & lui dirent, qu'il ne falloit point faire venir ces femmes, ou qu'après les avoir fait venir, il devoit les faire affeoir à leurs côtés, & non pas vis-à-vis pour leur faire mal aux yeux. Il me femble que cela change un peu l'efpéce. Dans le refte, il eft certain que Longin a eu raifon de condamner cette figure. Beaucoup de Grecs déclineront pourtant ici fa jurifdiction fur ce que de fort bons Auteurs ont dit beaucoup de chofes femblables. Ovide en eft plein. Dans Plutarque, un homme appelle un bon garçon, *la fiévre de fon fils*. Térence a dit *tuos mores morbum illi effe fcio*. Et pour donner des exemples plus conformes à celui dont il s'agit, un Grec appelle les fleurs ἑορτὴ ὄψιος, *la fête de la vûe*, & la verdure πανήγυϭιϛ ὀφθαλμῶν, *l'étalage des yeux*. DACIER.

(3) *Parce que ce font des barbares qui le difent dans le vin & dans la débauche.*] Longin rapporte deux chofes qui peuvent en quelque façon excufer Hérodote d'avoir appellé les belles femmes, *le mal des yeux* : la premiere, que ce font des Barbares qui le difent : & la feconde, qu'ils le difent dans le vin & dans la débauche. En les joignant on n'en fait qu'une : & il me femble que cela affoiblit en quelque maniere la penfée de Longin, qui a écrit, *parce que ce font des Barbares qui le difent, & qui le difent même dans le vin & dans la débauche*. DACIER.

C iij

à boût fans doute, fi nous nous acquerons d'abord une connoiffance nette & diftincte du veritable Sublime, & fi nous apprenons à en bien juger; ce qui n'eft pas une chofe peu difficile ; puifqu'enfin de fçavoir bien juger du fort & du foible d'un Difcours, ce ne peut eftre que l'effet d'un long ufage, & le dernier fruit, pour ainfi dire, d'une eftude confommée. Mais par avance, voicy peut-eftre un chemin pour y parvenir.

CHAPITRE V.

Des moyens en general pour connoiftre le Sublime.

IL faut fçavoir, mon cher Terentianus, que dans la vie ordinaire, on ne peut point dire qu'une chofe ait rien de grand, quand le mefpris qu'on fait de cette chofe tient luy-mefme du grand. Telles font les richeffes, les dignitez, les honneurs, les empires, & tous ces autres biens en apparence, qui n'ont qu'un certain fafte au dehors, & qui ne pafferont jamais pour de veritables biens dans l'efprit d'un Sage : puis qu'au contraire ce n'eft pas un petit avantage que de les pouvoir mefprifer. D'où vient auffi qu'on admire beaucoup moins ceux qui les poffedent, que ceux qui les pouvant poffeder, les rejettent par une pure grandeur d'ame.

Nous devons faire le mefme jugement à l'efgard des ouvrages des Poëtes & des Orateurs. Je veux dire, qu'il faut bien fe donner de garde d'y prendre pour Sublime une certaine apparence de grandeur, baftie ordinairement fur de grands mots affemblez au hazard, & qui n'eft, à la bien examiner, qu'une vaine enflure de paroles, plus digne en effet de mefpris que d'admiration. Car tout ce qui eft veritablement Sublime, a cela de propre, quand on l'efcoute, qu'il éleve l'ame, & luy fait concevoir une plus haute opinion d'elle-mefme, la rempliffant de joye & de je ne fçay quel noble orgueil, comme fi c'eftoit elle qui euft produit les chofes qu'elle vient fimplement d'entendre.

Quand donc un homme de bon fens, & habile en ces matieres, nous recitera quelque endroit d'un Ouvrage ; fi aprés avoir ouï cet endroit plufieurs fois, nous ne fentons point qu'il nous éleve l'ame, & nous laiffe dans l'efprit une idée qui foit mefme au deffus de ce que nous venons d'entendre ; mais fi au contraire, en le regardant avec attention, nous trouvons qu'il tombe, & ne fe fouftienne pas, il n'y a point là de Grand, puis qu'enfin ce n'eft qu'un fon de paroles, qui frappe fimplement l'oreille, & dont il ne demeure rien dans l'efprit. La marque infaillible du Sublime, c'eft quand nous fentons qu'un Difcours (1) nous laiffe beaucoup à penfer ; qu'il fait d'abord un effet fur nous,

REMARQUES.

(1) *Nous laiffe beaucoup à penfer.*] οὖ πολλὴν μὲν ἀναθεώρησιν, *dont la contemplation eft fort étendue, qui nous remplit d'une gran-* de idée. A l'égard de κατεξανάςησις, il eft vrai que ce mot ne fe rencontre nulle part dans les Auteurs grecs ; mais le fens que je lui

auquel il eſt bien difficile, pour ne pas dire impoſſible, de reſiſter ; & qu'enſuite le ſouvenir nous en dure, & ne s'efface qu'avec peine. En un mot, figurez-vous qu'une choſe eſt veritablement ſublime, quand vous voyez qu'elle plaiſt univerſellement & dans toutes ſes parties. (1) Car lors qu'en un grand nombre de perſonnes differentes de profeſſion & d'âge, & qui n'ont aucun rapport ni d'humeurs ni d'inclinations, tout le monde vient à eſtre frappé également (2) de quelque endroit d'un Diſcours ; ce jugement & cette approbation uniforme de tant d'eſprits, ſi diſcordans d'ailleurs, eſt une preuve certaine & indubitable qu'il y a là du Merveilleux & du Grand.

REMARQUES.

donne eſt celui, à mon avis, qui lui convient le mieux, & lorſque je puis trouver un ſens au mot d'un Auteur, je n'aime point à corriger le texte. BOILEAU.

Ibid. *Qu'un diſcours nous laiſſe beaucoup à penſer, &c.*] Si Longin avoit défini de cette maniere le Sublime, il me ſemble que ſa définition ſeroit vicieuſe, parce qu'elle pourroit convenir auſſi à d'autres choſes qui ſont fort éloignées du Sublime. M. Boileau a traduit ce paſſage comme tous les autres Interprétes ; mais je croi qu'ils ont confondu le mot καταξανάσεως avec καταξανάσαως. Il y a pourtant bien de la différence entre l'un & l'autre. Il eſt vrai que le καταξανάσεως de Longin ne ſe trouve point ailleurs. Heſychius marque ſeulement ἀγάσημα, ὕψωμα. Où ἀγάσημα eſt la même choſe qu'ἀνάσεσις ἐκ, d'où ἐξανάσεσις & καταξανάσεσις ont été formés. Καταξανάσεσις n'eſt donc ici que ἀυξησις, *augmentum* : ce paſſage eſt très-important, & il me paroît que Longin a voulu dire : *Le véritable ſublime eſt celui, auquel, quoique l'on médite, il eſt difficile, ou plûtôt impoſſible, de rien ajoûter ; qui ſe conſerve dans notre mémoire, & qui n'en peut être qu'à peine effacé.* DACIER.

(1) *Car lorſqu'en un grand nombre.*] C'eſt l'explication que tous les Interprétes ont donnée à ce paſſage ; mais il me ſemble qu'ils ont beaucoup ôté de la force & du raiſonnement de Longin, pour avoir joint λόγων ἔν τι, qui doivent être ſéparés. Λόγων n'eſt point ici *le diſcours*, mais *le langage*. Longin dit, *car lorſqu'en un grand nombre de perſonnes dont les inclinations, l'âge, l'humeur, la profeſſion, & le langage ſont différens, tout le monde vient à être frappé également d'un même endroit, ce jugement, &c.* Je ne doute pas que ce ne ſoit le véritable ſens. En effet, comme chaque nation dans ſa langue a une maniere de dire les choſes, & même de les imaginer, qui lui eſt propre ; il eſt conſtant qu'en ce genre, ce qui plaira en même temps

CHA-

C H A P I T R E   V I.

Des cinq sources du Grand.

IL y a, pour ainsi dire, cinq sources principales du Sublime : (1) mais ces cinq sources présupposent, comme pour fondement commun, *une faculté de bien parler;* sans quoy tout le reste n'est rien.

Cela posé, la premiere & la plus considerable est *une certaine elevation d'esprit, qui nous fait penser heureusement les choses :* comme nous l'avons desja monstré dans nos Commentaires sur Xenophon.

La seconde consiste dans le *Pathetique :* j'entends par *Pathetique,* cet Enthousiasme, & cette vehemence naturelle, qui touche & qui esmeut. Au reste, à l'esgard de ces deux premieres, elles doivent presque tout à la nature, & il faut qu'elles naissent en nous ; au lieu que les autres dépendent de l'art en partie.

La troisiesme n'est autre chose que *les Figures tournées d'une certaine maniere.* Or les Figures sont de deux sortes : les Figures de Pensée, & les Figures de Diction.

R E M A R Q U E S.

à des personnes de langage different, aura véritablement ce Merveilleux & ce Sublime. DACIER.

(2) *De quelque endroit d'un discours.*] Λόγον έν τι, c'est ainsi que tous les Interprétes de Longin ont joint ces mots. M. Dacier les arrange d'une autre sorte ; mais je doute qu'il ait raison. BOILEAU.

(1) *Mais ces cinq sources présupposent comme pour fondement commun.*] Longin dit, *mais ces cinq sources présupposent comme pour fond, comme pour lit commun, la faculté de bien parler.* M. Despréaux n'a pas voulu suivre la figure, sans doute de peur de tomber dans l'affectation. DACIER.

Tome II. ✳ D

Nous mettons pour la quatriefme , *la nobleffe de l'expreffion* , qui a deux parties ; le choix des mots , & la diction elegante & figurée.

Pour la cinquiefme , qui eft celle , à proprement parler , qui produit le Grand , & qui renferme en foy toutes les autres , c'eft *la compofition & l'arrangement des paroles dans toute leur magnificence & leur dignité.*

Examinons maintenant ce qu'il y a de remarquable dans chacune de ces efpeces en particulier : mais nous avertirons en paffant, que Cecilius en a oublié quelquesunes , & entre autres le Pathetique. Et certainement, s'il l'a fait pour avoir creû que le Sublime & le Pathetique naturellement n'alloient jamais l'un fans l'autre , & ne faifoient qu'un ; il fe trompe : puifqu'il y a des Paffions qui n'ont rien de grand , & qui ont mefme quelque chofe de bas , comme l'affliction , la peur , la trifteffe ; & qu'au contraire il fe rencontre quantité de chofes grandes & fublimes , où il n'entre point de paffion. Tel eft entre autres ce que dit Homere avec tant de hardieffe , (1) en parlant des Aloïdes.

REMARQUES.

(1) *En parlant des Aloïdes.*] C'étoient des Géans , qui croiffoient tous les ans d'une coudée en largeur, & d'une aulne en longueur. Ils n'avoient pas encore quinze ans, lorfqu'ils fe mirent en état d'efcalader le Ciel. Ils fe tuérent l'un l'autre par l'adreffe de Diane. *Odyff.* L. XI. vers 310. Aloüs étoit fils de Titan & de la Terre. Sa femme s'appelloit Iphimedis , elle fut violée par Neptune , dont elle eut deux enfans , Otus & Ephialte , qui furent appellés Aloïdes ; à caufe qu'ils furent nourris & élevés chez Aloüs , comme fes enfans. Virgile en a parlé dans le fixième de l'Eneïde :

Hic & Aloïdas geminos immania vidi
Corpora. BOILEAU.

Pour déthrofner les Dieux, leur vafte ambition
Entreprit d'entaffer Offe fur Pelion.

Ce qui fuit eft encore bien plus fort.

Ils l'euffent fait fans doute, &c.

Et dans la Profe, les Panegyriques, & tous ces Difcours qui ne fe font que pour l'oftentation, ont par tout
du Grand & du Sublime, bien qu'il n'y entre point de
paffion pour l'ordinaire. De forte que mefme entre les
Orateurs ceux-là communément font les moins propres
pour les Panegyriques, qui font les plus pathetiques;
& au contraire ceux qui reüffiffent le mieux dans le Panegyrique, s'entendent affez mal à toucher les paffions.

Que fi Cecilius s'eft imaginé que le Pathetique en general ne contribuoit point au Grand, & qu'il eftoit par
confequent inutile d'en parler; il ne s'abufe pas moins.
Car j'ofe dire qu'il n'y a peut-eftre rien qui releve davantage un Difcours, qu'un beau mouvement & une
paffion pouffée à propos. En effet, c'eft comme une efpece d'enthoufiafme & de fureur noble, qui anime l'O-
raifon, & qui luy donne un feu & une vigueur toute
divine.

❖❖❖❖❖❖❖❖❖❖❖❖❖❖❖❖❖❖❖❖❖❖❖❖❖❖❖❖❖❖❖❖❖❖❖❖

CHAPITRE VII.

De la sublimité dans les penfées.

Bien que des cinq parties dont j'ai parlé, la premiere & la plus confiderable, je veux dire cette *Elevation d'efprit naturelle*, foit pluftoft un prefent du Ciel, qu'une qualité qui fe puiffe acquerir; nous devons, autant qu'il nous eft poffible, nourrir noftre efprit au Grand, (1) & le tenir tousjours plein & enflé, pour ainfi dire, d'une certaine fierté noble & genereufe.

Que fi on demande comme il s'y faut prendre, j'ay desja efcrit ailleurs, que cette Elevation d'efprit eftoit une image de la grandeur d'ame; & ç'eft pourquoy

REMARQUES.

(1) *Et le tenir toujours plein & enflé, pour ainfi dire, d'une certaine fierté, &c.*] Il me femble que le mot *plein* & le mot *enflé* ne demandent pas cette modification, *pour ainfi dire*. Nous difons tous les jours, *c'eft un efprit plein de fierté, cet homme eft enflé d'orgueil;* mais la figure dont Longin s'eft fervi la demandoit néceffairement. J'aurois voulu la conferver & traduire, & *le tenir toujours, pour ainfi dire, gros d'une fierté noble & généreufe.* DACIER.

(2) *Voyez, par exemple, &c.*] Tout ceci jufqu'à *cette grandeur qu'il lui donne*, &c. eft fuppléé au texte Grec qui eft défectueux en cet endroit. BOILEAU.

Ibid. *Voyez, par exemple, ce que répondit Alexandre, &c.*] Il manque en cet endroit plufieurs feuillets. Cependant, Ga-

briel de Pétra a crû qu'il n'y manquoit que trois ou quatre lignes. Il les a fuppléées. M. le Févre de Saumur approuve fort fa reftitution, qui en effet eft très-ingénieufe, mais fauffe, en ce qu'elle fuppofe que la réponfe d'Alexandre à Parménion doit précéder immédiatement l'endroit d'Homere, dont elle étoit éloignée de douze pages raifonnablement grandes. Il eft donc important de fçavoir précifément combien il manque dans tous les endroits défectueux, pour ne pas faire à l'avenir de pareilles fuppofitions. Il y a fix grandes lacunes dans le Traité du Sublime. Les Chapitres, où elles fe trouvent, font le II. le VII. le X. le XVI. le XXV. & le XXXI. *felon l'édition de M. Defpréaux.* Elles font non feulement dans tous les Imprimés, mais auffi dans tous les Ma-

nous admirons quelquefois la feule penfée d'un homme,
encore qu'il ne parle point, à caufe de cette grandeur
de courage que nous voyons. Par exemple, le filence
d'Ajax aux Enfers, dans l'Odyffée. * Car ce filence a je ne
fçay quoy de plus grand que tout ce qu'il auroit peû dire.

La premiere qualité donc qu'il faut fuppofer en un
veritable Orateur , c'eft qu'il n'ait point l'efprit rampant. En effet , il n'eft pas poffible qu'un homme qui
n'a toute fa vie que des fentimens & des inclinations
baffes & ferviles , puiffe jamais rien produire qui foit
merveilleux, ni digne de la poftérité. Il n'y a vraifemblablement que ceux qui ont de hautes & de folides
penfées, qui puiffent faire des Difcours elevez ; & c'eft
particulierement aux grands Hommes qu'il efchappe de
dire des chofes extraordinaires. (2) Voyez, par exem-

* C'eft dans
l'onziefme Li-
vre de l'Odyf-
fée, V. 551. où
Ulyffe fait des
foumiffions à
Ajax;maisAjax
ne daigne pas
luy refpondre.

REMARQUES.

nufcrits. Les Copiftes ont eu foin, pour la
plûpart , d'avertir combien il manque dans
chaque endroit.Mais jufqu'ici les Commentateurs n'ont eu égard à ces fortes d'avertif-
femens qu'autant qu'ils l'ont jugé à propos:
l'autorité des Copiftes n'étant pas d'un
grand poids auprès de ceux qui la trouvent
oppofée à d'heureufes conjectures. L'ancien
Manufcrit de la Bibliothéque du Roi a cela
de fingulier, qu'il nous apprend la mefure
jufte de ce que nous avons perdu. Les cahiers y font cottés jufqu'au nombre de trente. Les cottes ou fignatures font de même
antiquité que le texte. Les vingt-trois premiers cahiers, qui contiennent les Problê-
mes d'Ariftote , font tous de huit feuillets
chacun. A l'égard des fept derniers, qui
appartiennent au Sublime de Longin , le

premier, le troifiéme , le quatriéme , & le
fixiéme , cottés 24. 26. 27. & 29. font de
fix feuillets , ayant perdu chacun les deux
feuillets du milieu. C'eft ce qui a fait la
premiere , la troifiéme , la quatriéme , & la
fixiéme lacune des Imprimés , & des autres
Manufcrits. Le fecond cahier manque entiérement ; mais comme il en reftoit encore
deux feuillets dans le temps que les premieres copies ont été faites, il ne manque en
cet endroit, dans les autres Manufcrits ,
& dans les Imprimés , que la valeur de fix
feuillets. C'eft ce qui a fait la feconde lacune , que Gabriel de Pétra a prétendu remplir de trois ou quatre lignes. Le cinquiéme cahier, cotté 28. n'eft que de quatre feuillets : les quatre du milieu font perdus. C'eft la cinquiéme lacune. Le feptié-

D iij

ple, ce que refpondit Alexandre, quand Darius luy offrit la moitié de l'Afie avec fa fille en mariage. *Pour moy*, luy difoit Parmenion, *fi j'eftois Alexandre, j'accepterois ces offres. Et moy auffi*, repliqua ce Prince, *fi j'eftois Parmenion.* N'eft-il pas vray qu'il falloit eftre Alexandre pour faire cette refponfe?

Et c'eft en cette partie qu'a principalement excellé Homere, dont les penfées font toutes fublimes : comme on le peut voir dans la defcription * de la Deeffe Difcorde, qui a, dit-il,

La tefte dans les Cieux, & les pieds fur la Terre.

Car on peut dire que cette grandeur qu'il luy donne eft moins la mefure de la Difcorde, que de la capacité & de l'elevation de l'efprit d'Homere. Hefiode a mis un Vers bien different de celuy-cy, dans fon Bouclier, s'il eft vray que ce Poëme foit de luy, (1) quand il dit, à propos de la Deeffe des Tenebres:

Une puante humeur luy couloit des narines.

* Iliad. liv. 4. V. 443.

*V. 267.

REMARQUES.

me n'eft que de trois feuillets continus, & remplis jufqu'à la derniere ligne de la derniere page. On examinera ailleurs s'il y a quelque chofe de perdu en cet endroit. De tout cela, il s'enfuit qu'entre les fix lacunes fpécifiées, les moindres font de quatre pages, dont le vuide ne pourra jamais être rempli par de fimples conjectures. Il s'enfuit de plus, que le Manufcrit du Roi eft original par rapport à tous ceux qui nous reftent aujourd'hui, puifqu'on y découvre l'origine & la véritable caufe de leur imperfection. BOIVIN,

(1) *Quand il dit à propos de la Deeffe des Ténèbres.*] Je ne fçai pas pourquoi les Interprétes d'Héfiode & de Longin ont voulu que Ἀχλὺς foit ici la Déeffe des ténèbres. C'eft fans doute la trifteffe, com-

En effet, il ne rend pas proprement cette Deeſſe terrible, mais odieuſe & deſgouſtante. Au contraire, voyez
quelle majeſté Homere donne aux Dieux.

Autant qu'un homme aſſis aux rivages des mers,   Iliad. l. ſ.
Voit d'un roc élevé d'eſpace dans les airs :   V. 770.
Autant des Immortels les courſiers intrepides
En franchiſſent d'un ſaut, &c.

Il meſure l'eſtenduë de leur ſaut à celle de l'Univers,
Qui eſt-ce donc qui ne s'eſcrieroit avec raiſon, en voyant
la magnificence de cette Hyperbole, que ſi les chevaux
des Dieux vouloient faire un ſecond ſaut, ils ne trouveroient pas aſſez d'eſpace dans le monde ? Ces peintures
auſſi qu'il fait du combat des Dieux, ont quelque choſe
de fort grand, quand il dit :

Le Ciel en retentit, & l'Olympe en trembla.   Iliad. liv. 21.
                                        V. 388.

Et ailleurs :   Iliad. liv. 20.
                                        V. 61.

L'Enfer s'eſmeut au bruit de Neptune en furie.
Pluton ſort de ſon Throſne, il paſlit, il s'eſcrie :

R E M A R Q U E S.

me M. le Févre l'a remarqué. Voici le por-
rait qu'Héſiode en fait dans le *Bouclier*,
au vers 264. *La triſteſſe ſe tenoit près de là*
toute baignée de pleurs, pâle, ſéche, défaite,
les genoux fort gros, & les ongles fort longt.
Ses narines étoient une fontaine d'humeurs,
le ſang couloit de ſes joues, elle grinçoit les
dents, & couvroit ſes épaules de pouſſiére.
Il ſeroit bien difficile que cela pût convenir à la Déeſſe des ténébres. Lorſqu'Hé-
ſychius a marqué ἀχλυμένος, λυπύμενος, il a
fait aſſez voir que ἀχλὺς peut fort bien être
priſe pour λύπη, *triſteſſe.* Dans ce même
chapitre Longin s'eſt ſervi de ἀχλὺς pour
dire les ténébres, *une épaiſſe obſcurité :* &
c'eſt peut-être ce qui a trompé les Interprétes. DACIER.

Il a peur que ce Dieu, dans cet affreux fejour,
D'un coup de fon Trident ne faffe entrer le jour;
Et par le centre ouvert de la terre efbranlée,
Ne faffe voir du Styx la rive defolée;
Ne defcouvre aux vivans cet Empire odieux,
Abhorré des Mortels, & craint mefme des Dieux.

Voyez-vous, mon cher Terentianus, la Terre ouverte jufqu'en fon centre, l'Enfer preft à paroiftre, &
toute la machine du Monde fur le point d'eftre deftrui-
te & renverfée, pour monftrer que dans ce combat, le
Ciel, les Enfers, les chofes mortelles & immortelles,
tout enfin combattoit avec les Dieux, & qu'il n'y avoit
rien dans la Nature qui ne fuft en danger? Mais il faut
prendre toutes ces penfées dans un fens allegorique; autrement elles ont je ne fçay quoy d'affreux, d'impie, & de
peu convenable à la Majefté des Dieux. Et pour moy,
lors que je voy dans Homere les playes, les ligues, les
fupplices, les larmes, les emprifonnemens des Dieux,
& tous ces autres accidens où ils tombent fans ceffe; il
me femble qu'il s'eft efforcé, autant qu'il a peû, de faire
des Dieux de ces Hommes qui furent au fiege de Troye;
& qu'au contraire, des Dieux mefmes il en a fait des

REMARQUES.

(1) *Dès qu'on le voit marcher fur ces li-*
quides plaines.] Ces vers font fort nobles &
fort beaux : mais ils n'expriment pas la
penfée d'Homere, qui dit que lorfque Neptune commence à marcher, les Baleines
fautent de tous côtés devant lui, & reconnoiffent leur Roi; que de joye la mer fe
fend pour lui faire place. M. Defpréaux dit
de l'eau, ce qu'Homere a dit des Baleines,
& il s'eft contenté d'exprimer un petit fré-
miffement, qui arrive fous les moindres
barques comme fous les plus grands vaif-

Hommes

Hommes. Encore les fait-il de pire condition : car à l'é-
gard de nous , quand nous sommes malheureux , au
moins avons-nous la mort , qui est comme un port as-
seuré pour sortir de nos miseres : au lieu qu'en represen-
tant les Dieux de cette sorte, il ne les rend pas proprement immortels , mais éternellement miserables.

Il a donc bien mieux reüssi, lors qu'il nous a peint un
Dieu tel qu'il est dans toute sa majesté & sa grandeur,
& sans meslange des choses terrestres ; comme dans
cet endroit, qui a esté remarqué par plusieurs avant moy,
où il dit, en parlant de Neptune :

Neptune ainsi marchant dans ces vastes campagnes,
Fait trembler sous ses pieds & forests & montagnes.

Iliad. liv. 13.
V. 18.

Et dans un autre endroit :

Il attelle son char , & montant fierement ,
Luy fait fendre les flots de l'humide Element.
(1) Dés qu'on le voit marcher sur ces liquides Plaines,
D'aise on entend sauter les pezantes Balaines.
L'Eau (2) fremit sous le Dieu qui luy donne la Loy ,
Et semble avec plaisir reconnoistre son Roy.
Cependant le char vole , &c.

REMARQUES.

seaux : au lieu de nous représenter, après Homere, des flots entr'ouverts , & une mer qui se sépare. DACIER.

(2) *Frémit sous le Dieu qui lui donne la loi.*] Il y a dans le Grec, *que l'eau en voyant Neptune, se ridoit & sembloit sourire de joye.*

Mais cela seroit trop fort en notre langue. Au reste , j'ai crû que, *l'eau reconnoît son Roi*, seroit quelque chose de plus sublime que de mettre comme il y a dans le Grec, que *les Baleines reconnoissent leur Roi.* J'ai tâché, dans les passages qui sont rapportés

Tome II.   ✶   E

Ainfi le Legiſlateur des Juifs, qui n'eſtoit pas un homme ordinaire, ayant fort bien conçeû la grandeur & la
puiſſance de Dieu, l'a exprimée dans toute ſa dignité au
commencement de ſes Loix, par ces paroles, D I E U
DIT: QUE LA LUMIERE SE FASSE; ET LA LU-
MIERE SE FIT. QUE LA TERRE SE FASSE; ET
LA TERRE FUT FAITE.

Je penſe, mon cher Terentianus, que vous ne ſerez
pas faſché que je vous rapporte encore icy un paſſage
de noſtre Poëte, quand il parle des Hommes ; afin de
vous faire voir, combien Homere eſt heroïque luy-
meſme en peignant le caractere d'un Heros. Une eſpaiſſe
obſcurité avoit couvert tout d'un coup l'armée des Grecs,
& les empeſchoit de combattre. En cet endroit Ajax,
ne ſçachant plus quelle reſolution prendre, s'eſcrie:

Iliad. liv. 17.
V. 645.

Grand Dieu, chaſſe la nuit qui nous couvre les yeux :
(1) *Et combats contre nous à la clarté des Cieux.*

Voilà les veritables ſentimens d'un Guerrier tel qu'A-
jax. Il ne demande pas la vie; un Heros n'eſtoit pas capable de cette baſſeſſe ; mais comme il ne voit point
d'occaſion de ſignaler ſon courage au milieu de l'obſcurité, il ſe faſche de ne point combattre ; il demande

---

R E M A R Q U E S.

d'Homere, à enchérir ſur lui plutôt que
de le ſuivre trop ſcrupuleuſement à la piſte.
BOILEAU.
(1) *Et combats contre nous, &c.*]
Il y a dans Homere : *Et après cela fais nous*

perir ſi tu veux à la clarté des Cieux. Mais
cela auroit été foible en notre Langue, &
n'auroit pas ſi bien mis en jour la remarque
de Longin, que, *Et combats contre nous*,
&c. Ajoutez que de dire à Jupiter, *Com-*

donc en haste que le jour paroisse, pour faire au moins une fin digne de son grand cœur, quand il devroit avoir à combattre Jupiter mesme. En effet, Homere en cet endroit est comme un vent favorable, qui seconde l'ardeur des combattans. Car il ne se remuë pas avec moins de violence, que s'il estoit espris aussi de fureur.

> *Tel que Mars en courroux au milieu des batailles :*
> *Ou comme on voit un feu, jettant par tout l'horreur,*
> *Au travers des forests promener sa fureur,*
> *De colere il escume, &c.*

Iliad. liv. 15.
V. 605.

Mais je vous prie de remarquer, pour plusieurs raisons, combien il est affoibli dans son Odyssée, où il fait voir en effet, que c'est le propre d'un grand Esprit, lors qu'il commence à vieillir & à decliner, de se plaire aux contes & aux fables. Car qu'il ait composé l'Odyssée depuis l'Iliade, j'en pourrois donner plusieurs preuves. Et premierement il est certain qu'il y a quantité de choses dans l'Odyssée, qui ne sont que la suite des malheurs qu'on lit dans l'Iliade, & qu'il a transportées dans ce dernier Ouvrage, comme autant d'Episodes de la guerre de Troye. (1) Adjoustez que les accidens, qui arrivent dans

---

REMARQUES.

bats contre nous, c'est presque la même chose que, *fais nous perir* : puisque dans un combat contre Jupiter on ne sçauroit eviter de perir. BOILEAU.

(1) *Adjoustez que les accidens, &c.*] La

remarque de M. Dacier sur cet endroit est fort sçavante & fort subtile : mais je m'en tiens pourtant toujours à mon sens. BOILEAU.

Ibid. *Adjoustez que les accidens, &c.*] Je

E ij

l'Iliade , font déplorez fouvent par les Heros de l'O-
dyffée , comme des malheurs connus & arrivez il y
a desja long-temps. Et c'eft pourquoy l'Odyffée n'eft ,
à proprement parler , que l'Epilogue de l'Iliade.

*Ce font des
paroles de Nef-
tor dans l'Odyf-
fée, l. 3. v. 109.

*Là gift le grand Ajax , & l'invincible Achille.
Là de fes ans Patrocle a veû borner le cours.
Là mon fils , mon cher fils , a terminé fes jours.

De là vient , à mon avis , que comme Homere a compofé fon Iliade durant que fon efprit eftoit en fa plus
grande vigueur, tout le corps de fon Ouvrage eft dramatique , & plein d'action : au lieu que la meilleure partie de l'Odyffée fe paffe en narrations , qui eft le genie
de la vieilleffe ; tellement qu'on le peut comparer dans
ce dernier Ouvrage au Soleil quand il fe couche , qui a
tousjours fa mefme grandeur, mais qui n'a plus tant
d'ardeur ni de force. En effet , il ne parle plus du mefme

REMARQUES.

ne croi point que Longin ait voulu dire ,
que les accidens qui arrivent dans l'Iliade ,
font déplorés par les Héros de l'Odyffée.
Mais il dit : *Ajoutez , qu'Homere rapporte
dans l'Odyffée des plaintes & des lamenta-
tions , comme connues dès long-temps à fes
Héros.* Longin a égard ici à ces chanfons
qu'Homere fait chanter dans l'Odyffée fur
les malheurs des Grecs , & fur toutes les
peines qu'ils avoient eues dans ce long
fiége. On n'a qu'à lire le Livre VIII.
DACIER.

(1) *Nous pouvons dire que c'eft le reflux
de fon efprit, &c.*] Les interprétes n'ont

point rendu toute la penfée de Longin ;
qui , à mon avis , n'auroit eu garde de dire
d'Homere , qu'il s'égare dans des imaginations & des fables incroyables. M. le
Févre eft le premier qui ait connu la beauté de ce paffage ; car c'eft lui qui a découvert que le Grec étoit défectueux , & qu'a-
près ἀμπώτιδ'ις, il falloit fuppléer, ὅτω ὁ ϖαρ
ὁ'μηρϖ. Dans ce fens-là on peut traduire
ainfi ce paffage. *Mais comme l'Océan eft
toujours grand , quoiqu'il fe foit retiré de fes
rivages , & qu'il fe foit refferré dans fes bornes ; Homere auffi après avoir quitté l'Iliade , ne laiffe pas d'être grand dans les narra-*

ton; on n'y voit plus ce Sublime de l'Iliade, qui marche par tout d'un pas égal, fans que jamais il s'arrefte
ni fe repofe. On n'y remarque point cette foule de
mouvemens & de paffions entaffées les unes fur les
autres. Il n'a plus cette mefme force, & s'il faut ainfi
parler, cette mefme volubilité de difcours, fi propre
pour l'action, & meflée de tant d'images naïves des
chofes. (1) Nous pouvons dire que c'eft le reflus de
fon efprit, qui, comme un grand Ocean, fe retire &
deferte fes rivages. (2) A tout propos il s'efgare dans des
imaginations & des fables incroyables. (3) Je n'ai pas
oublié pourtant les defcriptions de tempeftes qu'il fait,les
avantures qui arriverent à Ulyffe chez Polypheme, &
quelques autres endroits, qui font fans doute fort beaux.
Mais cette vieilleffe dans Homere, aprés tout, c'eft la
vieilleffe d'Homere : joint qu'en tous ces endroits-là il y
a beaucoup plus de fable & de narration que d'action.

REMARQUES.

tions même incroyables & fabuleufes de l'O-
dyffée. DACIER.

(2) A tout propos il s'égare dans des imaginations, &c.] Voilà, à mon avis, le véritable fens de πλάνος. Car pour ce qui eft
de dire qu'il n'y a pas d'apparence que Longin ait accufé Homere de tant d'abfurdités,
cela n'eft pas vrai, puifqu'à quelques lignes
de là il entre même dans le détail de ces
abfurdités. Au refte quand il dit, des fables
incroyables, il n'entend pas des fables qui
ne font point vrai-femblables; mais des fables qui ne font point vrai-femblablement
contées, comme la difette d'Ulyffe qui fut
dix jours fans manger, &c. BOILEAU.

(3) Je n'ai pas oublié pourtant les defcriptions de tempêtes, &c.] De la maniere dont
M. Defpréaux a traduit ce paffage, il femble que Longin, en parlant de ces narrations incroyables & fabuleufes de l'Odyffée, n'y comprenne point ces tempêtes &
ces avantures d'Ulyffe avec le Cyclope : &
c'eft tout le contraire, fi je ne me trompe ;
car Longin dit : Quand je vous parle de ces
narrations incroyables & fabuleufes, vous
pouvez bien croire que je n'ai pas oublié ces
tempêtes de l'Odyffée, ni tout ce qu'on y lit
du Cyclope, ni quelques-autres endroits, &c.

Je me fuis eftendu là-deffus, comme j'ay desja dit, afin de vous faire voir que les genies naturellement les plus elevez tombent quelquefois dans la badinerie, quand la force de leur efprit vient à s'efteindre. Dans ce rang on doit mettre ce qu'il dit du fac où Eole enferma les Vents, & des compagnons d'Ulyffe changez par Circé en pourceaux, que Zoïle appelle de *petits cochons larmoyans.* (1) Il en eft de mefme des Colombes qui nourrirent Jupiter comme un Pigeon: de la difette d'Ulyffe, qui fut dix jours fans manger aprés fon naufrage; & de toutes ces abfurditez qu'il conte du meurtre des Amans de Penelope. Car tout ce qu'on peut dire à l'avantage de ces fictions, c'eft que ce font d'affez beaux fonges; &, fi vous voulez, des fonges de Jupiter mefme. Ce qui m'a encore obligé à parler de l'Odyffée, c'eft pour vous monftrer que les grands Poëtes & les Efcrivains celebres, quand leur efprit manque de vigueur pour le Pathetique, s'amufent ordinairement à peindre les mœurs. C'eft ce que fait Homere, quand il defcrit la vie que menoient les Amans de Penelope dans la maifon d'Ulyffe. En effet, toute cette defcription eft proprement une efpece de Comedie, où les differens caracteres des hommes font peints.

REMARQUES.

Et ce font ces endroits même qu'Horace appelle *fpeciofa miracula.* DACIER.

(1) *Il en eft de même des Colombes qui nourrirent Jupiter.*] Le paffage d'Homere eft dans le XII. Livre de l'Odyff. v. 62.

——————— ἰσδὲ πέλειαι
Τρήρωγις, ταί τ' ἀμβροσίην Διῒ πατρὶ φέρουσιν.

CHAPITRE VIII.

De la sublimité qui se tire des circonstances.

Oyons si nous n'avons point encore quelque autre moyen ; par où nous puissions rendre un Discours sublime. Je dis donc, que comme naturellement rien n'arrive au monde qui ne soit tousjours accompagné de certaines circonstances, ce sera un secret infaillible pour arriver au Grand, si nous sçavons faire à propos le choix des plus considerables ; & si en les liant bien ensemble, nous en formons comme un corps. Car d'un costé ce choix, & de l'autre cet amas de circonstances choisies attachent fortement l'esprit.

Ainsi, quand Sappho veut exprimer les fureurs de l'Amour, elle ramasse de tous costez les accidens qui suivent & qui accompagnent en effet cette passion. Mais où son adresse paroist principalement, c'est à choisir de tous ces accidens ceux qui marquent davantage l'excés & la violence de l'amour, & à bien lier tout cela ensemble.

REMARQUES.

Ni les timides Colombes qui portent l'Ambrosie à Jupiter. Les Anciens ont fort parlé de cette fiction d'Homere, sur laquelle Alexandre consulta Aristote & Chiron. On peut voir Athénée Livre II. page 490. Longin la traite de songe; mais peut-être Longin n'est-il pas si sçavant dans l'antiquité, qu'il étoit bon Critique. Homere avoit pris ceci des Phéniciens, qui appelloient pres- que de la même maniere une Colombe & une Prêtresse ; ainsi quand ils disoient que les Colombes nourrissoient Jupiter, ils parloient des Prêtres & des Prêtresses qui lui offroient des sacrifices que l'on a toujours appellés la viande des Dieux. On doit expliquer de la même maniere la fable des Colombes de Dodone & de Jupiter Ammon. DACIER.

(1) Heureux ! qui prés de toy , pour toy seule souspire ;
Qui jouït du plaisir de t'entendre parler :
Qui te voit quelquefois doucement luy sousrire.
Les Dieux dans son bonheur peuvent-ils l'égaler ?

(2) Je sens de veine en veine une subtile flame
Courir par tout mon corps , si-tost que je te vois :
Et dans les doux transports où s'esgare mon ame ,
Je ne sçaurois trouver de langue , ni de voix.

Un nuage confus se respand sur ma veüë.
Je n'entends plus : je tombe en de douces langueurs ;

REMARQUES.

(1) *Heureux, qui près de toi, &c.*] Cette Ode , dont Catulle a traduit les trois premieres strophes , & que Longin nous a conservée , étoit sans doute une des plus belles de Sapho. Mais, comme elle a passé par les mains des Copistes & des Critiques , elle a beaucoup souffert des uns & des autres. Il est vrai qu'elle est très-mal conçue dans l'ancien Manuscrit du Roi : il n'y a ni distinction de vers , ni ponctuation, ni orthographe. Cependant, on auroit peut-être mieux fait de la laisser telle qu'on l'y avoit trouvée , que de la changer entiérement, comme l'on a fait. On en a ôté presque tous les Eolismes. On a retranché ; ajoûté, changé , transposé : enfin on s'est donné toutes sortes de libertés. Isaac Vossius , qui avoit vû les Manuscrits, s'est apperçû le premier du peu d'exactitude de ceux qui avoient avant lui corrigé cette Piéce. Voici comme il en parle dans ses Notes sur Catulle : *Sed ipsam nunc Lesbiam Musam loquentem audiamus ; Cujus Odam*

reliĉtam nobis Longini beneficio , emendatam ascribemus. Nam certè in hac corrigenda viri docti operam lusère. Après cela , il donne l'Ode telle qu'il l'a rétablie. Vossius pouvoit lui-même s'écarter moins qu'il n'a fait de l'ancien Manuscrit...Pour moi je crois qu'il est bon de s'en tenir le plus qu'on pourra à l'ancien Manuscrit , qui est original par rapport à tous les autres , comme on l'a fait voir ci-devant. Au reste , il faut avouer que toutes ces diversités de leçon ne changent pas beaucoup au sens , que M. Despréaux a admirablement bien exprimé. BOIVIN.

(2) *Je sens de veine en veine , &c.*] Lucréce, dans le Livre 3. de son Poëme , semble avoir imité l'Ode de Sapho. Il applique à la crainte les mêmes effets que Sapho attribue à l'amour.

Verùm ubi vehementi magis est commota
*   metu mens ;*
Consentire animam totam per membra vi-
*   demus.*

Et

(3) *Et paſle, ſans haleine, interdite, eſperduë,*
(4) *Un friſſon me ſaiſit, je tremble, je me meurs.*

Mais quand on n'a plus rien, il faut tout hazarder, &c.

N'admirez-vous point comment elle ramaſſe toutes ces
choſes, l'ame, le corps, l'ouïe, la langue, la veûë, la
couleur, (5) comme ſi c'eſtoient autant de perſonnes differentes, & preſtes à expirer ? Voyez de combien de mouvemens contraires elle eſt agitée. Elle gele, elle bruſle,
elle eſt folle, elle eſt ſage ; ou (6) elle eſt entierement hors
d'elle-meſme, ou elle va mourir. En un mot on diroit
qu'elle n'eſt pas eſpriſe d'une ſimple paſſion, (7) mais que

REMARQUES.

*Sudores itaque, & pallorem exiſtere toto
Corpore, & infringi linguam, vocemque
aboriri ;*
*Caligare oculos, ſonere aures, ſuccidere
artus :*
*Denique concidere ex animi terrore vide-
mus*
Sæpè homines.

Catulle, *Ode, ad Leſbiam*, 52. a traduit
les premieres ſtrophes de l'Ode de Sapho.
(3) *Et pâle.*] Le Grec ajoûte, *comme
l'herbe* ; mais cela ne ſe dit point en François. BOILEAU.
(4) *Un friſſon me ſaiſit, &c.*] Il y a dans
le Grec, *une ſueur froide* ; mais le mot de
ſueur en François ne peut jamais être agréable ; & laiſſe une vilaine idée à l'eſprit. BOI-
LEAU.
(5) *Comme ſi c'étoient, &c.*] Liſez plutôt,
*comme ſi c'étoient des choſes empruntées, qu'elle
fût obligée d'abandonner.* TOLLIUS.
(6) *Elle eſt entièrement hors d'elle.*] C'eſt

ainſi que j'ai traduit φοбεῖται, & c'eſt ainſi
qu'il le faut entendre, comme je le prou-
verai aiſément s'il eſt néceſſaire. Horace,
qui eſt amoureux des Helléniſmes, employe le mot de *metus* en ce même ſens
dans l'Ode *Bacchum in remotis*, quand il dit,
Evœ recenti mens trepidat metu ; car cela
veut dire, *Je ſuis encore plein de la ſainte
horreur du Dieu qui m'a tranſporté.* BOI-
LEAU.
(7) *Mais que ſon ame eſt un rendez-vous
de toutes les paſſions.*] Notre langue ne ſçauroit bien dire cela d'une autre maniere :
cependant il eſt certain que le mot *rendez-
vous* n'exprime pas toute la force du mot
Grec σύνοδος, qui ne ſignifie pas ſeulement
aſſemblée, mais *choc, combat*, & Longin
lui donne ici toute cette étendue ; car il dit
que *Sapho a ramaſſé & uni toutes ces circonſtances, pour faire paroître non pas une
ſeule paſſion, mais une aſſemblée de toutes
les paſſions qui s'entrechoquent*, &c. DA-
CIER.

fon ame eft un rendez-vous de toutes les paffions. Et c'eft en effet ce qui arrive à ceux qui aiment. Vous voyez donc bien, comme j'ay desja dit, que ce qui fait la principale beauté de fon Difcours, ce font toutes ces grandes circonftances marquées à propos, & ramaffées avec choix. Ainfi quand Homere veut faire la defcription d'une tempefte, il a foin d'exprimer tout ce qui peut arriver de plus affreux dans une tempefte. Car, par exemple, l'Autheur * du Poëme des Arimafpiens † penfe dire des chofes fort eftonnantes, quand il s'efcrie :

*Ariftée.
† C'eftoient des Peuples de Scythie.

O prodige eftonnant ! ô fureur incroyable !
Des hommes infenfez., fur de frefles Vaiffeaux,
S'en vont loin de la terre habiter fur les eaux :
Et fuivant fur la mer une route incertaine,
Courent chercher bien loin le travail & la peine.
Ils ne gouftent jamais de paifible repos.
Ils ont les yeux au Ciel, & l'efprit fur les flots.
Et les bras eftendus, les entrailles efmeûës,
Ils font fouvent aux Dieux des prieres perduës.

Cependant il n'y a perfonne, comme je penfe, qui ne voye bien que ce difcours eft en effet plus fardé & plus fleuri, que grand & fublime. Voyons donc comment

REMARQUES.

(1) *Il imprime jufques dans fes mots.*] Il y a dans le Grec, & joignant par force enfemble des prépofitions qui naturellement n'entrent point dans une même compofition, ὑπὲκ Θανάτοιο : par cette violence qu'il leur fait, il donne à fon vers le mouvement même de la tempête, & exprime admirablement la paffion. Car par la rudeffe de ces Syllabes qui fe heurtent l'une l'autre, il imprime jufques dans fes mots l'image du péril, ὑπὲκ Θανάτοιο

fait Homere , & confiderons cet endroit entre plufieurs autres.

> *Comme l'on voit les flots, fouſlevez par l'orage,*
> *Fondre fur un Vaiſſeau qui s'oppoſe à leur rage ;*
> *Le vent avec fureur dans les voiles fremit ;*
> *La mer blanchit d'eſcume , & l'air au loin gemit.*
> *Le Matelot troublé, que ſon art abandonne,*
> *Croit voir dans chaque flot la mort qui l'environne.*

Iliad. liv. 15.
V, 624.

Aratus a taſché d'encherir fur ce dernier Vers, en diſant :

> *Un bois mince & leger les deffend de la mort.*

Mais en fardant ainſi cette penſée, il l'a renduë baſſe & fleurie, de terrible qu'elle eſtoit. Et puis renfermant tout le peril dans ces mots, *Un bois mince & leger les deffend de la mort* , il l'eſloigne & le diminuë pluſtoſt qu'il ne l'augmente. Mais Homere ne met pas pour une ſeule fois devant les yeux le danger où ſe trouvent les Matelots ; il les repreſente, comme en un tableau, ſur le point d'eſtre ſubmergez à tous les flots qui s'elevent ; & (1) imprime juſques dans ſes mots & ſes ſyllabes l'image du peril. (2) Archiloque ne s'eſt point ſervi d'autre artifice dans la deſcription de ſon naufrage , non

Voyez les Remarques.

REMARQUES.

φέροντας. Mais j'ai paſſé tout cela parce qu'il eſt entiérement attaché à la Langue Grecque. B O I L E A U.

(2) *Archiloque ne s'eſt point ſervi d'autre artifice dans la deſcription de ſon naufra-* ge.] Je ſçai bien que par *ſon naufrage*, M. Deſpréaux a entendu le naufrage qu'Archiloque avoit décrit, &c. Néanmoins, comme le mot *ſon* fait une équivoque, & que l'on pourroit croire qu'Archiloque lui-mê-

plus que Demofthene dans cet endroit où il defcrit le trouble des Atheniens à la nouvelle de la prife d'Elatée, quand il dit : (1) *Il eftoit desja fort tard, &c.* Car ils n'ont fait tous deux que tirer , pour ainfi dire , & ramaffer foigneufement les grandes circonftances, prenant garde à ne point inferer dans leurs difcours des particularitez baffes & fuperfluës, ou qui fentiffent l'Efcole. En effet, de trop s'arrefter aux petites chofes, cela gafte tout ; & c'eft comme du moëlon ou des platras qu'on auroit arrangez & comme entaffez les uns fur les autres , pour élever un baftiment.

✧✧✧✧✧✧✧✧✧✧✧✧✧✧✧✧✧✧✧✧✧✧✧✧✧✧✧✧✧✧✧✧✧✧✧✧✧✧

CHAPITRE IX.

De l'Amplification.

ENtre les moyens dont nous avons parlé, qui contribuënt au Sublime , il faut auffi donner rang à ce qu'ils appellent *Amplification.* Car quand la nature des Sujets qu'on traite, ou des caufes qu'on plaide, demande des periodes plus eftenduës, & compofées de

REMARQUES.

me auroit fait le naufrage dont il a parlé , j'aurois voulu traduire , *dans la defcription du naufrage.* Archiloque avoit décrit le naufrage de fon beau-frere. D A C I E R.

(1) *Il étoit déja fort tard.*] L'Auteur n'a pas rapporté tout le paffage , parce qu'il eft un peu long. Il eft tiré de l'Oraifon pour Ctéfiphon , le voici : *Il étoit déja fort tard , lorfqu'un Courrier vint apporter au Prytanée la nouvelle que la ville d'Elatée étoit prife. Les Magiftrats qui foupoient dans ce moment , quittent auffi-tôt la table. Les uns vont dans la place publique , ils en chaffent les Marchands , & pour les obliger de fe retirer , ils brûlent les pieux des boutiques où ils étaloient. Les autres envoyent avertir les Officiers de l'Armée : on fait venir le Héraut public. Toute la ville eft pleine de tumulte.*

plus de membres, on peut s'elever par degrez, de telle
forte qu'un mot encheriffe tousjours fur l'autre. Et cette
adreffe peut beaucoup fervir, ou pour traiter quelque
lieu d'un Difcours, ou pour exagerer, ou pour confirmer, ou pour mettre en jour un fait, ou pour manier
une paffion. En effet, l'Amplification fe peut divifer en
un nombre infini d'efpeces : mais l'Orateur doit fçavoir
que pas-une de ces efpeces n'eft parfaite de foy, s'il n'y
a du Grand & du Sublime : fi ce n'eft lors qu'on cherche à efmouvoir la pitié, ou que l'on veut ravaler le
prix de quelque chofe. Par tout ailleurs, fi vous oftez à
l'Amplification ce qu'il y a de Grand, vous luy arra-
chez, pour ainfi dire, l'ame du corps. En un mot, dés
que cet appui vient à luy manquer, elle languit, & n'a
plus ni force ni mouvement. Maintenant, pour plus
grande netteté, difons en peu de mots la difference
qu'il y a de cette partie à celle dont nous avons parlé
dans le Chapitre precedent, & qui, comme j'ay dit,
n'eft autre chofe qu'un amas de circonftances choifies,
que l'on réunit enfemble : & voyons par où l'Amplification en general differe du Grand & du Sublime.

REMARQUES.

Le lendemain dès le point du jour, les Magiftrats affemblent le Sénat. Cependant, Meffieurs, vous couriez de toutes parts dans la
place publique, & le Sénat n'avoit pas encore rien ordonné, que tout le peuple étoit déja
affis. Dès que les Sénateurs furent entrés,
les Magiftrats firent leur rapport. On entend le Courrier. Il confirme la nouvelle. Alors
le Héraut commence à crier : Quelqu'un veut-
il haranguer le peuple ? mais perfonne ne lui
répond. Il a beau répéter la même chofe plufieurs fois. Aucun ne fe léve. Tous les Officiers,
tous les Orateurs étant préfens, aux yeux
de la commune Patrie, dont on entendoit la
voix crier : N'y a-t-il perfonne qui ait un
confeil à me donner pour mon falut ? Boileau.

❖❖ ❖❖❖❖❖❖❖❖❖❖❖❖❖❖❖❖❖❖❖❖❖❖❖❖❖❖❖❖❖❖❖❖❖❖❖❖❖❖❖ ❖❖

CHAPITRE X.

Ce que c'est qu'Amplification.

JE ne sçaurois approuver la définition que luy donnent les Maistres de l'Art. L'Amplification, disent-
ils, est un *Discours qui augmente & qui agrandit les
choses.* Car cette définition peut convenir tout de mesme
au Sublime, au Pathetique, & aux Figures : puisqu'elles donnent toutes au Discours je ne sçay quel caractere
de grandeur. Il y a pourtant bien de la difference. Et
premierement le Sublime consiste dans la hauteur &
l'elevation ; au lieu que l'Amplification consiste aussi
dans la multitude des paroles. C'est pourquoy le Sublime se trouve quelquefois dans une simple pensée : mais
l'Amplification ne subsiste que dans la pompe & dans
l'abondance. L'Amplification donc, pour en donner icy
une idée generale, *est un accroissement de paroles, que
l'on peut tirer de toutes les circonstances particulieres
des choses, & de tous les lieux de l'Oraison, qui rem-*

REMARQUES.

(1) *Ne sert qu'à exagérer.*] Cet endroit est
fort défectueux. L'Auteur, après avoir fait
quelques remarques encore sur l'*Amplification*, venoit ensuite à comparer deux Orateurs dont on ne peut pas deviner les noms :
il reste même dans le texte trois ou quatre
lignes de cette comparaison que j'ai sup-
primées dans la Traduction : parce que cela
auroit embarrassé le Lecteur, & auroit été
inutile ; puisqu'on ne sçait point qui sont
ceux dont l'Auteur parle. Voici pourtant
les paroles qui en restent : *Celui-ci est plus
abondant & plus riche. On peut comparer
son éloquence à une grande mer qui occupe
beaucoup d'espace, & se répand en plusieurs
endroits. L'un, à mon avis, est plus pathé-*

plit le Discours, & le fortifie, en appuyant sur ce qu'on a desja dit. Ainsi elle differe de la preuve, en ce qu'on employe celle-cy pour prouver la question, au lieu que l'Amplification (1) ne sert qu'à estendre & à exagerer. * * * * * *Voyez les Remarques.*

La mesme difference, à mon avis, est entre Demosthene & Ciceron pour le Grand & le Sublime, autant que nous autres Grecs pouvons juger des Ouvrages d'un Autheur Latin. En effet, Demosthene est grand en ce qu'il est serré & concis; & Ciceron au contraire, en ce qu'il est diffus & estendu. On peut comparer ce premier, à cause de la violence, de la rapidité, de la force, & de la vehemence avec laquelle il ravage, pour ainsi dire, & emporte tout, à une tempeste & à un foudre. (2) Pour Ciceron, on peut dire, à mon avis, que comme un grand embrasement, il devore & consume tout ce qu'il rencontre, avec un feu qui ne s'esteint point, qu'il respand diversement dans ses Ouvrages, & qui, à mesure qu'il s'avance, prend tousjours de nouvelles forces. Mais vous pouvez mieux juger de cela que moy. Au reste, le Sublime de Demosthene vaut sans

REMARQUES.

tique, & a bien plus de feu & d'éclat. L'autre demeurant toujours dans une certaine gravité pompeuse n'est pas froid à la vérité, mais n'a pas aussi tant d'activité, ni de mouvement. Le Traducteur Latin a crû que ces paroles regardoient Cicéron & Démosthéne: mais il se trompe. BOILEAU.

(2) *Pour Ciceron, &c.*] Longin en conservant l'idée des embrasemens qui semblent quelquefois ne se ralentir que pour éclater avec plus de violence, définit très-bien le caractére de Cicéron, qui conserve toujours un certain feu, mais qui le ranime en certains endroits, & lorsqu'il semble qu'il va s'éteindre. DACIER.

doute bien mieux dans les exagerations fortes , & dans les violentes paſſions , (1) quand il faut , pour ainſi dire, eſtonner l'Auditeur. Au contraire , l'abondance eſt meil-leure, lors qu'on veut, ſi j'oſe me ſervir de ces termes, (2) reſpandre une roſée agréable dans les eſprits. Et certainement un Diſcours diffus eſt bien plus propre pour les Lieux communs , les Peroraiſons, les Digreſ-ſions, & generalement pour tous ces Diſcours qui ſe font dans le Genre demonſtratif. Il en eſt de meſme pour les Hiſtoires , les Traitez de Phyſique , & pluſieurs au-tres ſemblables matieres.

❖❖❖❖❖❖❖❖❖❖❖❖❖❖❖❖:❖❖❖❖❖❖❖❖❖❖❖❖❖❖❖❖❖❖❖❖❖❖❖❖❖

CHAPITRE XI.

De l'Imitation.

POur retourner à noſtre Diſcours, Platon, dont le ſtile ne laiſſe pas d'eſtre fort elevé, bien qu'il coule ſans eſtre rapide, & ſans faire de bruit , nous a donné

REMARQUES.

(1) *Quand il faut , pour ainſi dire , éton-ner l'Auditeur.*] Cette modification , *pour ainſi dire,* ne me paroît pas néceſſaire ici , & il me ſemble qu'elle affoiblit en quelque maniere la penſée de Longin , qui ne ſe con-tente pas de dire , *que le Sublime de Démoſ-thène vaut mieux quand il faut étonner l'Au-diteur ;* mais qui ajoûte , *quand il faut en-tièrement étonner* , &c. Je ne croi pas que le mot François *étonner,* demande de lui-même cette excuſe, puiſqu'il n'eſt pas ſi fort que le Grec ἐκπλῆξαι, quoiqu'il ſerve égale-ment à marquer l'effet que produit la foudre dans l'eſprit de ceux qu'elle a preſque tou-chés. DACIER.

(2) *Une roſée agréable , &c.*] M. le Févre & M. Dacier donnent à ce paſſage une in-terprétation fort ſubtile : mais je ne ſuis point de leur avis , & je rends ici le mot de καζαντλῆσαι dans ſon ſens le plus naturel , *arroſer, rafraîchir ,* qui eſt le propre du ſtile abondant , oppoſé *au ſtile ſec.*BOILEAU.

une

une idée de ce ſtile, que vous ne pouvez ignorer, ſi vous
avez leû les Livres de ſa Republique. * *Ces Hommes
malheureux*, dit-il quelque part, *qui ne ſçavent ce
que c'eſt que de ſageſſe ni de vertu, & qui ſont continuellement plongez dans les feſtins & dans la débauche, vont tousjours de pis en pis, & errent enfin toute
leur vie. La verité n'a point pour eux d'attraits ni de
charmes : ils n'ont jamais levé les yeux pour la regarder ; en un mot ils n'ont jamais gouſté de pur ni
de ſolide plaiſir. Ils ſont comme des beſtes qui regardent
tousjours en bas, & qui ſont courbées vers la terre. Ils
ne ſongent qu'à manger & à repaiſtre, qu'à ſatisfaire
leurs paſſions brutales ; & dans l'ardeur de les raſſaſier,
ils regimbent, ils égratignent, ils ſe battent à coups
d'ongles & de cornes de fer, & periſſent à la fin par
leur gourmandiſe inſatiable.*

Au reſte, ce Philoſophe nous a encore enſeigné un
autre chemin, ſi nous ne voulons point le negliger, qui

* Dialog. 9.
page 585. Edit.
de H. Eſtienne.

REMARQUES.

Ibid. *Répandre une roſée agréable dans
les eſprits.*] Outre que cette expreſſion *répandre une roſée*, ne répond pas bien à l'a-
bondance dont il eſt ici queſtion, il me
ſemble qu'elle obſcurcit la penſée de Longin, qui oppoſe ici καταντλῆσαι à ἐκπλῆξαι,
& qui après avoir dit que *le Sublime concis
de Démoſthéne doit être employé lorſqu'il faut
entiérement étonner l'Auditeur*, ajoûte, *qu'on
doit ſe ſervir de cette riche abondance de Cicéron lorſqu'il faut l'adoucir.* Ce καταντλῆσαι
eſt emprunté de la Médecine : il ſignifie proprement *fovere*, *fomenter*, *adoucir* ; & cette idée eſt venuë à Longin du mot ἐκπλῆξαι.
Le Sublime concis eſt pour frapper ; mais
cette heureuſe abondance eſt pour guérir
les coups que ce Sublime a portés. De cette
maniere Longin explique fort bien les deux
genres de diſcours que les anciens Rhéteurs
ont établis, dont l'un qui eſt pour toucher
& pour frapper, eſt appellé proprement
Oratio vehemens ; & l'autre, qui eſt pour
adoucir, *Oratio lenis.* DACIER.

Tome II. * G

nous peut conduire au Sublime. Quel est ce chemin?
c'est l'imitation & l'emulation des Poëtes & des Escrivains illustres qui ont vescu devant nous. Car c'est le
but que nous devons tousjours nous mettre devant les
yeux.

Et certainement il s'en voit beaucoup que l'esprit
d'autruy ravit hors d'eux-mesmes, comme on dit qu'u-
ne sainte fureur saisit la Prestresse d'Apollon sur le sacré
Trepied. Car on tient qu'il y a une ouverture en terre,
d'où sort un souffle, une vapeur toute celeste, qui la
remplit sur le champ d'une vertu divine, & luy fait
prononcer des oracles. De mesme ces grandes beautez,
que nous remarquons dans les Ouvrages des Anciens,
sont comme autant de sources sacrées, d'où il s'eleve
des vapeurs heureuses, qui se respandent dans l'ame
de leurs imitateurs, & animent les esprits mesmes naturellement les moins eschauffez: si bien que dans ce
moment ils sont comme ravis & emportez de l'enthousiasme d'autruy. Ainsi voyons-nous qu'Herodote, &
devant luy Stesichore & Archiloque, ont esté grands
imitateurs d'Homere. Platon neantmoins est celuy de

REMARQUES.

(1) *Si Ammonius n'en avoit déja rapporté
plusieurs.*] Il y a dans le Grec εἰ μὴ τὰ ἐπ'
Ἰσδοὺς κὶ οἱ περὶ Ἀμμώνιον. Mais cet endroit
vrai-semblablement est corrompu. Car quel
rapport peuvent avoir les Indiens au sujet
dont il s'agit? B o i l e a u.

Ibid. *Si Ammonius n'en avoit déja rap-

porté plusieurs.*] Le Grec dit, *Si Ammonius
n'en avoit rapporté de singuliers*, τὰ ἐπ' τὶδ'ας,
comme M. le Févre a corrigé. D a c i e r.

(2) *En effet, jamais, à mon avis.*] Il me
semble que cette période n'exprime pas toutes les beautés de l'original, & qu'elle s'é-
loigne de l'idée de Longin, qui dit : *En

tous qui l'a le plus imité : car il a puifé dans ce Poëte,
comme dans une vive fource, dont il a détourné un
nombre infini de ruiffeaux : & j'en donnerois des exemples, (1) fi Ammonius n'en avoit desja rapporté plufieurs.

Au refte on ne doit point regarder cela comme un
larcin, mais comme une belle idée qu'il a euë, & qu'il
s'eft formée fur les mœurs, l'invention, & les Ouvrages d'autruy. (2) En effet, jamais, à mon avis, il n'euft
meflé tant de fi grandes chofes dans fes Traitez de Philofophie, paffant, comme il fait, du fimple difcours à
des expreffions & à des matieres Poëtiques, s'il ne fuft
venu, pour ainfi dire, comme un nouvel Athlete, difputer de toute fa force le prix à Homere, c'eft-à-dire, à
celuy qui avoit desja reçeû les applaudiffemens de tout
le monde. Car bien qu'il ne le faffe peut-eftre qu'avec
un peu trop d'ardeur, &, comme on dit, les armes à
la main, cela ne laiffe pas neantmoins de luy fervir beaucoup, puis qu'enfin, felon Hefiode,

La noble jaloufie eft utile aux Mortels.   Opera & Dies.
V. 25.

Et n'eft-ce pas en effet quelque chofe de bien glorieux,

REMARQUES.

effet, Platon femble n'avoir entaffé de fi gran-
des chofes dans fes traités de Philofophie, &
ne s'être jetté fi fouvent dans des expreffions
& dans des matières Poëtiques, que pour
difputer de toute fa force le prix à Homere,
comme un nouvel athléte à celui qui a déja

reçû toutes les acclamations, & qui a été
l'admiration de tout le monde. Cela conferve l'image que Longin a voulu donner des
Athlétes, & c'eft cette image qui fait la
plus grande beauté de ce paffage. DACIER.

& bien digne d'une ame noble, que de combattre pour l'honneur & le prix de la victoire avec ceux qui nous ont precedé, puisque dans ces sortes de combats on peut mesme estre vaincu sans honte ?

CHAPITRE XII.

De la maniere d'imiter.

Toutes les fois donc que nous voulons travailler à un Ouvrage qui demande du Grand & du Sublime, il est bon de faire cette reflexion. Comment est-ce qu'Homere auroit dit cela ? Qu'auroient fait Platon, Demosthene, ou Thucydide mesme, s'il est question d'histoire, pour escrire cecy en stile sublime ? Car ces grands Hommes que nous nous proposons à imiter,

REMARQUES.

(1) *En effet, nous ne croirons pas.*] A mon avis, le mot Grec ἀγώνισμα ne signifie point ici, *prix*, mais *spectacle*. Longin dit, *En effet, de nous figurer que nous allons rendre compte de nos écrits devant un si célébre tribunal, & sur un Théatre où nous avons de tels Héros pour Juges ou pour témoins, ce sera un spectacle bien propre à nous animer.* Thucydide s'est servi plus d'une fois de ce mot dans le même sens. Je ne rapporterai que ce passage du Livre VII. Οʹ γὰρ Γύλιππος καλὸν τὸ ἀγώνισμα ἐνόμιζέν οἱ εἶναι ἐπὶ τοῖς ἄλλοις κỳ τὰς ἀντιστρατήγες κομίσαι Λακεδαιμονίοις. *Gylippe estimoit que ce seroit un spectacle bien glorieux pour lui, de mener comme en triomphe les deux Généraux des ennemis, qu'il avoit pris dans le* combat. Il parle de Nicias & de Démosthéne, chefs des Athéniens. DACIER.

(2) *Car si un homme dans la défiance de ce jugement.*] C'est ainsi qu'il faut entendre ce passage. Le sens que lui donne M. Dacier s'accommode affez bien au Grec; mais il fait dire une chose de mauvais sens à Longin, puisqu'il n'est point vrai qu'un homme qui se défie que ses Ouvrages aillent à la postérité, ne produira jamais rien qui en soit digne, & qu'au contraire cette défiance même lui fera faire des efforts pour mettre ces ouvrages en état d'y passer avec éloge. BOILEAU.

Ibid. *Car si un homme dans la défiance de ce jugement a peur, pour ainsi dire, d'avoir dit quelque chose qui vive plus que lui, &c.*]

se prefentant de la forte à noftre imagination, nous fervent comme de flambeau, & nous elevent l'ame prefque auffi haut que l'idée que nous avons conçeuë de leur genie; fur tout fi nous nous imprimons bien cecy en nous-mefmes: Que penferoient Homere ou Demofthene de ce que je dis, s'ils m'efcoutoient? & quel jugement feroient-ils de moy? (1) En effet, nous ne croirons pas avoir un mediocre prix à difputer, fi nous pouvons nous figurer que nous allons, mais ferieufement, rendre compte de nos Efcrits devant un fi celebre Tribunal, & fur un theatre où nous avons de tels Heros pour Juges & pour tefmoins. Mais un motif encore plus puiffant pour nous exciter, c'eft de fonger au jugement que toute la pofterité fera de nos Efcrits. (2) Car fi un homme, dans la défiance de ce jugement, a peur, pour

REMARQUES.

A mon avis, aucun Interpréte n'eft entré ici dans le fens de Longin, qui n'a jamais eu cette penfée, qu'un homme dans la défiance de ce jugement pourra avoir peur d'avoir dit quelque chofe qui vive plus que lui, ni même qu'il ne fe donnera pas la peine d'achever fes ouvrages. Au contraire, il veut faire entendre que cette crainte ou ce découragement le mettra en état de ne pouvoir rien faire de beau, ni qui lui furvive, quand il travailleroit fans ceffe, & qu'il feroit les plus grands efforts ; *car fi un homme*, dit-il, *après avoir envifagé ce jugement, tombe d'abord dans la crainte de ne pouvoir rien produire qui lui furvive, il eft impoffible que les conceptions de fon efprit ne foient aveugles & imparfaites, & qu'elles n'avortent, pour ainfi dire, fans pouvoir ja-* mais parvenir à la derniere pofterité. Un homme qui écrit doit avoir une noble hardieffe, ne fe contenter pas d'écrire pour fon fiécle, mais envifager toute la pofterité. Cette idée lui élevera l'ame, & animera fes conceptions, au lieu que fi dès le moment que cette pofterité fe préfentera à fon efprit, il tombe dans la crainte de ne pouvoir rien faire qui foit digne d'elle, ce découragement & ce défefpoir lui feront perdre toute fa force, & quelque peine qu'il fe donne, fes écrits ne feront jamais que des avortons. C'eft manifeftement la doctrine de Longin, qui n'a garde pourtant d'autorifer par là une confiance aveugle & téméraire, comme il feroit facile de le prouver. DACIER.

ainfi dire, d'avoir dit quelque chofe qui vive plus que
luy, fon efprit ne fçauroit jamais rien produire que des
avortons aveugles & imparfaits ; & il ne fe donnera jamais la peine d'achever des Ouvrages qu'il ne fait point
pour paffer jufqu'à la derniere pofterité.

CHAPITRE XIII.

Des Images.

CEs *Images*, que d'autres appellent *Peintures*, ou
Fictions, font auffi d'un grand artifice pour donner du poids, de la magnificence, & de la force au
Difcours. Ce mot d'*Image* fe prend en general pour
toute penfée propre à produire une expreffion, & qui
fait une peinture à l'efprit de quelque maniere que ce
foit. Mais il fe prend encore dans un fens plus particulier & plus refferré, pour ces Difcours que l'on fait,
lors que par un enthoufiafme & un mouvement extraor-
dinaire de l'ame, il femble que nous voyons les chofes
dont nous parlons, & quand nous les mettons devant
les yeux de ceux qui efcoutent.

Au refte, vous devez fçavoir que les *Images* dans la
Rhetorique ont tout un autre ufage que parmy les Poëtes. En effet, le but qu'on s'y propofe dans la Poëfie,
c'eft l'eftonnement & la furprife : au lieu que dans la
Profe, c'eft de bien peindre les chofes, & de les faire

voir clairement. Il y a pourtant cela de commun, qu'on
tend à efmouvoir en l'une & en l'autre rencontre.

> * *Mere cruelle, arrefte, efloigne de mes yeux*
> *Ces Filles de l'Enfer, ces fpeĉtres odieux.*
> *Ils viennent : je les voy : mon fupplice s'apprefte.*
> *Quels horribles ferpens leur fiflent fur la tefte !*

* Paroles d'Euripide, dans fon Orefte, V. 255.

Et ailleurs :

> *Où fuiray-je ? Elle vient. Je la voy. Je fuis mort.*

Euripide. Iphigenie en Tauride, Vers 290.

Le Poëte en cet endroit ne voyoit pas les Furies : cependant il en fait une image fi naïve, qu'il les fait prefque voir aux Auditeurs. Et veritablement je ne fçaurois
pas bien dire fi Euripide eft auffi heureux à exprimer
les autres paffions : mais pour ce qui regarde l'amour &
la fureur, c'eft à quoy il s'eft eftudié particulierement,
& il y a fort bien reüffi. Et mefme en d'autres rencontres
il ne manque pas quelquefois de hardieffe à peindre les
chofes. Car bien que fon efprit de luy-mefme ne foit pas
porté au Grand, il corrige fon naturel, & le force d'eftre
tragique & relevé, principalement dans les grands fujets :
de forte qu'on luy peut appliquer ces Vers du Poëte :

> *A l'afpeĉt du peril, au combat il s'anime :*
> *Et le poil heriffé, (1) les yeux eftincelans,*

REMARQUES.

(1) *Les yeux étincelans.*] J'ai ajoûté ce Vers que j'ai pris dans le texte d'Homere. | *Illiade* 20. *vers* 170. BOILEAU.

De sa queuë il se bat les costez & les flancs.

Comme on le peut remarquer dans cet endroit , où le Soleil parle ainsi à Phaëthon , en luy mettant entre les mains les resnes de ses Chevaux :

Euripide dans
son Phaëthon ,
Tragedie per-
duë,

(1) *Prens garde qu'une ardeur trop funeste à ta vie*
Ne t'emporte au dessus de l'aride Libye.
Là jamais d'aucune eau le sillon arrosé
Ne rafraischit mon char dans sa course embrasé.

Et dans ces Vers suivans :

Aussi-tost devant toy s'offriront sept Estoiles.
Dresse par là ta course , & suy le droit chemin.
Phaëthon , à ces mots , prend les resnes en main ;
De ses chevaux aislez , il bat les flancs agiles.
Les coursiers du Soleil à sa voix sont dociles.
Ils vont : le char s'esloigne, & plus prompt qu'un esclair,
Penetre en un moment les vastes champs de l'air.
Le Pere cependant , plein d'un trouble funeste ,
Le voit rouler de loin sur la plaine celeste ;

R E M A R Q U E S.

(1) *Prends garde qu'une ardeur trop fu-neste à ta vie.*] Je trouve quelque chose de noble & de beau dans le tour de ces quatre vers : il me semble pourtant , que lorsque le Soleil dit , *au-dessus de la Libye ,* le *sillon n'étant point arrosé d'eau , n'a jamais rafraîchi mon char ,* il parle plutôt comme un homme qui pousse son char à travers champs , que comme un Dieu qui éclaire la terre. M. Despréaux a suivi ici tous les autres Interprétes, qui ont expliqué ce passage de la même maniere ; mais je crois qu'ils se sont fort éloignés de la pensée d'Euripide, qui dit : *Marche, & ne te laisse point emporter dans l'air de Libye, qui n'ayant aucun mélange d'humidité , laissera tomber ton char.* C'étoit l'opinion des Anciens qu'un mélange humide fait la force & la solidité de l'air. Mais ce n'est pas ici le lieu de parler de leurs principes de Physique. DACIER.

Luy

Luy monftre encor fa route,(3) & du plus haut des Cieux
Le fuit, autant qu'il peut, de la voix & des yeux.
Va par là, luy dit-il: revien: deftourne: arrefte.

Ne diriez-vous pas que l'ame du Poëte monte fur le char avec Phaëthon, qu'elle partage tous fes perils, & qu'elle vole dans l'air avec les chevaux ? car s'il ne les fuivoit dans les Cieux, s'il n'affiftoit à tout ce qui s'y paffe, pourroit-il peindre la chofe comme il fait ? Il en eft de mefme de cet endroit de fa Caffandre *, qui com-mence par

* Piece per-dûë.

Mais, ô braves Troyens, &c.

Efchyle a quelquefois auffi des hardieffes & des imagi-nations tout-à-fait nobles & heroïques, comme on le peut voir dans fa Tragedie intitulée, *Les Sept devant Thebes*, où un Courrier venant apporter à Eteocle la nouvelle de ces fept Chefs, qui avoient tous impitoya-blement juré, pour ainfi dire, leur propre mort, s'ex-plique ainfi:

REMARQUES.

(3) *Et du plus haut des Cieux.*] Le Grec porte, *au-deffus de la Canicule*; ὁπιϲθε τῶ τα Σειριυ ϐεϲὸς, ἵππευι. *Le Soleil à cheval monta au-deffus de la Canicule.* Je ne voi pas pourquoi Rutgerfius, & M. le Févre, veulent changer cet endroit, puifqu'il eft fort clair, & ne veut dire autre chofe; fi-non que le Soleil monta au-deffus de la Canicule, c'eft-à-dire, dans le centre du Ciel, où les Aftrologues tiennent que cet

Aftre eft placé, & comme j'ai mis; *au plus haut des Cieux*, pour voir marcher Phaë-thon, & que de là il lui crioit encore: *Va par là, reviens, détourne*, &c. BOILEAU.

Ibid. *Et du plus haut des Cieux.*] M. Defpréaux dit dans fa Remarque, que le Grec porte *que le Soleil à cheval monta au-deffus de la Canicule*, ὁπιϲθε τῶ τα Σειριυ ϐεϲὸς. Et il ajoûte, qu'il ne voit pas pourquoi Rutgerfius & M. le Févre veulent changer

* V. 42.

Sur un bouclier noir ſept Chefs impitoyables
Eſpouvantent les Dieux de ſermens effroyables :
Prés d'unTaureau mourant qu'ilsviennent d'eſgorger,
Tous, la main dans le ſang, jurent de ſe venger.
Ils enjurent la Peur, le Dieu Mars, & Bellone.

Au reſte, bien que ce Poëte, pour vouloir trop s'élever, tombe aſſez ſouvent dans des penſées rudes, groſſieres & mal polies, Euripide neantmoins, par une noble emulation, s'expoſe quelquefois aux meſmes perils.
Par exemple, dans Eſchyle, le Palais de Lycurgue eſt
eſmeû, & entre en fureur à la veûë de Bacchus :

* Lycurgue,
Tragedie per-
duë.

(1) Le Palais en fureur mugit à ſon aſpeĉt.

Euripide employe cette meſme penſée d'une autre maniere, en l'adouciſſant neantmoins :

La Montagne à leurs cris reſpond en mugiſſant.

REMARQUES.

cet endroit qui eſt fort clair. Premiérement,
ce n'eſt point M. le Févre qui a voulu changer cet endroit : au contraire il fait voir le
ridicule de la correction de Rutgerſius,
qui liſoit Σтιριν, au lieu de Σειριν. Il a dit
ſeulement qu'il faut lire Σειριν, & cela eſt
ſans difficulté, parce que le pénultiéme
pied de ces vers doit être un ïambe, ειν.
Mais cela ne change rien au ſens. Au reſte,
Euripide, à mon avis, n'a point voulu dire
que *le Soleil à cheval monta au-deſſus de
la Canicule ;* mais plutôt que le Soleil pour
ſuivre ſon fils, monta à cheval ſur un aſtre
qu'il appelle Σειριον, *Sirium,* qui eſt le nom
général de tous les aſtres, & qui n'eſt point

du tout ici la Canicule : ὀπιϑε ne doit point
être conſtruit avec τῷτα, il faut le joindre
avec le verbe ἵππευε du vers ſuivant, de cette maniere : Πατὴρ δ' βεβὼς τῶτα Σειειν
ἵππευε ὀπιϑε, παίδα νεϑετῶν ; *Le Soleil monté
ſur un aſtre alloit après ſon fils, en lui criant,
&c.* Et cela eſt beaucoup plus vrai-ſemblable, que de dire que le Soleil monta à
cheval pour aller ſeulement au centre du
ciel au-deſſus de la Canicule, & pour crier
de là à ſon fils, & lui enſeigner le chemin.
Ce centre du ciel eſt un peu trop éloigné
de la route que tenoit Phaëthon. DACIER.

(1) *Le Palais en fureur mugit à ſon aſ-*

Sophocle n'eft pas moins excellent à peindre les chofes, comme on le peut voir dans la defcription qu'il nous a laiffée d'Oedipe mourant, & s'enfeveliffant luy-mefme au milieu d'une tempefte prodigieufe ; & dans cet autre endroit, où il dépeint l'apparition d'Achille fur fon tombeau, dans le moment que les Grecs alloient lever l'ancre. Je doute neantmoins, pour cette apparition, que jamais perfonne en ait fait une defcription plus vive que Simonide. Mais nous n'aurions jamais fait, fi nous voulions eftaler icy tous les exemples que nous pourrions rapporter à ce propos.

Pour retourner à ce que nous difions, les (1) *Images* dans la Poëfie font pleines ordinairement d'accidens fabuleux, & qui paffent toute forte de croyance ; au lieu que dans la Rhetorique le beau des *Images* c'eft de reprefenter la chofe comme elle s'eft paffée, & telle qu'elle eft dans la verité. Car une invention Poëtique

REMARQUES.

peĉt.] Le mot *mugir* ne me paroît pas affez fort pour exprimer feul le ἐνθουσιῶν & le βακχεύει d'Efchyle ; car ils ne fignifient pas feulement *mugir*, mais *fe remuer avec agitation, avec violence.* Quoique ce foit une folie de vouloir faire un vers mieux que M. Defpréaux, je ne laifferai pas de dire que celui d'Efchyle feroit peut-être mieux de cette maniere pour le fens.

Du Palais en fureur les combles ébranlés

Tremblent en mugiffant.

Et celui d'Euripide :

La Montagne s'ébranle, & répond à leurs cris.

DACIER.

(1) *Les Images dans la Poëfie font pleines ordinairement d'accidens fabuleux.*] C'eft le fens que tous les Interprétes ont donné à ce paffage : mais je ne croi pas que ç'ait été la penfée de Longin ; car il n'eft pas vrai que dans la Poëfie les images foient ordinairement pleines d'accidens, elles n'ont en cela rien qui ne leur foit commun avec les images de la Rhetorique. Longin dit fimplement, *que dans la Poëfie les images*

H ij

& fabuleufe, dans une Oraifon, traifne neceffairement avec foy des digreffions groffieres & hors de propos, & tombe dans une extrefme abfurdité. C'eft pourtant ce que cherchent aujourd'huy nos Orateurs; ils voyent quelquefois les Furies, ces grands Orateurs, auffi bien que les Poëtes tragiques; & les bonnes gens ne prennent pas garde que lors qu'Orefte dit dans Euripide :

Orefte, Tra-
gedie, V. 264.

Toy qui dans les Enfers me veux précipiter,
Deeffe, ceffe enfin de me perfecuter.

il ne s'imagine voir toutes ces chofes, que parce qu'il n'eft pas dans fon bon fens. Quel eft donc l'effet des *Images* dans la Rhetorique? C'eft qu'outre plufieurs autres proprietez, elles ont cela qu'elles animent & efchauffent le Difcours. Si bien qu'eftant meflées avec art dans les preuves, elles ne perfuadent pas feulement, mais elles domptent, pour ainfi dire, elles foumettent l'Auditeur. *Si un homme*, dit un Orateur, *a entendu un grand*

REMARQUES.

font pouffées à un excès fabuleux, & qui paffe toute forte de créance. DACIER.

(1) *Ce n'eft point*, dit-il, *un Orateur qui a fait paffer cette Loi, c'eft la bataille, c'eft la défaite de Cheronée.*] Pour conferver l'image que Longin a voulu faire remarquer dans ce paffage d'Hyperide, il faut tradui-re : *Ce n'eft point*, dit-il, *un Orateur qui a écrit cette Loi, c'eft la bataille, c'eft la dé-faite de Cheronée.* Car c'eft en cela que confifte l'image ; *La bataille a écrit cette* Loi. Au lieu qu'en difant, *la bataille a fait paffer cette Loi*, on ne conferve plus l'image, ou elle eft du moins fort peu fenfible. C'étoit même chez les Grecs le terme propre *écrire une Loi*, une *Ordonnance*, un *Edit*, &c. M. Defpréaux a évité cette expreffion *écrire une Loi*, parce qu'elle n'eft pas Françoife dans ce fens-là ; mais il au-roit pû mettre, *ce n'eft pas un Orateur qui a fait cette Loi*, &c. Hyperide avoit ordon-né qu'on donneroit le droit de bourgeoifie à tous les habitans d'Athénes indifférem-

bruit devant le Palais, & qu'un autre à mefme temps vienne annoncer que les prifons font ouvertes, & que les prifonniers de guerre fe fauvent; il n'y a point de vieillard fi chargé d'années, ni de jeune homme fi indifferent, qui ne coure de toute fa force au fecours. Que fi quelqu'un, fur ces entrefaites, leur monftre l'auteur de ce defordre, c'eft fait de ce malheureux; il faut qu'il periffe fur le champ, & on ne luy donne pas le temps de parler.

Hyperide s'eft fervi de cet artifice dans l'Oraifon, où il rend compte de l'ordonnance qu'il fit faire, aprés la défaite de Cheronée, qu'on donneroit la liberté aux efclaves. (1) *Ce n'eft point*, dit-il, *un Orateur qui a fait paffer cette loy; c'eft la bataille, c'eft la defaite de Cheronée.* Au mefme temps qu'il prouve la chofe par raifon, il fait une *Image;* & (2) par cette propofition qu'il avance, il fait plus que perfuader & que prouver. Car comme en toutes chofes on s'arrefte naturellement à ce qui brille & efclate davantage, l'efprit de l'Auditeur

REMARQUES.

ment, la liberté aux efclaves, & qu'on envoyeroit au Pyrée les femmes & les enfans. Plutarque parle de cette Ordonnance, dans la vie d'Hyperide, & il cite même un paffage, qui n'eft pourtant pas celui dont il eft ici queftion. Il eft vrai que le même paffage rapporté par Longin, eft cité fort différemment par Démétrius Phaléreus : *Ce n'eft pas*, dit-il, *un Orateur qui a écrit cette Loi, c'eft la guerre qui l'a écrit avec l'épée d'Alexandre.* Mais pour moi je fuis perfuadé que

ces derniers mots *qui l'a écrite avec l'épée d'Alexandre,* Ἀλεξάνδρου δόρατι γράφων, ne font point d'Hyperide; elles font apparemment de quelqu'un qui aura crû ajoûter quelque chofe à la penfée de cet Orateur, & l'embellir même, en expliquant par une efpéce de pointe, le mot πόλεμος ἔγραψεν, *la guerre a écrit,* & je m'affure que cela paroîtra à tous ceux qui ne fe laiffent point éblouir par de faux brillans. DACIER.

eſt aiſément entraiſné par cette Image qu'on luy pre-
ſente au milieu d'un raiſonnement, & qui luy frappant
l'imagination, l'empeſche d'examiner de ſi prés la force
des preuves, à cauſe de ce grand eſclat dont elle couvre & environne le Diſcours. Au reſte, il n'eſt pas extraordinaire que cela faſſe cet effet en nóus, puiſqu'il
eſt certain que de deux corps meſlez enſemble, celuy
qui a le plus de force attire tousjours à ſoy la vertu &
la puiſſance de l'autre. Mais c'eſt aſſez parlé de cette
Sublimité, qui conſiſte dans les penſées, & qui vient,
comme j'ai dit, ou de *la Grandeur d'ame*, ou de *l'I-*
mitation, ou de *l'Imagination*.

❖❖

CHAPITRE XIV.

Des Figures ; & premierement de l'Apoſtrophe.

IL faut maintenant parler des Figures, pour ſuivre
l'ordre que nous nous ſommes preſcrit. Car, comme
j'ay dit, elles ne font pas une des moindres parties du
Sublime, lors qu'on leur donne le tour qu'elles doivent
avoir. Mais ce ſeroit un Ouvrage de trop longue haleine, pour ne pas dire infini, ſi nous voulions faire icy une
exacte recherche de toutes les figures qui peuvent avoir
place dans le Diſcours. C'eſt pourquoy nous nous contenterons d'en parcourir quelques-unes des principales,
je veux dire celles qui contribuënt le plus au Sublime:

feulement afin de faire voir que nous n'avançons rien que de vray. Demofthene veut juftifier fa conduite, & prouver aux Atheniens qu'ils n'ont point failli en livrant bataille à Philippe. Quel eftoit l'air naturel d'énoncer la chofe? *Vous n'avez point failly*, pouvoit-il dire, *Meffieurs, en combattant au peril de vos vies pour la liberté & le falut de toute la Grece; & vous en avez des exemples qu'on ne fçauroit démentir. Car on ne peut pas dire que ces grands Hommes ayent failly, qui ont combattu pour la mefme caufe dans les plaines de Marathon, à Salamine, & devant Platées.* Mais il en ufe bien d'une autre forte, & tout d'un coup, comme s'il eftoit infpiré d'un Dieu, & poffedé de l'efprit d'Apollon mefme, il s'efcrie en jurant par ces vaillans défenfeurs de la Grece: * *Non, Meffieurs, non, vous n'avez point failli: j'en jure par les manes de ces grands Hommes qui ont combattu pour la mefme caufe dans les plaines de Marathon.* Par cette feule forme de ferment, que j'appelleray icy *Apoftrophe*, il deïfie ces anciens Citoyens dont il parle, & monftre en effet, qu'il faut regarder tous ceux qui meurent de la forte, comme autant de Dieux, par le nom defquels on doit jurer. Il infpire à fes Juges l'efprit & les fentimens de ces illuftres Morts; & changeant l'air naturel de la preuve en cette grande & pathetique maniere d'affirmer par des fermens fi extraordinaires, fi nouveaux, & fi dignes de foy, il fait entrer dans l'ame de fes Auditeurs comme

* De Corona, pag. 343. edit. Bafil.

une efpece de contrepoifon & d'antidote , qui en chaffe
toutes les mauvaifes impreffions. Il leur eleve le courage par des loüanges. En un mot il leur fait concevoir ,
qu'ils ne doivent pas moins s'eftimer de la bataille qu'ils
ont perduë contre Philippe , que des victoires qu'ils
ont remportées à Marathon & à Salamine ; & par tous
ces differens moyens , renfermez dans une feule figure,
il les entraifne dans fon parti. Il y en a pourtant qui prétendent que l'original de ce ferment fe trouve dans Eu-
polis , quand il dit :

On ne me verra plus affligé de leur joye.
J'en jure mon combat aux champs de Marathon.

(1) Mais il n'y a pas grande fineffe à jurer fimplement.
Il faut voir où , comment , en quelle occafion , & pourquoy on le fait. Or dans le paffage de ce Poëte il n'y a
rien autre chofe qu'un fimple ferment. Car il parle là
aux Atheniens heureux , & dans un temps où ils n'a-
voient pas befoin de confolation. Adjouftez, que dans
ce ferment il ne jure pas , comme Demofthene , par des
Hommes qu'il rende immortels ; & ne fonge point à
faire naiftre dans l'ame des Atheniens des fentimens
dignes de la vertu de leurs Anceftres : veû qu'au lieu

REMARQUES.

(1) *Mais il n'y a pas grande fineffe.*] Ce jugement eft admirable , & Longin dit plus lui feul que tous les autres Rhéteurs qui ont examiné le paffage de Démofthéne.

Quintilien avoit pourtant bien vû que les fermens font ridicules , fi l'on n'a l'adreffe de les employer auffi heureufement que l'Orateur ; mais il n'avoit point fait fentir

de

de jurer par le nom de ceux qui avoient combattu, il
s'amuse à jurer par une chose inanimée, telle qu'est un
combat. Au contraire, dans Demosthene ce serment est
fait directement pour rendre le courage aux Atheniens
vaincus, & pour empescher qu'ils ne regardassent do-
resnavant, comme un malheur, la bataille de Cheronée.
De sorte que, comme j'ay desja dit, dans cette seule
figure, il leur prouve par raison qu'ils n'ont point failli;
il leur en fournit un exemple; il le leur confirme par
des sermens; il fait leur éloge; & il les exhorte à la
guerre contre Philippe.

Mais comme on pouvoit respondre à nostre Orateur:
il s'agit de la bataille que nous avons perduë contre
Philippe, durant que vous maniez les affaires de la Republique, & vous jurez par les victoires que nos an-
cestres ont remportées. Afin donc de marcher seûre-
ment, il a soin de regler ses paroles, & n'employe que
celles qui luy sont avantageuses; faisant voir que mesme
dans les plus grands emportemens il faut estre sobre
& retenu. En parlant donc de ces victoires de leurs an-
cestres, il dit: *Ceux qui ont combattu par terre à Ma-*
rathon, & par mer à Salamine; ceux qui ont donné ba-
taille prés d'Artemise & de Platées. Il se garde bien
de dire, *ceux qui ont vaincu.* Il a soin de taire l'eve-

REMARQUES.

tous les défauts que Longin nous explique
clairement dans le seul examen qu'il fait
de ce serment d'Eupolis. On peut voir deux | endroits de Quintilien dans le Chap. 2. du
Livre IX. DACIER.

Tome II.   *   I

nement, qui avoit été aussi heureux en toutes ces batailles, que funeste à Cheronée ; & previent mesme l'auditeur, en poursuivant ainsi : *Tous ceux, ô Eschine,*
qui sont péris en ces rencontres, ont esté enterrez aux
despens de la Republique, & non pas seulement ceux
dont la fortune a secondé la valeur.

❖❖❖❖❖❖❖❖❖❖❖❖❖❖❖❖❖❖❖❖❖❖❖❖❖❖❖❖❖❖❖❖❖❖❖❖❖❖

CHAPITRE XV.

Que les Figures ont besoin du Sublime pour les soûtenir.

IL ne faut pas oublier icy une reflexion que j'ai faite,
& que je vais vous expliquer en peu de mots. C'est
que si les Figures naturellement soutiennent le Sublime,
le Sublime de son costé soutient merveilleusement les
Figures : mais où, & comment ; c'est ce qu'il faut dire.

En premier lieu, il est certain qu'un Discours où les
Figures sont employées toutes seules, est de soi-mesme
suspect d'adresse, d'artifice, & de tromperie ; principalement lors qu'on parle devant un Juge souverain ; &
sur tout si ce Juge est un grand Seigneur, comme un
Tyran, un Roy, ou un General d'Armée. Car il conçoit en luy-mesme une certaine indignation contre l'O-
rateur, (1) & ne sçauroit souffrir qu'un chetif Rhétori-

REMARQUES.

(1) *Et ne sçauroit souffrir qu'un chetif.*]
Il me semble que ces deux expressions | *chetif Rhétoricien & finesses grossières*, ne
peuvent s'accorder avec ces charmes du dis-

cien entreprenne de le tromper , comme un enfant,
par de groſſieres fineſſes. Il eſt meſme à craindre quelquefois, que prenant tout cet artifice pour une eſpece
de meſpris, il ne s'effarouche entierement : & bien qu'il
retienne ſa colere, & ſe laiſſe un peu amollir aux charmes du diſcours, il a tousjours une forte repugnance
à croire ce qu'on luy dit. C'eſt pourquoy il n'y a point
de Figure plus excellente que celle qui eſt tout-à-fait
cachée , & lors qu'on ne reconnoiſt point que c'eſt une
Figure. Or il n'y a point de ſecours ni de remede plus
merveilleux pour l'empeſcher de paroiſtre, que le Sublime & le Pathetique ; parce que l'Art ainſi renfermé
au milieu de quelque choſe de grand & d'eſclatant, a
tout ce qui luy manquoit, & n'eſt plus ſujet d'aucune
tromperie. Je ne vous en ſçaurois donner un meilleur
exemple que celuy que j'ay desja rapporté : *J'en jure*
par les mânes de ces grands Hommes , &c. Comment
eſt-ce que l'Orateur a caché la Figure dont il ſe ſert?
N'eſt-il pas aiſé de reconnoiſtre que c'eſt par l'eſclat
meſme de ſa penſée? Car comme les moindres lumieres s'évanouïſſent quand le Soleil vient à eſclairer ; de
meſme, toutes ces ſubtilitez de Rhetorique diſparoiſſent
à la veuë de cette grandeur qui les environne de tous
coſtez. La meſme choſe , à peu prés , arrive dans la

REMARQUES.

cours dont il eſt parlé ſix lignes plus bas. | prenne de le tromper comme un enfant par
Longin dit , & ne ſçauroit ſouffrir qu'un | de petites fineſſes , χηματίοις. D A C I E R.
ſimple Rhétoricien , τεχνίτης ῥήτωρ , entre- |

I ij

Peinture. En effet, que l'on colore plufieurs chofes également tracées fur un mefme plan, & qu'on y mette le jour & les ombres, il eft certain que ce qui fe prefentera d'abord à la veuë, ce fera le lumineux, à caufe de fon grand efclat, qui fait (1) qu'il femble fortir hors du Tableau, & s'approcher en quelque façon de nous. Ainfi le Sublime & le Pathetique, foit par une affinité naturelle qu'ils ont avec les mouvemens de noftre ame, foit à caufe de leur brillant, paroiffent davantage, & femblent toucher de plus prés noftre efprit, que les Figures dont ils cachent l'Art, & qu'ils mettent comme à couvert.

❖❖❖❖❖❖❖❖❖❖❖❖❖❖❖❖❖❖❖❖❖❖❖❖❖❖❖❖❖❖❖❖

CHAPITRE XVI.

Des Interrogations.

QUe diray-je des demandes & des interrogations? Car qui peut nier que ces fortes de Figures ne donnent beaucoup plus de mouvement, d'action, & de force au difcours? * *Ne voulez-vous jamais faire autre chofe,* dit Demofthene aux Atheniens, *qu'aller par la ville vous demander les uns aux autres: Que dit-on de nouveau? Et que peut-on vous apprendre de plus nouveau que ce que vous voyez? Un homme de*

* Premiere Philippique, pag. 15. edit. de Bafle,

REMARQUES.

(1) *Qu'il femble fortir hors du tableau.*] Καιόμδμον ἔξοχον, ὢ ἐἶγυτέρω παρὰ πολὺ φαίνεται. Καιόμδμον ne fignifie rien en cet endroit. Longin avoit fans doute écrit, ὢ ὐ μόνον ἔξοχον ἀλλα ἡ ἐἶγυτέρω, &c. *ac non modò eminens, fed & propius multò vidé-*

Macedoine se rend Maistre des Atheniens, & fait la loy à toute la Grece. Philippe est-il mort? dira l'un: Non, respondra l'autre, il n'est que malade. Hé que vous importe, Messieurs, qu'il vive, ou qu'il meure? Quand le Ciel vous en auroit delivrez, vous vous feriez bien-tost vous-mesmes un autre Philippe. Et ailleurs: Embarquons-nous pour la Macedoine. Mais où aborderons-nous, dira quelqu'un, malgré Philippe? La guerre mesme, Messieurs, nous descouvrira par où Philippe est facile à vaincre. S'il eust dit la chose simplement, son discours n'eust point respondu à la majesté de l'affaire dont il parloit: au lieu que par cette divine & violente maniere de se faire des interrogations & de se respondre sur le champ à soy-mesme, comme si c'estoit une autre personne, non seulement il rend ce qu'il dit plus grand & plus fort, mais plus plausible & plus vraysemblable. Le Pathetique ne fait jamais plus d'effet, que lors qu'il semble que l'Orateur ne le recherche pas, mais que c'est l'occasion qui le fait naistre. Or il n'y a rien qui imite mieux la passion que ces sortes d'interrogations & de responses. Car ceux qu'on interroge, sentent naturellement une certaine esmotion, qui fait que sur le champ ils se precipitent de respondre, & de dire ce qu'ils sçavent de vray, avant mesme qu'on ait

REMARQUES.

tur: Et paroit non seulement relevé, mais même plus proche. Il y a dans l'ancien Manuscrit, κατιυμβρον ἴξοχον ἀλλὰ ἢ ἐξωτέρω, &c. Le changement de ΚΑΙΟΥΜΟΝΟΝ en ΚΑΙΟΜΕΝΟΝ, est fort aisé à comprendre. BOIVIN.

achevé de les interroger. Si bien que par cette Figure
l'Auditeur eſt adroitement trompé, & prend les diſcours
les plus meditez pour des choſes dites ſur l'heure &
(1) dans la chaleur ✱✱✱✱ (2) Il n'y a rien encore qui
donne plus de mouvement au diſcours, que d'en oſter
les liaiſons. En effet, un diſcours que rien ne lie &
n'embarraſſe, marche & coule de ſoy-meſme, & il s'en
faut peu qu'il n'aille quelquefois plus viſte que la penſée meſme de l'Orateur. ✱ *Ayant approché leurs bou-*

* Xenoph.
Hiſt. Gr. liv. 4.
pag. 519. edit.
de Leuncla.

cliers les uns des autres, dit Xenophon, *ils reculoient,*
ils combattoient, ils tuoient, ils mouroient enſemble.
Il en eſt de meſme de ces paroles d'Euryloque à Ulyſſe
dans Homere :

Odyſſ. l. 10.
V. 251.

> *Nous avons, par ton ordre, à pas precipitez,*
> *Parcouru de ces Bois les ſentiers eſcartez :*
> *(3) Nous avons, dans le fond d'une ſombre vallée,*
> *Deſcouvert de Circé la maiſon reculée.*

Car ces periodes ainſi coupées, & prononcées neantmoins avec precipitation, ſont les marques d'une vive
douleur, qui l'empeſche en meſme temps (4)& le force

REMARQUES.

(1) *Et dans la chaleur.*] Le Grec ajoûte :
Il y a encore un autre moyen ; car on le peut
voir dans ce paſſage d'Hérodote, qui eſt ex-
trêmement ſublime. Mais je n'ai pas crû devoir mettre ces paroles en cet endroit qui
eſt fort défectueux : puiſqu'elles ne forment
aucun ſens, & ne ſerviroient qu'à embarraſſer le Lecteur. BOILEAU.

(2) *Il n'y a rien encore qui donne plus de*
mouvement au diſcours, que d'en ôter les liai-
ſons.] J'ai ſuppléé cela au texte : parce que
le ſens y conduit de lui-même. BOILEAU.

de parler. C'eſt ainſi qu'Homere ſçait oſter, où il faut,
les liaiſons du diſcours.

CHAPITRE XVII.

Du meſlange des Figures.

IL n'y a encore rien de plus fort pour eſmouvoir,
que de ramaſſer enſemble pluſieurs Figures. Car
deux ou trois Figures ainſi meſlées, entrant par ce
moyen dans une eſpece de ſocieté, ſe communiquent
les unes aux autres de la force, des graces & de l'ornement : comme on le peut voir dans ce paſſage de l'O-
raiſon de Demoſthene contre Midias, où en meſme
temps il oſte les liaiſons de ſon diſcours, & meſle enſemble les Figures de Repetition & de Deſcription.
* *Car tout homme*, dit cet Orateur, *qui en outrage un*   * Contre Mi-
autre, fait beaucoup de choſes du geſte, des yeux, de la   dias, p. 395.
voix, que celuy qui a eſté outragé ne ſçauroit peindre edit. de Baſle.
dans un recit. Et de peur que dans la ſuite ſon diſcours
ne vinſt à ſe relaſcher, ſçachant bien que l'ordre appartient à un eſprit raſſis, & qu'au contraire le deſordre

R E M A R Q U E S.

(3) *Nous avons dans le fond.*] Tous les
exemplaires de Longin mettent ici des étoiles, comme ſi l'endroit étoit défectueux ;
mais ils ſe trompent. La remarque de Longin eſt fort juſte, & ne regarde que ces
deux periodes ſans conjonction : *Nous*

avons par ton ordre, &c. Et enſuite : *Nous*
avons dans le fond, &c. BOILEAU.
   (4) *Et le force de parler.*] La reſtitution
de M. le Févre eſt fort bonne, ουδ'ιωκιῶσι,
& non pas ουδ'ιοικιῶσι. J'en avois fait la
remarque avant lui. BOILEAU.

eſt la marque de la paſſion, qui n'eſt en effet elle-meſme qu'un trouble & une eſmotion de l'ame ; il pourſuit dans la meſme diverſité de Figures. *Tantoſt il le frappe comme ennemi, tantoſt pour luy faire inſulte, tantoſt avec les poings, tantoſt au viſage.* Par cette violence de paroles ainſi entaſſées les unes ſur les autres, l'Orateur ne touche & ne remuë pas moins puiſſamment ſes Juges, que s'ils le voyoient frapper en leur preſence. Il revient à la charge, & pourſuit, comme une tempeſte : *Ces affronts eſmeuvent, ces affronts tranſportent un homme de cœur, & qui n'eſt point accouſtumé aux injures. On ne ſçauroit exprimer par des paroles l'énormité d'une telle aĉtion.* Par ce changement continuel, il conſerve par tout le caraĉtere de ces Figures turbulentes : tellement que dans ſon ordre il y a un deſordre ; & au contraire, dans ſon deſordre il y a un ordre merveilleux. Pour preuve de ce que je dis, mettez, par plaiſir, les conjonĉtions à ce paſſage, comme font les diſciples d'Iſocrate : *Et certainement il ne faut pas oublier que celuy qui en outrage un autre, fait beaucoup de choſes, premierement par le geſte, enſuite par les yeux, & enfin par la voix meſme, &c....* Car en egalant & applaniſſant ainſi toutes choſes par le moyen des liaiſons, vous verrez que d'un Pathetique fort & violent vous tomberez dans une petite affeterie de langage, qui n'aura ni pointe ni aiguillon ; & que toute la force de voſtre diſcours s'eſteindra auſſi-toſt

d'elle-

Ibid.

Ibid.

d'elle-mefme. Et comme il eft certain que fi on lioit le
corps d'un homme qui court, on luy feroit perdre toute
fa force ; de mefme, fi vous allez embarraffer une paffion de ces liaifons & de ces particules inutiles, elle les
fouffre avec peine ; vous luy oftez la liberté de fa courfe,
& cette impetuofité qui la faifoit marcher avec la mefme violence qu'un trait lancé par une machine.

CHAPITRE XVIII.
Des Hyperbates.

IL faut donner rang aux Hyperbates. L'Hyperbate
n'eft autre chofe que *la Tranfpofition des penfées ou
des paroles dans l'ordre & la fuite d'un Difcours.* Et cette
Figure porte avec foy le caractere veritable d'une paffion forte & violente. En effet, voyez tous ceux qui font
efmeûs de colere, de frayeur, de dépit, de jaloufie, ou
de quelque autre paffion que ce foit ; car il y en a tant
que l'on n'en fçait pas le nombre ; leur efprit eft dans une
agitation continuelle. A peine ont-ils formé un deffein
qu'ils en conçoivent auffi-toft un autre ; & au milieu de
celuy-cy, s'en propofant encore de nouveaux, où il n'y
a ni raifon ni rapport, ils reviennent fouvent à leur premiere refolution. La paffion en eux eft comme un vent
leger & inconftant, qui les entraifne, & les fait tourner
fans ceffe de cofté & d'autre : fi bien que dans ce flux &
ce reflux perpetuel de fentimens oppofez, ils changent

Tome II.   *   K

à tous momens de penſée & de langage, & ne gardent ni ordre ni ſuite dans leurs diſcours.

Les habiles Eſcrivains, pour imiter ces mouvemens de la Nature, ſe ſervent des Hyperbates. Et à dire vray, l'Art n'eſt jamais dans un plus haut degré de perfection, que lors qu'il reſſemble ſi fort à la Nature, qu'on le prend pour la Nature meſme ; & au contraire la Nature ne reüſſit jamais mieux que quand l'Art eſt caché.

Nous voyons un bel exemple de cette tranſpoſition dans Herodote, où Denys Phocéen parle ainſi aux Ioniens : *En effet nos affaires ſont reduites à la derniere extremité, Meſſieurs. Il faut neceſſairement que nous ſoyons libres, ou eſclaves, & eſclaves miſerables.* (1) *Si donc vous voulez eviter les malheurs qui vous menacent, il faut, ſans differer, embraſſer le travail & la fatigue, & acheter voſtre liberté par la défaite de vos ennemis.* S'il euſt voulu ſuivre l'ordre naturel, voicy comme il euſt parlé : *Meſſieurs, il eſt maintenant temps d'embraſ-ſer le travail & la fatigue. Car enfin nos affaires ſont reduites à la derniere extremité, &c.* Premierement donc il tranſpoſe ce mot, *Meſſieurs,* & ne l'infere qu'imme-diatement après leur avoir jetté la frayeur dans l'ame,

Herodote, liv. 6. pag. 338. edit. de Francfort.

REMARQUES.

(1) *Si donc vous voulez.*] Tous les Inter-prètes d'Hérodote, & ceux de Longin, ont expliqué ce paſſage comme M. Deſpréaux. Mais ils n'ont pas pris garde que le verbe Grec ἐνδέχεσθαι ne peut pas ſignifier *éviter*, mais *prendre*, & que ταλαιπωρία n'eſt pas plus ſouvent employé pour *miſere, calamité*, que pour *travail, peine.* Hérodote oppoſe manifeſtement ταλαιπωρίας ἐνδέχεσθαι, *pren-dre de la peine, n'appréhender point la fati-gue*, à μαλακίη διαχρῆσθαι, *être lâche, pa-reſſeux :* & il dit, *ſi donc vous voulez ne point*

comme fi la grandeur du peril luy avoit fait oublier la
civilité, qu'on doit à ceux à qui l'on parle en commençant un difcours. Enfuite il renverfe l'ordre des penfées.
Car avant que de les exhorter au travail, qui eft pourtant fon but, il leur donne la raifon qui les y doit porter : *En effet nos affaires font reduites à la derniere extremité* ; afin qu'il ne femble pas que ce foit un difcours
eftudié qu'il leur apporte ; mais que c'eft la paffion qui
le force à parler fur le champ. Thucydide a auffi des
Hyperbates fort remarquables, & s'entend admirablement à tranfpofer les chofes qui femblent unies du lien le
plus naturel, & qu'on diroit ne pouvoir eftre feparées.

Demofthene eft en cela bien plus retenu que luy. En
effet, pour Thucydide, jamais perfonne ne les a refpan-
duës avec plus de profufion, & on peut dire qu'il en
foûle fes Lecteurs. Car dans la paffion qu'il a de faire
paroiftre que tout ce qu'il dit, eft dit fur le champ, il
traifne fans ceffe l'Auditeur par les dangereux deftours
de fes longues tranfpofitions. Affez fouvent donc il fuf-
pend fa premiere penfée, comme s'il affectoit tout exprès le defordre : & entremeflant au milieu de fon difcours plufieurs chofes differentes, qu'il va quelquefois
chercher mefme hors de fon fujet, il met la frayeur

REMARQUES.

appréhender la peine & la fatigue, commen-
cez dès ce moment à travailler, & après la
défaite de vos ennemis vous ferez libres. Ce
que je dis paroîtra plus clairement, fi on
prend la peine de lire le paffage dans le fixiéme Livre d'Hérodote, à la Section XI. DA-
CIER.

K ij

dans l'ame de l'Auditeur, qui croit que tout ce difcours va tomber, & l'intereffe malgré luy dans le peril où il penfe voir l'Orateur. Puis tout d'un coup, & lors qu'on ne s'y attendoit plus, difant à propos ce qu'il y avoit fi long-temps qu'on cherchoit ; par cette tranfpofition également hardie & dangereufe, il touche bien davantage que s'il euft gardé un ordre dans fes paroles. Il y a tant d'exemples de ce que je dis, que je me difpenferay d'en rapporter.

CHAPITRE XIX.
Du changement de Nombre.

IL n'en faut pas moins dire de ce qu'on appelle *Diverfitez de cas*, *Collections*, *Renverfemens*, *Gradations*, & de toutes ces autres Figures, qui eftant, comme vous fçavez, extremement fortes & vehementes, peuvent beaucoup fervir par confequent à orner le difcours, & contribuent en toutes manieres au Grand & au Pathetique. Que diray-je des changemens de cas, de temps,

REMARQUES.

(1) *Auffi - tôt un grand peuple, &c.*] Quoi qu'en veuille dire M. le Févre, il y a ici deux Vers; & la Remarque de Langbaine eft fort jufte. Car je ne voi pas pourquoi en mettant Θῦνον, il eft abfolument néceffaire de mettre καὶ. BOILEAU.

Ibid. *Auffi-tôt un grand peuple accourant fur le port.*] Voici le paffage Grec : ἀυτίκα λαὸς ἀπείρων Θῦνον ἐπ' ἠϊόνεσσι δϊϊσάμενοι ἰκελάδ'υσαν. Langbaine corrige Θῦνον pour

Θῦνον, & il fait une fin de vers avec un vers entier :
——————— ἀυτίκα λαὸς ἀπείρων
Θῦνον ἐπ' ἠϊόνεσσι δϊϊσάμενοι κελάδ'υσαν.

Mais M. le Févre foûtient que c'eft de la profe, qu'il n'y faut rien changer; & que fi l'on mettoit Θῦνον, il faudroit auffi ajoûter un καὶ, καὶ δϊϊσάμενοι. M. Defpréaux fe détermine fur cela, & il fuit la remarque de

de perſonnes, de nombre, & de genre? En effet, qui ne voit combien toutes ces choſes ſont propres à diverſi- fier & à ranimer l'expreſſion? Par exemple, pour ce qui regarde le changement de nombre, ces Singuliers, dont la terminaiſon eſt ſinguliere, mais qui ont pourtant, à les bien prendre, la force & la vertu des Pluriels:

(1) *Auſſi-toſt un grand Peuple accourant ſur le Port,*
  Ils firent de leurs cris retentir le rivage.

Et ces Singuliers ſont d'autant plus dignes de remarque, qu'il n'y a rien quelquefois de plus magnifique que les Pluriels. Car la multitude qu'ils renferment, leur donne du ſon & de l'emphâſe. Tels ſont ces Pluriels qui ſortent de la bouche d'Oedipe dans Sophocle:

Hymen, funeſte hymen, tu m'as donné la vie: Oedip. Ty-
Mais dans ces meſmes flancs, où je fus enfermé, ran, V. 1417.
Tu fais rentrer ce ſang dont tu m'avois formé.
Et par-là tu produis & des fils, & des peres,
Des freres, des maris, des femmes, & des meres:
Et tout ce que du Sort la maligne fureur
Fit jamais voir au jour & de honte & d'horreur.

REMARQUES.

Langbaine, qui lui a paru plus juſte, par- ce, dit-il, qu'il ne voit pas pourquoi, en mettant δύνη, on eſt obligé de mettre la liaiſon κα}. Il veut dire ſans doute, & cela eſt vrai, que deux verbes ſe trouvent très- ſouvent ſans liaiſon, comme dans le paſſage d'Homere que Longin rapporte dans le Chap. XVI. mais il devoit prendre garde que dans ce paſſage, chaque verbe occupe un vers, au lieu qu'ici il n'y auroit qu'un ſeul vers pour les deux verbes, ce qui eſt entié- rement oppoſé au génie de la langue Grec- que, qui ne ſouffre pas qu'un ſeul vers ren- ferme deux verbes de même tems, & un par- ticipe, ſans aucune liaiſon. Cela eſt certain. D'ailleurs, on pourroit faire voir que cet aſyndeton, que l'on veut faire dans ce pré- tendu vers, au lieu de lui donner de la force & de la viteſſe, l'énerve, & le rend languiſ- ſant. DACIER.

Tous ces differens noms ne veulent dire qu'une feule perfonne, c'est à fçavoir, Oedipe d'une part, & fa mere Jocaste de l'autre. Cependant, par le moyen de ce nombre ainfi refpandu & multiplié en differens Pluriels, il multiplie en quelque façon les infortunes d'Oedipe. C'eft par un mefme pleonafme, qu'un Poëte a dit :

On vit les Sarpedons & les Hectors paroiftre.

* Platon.
Menexenus.
tom. 2. pag.
245. edit. de
H. Eftienne.

Il en faut dire autant de ce paffage de Platon, à propos des Atheniens, que j'ay rapporté ailleurs : * *Ce ne font point des Pelops, des Cadmus, des Egyptes, des Danaïs, ni des hommes nez barbares, qui demeurent avec nous. Nous fommes tous Grecs, éloignez du commerce & de la frequentation des Nations eftrangeres, qui habitons une mefme Ville, &c.*

En effet tous ces Pluriels, ainfi ramaffez enfemble, nous font concevoir une bien plus grande idée des chofes. Mais il faut prendre garde à ne faire cela que bien à propos, & dans les endroits où il faut amplifier, ou multiplier, ou exaggerer ; & dans la paffion, c'eft-à-dire, quand le fujet eft fufceptible d'une de ces chofes, ou de plufieurs. (1) Car d'attacher par tout ces cymbales & ces fonnettes, cela fentiroit trop fon Sophifte.

REMARQUES.

(1) *Car d'attacher par tout ces cymbales.*] Les Anciens avoient accoutumé de mettre des fonnettes aux harnois de leurs chevaux dans les occafions extraordinaires, c'eft-à-dire, les jours où l'on faifoit des revûes ou des tournois : il paroît même par un paffage d'Efchyle, qu'on en garniffoit les boucliers tout autour. C'eft de cette coutume que dépend l'intelligence de ce paffage de Longin, qui veut dire que, comme un homme, qui

❖❖❖

CHAPITRE XX.
Des Pluriels reduits en Singuliers.

ON peut auffi tout au contraire reduire les Pluriels en Singuliers; & cela a quelque chofe de fort grand. *Tout le Peloponefe*, dit Demofthene, * *eftoit alors divifé en factions.* Il en eft de mefme de ce paffage d'Hero-dote : ** *Phrynichus faifant reprefenter fa Tragedie intitulée*, La prife de Milet, *tout* (1) *le Théatre fe fondit en larmes*. Car de ramaffer ainfi plufieurs chofes en une, cela donne plus de corps au difcours. Au refte, je tiens que pour l'ordinaire c'eft une mefme raifon qui fait valoir ces deux differentes Figures. En effet, foit qu'en changeant les Singuliers en Pluriels, d'une feule chofe vous en faffiez plufieurs; foit qu'en ramaffant des Pluriels dans un feul nom Singulier, qui fonne agreable-ment à l'oreille, de plufieurs chofes vous n'en faffiez qu'une, ce changement imprévû marque la paffion.

* De Coro-na, pag. 315. edit. Bafil.

** Herodo-te, liv. 6. pag. 341. edit. de Francfort.

R E M A R Q U E S.

mettroit ces fonnettes tous les jours, feroit pris pour un charlatan : l'Orateur qui em-ployeroit par tout ces pluriels, pafferoit pour un Sophifte. DACIER.

(1) *Le Théatre fe fondit en larmes.*] Il y a dans le Grec οἱ θεώμενοι. C'eft une faute. Il faut mettre comme il y a dans Hérodote, θέητρον. Autrement Longin n'auroit fçû ce qu'il vouloit dire. BOILEAU.

✦✦✦

CHAPITRE XXI.
Du changement de Temps.

IL en est de mesme du changement de Temps : lors qu'on parle d'une chose passée, comme si elle se faisoit presentement ; parce qu'alors ce n'est plus une narration que vous faites , c'est une action qui se passe à l'heure mesme. *Un Soldat , dit Xenophon , * estant tombé sous le cheval de Cyrus , & estant foulé aux pieds de ce cheval , il luy donne un coup d'epée dans le ventre. Le cheval blessé se demene & secouë son Maistre. Cyrus tombe.* Cette Figure est fort frequente dans Thucydide.

* Institut. de Cyrus, liv. 7. p. 178. edit. Leunel.

✦✦✦

CHAPITRE XXII.
Du changement de Personnes.

LE changement de Personnes n'est pas moins pathetique. Car il fait que l'Auditeur assez souvent se croit voir luy-mesme au milieu du peril.

Iliad. liv. 15. v. 697.

*Vous diriez , à les voir pleins d'une ardeur si belle ,
Qu'ils retrouvent tousjours une vigueur nouvelle ;
Que rien ne les sçauroit ni vaincre , ni lasser ,
Et que leur long combat ne fait que commencer.*

Et dans Aratus :

Ne t'embarque jamais durant ce triste mois.

Cela

Cela se voit encore dans Herodote. * *A la sortie de la* * Liv.2.pag. 100. edit. de Francfort. *ville d'Elephantine*, dit cet Historien, *du costé qui va en montant, vous rencontrez d'abord une colline, &c. De là vous descendez dans une plaine. Quand vous l'avez traversée, vous pouvez vous embarquer tout de nouveau, & en douze jours arriver à une grande ville qu'on appelle Meroé.* Voyez-vous, mon cher Terentianus, comme il prend vostre esprit avec luy, & le conduit dans tous ces differens païs, vous faisant plustost voir qu'entendre. Toutes ces choses, ainsi pratiquées à propos, arrestent l'Auditeur, & luy tiennent l'esprit attaché sur l'action presente; principalement lors qu'on ne s'adresse pas à plusieurs en general, mais à un seul en particulier.

> *Tu ne sçaurois connoistre au fort de la meslée,* Iliad. liv. 5. V. 85.
> *Quel parti suit le fils du courageux Tydée.*

Car en resveillant ainsi l'Auditeur par ces apostrophes, vous le rendez plus esmeû, plus attentif, & plus plein de la chose dont vous parlez.

++

CHAPITRE XXIII.

Des Transitions imprévoüës.

IL arrive aussi quelquefois, qu'un Escrivain parlant de quelqu'un, tout d'un coup se met à sa place, & joüe son personnage. Et cette Figure marque l'impetuosité de la passion.

Tome II.   *   L

Iliad. liv. 15.
V. 346.

Mais Hector, qui les voit espars sur le rivage,
Leur commande à grands cris de quitter le pillage :
D'aller droit aux Vaisseaux sur les Grecs se jetter.
Car quiconque mes yeux verront s'en escarter,
Aussi-tost dans son sang je cours laver sa honte.

Le Poëte retient la narration pour soy, comme celle qui luy est propre ; & met tout d'un coup & sans en avertir, cette menace precipitée dans la bouche de ce Guerrier boüillant & furieux. En effet, son discours auroit langui, s'il y eust entremeslé : *Hector dit alors de telles ou semblables paroles.* Au lieu que par cette Transition impréveûë il prévient le Lecteur, & la Transition est faite avant que le Poëte mesme ait songé qu'il la faisoit. Le veritable lieu donc où l'on doit user de cette Figure, c'est quand le temps presse, & que l'occasion qui se presente ne permet pas de differer : lors que sur le champ il faut passer d'une personne à une autre, comme dans Hecatée : * (1) *Ce Heraut ayant assez pezé la consequence de toutes ces choses, il commande aux descendans des Heraclides de se retirer. Je ne puis plus rien*

* Livre perdu.

REMARQUES.

(1) *Ce Heraut ayant pesé, &c.*] M. le Fèvre & M. Dacier donnent un autre sens à ce passage d'Hécatée, & font même une restitution sur ὡς μὴ ὢν, dont ils changent ainsi l'accent ὡς μὴ ὢν : prétendant que c'est un Ionisme, pour ὡς μὴ ᾖ. Peut-être ont-ils raison, mais peut-être aussi qu'ils se trompent, puisqu'on ne sçait de quoi il s'agit en cet endroit, le livre d'Hécatée étant perdu.

En attendant donc que ce livre soit retrouvé, j'ai crû que le plus sûr étoit de suivre le sens de Gabriel de Petra, & des autres Interprétes, sans y changer ni accent ni virgule. Boileau.

Ibid. *Ce Heraut ayant.*] Ce passage d'Hécatée a été expliqué de la même maniere par tous les Interprétes ; mais ce n'est guere la coutume qu'un Héraut pése la consequen-

pour vous, non plus que si je n'estois plus au monde. Vous estes perdus, & vous me forcerez bien-tost moi-mesme d'aller chercher une retraite chez quelque autre Peuple. Demosthene, dans son Oraison contre Aristogiton, * a encore employé cette Figure d'une maniere differente de celle-cy, mais extremement forte & pathetique. *Et il ne se trouvera personne entre vous*, dit cet Orateur, *qui ait du ressentiment & de l'indignation de voir un impudent, un infame violer insolemment les choses les plus saintes? Un scelerat, dis-je, qui....O le plus meschant de tous les hommes! rien n'aura peû arrester ton audace effrenée? Je ne dis pas ces portes, je ne dis pas ces bareaux, qu'un autre pouvoit rompre comme toy.* Il laisse là sa pensée imparfaite, la colere le tenant comme suspendu & partagé sur un mot, entre deux differentes personnes. *Qui....O le plus meschant de tous les hommes!* Et ensuite tournant tout d'un coup contre Aristogiton ce mesme discours, qu'il sembloit avoir laissé là, il touche bien davantage, & fait une bien plus forte impression. Il en est de mesme de cet emportement de

* Pag. 494. edit. de Basle.

REMARQUES.

ce des ordres qu'il a reçûs: ce n'est point aussi la pensée de cet Historien. M. le Févre avoit fort bien vû que Ταῦτα δὸντα ποιέμενῷ ne signifie point du tout *pesant la conséquence de ces choses*, mais *étant bien faché de ces choses*, comme mille exemples en font foi; & que ὂν n'est point ici un participe, mais ἐὼν pour ἂν dans le stile d'Ionie, qui étoit celui de cet Auteur; c'est-à-dire, que ὡς μὴ ὂν ne signifie point *comme si je n'étois point au mon-*

de, mais *afin donc*, & cela dépend de la suite. Voici le passage entier: *Le Héraut bien faché de l'ordre qu'il avoit reçû, fait commandement aux descendans des Héraclides de se retirer. Je ne sçaurois vous aider. Afin donc que vous ne perissiez entiérement, & que vous ne m'enveloppiez dans votre ruïne en me faisant éxiler; partez, retirez-vous chez quelque autre peuple.* DACIER.

L ij

Penelope dans Homere, quand elle voit entrer chez elle un Heraut de la part de ses Amans :

Odyſſ. liv. 4.
V. 681.

De mes faſcheux Amans miniſtre injurieux,
Heraut, que cherches-tu ? Qui t'amene en ces lieux ?
Y viens-tu de la part de cette troupe avare,
Ordonner qu'à l'inſtant le feſtin ſe prepare ?
Faſſe le juſte Ciel, avançant leur treſpas,
Que ce repas pour eux ſoit le dernier repas.
Laſches, qui pleins d'orgueil, & foibles de courage,
Conſumez de ſon Fils le fertile heritage,
Vos peres autrefois ne vous ont-ils point dit
Quel homme eſtoit Ulyſſe, &c.

❖❖❖❖❖❖❖❖❖❖❖❖❖❖❖❖❖❖❖❖❖❖❖❖❖❖❖❖❖❖❖❖❖❖❖❖❖❖

CHAPITRE XXIV.
De la Periphraſe.

IL n'y a perſonne, comme je croy, qui puiſſe douter que la Periphraſe ne ſoit encore d'un grand uſage dans le Sublime. Car, comme dans la Muſique le ſon principal devient plus agreable à l'oreille, lors qu'il eſt accompagné (1) des differentes parties qui luy reſpondent : de meſme, la Periphraſe tournant autour du mot propre,

REMARQUES.

(1) *Des differentes parties qui lui répondent.*] C'eſt ainſi qu'il faut entendre παραφό-νων. Ces mots φθόγγοι παράφωνοι, ne voulant dire autre choſe que les parties faites ſur le ſujet ; & il n'y a rien qui convienne mieux à la Periphraſe, qui n'eſt autre choſe qu'un aſſemblage de mots qui répondent differemment au mot propre, & par le moyen deſquels, comme l'Auteur le dit dans la ſuite, d'une diction toute ſimple on fait une eſpece de concert & d'harmonie. Voilà le ſens le plus naturel qu'on puiſſe donner à ce paſſage.

forme fouvent, par rapport avec luy, une confonance & une harmonie fort belle dans le difcours ; fur tout lors qu'elle n'a rien de difcordant ou d'enflé, mais que toutes chofes y font dans un jufte temperament. Platon * nous en fournit un bel exemple au commencement de fon Oraifon funebre. *Enfin*, dit-il, *nous leur avons rendu les derniers devoirs, & maintenant ils achevent ce fatal voyage, & ils s'en vont tout glorieux de la magnificence avec laquelle toute la Ville en general, & leurs Parens en particulier, les ont conduits hors de ce monde.* Premierement il appelle la mort *ce fatal voyage.* Enfuite il parle des derniers devoirs qu'on avoit rendus aux morts, comme d'une pompe publique, que leur païs leur avoit préparée exprés pour les conduire hors de cette vie. Dirons-nous que toutes ces chofes ne contribuënt que mediocrement à relever cette penfée ? Avoüons pluftoft que par le moyen de cette Periphrafe, melodieufement refpanduë dans le difcours, d'une diction toute fimple, il a fait une efpece de concert & d'harmonie. De mefme Xenophon : * *Vous regardez le travail comme le feul guide qui vous peut conduire à une vie heureufe & plaifante. Au refte votre ame eft ornée de la plus belle qualité que puiffent jamais poffeder des hom-*

* Menexe-nus, pag. 236, édit. de H. Eftienne.

* Inftit. de Cyrus, liv. 1. pag. 24. édit. de Leuncl.

REMARQUES.

Car je ne fuis pas de l'avis de ces modernes, qui ne veulent pas que dans la Mufique des Anciens, dont on nous raconte des effets fi prodigieux, il y ait eu des parties : puifque fans parties il ne peut y avoir d'harmonie. | Je m'en rapporte pourtant aux Sçavans en Mufique : & je n'ai pas affez de connoiffance de cet Art, pour décider fouverainement là-deffus. BOILEAU.

mes nez pour la guerre; c'est qu'il n'y a rien qui vous
touche plus sensiblement que la loüange. Au lieu de dire:
Vous vous addonnez au travail, il use de cette circonlocution, *Vous regardez le travail comme le seul guide*
qui vous peut conduire à une vie heureuse. Et estendant
ainsi toutes choses, il rend sa pensée plus grande, &
releve beaucoup cet éloge. Cette Periphrase d'Hero-
Liv. 1. pag. dote * me semble encore inimitable: *La Deesse Venus,*
45. sect. 105. *pour chastier l'insolence des Scythes, qui avoient pillé*
édition de *son Temple, leur envoya (1) une maladie qui les rendoit*
Francfort.
Les fit de- *Femmes.* *
venir impuis-
sans.

Au reste il n'y a rien dont l'usage s'estende plus loin
que la Periphrase, pourveû qu'on ne la respande pas par
tout sans choix & sans mesure. Car aussi-tost elle languit, & a je ne sçay quoy de niais & de grossier. Et c'est
pourquoy Platon, qui est tousjours figuré dans ses expressions, & quelquefois mesme un peu mal à propos,
au jugement de quelques-uns, a esté raillé, pour avoir
Liv. 5. pag. dit dans ses Loix *: *Il ne faut point souffrir que les ri-*
741. & 42.
édit. de H.
Estienne.

REMARQUES.

(1) *Une maladie qui les rendoit femmes.*]
Ce passage a fort exercé jusqu'ici les Sçavans,
& entr'autres M. Costar & M. de Girac.
C'est ce dernier dont j'ai suivi le sens qui
m'a paru le meilleur: y ayant un fort grand
rapport de la maladie naturelle qu'ont les
femmes avec les Hémorrhoïdes. Je ne blâme
pourtant pas le sens de M. Dacier. Boi-
LEAU.

Ibid. *Une maladie qui les rendoit femmes.*]
Par cette maladie des femmes, tous les In-

terprétes ont entendu les Hémorrhoïdes;
mais il me semble qu'Hérodote auroit eu tort
de n'attribuer qu'aux femmes ce qui est aussi
commun aux hommes, & que la Periphrase
dont il s'est servi, ne seroit pas fort juste. Ce
passage a embarrassé beaucoup de gens, &
Voiture n'en a pas été seul en peine. Pour
moi je suis persuadé que la plûpart, pour
avoir voulu trop finasser, ne sont point entrez
dans la pensée d'Hérodote, qui n'entend
point d'autre maladie que celle qui est parti-

cheſſes d'or & d'argent prennent pied, ni habitent dans une Ville. S'il euſt voulu, pourſuivent-ils, introduire la poſſeſſion du beſtail, aſſeurément qu'il auroit dit par la meſme raiſon, *les richeſſes de Bœufs & de Moutons.*

Mais ce que nous avons dit en general ſuffit pour faire voir l'uſage des Figures, à l'eſgard du Grand & du Sublime. Car il eſt certain qu'elles rendent toutes le diſcours plus animé & plus pathetique. Or le Pathetique participe du Sublime, autant que le (1) Sublime participe du Beau & de l'Agreable.

CHAPITRE XXV.

Du choix des Mots.

PUiſque la Penſée & la Phraſe s'expliquent ordinairement l'une par l'autre, voyons ſi nous n'avons point encore quelque choſe à remarquer dans cette partie du diſcours qui regarde l'expreſſion. Or que le choix des grands mots & des termes propres ſoit d'une merveilleuſe vertu pour attacher & pour eſmouvoir, c'eſt

REMARQUES.

culiere aux femmes, C'eſt en cela auſſi que ſa Periphraſe paroît admirable à Longin, parce que cet Auteur avoit pluſieurs autres manieres de circonlocution, mais qui auroient été toutes ou rudes, ou malhonnêtes, au lieu que celle qu'il a choiſie eſt très-propre & ne choque point. En effet, le mot νόσος *maladie*, n'a rien de groſſier, & ne donne aucune idée ſale ; on peut encore ajoûter pour faire paroître davantage la dé-

licateſſe d'Hérodote en cet endroit, qu'il n'a pas dit νόσον γυναικῶν, *la maladie des femmes* ; mais par l'Adjectif θήλεαν νόσον, *la maladie féminine*, ce qui eſt beaucoup plus doux dans le Grec : & n'a point du tout de grace dans notre langue, où il ne peut être ſouffert. DACIER.

(1) *Le Sublime.*] *Le Moral*, ſelon l'ancien Manuſcrit. BOILEAU.

ce que perſonne n'ignore , & ſur quoy par conſequent
il ſeroit inutile de s'arreſter. En effet , il n'y a peut-eſtre
rien d'où les Orateurs , & tous les Eſcrivains en general
qui s'eſtudient au Sublime , tirent plus de grandeur , d'e-
legance , de netteté , de poids , de force & de vigueur
pour leurs Ouvrages , que du choix des paroles. C'eſt par
elles que toutes ces beautez eſclatent dans le diſcours ,
comme dans un riche tableau ; & elles donnent aux
choſes une eſpece d'ame & de vie. Enfin les beaux mots
ſont , à vray dire , la lumiere propre & naturelle de nos
penſées. Il faut prendre garde neantmoins à ne pas faire
parade par tout d'une vaine enflure de paroles. Car d'exprimer une choſe baſſe en termes grands & magnifiques,
c'eſt tout de meſme que ſi vous appliquiez un grand
maſque de Theatre ſur le viſage d'un petit enfant: ſi ce
n'eſt à la verité (1) dans la Poëſie *₊*₊*₊*₊*₊*₊*₊*₊*₊*₊*₊
(2) Cela ſe peut voir encore dans un paſſage de Theopompus, que Cecilius blaſme , je ne ſçay pourquoy, &
qui me ſemble au contraire fort à louer pour ſa juſteſſe,

REMARQUES.

(1) *Dans la Poëſie.*] L'Auteur, après
avoir montré combien les grands mots ſont
impertinens dans le ſtile ſimple , faiſoit voir
que les termes ſimples avoient place quelquefois dans le ſtile noble. BOILEAU.

(2) *Cela ſe peut voir encore dans un paſſage, &c.*] Il y a avant ceci dans le Grec,
ὑσ]ικώτατον καὶ γόνιμον τὸ δ' Ἀνακρέοντ@-
ἐκέτι Θρηικίης ἐπιςρέφομαι. Mais je n'ai point
exprimé ces paroles où il y a aſſurément de
l'erreur ; le mot ὑσ]ικώτατον n'étant point
grec ; & du reſte, que peuvent dire ces mots,

Cette fécondité d'Anacréon ? Je ne me ſoucie
plus de la Thracienne. BOILEAU.

Ibid. *Cela ſe peut voir encore dans un
paſſage, &c.*] M. Deſpréaux a fort bien
vû , que dans la lacune Longin faiſoit voir
que les mots ſimples avoient place quelquefois dans le ſtile noble, & que pour le
prouver il rapportoit ce paſſage d'Anacréon,
ἐκέτι Θρηικίης ἐπιςρέφομαι. Il a vû encore que
dans le texte de Longin, ὑσ]ικώτατον καὶ
γόνιμον τὸ δ' Ἀνακρέον]@-, le mot ὑσ]ικώτατον
eſt corrompu, & qu'il ne peut être grec. Je

&

& parce qu'il dit beaucoup. *Philippe*, dit cet Hiſtorien, *boit ſans peine les affronts que la neceſſité de ſes affaires l'oblige de ſouffrir.* En effet, un diſcours tout ſimple exprimera quelquefois mieux la choſe que toute la pompe & tout l'ornement, comme on le voit tous les jours dans les affaires de la vie. Adjouſtez qu'une choſe énoncée d'une façon ordinaire, ſe fait auſſi plus aiſément croire. Ainſi en parlant d'un homme, qui pour s'agrandir ſouffre ſans peine, & meſme avec plaiſir, des indignitez; ces termes, *boire des affronts*, me ſemblent ſignifier beaucoup. Il en eſt de meſme de cette expreſſion d'Herodote : * *Cleomene eſtant devenu furieux, il prit un couteau, dont il ſe hacha la chair en petits morceaux ; & s'eſtant ainſi déchiqueté luy-meſme, il mourut.* Et ailleurs * : *Pythés, demeurant tousjours dans le Vaiſſeau, ne ceſſa point de combattre, qu'il n'euſt eſté haché en pieces.* Car ces expreſſions marquent un homme qui dit bonnement les choſes, & qui n'y entend point de fineſſe ; & renferment neantmoins en elles un ſens qui n'a rien de groſſier ni de trivial.

*Liv. 6. pag. 358. edit. de Francfort.

*Liv. 7. pag. 444.

R E M A R Q U E S.

n'ajoûterai que deux mots à ce qu'il a dit, c'eſt qu'au lieu de ὑπ῾λιϰώτατον, Longin avoit écrit ὑπ῾λιότατον, & qu'il l'avoit rapporté au paſſage d'Anacréon, ὑπ῾λιότατον, ϰαὶ γόνιμον τό-δ᾽ Ἀναϰρέον]Θ᾽ [οὐϰέτι Θρηϰίης ἐπιϛρέφομαι.] Il falloit traduire, *cet endroit d'Anacréon eſt très-ſimple, quoique pur,* Je ne me ſoucie plus de la Thracienne. Γόνιμον ne ſignifie point ici *fecond*, comme M. Deſpréaux l'a crû avec tous les autres Interprétes; mais *pur*, comme quelquefois le *geminum* des Latins. La

reſtitution de ὑπ῾λιότατον eſt très-certaine, & on pourroit la prouver par Hermogéne, qui a auſſi appellé ὑπ῾λιότητα λόγχ, cette ſimplicité du diſcours. Dans le paſſage d'Anacréon, cette ſimplicité conſiſte dans le mot ἐπιϛρέφομαι, qui eſt fort ſimple, & du ſtile ordinaire. Au reſte, par cette Thracienne il faut entendre cette fille de Thrace, dont Anacréon avoit été amoureux, & pour laquelle il avoit fait l'Ode LXIII. : Πῶλε Θρηϰίη, *jeune cavale de Thrace, &c.* DACIER.

✠✦✠✦✠✦✠✦✠✦✠✦✠✦✠✦✠✦✠✦✠:✠✦✠✦✠✦✠✦✠✦✠✦✠✦✠✦✠✦✠✦✠✦✠✦✠

CHAPITRE XXVI.

Des Metaphores.

POur ce qui eſt du nombre des Metaphores, Cecilius ſemble eſtre de l'avis de ceux qui n'en ſouffrent pas plus de deux ou de trois au plus, pour exprimer une ſeule choſe. Mais * Demoſthene nous doit encore icy ſervir de regle. Cet Orateur nous fait voir , qu'il y a des occaſions où l'on en peut employer pluſieurs à la fois ; quand les paſſions , comme un torrent rapide, les entraiſnent avec elles neceſſairement, & en foule. *Ces hommes malheureux ,* dit-il quelque part, *ces laſches Flateurs , ces Furies de la Republique ont cruellement deſchiré leur patrie. Ce ſont eux qui dans la débauche ont autrefois* (1) *vendu à Philippe noſtre liberté, & qui la vendent encore aujourd'huy à Alexandre : qui meſurant, dis-je, tout leur bonheur aux ſales plaiſirs de leur ventre, à leurs infâmes débordemens, ont renverſé toutes les bornes de l'honneur , & détruit parmy nous cette regle , où les anciens Grecs faiſoient conſiſter toute leur felicité, de ne ſouffrir point de Maiſtre.* Par cette foule de Metaphores prononcées dans la colere, l'Orateur ferme entierement la bou-

De Coro-
na , pag. 354.
edit. de Baſle.

REMARQUES.

(1) *Vendu à Philippe notre liberté.*] Il y a dans le Grec προπεπωκότες, comme qui diroit , *ont bû notre liberté à la ſanté de Philippe.* Chacun ſçait ce que veut dire προπίνειν en Grec , mais on ne le peut pas exprimer par un mot François. BOILEAU.

(2) *Mais je ſoutiens , &c.*] J'aimerois mieux traduire, *mais je ſoutiens toujours que l'abondance & la hardieſſe des Metaphores , comme je l'ai déja dit , les figures employées à*

che à ces Traiftres. Neantmoins Ariftote & Theophrafte,
pour excufer l'audace de ces Figures, penfent qu'il eft
bon d'y apporter ces adouciffemens, *pour ainfi dire; pour*
parler ainfi; fi j'ofe me fervir de ces termes; pour m'expli-
quer un peu plus hardiment. En effet, adjouftent-ils, l'excufe eft un remede contre les hardieffes du difcours; &
je fuis bien de leur avis. (2) Mais je fouftiens pourtant
toujours ce que j'ay desja dit, que le remede le plus naturel contre l'abondance & la hardieffe, foit des Metaphores, foit des autres Figures, c'eft de ne les employer
qu'à propos: je veux dire, dans les grandes paffions, &
dans le Sublime. Car comme le Sublime & le Pathetique, par leur violence & leur impétuofité, emportent
naturellement & entraifnent tout avec eux; ils demandent neceffairement des expreffions fortes, & ne laiffent
pas le tems à l'Auditeur de s'amufer à chicaner le nombre des Metaphores, parce qu'en ce moment il eft efpris
d'une commune fureur avec celuy qui parle.

Et mefme pour les lieux communs & les defcriptions,
il n'y a rien quelquefois qui exprime mieux les chofes,
qu'une foule de Metaphores continuées. C'eft par elles
que nous voyons dans Xenophon une defcription fi
pompeufe de l'edifice du corps humain. Platon * neant-

* Dans le
Timée, pag.
69. & fuiv.
edition de H.
Eftienne.

REMARQUES.

propos, les paffions véhémentes, & le grand, | fi je l'ofe dire, &c. & qu'il fuffit que les Mé-
font les plus naturels adouciffemens du Subli-| taphores foient fréquentes & hardies, que
me. Longin veut dire, que pour excufer la har-| les figures foient employées à propos, que
dieffe du difcours dans le Sublime, on n'a | les paffions foient fortes, & que tout enfin
pas befoin de ces conditions, pour ainfi dire, | foit noble & grand. DACIER.

M ij

moins en a fait la peinture d'une maniere encore plus divine. Ce dernier appelle la teſte *une Citadelle.* Il dit que le cou eſt *un Iſthme, qui a eſté mis entre elle & la poitrine. Que les vertebres ſont comme des gonds ſur leſquels elle tourne.* Que la volupté eſt *l'amorce de tous les malheurs qui arrivent aux hommes.* Que la langue eſt *le Juge des ſaveurs.* Que le cœur eſt *la ſource des veines, la fontaine du ſang, qui de là ſe porte avec rapidité dans toutes les autres parties, & qu'il eſt diſpoſé comme une for+tereſſe gardée de tous coſtez.* Il appelle les pores, *des ruës eſtroites. Les Dieux,* pourſuit-il, *voulant ſouſtenir le battement du cœur, que la veuë inopinée des choſes terribles, ou le mouvement de la colere, qui eſt de feu, luy cauſent ordinairement; ils ont mis ſous luy le poulmon, dont la ſubſtance eſt molle, & n'a point de ſang: mais ayant par dedans de petits trous en forme d'eſponge, il ſert au cœur comme d'oreiller, afin que quand la colere eſt enflammée, il ne ſoit point troublé dans ſes fonctions.* Il appelle la partie concupiſcible *l'appartement de la Femme;* & la partie iraſcible, *l'appartement de l'Homme.* (1) Il dit que la rate eſt *la cuiſine des inteſtins; & qu'eſtant*

REMARQUES.

(1) *Il dit que la rate eſt la cuiſine des inteſtins.*] Le paſſage de Longin eſt corrompu, & ceux qui le liront avec attention en tomberont ſans doute d'accord; car la rate ne peut jamais être appellée raiſonnablement *la cuiſine des inteſtins;* & ce qui ſuit détruit manifeſtement cette Métaphore. Longin avoit écrit comme Platon ἐκμαγεῖον, & non pas

μαγηρεῖον. On peut voir le paſſage tout du long dans le Timée à la page 72. du Tome III. de l'édition de Serranus; ἐκμαγεῖον ſignifie proprement χειρόμακτρον, *une ſerviette à eſſuier les mains.* Platon dit, *que Dieu a placé la rate au voiſinage du foye, afin qu'elle lui ſerve comme de torchon,* ſi j'oſe me ſervir de ce terme, *& qu'elle le tienne toujours*

pleine des ordures du foye, elle s'enfle, & devient bouffie.
Enfuite, continuë-t-il, les Dieux couvrirent toutes ces
parties de chair, qui leur fert comme de rempart & de
défenfe contre les injures du chaud & du froid, & contre
tous les autres accidens. Et elle eft, adjoufte-t-il, comme
une laine molle & ramaffée, qui entoure doucement le corps.
Il dit que le fang eft la pafture de la chair. Et afin que
toutes les parties peûffent recevoir l'aliment, ils y ont creu-
fé, comme dans un jardin, plufieurs canaux, afin que les
ruiffeaux des veines fortant du cœur comme de leur fource,
peûffent couler dans ces eftroits conduits du corps humain.
Au refte, quand la mort arrive, il dit, que les organes fe
defnouënt comme les cordages d'un Vaiffeau, & qu'ils laif-
fent aller l'ame en liberté. Il y en a encore une infinité
d'autres enfuite de la mefme force : mais ce que nous
avons dit, fuffit pour faire voir combien toutes ces Figures font fublimes d'elles-mefmes ; combien, dis-je,
les Metaphores fervent au Grand, & de quel ufage elles
peuvent eftre dans les endroits pathetiques, & dans les
defcriptions.

Or que ces Figures, ainfi que toutes les autres éle-
gances du difcours, portent tousjours les chofes dans

REMARQUES.

propre & net ; c'eft pourquoi lorfque dans une maladie le foye eft environné d'ordures, la rate, qui eft une fubftance creufe, molle, & qui n'a point de fang, le nettoye, & prend elle-même toutes ces ordures, d'où vient qu'elle s'enfle & devient bouffie ; comme au contraire, après que le corps eft purgé, elle fe défenfle, & retourne à fon premier état. Je m'étonne que perfonne ne fe foit apperçû de cette faute dans Longin, & qu'on ne l'ait corrigée fur le texte même de Platon, & fur le témoignage de Pollux, qui cite ce paffage dans le chap. 4. du Livre II. DACIER.

l'excès ; c'eſt ce que l'on remarque aſſez ſans que je le
diſe. Et c'eſt pourquoi Platon meſme * n'a pas été peu
blaſmé, de ce que ſouvent, comme par une fureur de
diſcours, il ſe laiſſe emporter à des Metaphores dures &
exceſſives, & à une vaine pompe allegorique. *On ne con-
cevra pas aiſément*, dit-il en un endroit *, qu'il en doit
eſtre de meſme d'une Ville comme d'un vaſe , où le vin qu'on
verſe , & qui eſt d'abord boüillant & furieux , tout d'un
coup entrant en ſocieté avec une autre Divinité ſobre , qui
le chaſtie , devient doux & bon à boire.* D'appeller l'eau
une Divinité ſobre, & de ſe ſervir du terme de *chaſtier*
pour temperer : en un mot, de s'eſtudier ſi fort à ces petites fineſſes, cela ſent, diſent-ils, ſon Poëte qui n'eſt pas
luy-meſme trop ſobre. Et c'eſt peut-eſtre ce qui a donné
ſujet à Cecilius de décider ſi hardiment dans ſes Commentaires ſur Lyſias, que Lyſias valoit mieux en tout
que Platon, pouſſé par deux ſentimens auſſi peu raiſonnables l'un que l'autre. Car bien qu'il aimaſt Lyſias plus
que ſoy-meſme, il haïſſoit encore plus Platon qu'il n'aimoit Lyſias : ſi-bien que porté de ces deux mouvemens,
& par un eſprit de contradiction , il a avancé pluſieurs
choſes de ces deux Autheurs, qui ne ſont pas des deci-
ſions ſi ſouveraines qu'il s'imagine. (1) De fait , accuſant

* Des Loix, liv. 6. pag. 773. edit. de H. Eſtienne.

REMARQUES.

(1) *De fait accuſant Platon, &c.*] Il me
ſemble que cela n'explique pas aſſez la penſée de Longin , qui dit : *En effet il préfére
à Platon, qui eſt tombé en beaucoup d'en-*
*droits , il lui préfére , dit-je , Lyſias , comme
un Orateur achevé, & qui n'a point de défauts,* &c. DACIER.

Platon d'eftre tombé en plufieurs endroits, il parle de
l'autre comme d'un Autheur achevé, & qui n'a point
de défauts; ce qui, bien loin d'eftre vray, n'a pas mefme
une ombre de vraifemblance. Et en effet, où trouverons-
nous un Efcrivain qui ne peche jamais, & où il n'y ait
rien à reprendre.

●✦✦✦

CHAPITRE XXVII.

Si l'on doit préferer le Mediocre parfait au Sublime
qui a quelques defauts.

P Eut-eftre ne fera-t-il pas hors de propos d'examiner
icy cette queftion en general, fçavoir, lequel vaut
mieux foit dans la Profe, foit dans la Poëfie, d'un Sublime qui a quelques defauts, ou d'une Mediocrité parfaite, & faine en toutes fes parties, qui ne tombe & ne
fe dément point : & enfuite lequel, à juger équitable-
ment des chofes, doit emporter le prix de deux Ouvrages, dont l'un a un plus grand nombre de beautez, mais
l'autre va plus au Grand & au Sublime. Car ces queftions
eftant naturelles à noftre fujet, il faut neceffairement les
refoudre. Premierement donc je tiens pour moy, qu'une
Grandeur au deffus de l'ordinaire, n'a point naturellement la pureté du Mediocre. En effet, dans un difcours
fi poli & fi limé, il faut craindre la baffeffe : & il en eft
de mefme du Sublime que d'une richeffe immenfe, où
l'on ne peut pas prendre garde à tout de fi prés, & où il

faut, malgré qu'on en ait, negliger quelque chofe. Au contraire, il eft prefque impoffible, pour l'ordinaire, qu'un efprit bas & mediocre faffe des fautes. Car, comme il ne fe hazarde, & ne s'éleve jamais, il demeure tousjours en feureté ; au lieu que le Grand de foy-mefme, & par fa propre grandeur, eft gliffant & dangereux. Je n'ignore pas pourtant ce qu'on me peut objecter d'ailleurs, que naturellement nous jugeons des Ouvrages des hommes par ce qu'ils ont de pire, & que le fouvenir des fautes qu'on y remarque, dure tousjours, & ne s'efface jamais : au lieu que ce qui eft beau, paffe vifte, & s'efcoule bien-toft de noftre efprit. Mais bien que j'aye remarqué plufieurs fautes dans Homere, & dans tous les plus celebres Auteurs, & que je fois peut-eftre l'homme du monde à qui elles plaifent le moins ; j'eftime, aprés tout, que ce font des fautes dont ils ne fe font pas fouciez, & qu'on ne peut appeller proprement fautes, mais qu'on doit fimplement regarder comme des mefprifes, & de petites négligences, qui leur font efchapées, parce que leur efprit, qui ne s'eftudioit qu'au Grand, ne pouvoit pas s'arrefter aux petites chofes. En un mot, je maintiens que le Sublime, bien qu'il ne fe fouftienne pas également par tout, quand ce ne feroit qu'à caufe de fa gran-

REMARQUES.

(1) *Et dans Théocrite.*] Les Anciens ont remarqué, que la fimplicité de Théocrite étoit très-heureufe dans les Bucoliques ; cependant il eft certain, comme Longin l'a fort bien vû, qu'il y a quelques endroits qui ne fuivent pas bien la même idée, & qui s'éloignent fort de cette fimplicité. On verra un jour dans les Commentaires que j'ai faits fur

deur,

deur, l'emporte fur tout le refte. En effet, Apollonius,
par exemple, celuy qui a compofé le Poëme des Argo-
nautes, ne tombe jamais; (1) & dans Theocrite, ofté
quelques endroits, où il fort un peu du caractere de l'E-
glogue, il n'y a rien qui ne foit heureufement imaginé.
Cependant aimeriez-vous mieux eftre Apollonius, ou
Theocrite, qu'Homere ? L'Erigone d'Eratofthene eft
un Poëme où il n'y a rien à reprendre. Direz-vous
pour cela qu'Eratofthene eft plus grand Poëte qu'Archiloque, qui fe broüille à la verité, & manque d'ordre &
d'œconomie en plufieurs endroits de fes Efcrits; (2) mais
qui ne tombe dans ce défaut qu'à caufe de cet efprit divin
dont il eft entraifné, & qu'il ne fçauroit regler comme
il veut ? Et mefme pour le Lyrique, choifiriez-vous
pluftoft d'eftre Bacchylide que Pindare? ou pour la Tragedie, Ion, ce Poëte de Chio, que Sophocle ? En effet
ceux-là ne font jamais de faux pas, & n'ont rien qui ne
foit efcrit avec beaucoup d'élegance & d'agrément. Il
n'en eft pas ainfi de Pindare & de Sophocle : car au milieu de leur plus grande violence, durant qu'ils tonnent
& foudroyent, pour ainfi dire, fouvent leur ardeur vient
mal à propos à s'efteindre, & ils tombent malheureufement. Et toutefois y a-t-il un homme de bon fens, qui

R E M A R Q U E S.

ce Poëte, les endroits que Longin me paroît avoir entendus. DACIER.
   (2) *Mais qui ne tombe dans ce défaut.*]
Longin dit en général, *mais qui ne tombe*

*dans ce défaut qu'à caufe de cet efprit divin
dont il eft entraîné, & qu'il eft bien difficile*
de régler. DACIER.

daignaft comparer tous les Ouvrages d'Ion enfemble au
feul Oedipe de Sophocle?

CHAPITRE XXVIII.
Comparaifon d'Hyperide & de Demofthene.

QUe fi au refte l'on doit juger du merite d'un Ouvrage par le nombre pluftoft que par la qualité &
l'excellence de fes beautez ; il s'enfuivra qu'Hyperide
doit eftre entierement préferé à Demofthene. En effet,
(1) outre qu'il eft plus harmonieux, il a bien plus de parties d'Orateur, qu'il poffede prefque toutes en un degré
éminent ; (2) femblable à ces Athletes, qui reüffiffent
aux cinq fortes d'Exercices, & qui n'eftant les premiers
en pas un de ces Exercices, paffent en tous l'ordinaire
& le commun. En effet, il a imité Demofthene en tout

REMARQUES.

(1) *Outre qu'il eft plus harmonieux.*]
Longin, à mon avis, n'a garde de dire d'Hypéride qu'il poffede prefque toutes les parties d'Orateur en un degré éminent : il dit
feulement qu'il a plus de parties d'Orateur
que Démofthéne; & que dans toutes ces parties, *il eft prefque éminent*; *qu'il les poffede toutes en un degré prefque éminent*, καὶ σχεδὸν
ὕπακρ⟨ ἐν πᾶσιν. DACIER.

(2) *Semblable à ces Athletes.*] De la maniere que ce paffage eft traduit, Longin ne
place Hypéride qu'au-deffus de l'ordinaire,
& du commun : ce qui eft fort éloigné de fa
penfée. A mon avis, M. Defpréaux & les
autres Interpretes n'ont pas bien pris ni le
fens ni les paroles de ce Rhéteur. Ἰδιῶται
ne fignifie point ici *des gens du vulgaire &*

du commun, comme ils ont crû, mais des gens
qui fe mêlent des mêmes exercices ; d'où
vient qu'Héfychius a fort bien marqué ἰδιῶται ὁπλῖται. Je traduirois ; *Semblable à un
Athléte que l'on appelle Pentathle, qui véritablement eft vaincu par tous les autres Athlétes dans tous les combats qu'il entreprend,
mais qui eft au-deffus de tous ceux qui s'attachent comme lui à cinq fortes d'exercices.*
Ainfi la penfée de Longin eft fort belle de
dire, qué fi l'on doit juger du merite par le
nombre des vertus, plûtôt que par leur excellence, & que l'on commette Hypéride
avec Démofthéne, comme deux Pentathles,
qui combattent dans ces cinq fortes d'exercices ; le premier fera beaucoup au-deffus
de l'autre ; au lieu que fi l'on juge des deux

ce que Demosthene a de beau , excepté pourtant dans la composition & l'arrangement des paroles. (1) Il joint à cela les douceurs & les graces de Lysias. Il sçait adoucir , où il faut , la rudesse & la simplicité du discours , & ne dit pas toutes les choses d'un mesme air , comme Demosthene. Il excelle à peindre les mœurs. Son stile a , dans sa naïveté , une certaine douceur agreable & fleurie. Il y a dans ses Ouvrages un nombre infini de choses plaisamment dites. Sa maniere de rire & de se mocquer est fine , & a quelque chose de noble. Il a une facilité merveilleuse à manier l'ironie. Ses railleries ne sont point froides ni recherchées , comme celles de ces faux imitateurs du stile Attique , mais vives & pressantes. Il est adroit à éluder les objections qu'on luy fait , & à les rendre ridicules en les amplifiant. Il a beaucoup de plaisant & de comique , & est tout plein de jeux & de cer-

REMARQUES.

par un seul endroit , celui-ci l'emportera de bien loin sur le premier ; comme un Athléte, qui ne se mêle que de la course ou de la lutte , vient facilement à bout d'un Pentathle qui a quitté ses compagnons pour courir , ou pour lutter contre lui. C'est tout ce que je puis dire sur ce passage , qui étoit assurément très-difficile , & qui n'avoit peut-être point encore été entendu. M. le Févre avoit bien vû , que c'étoit une imitation d'un passage de Platon dans le Dialogue intitulé ίρατα, mais il ne s'étoit pas donné la peine de l'expliquer. DACIER.

(1) Il joint à cela les douceurs & les graces de Lysias.] Pour ne se tromper pas à ce passage , il faut sçavoir qu'il y a deux sortes de graces, les unes majestueuses & graves , qui

sont propres aux Poëtes: & les autres simples , & semblables aux railleries de la Comedie. Ces dernieres entrent dans la composition du stile poli , que les Rhéteurs ont appellé γλαφυρὸν λόγον ; & c'étoit-là les graces de Lysias , qui au jugement de Denys d'Halicarnasse , excelloit dans ce stile poli ; c'est pourquoi Ciceron l'appelle Venustissimum Oratorem. Voici un exemple des graces de ce charmant Orateur. En parlant un jour contre Eschine , qui étoit amoureux d'une vieille , il aime , dit-il , une femme , dont il est plus facile de compter les dents que les doigts. C'est par cette raison que Démétrius a mis les graces de Lysias dans le même rang que celles de Sophron, qui faisoit des mimes. DACIER.

taines pointes d'efprit, qui frappent tousjours où il vife.
Au refte, il affaifonne toutes ces chofes d'un tour &
d'une grace inimitable. Il eft né pour toucher & efmouvoir la pitié. Il eft eftendu dans fes narrations fabuleufes.
Il a une flexibilité admirable pour les digreffions ; il fe
deftourne, il reprend haleine où il veut, comme on le
peut voir dans ces Fables qu'il conte de Latone. Il a fait
une Oraifon funebre, qui eft efcrite avec tant de pompe
& d'ornement, que je ne fçay fi pas un autre l'a jamais
efgalé en cela.

Au contraire, Demofthene ne s'entend pas fort bien
à peindre les mœurs. Il n'eft point eftendu dans fon ftile.
Il a quelque chofe de dur, & n'a ni pompe ni oftentation. En un mot, il n'a prefque aucune des parties dont
nous venons de parler. S'il s'efforce d'eftre plaifant, il
fe rend ridicule, pluftoft qu'il ne fait rire ; & s'efloigne
d'autant plus du plaifant, qu'il tafche d'en approcher.
Cependant, parce qu'à mon avis, toutes ces beautez,
qui font en foule dans Hyperide, n'ont rien de grand ;
(1) qu'on y voit, pour ainfi dire, un Orateur tousjours à
jeun, & une langueur d'efprit, qui n'efchauffe, qui ne
remuë point l'ame ; perfonne n'a jamais efté fort tranfporté de la lecture de fes Ouvrages. (2) Au lieu que De-

REMARQUES.

(1) On y voit, pour ainfi dire, un Orateur
tousjours à jeun.] Je ne fçai fi cette expreffion
exprime bien la penfée de Longin. Il y a
dans le Grec καρδὶη νήφοντΘ: & par-là ce

Rhéteur a entendu un Orateur tousjours égal
& modéré ; car νήφειν eft oppofé à μαίνεσθαι,
être furieux. M. Defpréaux a crû conferver
la même idée, parce qu'un Orateur vérita-

mofthene ayant ramaffé en foy toutes les qualitez d'un
Orateur veritablement né au Sublime , & entierement
perfectionné par l'eftude, ce ton de majefté & de grandeur, ces mouvemens animez, cette fertilité, cette adreffe , cette promptitude , & ce qu'on doit fur tout eftimer
en luy , cette force & cette vehemence , dont jamais
perfonne n'a fçeû approcher : Par toutes ces divines qualitez, que je regarde en effet comme autant de rares
prefens qu'il avoit reçeûs des Dieux , & qu'il ne m'eft
pas permis d'appeller des qualitez humaines ; il a effacé
tout ce qu'il y a eu d'Orateurs celebres dans tous les fiecles, les laiffant comme abbatus & efblouïs , pour ainfi
dire, de fes tonnerres & de fes efclairs. Car dans les parties où il excelle , il eft tellement élevé au deffus d'eux,
qu'il répare entierement par-là celles qui luy manquent.
Et certainement il eft plus aifé d'envifager fixement, &
les yeux ouverts, les foudres qui tombent du Ciel , que
de n'eftre point efmeû des violentes paffions qui regnent
en foule dans fes Ouvrages.

REMARQUES.

bfement fublime reffemble en quelque maniere à un homme qui eft échauffé par le vin.
Dacier.

(2) *Au lieu que Démofthéne.*] Je n'ai
point exprimé 'ενθεν & 'ενθεν δὲ , de peur de
trop embarraffer la période. Boileau.

❖❖

CHAPITRE XXIX.

(1) De Platon, & de Lysias ; & de l'excellence de l'esprit humain.

POur ce qui est de Platon, comme j'ay dit, il y a bien de la différence. Car il surpasse Lysias, non seulement par l'excellence, mais aussi par le nombre de ses beautez. Je dis plus, c'est que Platon n'est pas tant au dessus de Lysias par un plus grand nombre de beautez, (2) que Lysias est au dessous de Platon par un plus grand nombre de fautes.

Qu'est-ce donc qui a porté ces Esprits divins à mespriser cette exacte & scrupuleuse délicatesse, pour ne chercher que le Sublime dans leurs Escrits ? En voicy une raison. C'est que la Nature n'a point regardé l'homme comme un animal de basse & de vile condition ; mais elle luy a donné la vie, & l'a fait venir au monde comme dans une grande Assemblée, pour estre spectateur de toutes les choses qui s'y passent ; elle l'a, dis-je, introduit dans cette lice, comme un courageux Athlete, qui ne doit respirer que la gloire. C'est pourquoy elle a engen-

REMARQUES.

(1) *De Platon, & de Lysias.*] Le titre de cette Section suppose qu'elle roule entièrement sur Platon & sur Lysias : & cependant il n'y est parlé de Lysias qu'à la seconde ligne ; & le reste de la Section ne regarde pas plus Lysias ou Platon, qu'Homere, Démosthéne, & les autres Ecrivains du premier ordre. La division du Livre en Sections, comme on l'a déja remarqué, n'est pas de Longin, mais de quelque moderne, qui a aussi fabriqué les argumens des Chapitres. Dans l'ancien Manuscrit, au lieu de ὁ Ἀυσίας, qui se lit ici dans le texte à la seconde ligne de la section, on lit ἀπυσίας. Mais ἀπυσίας

dré d'abord en nos ames une paſſion invincible pour tout
ce qui nous paroiſt de plus grand & de plus divin. Auſſi
voyons-nous que le monde entier ne ſuffit pas à la vaſte
eſtenduë de l'eſprit de l'Homme. Nos penſées vont ſouvent plus loin que les Cieux, & penetrent au-delà de
ces bornes qui environnent & qui terminent toutes
choſes.

Et certainement ſi quelqu'un fait un peu de reflexion
ſur un Homme dont la vie n'ait rien eu dans tout ſon
cours que de grand & d'illuſtre, il peut connoiſtre par-là
à quoy nous ſommes nez. Ainſi nous n'admirons pas naturellement de petits ruiſſeaux, bien que l'eau en ſoit
claire & tranſparente, & utile meſme pour noſtre uſage:
mais nous ſommes veritablement ſurpris quand nous
regardons le Danube, le Nil, le Rhin, & l'Ocean ſur
tout. Nous ne ſommes pas fort eſtonnez de voir une
petite flamme, que nous avons allumée, conſerver long-
temps ſa lumiere pure : mais nous ſommes frappez d'admiration, quand nous contemplons ces feux qui s'allu-
ment quelquefois dans le Ciel, bien que pour l'ordinaire
ils s'eſvanouïſſent en naiſſant : & nous ne trouvons rien
de plus eſtonnant dans la Nature, que ces fournaiſes du

REMARQUES.

ne fait aucun ſens: & je croi qu'en effet Longin avoit écrit à Avſius. BOIVIN.

(2) *Que Lyſias eſt au-deſſous.*] Le jugement que Longin fait ici de Lyſias s'accorde
fort bien avec ce qu'il a dit à la fin du Chapitre XXVI. pour faire voir que Cécilius
avoit eu tort de croire que Lyſias fût ſans défaut; mais il s'accorde fort bien auſſi avec
tout ce que les Anciens ont écrit de cet Orateur. On n'a qu'à voir un paſſage remarquable dans le Livre *De optimo genere Orato-
rum,* où Cicéron parle & juge en même tems
des Orateurs qu'on doit ſe propoſer pour
modéle. DACIER.

Mont Etna , qui quelquefois jette du profond de ſes abyſmes

Pind. Pyth.
1. pag. 254.
edition de
Benoiſt.

Des pierres, des rochers, & des fleuves de flammes.
De tout cela il faut conclurre , que ce qui eſt utile, & meſme neceſſaire aux hommes, ſouvent n'a rien de merveilleux, comme eſtant aiſé à acquerir : mais que tout ce qui eſt extraordinaire , eſt admirable & ſurprenant.

❖❖❖

CHAPITRE XXX.

Que les fautes dans le Sublime ſe peuvent excuſer.

A L'eſgard (1) donc des grands Orateurs, en qui le Sublime & le Merveilleux ſe rencontre joint avec l'Utile & le Neceſſaire , il faut avoüer qu'encore que ceux dont nous parlions, n'ayent point eſté exempts de fautes ; ils avoient neantmoins quelque choſe de ſurnaturel & de divin. En effet, d'exceller dans toutes les autres parties, cela n'a rien qui paſſe la portée de l'homme : mais le Sublime nous éleve preſque auſſi haut que Dieu. Tout ce qu'on gagne à ne point faire de fautes , c'eſt

REMARQUES.

(1) *A l'égard donc des grands Orateurs.*] Le texte grec eſt entiérement corrompu en cet endroit, comme M. le Févre l'a fort bien remarqué. Il me ſemble pourtant que le ſens que M. Deſpréaux en a tiré ne s'accorde pas bien avec celui de Longin. En effet, ce Rhéteur venant de dire à la fin du Chapitre précédent, qu'il eſt aiſé d'acquerir l'utile & le néceſſaire, qui n'ont rien de grand ni de merveilleux, il ne me paroît pas poſſible, qu'il

joigne ici ce merveilleux avec ce néceſſaire & cet utile. Cela étant , je croi que la reſtitution de ce paſſage n'eſt pas ſi difficile que l'a crû M. le Févre ; & quoique ce ſçavant homme ait déſeſpéré d'y arriver ſans le ſecours de quelque Manuſcrit , je ne laiſſerai pas de dire ici ma penſée. Il y a dans le texte, ἐφ' ὧν ἐκ ἔτ' ἔξω τῆς χρείας , &c. Et je ne doute point que Longin n'eût écrit , ἐφ' ὧν ἔ δ'ἔτ' ἔσω τῆς χρείας καὶ ὠφελείας πίπλει τὸ μέ-

qu'on

qu'on ne peut eftre repris : mais le Grand fe fait admirer.
Que vous diray-je enfin ? un feul de ces beaux traits &
de ces penfées fublimes, qui font dans les Ouvrages de
ces excellens Autheurs, peut payer tous leurs défauts.
Je dis bien plus; c'eft que fi quelqu'un ramaffoit enfemble toutes les fautes qui font dans Homere, dans Demofthene, dans Platon, & dans tous ces autres celebres
Heros, elles ne feroient pas la moindre ni la milliefme
partie des bonnes chofes qu'ils ont dites. C'eft pourquoy
l'Envie n'a pas empefché qu'on ne leur ait donné le prix
dans tous les fiecles, & perfonne jufqu'icy n'a été en
eftat de leur enlever ce prix, qu'ils confervent encore
aujourd'huy, & que vraifemblablement ils conferveront
tousjours,

  *Tant qu'on verra les eaux dans les plaines courir,
    Et les bois defpoüillez au Printemps refleurir.
On me dira peut-eftre qu'un Coloffe qui a quelques defauts, n'eft pas plus à eftimer qu'une petite ftatuë achevée; comme, par exemple, le Soldat de Polyclete. *
A cela je refponds, que dans les Ouvrages de l'Art, c'eft
le travail & l'achevement que l'on confidere : au lieu

marginal notes:
* Epitaphe pour Midias, pag. 534. 2. vol. d'Hom. edition des Elzev.

* Le Dory-phore, petite ftatuë.

R E M A R Q U E S.

ψιθ , c'eft-à-dire : A l'égard donc des grands Orateurs, en qui fe troieve ce Sublime & ce merveilleux, qui n'eft point refferré dans les bornes de l'utile & du néceffaire, il faut avoüer, &c. Si l'on prend la peine de lire ce Chapitre & le précedent, j'efpere que l'on trouvera cette reftitution très-vraifembla-ble & très-bien fondée. DACIER.
  Ibid. A l'égard donc.] On verra dans

mes remarques Latines, que M. Dacier n'a pas fi bien compris le fens de notre Auteur, que M. Defpréaux : & qu'il ne faut rien ici changer dans le texte Grec. Dans ma tra-duction Latine on a oublié de mettre ces deux paroles apud illos entre quidem & ra-tio : fi on les y remet, tout fera clair & net. TOLLIUS.

que dans les Ouvrages de la Nature, c'eft le Sublime &
le Prodigieux. Or difcourir, c'eft une operation naturelle à l'Homme. Adjouftez, que dans une ftatuë on ne
cherche que le rapport & la reffemblance : mais dans le
difcours, on veut, comme j'ay dit, le furnaturel & le
divin. Cependant, pour ne nous point effloigner de ce
que nous avons eftabli d'abord, (1) comme c'eft le devoir de l'Art d'empefcher que l'on ne tombe, & qu'il eft
bien difficile qu'une haute effevation à la longue fe fouftienne, & garde tousjours un ton efgal, il faut que l'Art
vienne au fecours de la Nature ; parce qu'en effet c'eft
leur parfaite alliance qui fait la fouveraine perfection.
Voilà ce que nous avons creû eftre obligez de dire fur
les queftions qui fe font prefentées. Nous laiffons pourtant à chacun fon jugement libre & entier.

CHAPITRE XXXI.

Des Paraboles, des Comparaifons, & des Hyperboles.

POur retourner à noftre difcours, (2) les Paraboles
& les Comparaifons approchent fort des Metaphores, & ne different d'elles (3) qu'en un feul point *⁎*⁎*

REMARQUES.

(1) *Comme c'eft le devoir de l'Art d'empê-*
cher,&c.] Au lieu de τὸ δ' ἐν ὑπεροχῇ πολλῷ,
ἀ'χ ὁμότονον, on lifoit dans l'ancien Manufcrit τὸ δ' ἐν ὑπεροχῇ πολλῷ, πλὴν ἀ'χ ὁμότονον,
&c. La conftruction eft beaucoup plus nette
en lifant ainfi, & le fens très-clair : *Puifque*
de ne jamais tomber, c'eft l'avantage de l'Art;
& que d'être très-élevé, mais inégal, eft le
partage d'un efprit fublime ; il faut que l'Art
vienne au fecours de la Nature. BOIVIN.
⁕ (2) *Les paraboles & les comparaifons.*] Ce
que Longin difoit ici de la différence qu'il y a
des paraboles & des comparaifons aux métaphores eft entiérement perdu; mais on en peut

✲✲✲✲✲✲✲✲✲✲✲✲✲✲✲✲✲✲✲✲✲✲✲✲✲✲✲✲✲✲✲✲✲✲

(4) Telle eſt cette Hyperbole : * *Suppoſé que voſtre* * Demoſth.
eſprit ſoit dans voſtre teſte, & que vous ne le fouliez, pas ou Hegeſippe de Haloneſo,
ſous vos talons. C'eſt pourquoy il faut bien prendre de Baſle. pag. 34. edit.
garde juſqu'où toutes ces Figures peuvent eſtre pouſ-
ſées ; parce qu'aſſez ſouvent, pour vouloir porter trop
haut une Hyperbole, on la deſtruit. C'eſt comme une
corde d'arc, qui, pour eſtre trop tenduë, ſe relaſche ; &
cela fait quelquefois un effet tout contraire à ce que nous
cherchons.

Ainſi Iſocrate dans ſon Panegyrique *, par une ſotte * Pag. 42
ambition de ne vouloir rien dire qu'avec emphaſe, eſt edit. de H. Eſtienne.
tombé, je ne ſçay comment, dans une faute de petit
Eſcolier. Son deſſein, dans ce Panegyrique, c'eſt de faire
voir que les Atheniens ont rendu plus de ſervice à la
Grece, que ceux de Lacedemone : & voicy par où il

REMARQUES.

fort bien ſuppléer le ſens par Ariſtote, qui dit comme Longin, qu'elles ne different qu'en une choſe, c'eſt en la ſeule enonciation : par exemple, quand Platon dit, *que la teſte eſt une citadelle,* c'eſt une métaphore, dont on fera aiſément une comparaiſon, en diſant, *que la teſte eſt comme une citadelle.* Il manque encore après cela quelque choſe de ce que Longin diſoit de la juſte borne des hyperbo-les, & juſques où il eſt permis de les pouſſer. La ſuite & le paſſage de Demoſthéne, ou plûtôt d'Hégéſippe ſon Collégue, ſont aſſez comprendre quelle étoit ſa penſée. Il eſt cer-tain que les hyperboles ſont dangereuſes ; & comme Ariſtote l'a fort bien remarqué, elles ne ſont preſque jamais ſupportables que dans la paſſion. DACIER.

(3) *Qu'en un ſeul point.*] Cet endroit eſt

fort défectueux, & ce que l'Auteur avoit dit de ces Figures, manque tout entier. BOI-LEAU.

(4) Telle eſt cette hyperbole : *Suppoſé que votre eſprit ſoit dans votre tête, & que vous ne le fouliez pas ſous vos talons.*] C'eſt dans l'Oraiſon *de Haloneſo,* que l'on attribue vul-gairement à Démoſthéne, quoiqu'elle ſoit d'Hégéſippe ſon Collégue. Longin cite ce paſſage ſans doute pour en condamner l'hy-perbole, qui eſt en effet très-vicieuſe ; car *un eſprit foulé ſous les talons,* eſt une choſe bien étrange. Cependant Hermogéne n'a pas laiſſé de la louer. Mais ce n'eſt pas ſeulement par ce paſſage, que l'on peut voir que le ju-gement de Longin eſt ſouvent plus ſûr que celui d'Hermogéne, & de tous les autres Rhéteurs.

O ij

debute : *Puifque le Difcours a naturellement la vertu de rendre les chofes grandes, petites ; & les petites, grandes ; qu'il fçait donner les graces de la nouveauté aux chofes les plus vieilles, & qu'il fait paroiftre vieilles celles qui font nouvellement faites.* Eft-ce ainfi, dira quelqu'un, ô Ifocrate, que vous allez changer toutes chofes à l'efgard des Lacedemoniens & des Atheniens ? En faifant de cette forte l'éloge du Difcours, il fait proprement un exorde pour exhorter fes Auditeurs à ne rien croire de ce qu'il leur va dire.

C'eft pourquoy il faut fuppofer, à l'efgard des Hyperboles, ce que nous avons dit pour toutes les Figures en general ; que celles-là font les meilleures, qui font entierement cachées, & qu'on ne prend point pour des Hyperboles. Pour cela donc il faut avoir foin que ce foit tousjours la paffion qui les faffe produire au milieu

REMARQUES.

(1) *Les Siciliens étant defcendus en ce lieu,* &c.] Ce paffage eft pris du feptiéme Livre. Thucydide parle ici des Athéniens, qui en fe retirant fous la conduite de Nicias, furent attrapés par l'armée de Gylippe, & par les troupes des Siciliens près du fleuve Afinarus aux environs de la ville *Néétum ;* mais dans le texte, au lieu de dire *les Siciliens étant defcendus,* il faut *les Lacédémoniens étant defcendus.* Thucydide écrit, οἳ τε Πελοποννήσιοι ἐπικαταβάντες, & non pas οἳ τε γὰρ Συρακόσιοι, comme il y a dans Longin. Par ces *Péloponnéfiens,* Thucydide entend les troupes de Lacédémone conduites par Gylippe, & il eft certain que dans cette occafion les Siciliens tiroient fur Nicias de deffus les bords du fleuve, qui étoient hauts & efcarpés ; les feules troupes de Gy-

lippe defcendirent dans le fleuve ; & y firent tout ce carnage des Athéniens. Dacier.

(2) *Ils fe défendirent encore quelque tems.*] Ce paffage eft fort clair. Cependant, c'eft une chofe furprenante qu'il n'ait été entendu ni de Laurent Valle, qui a traduit Hérodote, ni des Traducteurs de Longin, ni de ceux qui ont fait des notes fur cet auteur. Tout cela, faute d'avoir pris garde que le verbe κατέχω veut quelquefois dire *enterrer.* Il faut voir les peines que fe donne M. le Févre, pour reftituer ce paffage, auquel, après bien du changement, il ne fçauroit trouver de fens qui s'accommode à Longin, prétendant que le texte d'Hérodote étoit corrompu dès le tems de notre Rhéteur, & que cette beauté qu'un fi fçavant Critique y remarque, eft l'ouvrage d'un mauvais

de quelque grande circonftance. Comme, par exemple, l'Hyperbole de Thucydide, * à propos des Atheniens qui perirent dans la Sicile. (1) *Les Siciliens eftant defcendus en ce lieu, ils y firent un grand carnage, de ceux fur tout qui s'eftoient jettez dans le fleuve. L'eau fut en un moment corrompuë du fang de ces Miferables ; & neantmoins toute bourbeufe & toute fanglante qu'elle eftoit, ils fe battoient pour en boire.* Il eft affez peu croyable que des hommes boivent du fang & de la bouë, & fe battent mefme pour en boire ; & toutefois la grandeur de la paffion, au milieu de cette eftrange circonftance, ne laiffe pas de donner une apparence de raifon à la chofe. Il en eft de mefme de ce que dit Herodote * de ces Lacedemoniens, qui combattirent au Pas des Thermopyles. (2) *Ils fe deffendirent encore quelque temps en ce lieu avec les armes qui leur reftoient, & avec les mains & les dents;*

Liv. 7. pag. 555. edit. de H. Eftienne.

Liv. 7. pag. 558. edit. de Francfort.

REMARQUES.

Copifte, qui y a mêlé des paroles qui n'y étoient point. Je ne m'arrêterai point à réfuter un difcours fi peu vraifemblable. Le fens que j'ai trouvé, eft fi clair & fi infaillible, qu'il dit tout. BOILEAU.

Ibid. *Ils fe défendirent encore quelque tems.*] M. Defpréaux a expliqué ce paffage au pied de la lettre, comme il eft dans Longin ; & il affure dans fa remarque, qu'il n'a point été entendu, ni par les Interprétes d'Hérodote, ni par ceux de Longin ; & que M. le Févre, après bien du changement, n'y a fçu trouver de fens. Nous allons voir fi l'explication qu'il lui a donnée lui-même, eft auffi fûre & auffi infaillible qu'il l'a cru. Hérodote parle de ceux qui, au détroit des Thermopyles, après s'être retranchés fur un petit pofte élevé, foutinrent tout l'effort des Perfes, jufqu'à ce qu'ils furent accablés & comme enfevelis fous leurs traits. Comment peut-on donc concevoir que des gens poftés & retranchés fur une hauteur, fe défendent avec les dents contre des ennemis qui tirent toujours, & qui ne les attaquent que de loin ? M. le Févre, à qui cela n'a pas paru poffible, a mieux aimé fuivre toutes les éditions de cet hiftorien, où ce paffage eft ponctué d'une autre maniere, & comme je le mets ici : ἐν τύτῳ σφέας τῷ χώρῳ ἀλεξομένυς μαχαίρησι τῇσιν αὐτέων, τα̣ ἐτύγχανον ἔτι περιισσαι, κα̣ χερσὶ κα̣ σόμασι κατέχωσαι οἱ βάρϛαροι βάλλονϳες. Et au lieu de χερσὶ κα̣ σόμασι, il a cru qu'il falloit corriger χερμαδίοιϲ κα̣ δόραϲι, en le rapportant à κατέχωσαι ; *Comme ils fe défendoient encore dans le même lieu avec les épées qui leur reftoient, les Bar-*

jufqu'à ce que les Barbares, tirant tousjours, les eusſent comme enſevelis ſous leurs traits. Que dites-vous de cette Hyperbole? Quelle apparence que des hommes ſe deffendent avec les mains & les dents contre des gens armez;(1) & que tant de perſonnes ſoient enſevelies ſous les traits de leurs Ennemis? Cela ne laiſſe pas neantmoins d'avoir de la vraiſemblance; parce que la choſe ne ſemble pas recherchée pour l'Hyperbole; mais que l'Hyperbole ſemble naiſtre du ſujet meſme. En effet, pour ne me point départir de ce que j'ay dit, un remede infaillible pour empeſcher que les hardieſſes ne choquent, c'eſt de ne les employer que dans la paſſion, & aux endroits à peu prés qui ſemblent les demander. Cela eſt ſi vray, que dans le Comique on dit des choſes qui ſont

REMARQUES.

bares les accablérent de pierres & de traits. Je trouve pourtant plus vrai-ſemblable qu'Hérodote avoit écrit λάεσι καὶ δόρασι. Il avoit ſans doute en vûё ce vers d'Homere du 111. de l'Iliade.

Ϋσῖν τε τιτυσκόμενοι λάεσσι τ᾽ ἔϐαλλον.

Ils les chargeoient à coups de pierres & de traits.

La corruption de λάεσι en χεροὶ étant très-facile. Quoi qu'il en ſoit, on ne peut pas douter que ce ne ſoit le véritable ſens. Et ce qu'Hérodote ajoûte le prouve viſiblement. On peut voir l'endroit dans la Section 125. du Livre VII. D'ailleurs Diodore, qui a décrit ce combat, dit que les Perſes environnérent les Lacédémoniens, & qu'en les attaquant de loin, ils les percerent tous à coups de fléches & de traits. A toutes ces raiſons M. Deſpréaux ne ſçauroit oppoſer que l'autorité de Longin, qui a écrit & entendu ce

paſſage de la même maniere dont il l'a traduit: mais je réponds, comme M. le Févre, que dès le tems même de Longin ce paſſage pouvoit être corrompu: que Longin étoit homme, & que par conſéquent il a pu faillir auſſi bien que Démoſthéne, Platon, & tous ces grands Héros de l'antiquité, qui ne nous ont donné des marques qu'ils étoient hommes, que par quelques fautes, & par leur mort. Si on veut encore ſe donner la peine d'examiner ce paſſage, on cherchera, ſi je l'oſe dire, Longin dans Longin même. En effet, il ne rapporte ce paſſage que pour faire voir la beauté de cette Hyperbole, *des hommes ſe défendent avec les dents contre des gens armés*; & cependant cette Hyperbole eſt puérile, puiſque lorſqu'un homme a approché ſon ennemi, & qu'il l'a ſaiſi au corps, comme il faut néceſſairement en venir aux priſes pour employer les dents, il lui a rendu ſes armes inutiles, ou même plutôt incommodes. De plus, ceci, *des hommes ſe*

abfurdes d'elles-mefmes , & qui ne laiſſent pas toutefois
de paſſer pour vraiſemblables, à cauſe qu'elles eſmeuvent
la paſſion , je veux dire , qu'elles excitent à rire. En effet ,
le Rire eſt une paſſion de l'ame , cauſée par le plaiſir. Tel
eſt ce trait d'un Poëte Comique : * *Il poſſedoit une Terre* * V. Strabon;
à la campagne , (2) *qui n'eſtoit pas plus grande qu'une* l. 1. pag. 36.
édit. de Paris.
Epiſtre de Lacedemonien.

    Au reſte , on ſe peut ſervir de l'Hyperbole , auſſi-bien
pour diminuer les choſes que pour les aggrandir : car
l'exaggeration eſt propre à ces deux differens effets ; &
le *Diaſyrme* * , qui eſt une eſpece d'Hyperbole , n'eſt , * Διασυρμὸς
à le bien prendre , que l'exaggeration d'une choſe baſſe
& ridicule.

R E M A R Q U E S.

défendent avec les dents contre des gens ar-
més , ne préſuppoſe pas que les uns ne puiſſent être armés comme les autres ; & ainſi la
penſée de Longin eſt froide, parce qu'il n'y
a point d'oppoſition ſenſible entre des gens
qui ſe défendent avec les dents , & des hommes qui combattent armés. Je n'ajouterai
plus que cette ſeule raiſon , c'eſt que ſi l'on
ſuit la penſée de Longin , il y aura encore
une fauſſeté dans Hérodote, puiſque les Hiſtoriens remarquent que les Barbares étoient
armés à la légere avec de petits boucliers , &
qu'ils étoient par conſéquent expoſés aux
coups des Lacédémoniens, quand ils appro-
choient des retranchemens, au lieu que ceux-
ci étoient bien armés , ſerrés en peloton , &
tout couverts de leurs larges boucliers. DA-
CIER.

(1) *Et que tant de perſonnes ſoient enſe-*
velies.] Les Grecs dont parle ici Hérodote,
étoient en fort petit nombre : Longin n'a
donc pu écrire , *& que tant de perſonnes ,*
&c. D'ailleurs , de la maniere que cela eſt
écrit , il ſemble que Longin trouve cette métaphore exceſſive, plûtôt à cauſe du nombre
des perſonnes qui ſont enſevelies ſous les
traits , qu'à cauſe de la choſe même , & cela
n'eſt point ; car au contraire Longin dit
clairement, *quelle hyperbole*: combattre avec
les dents contre des gens armés ? *& celle-ci*
encore, être accablé ſous les traits ? *cela ne*
laiſſe pas néanmoins , &c. DACIER.

(2) *Qui n'étoit pas plus grande qu'une E-*
piſtre de Lacédémonien.] J'ai ſuivi la reſtitution de Caſaubon. BOILEAU.

CHAPITRE XXXII.
De l'Arrangement des Paroles.

DEs cinq parties qui produisent le Grand, comme nous avons supposé d'abord, il reste encore la cinquiesme à examiner ; c'est à sçavoir, la Composition & l'Arrangement des Paroles. Mais comme nous avons desja donné deux volumes de cette matiere, où nous avons suffisamment expliqué tout ce qu'une longue speculation nous en a peû apprendre ; nous nous contenterons de dire icy ce que nous jugeons absolument necessaire à nostre sujet ; comme par exemple, que l'Harmonie (1) n'est pas simplement un agrément que la Nature a mis dans la voix de l'homme, pour persua-

REMARQUES.

(1) *N'est pas simplement un agrément.*] Les Traducteurs n'ont point conçu ce passage, qui surement doit être entendu dans mon sens, comme la suite du Chapitre le fait assez connoître. Ἐνέργημα veut dire un *effet*, & non pas *un moyen: n'est pas simplement un effet de la nature de l'homme.* BOILEAU.

Ibid. *N'est pas simplement, &c.*] M. Despréaux assure dans ses Remarques, que ce passage doit être entendu comme il l'a expliqué ; mais je ne suis pas de son avis, & je trouve qu'il s'est éloigné de la pensée de Longin, en prenant le mot grec ὄργανον pour un instrument, comme une flûte, une lyre, au lieu de le prendre dans le sens de Longin pour *un organe*, comme nous disons, pour *une cause, un moyen.* Longin dit clairement, l'harmonie n'est pas seulement

un moyen naturel à l'homme *pour persuader & pour inspirer le plaisir*, mais encore un organe, un instrument merveilleux pour élever le courage, & pour émouvoir les passions. C'est, à mon avis, le véritable sens de ce passage. Longin vient ensuite aux exemples de l'harmonie de la flûte & de la lyre, quoique ces organes, pour émouvoir & pour persuader, n'approchent point des moyens qui sont propres & naturels à l'homme, &c. DACIER.

(2) *Pour élever le courage & pour émouvoir les passions.*] Il y a dans le grec, μετ' ἐλευθερίας καὶ πάθους ; c'est ainsi qu'il faut lire, & non point ἔτι ἐλευθερίας, &c. Ces paroles veulent dire, *Qu'il est merveilleux de voir des instrumens inanimés avoir en eux un charme pour émouvoir les passions, & pour inspirer la noblesse de courage.* Car c'est ainsi

der

der & pour inspirer le plaisir : mais que dans les instrumens mesme inanimez, c'est un moyen merveilleux
(2) pour élever le courage, & pour esmouvoir les passions.

Et de vray, ne voyons-nous pas que le son des flustes
esmeut l'ame de ceux qui l'escoutent, & les remplit de
fureur, comme s'ils estoient hors d'eux-mesmes ? Que
leur imprimant dans l'oreille le mouvement de sa cadence, il les contraint de la suivre, & d'y conformer en
quelque sorte le mouvement de leur corps. Et non seulement le son des flustes, (3) mais presque tout ce qu'il
y a de differens sons au monde, comme par exemple,
ceux de la Lyre, font cet effet. Car bien qu'ils ne signifient rien d'eux-mesmes, neantmoins, par ces changemens de tons, qui s'entrechoquent les uns les autres, &
par le meslange de leurs accords, souvent, comme nous

REMARQUES.

qu'il faut entendre ἐλευθερία. En effet, il
est certain que la trompette, qui est un instrument, sert à réveiller le courage dans la
guerre. J'ai ajouté le mot d'*inanimés*, pour
éclaircir la pensée de l'Auteur, qui est un
peu obscure en cet endroit. Ο' ργανον, absolument pris, veut dire toutes sortes d'instrumens musicaux & inanimés, comme le prouve fort bien Henri Etienne. BOILEAU.

(3) *Mais presque tout ce qu'il y a de sons*
au monde.] Κἂν ἄλλοις ὅσοι παντάπασι, Tollius veut qu'on lise, ἀλλὰ καὶ ὅσοι παντάπασι.
M. le Févre lisoit, ἄλλως τε καὶ ἐπεὶ, &c.
Certainement il y a faute dans le texte, & il
est impossible d'y faire un sens raisonnable
sans corriger. Je suis persuadé que Longin
avoit écrit κἂν ἄμυσ⊙· ἢ παντάπασι, *licet*
imperitus sit omninò, ou *licet à Musis omninò*

alienus sit. La flûte, dit Longin, force celui
qui l'entend, fût-il ignorant & grossier, n'eût-
il aucune connoissance de la Musique, & de
se mouvoir en cadence, & de se conformer
au son mélodieux de l'instrument. L'ancien
Manuscrit, quoique fautif en cet endroit,
autorise la nouvelle correction : Car on y
lit, κἂν ἀλλυσ′ύση, ce qui ressemble fort à
κἂν ἄμυσ⊙· ἢ, sur tout si on écrit en majus-
cules, sans accent, sans esprit, & sans distinction de mots, comme on écrivoit autrefois, & comme il est certain que Longin
avoit écrit, ΚΑΝΑΜΟΥΣΟΣΗ. Entre ΚΑ-
ΝΑΜΟΥΣΟΣΗ & ΚΑΝΑΛΛΟΥΣΟΣΗ, il n'y a
de différence que de la lettre Μ aux deux Λ :
différence très-légere, où les Copistes se
peuvent aisément tromper. BOIVIN.

voyons, ils caufent à l'ame un tranfport & un raviffement admirable. (1) Cependant ce ne font que des images & de fimples imitations de la voix, qui ne difent & ne perfuadent rien, n'eftant, s'il faut parler ainfi, que des fons baftards, & non point, comme j'ay dit, des effets de la nature de l'homme. Que ne dirons-nous donc point de la Compofition, qui eft en effet comme l'harmonie du difcours, dont l'ufage eft naturel à l'homme, qui ne frappe pas fimplement l'oreille, mais l'efprit; qui remuë tout à la fois tant de differentes fortes de noms, de penfées, de chofes; tant de beautez & d'elegances, avec lefquelles noftre ame a une efpece de liaifon & d'affinité;

REMARQUES.

(1) *Cependant ce ne font que des images.*] Longin, à mon fens, n'a garde de dire que les inftrumens, comme la trompette, la lyre, la flûte, *ne difent & ne perfuadent rien*. Il dit, *Cependant ces images & ces imitations ne font que des organes bâtards pour perfuader, & n'approchent point du tout de ces moyens, qui, comme j'ai déja dit, font propres & naturels à l'homme.* Longin veut dire, que l'harmonie qui fe tire des differens fons d'un inftrument, comme de la lyre ou de la flûte, n'eft qu'une foible image de celle qui fe forme par les differens fons, & par la differente flexion de la voix; & que cette derniere harmonie, qui eft naturelle à l'homme, a beaucoup plus de force que l'autre, pour perfuader & pour émouvoir. C'eft ce qu'il feroit fort aifé de prouver par des exemples. DACIER.

(2) *Et l'expérience en fait foi.*] L'auteur juftifie ici fa penfée par une période de Démofthéne *, dont il fait voir l'harmonie & la beauté. Mais, comme ce qu'il en dit, eft entiérement attaché à la langue Grecque, j'ai cru qu'il valoit mieux le paffer dans la Traduction, & le renvoyer aux Remarques, pour

* De Corona, pag. 340. edit. de Bafle.

ne point effrayer ceux qui ne fçavent point le grec. En voici donc l'explication. *Ainfi cette penfée que Démofthéne ajoute, après la lecture de fon Decret, paroît fort fublime, & eft en effet merveilleufe. Ce Decret, dit-il, a fait évanouir le péril qui environnoit cette ville, comme un nuage qui fe diffipe de lui-même.* Τῦτο τὸ ψήφισμα τὸν τότε τῇ πόλει περιςάντα κίνδυνον παρελθεῖν ἐποίησεν, ὥσπερ νέφ. *Mais il faut avouer que l'harmonie de la période ne cede point à la beauté de la penfée. Car elle va toujours de trois tems en trois tems, comme fi c'étoient tous Dactyles, qui font les pieds les plus nobles & les plus propres au Sublime : & c'eft pourquoi le vers Héroïque, qui eft le plus beau de tous les vers, en eft compofé. En effet; fi vous ôtez un mot de fa place; comme fi vous mettiez* Τῦτο τὸ ψήφισμα ὥσπερ νέφ ἐποίησε τὸν τότε κίνδυνον παρελθεῖν, *ou fi vous en retranchez une feule fyllabe, comme* ἐποίησε παρελθεῖν ὡς νέφ, *vous connoîtrez aifément combien l'harmonie contribue au Sublime. En effet, ces paroles,* ὥσπερ νέφ, *s'appuyant fur la premiere fyllabe qui eft longue, fe prononcent à quatre reprifes. De forte que, fi vous en ôtez une fyl-*

qui par le meſlange & la diverſité des ſons, inſinuë dans les eſprits, inſpire à ceux qui eſcoutent, les paſſions meſ-mes de l'Orateur, & qui baſtit ſur ce ſublime amas de paroles, ce Grand & ce Merveilleux que nous cher-chons? Pouvons-nous, dis-je, nier qu'elle ne contribuë beaucoup à la grandeur, à la majeſté, à la magnificence du diſcours, & à toutes ces autres beautez qu'elle ren-ferme en ſoy; & qu'ayant un empire abſolu ſur les eſ-prits, elle ne puiſſe en tout temps les ravir & les enlever? Il y auroit de la folie à douter d'une verité ſi univerſel-lement reconnuë; (2) & l'experience en fait foy. ∗

REMARQUES.

labe, ce retranchement fait que la période eſt tronquée. Que ſi au contraire vous en ajoûtez une, comme παρελθεῖν ἐποίησεν ὥσπερ τε νέφ☉, c'eſt bien le même ſens; mais ce n'eſt plus la même cadence: parce que la période s'arrêtant trop long-tems ſur les dernieres ſyllabes, le Sublime, qui étoit ſerré aupara-vant, ſe relâche & s'affoiblit. Au reſte, j'ai ſuivi, dans ces derniers mots, l'explication de M. le Févre, & j'ajoûte comme lui, πελὰ ὥσπερ. BOILEAU.

Ibid. Et l'expérience en fait foi.∗∗∗] Lon-gin rapporte après ceci un paſſage de Dé-moſthéne que M. Deſpréaux a rejetté dans ſes Remarques, parce qu'il eſt entiérement attaché à la langue grecque. Le voici: τοῦτο τὸ ψήφισμα τὸν τότε τῇ πόλει περιστάντα κίν-δυνον παρελθεῖν ἐποίησεν ὥσπερ νέφ☉. Com-me ce Rheteur aſſure que l'harmonie de la période ne céde point à la beauté de la pen-ſée, parce qu'elle eſt toute compoſée de nom-bres dactyliques; je crois qu'il ne ſera pas inu-tile d'expliquer ici cette harmonie & ces nombres, vû même que le paſſage de Longin eſt un de ceux que l'on peut traduire fort bien au pied de la lettre, ſans entendre la pensée de Longin, & ſans connoître la beau-té du paſſage de Démoſthéne. Je vais donc

tâcher d'en donner au Lecteur une intelli-gence nette & diſtincte; & pour cet effet je diſtribuerai d'abord la période de Démoſ-théne dans ſes nombres dactyliques, comme Longin les a entendus.

[τοῦτο τὸ] ψήφισμα] τὸν τότε] τῇ πόλει] περιστάν]τα] κίνδυνον] παρελθεῖν] ἐποίη-] σεν] [ὥσπερ νέφ☉.] Voilà neuf nombres dactyliques en tout. Avant que de paſſer plus avant, il eſt bon de remarquer que beau-coup de gens ont fort mal entendu ces nom-bres dactyliques, pour les avoir confondus avec les métres ou les pieds que l'on appelle Dactyles. Il y a pourtant bien de la différen-ce. Pour le nombre dactylique, on n'a égard qu'au tems & à la prononciation; & pour le dactyle, on a égard à l'ordre & à la poſition des lettres, de ſorte qu'un même mot peut faire un nombre dactylique, ſans être pour-tant un Dactyle, comme cela paroît, par [ψήφισμα] τῇ πόλει] παρελθεῖν.] Mais revenons à notre paſſage. Il n'y a plus que trois difficultés qui ſe préſentent : la premie-re, que ces nombres devant être de quatre tems, d'un long qui en vaut deux, & de deux courts, le ſecond nombre de cette période

Au reſte, il en eſt de meſme des diſcours que des corps, qui doivent ordinairement leur principale excellence à l'aſſemblage & à la juſte proportion de leurs membres: de ſorte meſme qu'encore qu'un membre ſeparé de l'autre n'ait rien en ſoy de remarquable, tous enſemble ne laiſſent pas de faire un corps parfait. Ainſi les parties du Sublime eſtant diviſées, le Sublime ſe diſſipe entierement: au lieu que venant à ne former qu'un corps par l'aſſemblage qu'on en fait, & par cette liaiſon harmonieuſe qui les joint, le ſeul tour de la periode leur donne du ſon & de l'emphaſe. C'eſt pourquoy on peut comparer le Sublime dans les periodes, à un feſtin par eſcot, auquel pluſieurs ont contribué. Juſques-là qu'on voit beaucoup de Poëtes & d'Eſcrivains, qui n'eſtant point nez au Sublime, n'en ont jamais manqué neantmoins; bien que pour l'ordinaire ils ſe ſerviſſent de façons de parler baſſes, communes, & fort peu élegantes. En effet, ils ſe ſouſtiennent

REMARQUES.

Λήϛιϛμα, le quatriéme, le cinquiéme, & quelques autres paroiſſent en avoir cinq; parce que dans Λήϛιϛμα la premiere ſyllabe étant longue, en vaut deux, la ſeconde étant auſſi longue en vaut deux autres, & la troiſiéme bréve, un, &c. A cela je réponds, que dans les Rythmes, ou nombres, comme je l'ai déja dit, on n'a égard qu'au tems & à la voyelle, & qu'ainſi ϛιϛ eſt auſſi bref que μα. C'eſt ce qui paroîtra clairement par ce ſeul exemple de Quintilien, qui dit, que la ſeconde ſyllabe d'*agreſtis* eſt bréve. La ſeconde difficulté naît de ce précepte de Quintilien, qui dit dans le Chapitre IV, du Livre IX: *Que quand la période commence par une ſorte de rythme ou de nombre, elle doit continuer dans*

le même rythme juſqu'à la fin. Or, dans cette période de Démoſthéne; le nombre ſemble changer, puiſque tantôt les longues & tantôt les bréves ſont les premieres. Mais le même Quintilien ne laiſſe aucun doute là-deſſus, ſi l'on prend garde à ce qu'il a dit auparavant: *Qu'il eſt indifférent au rythme dactylique d'avoir les deux premieres ou les deux dernieres bréves, parce que l'on n'a égard qu'aux tems, & à ce que ſon élévation ſoit de même nombre que ſa poſition.* Enfin, la troiſiéme & derniere difficulté vient du dernier rythme ὥϛπερ νέῳ◌, que Longin fait de quatre ſyllabes, & par conſéquent de cinq tems, quoique Longin aſſure qu'il ſe meſure par quatre. Je réponds, que ce nombre ne

par ce feul arrangement de paroles , qui leur enfle &
groffit en quelque forte la voix : fi bien qu'on ne remarque point leur baffeffe. (1) Philifte eft de ce nombre.
Tel eft auffi Ariftophane en quelques endroits , & Euripide en plufieurs , comme nous l'avons desja fuffifamment monftré. Ainfi quand Hercule dans cet Autheur *,

aprés avoir tué fes enfans, dit :

Tant de maux à la fois font entrez dans mon ame,
Que je n'y puis loger de nouvelles douleurs :

Cette penfée eft fort triviale. Cependant il la rend noble
par le moyen de ce tour, qui a quelque chofe de mufi-
cal & d'harmonieux. Et certainement , pour peu que
vous renverfiez l'ordre de fa periode, vous verrez manifeftement combien Euripide eft plus heureux dans l'arrangement de fes paroles , que dans le fens de fes penfées.
De mefme dans fa Tragedie intitulée , (2) *Dircé traif-*
née par un Taureau , *

* Dircé , ou
Antiope, Tra-
gedie perduë.
V. les Fragm.
de M. Barnés,
pag. 512.

REMARQUES.

laiffe pas d'être dactylique comme les autres,
parce que le tems de la derniere fyllabe eft
fuperflu & compté pour rien, comme les fyllabes qu'on trouve de trop dans les vers qui
de-là font appellés *hypermétres*. On n'a qu'à
écouter Quintilien : *Les rythmes reçoivent*
plus facilement des tems fuperflus , quoique
la même chofe arrive auffi quelquefois aux
métres. Cela fuffit pour éclaircir la période
de Démofthéne , & la pensée de Longin.
J'ajoûterai pourtant encore, que Démétrius
Phaléreus cite ce même paffage de Démofthéne , & qu'au lieu de περιςάψα , il a lu
ἐπιόντα , ce qui fait le même effet pour le
nombre. DACIER.

(1) *Philifte eft de ce nombre.*] Le nom de
ce Poëte eft corrompu dans Longin , il faut
lire *Philifcus* , & non pas *Philiftus.* C'étoit
un Poëte Comique , mais on ne fçauroit dire
précifément en quel tems il a vécu. DACIER.

(2) *Dircé traînée par un Taureau.*]M.Def-
préaux avoit traduit dans fes premieres éditions: *Dircé emportée* , &c. Sur quoi M. Dacier fit cette Remarque que M. Defpréaux
a fuivie : Longin dit, *traînée par un Tau-*
reau ; & il falloit conferver ce mot , parce
qu'il explique l'hiftoire de Dircé, que Zéthus
& Amphion attacherent par les cheveux à
la queue d'un Taureau , pour fe venger des
maux qu'elle & fon mari Lycus avoient faits
à Antiope leur mere. DACIER.

Il tourne aux environs dans sa route incertaine :
Et courant en tous lieux où sa rage le meine ,
Traisne aprés soy la femme , & l'arbre & le rocher.

Cette pensée est fort noble à la verité ; mais il faut avoüer que ce qui luy donne plus de force, c'est cette harmonie qui n'est point precipitée , ni emportée comme une masse pesante , mais dont les paroles se soustiennent les unes les autres , & où il y a plusieurs pauses. En effet, ces pauses sont comme autant de fondemens solides, sur lesquels son discours s'appuie & s'eleve.

CHAPITRE XXXIII.
De la mesure des Periodes.

AU contraire il n'y a rien qui rabaisse davantage le Sublime que ces nombres rompus, & qui se prononcent viste ; tels que sont les Pyrrhiques , les Trochées & les Dichorées , qui ne sont bons que pour la danse. En effet , toutes ces sortes de pieds & de mesures n'ont qu'une certaine mignardise & un petit agrément, qui a

REMARQUES.

(1) *De même ces paroles mesurées*, &c.] Longin dit, *De même, quand les périodes sont si mesurées , l'Auditeur n'est point touché du discours, il n'est attentif qu'au nombre & à l'harmonie : jusques-là que prévoyant les cadences qui doivent suivre, & battant toujours la mesure comme en une danse , il prévient même l'Orateur , & marque la chûte avant qu'elle arrive.* Au reste, ce que Longin dit ici, est pris tout entier de la Rhétorique d'Aristote, & il peut nous servir fort utilement à corriger l'endroit même d'où il a été tiré. Aristote, après avoir parlé des périodes mesurées, ajoûte , τὸ μὲν γὰρ, ἀπίθανον · πεπλᾶσθαι γὰρ δοκεῖ, καὶ ἅμα ✱✱✱ ἐξίστησι · προσέχειν γὰρ ποιεῖ τῷ ὁμοίῳ πότε πάλιν ἥξει ✱✱✱✱ ὥσπερ ἔν τῶν κηρύκων προλαμβάνυσι τὰ παιδία τὸ , τίνα ἀιρεῖται ἐπίτροποδ

tousjours le mesme tour , & qui n'esmeut point l'ame.
Ce que j'y trouve de pire , c'est que comme nous voyons
que naturellement ceux à qui l'on chante un air ne s'arrestent point au sens des paroles , & sont entraisnez par
le chant : (1) de mesme, ces paroles mesurées n'inspi-
rent point à l'esprit les passions qui doivent naistre du
discours , & impriment simplement dans l'oreille le mouvement de la cadence. Si bien que comme l'Auditeur
prévoit d'ordinaire cette cheûte qui doit arriver , il va
au-devant de celuy qui parle , & le prévient , marquant ,
comme en une danse , la cheûte avant qu'elle arrive.

C'est encore un vice qui affoiblit beaucoup le discours , quand les periodes sont arrangées avec trop de
soin , ou quand les membres en sont trop courts , & ont
trop de syllabes breves , estant d'ailleurs comme joints
& attachez ensemble avec des cloux aux endroits où ils
se desunissent. Il n'en faut pas moins dire des periodes
qui sont trop coupées. Car il n'y a rien qui estropie
davantage le Sublime , que de le vouloir comprendre
dans un trop petit espace. Quand je deffends neant-

R E M A R Q U E S.

1 ἀπελευθερύμενΘ , Κλέωνα. Dans la premiere lacune il faut suppléer assûrément , καὶ
ἄματος ἀκκόνίας ἐξίσησι: & dans la seconde ,
après ἤξει ajoûter, ὁ καὶ φθάνονίες προαπο-
διδόσι ὥσπερ ἕν , &c. & après ἀπελευθερύμενΘ , il faut un point interrogatif. Mais
c'est ce qui paroîtra beaucoup mieux par
cette traduction: *Ces periodes mesurées ne
persuadent point ; car outre qu'elles paroissent
étudiées, elles détournent l'Auditeur , & le*
*rendent attentif seulement au nombre & aux
chûtes , qu'il marque même par avance : comme
on voit les enfans se hâter de répondre Cléon , avant que les Huissiers ayent
achevé de crier. Qui est le Patron qui veut
prendre l'affranchi ?* Le sçavant Victorius est
le seul qui ait soupçonné que ce passage d'A-
ristote estoit corrompu ; mais il n'a pas voulu
chercher les moyens de le corriger. DACIER.

moins de trop couper les periodes , je n'entends pas
parler de celles qui ont leur jufte eftenduë, mais de celles qui font trop petites , & comme mutilées. En effet,
de trop couper fon ftile , cela arrefte l'efprit ; au lieu
que de le divifer en periodes , cela conduit le Lecteur.
Mais le contraire en mefme temps apparoift des periodes trop longues. Et toutes ces paroles recherchées pour
alonger mal à propos un difcours , font mortes & lan-
guiffantes.

CHAPITRE XXXIV.
De la baffeffe des Termes.

UNe des chofes encore qui avilit autant le difcours ,
c'eft la baffeffe des termes. Ainfi nous voyons dans
*Liv. 7. pag.
446. & 448.
edition de
Francfort. Herodote * une defcription de tempefte, qui eft divine
pour le fens : mais il y a meflé des mots extremement
bas ; comme quand il dit , (1) *la Mer commençant à*
bruire. Le mauvais fon de ce mot , *bruire* , fait perdre à
fa penfée une partie de ce qu'elle avoit de grand. *Le*
vent , dit-il en un autre endroit, *les balotta fort , & ceux*
qui furent difperfez par la tempefte , firent une fin peu
agreable. Ce mot *balotter* eft bas ; & l'epithete de *peu*

REMARQUES.

(1) *La mer commençant à bruire.*] Il y a
dans le Grec , *commençant à bouillonner* ,
ζιϲάϲη : mais le mot de *bouillonner* n'a point
de mauvais fon en notre Langue , & eft au | contraire agréable à l'oreille. Je me fuis
donc fervi du mot *bruire* , qui eft bas , & qui
exprime le bruit que fait l'eau quand elle
commence à bouillonner. BOILEAU.

agreable

agreable n'est point propre pour exprimer un accident comme celuy-là.

De mesme, l'Historien Theopompus * a fait une pein-   * Liv. perdu.
ture de la descente du Roy de Perse dans l'Egypte, qui
est miraculeuse d'ailleurs ; mais il a tout gasté par la baf-
fesse des mots qu'il y mesle : *Y a-t-il une Ville*, dit cet
Historien, *& une Nation dans l'Asie, qui n'ait envoyé
des Ambassadeurs au Roy ? Y a-t-il rien de beau & de
precieux qui croisse, ou qui se fabrique en ces Païs, dont
on ne luy ait fait des presens ? Combien de tapis & de
vestes magnifiques, les unes rouges, les autres blanches,
& les autres historiées de couleurs ? Combien de tentes
dorées, & garnies de toutes les choses necessaires pour la
vie ? Combien de robes & de lits somptueux ? Combien de
vases d'or & d'argent enrichis de pierres precieuses, ou
artistement travaillez ? Adjoustez à cela un nombre infini
d'armes estrangeres & à la Grecque : une foule incroyable
de bestes de voiture, & d'animaux destinez pour les
sacrifices : des boisseaux * remplis de toutes les choses*   * V. Athe-
propres pour resjouir le goust : (1) des armoires & des   née, livre 2.
                                                                        pag. 67. edit.
sacs pleins de papier, & de plusieurs autres ustenciles ;   de Lyon.
*& une si grande quantité de viandes salées de toutes
sortes d'animaux, que ceux qui les voyoient de loin,*

REMARQUES.

(1) *Des armoires & des sacs pleins de papier.*] Théopompus n'a point dit *des sacs
pleins de papier*, car ce papier n'étoit point
dans les sacs ; mais il a dit, *des armoires, des*
sacs, des rames de papier, &c. & par ce papier il entend de gros papier pour envelo-
per les drogues & les épiceries dont il a
parlé. DACIER.

penſoient que ce fuſſent des collines qui s'élevaſſent de terre.

De la plus haute élevation il tombe dans la derniere baſſeſſe, à l'endroit juſtement où il devoit le plus s'élever. Car meſlant mal à propos dans la pompeuſe deſcription de cet appareil, des boiſſeaux, des ragouſts & des ſacs, il ſemble qu'il faſſe la peinture d'une cuiſine. Et comme ſi quelqu'un avoit toutes ces choſes à arranger, & que parmi des tentes & des vaſes d'or, au milieu de l'argent & des diamans, il miſt en parade des ſacs & des boiſſeaux, cela feroit un vilain effet à la veuë. Il en eſt de meſme des mots bas dans le diſcours, & ce ſont comme autant de taches & de marques honteuſes, qui fleſtriſſent l'expreſſion. Il n'avoit qu'à deſtourner un peu la choſe, & dire en general, à propos de ces montagnes de viandes ſalées, & du reſte de cet appareil : qu'on envoya au Roy des chameaux & pluſieurs beſtes de voiture chargées de toutes les choſes neceſſaires pour la bonne chere & pour le plaiſir : ou des monceaux de viandes les plus exquiſes, & tout ce qu'on ſçauroit s'imaginer de plus ragouſtant & de plus delicieux : ou, ſi vous voulez, tout ce que les Officiers de table & de cuiſine pouvoient ſouhaiter de meilleur pour la bou-

REMARQUES.

(1) *A caché & détourné ces égoûts.*] La nature ſçavoit fort bien, que ſi elle expoſoit en vûe ces parties qu'il n'eſt pas honnête de nommer, la beauté de l'homme en feroit fouillée ; mais de la maniere que M. Deſpréaux a traduit ce paſſage, il ſemble que la nature ait eu quelque eſpéce de doute, ſi cette beauté en feroit fouillée, ou ſi elle ne le feroit

che de leur Maiſtre. Car il ne faut pas d'un diſcours fort
élevé paſſer à des choſes baſſes & de nulle conſideration, à moins qu'on n'y ſoit forcé par une neceſſité bien
preſſante. Il faut que les paroles reſpondent à la majeſté
des choſes dont on traite, & il eſt bon en cela d'imiter
la Nature, qui, en formant l'homme, n'a point expoſé
à la veuë ces parties qu'il n'eſt pas honneſte de nommer, & par où le corps ſe purge : mais, pour me ſervir
des termes de Xenophon*, (1) *a caché & deſtourné ces*
égouſts le plus loin qu'il luy a eſté poſſible, de peur que la
beauté de l'animal n'en fuſt ſoüillée. Mais il n'eſt pas
beſoin d'examiner de ſi prés toutes les choſes qui rabaiſſent le diſcours. En effet, puiſque nous avons monſtré
ce qui ſert à l'élever & à l'ennoblir, il eſt aiſé de juger
qu'ordinairement le contraire eſt ce qui l'avilit & le
fait ramper.

* Liv. 1. des
Memorables,
pag. 726. edit.
de Leunclav.

✦✦

CHAPITRE XXXV.
Des cauſes de la décadence des Eſprits.

IL ne reſte plus, mon cher Terentianus, qu'une choſe
à examiner. C'eſt la queſtion que me fit il y a quelques jours un Philoſophe. Car il eſt bon de l'eſclaircir ;

REMARQUES.

point; car c'eſt, à mon avis, l'idée que donnent
ces mots, *de peur que, &c.* & cela déguiſe
en quelque maniere la penſée de Xénophon,
qui dit ; *La nature a caché & détourné ces*

égouts le plus loin qu'il lui a été poſſible, pour
ne point ſoüiller la beauté de l'animal. DA-
CIER.

& je veux bien , pour voſtre ſatisfaction particuliere ,
l'adjouſter encore à ce Traité.

Je ne ſçaurois aſſez m'eſtonner , me diſoit ce Philoſophe , non plus que beaucoup d'autres , d'où vient
que dans noſtre ſiecle il ſe trouve aſſez d'Orateurs qui
ſçavent manier un raiſonnement , & qui ont meſme le
ſtile oratoire : qu'il s'en voit , dis-je , pluſieurs qui ont
de la vivacité , de la netteté , & ſur tout de l'agrément
dans leurs diſcours ; mais qu'il s'en rencontre ſi peu qui
puiſſent s'élever fort haut dans le Sublime : tant la ſte-
rilité maintenant eſt grande parmi les eſprits. N'eſt-ce
point , pourſuivoit-il , ce qu'on dit ordinairement ,
que c'eſt le Gouvernement populaire qui nourrit &
forme les grands genies : puiſqu'enfin juſqu'icy tout ce
qu'il y a preſque eu d'Orateurs habiles ont fleuri , &
ſont morts avec luy ? En effet , adjouſtoit-il , il n'y a
peut-eſtre rien qui éleve davantage l'ame des grands
Hommes que la liberté , ni qui excite & reveille plus
puiſſamment en nous ce ſentiment naturel qui nous
porte à l'émulation , & cette noble ardeur de ſe voir
élevé au-deſſus des autres. Adjouſtez que les prix qui
ſe propoſent dans les Republiques , aiguiſent , pour ainſi

REMARQUES.

(1) *Tellement qu'on voit briller dans leurs*
diſcours la liberté de leur pays.] Longin dit,
tellement qu'on voit briller dans leurs diſ-
cours la même liberté que dans leurs actions.
Il veut dire , que comme ces gens-là ſont les
maîtres d'eux-mêmes , leur eſprit accoutumé
à cet empire & à cette indépendance , ne
produit rien qui ne porte des marques de
cette liberté, qui eſt le but principal de toutes
leurs actions, & qui les entretient toujours
dans le mouvement. Cela méritoit d'être
bien éclairci ; car c'eſt ce qui fonde en partie

dire, & achevent de polir l'esprit des Orateurs, leur faisant cultiver avec soin les talens qu'ils ont reçeûs de la Nature. (1) Tellement qu'on voit briller dans leurs discours la liberté de leur païs.

Mais nous, continuoit-il, qui avons appris dés nos premieres années à souffrir le joug d'une domination legitime, (2) qui avons esté comme enveloppez par les coustumes & les façons de faire de la Monarchie, lors que nous avions encore l'imagination tendre, & capable de toutes sortes d'impressions; en un mot, qui n'avons jamais gousté de cette vive & feconde source de l'éloquence, je veux dire de la liberté : ce qui arrive ordinairement de nous, c'est que nous nous rendons de grands & magnifiques flateurs. C'est pourquoy il estimoit, disoit-il, qu'un homme mesme né dans la servitude estoit capable des autres sciences : mais que nul Esclave ne pouvoit jamais estre Orateur. Car un esprit, continua-t-il, abbatu & comme dompté par l'accoustumance au joug, n'oseroit plus s'enhardir à rien. Tout ce qu'il avoit de vigueur s'évapore de soy-mesme, & il demeure tousjours comme en prison.

REMARQUES.

la réponse de Longin, comme nous l'allons voir dans la seconde Remarque après celle-ci. DACIER.

(2) *Qui avons été comme enveloppés.*] *Estre enveloppé par les coutumes*, me paroît obscur. Il semble même que cette expression dit tout autre chose que ce que Longin a pré-

tendu. Il y a dans le Grec, *qui avons été comme emmaillotés*, &c. Mais comme cela n'est pas François, j'aurois voulu traduire pour approcher de l'idée de Longin, *qui avons comme sucé avec le lait les coutumes*, &c. DACIER.

* Odyff. liv. ɪ7. V. 322.
En un mot, pour me fervir des termes d'Homere, *

Le mefme jour qui met un homme libre aux fers,
Luy ravit la moitié de fa vertu premiere.

De mefme donc que, fi ce qu'on dit eft vray, ces boiftes où l'on enferme les Pygmées, vulgairement appellez Nains, les empefchent non feulement de croiftre, mais (1) les rendent mefme plus petits, par le moyen de cette bande dont on leur entoure le corps. Ainfi la fer-vitude, je dis la fervitude la plus juftement eftablie, eft une efpece de prifon, où l'ame décroift & fe rapetiffe en quelque forte. (2) Je fçay bien qu'il eft fort aifé à l'homme, & que c'eft fon naturel, de blafmer tousjours les chofes prefentes : (3) mais prenez garde que *****
****
Et certainement, pourfuivis-je, fi les delices d'une trop longue paix font capables de corrompre les plus belles

REMARQUES.

(1) *Les rendent même plus petits.*] Par cette bande, Longin entend fans doute des bandelettes dont on emmaillottoit les Pyg-mées depuis la tête jufqu'aux pieds. Ces ban-delettes étoient à peu près, comme celles dont les filles fe fervoient pour empêcher leur gorge de croître. C'eft pourquoi Té-rence appelle ces filles, *vinɛ̌to peɛ̌tore*, ce qui répond fort bien au mot Grec ſɛσμὸς, que Longin employe ici : & qui fignifie *ban-de, ligature.* Encore aujourd'hui, en beau-coup d'endroits de l'Europe, les femmes mettent en ufage ces bandes pour avoir les pieds petits. DACIER.

(2) *Je fçai bien qu'il eft fort aifé à l'hom-me,* &c.] M. Defpréaux fuit ici tous les In-terprétes, qui attribuent encore eeci au Phi-lofophe qui parle à Longin. Mais je fuis per-fuadé que ce font les paroles de Longin, qui interrompt en cet endroit le Philofophe, & commence à lui répondre. Je crois même que dans la lacune fuivante il ne manque pas tant de chofes qu'on a crû, & peut-être n'eft-il pas fi difficile d'en fuppléer le fens. Je ne doute pas que Longin n'ait écrit: *Je fçai bien, lui répondis-je alors, qu'il eft fort aifé à l'homme, & que c'eft même fon natu-rel de blâmer les chofes préfentes. Mais pre-nez-y bien garde, ce n'eft point la Monarchie qui eft caufe de la décadence des efprits, & les délices d'une longue paix ne contribuent pas tant à corrompre les grandes ames, que*

ames, cette guerre fans fin, qui trouble depuis fi long-
temps toute la terre, n'eft pas un moindre obftacle à
nos defirs.

Adjouftez à cela ces paffions qui affiegent continuellement noftre vie, & qui portent dans noftre ame la
confufion & le defordre. En effet, continuay-je, c'eft
le defir des Richeffes, dont nous fommes tous malades
par excés ; c'eft l'amour des plaifirs, qui, à bien parler,
nous jette dans la fervitude, & pour mieux dire, nous
traifne dans le precipice, où tous nos talens font comme engloutis. Il n'y a point de paffion plus baffe que
l'Avarice ; il n'y a point de vice plus infame que la
Volupté. Je ne voy donc pas comment ceux qui font
fi grand cas des richeffes, & qui s'en font comme une
efpece de Divinité, pourroient eftre atteints de cette
maladie, fans recevoir en mefme temps avec elle tous
les maux dont elle eft naturellement accompagnée ?
Et certainement la profufion (2) & les autres mauvai-

REMARQUES.

*eotte guerre fans fin qui trouble depuis fi
long-tems toute la terre, & qui oppofe des ob-
ftacles infurmontables à nos plus généreufes
inclinations* C'eft affurément le véritable fens
de ce paffage : & il feroit aifé de le prouver
par l'hiftoire même du fiécle de Longin. De
cette maniere ce Rhéteur répond fort bien
aux deux objections du Philofophe, dont
l'une eft, que le gouvernement Monarchi-
que caufoit la grande fterilité qui étoit alors
dans les efprits ; & l'autre, que dans les Ré-
publiques, l'émulation & l'amour de la liberté entretenoient les Républiquains dans
un mouvement continuel, qui élevoit leur

courage, qui aiguifoit leur efprit, & qui leur
infpiroit cette grandeur & cette nobleffe dont
les hommes véritablement libres font feuls
capables. DACIER.

(3) *Mais prenez garde que.*] Il y a beaucoup de chofes qui manquent en cet endroit. Après plufieurs autres raifons de la
décadence des efprits, qu'apportoit ce Philofophe introduit ici par Longin, notre Auteur vrai-femblablement reprenoit la parole,
& en établiffoit de nouvelles caufes, c'eft à
fçavoir la guerre qui étoit alors par toute la
Terre, & l'amour du luxe, comme la fuite
le fait affez connoître. BOILEAU.

ſes habitudes ſuivent de prés les richeſſes exceſſives : elles marchent, pour ainſi dire, ſur leurs pas, & par leur moyen elles s'ouvrent les portes des villes & des maiſons, elles y entrent, & elles s'y eſtabliſſent. Mais à peine y ont-elles ſejourné quelque temps, qu'elles y *font leur nid*, ſuivant la penſée des Sages, & travaillent à ſe multiplier. Voyez donc ce qu'elles y produiſent. Elles y engendrent le Faſte & la Molleſſe, qui ne ſont point des enfans baſtards, mais leurs vrayes & legitimes productions. Que ſi nous laiſſons une fois croiſtre en nous ces dignes enfans des Richeſſes, ils y auront bien-toſt fait eſclorre l'Inſolence, le Dereglement, l'Effronterie, & tous ces autres impitoyables Tyrans de l'ame.

Si-toſt donc qu'un homme, oubliant le ſoin de la Vertu, n'a plus d'admiration que pour les choſes frivoles & periſſables ; il faut de neceſſité que tout ce que nous avons dit, arrive en luy : il ne ſçauroit plus lever les yeux pour regarder au-deſſus de ſoy, ni rien dire qui paſſe le commun : il ſe fait en peu de temps une corruption generale dans toute ſon ame. Tout ce qu'il avoit de noble & de grand ſe fleſtrit & ſe ſeche de ſoy-meſme, & n'attire plus que le meſpris.

Et comme il n'eſt pas poſſible qu'un Juge, qu'on a

REMARQUES.

(1) *Où nous ne ſongeons qu'à attraper la ſucceſſion de celui-ci.*] Le Grec dit quelque choſe de plus atroce : *où l'on ne ſonge qu'à hâter la mort de celui-ci,* &c. ἀλλότριᾳ ὥρᾳ

corrompu,

TRAITE' DU SUBLIME. 129

corrompu, juge fainement & fans paffion de ce qui eft
jufte & honnefte ; parce qu'un efprit qui s'eft laiffé gagner aux prefens, ne connoift de jufte & d'honnefte
que ce qui lui eft utile : comment voudrions-nous que
dans ce temps, où la corruption regne fur les mœurs
& fur les efprits de tous les hommes, (1) où nous ne
fongeons qu'à attraper la fucceffion de celuy-cy ; qu'à
tendre des pieges à cet autre, pour nous faire efcrire
dans fon teftament ; qu'à tirer un infame gain de toutes
chofes, vendant pour cela jufqu'à noftre ame, miferables efclaves de nos propres paffions : comment, dis-je,
fe pourroit-il faire, que dans cette contagion generale,
il fe trouvaft un homme fain de jugement, & libre de
paffion ; qui n'eftant point aveuglé ni feduit par l'a-
mour du gain, peûft difcerner ce qui eft veritablement grand & digne de la pofterité ? En un mot, eftant
tous faits de la maniere que j'ay dit, ne vaut-il pas
mieux qu'un autre nous commande, que de demeurer
en noftre propre puiffance: de peur que cette rage infatia-
ble d'acquerir, comme un Furieux qui a rompu fes fers,
& qui fe jette fur ceux qui l'environnent, n'aille porter
le feu aux quatre coins de la terre ? Enfin, luy dis-je,
c'eft l'amour du luxe qui eft caufe de cette faineantife,
où tous les Efprits, excepté un petit nombre, croupif-

REMARQUES.

Σαπρίων. Il a égard aux moyens dont on fe
fervoit alors pour avancer la mort de ceux
dont on attendoit la fucceffion ; on voit affez | d'exemples de cette horrible coutume dans
les Satires des Anciens. DACIER.

sent aujourd'huy. En effet , si nous estudions quelquefois, on peut dire que c'est comme des gens qui rele-
vent de maladie , pour le plaisir , & pour avoir lieu de
nous vanter ; & non point par une noble émulation ,
& pour en tirer quelque profit loüable & solide. Mais
c'est assez parlé là-dessus. Venons maintenant aux paf-
sions, dont nous avons promis de faire un Traité à part.
Car , à mon avis , elles ne sont pas un des moindres
ornemens du discours , sur tout pour ce qui regarde
le Sublime.

REFLEXIONS
CRITIQUES
SUR QUELQUES PASSAGES
DU RHETEUR
LONGIN,

Où, par occasion, on respond à plusieurs objections de
M. Perrault contre Homere & contre Pindare, &
tout nouvellement à la Dissertation de M. le Clerc
contre Longin, & à quelques Critiques faites contre
M. Racine.

AVERTISSEMENT.

M. Perrault, de l'Académie Françoise, avoit maltraité les Anciens dans son Poëme intitulé : Le Siécle de L O U I S L E G R A N D ; *puis dans ses* Paralléles. *Quoique M. Despréaux y fût peu ménagé, il ne se vengea d'abord que par quelques Epigrammes. Cependant on le sollicitoit vivement de prendre la défense des Anciens. M. Racine étoit un de ceux qui l'animoient davantage, piqué avec raison que l'Auteur des Paralléles eût affecté, en parlant de la Tragédie, de ne le point nommer. Mais ce qui détermina entierement notre Poëte, fut ce mot de M. le Prince de Conti :* Si Despréaux ne répond point à Perrault, j'irai à l'Académie Françoise, & j'écrirai à sa place : T U D O R S, B R U T U S !*

M. Despréaux, comme s'il n'eût répondu à son Adversaire que par occasion, prit le parti d'employer quelques passages de Longin pour servir de texte à ses Refléxions critiques. Il les composa en 1693. *âgé de* 57 *ans, & les publia l'année suivante. Charles Perrault, qui étoit le principal objet de ces Refléxions, mourut au mois de Mai* 1703. *âgé de* 77 *ans.*

M. Huet répondit aussi à l'Auteur des Paralléles par une Dissertation imprimée à Paris en 1712. *dans le Recueil de M. de Tilladet.*

++

REFLEXIONS
CRITIQUES
SUR QUELQUES PASSAGES
DE LONGIN.

REFLEXION PREMIERE.

Mais c'est à la charge, mon cher Terentianus, que nous Paroles de
reverrons ensemble exactement mon Ouvrage, & que Longin,
vous m'en direz voftre fentiment avec cette fincerité Chap. I.
que nous devons naturellement à nos Amis.

L ONGIN nous donne icy par fon exemple un des
plus importans preceptes de la Rhetorique, qui eft
de confulter nos Amis fur nos Ouvrages, & de les ac-
couftumer de bonne heure à ne nous point flater. Horace & Quintilien nous donnent le mefme confeil en
plufieurs endroits; & Vaugelas, le plus fage, à mon ad-
vis, des Efcrivains de noftre Langue, confeffe que c'eft
à cette falutaire pratique qu'il doit ce qu'il y a de meilleur dans fes Efcrits. Nous avons beau eftre efclairez
par nous-mefmes : les yeux d'autruy voyent tousjours
plus loin que nous dans nos défauts ; & un Efprit mediocre fera quelquefois appercevoir le plus habile homme d'une méprife qu'il ne voyoit pas. On dit que Mal-

herbe confultoit fur fes Vers jufqu'à l'oreille de fa Servante ; & je me fouviens que Moliere m'a monftré auffy
plufieurs fois (1) une vieille Servante qu'il avoit chez
luy, à qui il lifoit, difoit-il, quelquefois fes Comedies ;
& il m'affeuroit que lorfque des endroits de plaifanterie
ne l'avoient point frappée, il les corrigeoit : parcequ'il
avoit plufieurs fois efprouvé fur fon Theaftre, que ces
endroits n'y réüffiffoient point. Ces exemples font un peu
finguliers ; & je ne voudrois pas confeiller à tout le
monde de les imiter. Ce qui eft de certain, c'eft que
nous ne fçaurions trop confulter nos Amis.

Il paroift neantmoins que Monfieur P. n'eft pas de ce
fentiment. S'il croyoit fes Amis, on ne les verroit pas
tous les jours dans le monde nous dire, comme ils font.
« [Monfieur P. eft de mes amis, & c'eft un fort honnefte
» Homme : je ne fçay pas comment il s'eft allé mettre
» en tefte de heurter fi lourdement la Raifon, en atta-
» quant dans fes Paralleles tout ce qu'il y a de Livres an-
» ciens eftimez & eftimables. Veut-il perfuader à tous
» les hommes, que depuis deux mille ans ils n'ont pas
» eu le fens commun ? Cela fait pitié. Auffy fe garde-t-il
» bien de nous monftrer fes Ouvrages. Je fouhaiterois
» qu'il fe trouvaft quelque honnefte homme, qui luy

REMARQUES.

(1) *Une vieille fervante.*] Un jour pour
éprouver fon goût, Moliere lui lut quelques
Scénes d'une Comédie, qu'il difoit être de
lui-même : la fervante ne prit point le change ; après en avoir entendu quelques mots,
elle foutint que fon maître n'én étoit point
l'auteur. En effet elle étoit de Brécourt
Comédien.

» vouluſt ſur cela charitablement ouvrir les yeux.]

Je veux bien eſtre cet homme charitable. Monſieur P.
m'a prié de ſi bonne grace luy-meſme de luy monſtrer
ſes erreurs, qu'en verité je ferois conſcience de ne luy
pas donner ſur cela quelque ſatisfaction. J'eſpere donc
de luy en faire voir plus d'une dans le cours de ces Remarques. C'eſt la moindre choſe que je luy dois, pour
reconnoiſtre les grands ſervices que feu Monſieur (1) ſon
frere le Medecin m'a, dit-il, rendus, en me guériſſant de
deux grandes maladies. Il eſt certain pourtant que Monſieur ſon frere ne fut jamais mon Medecin. Il eſt vray
que lors que j'eſtois encore tout jeune, eſtant tombé malade d'une fiévre aſſez peu dangereuſe, (2) une de mes
Parentes chez qui je logeois, & dont il eſtoit Medecin,
me l'amena, & qu'il fut appellé deux ou trois fois en
conſultation par le Medecin qui avoit ſoin de moy. Depuis, c'eſt-à-dire, trois ans aprés, cette meſme Parente
me l'amena une ſeconde fois, & me força de le conſul-
ter ſur une difficulté de reſpirer, que j'avois alors, & que
j'ay encore. Il me taſta le pouls, & me trouva la fiévre,
que ſeurement je n'avois point. Cependant il me con-
ſeilla de me faire ſaigner du pied, remede aſſez bizarre
pour l'aſthme dont j'eſtois menacé. Je fus toutefois aſſez
fou pour faire ſon ordonnance dés le ſoir meſme. Ce qui

R E M A R Q U E S.

(1) *Son frere le Médecin.*] Claude Per- | (2) *Une de mes parentes.*] Sa belle-ſœur,
rault, de l'Académie des Sciences. | veuve de Jérôme Boileau.

arriva de cela, c'eſt que ma difficulté de reſpirer ne diminua point; & que le lendemain ayant marché mal-à-propos, le pied m'enfla de telle ſorte, que j'en fus trois ſemaines dans le lit. C'eſt-là toute la cure qu'il m'a jamais faite, que je prie Dieu de luy pardonner en l'autre Monde.

Je n'entendis plus parler de luy depuis cette belle conſultation, ſinon lors que mes Satires parurent, qu'il me revinſt de tous coſtez, que, ſans que j'en aye jamais peû ſçavoir la raiſon, il ſe deſchaiſnoit à outrance contre moy; ne m'accuſant pas ſimplement d'avoir eſcrit contre des Autheurs, mais d'avoir gliſſé dans mes Ouvrages des choſes dangereuſes, & qui regardoient l'Eſtat. Je n'apprehendois gueres ces calomnies, mes Satires n'attaquant que les méchans Livres, & eſtant toutes pleines des louanges du Roy, & ces louanges meſme en faiſant le plus bel ornement. Je fis neantmoins avertir Monſieur le Medecin, qu'il priſt garde à parler avec un peu plus de retenuë: mais cela ne ſervit qu'à l'aigrir encore davantage. Je m'en plaignis meſme alors à Monſieur ſon frere l'Academicien, qui ne me jugea pas digne de reſponſe. J'avouë que c'eſt ce qui me fit faire dans mon Art Poëtique la métamorphoſe du Medecin de Florence en Architecte; vengeance aſſez mediocre de toutes les infâmies que ce Medecin avoit dites de moy. Je ne nieray pas cependant qu'il ne fuſt Homme de tres-grand merite, & fort ſçavant; ſur-tout dans les matieres de
Phyſique.

Phyfique. Meffieurs de l'Academie des Sciences neantmoins ne conviennent pas tous de l'excellence de fa traduction de Vitruve, ni de toutes les chofes avantageufes
que Monfieur fon frere rapporte de luy. Je puis mefme
nommer (1) un des plus celebres de l'Academie d'Architecture, qui s'offre de luy faire voir, quand il voudra,
papier fur table, que c'eft le deffein du fameux (2) Monfieur le Vau, qu'on a fuivi dans la façade du Louvre ; &
qu'il n'eft point vray que ni ce grand Ouvrage d'Architecture, ni l'Obfervatoire, ni l'Arc de Triomphe, foient
des Ouvrages d'un Medecin de la Faculté. C'eft une querelle que je leur laiffe démefler entr'eux, & où je declare
que je ne prens aucun intereft ; mes vœux mefme, fi j'en
fais quelques-uns, eftant pour le Medecin. Ce qu'il y a
de vray, c'eft que ce Medecin eftoit de mefme gouft
que Monfieur fon Frere fur les Anciens, & qu'il avoit
pris en haine, auffi-bien que luy, tout ce qu'il y a de
grands Perfonnages dans l'Antiquité. On affeure que ce
fut luy qui compofa cette belle deffenfe de l'Opera d'Al-
cefte, où voulant tourner Euripide en ridicule, il fit ces
eftranges beveûës, que Monfieur Racine a fi bien relevées dans la Preface de fon Iphigenie. C'eft donc de luy,
& (3) d'un autre Frere encore qu'ils avoient, grand en-

REMARQUES.

(1) *Un des plus célébres*, &c.] M. d'Or-
bay, Parifien. Il étoit éléve de M. le Vau.
(2) *M. le Vau.*] Louis le Vau, Parifien,
premier Architecte du Roi. Il a eu la direc-
tion des Bâtimens depuis l'année 1653. juf-

qu'en 1670. qu'il mourut âgé de cinquante-
huit ans, pendant qu'on travailloit à la façade
du Louvre.
(3) *D'un autre frere qu'ils avoient.*] Pierre Perrault, Receveur Général des Finan-

nemi comme eux de Platon, d'Euripide, & de tous les
autres bons Auteurs, que j'ay voulu parler, quand j'ay
dit, qu'il y avoit de la bizarrerie d'esprit dans leur famille, que je reconnois d'ailleurs pour une famille pleine
d'honnestes gens, & où il y en a mesme plusieurs, je
croy, qui souffrent Homere & Virgile.

On me pardonnera, si je prens encore icy l'occasion
de desabuser le Public d'une autre fausseté, que Monsieur P ** a avancée dans la Lettre bourgeoise qu'il m'a
escrite, & qu'il a fait imprimer ; où il pretend qu'il a autrefois beaucoup servi à (1) un de mes Freres auprés de
Monsieur Colbert, pour luy faire avoir l'agrément de la
Charge de Controlleur de l'Argenterie. Il allegue pour
preuve, que mon Frere, depuis qu'il eût cette Charge,
venoit tous les ans luy rendre une visite, qu'il appelloit
de devoir, & non pas d'amitié. C'est une vanité, dont il
est aisé de faire voir le mensonge ; puisque mon Frere
mourut dans l'année qu'il obtinst cette Charge, qu'il n'a
possedée, comme tout le monde sçait, que quatre mois ;
& que mesme, en consideration de ce qu'il n'en avoit
point joüi, (2) mon autre Frere, pour qui nous obtins-
mes l'agrément de la mesme Charge, ne paya point le
marc d'or, qui montoit à une somme assez considerable.

REMARQUES.

ces de Paris, qui a traduit en François le
Poëme de la *Secchia rapita.* Il a aussi composé un Traité *de l'origine des Fontaines,* &c.
(1) *Un de mes freres.*] Gilles Boileau, de
l'Académie Françoise, mort en 1669.

(2) *Mon autre frere.*] Pierre Boileau de
Puimorin, mort en 1683. âgé de cinquante-
huit ans.

Je suis honteux de conter de si petites choses au Public : mais mes Amis m'ont fait entendre que ces reproches de Monsieur P** regardant l'honneur, j'estois obligé d'en faire voir la fausseté.

❖❖❖

REFLEXION II.

Nostre esprit, mesme dans le Sublime, a besoin d'une methode, pour luy enseigner à ne dire que ce qu'il faut, & à le dire en son lieu. Paroles de Longin, Chap. II.

CEla est si vray, que le Sublime hors de son lieu, non seulement n'est pas une belle chose, mais devient quelquefois une grande puerilité. C'est ce qui est arrivé à Scuderi dés le commencement de son Poëme d'Alaric ; lors qu'il dit :

Je chante le Vainqueur des Vainqueurs de la Terre.

Ce Vers est assez noble, & est peut-estre le mieux tourné de tout son Ouvrage : mais il est ridicule de crier si haut, & de promettre de si grandes choses dés le premier Vers. Virgile auroit bien peû dire, en commençant son Eneïde : *Je chante ce fameux Heros, fondateur d'un Empire qui s'est rendu maistre de toute la Terre.* On peut croire qu'un aussy grand Maistre que luy auroit aisément trouvé des expressions, pour mettre cette pensée en son jour. Mais cela auroit senti son Declamateur. Il s'est contenté de dire : *Je chante cet Homme rempli de pieté, qui aprés bien des travaux aborda en Italie.* Un exorde doit estre

S ij

ſimple & ſans affectation. Cela eſt auſſi vray dans la Poëſie que dans les Diſcours oratoires : parceque c'eſt une
regle fondée ſur la Nature, qui eſt la meſme par tout;
& la comparaiſon du frontiſpice d'un Palais, (1) que
Monſieur P ✱✱ allegue pour deffendre ce Vers de l'Alaric, n'eſt point juſte. Le frontiſpice d'un Palais doit eſtre
orné, je l'avouë; mais l'exorde n'eſt point le frontiſpice
d'un Poëme. C'eſt pluſtoſt une avenuë, une avant-court
qui y conduit, & d'où on le deſcouvre. Le frontiſpice
fait une partie eſſentielle du Palais, & on ne le ſçauroit
oſter qu'on n'en deſtruiſe toute la ſymmetrie. Mais un
Poëme ſubſiſtera fort bien ſans exorde; & meſme nos
Romans, qui ſont des eſpeces de Poëmes, n'ont point
d'exorde.

Il eſt donc certain qu'un exorde ne doit point trop
promettre ; & c'eſt ſur quoy j'ai attaqué le Vers d'Alaric,
à l'exemple d'Horace, qui a auſſi attaqué dans le meſme
ſens le début du Poëme d'un Scuderi de ſon temps, qui
commençoit par,

Fortunam Priami cantabo, & nobile bellum.
Je chanteray les diverſes fortunes de Priam, & toute la
noble guerre de Troye. Car le Poëte, par ce début, pro-
mettoit plus que l'Iliade & l'Odyſſée enſemble. Il eſt
vray que par occaſion Horace ſe moque auſſi fort plai-
ſamment de l'eſpouvantable ouverture de bouche, qui

REMARQUES.

(1) *Que M. P✱✱✱ allegue.*] Tome III. de ſes Paralléles, pag. 267. & ſuiv.

se fait en prononçant ce futur *cantābo :* mais au fond c'est de trop promettre qu'il accuse ce Vers. On voit donc où se reduit la critique de Monsieur P**, qui suppose que j'ay accusé le Vers d'Alaric d'estre mal tourné, & qui n'a entendu ny Horace, ny moy. Au reste, avant que de finir cette Remarque, il trouvera bon que je luy apprenne qu'il n'est pas vray que l'*a* de *cāno* dans *Arma virumque cāno,* se doive prononcer comme l'*a* de *cantābo ;* & que c'est une erreur qu'il a succée dans le College, où l'on a cette mauvaise methode de prononcer les breves dans les Dissyllabes Latins, comme si c'estoient des longues. Mais c'est un abus qui n'empesche pas le bon mot d'Horace. Car il a escrit pour des Latins, qui sçavoient prononcer leur Langue, & non pas pour des François.

❖❖❖

REFLEXION III.

Il estoit enclin naturellement à reprendre les vices des autres, quoy qu'aveugle pour ses propres defauts. Paroles de Longin, Chap. III.

IL n'y a rien de plus insupportable qu'un Auteur mediocre, qui ne voyant point ses propres defauts, veut trouver des defauts dans tous les plus habiles Escrivains. Mais c'est encore bien pis, lors qu'accusant ces Escrivains de fautes qu'ils n'ont point faites, il fait luy-mesme des fautes, & tombe dans des ignorances grossieres. C'est ce qui estoit arrivé quelquefois à Timée, & ce qui arrive

tousjours à Monſieur P**. (1) Il commence la cenſure
qu'il fait d'Homere par la choſe du monde la plus fauſſe,
qui eſt, que beaucoup d'excellens Critiques ſouſtiennent,
qu'il n'y a jamais eu au monde un homme nommé Homere, qui ayt compoſé l'Iliade & l'Odyſſée ; & que ces
deux Poëmes ne ſont qu'une collection de pluſieurs petits Poëmes de differens Auteurs, qu'on a joints enſemble. Il n'eſt point vray que jamais perſonne ayt avancé,
au moins ſur le papier, une pareille extravagance : &
Elien, que Monſieur P ** cite pour ſon garant, dit poſitivement le contraire, comme nous ferons voir dans la
ſuite de cette Remarque.

Tous ces excellens Critiques donc ſe reduiſent à feu
Monſieur (2) l'Abbé d'Aubignac, qui avoit, à ce que
prétend Monſieur P**, préparé des Memoires pour prouver ce beau paradoxe. J'ay connu Monſieur l'Abbé d'Aubignac. Il eſtoit homme de beaucoup de merite, & fort
habile en matiere de Poëtique, bien qu'il ſçeûſt mediocrement le Grec. Je ſuis ſeur qu'il n'a jamais conçeû un ſi
eſtrange deſſein, à moins qu'il ne l'ait conçeû les dernieres années de ſa vie, où l'on ſçait qu'il eſtoit tombé en
une eſpece d'enfance. Il ſçavoit trop qu'il n'y eut jamais
deux Poëmes ſi bien ſuivis & ſi bien liez, que l'Iliade &
l'Odyſſée, n'y où le meſme genie eſclate davantage par-

REMARQUES.

(1) *Il commence la cenſure.*] Paralléles,
Tome III. page 36.

(2) *L'Abbé d'Aubignac.*] Auteur de *la
Pratique du Théatre.*

tout, comme tous ceux qui les ont leûs en conviennent. Monſieur P✶✶ pretend neantmoins qu'il y a de fortes conjectures pour appuyer le pretendu paradoxe de cet Abbé; & ces fortes conjectures ſe réduiſent à deux; dont l'une eſt, qu'on ne ſçait point la Ville qui a donné naiſ-ſance à Homere. L'autre eſt, que ſes Ouvrages s'appel-lent Rapſodies, mot qui veut dire un amas de chanſons couſuës enſemble : d'où il conclut, que les Ouvrages d'Homere ſont des pieces ramaſſées de differents Au-teurs; jamais aucun Poëte n'ayant intitulé, dit-il, ſes Ouvrages Rapſodies. Voilà d'eſtranges preuves. Car pour le premier point, combien n'avons-nous pas d'Eſ-crits fort celebres, qu'on ne ſoupçonne point d'eſtre faits par pluſieurs Eſcrivains differens; bien qu'on ne ſçache point les Villes où ſont nez les Auteurs, ni meſme le temps où ils vivoient? teſmoin Quinte-Curce, Petrone, &c. A l'égard du mot de Rapſodies, on eſtonneroit peut-eſtre bien Monſieur P✶✶ ſi on luy faiſoit voir que ce mot ne vient point de ράπτειν, qui ſignifie joindre, coudre en-ſemble : mais de ράϭδος, qui veut dire une branche; & que les Livres de l'Iliade & de l'Odyſſée ont eſté ainſi appel-lez, parce qu'il y avoit autrefois des gens qui les chan-toient, une branche de Laurier à la main, & qu'on ap-pelloit à cauſe de cela les *Chantres de la branche.* ✶   - ✶ ῥαϭδϣδός.

La plus commune opinion pourtant eſt que ce mot vient de ράπτειν ῳ᾽δάς, & que Rapſodie veut dire un amas de Vers d'Homere qu'on chantoit, y ayant des gens qui

gagnoient leur vie à les chanter, & non pas à les compofer, comme noftre Cenfeur fe le veut bizarrement perfuader. Il n'y a qu'à lire fur cela Euftathius. Il n'eft donc
pas furprenant, qu'aucun autre Poëte qu'Homere n'ait
intitulé fes Vers Rapfodies, parce qu'il n'y a jamais eu
proprement, que les Vers d'Homere qu'on ait chantez
de la forte. Il paroift neantmoins que ceux qui dans la
fuite ont fait de ces Parodies, qu'on appelloit Centons
Ὁμηροκέντρα. d'Homere, ont auffi nommé ces Centons Rapfodies : &
c'eft peut-eftre ce qui a rendu le mot de Rapfodie odieux
en François, où il veut dire un amas de mefchantes pieces recoufuës. Je viens maintenant au paffage d'Elien,
que cite Monfieur P ✶✶ : & afin qu'en faifant voir fa mef-
prife & fa mauvaife foy fur ce paffage, il ne m'accufe pas,
à fon ordinaire, de luy impofer, je vais rapporter fes
propres mots. (1) Les voicy. *Elien, dont le tefmoignage*
n'eft pas frivole, dit formellement, que l'opinion des an-
ciens Critiques eftoit, qu'Homere n'avoit jamais compofé
l'Iliade & l'Odyffée que par morceaux; fans unité de def-
fein; & qu'il n'avoit point donné d'autres noms à ces di-
verfes parties, qu'il avoit compofées fans ordre & fans
arrangement, dans la chaleur de fon imagination, que les
noms des matieres dont il traitoit: qu'il avoit intitulé, la
Colere d'Achille, *le Chant qui a depuis efté le premier*

R E M A R Q U E S.

(1) *Les voici. Elien,* &c.] Paralléles de
M. Perrault, Tome III. Il a copié ce paffage
du Tome V. pag. 76. des Jugemens des
Sçavans, par M. Baillet ; & celui-ci avoit
copié le P. Rapin, dans fa *Comparaifon d'Ho-*
mere & de Virgile, chap. 14.

Livre

Livre de l'Iliade : Le Denombrement des Vaiſſeaux , *celuy qui eſt devenu le ſecond Livre :* Le combat de Pâris & de Menelas , *celuy dont on a fait le troiſieſme ; & ainſi des autres. Il adjouſte que Lycurgue de Lacedemone fut le premier qui apporta d'Ionie dans la Grece ces diverſes parties ſéparées les unes des autres ; & que ce fut Piſiſtrate qui les arrangea comme je viens de dire , & qui fit les deux Poëmes de l'Iliade & de l'Odyſſée , en la maniere que nous les voyons aujourd'huy, de vingt-quatre Livres chacune , en l'honneur des vingt-quatre lettres de l'Alphabet.*

A en juger par la hauteur dont Monſieur P ✱ ✱ eſtale icy toute cette belle erudition , pourroit-on ſoupçonner qu'il n'y a rien de tout cela dans Elien ? Cependant il eſt trés-veritable qu'il n'y en a pas un mot ; Elien ne diſant autre choſe , ſinon que les Oeuvres d'Homere , qu'on avoit completes en Ionie , ayant couru d'abord par pie-ces détachées dans la Grece , où on les chantoit ſous dif-ferens titres , elles furent enfin apportées toutes entieres d'Ionie par Lycurgue , & données au Public par Piſi-ſtrate qui les revit. Mais pour faire voir que je dis vray , il faut rapporter ici les propres termes d'Elien : (1) *Les Poëſies d'Homere ,* dit cet Auteur , *courant d'abord en Grece par pieces détachées , eſtoient chantées chez les an-ciens Grecs ſous de certains titres qu'ils leur donnoient. L'une s'appelloit ,* Le Combat proche des Vaiſſeaux :

R E M A R Q U E S.

(1) *Les propres termes d'Elien.*] *Var. Hiſt. l. XIII. c. 14.*

l'autre, Dolon furpris : *l'autre*, la Valeur d'Agamemnon:
l'autre, le Denombrement des Vaiffeaux : *l'autre* , la Pa-
troclée : *l'autre* , le Corps d'Hector racheté : *l'autre* , les
Combats faits en l'honneur de Patrocle : *l'autre* , les Sermens violez. *C'eft ainfi à peu prés que fe diftribuoit l'I-
liade. Il en eftoit de mefme des parties de l'Odyffée : l'une
s'appelloit* , le Voyage à Pyle : *l'autre* , le Paffage à Lacedemone , l'Antre de Calypfo , le Vaiffeau , la Fable d'Al-
cinoüs , le Cyclope , la Defcente aux Enfers , les Bains
de Circé , le Meurtre des Amants de Penelope , la Vifite
renduë à Laërte dans fon champ, *&c. Lycurgue Lacedemonien fut le prémier , qui venant d'Ionie apporta affez
tard en Grece toutes les œuvres completes d'Homére ; &
Pififtrate les ayant ramaffées enfemble dans un volume ,
fut celuy qui donna au Public l'Iliade & l'Odyffée en
l'eftat que nous les avons.* Y a-t-il là un feul mot dans le
fens que luy donne Monfieur P ⁂ ? Où Elien dit-il formellement , que l'opinion des anciens Critiques eftoit
qu'Homere n'avoit compofé l'Iliade & l'Odyffée que
par morceaux ; & qu'il n'avoit point donné d'autres noms
à ces diverfes parties, qu'il avoit compofées fans ordre
& fans arrangement, dans la chaleur de fon imagination, que les noms des matieres dont il traitoit ? Eft-il
feulement parlé là de ce qu'a fait ou penfé Homere en
compofant fes Ouvrages ? Et tout ce qu'Elien avance ne
regarde-t-il pas fimplement ceux qui chantoient en Grece les Poëfies de ce divin Poëte , & qui en fçavoient par

cœur beaucoup de pieces deftachées, aufquelles ils donnoient les noms qu'il leur plaifoit ; ces pieces y eftant
toutes, long-tems mefme avant l'arrivée de Lycurgue ?
Où eft-il parlé que Pififtrate fit l'Iliade & l'Odyffée ? Il
eft vray que le Traducteur Latin a mis *confecit.* Mais
outre que *confecit* en cet endroit ne veut point dire *fit*,
mais *ramaffa*, cela eft fort mal traduit, & il y a dans le
Grec ἀπέφηνε, qui fignifie, *les monftra, les fit voir au Public.* Enfin bien loin de faire tort à la gloire d'Homere,
y a-t-il rien de plus honorable pour luy que ce paffage
d'Elien, où l'on voit que les Ouvrages de ce grand Poëte
avoient d'abord couru en Grece dans la bouche de tous
les Hommes, qui en faifoient leurs delices, & fe les ap-
prenoient les uns aux autres ; & qu'enfuite ils furent donnez complets au Public par un des plus galants hommes de fon fiecle, je veux dire par Pififtrate, celuy qui
fe rendit maiftre d'Athenes ? Euftathius cite encore, outre
Pififtrate, deux des plus fameux Grammairiens (1) d'alors,
qui contribuerent, dit-il, à ce travail ; de forte qu'il n'y
a peut-eftre point d'Ouvrages de l'Antiquité qu'on foit
fi feur d'avoir complets & en bon ordre, que l'Iliade &
l'Odyffée. Ainfi voilà plus de vingt beveuës que Monfieur P** a faites fur le feul paffage d'Elien. Cependant
c'eft fur ce paffage qu'il fonde toutes les abfurditez qu'il
dit d'Homere ; prenant de là occafion de traiter de haut

REMARQUES.

(1) *Deux des plus fameux Grammairiens.*] Ariftarque & Zénodote. *Euftath. Præf. p. 5.*

T ij

en bas l'un des meilleurs Livres de Poëtique , qui du
confentement de tous les habiles gens , ayt efté fait en
noftre Langue ; c'eft à fçavoir , le Traité du Poëme Epique du P. le Boffu ; & où ce fçavant Religieux fait fi bien
voir l'unité , la beauté , & l'admirable conftruction des
Poëmes de l'Iliade , de l'Odyffée , & de l'Eneïde. Monfieur P ✱✱ fans fe donner la peine de refuter toutes les
chofes folides que ce Pere a efcrites fur ce fujet , fe contente de le traiter d'homme à chimeres & à vifions creufes.
On me permettra d'interrompre ici ma Remarque , pour
luy demander de quel droit il parle avec ce mefpris d'un
Auteur approuvé de tout le monde;lui qui trouve fi mauvais que je me fois moqué de Chapelain & de Cotin,
c'eft-à-dire , de deux Auteurs univerfellement defcriez.
Ne fe fouvient-il point que le Pere le Boffu eft un Auteur moderne , & un Auteur moderne excellent ? Affeurément il s'en fouvient , & c'eft vray-femblablement ce
qui le luy rend infupportable. Car ce n'eft pas fimplement aux Anciens qu'en veut Monfieur P ✱✱ ; c'eft à tout
ce qu'il y a jamais eu d'Efcrivains d'un merite élevé dans
tous les fiécles , & mefme dans le noftre ; n'ayant d'autre
but que de placer , s'il luy eftoit poffible , fur le Throne
des belles Lettres fes chers amis les Auteurs mediocres,
afin d'y trouver fa place avec eux. C'eft dans cette veuë,
qu'en fon dernier Dialogue il a fait cette belle apologie
de Chapelain , Poëte à la verité un peu dur dans fes expreffions , & dont il ne fait point , dit-il , fon Heros ; mais

qu'il trouve pourtant beaucoup plus fenfé qu'Homere &
que Virgile , & qu'il met du moins en mefme rang que le
Taffe ; affectant de parler de la Jerufalem delivrée & de la
Pucelle , comme de deux Ouvrages modernes , qui ont
la mefme caufe à fouftenir contre les Poëmes anciens.

Que s'il louë en quelques endroits Malherbe , Racan ,
Moliere , & Corneille , & s'il les met au-deffus de tous
les Anciens ; qui ne voit que ce n'eft qu'afin de les
mieux avilir dans la fuite , & pour rendre plus complet
le triomphe de Monfieur Quinaut , qu'il met beaucoup
au-deffus d'eux ; & *qui eft* , dit-il en propres termes , *le*
plus grand Poëte que la France ayt jamais eû pour le
Lyrique , & pour le Dramatique? Je ne veux point icy
offenfer la memoire de Monfieur Quinaut , qui malgré
tous nos demeflez Poëtiques , eft mort mon Ami. Il
avoit , je l'avouë , beaucoup d'efprit , & un talent tout
particulier pour faire des Vers bons à mettre en chant.
Mais ces Vers n'eftoient pas d'une grande force , ni d'une
grande élevation ; & c'eftoit leur foibleffe mefme qui les
rendoit d'autant plus propres (1) pour le Muficien , auquel ils doivent leur principale gloire ; puifqu'il n'y a
en effet de tous fes Ouvrages que les Opera qui foient
recherchez. Encore eft-il bon que les Notes de Mufique
les accompagnent. Car pour (2) les autres Pieces de

(1) *Pour le Muficien.*] M. de Lulli.   font imprimées en deux volumes. M. Qui-
(2) *Les autres Piéces de Théatre.*] Elles   nault les avoit faites ayant fes Opera.

Theatre qu'il a faites en fort grand nombre, il y a long-
temps qu'on ne les joüe plus, & on ne se souvient pas
mesme qu'elles ayent esté faites.

Du reste, il est certain que Monsieur Quinaut estoit
un tres-honneste homme, & si modeste, que je suis persuadé que s'il estoit encore en vie, il ne seroit gueres
moins choqué des loüanges outrées que luy donne icy
Monsieur P**, que des traits qui font contre luy dans
mes Satires. Mais pour revenir à Homere, on trouvera
bon, puisque je suis en train, qu'avant que de finir cette
Remarque, je fasse encore voir icy cinq enormes beveûës que nostre Censeur a faites en sept ou huit pages,
voulant reprendre ce grand Poëte.

La premiere est à la page 72. où il le raille d'avoir,
par une ridicule observation anatomique, escrit, dit-il,
Vers 146. dans le quatriesme Livre de l'Iliade, * que Menelas avoit
les talons à l'extremité des jambes. C'est ainsi qu'avec
son agrément ordinaire il traduit un endroit tres-sensé &
tres-naturel d'Homere, où le Poëte, à propos du sang
qui sortoit de la blessure de Menelas, ayant apporté la
comparaison de l'yvoire, qu'une femme de Carie a teint
en couleur de pourpre, *De mesme*, dit-il, *Menelas, ta*
cuisse & ta jambe, jusqu'à l'extremité du talon, furent
alors teintes de ton sang.

Τοῖοί τοι, Μενέλαε, μιάνθην αἵματι μηροὶ

Εὐφυέες, κνῆμαί τ', ἠδὲ σφυρὰ καλ' ὑπένερθε.

Talia tibi, Menelae, fœdata funt cruore femora
Solida, tibiæ, talique pulchri infrà.

Eft-ce là dire anatomiquement, que Menelas avoit les talons à l'extremité des jambes ? Et le Cenfeur eft-il excufable de n'avoir pas au moins veû dans la verfion Latine, que l'adverbe *infrà* ne fe conftruifoit pas avec *talus*, mais avec *fœdata funt* ? Si Monfieur P ** veut voir de ces ridicules obfervations anatomiques, il ne faut pas qu'il aille feüilleter l'Iliade : il faut qu'il relife la Pucelle. C'eft là qu'il en pourra trouver un bon nombre, & entr'autres celle-cy, où fon cher Monfieur Chapelain met au rang des agrémens de la belle Agnés, qu'elle avoit les doigts inegaux : ce qu'il exprime en ces jolis termes :

On voit hors des deux bouts de fes deux courtes manches
Sortir à defcouvert deux mains longues & blanches,
Dont les doigts inegaux, mais tout ronds & menus,
Imitent l'embonpoint des bras ronds & charnus.

La feconde beveûë eft à la page fuivante, où noftre Cenfeur accufe Homere de n'avoir point fçeû les Arts. Et cela, pour avoir dit dans le troifiefme de l'Odyffée *, que le Fondeur, que Neftor fit venir pour dorer les cornes du Taureau qu'il vouloit facrifier, vinft avec fon enclume, fon marteau & fes tenailles. A-t-on befoin, dit Monfieur P ** d'enclume ny de marteau pour dorer ? Il eft bon premierement de luy apprendre, qu'il n'eft point parlé là d'un Fondeur, mais d'un Forgeron * ; & *χαλκεύς.

*Vers 425.
& fuiv.

que ce Forgeron, qui eſtoit en meſme temps & le Fondeur & le Batteur d'or de la ville de Pyle, ne venoit pas ſeulement pour dorer les cornes du Taureau, mais pour battre l'or dont il les devoit dorer ; & que c'eſt pour cela qu'il avoit apporté ſes inſtrumens, comme le Poëte le dit en propres termes, οἷσίν τε χρυσὸν εἰργάζετο, *inſtrumenta quibus aurum elaborabat*. Il paroiſt meſme que ce fut Neſtor qui luy fournit l'or qu'il battit. Il eſt vray qu'il n'avoit pas beſoin pour cela d'une fort groſſe enclume : auſſi celle qu'il apporta eſtoit-elle ſi petite, qu'Homere aſſeure qu'il la tenoit entre ſes mains. Ainſi on voit qu'Homere a parfaitement entendu l'Art dont il parloit. Mais comment juſtifierons-nous Monſieur P**, cet homme d'un ſi grand gouſt, & ſi habile en toute ſorte d'Arts, ainſi qu'il s'en vante luy-meſme dans la Lettre qu'il m'a eſcrite ? comment, dis-je, l'excuſerons-nous d'eſtre encore à apprendre que les feüilles d'or, dont on ſe ſert pour dorer, ne ſont que de l'or extrêmement battu ?

La troiſieſme beveüë eſt encore plus ridicule. Elle eſt à la meſme page, où il traite noſtre Poëte de groſſier, d'avoir fait dire à Ulyſſe par la Princeſſe Nauſicaa, dans l'Odyſſée *, *qu'elle n'approuvoit point qu'une fille couchaſt avec un homme avant que de l'avoir eſpouſé*. Si le mot Grec, qu'il explique de la ſorte, vouloit dire en cet endroit *coucher*, la choſe ſeroit encore bien plus ridicule que ne dit noſtre Critique, puiſque ce mot eſt joint en

cet

* Liv. Z.
Vers 288.

cet endroit à un pluriel ; & qu'ainſi la Princeſſe Nauſicaa diroit, *qu'elle n'approuve point qu'une fille couche
avec pluſieurs hommes avant que d'eſtre mariée.* Cependant c'eſt une choſe tres honneſte & pleine de pudeur
qu'elle dit ici à Ulyſſe. Car dans le deſſein qu'elle a de
l'introduire à la Cour du Roy ſon pere, elle luy fait entendre qu'elle va devant préparer toutes choſes ; mais
qu'il ne faut pas qu'on la voye entrer avec lui dans la
Ville, à cauſe des Phéaques, peuple fort meſdiſant, qui
ne manqueroient pas d'en faire de mauvais diſcours : ad-
jouſtant qu'elle n'approuveroit pas elle-meſme la conduite d'une fille, qui, ſans le congé de ſon pere & de ſa
mere, frequenteroit des hommes avant que d'eſtre mariée. C'eſt ainſi que tous les Interpretes ont expliqué
en cet endroit les mots, ἀνδράσι μίσγεαϊ, *miſceri hominibus;*
y en ayant meſme qui ont mis à la marge du texte
Grec, pour prévenir les P**, *Gardez-vous bien de croi-*
re que μίσγεαϊ *en cet endroit veüille dire coucher.* En effet,
ce mot eſt preſque employé par tout dans l'Iliade , &
dans l'Odyſſée, pour dire frequenter ; & il ne veut dire
coucher avec quelqu'un, que lors que la ſuite naturelle
du diſcours, quelqu'autre mot qu'on y joint, & la qualité de la perſonne qui parle, ou dont on parle, le dé-
terminent infailliblement à cette ſignification, qu'il ne
peut jamais avoir dans la bouche d'une Princeſſe auſſi
ſage & auſſi honneſte qu'eſt repreſentée Nauſicaa.

    Adjouſtez l'eſtrange abſurdité qui s'enſuivroit de ſon

Tome II.   *   V

difcours, s'il pouvoit eftre pris ici dans ce fens ; puifqu'elle conviendroit en quelque forte par fon raifonnement , qu'une femme mariée peut coucher honneftement avec tous les hommes qu'il lui plaira. Il en eft
de même de μίσγεσθαι en Grec , que des mots *cognofcere*
& *commifceri* dans le langage de l'Ecriture ; qui ne fignifient d'eux-mefmes que *connoiftre* , & *fe mefler* , &
qui ne veulent dire figurément *coucher* , que felon l'endroit où on les applique : fi bien que toute la groffie-
reté pretenduë du mot d'Homere appartient entierement à noftre Cenfeur, qui falit tout ce qu'il touche,
& qui n'attaque les Auteurs anciens que fur des inter-
pretations fauffes, qu'il fe forge à fa fantaifie , fans fçavoir leur Langue, & que perfonne ne leur a jamais
données.

  La quatriefme beveûë eft auffi fur un paffage de l'O-
dyffée. * Eumée, dans le neuviefme Livre de ce Poëme, raconte qu'il eft né dans une petite Ifle appellée
(1) Syros, qui eft au couchant de l'Ifle (2) d'Ortygie.
Ce qu'il explique par ces mots,

    Ὀρτυγίας καθύπερθεν, ὅθι τροπαὶ ἠελίοιο.

  Ortygiâ defuper , quâ parte funt converfiónes Solis.
  petite Ifle fituée au-deffus de l'Ifle d'Ortygie , du cofté que

* Liv. O.
Vers 403.

R E M A R Q U E S.

(1) *Syros.*] Ifle de l'Archipel, du nom-   (2) *Ortygie.*] Une des Cyclades, nommée
bre des Cyclades. M. Perrault la nomme Sy-   depuis Delos.
rie , Tome III. pag. 90.

le Soleil se couche. Il n'y a jamais eu de difficulté sur ce passage : tous les Interpretes l'expliquent de la sorte ; & Euftathius mefme apporte des exemples, où il fait voir que le verbe τρέπεϑαι, d'où vient τρέπται, eſt employé dans Homere pour dire que le Soleil fe couche. Cela eſt confirmé par Hefychius, qui explique le terme de τρέπται par celuy de Δύσεις, mot qui fignifie inconteſtablement le Couchant. Il eſt vray qu'il y a (1) un vieux Commentateur, qui a mis dans une petite note, qu'Homere, par ces mots, a voulu auffi marquer, *qu'il y avoit dans cette Iſle un antre, où l'on faifoit voir les tours ou converſions du Soleil.* On ne fçait pas trop bien ce qu'a voulu dire par-là ce Commentateur, auffy obſcur qu'Homere eſt clair. Mais ce qu'il y a de certain, c'eſt que ny luy, ny pas un autre n'ont jamais prétendu qu'Homere ayt voulu dire que l'Iſle de Syros eſtoit fituée foûs le Tropique : & que l'on n'a jamais attaqué ny deffendu ce grand Poëte fur cette erreur ; parce qu'on ne la luy a jamais imputée. Le feul Monfieur P**, qui, comme je l'ay monftré par tant de preuves, ne fçait point le Grec, & qui fçait fi peu la Geographie, que dans un de fes Ouvrages (2) il a mis le fleuve de Méandre, & par confequent la Phrygie & Troye, dans la

REMARQUES.

(1) *Un vieux Commentateur.*] Didyme.
(2) *Il a mis le fleuve de Méandre.... dans la Gréce.*] Le Méandre eſt un fleuve de Phrygie, dans l'Afie Mineure. M. Perrault avoit dit dans une note de fon poëme inti-

tulé, *Le fiécle de Louis le Grand,* que le Méandre étoit un fleuve de la Gréce. Mais il a prétendu fe juſtifier, en difant que cette partie de l'Afie Mineure, où paſſe le Méandre, s'appelle la Gréce Afiatique.

V ij

Grece ; le feul Monfieur P**, dis-je , vient, fur l'idée chimerique qu'il s'eft mife dans l'efprit, & peut-eftre fur quelque miferable Note d'un Pédant, accufer un Poëte, regardé par tous les anciens Geographes comme le Pere de la Geographie, d'avoir mis l'Ifle de Syros, & la Mer Mediterranée, fous le Tropique ; faute qu'un petit Efcolier n'auroit pas faite : & non feulement il l'en accufe, mais il fuppofe que c'eft une chofe reconnuë de tout le monde, & que les Interpretes ont tafché en vain de fauver, en expliquant, dit-il, ce paffage du Quadran que Pherecydés, qui vivoit trois cens ans depuis Homere, avoit fait dans l'Ifle de Syros : quoy qu'Euftathius, le feul Commentateur qui a bien entendu Homere, ne dife rien de cette interpretation ; qui ne peut avoir été donnée à Homere que par quelque Commentateur de Diogene (1) Laërce, lequel Commentateur je ne connois point. Voilà les belles preuves, par où noftre Cenfeur prétend faire voir qu'Homere ne fçavoit point les Arts ; & qui ne font voir autre chofe, finon, que Monfieur P** ne fçait point de Grec, qu'il entend mediocrement le Latin, & ne connoift lui-mefme en aucune forte les Arts.

Il a fait les autres beveûës, pour n'avoir pas entendu le Grec ; mais il eft tombé dans la cinquiefme erreur,

REMARQUES.

(1)*Diogene Laërce.*] V. Diogene Laërce, de l'édition de M. Ménage, page 67. du | Texte, & pag. 68. des Obfervations.

pour n'avoir pas entendu le Latin. La voicy. *Ulyſſe dans l'Odyſſée* ⋆ *eſt*, dit-il, *reconnu par ſon Chien, qui ne l'avoit point veû depuis vingt ans. Cependant Pline aſſeûre que les Chiens ne paſſent jamais quinze ans.* Monſieur P⋆⋆ ſur cela fait le procés à Homere, comme ayant infailliblement tort d'avoir fait vivre un Chien vingt ans, Pline aſſeurant que les Chiens n'en peuvent vivre que quinze. Il me permettra de lui dire que c'eſt condamner un peu legerement Homere; puiſque non ſeulement Ariſtote, ainſi qu'il l'avouë lui-meſme, mais tous les Naturaliſtes modernes; comme Jonſton, Aldroand, &c. aſſeurent qu'il y a des Chiens qui vivent vingt années : que meſme je pourrois luy citer des exemples dans noſtre ſiecle (1) de Chiens qui en ont veſcu juſqu'à vingt-deux; & qu'enfin Pline, quoy qu'Eſcrivain admirable, a eſté convaincu, comme chacun ſçait, de s'eſtre trompé plus d'une fois ſur les choſes de la Nature; au lieu qu'Homere, avant les Dialogues de Monſieur P⋆⋆, n'a jamais eſté meſme accuſé ſur ce point d'aucune erreur. Mais quoy ? Monſieur P⋆⋆ eſt reſolu de ne croire aujourd'huy que Pline, pour lequel il eſt, dit-il, preſt à parier. Il faut donc le ſatisfaire, & luy apporter l'autorité de Pline luy-meſme, qu'il n'a point leû, ou qu'il n'a point entendu, & qui dit poſitivement

REMARQUES.

(1) *De Chiens qui ont véſcu, &c.*] Perrault ſe trompe, dit Louis XIV. lui-même : J'ai eu un Chien qui a veſcu juſqu'à vingt-trois ans.

* Liv. 17. v. 300. & ſuiv.

la même chofe qu'Ariftote & tous les autres Naturaliftes : c'eft à fçavoir, que les Chiens ne vivent ordinairement que quinze ans, mais qu'il y en a quelquefois qui vont jufques à vingt. Voicy fes termes : *Cette efpece de Chiens, qu'on appelle Chiens de Laconie, ne vivent que dix ans : Toutes les autres efpeces de Chiens vivent ordinairement quinze ans, & vont quelquefois jufques à vingt.* (1) *Canes Laconici vivunt annis denis, cætera genera quindecim annos, aliquando viginti.* Qui pourroit croire que noftre Cenfeur voulant, fur l'autorité de Pline, accufer d'erreur un auffi grand perfonnage qu'Homere, ne fe donne pas la peine de lire le paffage de Pline, ou de fe le faire expliquer ; & qu'enfuite de tout ce grand nombre de beveûës, entaffées les unes fur les autres dans un fi petit nombre de pages, il ait la hardieffe de conclure, comme il a fait : (2) *qu'il ne trouve point d'inconvenient* (ce font fes termes) *qu'Homere, qui eft mauvais Aftronome & mauvais Geographe, ne foit pas bon Naturalifte.* Y a-t-il un homme fenfé, qui lifant ces abfurditez, dites avec tant de hauteur dans les Dialogues de Monfieur P**, puiffe s'empefcher de jetter de colere le livre, & de (3) dire comme Demiphon dans Terence, *Ipfum geftio dari mî in confpectum.*

REMARQUES.

(1) *Canes Laconici, &c.*] Plin. Hift. nat. Liv. X.

(2) *Qu'il ne trouve point d'inconvenient.,*

&c.] Paralléles, Tome II.

(3) *Dire comme Démiphon, &c.*] Phorm. act. I. Scene 5. v. 30.

Je ferois un gros volume, si je voulois lui monstrer toutes les autres beveuës qui sont dans les sept ou huit pages que je viens d'examiner, y en ayant presque encore un aussi grand nombre que je passe, & que peut-estre je lui feray voir dans la premiere édition de mon Livre ; si je voy que les hommes daignent jetter les yeux sur ces éruditions Grecques, & lire des Remarques faites sur un Livre que personne ne lit.

✦✦✦

REFLEXION IV.

C'est ce qu'on peut voir dans la description de la Deesse Discorde, qui a, dit-il, La teste dans les Cieux, & les pieds sur la terre. Paroles de Longin, Chap. VII. Iliad. liv. 4. v. 443.

VIRGILE a traduit ce Vers presque mot pour mot dans le quatriéme Livre de l'Eneïde, appliquant à la Renommée ce qu'Homere dit de la Discorde.

Ingrediturque solo & caput inter nubila condit.

Un si beau Vers imité par Virgile, & admiré par Longin, n'a pas esté neantmoins à couvert de la critique de Monsieur P**, qui trouve (1) cette hyperbole outrée, & la met au rang des contes de peau d'asne. Il n'a pas pris garde, que mesme dans le discours ordinaire il nous eschappe tous les jours des hyperboles plus fortes que celle-là, qui ne dit au fond que ce qui est tres-ve-

REMARQUES.

(1) *Cette hyperbole outrée, &c.*] Paralléles, Tome III. page 118.

ritable ; c'eft-à-fçavoir que la difcorde regne par tout
fur la Terre, & mefme dans le Ciel entre les Dieux,
c'eft-à-dire, entre les Dieux d'Homere. Ce n'eft donc
point la defcription d'un Geant, comme le prétend
noftre Cenfeur, que fait icy Homere ; c'eft une alle-
gorie très-jufte : & bien qu'il faffe de la Difcorde un
perfonnage, c'eft un perfonnage allegorique qui ne choque point, de quelque taille qu'il le faffe ; parce qu'on
le regarde comme une idée & une imagination de l'efprit, & non point comme un eftre materiel fubfiftant
dans la Nature. Ainfi cette expreffion du Pfeaume, *
J'ay veû l'Impie élevé comme un cedre du Liban, ne
veut pas dire que l'Impie étoit un Geant, grand comme un Cedre du Liban. Cela fignifie que l'Impie eftoit
au faifte des grandeurs humaines ; & Monfieur Racine
eft fort bien entré dans la penfée du Pfalmifte, par ces
deux Vers de fon Efther, qui ont du rapport au Vers
d'Homere.

* Pfal. 36.
v. 35. *Vidi
impium fuper-
exaltatum &
elevatum ficut
Cedros Liba-
ni.*

Pareil au Cedre, il cachoit dans les Cieux
Son front audacieux.

Il eft donc aifé de juftifier les paroles avantageufes, que
Longin dit du Vers d'Homere fur la Difcorde. La verité eft pourtant, que ces paroles ne font point de Longin : puifque c'eft moy, qui, à l'imitation de Gabriel
de Petra, les lui ay en partie preftées. Le Grec en cet
endroit eftant fort defectueux, & mefme le Vers d'Homere n'y eftant point rapporté. C'eft ce que Monfieur

P**

P** n'a eu garde de voir: parce qu'il n'a jamais leû
Longin, felon toutes les apparences, que dans ma traduction. Ainfi penfant contredire Longin, il a fait mieux
qu'il ne penfoit, puifque c'eft moy qu'il a contredit.
Mais en m'attaquant, il ne fçauroit nier qu'il n'ait auffi
attaqué Homere, & fur tout Virgile, qu'il avoit tellement dans l'efprit, quand il a blafmé ce Vers fur la Difcorde, que dans fon Difcours, au lieu de la Difcorde,
il a efcrit, fans y penfer, la Renommée.

C'eft donc d'elle qu'il fait (1) cette belle critique. *Que
l'exaggeration du Poëte en cet endroit ne fçauroit faire
une idée bien nette.* Pourquoy? C'eft, ajoufte-il, *que tant
qu'on pourra voir la tefte de la Renommée, fa tefte ne
fera point dans le Ciel; & que fi fa tefte eft dans le Ciel,
on ne fçait pas trop bien ce que l'on voit.* O l'admirable
raifonnement! Mais où eft-ce qu'Homere & Virgile difent qu'on voit la tefte de la Difcorde, ou de la Renommée? Et afin qu'elle ait la tefte dans le Ciel, qu'importe
qu'on l'y voye, ou qu'on ne l'y voye pas? N'eft-ce pas
icy le Poëte qui parle, & qui eft fuppofé voir tout ce
qui fe paffe mefme dans le Ciel, fans que pour cela les
yeux des autres hommes le découvrent? En verité j'ay
peur que les Lecteurs ne rougiffent pour moy, de me
voir réfuter de fi eftranges raifonnements. Noftre Cenfeur attaque enfuite une autre hyperbole d'Homere à

R E M A R Q U E S.

(1) *Cette belle critique, &c*] Paralléles, Tom. III. pag. 118.

Tome II.　　　　　　　*　　X

propos des chevaux des Dieux. Mais comme ce qu'il
dit contre cette hyperbole n'eſt qu'une fade plaiſanterie, le peu que je viens de dire contre l'objeƈtion
précedente, ſuffira, je croy, pour reſpondre à toutes
les deux.

❖❖❖

REFLEXION V.

Paroles de
Longin. Ch.
VII.
Odyſſ. liv.
10. v. 239. &
ſuiv. *Il en eſt de meſme de ces compagnons d'Ulyſſe changez en*
pourceaux, que Zoïle appelle de petits cochons larmoyans.

IL paroiſt par ce paſſage de Longin, que Zoïle, auſſi
bien que Monſieur P** s'eſtoit égayé à faire des railleries ſur Homere. Car cette plaiſanterie *des petits co-*
chons larmoyans, a aſſez de rapport avec *les comparai-*
ſons à longue queuë, que noſtre Critique moderne reproche à ce grand Poëte. Et puiſque dans noſtre ſiecle,
la liberté que Zoïle s'eſtoit donnée, de parler ſans reſpeƈt des plus grands Eſcrivains de l'Antiquité, ſe met
aujourd'huy à la mode parmi beaucoup de petits Eſprits, auſſi ignorans qu'orgueilleux & pleins d'eux-meſmes; il ne ſera pas hors de propos de leur faire voir icy,
de quelle maniere cette liberté a réüſſi autrefois à ce
Rheteur, homme fort ſçavant, ainſi que le teſmoigne
Denys d'Halicarnaſſe, & à qui je ne voy pas qu'on puiſſe
rien reprocher ſur les mœurs; puiſqu'il fut toute ſa vie
tres-pauvre; & que malgré l'animoſité que ſes critiques
ſur Homere & ſur Platon avoient excitée contre luy,

on ne l'a jamais accufé d'autre crime que de ces critiques mefmes, & d'un peu de mifanthropie.

Il faut donc premierement voir ce que dit de lui Vitruve, le celebre Architecte : car c'eft luy qui en parle le plus au long ; & afin que Monfieur P** ne m'accufe pas d'alterer le texte de cet Autheur, je mettrai icy les mots mefmes de Monfieur fon Frere le Medecin, qui nous a donné Vitruve en François. *Quelques années aprés,* (c'eft Vitruve qui parle dans la Traduction de ce Medecin) *Zoïle qui fe faifoit appeller le fleau d'Homere, vinft de Macedoine à Alexandrie, & prefenta au Roy les livres qu'il avoit compofez contre l'Iliade & contre l'Odyffée. Ptolemée indigné que l'on attaquaft fi infolemment le Pere de tous les Poëtes, & que l'on maltraitaft ainfi celui que tous les Sçavans reconnoiffent pour leur Maiftre, dont toute la Terre admiroit les efcrits, & qui n'eftoit pas là préfent pour fe deffendre, ne fit point de refponfe. Cependant Zoïle, ayant long-temps attendu, & eftant preffé de la neceffité, fit fupplier le Roy de lui faire donner quelque chofe. A quoy l'on dit qu'il fit cette réponfe ; que puis qu'Homere, depuis mille ans qu'il y avoit qu'il eftoit mort, avoit nourri plufieurs milliers de perfonnes, Zoïle devoit bien avoir l'induftrie de fe nourrir non feulement luy, mais plufieurs autres encore, lui qui faifoit profeffion d'eftre beaucoup plus fçavant qu'Homere. Sa mort fe raconte diverfement. Les uns difent que Ptolemée le fit mettre en croix ; d'autres, qu'il*

fut lapidé; & d'autres, qu'il fut bruflé tout vif à Smyrne.
Mais de quelque façon que cela foit, il eft certain qu'il
a bien merité cette punition : puifqu'on ne la peut pas me-
riter pour un crime plus odieux qu'eft celuy de reprendre
un Efcrivain, qui n'eft pas en eftat de rendre raifon de
ce qu'il a efcrit.

Je ne conçoy pas comment Monfieur P** le Medecin, qui penfoit d'Homere & de Platon à peu prés
les mefmes chofes que Monfieur fon Frere & que Zoïle,
a peû aller jufqu'au bout, en traduifant ce paffage. La
verité eft qu'il l'a adouci, autant qu'il luy a efté poffible, tafchant d'infinuer que ce n'eftoit que les Sçavans,
c'eft-à-dire, au langage de Meffieurs P** les Pédans,
qui admiroient ces Ouvrages d'Homere. Car dans le
texte Latin il n'y a pas un feul mot qui revienne au mot
de Sçavant, & à l'endroit où Monfieur le Medecin traduit : *Celuy que tous les Sçavans reconnoiffent pour leur*
Maiftre, il y a, *celuy que tous ceux qui aiment les belles*
lettres reconnoiffent pour leur Chef.* En effet, bien qu'Homere ayt fçeu beaucoup de chofes, il n'a jamais paffé
pour le Maiftre des Sçavans. Ptolemée ne dit point non
plus à Zoïle dans le texte Latin, *qu'il devoit bien avoir*
l'induftrie de fe nourrir, luy qui faifoit profeffion d'eftre
beaucoup plus fçavant qu'Homere. Il y a, *luy qui fe van-*
toit d'avoir plus d'efprit qu'Homere. * D'ailleurs, Vitruve ne dit pas fimplement, que Zoïle *prefenta fes livres*
contre Homere à Ptolemée : mais *qu'il les luy recita.* * Ce

* Philolo-
giæ omnis
ducem.

* Qui me-
liori ingenio
fe profitere-
tur.

* Regi re-
citavit.

qui eſt bien plus fort, & qui fait voir que ce Prince les blaſmoit avec connoiſſance de cauſe.

Monſieur le Medecin ne s'eſt pas contenté de ces adouciſſemens; il a fait une note, où il s'efforce d'inſinuer qu'on a preſté icy beaucoup de choſes à Vitruve; & cela fondé, ſur ce que c'eſt un raiſonnement indigne de Vitruve, de dire, qu'on ne puiſſe reprendre un Eſcrivain qui n'eſt pas en eſtat de rendre raiſon de ce qu'il a eſcrit; & que par cette raiſon ce ſeroit un crime digne du feu, que de reprendre quelque choſe dans les eſcrits que Zoïle a faits contre Homere, ſi on les avoit à préſent. Je reſpond premierement que dans le Latin il n'y a pas ſimplement, reprendre un Eſcrivain; mais citer, * appeller en jugement des Eſcrivains; c'eſt-à-dire, les attaquer dans les formes ſur tous leurs Ouvrages. Que d'ailleurs par ces Eſcrivains, Vitruve n'entend pas des Eſcrivains ordinaires; mais des Eſcrivains qui ont eſté l'admiration de tous les ſiecles, tels que Platon & Homere, & dont nous devons preſumer, quand nous trouvons quelque choſe à redire dans leurs eſcrits, que, s'ils eſtoient là preſens pour ſe deffendre, nous ſerions tout eſtonnez, que c'eſt nous qui nous trompons. Qu'ainſi il n'y a point de parité avec Zoïle homme deſcrié dans tous les ſiecles, & dont les Ouvrages n'ont pas meſme eû la gloire que, grace à mes Remarques, vont avoir les eſcrits de Monſieur P** qui eſt, qu'on leur ait reſpondu quelque choſe.

* Qui citat eos quorum, &c.

Mais pour achever le Portrait de cet Homme, il eſt bon de mettre auſſi en cet endroit ce qu'en a eſcrit l'Autheur que Monſieur P** cite le plus volontiers, c'eſt à ſçavoir Elien. C'eſt au Livre onziefme de ſes Hiſtoires diverſes. *Zoïle celuy qui a eſcrit contre Homere, contre Platon, & contre pluſieurs autres grands perſonnages,* * Ville de *eſtoit d'Amphipolis, * & fut diſciple de ce Polycrate qui* Thrace. *a fait un Diſcours en forme d'accuſation contre Socrate. Il fut appellé le Chien de la Rhetorique. Voicy à peu prés ſa figure. Il avoit une grande barbe qui luy deſcendoit ſur le menton, mais nul poil à la teſte qu'il ſe raſoit juſqu'au cuir. Son manteau luy pendoit ordinairement ſur les genoux. Il aimoit à mal parler de tout, & ne ſe plaiſoit qu'à contredire. En un mot, il n'y eut jamais d'homme ſi hargneux que ce Miſerable. Un tres-ſçavant homme luy ayant demandé un jour, pourquoy il s'acharnoit de la ſorte à dire du mal de tous les grands Eſcrivains : C'eſt, repliqua-t-il, que je voudrois bien leur en faire, mais je n'en puis venir à bout.*

Je n'aurois jamais fait, ſi je voulois ramaſſer icy toutes les injures qui lui ont eſté dites dans l'Antiquité, où il eſtoit par tout connu ſous le nom du *vil Eſclave de Thrace.* On pretend que ce fut l'envie qui l'engagea à eſcrire contre Homere, & que c'eſt ce qui a fait que tous les Envieux ont eſté depuis appellez du nom de Zoïles, teſmoin ces deux Vers d'Ovide,

Ingenium magni livor detreĉtat Homeri :
Quifquis es ex illo , Zoïle , nomen habes.

Je rapporte icy tout exprés ce paffage , afin de faire voir
à Monfieur P * * qu'il peut fort bien arriver , quoy qu'il
en puiffe dire , qu'un Autheur vivant foit jaloux d'un
Efcrivain mort plufieurs fiecles avant luy. Et en effet , je
connois plus d'un Demi-fçavant qui rougit lors qu'on
loüe devant luy avec un peu d'excés ou Ciceron , ou
Demofthene , prétendant qu'on luy fait tort.

Mais pour ne me point efcarter de Zoïle , j'ay cherché
plufieurs fois en moy-mefme ce qui a pe ûattirer contre
luy cette animofité & ce defluge d'injures. Car il n'eft
pas le feul qui ait fait des Critiques fur Homere & fur
Platon. Longin dans ce Traité mefme , comme nous le
voyons , en a fait plufieurs ; & (1) Denys d'Halicarnaffe
n'a pas plus efpargné Platon que luy. Cependant on ne
voit point que ces Critiques ayent excité contre eux
l'indignation des hommes. D'où vient cela ? En voicy
la raifon , fi je ne me trompe. C'eft qu'outre que leurs
Critiques font fort fenfées , il paroift vifiblement qu'ils
ne les font point pour rabbaiffer la gloire de ces grands
Hommes : mais pour eftablir la verité de quelque précepte important. Qu'au fond , bien loin de difconvenir
du merite de ces Heros , c'eft ainfi qu'ils les appellent,

REMARQUES.

(1) *Denys d'Halicarnaffe.*] Pompée s'é-
toit plaint à lui de ce qu'il avoit reproché
quelques fautes à Platon ; & Denys d'Hali- | carnaffe lui fit une réponfe qui contient fa
juftification.

ils nous font par tout comprendre , mefme en les criti-
quant , qu'ils les reconnoiffent pour leurs Maiftres en
l'art de parler, & pour les feuls modeles que doit fuivre
tout homme qui veut efcrire : Que s'ils nous y defcou-
vrent quelques taches, ils nous y font voir en mefme temps un nombre infini de beautez ; tellement qu'on
fort de la lecture de leurs Critiques , convaincu de la
jufteffe d'efprit du Cenfeur , & encore plus de la grandeur du genie de l'Efcrivain cenfuré. Adjouftez qu'en
faifant ces Critiques ils s'énoncent tousjours avec tant
d'efgards , de modeftie , & de circonfpection , qu'il n'eft
pas poffible de leur en vouloir du mal.

Il n'en eftoit pas ainfi de Zoïle , homme fort atrabi-
laire, & extrémement rempli de la bonne opinion de luy-
mefme. Car , autant que nous en pouvons juger par quelques fragmens qui nous reftent de fes Critiques , & par
ce que les Autheurs nous en difent, il avoit directement
entrepris de rabbaiffer les Ouvrages d'Homere & de Platon , en les mettant l'un & l'autre au-deffous des plus vulgaires Efcrivains. Il traitoit les fables de l'Iliade & de
l'Odyffée de contes de Vieille , appellant Homere un
* Φιλόμυθον. difeur de fornettes. * Il faifoit de fades plaifanteries des
plus beaux endroits de ces deux Poëmes , & tout cela
avec une hauteur fi pedantefque , qu'elle revoltoit tout
le monde contre luy. Ce fut , à mon avis , ce qui luy
attira cette horrible diffamation , & qui luy fit faire une
fin fi tragique.

Mais

Mais à propos de hauteur pédantefque, peut-eftre ne fera-t-il pas mauvais d'expliquer icy ce que j'ay voulu dire par-là, & ce que c'eft proprement qu'un Pédant. Car il me femble que Monfieur P** ne conçoit pas trop bien toute l'eftenduë de ce mot. En effet, fi l'on en doit juger par tout ce qu'il infinuë dans fes Dialogues, un Pédant, felon luy, eft un Sçavant nourri dans un Col-lége, & rempli de Grec & de Latin, qui admire aveu-glément tous les Autheurs anciens ; qui ne croit pas qu'on puiffe faire de nouvelles defcouvertes dans la Na-ture, ni aller plus loin qu'Ariftote, Epicure, Hippo-crate, Pline ; qui croiroit faire une efpece d'impieté, s'il avoit trouvé quelque chofe à redire dans Virgile : qui ne trouve pas fimplement Terence un joli Autéur, mais le comble de toute perfection : qui ne fe pique point de politeffe : qui non feulement ne blafme jamais aucun Autheur ancien ; mais qui refpecte fur tout les Autheurs que peu de gens lifent, comme Jafon, Barthole, Lyco-phron, Macrobe, &c.

Voilà l'idée du Pédant qu'il paroift que Monfieur P** s'eft formée. Il feroit donc bien furpris fi on luy difoit : qu'un Pédant eft prefque tout le contraire de ce tableau : qu'un Pédant eft un homme plein de luy mefme, qui avec un mediocre fçavoir decide hardiment de toutes chofes : qui fe vante fans ceffe d'avoir fait de nouvelles defcouvertes : qui traite de haut en bas Ariftote, Epicu-re, Hippocrate, Pline ; qui blafme tous les Autheurs

Tome II.   * Y

anciens : qui publie que Jafon & Barthole eftoient deux
ignorans, Macrobe un Efcolier : qui trouve, à la verité,
quelques endroits paffables dans Virgile ; mais qui y
trouve auffi beaucoup d'endroits dignes d'eftre fiflez :
qui croit à peine Terence digne du nom de joli : qui au
milieu de tout cela fe pique fur tout de politeffe : qui
tient que la plufpart des Anciens n'ont ni ordre, ni œconomie dans leurs difcours : En un mot, qui compte
pour rien de heurter fur cela le fentiment de tous les
hommes.

Monfieur P** me dira peut-eftre que ce n'eft point
là le veritable caractere d'un Pédant. Il faut pourtant
luy monftrer que c'eft le portrait qu'en fait le celebre
Regnier ; c'eft-à-dire, le Poëte François, qui, du confentement de tout le monde, a le mieux connu, avant
Moliere, les mœurs & le caractere des hommes. C'eft
dans fa dixiefme Satire, où defcrivant cet énorme Pédant, qui, dit-il,

Faifoit par fon fçavoir, comme il faifoit entendre,
La figue fur le nez, au Pédant d'Alexandre.

Il luy donne enfuite ces fentimens,

Qu'il a pour enfeigner, une belle maniere :
Qu'en fon globe il a veu la matiere premiere :
Qu'Epicure eft yvrogne, Hippocrate un bourreau :
Que Barthole & Jafon ignorent le Barreau :
Que Virgile eft paffable, encor qu'en quelques pages
Il meritaft au Louvre eftre fiflé des Pages :

CRITIQUES.

Que Pline est inegal ; Terence un peu joli :
Mais sur tout il estime un langage poli.
Ainsi sur chaque Autheur il trouve de quoy mordre.
L'un n'a point de raison, & l'autre n'a point d'ordre :
L'un avorte avant temps les œuvres qu'il conçoit :
Souvent il prend Macrobe, & luy donne le foüet ; &c.

Je laisse à M. P** le soin de faire l'application de cette peinture, & de juger qui Regnier a descrit par ces Vers : ou un homme de l'Université, qui a un sincere respect pour tous les grands Escrivains de l'Antiquité, & qui en inspire autant qu'il peut l'estime à la Jeunesse qu'il instruit ; ou un Autheur presomptueux qui traite tous les Anciens d'ignorans, de grossiers, de visionnaires, d'insensez ; & qui estant desja avancé en âge, employe le reste de ses jours, & s'occupe uniquement à contredire le sentiment de tous les hommes.

✦✦

REFLEXION VI.

En effet, de trop s'arrester aux petites choses, cela gaste tout.

Paroles de
Longin,
Chap. VIII.

IL n'y a rien de plus vray, sur tout dans les Vers : & c'est un des grands deffauts de Saint Amand. Ce Poëte avoit assez de genie pour les Ouvrages de débauche, & de Satire outrée, & il a mesme quelquefois des boutades assez heureuses dans le serieux : mais il gaste tout par les basses circonstances qu'il y mesle. C'est ce

Y ij

qu'on peut voir dans son Ode intitulée, *la Solitude*, qui
est son meilleur Ouvrage, où parmi un fort grand nombre d'images tres-agreables, il vient presenter mal-à-propos aux yeux les choses du monde les plus affreuses,
des crapaux, & des limaçons qui bavent; le squelete d'un
Pendu, &c.

> *Là branfle, le fquelete horrible*
> *D'un pauvre Amant qui fe pendit.*

Il eft fur tout bizarrement tombé dans ce défaut en
fon *Moïfe fauvé*, à l'endroit du paffage de la mer rouge;
au lieu de s'eftendre fur tant de grandes circonftances
qu'un fujet fi majeftueux luy prefentoit, il perd le temps
à peindre le petit Enfant qui va, faute, revient, & ramaffant une coquille, la va monftrer à fa Mere, & met
en quelque forte, comme j'ay dit dans ma Poëtique,
(1) les poiffons aux feneftres par ces deux Vers,

> *Et là, prés des remparts que l'œil peut tranfpercer,*
> *Les poiffons esbahis les regardent paffer.*

Il n'y a que Monfieur P** au monde qui puiffe ne pas
fentir le comique qu'il y a dans ces deux Vers, où il femble en effet que les poiffons ayent loüé des feneftres pour
voir paffer le peuple Hebreu. Cela eft d'autant plus ridicule que les poiffons ne voyent prefque rien au travers
de l'eau, & ont les yeux placez d'une telle maniere,
qu'il eftoit bien difficile, quand ils auroient eu la tefte

REMARQUES.

(1) *Les poiffons aux fenêtres.*] Chant III. Vers 264.

hors de ces remparts, qu'ils puſſent bien deſcouvrir cette
marche. Monſieur P** prétend neantmoins juſtifier ces
deux Vers ; mais c'eſt par des raiſons ſi peu ſenſées, qu'en
verité je croirois abuſer du papier, ſi je l'employois à
y répondre. Je me contenteray donc de le renvoyer à
la comparaiſon que Longin rapporte icy d'Homere. Il y
pourra voir l'adreſſe de ce grand Poëte à choiſir, & à ramaſſer les grandes circonſtances. Je doute pourtant qu'il
convienne de cette verité. Car il en veut ſur tout aux
comparaiſons d'Homere, & il en fait le principal objet
de ſes plaiſanteries dans ſon dernier Dialogue. On me
demandera peut-eſtre ce que c'eſt que ces plaiſanteries,
Monſieur P** n'eſtant pas en reputation d'eſtre fort plai-
ſant, & comme vraiſemblablement on n'ira pas les chercher dans l'original, je veux bien, pour la curioſité des
Lecteurs, en rapporter icy quelque trait. Mais pour cela
il faut commencer par faire entendre ce que c'eſt que
les Dialogues de Monſieur P**.

C'eſt une converſation qui ſe paſſe entre trois Perſonnages, dont le premier, grand ennemi des Anciens, &
ſur tout de Platon, eſt Monſieur P** lui-meſme, comme
il le déclare dans ſa Preface. Il s'y donne le nom d'Abbé;
& je ne ſçai pas trop pourquoy il a pris ce titre Eccle-
ſiaſtique, puis qu'il n'eſt parlé dans ce Dialogue que de
choſes tres-profânes; que les Romans y ſont loüez par
excés, & que l'Opera y eſt regardé comme le comble
de la perfection, où la Poëſie pouvoit arriver en notre

Langue. Le fecond de ces Perfonnages eft un Chevalier,
admirateur de Monfieur l'Abbé, qui eft là comme fon
Tabarin pour appuier fes decifions : & qui le contredit,
mefmes quelquefois à deffein, pour le faire mieux valoir. Monfieur P** ne s'offenfera pas fans doute de ce
nom de Tabarin, que je donne icy à fon Chevalier, puifque ce Chevalier luy-mefme declare en un endroit (1),
qu'il eftime plus les Dialogues de Mondori & de Tabarin, que ceux de Platon. Enfin le troifiéme de ces Perfonnages, qui eft beaucoup le plus fot des trois, eft un
Prefident protecteur des Anciens; qui les entend encore
moins que l'Abbé, ni que le Chevalier, qui ne fçauroit
fouvent refpondre aux objections du monde les plus
frivoles, & qui deffend quelquefois fi fottement la raifon, qu'elle devient plus ridicule dans fa bouche que le
mauvais fens. En un mot, il eft là comme le Faquin de
la Comedie, pour recevoir toutes les nazardes. Ce font
là les Acteurs de la Piece. Il faut maintenant les voir
en action.

Monfieur l'Abbé, (2) par exemple, declare en un endroit qu'il n'approuve point ces comparaifons d'Homere, où le Poëte non content de dire precifément ce
qui fert à la comparaifon, s'eftend fur quelque circonftance hiftorique de la chofe, dont il eft parlé : comme

REMARQUES.

(1) *Qu'il eftime plus les Dialogues de*
Mondori & de Tabarin, &c.] Paralléles,
Tome II. pag. 116.

(2) *Par exemple, &c.*] Paralléles, Tom.
III. pag. 58.

lors qu'il compare la cuiſſe de Menelas bleſſé à de l'yvoire teint en pourpre par une femme de Méonie & de
Carie, &c. Cette femme de Méonie ou de Carie déplaiſt
à Monſieur l'Abbé; & il ne ſçauroit ſouffrir ces ſortes de
comparaiſons à longue queuë ; mot agréable, qui eſt d'a-
bord admiré par Monſieur le Chevalier, lequel prend de
là occaſion de raconter quantité de jolies choſes qu'il diſt
auſſi à la campagne l'année derniere à propos de ces *comparaiſons à longue queuë*.

Ces plaiſanteries eſtonnent un peu Monſieur le Pre-
ſident, qui ſent bien la fineſſe qu'il y a dans ce mot de
longue queuë. Il ſe met pourtant à la fin en devoir de reſpondre. La choſe n'eſtoit pas ſans doute fort mal-aiſée,
puiſqu'il n'avoit qu'à dire, ce que tout homme qui ſçait
les élemens de la Rhetorique auroit dit d'abord : Que
les comparaiſons, dans les Odes & dans les Poëmes Epi-
ques, ne ſont pas ſimplement miſes pour eſclaircir, &
pour orner le diſcours ; mais pour amuſer & pour deſ-
laſſer l'eſprit du Lecteur, en le deſtachant de temps en
temps du principal ſujet, & le promenant ſur d'autres
images agréables à l'eſprit : Que c'eſt en cela qu'a principalement excellé Homere, dont non ſeulement toutes
les comparaiſons, mais tous les diſcours ſont pleins d'i-
mages de la nature, ſi vrayes & ſi variées, qu'eſtant tousjours le meſme, il eſt neantmoins tousjours different ;
inſtruiſant ſans ceſſe le Lecteur, & lui faiſant obſerver
dans les objets meſmes, qu'il a tous les jours devant les

yeux, des chofes qu'il ne s'avifoit pas d'y remarquer. Que c'eft une verité univerfellement reconnuë, qu'il n'eft point neceffaire, en matiere de Poëfie, que les points de la comparaifon fe refpondent fi jufte les uns aux autres: qu'il fuffit d'un rapport general, & qu'une trop grande exactitude fentiroit fon Rheteur.

C'eft ce qu'un homme fenfé auroit peû dire fans peine à Monfieur l'Abbé & à Monfieur le Chevalier: mais ce n'eft pas ainfi que raifonne Monfieur le Prefident. Il commence par avoüer fincérement que nos Poëtes fe feroient moquer d'eux, s'ils mettoient dans leurs Poëmes de ces comparaifons eftenduës; & n'excufe Homere, que parce qu'il avoit le gouft Oriental, qui eftoit, dit-il, le gouft de fa nation. Là-deffus il explique ce que c'eft que le gouft des Orientaux, qui, à caufe du feu de leur imagination, & de la vivacité de leur efprit, veulent tousjours, pourfuit-il, qu'on leur dife deux chofes à la fois, & ne fçauroient fouffrir un feul fens dans un difcours: Au lieu que nous autres Européans, nous nous contentons d'un feul fens, & fommes bien aifes qu'on ne nous dife qu'une feule chofe à la fois. Belles obfervations que Monfieur le Prefident a faites dans la Nature, & qu'il a faites tout feul! puifqu'il eft tres-faux que les Orientaux ayent plus de vivacité d'efprit que les Européans, & fur tout que les François, qui font fameux par tout païs, pour leur conception vive & prompte: le ftile figuré, qui regne aujourd'huy dans l'Afie

mineure

mineure & dans les pays voifins, & qui n'y regnoit point
autrefois, ne venant que de l'irruption des Arabes, &
des autres nations Barbares, qui peu de temps aprés He-
raclius inonderent ces pays, & y porterent avec leur
Langue & avec leur Religion ces manieres de parler
empoulées. En effet, on ne voit point que les Peres
Grees de l'Orient, comme Saint Juftin, Saint Bafile,
Saint Chryfoftome, Saint Gregoire de Nazianze, & tant
d'autres, ayent jamais pris ce ftile dans leurs Efcrits : &
ni Herodote, ni Denys d'Halicarnaffe, ni Lucien, ni
Jofephe, ni Philon le Juif, ni aucun Autheur Grec n'a
jamais parlé ce langage.

Mais pour revenir aux *comparaifons à longue queuë* :
Monfieur le Prefident rappelle toutes fes forces, pour
renverfer ce mot, qui fait tout le fort de l'argument de
Monfieur l'Abbé, & refpond enfin : Que comme dans les
ceremonies on trouveroit à redire aux queuës des Princeffes, fi elles ne traifnoient jufqu'à terre ; de mefme les
comparaifons dans le Poëme Epique feroient blafma-
bles, fi elles n'avoient des queuës fort traifnantes. Voilà
peut-eftre une des plus extravagantes refponfes qui ayent
jamais efté faites. Car quel rapport ont les comparaifons à des Princeffes ? Cependant Monfieur le Chevalier,
qui jufqu'alors n'avoit rien approuvé de tout ce que le
Prefident avoit dit, eft efbloüi de la folidité de cette refponfe, & commence à avoir peur pour Monfieur l'Abbé,
qui frappé auffi du grand fens de ce difcours, s'en tire

pourtant avec affez de peine, en avoüant contre fon premier fentiment, qu'à la verité on peut donner de longues queuës aux comparaifons; mais fouftenant qu'il faut, ainfi qu'aux robes des Princeffes, que ces queuës foient de mefme eftoffe que la robe. Ce qui manque, dit-il, aux comparaifons d'Homere, où les queuës font de deux eftoffes differentes; de forte que s'il arrivoit qu'en France, comme cela peut fort bien arriver, la mode vînft de coudre des queuës de differente eftoffe aux robes des Princeffes, voilà le Prefident qui auroit entierement caufe gagnée fur les comparaifons. C'eft ainfi que ces trois Meffieurs manient entre eux la raifon humaine; l'un faifant tousjours l'objection qu'il ne doit point faire; l'autre approuvant ce qu'il ne doit point approuver; & l'autre refpondant ce qu'il ne doit point refpondre.

Que fi le Prefident a eû ici quelque avantage fur l'Abbé, celui-cy a bien-toft fa revanche à propos d'un autre endroit d'Homere. Cet endroit eft dans le douziéme Livre de l'Odyffée, * où Homere, felon la traduction de Monfieur P** raconte: *Qu'Ulyffe eftant porté fur fon maft brifé, vers la Charybde, juftement dans le temps que l'eau s'élevoit; & craignant de tomber au fond, quand l'eau viendroit à redefcendre, il fe prit à un figuier fauvage qui fortoit du haut du rocher, où il s'attacha comme une chauve-fouris, & où il attendit, ainfi fufpendu, que fon maft qui eftoit allé au fond, revinft fur l'eau; adjouftant que lorfqu'il le vit revenir, il fut auffi aife qu'un*

* Vers 240. & fuiv.

Juge qui se leve de dessus son Siege pour aller disner, après avoir jugé plusieurs procés. Monsieur l'Abbé insulte fort à Monsieur le President sur cette comparaison bizarre du Juge qui va disner, & voyant le President embarrassé, *Est-ce,* ajouste-t-il, *que je ne traduits pas fidellement le Texte d'Homere?* Ce que ce grand Deffenseur des Anciens n'oseroit nier. Aussi-tost Monsieur le Chevalier revient à la charge; & sur ce que le President respond : que le Poëte donne à tout cela un tour si agréable, qu'on ne peut pas n'en estre point charmé : *Vous vous moquez,* poursuit le Chevalier : *Dés le moment qu'Homere, tout Homere qu'il est, veut trouver de la ressemblance entre un homme qui se resjoüit de voir son mast revenir sur l'eau, & un Juge qui se leve pour aller disner, après avoir jugé plusieurs procés, il ne sçauroit dire qu'une impertinence.*

Voilà donc le pauvre President fort accablé; & cela faute d'avoir sçeû, que Monsieur l'Abbé fait icy une des plus énormes béveües qui ayent jamais esté faites, prenant une date pour une comparaison. Car il n'y a en effet aucune comparaison en cet endroit d'Homere. Ulysse raconte que voyant le mast & la quille de son vaisseau, sur lesquels il s'estoit sauvé, qui s'engloutissoient dans la Charybde, il s'acrocha, comme un oyseau de nuit, à un grand figuier qui pendoit là d'un rocher, & qu'il y demeura long-temps attaché, dans l'esperance que le reflux venant, la Charybde pourroit enfin revomir les débris de ſon vaiſſeau; qu'en effet ce qu'il avoit préveû arriva; & qu'environ vers l'heure qu'un Magiſtrat, ayant rendu la juſtice, quitte ſa ſéance pour aller prendre ſa refection, c'eſt-à-dire, environ ſur les trois heures aprés midy, ces débris parurent hors de la Charybde, & qu'il ſe remit deſſus. Cette date eſt d'autant plus juſte qu'Euſtathius aſſure, que c'eſt le temps d'un des reflux de la Charybde, qui en a trois en vingt-quatre heures; & qu'autrefois en Grece on datoit ordinairement les heures de la journée par le temps où les Magiſtrats entroient au Conſeil; par celuy où ils y demeuroient; & par celuy où ils en ſortoient. Cet endroit n'a jamais eſté entendu autrement par aucun Interprete, & le Traducteur Latin l'a fort bien rendu. Par là on peut voir à qui appartient l'impertinence de la comparaiſon prétenduë, ou à Homere qui ne l'a point faite, ou à Monſieur l'Abbé qui la lui fait faire ſi mal-à-propos.

Mais avant que de quitter la converſation de ces trois Meſſieurs, Monſieur l'Abbé trouvera bon, que je ne donne pas les mains à la réponſe déciſive qu'il fait à Monſieur le Chevalier, qui luy avoit dit: *Mais à propos de comparaiſons, on dit qu'Homere compare Ulyſſe, qui ſe tourne dans ſon lit, au boudin qu'on roſtit ſur le gril.* A quoy Monſieur l'Abbé répond: *Cela eſt vray;* & à quoy je réponds: Cela eſt ſi faux, que meſme le mot Grec, qui veut dire boudin, n'eſtoit point encore inventé du temps d'Homere, où il n'y avoit ni boudins, ni ragouſts.

La verité eft que dans le vingtiéme Livre de l'Odyffée, * il compare Ulyffe qui fe tourne çà & là dans fon *. v. 14. &
lit, bruflant d'impatience de fe faouler, comme dit Euftathius, du fang des Amans de Penelope, à un homme
affamé, qui s'agite pour faire cuire fur un feu le ventre
fanglant, & plein de graiffe d'un animal, dont il brufle
de fe raffafier, le tournant fans ceffe de cofté & d'autre.

En effet, tout le monde fçait que le ventre de certains
animaux chez les Anciens, eftoit un de leurs plus déli-
cieux mets : que le *fumen*, c'eft-à-dire, le ventre de la
truye parmi les Romains, eftoit vanté par excellence, &
deffendu mefme par une ancienne (1) Loy Cenforienne,
comme trop voluptueux. Ces mots, *plein de fang & de
graiffe*, qu'Homere a mis en parlant du ventre des animaux, & qui font fi vrais de cette partie du corps, ont
donné occafion à un miferable Traducteur, qui a mis
autrefois l'Odyffée en François, de fe figurer qu'Homere parloit là de boudin : parce que le boudin de
pourceau fe fait communément avec du fang & de la
graiffe ; & il l'a ainfi fottement rendu dans fa traduction.
C'eft fur la foy de ce Traducteur, que quelques Ignorans, & Monfieur l'Abbé du Dialogue, ont creû qu'Homere comparoit Ulyffe à un boudin : quoique ni le
Grec ni le Latin n'en difent rien, & que jamais aucun
Commentateur n'ayt fait cette ridicule béveûë. Cela

REMARQUES.

(1) *Loy Cenforienne.*] Plin. Hift. nat. liv. VI. c. 84. & liv. VIII. ch. 77.

monftre bien les eftranges inconveniens, qui arrivent
à ceux qui veulent parler d'une Langue qu'ils ne fçavent point.

❖❖❖

REFLEXION VII.

Paroles de
Longin ,
Chap. XII. *Il faut fonger au jugement que toute la Pofterité fera
de nos Efcrits.*

ΙL n'y a en effet que l'approbation de la Pofterité, qui
puiffe eftablir le vray merite des Ouvrages. Quelque
efclat qu'ait fait un Efcrivain durant fa vie, quelques
éloges qu'il ait reçeûs, on ne peut pas pour cela infailliblement conclure que fes Ouvrages foient excellens.
De faux brillans, la nouveauté du ftile, un tour d'efprit
qui eftoit à la mode, peuvent les avoir fait valoir ; & il
arrivera peut-eftre que dans le fiecle fuivant on ouvrira
les yeux, & que l'on mefprifera ce que l'on a admiré. Nous
en avons un bel exemple dans Ronfard, & dans fes imitateurs, comme Du-Bellay , Du-Bartas , Des-Portes,
qui dans le fiecle precedent ont efté l'admiration de tout
le monde, & qui aujourd'huy ne trouvent pas mefme
de Lecteurs.

La mefme chofe eftoit arrivée chez les Romains à
Nævius, à Livius, & à Ennius, qui du temps d'Horace,
comme nous l'apprenons de ce Poëte, trouvoient encore beaucoup de gens qui les admiroient ; mais qui à
la fin furent entierement defcriez. Et il ne faut point

s'imaginer que la cheûte de ces Auteurs, tant les François que les Latins, foit venuë de ce que les Langues
de leurs pays ont changé. Elle n'eft venuë, que de ce
qu'ils n'avoient point attrapé dans ces Langues le point
de folidité & de perfection, qui eft neceffaire pour faire
durer & pour faire à jamais prifer des Ouvrages. En effet
la Langue Latine, par exemple, qu'ont efcrite Ciceron
& Virgile, eftoit desja fort changée du temps de Quintilien, & encore plus du temps d'Aulugelle. Cependant
Ciceron & Virgile y eftoient encore plus eftimez que de
leur temps mefme ; parce qu'ils avoient comme fixé la
Langue par leurs Efcrits, ayant atteint le point de perfection que j'ai dit.

Ce n'eft donc point la vieilleffe des mots & des expreffions dans Ronfard qui a defcrié Ronfard ; c'eft qu'on
s'eft apperçeû tout d'un coup que les beautez qu'on y
croyoit voir n'eftoient point des beautez. Ce que Ber-
taut, Malherbe, de Lingendes, & Racan, qui vinrent
aprés luy, contribuerent beaucoup à faire connoiftre,
ayant attrapé dans le genre ferieux le vray genie de la
Langue Françoife, qui bien loin d'eftre en fon point de
maturité du temps de Ronfard, comme Pafquier fe
l'eftoit perfuadé fauffement, n'eftoit pas mefme encore
fortie de fa premiere enfance. Au contraire le vray tour
de l'Epigramme, du Rondeau, & des Epiftres naïves,
ayant efté trouvé, mefme avant Ronfard, par Marot,
par Saint-Gelais & par d'autres ; non feulement leurs

Ouvrages en ce genre ne font point tombez dans le mefpris, mais ils font encore aujourd'huy generalement eftimez : jufques-là mefme, que pour trouver l'air naïf en
François, on a encore quelquefois recours à leur ftile ;
& c'eft ce qui a fi bien réüffi au celebre Monfieur de la
Fontaine. Concluons donc qu'il n'y a qu'une longue
fuite d'années, qui puiffe eftablir la valeur & le vray
merite d'un Ouvrage.

Mais lors que des Efcrivains ont efté admirez durant
un fort grand nombre de fiecles, & n'ont efté mefprifez
que par quelques gens de gouft bizarre ; car il fe trouve
tousjours des goufts dépravez ; alors non feulement il
y a de la temerité, mais il y a de la folie à vouloir douter du merite de ces Efcrivains. Que fi vous ne voyez
point les beautez de leurs Efcrits, il ne faut pas conclure qu'elles n'y font point, mais que vous eftes aveugle, & que vous n'avez point de gouft. Le gros des
hommes à la longue ne fe trompe point fur les Ouvrages d'efprit. Il n'eft plus queftion à l'heure qu'il eft, de
fçavoir fi Homere, Platon, Ciceron, Virgile, font des
hommes merveilleux. C'eft une chofe fans conteftation,
puifque vingt fiecles en font convenus : il s'agit de fçavoir en quoy confifte ce merveilleux, qui les a fait admirer de tant de fiecles ; & il faut trouver moyen de le
voir, ou renoncer aux belles lettres, aufquelles vous devez croire que vous n'avez ni gouft ni genie, puifque
vous ne fentez point ce qu'ont fenti tous les hommes.

Quand

Quand je dis cela neantmoins, je fuppofe que vous
fçachiez la Langue de ces Autheurs. Car fi vous ne la
fçavez point, & fi vous ne vous l'eftes point familiari-
zée, je ne vous blafmeray pas de n'en point voir les
beautez : je vous blafmeray feulement d'en parler. Et
c'eft en quoy on ne fçauroit trop condamner Monfieur
P✶✶, qui ne fçachant point la Langue d'Homere, vient
hardiment luy faire fon procés fur les baffeffes de fes
Traducteurs, & dire au Genre humain, qui a admiré les
Ouvrages de ce grand Poëte durant tant de fiecles, Vous
avez admiré des fottifes. C'eft à peu prés la mefme chofe
qu'un Aveugle-né, qui s'en iroit crier par toutes les ruës :
Meffieurs, je fçay que le Soleil que vous voyez vous
paroift fort beau ; mais moy qui ne l'ay jamais veû, je
vous declare qu'il eft fort laid.

Mais pour revenir à ce que je difois : puis que c'eft la
Pofterité feule qui met le veritable prix aux Ouvrages,
il ne faut pas, quelque admirable que vous paroiffe un
Efcrivain Moderne, le mettre aifément en parallele avec
ces Efcrivains admirez durant un fi grand nombre de
fiecles : puifqu'il n'eft pas mefme feûr que fes Ouvrages
paffent avec gloire au fiecle fuivant. En effet, fans aller
chercher des exemples effoignez, combien n'avons-nous
point veu d'Autheurs admirez dans noftre fiecle, dont
la gloire eft defcheûë en tres-peu d'années ? Dans quelle
eftime n'ont point efté il y a trente ans les Ouvrages de
Balzac ? On ne parloit pas de luy fimplement comme

du plus éloquent homme de son siecle , mais comme du seul éloquent. Il a effectivement des qualitez merveilleuses. On peut dire que jamais personne n'a mieux sçeu sa Langue que luy, & n'a mieux entendu la proprieté des mots, & la juste mesure des periodes. C'est une loüange que tout le monde luy donne encore. Mais on s'est apperçeu tout d'un coup, que l'art où il s'est employé toute sa vie, estoit l'art qu'il sçavoit le moins ; je veux dire l'art de faire une Lettre. Car bien que les siennes soient toutes pleines d'esprit , & de choses admirablement dites ; on y remarque par tout les deux vices les plus opposez au Genre Epistolaire, c'est à sçavoir l'affectation & l'enflure ; & on ne peut plus luy pardonner ce soin vicieux qu'il a de dire toutes choses autrement que ne le disent les autres hommes. De sorte que tous les jours on retorque contre luy ce mesme Vers que Maynard a fait autrefois à sa loüange,

Il n'est point de Mortel qui parle comme luy.

Il y a pourtant encore des gens qui le lisent ; mais il n'y a plus personne qui ose imiter son stile ; ceux qui l'ont fait s'estant rendus la risée de tout le monde.

Mais pour chercher un exemple encore plus illustre que celuy de Balzac : Corneille est celuy de tous nos Poëtes qui a fait le plus d'esclat en nostre temps, & on ne croyoit pas qu'il pust jamais y avoir en France un Poëte digne de lui estre égalé. Il n'y en a point en effet qui ait eu plus d'élevation de genie, ni qui ait plus com-

poſé. Tout ſon merite pourtant à l'heure qu'il eſt, ayant
eſté mis par le temps comme dans un creuſet, ſe reduit
à huit ou neuf Pieces de Theâtre qu'on admire, & qui
ſont, s'il faut ainſi parler, comme le Midi de ſa Poëſie,
dont l'Orient & l'Occident n'ont rien valu. Encore dans
ce petit nombre de bonnes Pieces, outre les fautes de
Langue qui y ſont aſſez frequentes, on commence à
s'appercevoir de beaucoup d'endroits de declamation
qu'on n'y voyoit point autrefois. Ainſi non ſeulement
on ne trouve point mauvais qu'on lui compare aujour-
d'huy Monſieur Racine: mais il ſe trouve meſme quantité de gens qui le luy préferent. La poſterité jugera qui
vaut le mieux des deux. Car je ſuis perſuadé que les Eſcrits de l'un & de l'autre paſſeront aux ſiecles ſuivans.
Mais juſques-là ni l'un ni l'autre ne doit eſtre mis en parallele avec Euripide, & avec Sophocle: puiſque leurs
Ouvrages n'ont point encore le ſçeau qu'ont les Ouvrages d'Euripide & de Sophocle, je veux dire, l'approbation de pluſieurs ſiecles.

Au reſte, il ne faut pas s'imaginer que dans ce nombre
d'Eſcrivains approuvez de tous les ſiecles, je veüille icy
comprendre ces Autheurs, à la verité anciens, mais qui
ne ſe ſont acquis qu'une mediocre eſtime, comme Ly-
cophron, Nonnus, Silius Italicus, l'Autheur des Trage-
dies attribuées à Seneque, & pluſieurs autres, à qui on
peut non ſeulement comparer, mais à qui on peut, à
mon avis, juſtement préferer beaucoup d'Eſcrivains

Modernes. Je n'admets dans ce haut rang que ce petit
nombre d'Efcrivains merveilleux, dont le nom feul fait
l'éloge, comme Homere, Platon, Ciceron, Virgile, &c.
Et je ne regle point l'eftime que je fais d'eux par le temps
qu'il y a que leurs Ouvrages durent : mais par le temps
qu'il y a qu'on les admire. C'eft de quoy il eft bon d'a-
vertir beaucoup de gens, qui pourroient mal-à-propos
croire ce que veut infinuer noftre Cenfeur ; qu'on ne
loüe les Anciens, que parçe qu'ils font Anciens; & qu'on
ne blafme les Modernes, que parce qu'ils font Modernes : ce qui n'eft point du tout veritable, y ayant beaucoup d'Anciens qu'on n'admire point, & beaucoup de
Modernes que tout le monde loüe. L'antiquité d'un
Efcrivain n'eft pas un titre certain de fon merite : mais
l'antique & conftante admiration qu'on a toûsjours euë
pour fes Ouvrages, eft une preuve feure & infaillible
qu'on les doit admirer.

✦✦

REFLEXION VIII.

Paroles de
Longin,
Ch. XXVII. *Il n'en eft pas ainfi de Pindare & de Sophocle. Car au milieu de leur plus grande violence, durant qu'ils tonnent & foudroient, pour ainfi dire, fouvent leur ardeur
vient à s'efteindre, & ils tombent malheureufement.*

LONGIN donne icy affez à entendre qu'il avoit trouvé des chofes à redire dans Pindare. Et dans quel
Autheur n'en trouve-t-on point ? Mais en mefme temps

il declare que ces fautes, qu'il y a remarquées, ne peuvent point eſtre appellées proprement fautes, & que ce ne ſont que de petites negligences où Pindare eſt tombé, à cauſe de cet eſprit divin dont il eſt entraiſné, & qu'il n'eſtoit pas en ſa puiſſance de regler comme il vouloit. C'eſt ainſi que le plus grand & le plus ſevere de tous les Critiques Grecs parle de Pindare, meſme en le cenſurant.

Ce n'eſt pas là le langage de Monſieur P✱✱, homme qui ſeûrement ne ſçait point de Grec. (1) Selon luy Pindare non ſeulement eſt plein de veritables fautes ; mais c'eſt un Autheur qui n'a aucune beauté, un Diſeur de galimathias impenetrable, que jamais perſonne n'a peû comprendre, & dont Horace s'eſt moqué quand il a dit que c'eſtoit un Poëte inimitable. En un mot, c'eſt un Eſcrivain ſans merite, qui n'eſt eſtimé que d'un certain nombre de Sçavans, qui le liſent ſans le concevoir, & qui ne s'attachent qu'à recueillir quelques miſerables Sentences, dont il a ſemé ſes Ouvrages. Voilà ce qu'il juge à propos d'avancer ſans preuves dans le dernier de ſes Dialogues. Il eſt vrai que dans un autre de (2) ſes Dialogues il vient à la preuve devant Madame la Preſidente Morinet, & prétend monſtrer que le commencement de la premiere Ode de ce grand Poëte ne s'entend point. C'eſt ce qu'il prouve admirablement par la tra-

R E M A R Q U E S.

(1) *Selon lui, &c.*] Paralléles, Tom. I. p. 23. Tom. III. p. 161. (2) *Un autre de ſes Dialogues, &c.*] Paralléles, Tom. I. p. 28.

duction qu'il en a faite. Car il faut avouer que fi Pindare s'eftoit énoncé comme luy, (1) la Serre, (2) ni Richefource, ne l'emporteroient pas fur Pindare pour le
galimathias, & pour la baffeffe.

On fera donc affez furpris icy de voir, que cette baffeffe & ce galimathias appartient entierement à Monfieur P**, qui en traduifant Pindare, n'a entendu ni le
Grec, ni le Latin, ni le François. C'eft ce qu'il eft aifé
de prouver. Mais pour cela, il faut fçavoir, que Pindare
vivoit peu de temps aprés Pythagore, Thalés, & Anaxagore, fameux Philofophes Naturaliftes, & qui avoient
enfeigné la Phyfique avec un fort grand fuccés. L'opinion de Thalés qui mettoit l'eau pour le principe des
chofes, eftoit fur tout celebre. Empedocle Sicilien, qui
vivoit du temps de Pindare mefme, & qui avoit efté dif-
ciple d'Anaxagore, avoit encore pouffé la chofe plus
loin qu'eux; & non feulement avoit penetré fort avant
dans la connoiffance de la Nature, mais il avoit fait ce
que Lucrece a fait depuis, à fon imitation; je veux dire,
qu'il avoit mis toute la Phyfique en Vers. On a perdu
fon Poëme. On fçait pourtant que ce Poëme commençoit par l'éloge des quatre Elemens, & vraifemblable-

REMARQUES.

(1) *La Serre,&c.*] V. la Remarque fur le
Vers 176. de la Satire III.
(2) *Ni Richefource.&c.*] Jean de Soudier,
Ecuyer, Sieur de Richefource, étoit un déclamateur; il prenoit la qualité de *Modéra-
teur de l'Académie des Orateurs;* parce qu'il
faifoit des leçons publiques d'éloquence dans
une chambre qu'il occupoit à la Place Dau-
phine. Il avoit compofé quelques ouvrages,
parmi lefquels il y en a un de critique, intitulé *le Camouflet des Auteurs*, & chaque critique eft une *Camouflade.*

ment il n'y avoit pas oublié la formation de l'Or & des autres métaux. Cet Ouvrage s'eſtoit rendu ſi fameux dans la Grece, qu'il y avoit fait regarder ſon Autheur comme une eſpece de Divinité.

Pindare venant donc à compoſer ſa premiere Ode Olympique à la loüange d'Hieron Roy de Sicile, qui avoit remporté le prix de la courſe des chevaux, debute par la choſe du monde la plus ſimple & la plus naturelle, qui eſt : Que s'il vouloit chanter les merveilles de la Nature, il chanteroit, à l'imitation d'Empedocle Sicilien, l'Eau & l'Or, comme les deux plus excellentes choſes du monde : mais que s'eſtant conſacré à chanter les actions des hommes, il va chanter le combat Olympique ; puiſque c'eſt en effet ce que les hommes font de plus grand : & que de dire qu'il y ait quelque autre combat auſſi excellent que le combat Olympique, c'eſt prétendre qu'il y a dans le Ciel quelque autre Aſtre auſſi lumineux que le Soleil. Voilà la penſée de Pindare miſe dans ſon ordre naturel, & telle qu'un Rheteur la pourroit dire dans une exacte Proſe. Voici comme Pindare l'énonce en Poëte. *Il n'y a rien de ſi excellent que l'Eau : Il n'y a rien de plus eſclatant que l'Or, & il ſe diſtingue entre toutes les autres ſuperbes richeſſes comme un feu qui brille dans la nuit. Mais, ô mon Eſprit,* (1) *puiſque*

REMARQUES.

(1) *Puiſque c'eſt, &c.*] La particule *ἐι* veut auſſi bien dire en cet endroit *puiſque* & *comme*, que *ſi*. Et c'eſt ce que Benoiſt a fort | bien montré dans l'Ode III. où ces mots ἀριϛον, &c. ſont repetez.

c'eſt des combats que tu veux chanter, ne va point te fi-
gurer, ni que dans les vaſtes deſerts du Ciel, quand il fait
jour, (1) on puiſſe voir quelque autre Aſtre auſſi lumineux
que le Soleil; ni que ſur la Terre nous puiſſions dire, qu'il
y ait quelque autre combat auſſi excellent que le combat
Olympique.

Pindare eſt preſque icy traduit mot pour mot ; & je
ne luy ay preſté que le mot de, *ſur la Terre*, que le ſens
amene ſi naturellement, qu'en verité il n'y a qu'un homme qui ne ſçait ce que c'eſt que traduire, qui puiſſe me
chicaner là-deſſus. Je ne prétens donc pas, dans une
traduction ſi litterale, avoir fait ſentir toute la force de
l'original ; dont la beauté conſiſte principalement dans
le nombre, l'arrangement, & la magnificence des paroles. Cependant quelle majeſté & quelle nobleſſe un
homme de bon ſens n'y peut-il pas remarquer, meſme
dans la ſechereſſe de ma traduction ? Que de grandes
images preſentées d'abord ! l'Eau, l'Or, le Feu, le Soleil !
Que de ſublimes figures enſemble ! la Metaphore, l'A-
poſtrophe, la Metonymie ! Quel tour & quelle agréable circonduction de paroles ! Cette expreſſion : *Les va-*
ſtes deſerts du Ciel, quand il fait jour, eſt peut-eſtre une
des plus grandes choſes qui ayent jamais eſté dites en

REMARQUES.

(1) *On puiſſe voir quelque autre Aſtre.*]
Le Traducteur Latin n'a pas bien rendu
cet endroit, μηκέτι σκόπει ἄλλο φαεινὸν ἄστρον,
ne contempleris aliud viſibile Aſtrum ; qui

doivent s'expliquer dans mon ſens, *ne puta*
quòd videatur aliud Aſtrum. Ne te figure pas
qu'on puiſſe voir un autre Aſtre, &c.

Poëſie.

Poëfie. En effet, qui n'a point remarqué de quel nombre infini d'eftoiles le Ciel paroift peuplé durant la nuit, & quelle vafte folitude c'eft au contraire dés que le Soleil vient à fe monftrer? De forte que par le feul début de cette Ode on commence à concevoir tout ce qu'Horace a voulu faire entendre, quand il dit, que *Pindare eft comme un grand fleuve qui marche à flots boüillonnants; & que de fa bouche, comme d'une fource profonde, il fort une immenfité de richeffes & de belles chofes.*

> *Fervet, immenfufque ruit profundo*
> *Pindarus ore.*

Examinons maintenant la traduction de Monfieur P**. La voicy. *L'eau eft tres-bonne à la verité, & l'or qui brille, comme le feu durant la nuit, efclate merveilleufe-ment parmy les richeffes qui rendent l'homme fuperbe. Mais, mon Efprit, fi tu defires chanter des combats, ne contemple point d'autre Aftre plus lumineux que le Soleil, pendant le jour, dans le vague de l'air. Car nous ne fçaurions chanter des combats plus illuftres que les combats Olympiques.* Peut-on jamais voir un plus plat galimathias ? *L'eau eft tres-bonne à la verité,* eft une maniere de parler familiere & comique, qui ne refpond point à la majefté de Pindare. Le mot d'ἄϱιϛον ne veut pas fimplement dire en Grec *bon*, mais *merveilleux, divin, excellent entre les chofes excellentes.* On dira fort bien en Grec, qu'Alexandre & Jules Cefar eftoient ἄϱιϛοι.

Traduira-t-on qu'ils eftoient de *bonnes gens*? D'ailleurs, le mot de *bonne eau* en François tombe dans le bas, à caufe que cette façon de parler s'employe dans des ufages bas & populaires, *à l'enfeigne de la Bonne eau, à la Bonne eau de vie.* Le mot d'*à la verité* en cet endroit eft encore plus familier & plus ridicule, & n'eft point dans le Grec, où le $\tilde{\alpha}$ & le $\acute{\eta}$ font comme des efpeces d'enclitiques, qui ne fervent qu'à fouftenir la verfification. *Et l'or qui brille.* (1) Il n'y a point d'*Et* dans le Grec, & *qui* n'y eft point non plus. *Efclate merveilleufement parmy les richeffes. Merveilleufement* eft burlefque en cet endroit. Il n'eft point dans le Grec, & fe fent de l'ironie que Monfieur P** a dans l'efprit, & qu'il tafche de prefter mefme aux paroles de Pindare en le traduifant. *Qui rendent l'homme fuperbe.* Cela n'eft point dans Pindare, qui donne l'epithete de fuperbe aux richeffes mefmes; ce qui eft une figure tres-belle : au lieu que dans la traduction, n'y ayant point de figure, il n'y a plus par confequent de poëfie. *Mais mon Efprit, &c.* C'eft icy où Monfieur P** acheve de perdre la tramontane ; & comme il n'a entendu aucun mot de cet endroit, où j'ay fait voir un fens fi noble, fi majeftueux, & fi clair, on me difpenfera d'en faire l'analyfe.

Je me contenteray de luy demander dans quel Lexi-

REMARQUES.

(1) *Et l'or qui brille.*] S'il y avoit, *l'or qui brille*, dans le Grec, cela feroit un folecif- | me : car il faudroit que *αἰθόμενον* fût l'adjectif de *χρυσός*.

con, dans quel Dictionaire ancien ou moderne, il a jamais trouvé que μὴ en Grec, ou *ne* en Latin, vouluſt dire *Car.* Cependant c'eſt ce *Car* qui fait icy toute la confuſion du raiſonnement qu'il veut attribuer à Pindare. Ne ſçait-il pas qu'en toute Langue mettez un *Car* mal à propos, il n'y a point de raiſonnement qui ne devienne abſurde? Que je diſe, par exemple, *Il n'y a rien de ſi clair que le commencement de la premiere Ode de Pindare, & Monſieur P** ne l'a point entendu.* Voilà parler tres-juſte. Mais ſi je dis: *Il n'y a rien de ſi clair que le commencement de la premiere Ode de Pindare ; car Monſieur P** ne l'a point entendu ;* c'eſt fort mal argumenté; parce que d'un fait tres-veritable je fais une raiſon tres-fauſſe, & qu'il eſt fort indifferent, pour faire qu'une choſe ſoit claire ou obſcure, que Monſieur P** l'entende ou ne l'entende point.

Je ne m'eſtendray pas davantage à luy faire connoiſtre une faute, qu'il n'eſt pas poſſible que luy-meſme ne ſente. J'oſeray ſeulement l'avertir, que lors qu'on veut critiquer d'auſſi grands Hommes qu'Homere & que Pindare, il faut avoir du moins les premieres teintures de la Grammaire ; & qu'il peut fort bien arriver que l'Autheur le plus habile devienne un Autheur de mauvais ſens entre les mains d'un Traducteur ignorant, qui ne l'entend point, & qui ne ſçait pas meſme quelquefois que *ni* ne veut point dire *car.*

Aprés avoir ainſi convaincu Monſieur P** ſur le Grec

& fur le Latin, il trouvera bon que je l'avertiffe auffi
qu'il y a une groffiere faute de François dans ces mots
de fa traduction : *Mais, mon Efprit, ne contemples point,
&c.* & que *contemple* à l'imperatif n'a point d'*s*. Je luy
confeille donc de renvoyer cette *s* au mot de *Cafuite*,
qu'il efcrit tousjours ainfi, quoy qu'on doive tousjours
efcrire & prononcer *Cafuifte.* Cette *s*, je l'avoue, y eft
un peu plus neceffaire qu'au pluriel du mot d'*Opera* : car
bien que j'aye tousjours entendu prononcer des Operas,
comme on dit des Factums & des Totons, je ne voudrois pas affeûrer qu'on le doive efcrire, & je pourrois
bien m'eftre trompé en l'efcrivant de la forte.

REFLEXION IX.

Paroles de Longin. Ch. XXXV. *Les mots bas font comme autant de marques honteufes
qui fletriffent l'expreffion.*

CETTE Remarque eft vraye dans toutes les Langues.
Il n'y a rien qui aviliffe davantage un difcours que
les mots bas. On fouffrira pluftoft, generalement parlant, une penfée baffe exprimée en termes nobles, que
la penfée la plus noble exprimée en termes bas. La raifon de cela eft, que tout le monde ne peut pas juger de
la jufteffe & de la force d'une penfée : mais qu'il n'y a
prefque perfonne, fur tout dans les Langues vivantes,
qui ne fente la baffeffe des mots. Cependant il y a peu
d'Efcrivains qui ne tombent quelquefois dans ce vice.

Longin, comme nous voyons icy, accuſe Herodote, c'eſt-à-dire le plus poli de tous les Hiſtoriens Grecs, d'avoir laiſſé eſchapper des mots bas dans ſon Hiſtoire. On en reproche à Tite-Live, à Saluſte, & à Virgile.

N'eſt-ce donc pas une choſe fort ſurprenante, qu'on n'ait jamais fait ſur cela aucun reproche à Homere ? bien qu'il ait compoſé deux Poëmes, chacun plus gros que l'Eneïde ; & qu'il n'y ait point d'Eſcrivain qui deſcende quelquefois dans un plus grand détail que luy, ni qui diſe ſi volontiers les petites choſes, ne ſe ſervant jamais que de termes nobles, ou employant les termes les moins relevez avec tant d'art & d'induſtrie, comme remarque Denys d'Halicarnaſſe, qu'il les rend nobles & harmonieux. Et certainement s'il y avoit eû quelque reproche à lui faire ſur la baſſeſſe des mots, Longin ne l'auroit pas vraiſemblablement plus eſpargné icy qu'Herodote. On voit donc par-là le peu de ſens de ces Critiques modernes, qui veulent juger du Grec ſans ſçavoir de Grec ; & qui ne liſant Homere que dans des Traductions Latines tres-baſſes, ou dans des Traductions Françoiſes encore plus rampantes, imputent à Homere les baſſeſſes de ſes Traducteurs, & l'accuſent de ce qu'en parlant Grec, il n'a pas aſſez noblement parlé Latin ou François. Ces Meſſieurs doivent ſçavoir que les mots des Langues ne reſpondent pas touſjours juſte les uns aux autres ; & qu'un terme Grec tres-noble ne peut ſouvent eſtre exprimé en François que par un terme tres-bas.

Cela fe voit par le mot d'*Afinus* en Latin , & d'*Afne* en François, qui font de la derniere baffeffe dans l'une & dans l'autre de ces Langues : quoy que le mot qui fignifie cet animal n'ait rien de bas en Grec ni en Hebreu, où on le voit employé dans les endroits mefme les plus magnifiques. Il en eft de mefme du mot de *Mulet*, & de plufieurs autres.

En effet , les Langues ont chacune leur bizarrerie : mais la Françoife eft principalement capricieufe fur les mots ; & bien qu'elle foit riche en beaux termes fur de certains fujets, il y en a beaucoup où elle eft fort pauvre ; & il y a un tres-grand nombre de petites chofes qu'elle ne fçauroit dire noblement. Ainfi , par exemple, bien que dans les endroits les plus fublimes elle nomme fans s'avilir , *un Mouton* , *une Chevre* , *une Brebis* ; elle ne fçauroit , fans fe diffamer , dans un ftile un peu elevé, nommer *un Veau*, *une Truye* , *un Cochon*. Le mot de *Geniffe* en François eft fort beau , fur tout dans une Eglogue ; *Vache* ne s'y peut pas fouffrir : *Pafteur* & *Berger* y font du plus bel ufage ; *Gardeur de Pourceaux* , ou *Gardeur de Bœufs*, y feroient horribles. Cependant il n'y a peut-eftre pas dans le Grec deux plus beaux mots que Συϐώτης & Βυϰόλος , qui refpondent à ces deux mots François : & c'eft pourquoy Virgile a intitulé fes Eglogues de ce doux nom de *Bucoliques* , qui veut pourtant dire en noftre Langue à la lettre, *Les Entretiens des Bouviers* , ou *des Gardeurs de Bœufs*.

Je pourrois rapporter encore icy un nombre infini de pareils exemples. Mais au lieu de plaindre en cela le malheur de noſtre Langue, prendrons-nous le parti d'accuſer Homere & Virgile de baſſeſſe, pour n'avoir pas préveû que ces termes, quoy que ſi nobles & ſi doux à l'oreille en leur Langue, ſeroient bas & groſſiers eſtant traduits un jour en François? Voilà en effet le principe ſur lequel Monſieur P** fait le procés à Homere. Il ne ſe contente pas de le condamner ſur les baſſes traductions qu'on en a faites en Latin. Pour plus grande ſeûreté, il traduit luy-meſme ce Latin en François; & avec ce beau talent qu'il a de dire baſſement toutes choſes, il fait ſi bien que racontant le ſujet de l'Odyſſée, il fait d'un des plus nobles ſujets qui ait jamais eſté traité, un Ouvrage auſſi burleſque que (1) l'Ovide en belle humeur.

Il change ce ſage Vieillard, qui avoit ſoin des troupeaux d'Ulyſſe, en un vilain Porcher. Aux endroits où Homere dit, *que la Nuit couvroit la Terre de ſon ombre, & cachoit les chemins aux Voyageurs*, il traduit: *que l'on commençoit à ne voir goute dans les ruës*. Au lieu de la magnifique chauſſure dont Telemaque lie ſes pieds delicats, il luy fait mettre ſes *beaux ſouliers* de parade. A l'endroit où Homere, pour marquer la propreté

REMARQUES.

(1) *L'Ovide en belle humeur.*] Ouvrage ridicule de Daſſoucy. V. la Remarque ſur le | Vers 90. du premier Chant de l'Art poëtique.

de la maifon de Neftor, dit , *que ce fameux Vieillard s'affit devant fa porte fur des pierres fort polies , & qui reluifoient comme fi on les avoit frottées de quelque huile precieufe :* il met , *que Neftor s'alla affeoir fur des pierres luifantes comme de l'onguent.* Il explique par tout le mot de *Sus*, qui eft fort noble en Grec, par le mot de *Cochon* ou de *Pourceau*, qui eft de la derniere baffeffe en François. Au lieu qu'Agamemnon dit, *qu'Egifthe le fit affaffiner dans fon Palais , comme un Taureau qu'on égorge dans une eftable :* il met dans la bouche d'Agamemnon cette maniere de parler baffe : *Egifthe me fit affommer comme un Bœuf.* Au lieu de dire , comme porte le Grec , *qu'Ulyffe voyant fon Vaiffeau fracaffé, & fon maft renverfé d'un coup de tonnerre, il lia enfemble du mieux qu'il peût ce maft avec fon refte de Vaiffeau, & s'affit deffus.* Il fait dire à Ulyffe , *qu'il fe mit à cheval fur fon maft.* C'eft en cet endroit qu'il fait cette énorme beveûë , que nous avons remarquée ailleurs dans nos Obfervations.

Il dit encore fur ce fujet cent autres baffeffes de la mefme force, exprimant en ftile rampant & Bourgeois les mœurs des hommes de cet ancien Siecle, qu'Hefiode appelle le fiecle des Heros , où l'on ne connoiffoit point la molleffe & les delices ; où l'on fe fervoit , où l'on s'habilloit foy-mefme , & qui fe fentoit encore par-là du fiecle d'or. Monfieur P** triomphe à nous faire voir combien cette fimplicité eft effloignée de noftre

molleffe

molleſſe & de noſtre luxe, qu'il regarde comme un des
grands preſens que Dieu ait fait aux hommes, & qui
ſont pourtant l'origine de tous les vices, ainſi que Longin le fait voir dans ſon dernier Chapitre, où il traite de
la decadence des Eſprits, qu'il attribuë principalement
à ce luxe & à cette molleſſe.

Monſieur P** ne fait pas reflexion, que les Dieux &
les Deeſſes dans les Fables n'en ſont pas moins agrea-
bles, quoy qu'ils n'ayent ni Eſtafiers, ni Valets de chambre, ni Dames d'atour, & qu'ils aillent ſouvent tout
nuds; qu'enfin le luxe eſt venu d'Aſie en Europe, & que
c'eſt des Nations barbares qu'il eſt deſcendu chez les
Nations polies, où il a tout perdu, & où plus dangereux fleau que la peſte ni que la guerre, il a, comme dit
Juvenal, vengé l'Univers vaincu, en pervertiſſant les
Vainqueurs :

Sævior armis

Luxuria incubuit, victumque ulciſcitur orbem.

J'aurois beaucoup de choſes à dire ſur ce ſujet : mais
il faut les reſerver pour un autre endroit; & je ne veux
parler icy que de la baſſeſſe des mots. Monſieur P** en
trouve beaucoup dans les epithetes d'Homere, qu'il
accuſe d'eſtre ſouvent ſuperfluës. Il ne ſçait pas ſans
doute ce que ſçait tout homme un peu verſé dans le
Grec : que comme en Grece autrefois le fils ne portoit
point le nom du pere, il eſt rare, meſme dans la Proſe,

Tome II.   *   C c

qu'on y nomme un homme fans lui donner une epithete qui le diſtingue , en diſant ou le nom de ſon pere,
ou ſon païs, ou ſon talent, ou ſon défaut ; *Alexandre
fils de Philippe , Alcibiade fils de Clinias , Herodote
d'Halicarnaſſe , Clement Alexandrin , Polyclete le Sculpteur , Diogene le Cynique , Denys le Tyran , &c.* Homere donc eſcrivant dans le genie de ſa Langue , ne s'eſt
pas contenté de donner à ſes Dieux & à ſes Heros ces
noms de diſtinction , qu'on leur donnoit dans la Proſe ;
mais il leur en a compoſé de doux & d'harmonieux,
qui marquent leur principal caractere. Ainſi , par l'epithete de *Leger à la courſe* , qu'il donne à Achille , il a
marqué l'impetuoſité d'un jeune homme. Voulant exprimer la prudence dans Minerve , il l'appelle *la Deeſſe
aux yeux fins.* Au contraire , pour peindre la majeſté
dans Junon , il la nomme *la Deeſſe aux yeux grands &
ouverts ;* & ainſi des autres.

Il ne faut donc pas regarder ces epithetes qu'il leur
donne, comme de ſimples epithetes , mais comme des
eſpeces de ſurnoms qui les font connoiſtre. Et on n'a
jamais trouvé mauvais qu'on repetaſt ces epithetes ; parce que ce font , comme je viens de dire , des eſpeces de
ſurnoms. Virgile eſt entré dans ce gouſt Grec, quand il
a repeté tant de fois dans l'Eneïde , *pius Æneas* , & *pater
Æneas* , qui font comme les ſurnoms d'Enée. Et c'eſt
pourquoy on luy a objecté fort mal à propos , qu'Enée
ſe loüe luy-meſme , quand il dit , *Sum pius Æneas ; Je*

fuis le pieux Enée; parce qu'il ne fait proprement que
dire fon nom. Il ne faut donc pas trouver eftrange,
qu'Homere donne de ces fortes d'epithetes à fes Heros
en des occafions qui n'ont aucun rapport à ces epithetes; puifque cela fe fait fouvent, mefme en François, où
nous donnons le nom de Saint à nos Saints, en des rencontres où il s'agit de toute autre chofe que de leur fain-
teté: comme quand nous difons que S. Paul gardoit les
manteaux de ceux qui lapidoient S. Eftienne.

Tous les plus habiles Critiques avoüent que ces epithetes font admirables dans Homere; & que c'eft une
des principales richeffes de fa Poëfie. Noftre Cenfeur
cependant les trouve baffes; & afin de prouver ce qu'il
dit, non feulement il les traduit baffement, mais il les
traduit felon leur racine & leur etymologie; & au lieu,
par exemple, de traduire Junon *aux yeux grands &*
ouverts, qui eft ce que porte le mot βοῶπις, il le traduit
felon fa racine, *Junon aux yeux de bœuf.* Il ne fçait pas
qu'en François mefme il y a des derivez & des compofez qui font fort beaux, dont le nom primitif eft fort bas:
comme on le voit dans les mots de *petiller* & de *reculer.*
Je ne fçaurois m'empefcher de rapporter, à propos de
cela, l'exemple d'un Maiftre de Rhetorique fous lequel
j'ay eftudié, & qui feurement ne m'a pas infpiré l'admiration d'Homere, puifqu'il en eftoit prefque auffi grand
ennemi que Monfieur P**. Il nous faifoit traduire l'O-
raifon pour Milon; & à un endroit où cet Orateur dit,

obduruerat & percalluerat Refpublica : *La Republique s'eftoit endurcie, & eftoit devenuë comme infenfible ;* les Efcoliers eftant un peu embarraffez fur *percalluerat*, qui dit prefque la mefme chofe qu'*obduruerat*, noftre Regent nous fit attendre quelque temps fon explication ; & enfin ayant défié plufieurs fois Meffieurs de l'Academie, & fur tout Monfieur d'Ablancourt, à qui il en vouloit, de venir traduire ce mot : *percallere*, dit-il gravement, vient du cal & du durillon que les hommes contractent aux pieds ; & de là il conclut qu'il falloit traduire : *obduruerat & percalluerat Refpublica* : *La Republique s'eftoit endurcie, & avoit contracté un durillon.* Voilà à peu prés la maniere de traduire de Monfieur P** ; & c'eft fur de pareilles traductions qu'il veut qu'on juge de tous les Poëtes & de tous les Orateurs de l'Antiquité : jufques-là (1) qu'il nous avertit qu'il doit donner un de ces jours un nouveau volume de Paralléles, où il a, dit-il, mis en Profe Françoife les plus beaux endroits des Poëtes Grecs & Latins ; afin de les oppofer à d'autres beaux endroits des Poëtes Modernes, qu'il met auffi en Profe : fecret admirable qu'il a trouvé pour les rendre ridicules les uns & les autres, & fur tout les Anciens, quand il les aura habillez des improprietez & des baffeffes de fa traduction.

R E M A R Q U E S.

(1) *Qu'il nous avertit, &c.*] Il publia dans la fuite un quatriéme Volume de Pa- | ralléles ; mais il n'ofa y donner les Traductions qu'il avoit promifes.

CONCLUSION.

VOilà un leger efchantillon du nombre infini de
fautes, que Monfieur P** a commifes en voulant attaquer les deffauts des Anciens. Je n'ay mis icy
que celles qui regardent Homere & Pindare ; encore n'y
en ay-je mis qu'une tres-petite partie, & felon que les
paroles de Longin m'en ont donné l'occafion. Car fi
je voulois ramaffer toutes celles qu'il a faites fur le feul
Homere, il faudroit un tres-gros volume. Et que feroit-
ce donc, fi j'allois luy faire voir fes puerilitez fur la Langue Grecque & fur la Langue Latine ; fes ignorances
fur Platon, fur Demofthene, fur Ciceron, fur Horace,
fur Terence, fur Virgile, &c. les fauffes interprétations
qu'il leur donne, les folecifmes qu'il leur fait faire, les
baffeffes & le galimathias qu'il leur prefte ? J'aurois befoin pour cela d'un loifir qui me manque.

Je ne refponds pas neantmoins, comme j'ay desja dit,
que dans les editions de mon Livre, qui pourront fuivre
celle-cy, je ne luy defcouvre encore quelques-unes de
fes erreurs, & que je ne le faffe peut-eftre repentir de
n'avoir pas mieux profité du paffage de Quintilien,
(1) qu'on a allegué autrefois fi à propos à un de fes freres
fur un pareil fujet. Le voicy. *Modeftè tamen & circun-
fpeЕ̃o judicio de tantis viris pronuntiandum eft, ne quod*

REMARQUES.

(1) *Qu'on a allegué.*] Racine, dans la Préface d'Iphigénie.

plerifque accidit , damnent quæ non intelligunt. Il faut
parler avec beaucoup de modeſtie & de circonſpection de
ces grands Hommes , de peur qu'il ne vous arrive ce qui
eſt arrivé à pluſieurs , de blaſmer ce que vous n'entendez
pas. Monſieur P** me reſpondra peut-eſtre ce qu'il m'a
desja reſpondu : Qu'il a gardé cette modeſtie, & qu'il
n'eſt point vray qu'il ait parlé de ces grands Hommes
avec le meſpris que je luy reproche ; mais il n'avance ſi
hardiment cette fauſſeté , que parce qu'il ſuppoſe , &
avec raiſon , que perſonne ne lit ſes Dialogues. Car de
quel front pourroit-il la ſouſtenir à des gens qui auroient
ſeulement leû ce qu'il y dit d'Homere ?

Il eſt vray pourtant, que comme il ne ſe ſoucie point
de ſe contredire , il commence ſes invectives contre ce
grand Poëte, par avoüer, qu'Homere eſt peut-eſtre le
plus vaſte & le plus bel eſprit qui ait jamais eſté. Mais
on peut dire que ces loüanges forcées qu'il luy donne,
ſont comme les fleurs dont il couronne la victime qu'il
va immoler à ſon mauvais ſens ; n'y ayant point d'infa-
mies qu'il ne luy diſe dans la ſuite , l'accuſant d'avoir
fait ſes deux Poëmes ſans deſſein , ſans veûë , ſans conduite. Il va meſme juſqu'à cet excés d'abſurdité , de ſouſtenir qu'il n'y a jamais eu d'Homere ; que ce n'eſt point
un ſeul homme qui a fait l'Iliade & l'Odyſſée ; mais pluſieurs pauvres Aveugles, qui alloient, dit-il , de maiſon
en maiſon reciter pour de l'argent de petits Poëmes qu'ils
compoſoient au hazard ; & que c'eſt de ces Poëmes

qu'on a fait ce qu'on appelle les Ouvrages d'Homere.
C'eſt ainſi que de ſon authorité privée il metamorphoſe
tout à coup ce vaſte & bel Eſprit en une multitude de
miſerables Gueux. Enſuite il employe la moitié de ſon
Livre à prouver, Dieu ſçait comment, qu'il n'y a dans
les Ouvrages de ce grand Homme ni ordre, ni raiſon,
ni œconomie, ni ſuite, ni bienſeance, ni nobleſſe de
mœurs : que tout y eſt plein de baſſeſſes, de chevilles,
d'expreſſions groſſieres : qu'il eſt mauvais Geographe,
mauvais Aſtronome, mauvais Naturaliſte : finiſſant enfin
toute cette critique par ces belles paroles qu'il fait dire
à ſon Chevalier : (1) *Il faut que Dieu ne faſſe pas grand
cas de la reputation de bel Eſprit, puiſqu'il permet que
ces titres ſoient donnez, preferablement au reſte du genre
humain, à deux hommes, comme Platon & Homere, à
un Philoſophe qui a des viſions ſi bizarres, & à un Poëte
qui dit tant de choſes ſi peu ſenſées.* A quoy Monſieur
l'Abbé du Dialogue donne les mains, en ne contredi-
ſant point, & ſe contentant de paſſer à la critique de
Virgile.

C'eſt-là ce que Monſieur P** appelle parler avec
retenuë d'Homere, & trouver, comme Horace, que ce
grand Poëte s'endort quelquefois. Cependant comment
peut-il ſe plaindre que je l'accuſe à faux, d'avoir dit
qu'Homere eſtoit de mauvais ſens ? Que ſignifient donc

REMARQUES.

(1) *A ſon Chevalier, &c.*] Paralléles, Tom. III. p. 115.

ces paroles , *Un Poëte qui dit tant de choses si peu sensées ?*
Croit-il s'estre suffisamment justifié de toutes ces absur-
ditez , en soustenant hardiment , comme il a fait , qu'E-
rasme & le Chancelier Bacon ont parlé avec aussi peu de
respect que luy des Anciens ? Ce qui est absolument faux
de l'un & de l'autre , & sur tout d'Erasme , l'un des plus
grands admirateurs de l'Antiquité. Car bien que cet excellent Homme se soit mocqué avec raison de ces scrupuleux Grammairiens , qui n'admettent d'autre Latinité
que celle de Ciceron , & qui ne croyent pas qu'un mot
soit Latin , s'il n'est dans cet Orateur : jamais Homme
au fond n'a rendu plus de justice aux bons Escrivains de
l'Antiquité , & à Ciceron mesme , qu'Erasme.

   Monsieur P** ne sçauroit donc plus s'appuyer que sur
le seul exemple de Jules Scaliger. Et il faut avoüer qu'il
l'allegue avec un peu plus de fondement. En effet , dans
le dessein que cet orgueilleux Sçavant s'estoit proposé ,
(1) comme il le declare luy-mesme , de dresser des au-
tels à Virgile , il a parlé d'Homere d'une maniere un peu
profane. Mais outre que ce n'est que par rapport à Virgile , & dans un Livre qu'il appelle Hypercritique , voulant tesmoigner par là qu'il y passe toutes les bornes de
la critique ordinaire : Il est certain que ce Livre n'a pas
fait d'honneur à son Autheur , Dieu ayant permis que ce
sçavant Homme soit devenu alors un Monsieur P** , &

REMARQUES.

(1) *Comme il le déclare lui-même , &c.*] Poëtic. Liv. **VII.**

soit

foit tombé dans des ignorances fi groffieres, qu'elles luy
ont attiré la rifée de tous les Gens de Lettres, & de fon
propre fils mefme.

Au refte, afin que noftre Cenfeur ne s'imagine pas que
je fois le feul qui aye trouvé fes Dialogues fi eftranges, &
qui aye paru fi ferieufement choqué de l'ignorante audace avec laquelle il y decide de tout ce qu'il y a de plus
reveré dans les Lettres : Je ne fçaurois, ce me femble,
mieux finir ces Remarques fur les Anciens, qu'en rapportant le mot (1) d'un tres-grand Prince d'aujourd'huy,
non moins admirable par les lumieres de fon efprit, & par
l'eftenduë de fes connoiffances dans les Lettres, que par
fon extrême valeur, & par fa prodigieufe capacité dans
la guerre, où il s'eft rendu le charme des Officiers & des
Soldats ; & où quoy qu'encore fort jeune, il s'eft desja
fignalé par quantité d'actions dignes des plus experimen-
tez Capitaines. Ce Prince, qui, à l'exemple du fameux
Prince de Condé fon oncle paternel, lit tout, jufqu'aux
Ouvrages de Monfieur P**, ayant en effet leû fon dernier
Dialogue, & en paroiffant fort indigné, comme quelqu'un
euft pris la liberté de luy demander ce que c'eftoit donc
que cet Ouvrage, pour lequel il tefmoignoit un fi grand
mefpris : *C'eft un Livre, dit-il, où tout ce que vous avez
jamais ouï loüer au monde, eft blafmé ; & où tout ce que
vous avez jamais entendu blafmer, eft loüé.*

REMARQUES.

(1) *D'un très-grand Prince d'aujourd'hui.*] | Bourbon, né le 30 Avril 1664. & mort à
Le Prince de Conti : François-Louis de | Paris, le 22 Février 1709.

AVERTISSEMENT (a)

Touchant la dixiéme Reflexion fur Longin.

LES amis de feu M. Defpréaux fçavent qu'aprés qu'il eut eu connoiffance de la Lettre qui fait le fujet de la dixiefme Reflexion, il fut long-temps fans fe determiner à y refpondre. Il ne pouvoit fe refoudre à prendre la plume contre un Evefque, dont il refpectoit la perfonne & le caractere, quoy qu'il ne fuft pas fort frappé de fes raifons. Ce ne fut donc qu'aprés avoir veû cette Lettre publiée par M. le Clerc, que M. Defpréaux ne puft refifter aux inftances de fes amis, & de plufieurs perfonnes diftinguées par leur dignité, autant que par leur zele pour la Religion, qui le prefferent de mettre par efcrit ce qu'ils luy avoient ouï dire fur ce fujet, lorfqu'ils luy eurent reprefenté, que c'eftoit un grand fcandale, qu'un homme fort defcrié fur la Religion, s'appuyaft de l'autorité d'un fçavant Evefque, pour fouftenir une Critique, qui paroiffoit plutoft contre Moyfe, que contre Longin.

M. Defpréaux fe rendit enfin, & ce fut en declarant qu'il ne vouloit point attaquer M. l'Evefque d'Avranches, mais M. le Clerc; ce qui eft religieufement obfervé dans cette dixiefme Reflexion. M. d'Avranches eftoit informé de tout ce détail, & il avoit témoigné en eftre

REMARQUES.

(a) Cet Avertiffement a été compofé par M. l'Abbé Renaudot.

content, comme en effet il avoit sujet de l'estre.

Après cela, depuis la mort de M. Despréaux, cette Lettre a esté publiée dans un Recueil de plusieurs Pieces, avec une longue Préface de M. l'Abbé de Tilladet, qui les a ramassées & publiées, à ce qu'il assure, sans la permission de ceux à qui appartenoit ce tresor. On ne veut pas entrer dans le détail de ce fait : le Public sçait assez ce qui en est, & ces sortes de vols faits aux Auteurs vivans, ne trompent plus personne.

Mais supposant que M. l'Abbé de Tilladet, qui parle dans la Préface, en est l'Auteur, il ne trouvera pas mauvais qu'on l'avertisse, qu'il n'a pas esté bien informé sur plusieurs faits qu'elle contient. On ne parlera que de celuy qui regarde M. Despréaux, duquel il est assez estonnant qu'il attaque la mémoire, n'ayant jamais reçeû de luy que des honnestetés & des marques d'amitié.

M. Despréaux, *dit-il*, fit une sortie sur M. l'Evesque d'Avranches avec beaucoup de hauteur & de confiance. Ce Prélat se trouva obligé, pour sa justification, de lui respondre, & de faire voir que sa Remarque estoit tres-juste, & que celle de son Adversaire n'estoit pas soustenable. Cet écrit fut adressé par l'Auteur à M. le Duc de Montausier, en l'année 1683. parce que ce fut chez lui que fut connuë d'abord l'insulte qui lui avoit esté faite par M. Despréaux ; & ce fut aussi chez ce Seigneur qu'on lut cet écrit en bonne compagnie, où les rieurs, suivant ce qui m'en est revenu, ne se trouverent pas favorables à un homme , dont la principale attention sembloit mettre les rieurs de son costé.

On ne contestera pas que cette Lettre ne soit adressée à feu M. le Duc de Montausier , ni qu'elle luy ait esté lûë. Il faut cependant qu'elle ait esté lûë à petit bruit , puisque ceux qui estoient les plus familiers avec ce Seigneur , & qui le voyoient tous les jours , ne l'en ont jamais ouï parler , & qu'on n'en a eu connoissance que plus de vingt ans après , par l'impression qui en a esté faite en Hollande. On comprend encore moins quels pouvoient estre les Rieurs *qui ne furent pas favorables à M. Despréaux dans un point de critique aussi sérieux que celuy-là. Car si l'on appelle ainsi les approbateurs de la pensée contraire à la sienne , ils estoient en si petit nombre , qu'on n'en peut pas nommer un seul de ceux qui de ce tems-là estoient à la Cour en quelque réputation d'esprit , ou de capacité dans les belles Lettres. Plusieurs personnes se souviennent encore que feu M. l'Evesque de Meaux , feu M. l'Abbé de Saint-Luc , M. de Court , M. de la Broüe , à present Evesque de Mirepoix , & plusieurs autres , se declarerent hautement contre cette pensée , dés le temps que parut la Démonstration Evangelique. On sçait certainement , & non pas par des* ouï dire *, que M. de Meaux & M. l'Abbé de Saint-Luc en disoient beaucoup plus que n'en a dit M. Despréaux. Si on vouloit parler des personnes aussi distinguées par leur esprit que par leur naissance , outre le grand Prince de Condé , & les deux Princes de Conti ses neveux ,* *il feroit aifé d'en nommer plufieurs qui n'approuvoient pas moins cette Critique de M. Defpréaux, que fes autres Ouvrages. Pour les hommes de Lettres, ils ont efté fi peu perfuadés que fa cenfure n'eftoit pas fouftenable, qu'il n'avoit paru encore aucun Ouvrage férieux pour foutenir l'avis contraire, finon les additions de M. le Clerc à la Lettre qu'il a publiée fans la participation de l'Auteur. Car Grotius & ceux qui ont le mieux écrit de la verité de la Religion Chreftienne; les plus fçavans Commentateurs des Livres de Moyfe, & ceux qui ont traduit ou commenté Longin, ont penfé & parlé comme M. Defpréaux. Tollius, qu'on n'accufera pas d'avoir efté trop fcrupuleux, a réfuté par une Note ce qui fe trouve fur ce fujet dans la Demonftration Evangelique; & les Anglois, dans leur derniere édition de Longin, ont adopté cette Note. Le Public n'en a pas jugé autrement depuis tant d'années, & une autorité telle que celle de M. le Clerc ne le fera pas apparemment changer d'avis. Quand on eft loüé par des hommes de ce caractere, on doit penfer à cette parole de Phocion, lorfqu'il entendit certains applaudiffemens :* N'ai-je point dit quelque chofe mal-à-propos?

Les raifons folides de M. Defpréaux feront affez voir, que quoy que M. le Clerc fe croye fi habile dans la Critique, qu'il en a ofé donner des régles, il n'a pas efté plus heureux dans celle qu'il a voulu faire de Longin, que dans prefque toutes les autres.

C'est aux Lecteurs à juger de cette dixiesme Reflexion de M. Despréaux, qui a un préjugé fort avantageux en sa faveur, puisqu'elle appuye l'opinion communément receüë parmi les Sçavans, jusqu'à ce que M. d'Avranches l'eust combattuë. (1) Le caractere Episcopal ne donne aucune autorité à la sienne, puis qu'il n'en estoit pas reveslu, lorsqu'il la publia. D'autres grands Preslats, à qui M. Despréaux a communiqué sa Reflexion, ont esté entierement de son avis, & ils luy ont donné de grandes loüanges, d'avoir soustenu l'honneur & la dignité de l'Ecriture sainte, contre un homme qui sans l'aveu de M. d'Avranches, abusoit de son autorité. Enfin, comme il estoit permis à M. Despréaux d'estre d'un avis contraire, on ne croit pas que cela fasse plus de tort à sa memoire, que d'avoir pensé & jugé tout autrement que luy de l'utilité des Romans.

REMARQUES.

(1) La Differtation de M. Huet fur le paffage de Longin, fe trouve dans les *Differtations* publiées par M. l'Abbé de Tilladet en 1712. & dans la *Bibliothéque choifie de* M. le Clerc, Tome X.

++

REFLEXION X. (1)
OU
REFUTATION D'UNE DISSERTATION
DE MONSIEUR LE CLERC (2)
CONTRE LONGIN.

Ainsi le Legislateur des Juifs, qui n'estoit pas un homme Paroles de Longin, Chap. VI. *ordinaire, ayant fort bien conçeû la puissance & la grandeur de Dieu, l'a exprimée dans toute sa dignité au commencement de ses Loix, par ces paroles :* DIEU DIT; QUE LA LUMIERE SE FASSE; ET LA LUMIERE SE FIT : QUE LA TERRE SE FASSE; LA TERRE FUT FAICTE.

LORSQUE je fis imprimer pour la premiere fois, il y a environ trente-six ans, la Traduction que j'avois faite du Traité du Sublime de Longin, je creûs qu'il seroit bon, pour empescher qu'on ne se mesprist sur ce mot de *Sublime,* de mettre dans ma Preface ces mots qui y sont encore, & qui par la suite du temps ne s'y sont trouvez que trop necessaires : *Il faut sçavoir que par Sublime, Longin n'entend pas ce que les Orateurs appellent le stile sublime; mais cet extraordinaire & ce merveilleux, qui fait qu'un Ouvrage enleve, ravit, trans-*

REMARQUES.

(1) L'Auteur composa cette dixiéme Reflexion critique, & les deux suivantes en 1710. âgé de 74 ans.

(2) M. le Clerc a inseré sa Dissertation dans la Bibliothéque choisie, Tome XXVI.

porte. Le stile sublime veut tousjours de grands mots ; mais le Sublime se peut trouver dans une seule pensée, dans une seule figure, dans un seul tour de paroles. Une chose peut estre dans le stile sublime, & n'estre pourtant pas sublime. Par exemple : Le Souverain Arbitre de la Nature d'une seule parole forma la Lumiere : Voilà qui est dans le stile sublime. Cela n'est pas neantmoins sublime ; parce qu'il n'y a rien là de fort merveilleux, & qu'on ne peust aisément trouver. Mais Dieu dit : QUE LA LUMIERE SE FASSE; ET LA LUMIERE SE FIT: *ce tour extraordinaire d'expression, qui marque si bien l'o-beïssance de la creature aux ordres du Createur, est veritablement sublime, & a quelque chose de Divin. Il faut donc entendre par Sublime dans Longin, l'extraordi-naire, le surprenant, & comme je l'ay traduit, le merveilleux dans le Discours.*

Cette precaution prise si à propos fut approuvée de tout le monde, mais principalement des Hommes vraiment remplis de l'amour de l'Escriture Sainte ; & je ne croyois pas que je deûsse avoir jamais besoin d'en faire l'apologie. A quelque temps de là ma surprise ne fut pas mediocre, lors qu'on me monstra dans un Livre, qui avoit pour titre, *Demonstration Evangelique*, composé par le celebre Monsieur Huet, alors Sous-Precepteur de Monseigneur le Dauphin, un endroit, où non seulement il n'estoit pas de mon avis ; mais où il soustenoit hautement que Longin s'estoit trompé, lors qu'il s'estoit persuadé

fuadé qu'il y avoit du fublime dans ces paroles, DIEU
DIT, &c. J'avouë que j'eûs de la peine à digerer qu'on
traitaft avec cette hauteur le plus fameux & le plus fçavant Critique de l'Antiquité. De forte qu'en une nouvelle edition, qui fe fit quelques mois aprés de mes Ouvrages, je ne peûs m'empefcher d'adjoufter dans ma Preface ces mots : *J'ay rapporté ces paroles de la Genefe,
comme l'expreffion la plus propre à mettre ma penfée en
jour; & je m'en fuis fervi d'autant plus volontiers, que
cette expreffion eft citée avec éloge par Longin mefme, qui
au milieu des tenebres du Paganifme, n'a pas laiffé de
reconnoiftre le Divin qu'il y avoit dans ces paroles de
l'Efcriture. Mais que dirons-nous d'un des plus fçavans
Hommes de noftre fiecle, qui efclairé des lumieres de l'E-
vangile, ne s'eft pas apperçeû de la beauté de cet endroit;
qui a ofé, dis-je, avancer dans un Livre, qu'il a fait
pour demonftrer la Religion Chreftienne, que Longin
s'eftoit trompé, lors qu'il avoit creû que ces paroles eftoient
fublimes ?*

Comme ce reproche eftoit un peu fort, & je l'avouë
mefme, un peu trop fort, je m'attendois à voir bien-toft
paroiftre une replique tres-vive de la part de M. Huet,
nommé environ dans ce temps-là à l'Evefché d'Avranches; & je me preparois à y refpondre le moins mal &
le plus modeftement qu'il me feroit poffible. Mais foit
que ce fçavant Prelat eûft changé d'avis, foit qu'il de-
daignaft d'entrer en lice avec un auffi vulgaire Antago-

nifte que moy ; il fe tint dans le filence. Noftre demeflé parut efteint, & je n'entendis parler de rien jufqu'en mil fept cent neuf, qu'un de mes amis me fit voir dans un dixiefme Tome de la Bibliotheque choifie de Monfieur le Clerc, fameux Proteftant de Geneve refugié en Hollande, un Chapitre de plus de vingt-cinq pages, où ce Proteftant nous refute tres-imperieufement Longin & moy, & nous traite tous deux d'Aveugles, & de petits Efprits, d'avoir creû qu'il y avoit là quelque fublimité. L'occafion qu'il prend pour nous faire aprés coup cette infulte, c'eft une pretenduë Lettre du fçavant Monfieur Huet, aujourd'huy ancien Evefque d'Avranches, qui luy eft, dit-il, tombée entre les mains, & que pour mieux nous foudroyer, il tranfcrit tout entiere; y joignant neantmoins, afin de la mieux faire valoir, plufieurs Remarques de fa façon, prefque auffi longues que la Lettre mefme. De forte que ce font comme deux efpeces de Differtations ramaffées enfemble, dont il fait un feul Ouvrage.

Bien que ces deux Differtations foient efcrites avec affez d'amertume & d'aigreur, je fus mediocrement efmeû en les lifant, parce que les raifons m'en parurent extrêmement foibles: que Monfieur le Clerc, dans ce long verbiage qu'il eftale, n'entame pas, pour ainfi dire, la queftion, & que tout ce qu'il y avance ne vient que d'une équivoque fur le mot de Sublime, qu'il confond avec le ftile fublime, & qu'il croit entierement oppofé

au ftile fimple. J'eftois en quelque forte refolu de n'y
rien refpondre. Cependant mes Libraires depuis quelque temps, à force d'importunitez, m'ayant enfin fait
confentir à une nouvelle edition de mes Ouvrages, il
m'a femblé que cette edition feroit defectueufe, fi je
n'y donnois quelque figne de vie fur les attaques d'un
fi celebre Adverfaire. Je me fuis donc enfin determiné à
y refpondre ; & il m'a paru que le meilleur parti que je
pouvois prendre, c'eftoit d'adjoufter aux neuf Reflexions que j'ay desja faites fur Longin, & où je croi
avoir affez bien confondu M. P**, une dixiefme Reflexion, où je refpondrois aux deux Differtations nouvellement publiées contre moy. C'eft ce que je vais
executer icy. Mais comme ce n'eft point Monfieur Huet
qui a fait imprimer luy-mefme la Lettre qu'on luy attribuë, & que cet illuftre Prelat ne m'en a point parlé dans
l'Academie Françoife, où j'ay l'honneur d'eftre fon Confrere, & où je le vois quelquefois ; Monfieur le Clerc
permettra que je ne me propofe d'Adverfaire que Monfieur le Clerc, & que par là je m'efpargne le chagrin
d'avoir à efcrire contre un aufli grand Prelat que Monfieur Huet, dont, en qualité de Chreftien, je refpecte fort
la Dignité ; & dont, en qualité d'Homme de Lettres,
j'honore extrêmement le merite & le grand fçavoir. Ainfi
c'eft au feul Monfieur le Clerc que je vais parler ; & il
trouvera bon que je le faffe en ces termes :

Vous croyez donc, Monfieur, & vous le croyez de

bonne foy, qu'il n'y a point de fublime dans ces paroles de la Genefe: DIEU DIT, QUE LA LUMIERE SE
FASSE; ET LA LUMIERE SE FIT. A cela je pourrois vous refpondre en general, fans entrer dans une
plus grande difcuffion; que le Sublime n'eft pas proprement une chofe qui fe prouve, & qui fe demonftre;
mais que c'eft un Merveilleux qui faifit, qui frappe, &
qui fe fait fentir. Ainfi perfonne ne pouvant entendre
prononcer un peu majeftueufement ces paroles, QUE
LA LUMIERE SE FASSE, &c. fans que cela excite
en luy une certaine élevation d'ame qui luy fait plaifir;
il n'eft plus queftion de fçavoir s'il y a du fublime dans
ces paroles, puifqu'il y en a indubitablement. S'il fe
trouve quelque Homme bizarre qui n'y en trouve point,
il ne faut pas chercher des raifons pour luy monftrer
qu'il y en a; mais fe borner à le plaindre de fon peu de
conception, & de fon peu de gouft, qui l'empefche de
fentir ce que tout le monde fent d'abord. C'eft là, Monfieur, ce que je pourrois me contenter de vous dire; &
je fuis perfuadé que tout ce qu'il y a de gens fenfez avoüe-
roient que par ce peu de mots je vous aurois refpondu
tout ce qu'il falloit vous refpondre.

Mais puifque l'honnefteté nous oblige de ne pas refufer nos lumieres à noftre Prochain, pour le tirer d'une
erreur où il eft tombé; je veux bien defcendre dans un
plus grand detail, & ne point efpargner le peu de connoiffance que je puis avoir du Sublime, pour vous

tirer de l'aveuglement où vous vous eftes jetté vous-
mefme, par trop de confiance en voftre grande & hau_
taine érudition.

Avant que d'aller plus loin, fouffrez, Monfieur, que
je vous demande comment il fe peut faire qu'un auffi
habile homme que vous, voulant efcrire contre un endroit de ma Preface auffi confiderable que l'eft celuy que
vous attaquez, ne fe foit pas donné la peine de lire cet
endroit, auquel il ne paroift pas mefme que vous ayez
fait aucune attention. Car fi vous l'aviez leû, fi vous
l'aviez examiné un peu de prés, me diriez-vous, comme vous faites, pour monftrer que ces paroles, DIEU
DIT, &c. n'ont rien de fublime, qu'elles ne font point
dans le ftile fublime; fur ce qu'il n'y a point de grands
mots, & qu'elles font énoncées avec une tres-grande
fimplicité? Navois-je pas prévenu voftre objeção, en
affeurant, comme je l'affeure dans cette mefme Preface,
que par Sublime en cet endroit, Longin n'entend pas
ce que nous appellons le ftile fublime; mais cet extraordinaire & ce merveilleux qui fe trouve fouvent dans les
paroles les plus fimples, & dont la fimplicité mefme fait
quelquefois la fublimité? Ce que vous avez fi peu compris, que mefme à quelques pages de là, bien loin de
convenir qu'il y a du fublime dans les paroles que Moïfe
fait prononcer à Dieu au commencement de la Genefe,
vous pretendez que fi Moïfe avoit mis là du fublime, il
auroit peché contre toutes les regles de l'Art, qui veut

qu'un commencement soit simple & sans affectation.
Ce qui est tres-veritable, mais ce qui ne dit nullement
qu'il ne doit point y avoir de sublime; le sublime n'estant point opposé au simple, & n'y ayant rien quelquefois de plus sublime que le simple mesme, ainsi que je
vous l'ay déja fait voir, & dont si vous doutez encore,
je m'en vais vous convaincre par quatre ou cinq exemples, ausquels je vous deffie de respondre. Je ne les cher-
cheray pas loin. Longin m'en fournit luy-mesme d'a-
bord un admirable dans le Chapitre d'où j'ay tiré cette
dixiesme Reflexion. Car y traitant du sublime qui vient
de la grandeur de la pensée, aprés avoir establi, qu'il n'y
a proprement que les grands Hommes, à qui il eschappe
de dire des choses grandes & extraordinaires : *Voyez,
par exemple*, adjouste-t-il, *ce que respondit Alexandre,
quand Darius luy fit offrir la moitié de l'Asie avec sa fille
en mariage. Pour moy, luy disoit Parmenion, si j'estois
Alexandre, j'accepterois ces offres. Et moy aussi, répliqua
ce Prince, si j'estois Parmenion.* Sont-ce là de grandes
paroles ? Peut-on rien dire de plus naturel, de plus simple & de moins affecté que ce mot ? Alexandre ouvre-t-il
une grande bouche pour les dire ? & cependant ne faut-il
pas tomber d'accord, que toute la grandeur de l'ame
d'Alexandre s'y fait voir ? Il faut à cet exemple en joindre un autre de mesme nature, que j'ay allegué dans la
Preface de ma derniere édition de Longin ; & je le vais
rapporter dans les mesmes termes qu'il y est enoncé ;

afin que l'on voye mieux que je n'ay point parlé en l'air,
quand j'ay dit que Monsieur le Clerc, voulant combattre ma Preface, ne s'est pas donné la peine de la lire.
Voicy en effet mes paroles. Dans la Tragedie d'Horace * * Acte III.
du fameux Pierre Corneille, une femme qui avoit esté
presente au combat des trois Horaces contre les trois
Curiaces, mais qui s'estoit retirée trop tost, & qui n'en
avoit pas veû la fin ; vient mal-à-propos annoncer au
vieil Horace leur pere, que deux de ses fils ont esté tuez ;
& que le troisiefme, ne se voyant plus en estat de resister,
s'est enfui. Alors ce vieux Romain possedé de l'amour
de sa patrie, sans s'amuser à pleurer la perte de ses deux
fils morts si glorieusement, ne s'afflige que de la fuite
honteuse du dernier, qui a, dit-il, par une si lasche action, imprimé un opprobre éternel au nom d'Horace ;
& leur sœur, qui estoit là presente, luy ayant dit, *Que*
vouliez-vous qu'il fist contre trois? il respond brusquement, *Qu'il mourust.* Voilà des termes fort simples. Cependant il n'y a personne qui ne sente la grandeur qu'il
y a dans ces trois syllabes, *qu'il mourust.* Sentiment d'autant plus sublime qu'il est simple & naturel, & que par
là on voit que ce Heros parle du fond du cœur, & dans
les transports d'une colere vraiment Romaine. La chose
effectivement auroit perdu de sa force, si au lieu de dire,
Qu'il mourust, il avoit dit, *Qu'il suivist l'exemple de ses*
deux Freres; ou *Qu'il sacrifiast sa vie à l'interest & à la*
gloire de son païs. Ainsi c'est la simplicité mesme de ce

mot qui en fait voir la grandeur. N'avois-je pas, Monfieur, en faifant cette remarque, battu en ruine voftre
objection, mefme avant que vous l'euffiez faite ? & ne
prouvois-je pas vifiblement, que le Sublime fe trouve
quelquefois dans la maniere de parler la plus fimple ?
Vous me refpondrez peut-eftre que cet exemple eft fingulier, & qu'on n'en peut pas monftrer beaucoup de
pareils. En voicy pourtant encore un que je trouve à
l'ouverture du Livre dans la Medée * du mefme Corneille, où cette fameufe Enchantereffe, fe vantant que
feule & abandonnée comme elle eft de tout le monde,
elle trouvera pourtant bien moyen de fe vanger de tous
fes ennemis ; Nerine fa Confidente luy dit :

* Acte I.
Scene IV.

> *Perdez l'aveugle erreur dont vous eftes feduite,*
> *Pour voir en quel eftat le Sort vous a reduite.*
> *Voftre païs vous hait, voftre Efpoux eft fans foy.*
> *Contre tant d'ennemis que vous refte-t-il ?*

A quoy Medée refpond :   *Moy.*

> *Moy, dis-je, & c'eft affez.*

Peut-on nier qu'il n'y ait du Sublime, & du Sublime le
plus relevé dans ce monofyllabe *Moy* ? Qu'eft-ce donc
qui frappe dans ce paffage, finon la fierté audacieufe de
cette Magicienne, & la confiance qu'elle a dans fon Art ?
Vous voyez, Monfieur, que ce n'eft point le ftile fublime, ni par confequent les grands mots, qui font tousjours le Sublime dans le Difcours ; & que ni Longin, ni
                                                    moy

moy ne l'avons jamais pretendu. Ce qui eſt ſi vray par rapport à luy, qu'en ſon Traité du Sublime, parmi beaucoup de paſſages qu'il rapporte, pour monſtrer ce que c'eſt qu'il entend par Sublime, il ne s'en trouve pas plus de cinq ou ſix, où les grands mots faſſent partie du Sublime. Au contraire il y en a un nombre conſiderable, où tout eſt compoſé de paroles fort ſimples & fort ordinaires : comme, par exemple, cet endroit de Demoſthene ſi eſtimé & ſi admiré de tout le monde, où cet Orateur gourmande ainſi les Atheniens : *Ne voulez-vous jamais faire autre choſe qu'aller par la Ville vous demander les uns aux autres : Que dit-on de nouveau ? Et que peut-on vous apprendre de plus nouveau que ce que vous voyez ? Un Homme de Macedoine ſe rend maiſtre des Atheniens, & fait la loy à toute la Grece. Philippe eſt-il mort, dira l'un ? Non, reſpondra l'autre ; il n'eſt que malade. Hé que vous importe, Meſſieurs, qu'il vive ou qu'il meure ? Quand le Ciel vous en auroit delivré, vous vous feriez bien-toſt vous-meſmes un autre Philippe.* Y a-t-il rien de plus ſimple, de plus naturel, & de moins enflé que ces demandes & ces interrogations ? Cependant qui eſt-ce qui n'en ſent point le Sublime ? Vous peut-eſtre, Monſieur, parce que vous n'y voyez point de grands mots, ni de ces *ambitioſa ornamenta*, en quoy vous le faites conſiſter, & en quoy il conſiſte ſi peu, qu'il n'y a rien meſme qui rende le diſcours plus froid & plus languiſſant, que les grands mots mis hors de leur place. Ne dites donc

Tome II.   *   F f

plus, comme vous faites en plufieurs endroits de voftre
Differtation, que la preuve qu'il n'y a point de Sublime
dans le ftile de la Bible, c'eft que tout y eft dit fans exaggeration, & avec beaucoup de fimplicité; puifque c'eft
cette fimplicité mefme qui en fait la fublimité. Les grands
mots, felon les habiles Connoiffeurs, font en effet fi peu
l'effence entiere du Sublime, qu'il y a mefme dans les
bons Efcrivains des endroits fublimes, dont la grandeur
vient de la petiteffe énergique des paroles : comme on
le peut voir dans ce paffage d'Herodote, qui eft cité par
Longin : *Cleomene eftant devenu furieux, il prit un cou-*
teau, dont il fe hacha la chair en petits morceaux; & s'e-
ftant ainfi dechiqueté luy-mefme il mourut. Car on ne
peut guere affembler de mots plus bas & plus petits que
ceux-cy, *fe hacher la chair en morceaux, & fe dechique-*
ter foy-mefme. On y fent toutefois une certaine force
energique, qui marquant l'horreur de la chofe qui y eft
enoncée, a je ne fçay quoy de fublime.

Mais voilà affez d'exemples citez, pour vous montrer que le fimple & le fublime dans le Difcours ne font
nullement oppofez. Examinons maintenant les paroles
qui font le fujet de noftre conteftation : & pour en mieux
juger, confiderons-les jointes & liées avec celles qui les
precedent. Les voicy : *Au commencement, dit Moyfe,*
Dieu crea le Ciel & la Terre. La Terre eftoit informe &
toute nuë. Les tenebres couvroient la face de l'abifme, &
l'Efprit de Dieu eftoit porté fur les eaux. Peut-on rien

voir, dites-vous, de plus fimple que ce debut ? Il eft
fort fimple, je l'avouë, à la referve pourtant de ces mots,
Et l'Efprit de Dieu eftoit porté fur les eaux; qui ont
quelque chofe de magnifique, & dont l'obfcurité elegante & majeftueufe nous fait concevoir beaucoup de
chofes au delà de ce qu'elles femblent dire. Mais ce n'eft
pas de quoy il s'agit icy. Paffons aux paroles fuivantes,
puifque ce font celles dont il eft queftion. Moyfe ayant
ainfi expliqué dans une narration également courte,
fimple, & noble, les merveilles de la Creation, fonge
auffi-toft à faire connoiftre aux hommes l'Autheur de
ces merveilles. Pour cela donc ce grand Prophete n'i-
gnorant pas que le meilleur moyen de faire connoiftre
les Perfonnages qu'on introduit, c'eft de les faire agir ;
il met d'abord Dieu en action, & le fait parler. Et que
luy fait-il dire ? Une chofe ordinaire peut-eftre. Non ;
mais ce qui s'eft jamais dit de plus grand, ce qui fe peut
dire de plus grand, & ce qu'il n'y a jamais eu que Dieu
feul qui ait peû dire : QUE LA LUMIERE SE FASSE. Puis
tout à coup, pour monftrer qu'afin qu'une chofe foit
faite, il fuffit que Dieu veüille qu'elle fe faffe ; il adjoufte
avec une rapidité qui donne à fes paroles mefmes une
ame & une vie, ET LA LUMIERE SE FIT ; monftrant par
là, qu'au moment que Dieu parle, tout s'agite, tout
s'efmeut, tout obeït. Vous me refpondrez peut-eftre ce
que vous me refpondez dans la pretenduë Lettre de
Monfieur Huet ; Que vous ne voyez pas ce qu'il y a de

fi fublime dans cette maniere de parler, QUE LA LU-
MIERE SE FASSE, &c. puifqu'elle eft, dites-vous,
tres-familiere & tres-commune dans la Langue Hebraïque, qui la rebat à chaque bout de champ. En effet,
adjouftez-vous, fi je difois : *Quand je fortis, je dis à mes*
gens, fuivez-moy, & ils me fuivirent : Je priay mon
Ami de me prefter fon cheval, & il me le prefta; pourroit-on fouftenir que j'ay dit là quelque chofe de fublime? Non fans doute; parce que cela feroit dit dans
une occafion tres-frivole, à propos de chofes tres-peti-
tes. Mais eft-il poffible, Monfieur, qu'avec tout le fçavoir que vous avez, vous foyez encore à apprendre ce
que n'ignore pas le moindre Apprentif Rhetoricien,
que pour bien juger du Beau, du Sublime, du Merveilleux dans le Difcours, il ne faut pas fimplement regarder la chofe qu'on dit, mais la perfonne qui la dit, la
maniere dont on la dit, & l'occafion où on la dit : enfin
qu'il faut regarder, *non quid fit, fed quo loco fit.* Qui
eft-ce en effet qui peut nier, qu'une chofe dite en un
endroit paroiftra baffe & petite; & que la mefme chofe
dite en un autre endroit deviendra grande, noble, fublime, & plus que fublime? Qu'un homme, par exemple,
qui monftre à danfer, dife à un jeune garçon qu'il inftruit : Allez par là, Revenez, Deftournez, Arreftez :
cela eft tres-pueril, & paroift mefme ridicule à raconter.
Mais que le Soleil, voyant fon fils Phaëthon qui s'efgare
dans les Cieux fur un char qu'il a eu la folle temerité de

vouloir conduire , crie de loin à ce fils à peu prés les mefmes ou de femblables paroles , cela devient tres-no-ble & tres-fublime ; comme on le peut reconnoiftre dans ces Vers d'Euripide, rapportez par Longin :

Le Pere cependant , plein d'un trouble funefte ,
Le voit rouler de loin fur la plaine celefte ;
Luy monftre encore fa route ; & du plus haut des Cieux
Le fuit autant qu'il peut de la voix & des yeux.
Va par là , luy dit-il. Revien. Deftourne. Arrefte.

Je pourrois vous citer encore cent autres exemples pa-reils ; & il s'en préfente à moy de tous les coftez. Je ne fçaurois pourtant , à mon avis , vous en alleguer un plus convainquant , ni plus demonftratif, que celuy mefme fur lequel nous fommes en difpute. En effet, qu'un Maiftre dife à fon Valet, *Apportez-moy mon manteau ;* puis qu'on adjoufte, *& fon Valet luy apporta fon man-teau,* cela eft tres-petit ; je ne dis pas feulement en Lan-gue Hebraïque, où vous pretendez que ces manieres de parler font ordinaires ; mais encore en toute Langue. Au contraire , que dans une occafion auffi grande qu'eft la creation du Monde : Dieu dife : QUE LA LUMIERE SE FASSE : puis qu'on adjoufte , ET LA LUMIERE FUT FAITE ; cela eft non feulement fublime , mais d'autant plus fublime , que les termes en eftant fort fim-ples , & pris du langage ordinaire , ils nous font com-prendre admirablement , & mieux que tous les plus

grands mots ; qu'il ne couſte pas plus à Dieu de faire
la Lumiere, le Ciel & la Terre, qu'à un Maiſtre de dire
à ſon Valet, *Apportez,-moy mon manteau.* D'où vient
donc que cela ne vous frappe point ? Je vais vous le
dire. C'eſt que n'y voyant point de grands mots, ni
d'ornemens pompeux ; & prévenu comme vous l'eſtes,
que le ſtile ſimple n'eſt point ſuſceptible de ſublime,
vous croyez qu'il ne peut y avoir là de vraye ſublimité.

Mais c'eſt aſſez vous pouſſer ſur cette mépriſe, qu'il
n'eſt pas poſſible à l'heure qu'il eſt que vous ne reconnoiſ-
ſiez. Venons maintenant à vos autres preuves. Car tout
à coup retournant à la charge comme Maiſtre paſſé en
l'art Oratoire, pour mieux nous confondre Longin &
moy, & nous accabler ſans reſſource, vous vous mettez en devoir de nous apprendre à l'un & à l'autre ce
que c'eſt que Sublime. Il y en a, dites-vous, quatre ſortes ; le Sublime des termes, le Sublime du tour de l'expreſſion, le Sublime des penſées, & le Sublime des
choſes. Je pourrois aiſément vous embarraſſer ſur cette
diviſion, & ſur les definitions qu'enſuite vous nous donnez de vos quatre Sublimes : cette diviſion & ces défi-
nitions n'eſtant pas ſi correctes ni ſi exactes que vous
vous le figurez. Je veux bien neantmoins aujourd'huy,
pour ne point perdre de temps, les admettre toutes ſans
aucune reſtriction. Permettez-moy ſeulement de vous
dire, qu'aprés celle du Sublime des choſes, vous avancez la propoſition du monde la moins ſouſtenable, &

la plus groſſiere. Car aprés avoir ſuppoſé, comme vous
le ſuppoſez tres-ſolidement, & comme il n'y a perſonne qui n'en convienne avec vous, que les grandes choſes ſont grandes en elles-meſmes & par elles-meſmes,
& qu'elles ſe font admirer independamment de l'art
Oratoire, tout d'un coup prenant le change, vous ſou-
ſtenez que pour eſtre miſes en œuvre dans un Diſcours,
elles n'ont beſoin d'aucun genie ni d'aucune adreſſe; &
qu'un homme, quelque ignorant & quelque groſſier
qu'il ſoit, ce ſont vos termes, s'il rapporte une grande
choſe ſans en rien deſrober à la connoiſſance de l'Auditeur, pourra avec juſtice eſtre eſtimé éloquent & ſublime. Il eſt vrai que vous adjouſtez, *non pas de ce Su-*
blime dont parle icy Longin. Je ne ſçay pas ce que vous
voulez dire par ces mots, que vous nous expliquerez
quand il vous plaira.

Quoy qu'il en ſoit, il s'enſuit de voſtre raiſonnement,
que pour eſtre bon Hiſtorien (ô la belle deſcouverte!)
il ne faut point d'autre talent que celuy que Demetrius
Phalereus attribuë au Peintre Nicias, qui eſtoit de choiſir touſjours de grands ſujets. Cependant ne paroiſt-il
pas au contraire, que pour bien raconter une grande
choſe, il faut beaucoup plus d'eſprit & de talent, que
pour en raconter une mediocre? En effet, Monſieur,
de quelque bonne foy que ſoit voſtre homme ignorant
& groſſier, trouvera-t-il pour cela aiſément des paroles
dignes de ſon ſujet? Sçaura-t-il meſme les conſtruire? Je

dis conſtruire : car cela n'eſt pas ſi aiſé qu'on s'imagine.

Cet homme enfin, fuſt-il bon Grammairien, ſçaura-t-il pour cela, racontant un fait merveilleux, jetter dans ſon diſcours toute la netteté, la delicateſſe, la majeſté, & ce qui eſt encore plus conſiderable, toute la ſimplicité ne-ceſſaire à une bonne narration ? Sçaura-t-il choiſir les grandes circonſtances ? Sçaura-t-il rejetter les ſuperfluës ? En déſcrivant le paſſage de la Mer rouge, ne s'amuſera-t-il point comme le Poëte dont je parle dans mon Art Poëtique, à peindre le petit Enfant,

Qui va, ſaute, & revient,
Et joyeux, à ſa Mere offre un caillou qu'il tient ?

En un mot, ſçaura-t-il, comme Moyſe, dire tout ce qu'il faut, & ne dire que ce qu'il faut ? Je voy que cette objection vous embarraſſe. Avec tout cela neantmoins, reſpondrez-vous, on ne me perſuadera jamais que Moyſe, en eſcrivant la Bible, ait ſongé à tous ces agré-mens, & à toutes ces petites fineſſes de l'Eſcole ; car c'eſt ainſi que vous appellez toutes les grandes figures de l'Art Oratoire. Aſſeurément Moyſe n'y a point penſé ; mais l'Eſprit Divin qui l'inſpiroit y a penſé pour luy, & les y a miſes en œuvre, avec d'autant plus d'art, qu'on ne s'apperçoit point qu'il y ait aucun art. Car on n'y remarque point de faux ornemens, & rien ne s'y ſent de l'enfleûre & de la vaine pompe des Declamateurs, plus oppoſée quelquefois au vrai Sublime, que la baſ-

ſeſſe

feffe mefme des mots les plus abjets: mais tout y eft
plein de fens, de raifon & de majefté. De forte que le
Livre de Moyfe eft en mefme temps le plus éloquent,
le plus fublime, & le plus fimple de tous les Livres. Il
faut convenir pourtant que ce fut cette fimplicité, quoy
que fi admirable, jointe à quelques mots Latins un peu
barbares de la Vulgate, qui degoufterent Saint Auguftin, avant fa converfion, de la lecture de ce Divin Livre;
dont neantmoins depuis, l'ayant regardé de plus prés,
& avec des yeux plus efclairez, il fit le plus grand objet
de fon admiration, & fa perpetuelle lecture.

Mais c'eft affez nous arrefter fur la confideration de
voftre nouvel Orateur. Reprenons le fil de noftre difcours, & voyons où vous en voulez venir par la fuppofition de vos quatre Sublimes. Auquel de ces quatre
genres, dites-vous, pretend-on attribuer le Sublime que
Longin a creû voir dans le paffage de la Genefe? Eft-
ce au Sublime des mots? Mais fur quoy fonder cette
pretention, puifqu'il n'y a pas dans ce paffage un feul
grand mot? Sera-ce au Sublime de l'expreffion? L'expreffion en eft tres-ordinaire, & d'un ufage tres-com-
mun & tres-familier, fur tout dans la Langue Hebraïque, qui la repete fans ceffe. Le donnera-t-on au Sublime des penfées? Mais bien loin d'y avoir là aucune
fublimité de penfée, il n'y a pas mefme de penfée. On
ne peut, concluez-vous, l'attribuer qu'au Sublime des
chofes, auquel Longin ne trouvera pas fon compte,

puiſque l'Art ni le Diſcours n'ont aucune part à ce Sublime. Voilà donc, par votre belle & ſçavante demonſtration, les premieres paroles de Dieu dans la Geneſe
entierement depoſſedées du Sublime, que tous les hommes juſqu'icy avoient creû y voir; & le commencement de la Bible reconnu froid, ſec, & ſans nulle grandeur. Regàrdez pourtant comme les manieres de juger
ſont differentes; puiſque ſi l'on me fait les meſmes interrogations que vous vous faites à vous-meſme, & ſi
l'on me demande quel genre de Sublime ſe trouve dans
le paſſage dont nous diſputons; je ne reſpondray pas
qu'il y en a un des quatre que vous rapportez, je diray
que tous les quatre y ſont dans leur plus haut degré de
perfection.

En effet, pour en venir à la preuve, & pour commencer par le premier genre: bien qu'il n'y ait pas dans
le paſſage de la Geneſe des mots grands ni empoulez,
les termes que le Prophete y employe, quoy que ſimples, eſtant nobles, majeſtueux, convenables au ſujet,
ils ne laiſſent pas d'eſtre ſublimes, & ſi ſublimes, que
vous n'en ſçauriez ſuppléer d'autres, que le Diſcours
n'en ſoit conſiderablement affoibli: comme ſi, par exemple, au lieu de çes mots, DIEU DIT: QUE LA LU-
MIERE SE FASSE, ET LA LUMIERE SE FIT;
vous mettiez: *Le Souverain Maiſtre de toutes choſes*
commanda à la Lumiere de ſe former; & en meſme temps
ce merveilleux Ouvrage, qu'on appelle Lumiere, ſe trouva

formé. Quelle petiteſſe ne ſentira-t-on point dans ces
grands mots, vis-à-vis de ceux-cy, DIEU DIT : QUE
LA LUMIERE SE FASSE, &c. A l'égard du ſecond
genre, je veux dire du Sublime du tour de l'expreſſion ;
où peut-on voir un tour d'expreſſion plus ſublime que
celuy de ces paroles, DIEU DIT : QUE LA LUMIERE
SE FASSE, ET LA LUMIERE SE FIT, dont la douceur majeſtueuſe, meſme dans les Traductions Grecques, Latines & Françoiſes, frappe ſi agreablement
l'oreille de tout homme qui a quelque délicateſſe &
quelque gouſt ? Quel effet donc ne feroient-elles point,
ſi elles eſtoient prononcées dans leur Langue originale,
par une bouche qui les ſçeûſt prononcer ; & eſcoutées
par des oreilles qui les ſçeuſſent entendre ? Pour ce qui
eſt de ce que vous avancez au ſujet du Sublime des
penſées, que bien loin qu'il y ait dans le paſſage qu'admire Longin, aucune ſublimité de penſée, il n'y a pas
meſme de penſée ; il faut que voſtre bon ſens vous ait
abandonné, quand vous avez parlé de cette maniere.
Quoy, Monſieur, le deſſein que Dieu prend, immedia-
tement aprés avoir créé le Ciel & la Terre ; car c'eſt
Dieu qui parle en cet endroit ; la penſée, dis-je, qu'il
conçoit de faire la Lumiere, ne vous paroiſt pas une
penſée ? Et qu'eſt-ce donc que penſée, ſi ce n'en eſt là
une des plus ſublimes qui pouvoient, ſi en parlant de
Dieu il eſt permis de ſe ſervir de ces termes, qui pouvoient, dis-je, venir à Dieu luy-meſme ; penſée qui eſtoit

Gg ij

d'autant plus neceſſaire, que ſi elle ne fuſt venuë à Dieu, l'ouvrage de la Creation reſtoit imparfait, & la Terre demeuroit informe & vuide, *Terra autem erat inanis & vacua?* Confeſſez donc, Monſieur, que les trois premiers genres de voſtre Sublime ſont excellemment renfermez dans le paſſage de Moyſe. Pour le Sublime des choſes, je ne vous en dis rien, puiſque vous reconnoiſſez vous-meſme qu'il s'agit dans ce paſſage de la plus grande choſe qui puiſſe eſtre faite, & qui ait jamais eſté faite. Je ne ſçay ſi je me trompe, mais il me ſemble que j'ay aſſez exactement reſpondu à toutes vos objections tirées des quatre Sublimes.

N'attendez pas, Monſieur, que je reſponde icy avec la meſme exactitude à tous les vagues raiſonnemens & à toutes les vaines declamations que vous me faites dans la ſuite de voſtre long diſcours, & principalement dans le dernier article de la Lettre attribuée à Monſieur l'Eveſque d'Avranches, où vous expliquant d'une maniere embarraſſée, vous donnez lieu aux Lecteurs de penſer, que vous eſtes perſuadé que Moyſe & tous les Prophetes, en publiant les loüanges de Dieu, au lieu de relever ſa grandeur, l'ont, ce ſont vos propres termes, en quelque ſorte avili & deshonoré. Tout cela faute d'avoir aſſez bien demeſlé une équivoque tres-groſſiere, & dont, pour eſtre parfaitement éclairci, il ne faut que ſe reſſouvenir d'un principe avoüé de tout le monde, qui eſt, qu'une choſe ſublime aux yeux des

·hommes, n'eft pas pour cela fublime aux yeux de Dieu, devant lequel il n'y a de vraiment fublime que Dieu luy-mefme. Qu'ainfi toutes ces manieres figurées que les Prophetes & les Efcrivains facrez employent pour l'exalter, lors qu'ils luy donnent un vifage, des yeux, des oreilles; lors qu'ils le font marcher, courir, s'af-feoir; lors qu'ils le reprefentent porté fur l'aifle des Vents; lors qu'ils luy donnent à luy-mefme des aifles, lors qu'ils luy preftent leurs expreffions, leurs actions, leurs paffions, & mille autres chofes femblables; tou-tes ces chofes font fort petites devant Dieu, qui les fouf-fre neantmoins & les agrée, parce qu'il fçait bien que la foibleffe humaine ne le fçauroit loüer autrement. En mefme temps il faut reconnoiftre, que ces mefmes cho-fes prefentées aux yeux des hommes, avec des figures & des paroles telles que celles de Moyfe & des autres Pro-phetes, non feulement ne font pas baffes, mais encore qu'elles deviennent nobles, grandes, merveilleufes, & dignes, en quelque façon, de la Majefté Divine. D'où il s'enfuit que vos reflexions fur la petiteffe de nos idées devant Dieu, font icy tres-mal placées, & que voftre critique fur les paroles de la Genefe eft fort peu raifon-nable; puifque c'eft de ce Sublime, prefenté aux yeux des hommes, que Longin a voulu & deû parler, lorf-qu'il a dit que Moyfe a parfaitement conçeû la puiffance de Dieu au commencement de fesLoix; & qu'il l'a expri-mée dans toute fa dignité par ces paroles, DIEU DIT, &c.

Croyez-moy donc, Monſieur, ouvrez les yeux. Ne vous opiniaſtrez pas davantage à deffendre contre Moyſe, contre Longin, & contre toute la Terre, une cauſe auſſi odieuſe que la voſtre, & qui ne ſçauroit ſe ſouſtenir que par des équivoques & par de fauſſes ſubtilitez. Liſez l'Eſcriture ſainte avec un peu moins de confiance en vos propres lumieres, & défaites-vous de cette hauteur Calviniſte & Socinienne, qui vous fait croire qu'il y va de voſtre honneur d'empeſcher qu'on n'admire trop legerement le debut d'un Livre, dont vous eſtes obligé d'avoüer vous-meſme qu'on doit adorer tous les mots & toutes les ſyllabes; & qu'on peut bien ne pas aſſez admirer, mais qu'on ne ſçauroit trop admirer. Je ne vous en diray pas davantage. Auſſi-bien il eſt temps de finir cette dixieſme Reflexion, desja meſme un peu trop longue, & que je ne croyois pas devoir pouſſer ſi loin.

Avant que de la terminer neantmoins, il me ſemble que je ne dois pas laiſſer ſans replique une objection aſſez raiſonnable, que vous me faites au commencement de voſtre Diſſertation, & que j'ay laiſſée à part, pour y reſpondre à la fin de mon Diſcours. Vous me demandez dans cette objection, d'où vient que dans ma Traduction du paſſage de la Geneſe cité par Longin, je n'ay point exprimé ce monoſyllabe τί; *Quoy?* puis qu'il eſt dans le texte de Longin, où il n'y a pas ſeulement, DIEU DIT: QUE LA LUMIERE SE FASSE; mais, DIEU

DIT, QUOY? QUE LA LUMIERE SE FASSE. A cela je
refponds en premier lieu, que feûrement ce monofyllabe n'eft point de Moyfe, & appartient entierement à
Longin, qui, pour preparer la grandeur de la chofe que
Dieu va exprimer, aprés ces paroles, DIEU DIT, fe fait
à foy-mefme cette interrogation, QUOY? puis adjoufte
tout d'un coup, QUE LA LUMIERE SE FASSE. Je dis
en fecond lieu, que je n'ay point exprimé ce QUOY,
parce qu'à mon avis il n'auroit point eu de grace en
François, & que non feulement il auroit un peu gafté
les paroles de l'Efcriture, mais qu'il auroit peû donner
occafion à quelques Sçavants, comme vous, de preten-
dre mal à propos, comme cela eft effectivement arrivé,
que Longin n'avoit pas leû le paffage de la Genefe dans
ce qu'on appelle la Bible des Septante, mais dans quelque autre Verfion, où le texte eftoit corrompu. Je n'ay
pas eu le mefme fcrupule pour ces autres paroles, que le
mefme Longin infere encore dans le texte, lors qu'à ces
termes, QUE LA LUMIERE SE FASSE, il adjoufte, QUE
LA TERRE SE FASSE; LA TERRE FUT FAITE; parce que
cela ne gafte rien, & qu'il eft dit par une furabondance
d'admiration que tout le monde fent. Ce qu'il y a de
vray pourtant, c'eft que dans les regles je devois avoir
fait il y a long-temps cette Note que je fais aujourd'huy,
qui manque, je l'avouë, à ma Traduction. Mais enfin
la voilà faite.

✦✦✦

REFLEXION XI.

Neantmoins Aristote & Theophraste, afin d'excuser l'audace de ces figures, pensent qu'il est bon d'y apporter ces adoucissemens : Pour ainsi dire, si j'ose me servir de ces termes, pour m'expliquer plus hardiment, &c.

LE conseil de ces deux Philosophes est excellent ; mais il n'a d'usage que dans la Prose ; car ces excuses sont rarement souffertes dans la Poësie, où elles auroient quelque chose de sec & de languissant ; parce que la Poësie porte son excuse avec soy. De sorte qu'à mon avis, pour bien juger si une figure dans les Vers n'est point trop hardie, il est bon de la mettre en Prose avec quelqu'un de ces adoucissemens ; puis qu'en effet si à la faveur de cet adoucissement, elle n'a plus rien qui choque, elle ne doit point choquer dans les Vers destituez mesme de cet adoucissement.

Monsieur de la Motte, mon Confrere à l'Academie Françoise, n'a donc pas raison en son (1) Traité de l'Ode, lors qu'il accuse l'illustre Monsieur Racine de s'estre exprimé avec trop de hardiesse dans sa Tragedie de Phédre, où le Gouverneur d'Hippolyte, faisant la peinture du monstre effroyable que Neptune avoit en-

REMARQUES.

(1) Discours sur l'Ode à la tête de son Recüeil de Poësies.

voyé

voyé pour effrayer les Chevaux de ce jeune & malheureux Prince, se sert de cette hyperbole,

Le flot qui l'apporta recule espouvanté : (1)

puis qu'il n'y a personne qui ne soit obligé de tomber
d'accord que cette hyperbole passeroit mesme dans la
Prose à la faveur d'un, *pour ainsi dire,* ou d'un, *si j'ose
ainsi parler.*

D'ailleurs Longin ensuite du passage que je viens de
rapporter icy adjouste des paroles qui justifient encore
mieux que tout ce que j'ay dit, le Vers dont il est question. Les voicy : *L'excuse, selon le sentiment de ces deux
celebres Philosophes, est un remede infaillible contre les
trop grandes hardiesses du Discours; & je suis bien de
leur avis. Mais je soustiens pourtant tousjours ce que j'ay
desja avancé, que le remede le plus naturel contre l'abondance & l'audace des metaphores, c'est de ne les employer
que bien à propos, je veux dire dans le Sublime, & dans
les grandes passions.* En effet, si ce que dit là Longin
est vray, Monsieur Racine a entierement cause gagnée:
pouvoit-il employer la hardiesse de sa metaphore dans
une circonstance plus considerable & plus sublime que
dans l'effroyable arrivée de ce Monstre, ni au milieu
d'une passion plus vive que celle qu'il donne à cet in-

REMARQUES.

(1) V. Remarques sur Racine par M. | xions sur la Poëtique, par M. de Fenelon,
l'Abbé d'Olivet, Remarque 104. & Reflé- | Archevêque de Cambray, page 100.

fortuné Gouverneur d'Hippolyte, qu'il reprefente plein
d'une horreur & d'une confternation, que, par fon recit, il communique en quelque forte aux Spectateurs
mefmes ; de forte que par l'émotion qu'il leur caufe, il
ne les laiffe pas en eftat de fonger à le chicaner fur l'audace de fa figure. Auffi a-t-on remarqué que toutes les
fois qu'on jouë la Tragedie de Phedre, bien loin qu'on
paroiffe choqué de ce Vers,

Le flot qui l'apporta recule efpouvanté,

on y fait une efpece d'acclamation ; marque inconte-
ftable qu'il y a là du vray Sublime, au moins fi l'on
doit croire ce qu'attefte Longin en plufieurs endroits, &
fur tout à la fin de fon cinquiefme Chapitre, par ces paroles : *Car lors qu'en un grand nombre de perfonnes differentes de profeffion & d'âge, & qui n'ont aucun rapport ni d'humeurs ni d'inclinations, tout le monde vient
à eftre frappé également de quelque endroit d'un Difcours, ce jugement & cette approbation uniforme de tant
d'efprits fi difcordants d'ailleurs, eft une preuve certaine & indubitable qu'il y a là du Merveilleux & du
Grand.*

Monfieur de la Motte neantmoins paroift fort efloi-
gné de ces fentimens, puis qu'oubliant les acclamations que je fuis feûr qu'il a plufieurs fois luy-mefme,
auffi-bien que moy, entendu faire dans les reprefenta-
tions de Phedre, au Vers qu'il attaque, il ofe avancer,

qu'on ne peut souffrir ce Vers ; alleguant pour une des
raisons qui empefchent qu'on ne l'approuve, la raifon
mefme qui le fait le plus approuver, je veux dire l'accablement de douleur où eft Theramene. On eft choqué, dit - il, de voir un homme accablé de douleur
comme eft Theramene fi attentif à fa defcription, &
fi recherché dans fes termes. Monfieur de la Motte
nous expliquera quand il le jugera à propos ce que
veulent dire ces mots, *fi attentif à fa defcription, & fi
recherché dans fes termes ;* puis qu'il n'y a en effet dans
le Vers de Monfieur Racine aucun terme qui ne foit
fort commun & fort ufité. Que s'il a voulu par là fimplement accufer d'affectation & de trop de hardieffe la
figure par laquelle Theramene donne un fentiment de
frayeur au flot mefme qui a jetté fur le rivage le Monftre envoyé par Neptune, fon objection eft encore
bien moins raifonnable ; puifqu'il n'y a point de figure
plus ordinaire dans la Poëfie que de perfonifier les
chofes inanimées, & de leur donner du fentiment, de
la vie, & des paffions. Monfieur de la Motte me ref-
pondra peut-eftre que cela eft vray quand c'eft le Poëte
qui parle, parce qu'il eft fuppofé efpris de fureur ; mais
qu'il n'en eft pas de mefme des Perfonnages qu'on fait
parler. J'avouë que ces Perfonnages ne font pas d'ordinaire fuppofez efpris de fureur ; mais ils peuvent l'eftre
d'une autre paffion, telle qu'eft celle de Theramene,
qui ne leur fera pas dire des chofes moins fortes & moins

exaggerées que celles que pourroit dire un Poëte en
fureur. Ainſi Enée, dans l'accablement de douleur où
il eſt au commencement du ſecond Livre de l'Eneïde,
lors qu'il raconte la miſerable fin de ſa patrie, ne cede
pas en audace d'expreſſion à Virgile meſme, juſques
là que ſe comparant à un grand arbre que des Laboureurs s'efforcent d'abbatre à coups de coignée, il ne ſe
contente pas de preſter de la colere à cet arbre, mais
il luy fait faire des menaces à ces Laboureurs. *L'arbre indigné*, dit-il, *les menace en branlant ſa teſte che-
veluë.*

Illa uſque minatur;

Et tremefaƈta comam concuſſo vertice nutat.

Je pourrois rapporter icy un nombre infini d'exemples, & dire encore mille choſes de ſemblable force
ſur ce ſujet; mais en voilà aſſez, ce me ſemble, pour
deſiller les yeux de Monſieur de la Motte, & pour le
faire reſſouvenir que lors qu'un endroit d'un Diſcours
frappe tout le monde, il ne faut pas chercher des raiſons, ou pluſtoſt de vaines ſubtilitez, pour s'empeſcher d'en eſtre frappé; mais faire ſi bien que nous trou-
vions nous-meſmes les raiſons pourquoy il nous frappe.
Je n'en diray pas davantage pour cette fois. Cependant, afin qu'on puiſſe mieux prononcer ſur tout ce que
j'ay avancé icy en faveur de Monſieur Racine, je croy
qu'il ne ſera pas mauvais, avant que de finir cette on-

ziéfme Reflexion, de rapporter l'endroit tout entier du recit dont il s'agit. Le voicy.

Cependant fur le dos de la Plaine liquide
S'efleve à gros boüillons une Montagne humide.
L'onde approche, fe brife, & vomit à nos yeux
Parmy des flots d'efcume un Monftre furieux.
Son front large eft armé de cornes menaçantes.
Tout fon corps eft couvert d'efcailles jauniffantes.
Indomptable Taureau, Dragon impetueux,
Sa croupe fe recourbe en replis tortueux.
Ses longs mugiffemens font trembler le rivage.
Le Ciel avec horreur voit ce Monftre fauvage.
La Terre s'en efmeut : l'Air en eft infecté.
Le flot qui l'apporta recule efpouvanté, &c.

✦✦✦

R E F L E X I O N X I I.

Paroles de
Longin ,
Chap. V.

*Car tout ce qui eſt veritablement ſublime a cela de pro-
pre, quand on l'eſcoute, qu'il eſleve l'ame, & luy fait
concevoir une plus haute opinion d'elle-meſme, la rem-
pliſſant de joye, & de je ne ſçay quel noble orgueil,
comme ſi c'eſtoit elle qui euſt produit les choſes qu'elle
vient ſimplement d'entendre.*

Oilà une tres-belle deſcription du Sublime, &
d'autant plus belle, qu'elle eſt elle-meſme tres-ſu-
blime. Mais ce n'eſt qu'une deſcription ; & il ne paroiſt
pas que Longin ait ſongé dans tout ſon Traité à en
donner une definition exacte. La raiſon eſt, qu'il eſcri-
voit aprés Cecilius, qui, comme il le dit luy-meſme,
avoit employé tout ſon Livre à définir & à monſtrer
ce que c'eſt que Sublime. Mais le Livre de Cecilius
eſtant perdu, je croy qu'on ne trouvera pas mauvais
qu'au defaut de Longin, j'en hazarde icy une de ma
façon, qui au moins en donne une imparfaite idée.
Voicy donc comme je croy qu'on le peut définir. *Le
Sublime eſt une certaine force de diſcours propre à eſle-
ver & à ravir l'Ame, & qui provient ou de la grandeur de la penſée & de la nobleſſe du ſentiment, ou de
la magnificence des paroles, ou du tour harmonieux,
vif & animé de l'expreſſion, c'eſt-à-dire d'une de ces*

chofes regardées feparément , ou ce qui fait le parfait
Sublime , de ces trois chofes jointes enfemble.

Il femble que dans les regles je devrois donner des
exemples de chacune de ces trois chofes. Mais il y en a
un fi grand nombre de rapportez dans le Traité de Longin , & dans ma dixiefme Reflexion , que je croy que
je feray mieux d'y renvoyer le Lecteur , afin qu'il choi-
fiffe luy-mefme ceux qui luy plairont davantage. Je ne
croy pas cependant que je puiffe me difpenfer d'en pro-
pofer quelqu'un où toutes ces trois chofes fe trouvent
parfaitement ramaffées. Car il n'y en a pas un fort grand
nombre. Monfieur Racine pourtant m'en offre un admirable dans la premiere Scene de fon Athalie , où Abner , l'un des principaux Officiers de la Cour de Juda ,
reprefente à Joad le Grand Preftre la fureur où eft Athalie contre luy & contre tous les Levites ; adjouftant ,
qu'il ne croit pas que cette orgueilleufe Princeffe differe encore long-temps à venir *attaquer Dieu jufqu'en*
fon Sanctuaire. A quoy ce Grand Preftre , fans s'efmouvoir , refpond :

Celuy qui met un frein à la fureur des flots,
Sçait auffi des mefchans arrefter les complots.
Soufmis avec refpect à fa volonté fainte,
Je crains Dieu,cher Abner,& n'ay point d'autre crainte.

En effet , tout ce qu'il peut y avoir de Sublime paroift
raffemblé dans ces quatre Vers : la grandeur de la pen-

fée, la nobleſſe du ſentiment, la magnificence des paroles, & l'harmonie de l'expreſſion ſi heureuſement ter-
minée par ce dernier Vers : *Je crains Dieu, cher Abner,*
&c. D'où je conclus, que c'eſt avec tres-peu de fondement que les Admirateurs outrez de Monſieur Corneille
veulent inſinuer que Monſieur Racine luy eſt beaucoup
inferieur pour le Sublime ; puiſque, ſans apporter icy
quantité d'autres preuves que je pourrois donner du contraire, il ne me paroiſt pas que toute cette grandeur de
vertu Romaine tant vantée, que ce premier a ſi bien exprimée dans pluſieurs de ſes Pieces, & qui ont fait ſon
exceſſive réputation ; ſoit au-deſſus de l'intrepidité plus
qu'heroïque, & de la parfaite confiance en Dieu de ce
veritablement pieux, grand, ſage & courageux Iſraëlite.

OUVRAGES

OUVRAGES
DIVERS.

DISCOURS
SUR
LE DIALOGUE SUIVANT.

Ce Discours a esté composé en 1710.

*L*E *Dialogue qu'on donne ici au Public, a esté composé*
à l'occasion de cette prodigieuse multitude de Romans,
qui parurent vers le milieu du siécle précédent, & dont
voici en peu de mots l'origine. Honoré d'Urfé, homme de
fort grande qualité dans le Lionnois, & très-enclin à
l'amour, voulant faire valoir un grand nombre de Vers
qu'il avoit composés pour ses maitresses, & rassembler en
un corps plusieurs avantures amoureuses qui lui estoient
arrivées, s'avisa d'une invention très-agréable. Il feignit
que dans le Forez, petit pays contigu à la Limagne d'Au-
vergne, il y avoit eu du temps de nos premiers Rois, une
troupe de Bergers & de Bergeres, qui habitoient sur les
bords de la Riviere du Lignon, & qui assez accommodés
des biens de la fortune, ne laissoient pas néanmoins, par
un simple amusement & pour leur seul plaisir, de mener
paistre eux-mesmes leurs troupeaux. Tous ces Bergers &
toutes ces Bergeres, estant d'un fort grand loisir, l'amour,
comme on le peut penser, & comme il le raconte lui-mesme,
ne tarda gueres à les y venir troubler, & produisit quan-
tité d'événemens considérables. D'Urfé y fit arriver toutes

Ii ij

252   DISCOURS

ſes avantures : parmi leſquelles il en meſla beaucoup d'au-
tres, & enchâſſa les Vers dont j'ai parlé, qui tout méchans
qu'ils eſtoient, ne laiſſerent pas d'eſtre ſoufferts, & de paſ-
ſer à la faveur de l'art avec lequel il les mit en œuvre.
Car il ſoutint tout cela d'une narration également vive &
fleurie, de fictions très-ingénieuſes, & de caracteres auſſi
finement imaginés qu'agréablement variés & bien ſuivis.
Il compoſa ainſi un Roman, qui lui acquit beaucoup de
réputation, & qui fut fort eſtimé, meſme des gens du gouſt
le plus exquis ; bien que la Morale en fut fort vicieuſe, ne
preſchant que l'amour & la molleſſe, & allant quelquefois
juſqu'à bleſſer un peu la pudeur. (1) Il en fit quatre volu-
mes, qu'il intitula ASTRE'E, (2) du nom de la plus belle
de ſes Bergeres : & ſur ces entrefaites eſtant mort, Baro
ſon ami, & (3) ſelon quelques-uns, ſon Domeſtique, en
compoſa ſur ſes Mémoires, un cinquiéme Tome, qui en for-
moit la concluſion, & qui ne fut gueres moins bien reçû que
les quatre autres volumes. Le grand ſuccès de ce Roman
échauffa ſi bien les beaux eſprits d'alors, qu'ils en firent à
ſon imitation quantité de ſemblables, dont il y en avoit
meſme de dix & de douze volumes : & ce fut quelque temps

REMARQUES.

(1) *Il en fit quatre volumes.*] Le premier parut en 1610; le ſecond, dix ans après; le troiſiéme, quatre ou cinq ans après le ſecond. La quatriéme partie étoit achevée lorſque l'Auteur mourut en 1623.

(2) *Du nom de la plus belle de ſes Berge-res.*] C'étoit Diane de Château-Morand : qui fut mariée au frere aîné de M. d'Urfé,

& enſuite à lui-même. V. les Eclairciſſemens de M. Patru ſur l'Hiſtoire de l'Aſtrée, & la XII. Diſſertation de M. Huet.

(3) *Selon quelques-uns, ſon Domeſtique.*] Baltazar Baro avoit été ſon Sécretaire, ſelon l'Auteur de l'Académie Françoiſe. Il publia la cinquiéme partie de l'Aſtrée en 1627.

comme une espece de débordement sur le Parnasse. On van-
toit sur-tout ceux de Gomberville, de la Calprenéde, de
Desmarais, & de Scuderi. Mais ces Imitateurs, s'effor-
çant mal-à-propos d'encherir sur l'original, & prétendant
annoblir ses caractères, tomberent, à mon avis, dans une
très-grande puérilité. Car au lieu de prendre comme lui
pour leurs Héros, des Bergers occupés du seul soin de gagner le cœur de leurs maitresses, ils prirent, pour leur donner cette étrange occupation, non seulement des Princes
& des Rois, mais les plus fameux Capitaines de l'Antiquité, qu'ils peignirent pleins du mesme esprit que ces Bergers; ayant à leur exemple fait comme une espece de vœu
de ne parler jamais & de n'entendre jamais parler que
d'amour. De sorte qu'au lieu que d'Urfé dans son Astrée,
de Bergers très-frivoles, avoit fait des Héros de Roman
considérables, ces Auteurs au contraire, des Héros les
plus considérables de l'Histoire firent des Bergers très-
frivoles, & quelquefois mesme des Bourgeois encore plus
frivoles que ces Bergers. Leurs Ouvrages néanmoins ne
laisserent pas de trouver un nombre infini d'Admirateurs,
& eurent long-temps une fort grande vogue. Mais ceux
qui s'attirérent le plus d'applaudissement, ce furent le
Cyrus & la Clélie de Mademoiselle de Scuderi, sœur de
l'Auteur du mesme nom. Cependant, non seulement elle
tomba dans la mesme puérilité, mais elle la poussa encore
à un plus grand excès. Si bien qu'au lieu de représenter,
comme elle devoit, dans la personne de Cyrus, un Roi

promis par les Prophétes , tel qu'il est exprimé dans la Bi-
ble , ou comme le peint Herodote , le plus grand Conqué-
rant que l'on eust encore vû ; ou enfin tel qu'il est figuré
dans Xenophon , qui a fait aussi bien qu'elle , un Roman de
la vie de ce Prince ; au lieu, dis-je , d'en faire un modéle de
toute perfection , elle en composa un Artaméne plus fou que
tous (1) les Céladons & tous les Sylvandres, qui n'est occu-
pé que du seul soin de sa Mandane , qui ne fait du matin
au soir que lamenter, gémir, & filer le parfait amour. Elle
a encore fait pis dans son autre Roman , intitulé Clélie , où
elle représente tous les Héros de la République Romaine
naissante , les Horatius Coclès , les Mutius Seévola , les
Clélies , les Lucréces , les Brutus , encore plus amoureux
qu'Artaméne ; ne s'occupant qu'à tracer (2) des Cartes Géo-
graphiques d'Amour , qu'à se proposer les uns aux autres
des questions & des Enigmes galantes ; en un mot , qu'à
faire tout ce qui paroist le plus opposé au caractere, & à la
gravité héroïque de ces premiers Romains. Comme j'estois
fort jeune dans le temps que tous ces Romans , tant ceux
de Mademoiselle de Scuderi , que ceux de la Calprenéde
& de tous les autres , faisoient le plus d'éclat , je les lûs ,
ainsi que les lisoit tout le monde , avec beaucoup d'admi-
ration , & je les regardai comme des chef-d'œuvres de
notre langue. Mais enfin mes années estant accruës , & la

REMARQUES.

(1) *Les Céladons & les Sylvandres.*] Bergers du Roman de l'Astrée.
(2) *Des Cartes Géographiques d'amour.*] La Carte du *Tendre*, dans la premiere partie du Roman de Clélie.

raison m'ayant ouvert les yeux, je reconnus la puérilité de
ces Ouvrages. Si bien que l'esprit satyrique commençant
à dominer en moi, je ne me donnai point de repos, que
je n'eusse fait contre ces Romans un Dialogue à la ma-
niere de Lucien, où j'attaquois non seulement leur peu de
solidité, mais leur afféterie précieuse de langage, leurs
conversations vagues & frivoles, les portraits avanta-
geux faits à chaque bout de champ de personnes de tres-
médiocre beauté, & quelquefois mesme laides par excès,
& tout ce long verbiage d'Amour qui n'a point de fin. Ce-
pendant comme Mademoiselle de Scuderi estoit alors vi-
vante, je me contentai de composer ce Dialogue dans
ma teste ; & bien loin de le faire imprimer, je gagnai
mesme sur moi de ne point l'écrire, & de ne le point lais-
ser voir sur le papier, ne voulant pas donner ce chagrin
à une fille, qui après tout avoit beaucoup de mérite, &
qui, s'il en faut croire tous ceux qui l'ont connuë, nonob-
stant la mauvaise Morale enseignée dans ces Romans,
avoit encore plus de probité & d'honneur que d'esprit.
Mais aujourd'hui qu'enfin la mort (1) l'a rayée du
nombre des Humains, *Elle*, & *tous les autres Composi-*
teurs de Romans, je croi qu'on ne trouvera pas mauvais
que je donne au Public mon Dialogue, tel que je l'ai re-
trouvé dans ma mémoire. Cela me paroist d'autant plus né-
cessaire, qu'en ma jeunesse l'ayant récité plusieurs fois dans

REMARQUES.

(1) Magdelaine de Scuderi mourut à Paris, le 2 Juin 1701, âgée de 95. ans.

des Compagnies, où il se trouvoit des gens qui avoient beaucoup de mémoire, ces personnes en ont retenu plusieurs lambeaux, dont elles ont ensuite composé un Ouvrage qu'on a distribué sous le nom de Dialogue de M. Despréaux, *& qui a été imprimé plusieurs fois dans les pays étrangers.*(1) *Mais enfin le voici donné de ma main. Je ne sçai s'il s'attirera les mesmes applaudissemens qu'il s'attiroit autrefois dans les fréquens récits que j'estois obligé d'en faire. Car outre qu'en le recitant, je donnois à tous les personnages que j'y introduisois, le ton qui leur convenoit, ces Romans estant alors lûs de tout le monde, on concevoit aisément la finesse des railleries qui y sont. Mais maintenant que les voilà tombés dans l'oubli, & qu'on ne les lit presque plus, je doute que mon Dialogue fasse le mesme effet. Ce que je sçai pourtant, à n'en point douter, c'est que tous les gens d'esprit & de véritable vertu me rendront justice, & reconnoistront sans peine, que sous le voile d'une fiction en apparence extrémement badine, folle, outrée, où il n'arrive rien qui soit dans la vérité & dans la vrai-semblance, je leur donne peut-estre ici le moins frivole Ouvrage, qui soit encore sorti de ma plume.*

R E M A R Q U E S.

(1) D'abord en **1688.** dans le Tome II. du *Retour des pieces choisies* ; ensuite parmi les Oeuvres de S. Evremond, sous le titre de *Dialogue des Morts.*

LES HEROS

DE ROMAN.

DIALOGUE (1)

A la maniere de Lucien.

MINOS,

Sortant du lieu où il rend la justice proche le Palais de Pluton.

MAUDIT soit l'impertinent harangueur qui m'a tenu toute la matinée ! Il s'agissoit d'un méchant drap qu'on a dérobé à un Savetier en passant le fleuve, & jamais je n'ai tant oüi parler d'Aristote. Il n'y a point de loi qu'il ne m'ait citée.

PLUTON.

Vous voilà bien en colere, Minos.

MINOS.

Ah! C'est vous, Roi des Enfers. Qui vous ameine ?

PLUTON.

Je viens ici pour vous en instruire. Mais auparavant peut-on sçavoir quel est cet Avocat qui vous a si doctement ennuyé ce matin : Est-ce que Huot & Martinet sont morts ?

REMARQUES.

(1) Ce Dialogue fut commencé en 1664. & fini en 1665.

Tome II.   *   K k

MINOS.

Non , grace au Ciel : mais c'eſt un jeune mort, qui
a eſté ſans doute à leur eſcole. Bien qu'il n'ait dit que
des ſottiſes, il n'en a avancé pas une qu'il n'ait appuyée de
l'authorité de tous les Anciens ; & quoiqu'il les fiſt parler
de la plus mauvaiſe grace du monde , il leur a donné à
tous en les citant , de la galanterie, de la gentilleſſe, &
de la bonne grace. (1) *Platon dit galamment dans ſon
Timée. Sénéque eſt joli dans ſon Traité des Bienfaits.
Eſope a bonne grace dans un de ſes Apologues.*

PLUTON.

Vous me peignez là un maiſtre impertinent. Mais
pourquoi le laiſſiez-vous parler ſi long-temps ? Que ne
lui impoſiez-vous ſilence ?

MINOS.

Silence , lui ? C'eſt bien un homme qu'on puiſſe faire
taire quand il a commencé à parler. J'ai eu beau faire
ſemblant vingt fois de me vouloir lever de mon ſiége ;
j'ai eu beau lui crier , Avocat, concluez de grace :
concluez , Avocat. Il a eſté juſqu'au bout, & a tenu
à lui ſeul toute l'Audience. Pour moi je ne vis jamais
une telle fureur de parler ; & ſi ce déſordre là continuë,
je croi que je ferai obligé de quitter la charge.

PLUTON.

Il eſt vrai que les morts n'ont jamais eſté ſi ſots qu'au-

REMARQUES.

(1) *Platon dit galamment*,&c.] Manières de parler de ce tems-là, fort communes au Barreau.

jourd'hui. Il n'eft pas venu ici depuis long-temps une
ombre qui euft le fens commun ; & fans parler des gens
de Palais, je ne vois rien de fi impertinent que ceux
qu'ils nomment Gens du monde. Ils parlent tous un
certain langage qu'ils appellent galanterie : & quand
nous leur témoignons, Proferpine & moi, que cela nous
choque, ils nous traitent de Bourgeois, & difent que
nous ne fommes pas galants. On m'a affuré mefme, que
cette peftilente galanterie avoit infecté tous les pays in-
fernaux, & mefme les Champs Elifées ; de forte que les
Héros, & fur-tout les Héroïnes qui les habitent, font
aujourd'hui les plus fottes gens du monde, grace à certains Auteurs, qui leur ont appris, dit-on, ce beau langage, & qui en ont fait des amoureux tranfis. A vous
dire le vrai, j'ai bien de la peine à le croire. J'ai bien de
la peine, dis-je, à m'imaginer, que les Cyrus & les Alexandres foient devenus tout à coup, comme on me
le veut faire entendre, des Thyrfis & des Céladons.
Pour m'en efclaircir donc moi-mefme par mes propres
yeux, j'ai donné ordre qu'on fift venir ici aujourd'hui
des Champs Elifées, & de toutes les autres Régions
de l'Enfer, les plus célébres d'entre ces Héros ; &
j'ai fait préparer pour les recevoir ce grand Sallon où
vous voyez que font poftés mes Gardes. Mais où eft
Rhadamanthe ?

MINOS.

Qui ? Rhadamanthe ? Il eft allé dans le Tartare pour y

K k ij

voir entrer (1) un Lieutenant Criminel , nouvellement
arrivé de l'autre monde , où il a , dit-on , efté tant qu'il
a vefcu auffi célébre par fa grande capacité dans les affaires de judicature , que diffamé par fon exceffive avarice.

PLUTON.

N'eft-ce pas celui qui penfa fe faire tuer une feconde
fois , pour une obole qu'il ne voulut pas payer à Caron
en paffant le fleuve ?

MINOS.

C'eft celui-là mefme. Avez-vous vû fa femme?
C'eftoit une chofe à peindre que l'entrée qu'elle fit ici.
Elle eftoit couverte d'un linceul de Satin.

PLUTON.

Comment ? de Satin ? Voilà une grande magnificence.

MINOS.

Au contraire c'eft une épargne. Car tout cet acouf-
trement n'eftoit autre chofe que trois Thefes coufuës
enfemble , dont on avoit fait préfent à fon mari en l'autre monde. O la vilaine Ombre ! Je crains qu'elle n'em-
pefte tout l'Enfer. J'ai tous les jours les oreilles rebat-
tuës de fes larcins. Elle vola avant hier la quenoüille de
Clothon , & c'eft elle qui avoit dérobé ce drap , dont on
m'a tant étourdi ce matin , à un Savetier qu'elle attendoit

REMARQUES.

(1) *Un Lieutenant Criminel.*] Le Lieutenant Criminel Tardieu, & fa femme, avoient
été affaffinés à Paris l'année même où ce
Dialogue fut commencé, en 1664. V. la Satire X. depuis le Vers 253. avec les Remarques.

au paſſage. De quoi vous eſtes-vous aviſé, de charger
les Enfers d'une ſi dangereuſe créature ?

PLUTON.

Il falloit bien qu'elle ſuiviſt ſon mari. Il n'auroit pas
eſté bien damné ſans elle. Mais à propos de Rhadamanthe. Le voici lui-meſme, ſi je ne me trompe, qui vient
à nous. Qu'a-t-il ? Il paroiſt tout effrayé.

RHADAMANTHE.

Puiſſant Roi des Enfers, je viens vous avertir qu'il
faut ſonger tout de bon à vous défendre, vous & votre
Royaume. Il y a un grand parti formé contre vous dans
le Tartare. Tous les Criminels, réſolus de ne vous plus
obéir, ont pris les armes. J'ai rencontré là bas Promé-
thée avec ſon Vautour ſur le poing. Tantale eſt yvre
comme une ſoupe, Ixion a violé une Furie : & Siſyphe,
aſſis ſur ſon Rocher, exhorte tous ſes voiſins à ſecoüer
le joug de voſtre domination.

MINOS.

O les ſcélérats ! Il y a long-temps que je prévoyois
ce malheur.

PLUTON.

Ne craignez rien, Minos. Je ſçai bien le moyen de
les réduire. Mais ne perdons point de temps. Qu'on
fortifie les avenuës. Qu'on redouble la garde de mes Furies. Qu'on arme toutes les milices de l'Enfer. Qu'on
laſche Cerbere. Vous, Rhadamanthe, allez-vous-en dire
à Mercure qu'il nous faſſe venir l'Artillerie de mon frere

Jupiter. Cependant vous, Minos, demeurez avec moi.
Voyons nos Héros, s'ils sont en estat de nous aider. J'ai
esté bien inspiré de les mander aujourd'hui. Mais quel
est cet homme qui vient à nous, avec son baston & sa
beface? Ha! c'est ce fou de Diogéne. Que viens-tu chercher ici?

DIOGENE.

J'ai appris la nécessité de vos affaires ; & comme votre
fidéle sujet je viens vous offrir mon baston.

PLUTON.

Nous voilà bien forts avec ton baston.

DIOGENE.

Ne pensez pas vous mocquer. Je ne serai peut-estre
pas le plus inutile de tous ceux que vous avez envoyé
chercher.

PLUTON.

Hé, quoi? Nos Héros ne viennent-ils pas?

DIOGENE.

Oüi, je viens de rencontrer une troupe de fous là
bas. Je croi que ce sont eux. Est-ce que vous avez envie
de donner le bal?

PLUTON.

Pourquoi le bal?

DIOGENE.

C'est qu'ils sont en fort bon équipage pour danser. Ils
sont jolis ma foi ; je n'ai jamais rien vû de si dameret ni
de si galant.

PLUTON.

Tout beau, Diogéné. Tu te mefles toujours de railler....
Je n'aime point les Satyriques. Et puis ce font des Héros,
pour lefquels on doit avoir du refpeét.

DIOGENE.

Vous en allez juger vous-mefme tout à l'heure. Car
je les voi desja qui paroiffent. Approchez, fameux Héros; & vous aufli, Héroïnes encore plus fameufes, autrefois l'admiration de toute la terre. Voici une belle
occafion de vous fignaler. Venez ici tous en foule.

PLUTON.

Tai-toi. Je veux que chacun vienne l'un après l'autre,
accompagné tout au plus de quelqu'un de fes confidens.
Mais avant tout, Minos, paffons vous & moi dans ce Sallon, que j'ai fait, comme je vous ai dit, préparer pour
les recevoir, & où j'ai ordonné qu'on mift nos fiéges,
avec une baluftrade qui nous fépare du refte de l'Affemblée. Entrons. Bon. Voilà tout difpofé ainfi que je le
fouhaitois. Sui-nous, Diogéne. J'ai befoin de toi pour
nous dire le nom des Héros qui vont arriver. Car de la
maniere dont je voi que tu as fait connoiffance avec eux,
perfonne ne me peut rendre ce fervice que toi.

DIOGENE.

Je ferai de mon mieux.

PLUTON.

Tien-toi donc ici près de moi. Vous, Gardes, au moment que j'aurai interrogé ceux qui feront entrez, qu'on

les faſſe paſſer dans les longues & ténébreuſes Galleries qui ſont adoſſées à ce Sallon, & qu'on leur diſe d'y aller attendre mes ordres. Aſſoyons-nous. Qui eſt celui qui vient le premier de tous, nonchalamment appuyé ſur ſon Ecuyer?

DIOGENE.

C'eſt le grand Cyrus.

PLUTON.

Quoi! ce grand Roi, qui transféra l'Empire des Médes aux Perſes; qui a tant gagné de batailles? De ſon temps les hommes venoient ici tous les jours par trente & quarante mille. Jamais perſonne n'y en a tant envoyé!

DIOGENE.

Au moins ne l'allez pas appeller Cyrus.

PLUTON.

Pourquoi?

DIOGENE.

Ce n'eſt plus ſon nom. Il s'appelle maintenant Artaméne.

PLUTON.

Artaméne! Et où a-t-il peſché ce nom-là? Je ne me ſouviens point de l'avoir jamais lû.

DIOGENE.

Je voi bien que vous ne ſçavez pas ſon hiſtoire.

PLUTON.

Qui, moi? Je ſçai auſſi bien mon Hérodote qu'un autre.

DIOGENE.

DIOGENE.

Oüi. Mais avec tout cela, diriez-vous bien pourquoi Cyrus a tant conquis de Provinces, traversé l'Asie, la Médie, l'Hyrcanie, la Perse, & ravagé enfin plus de la moitié du monde?

PLUTON.

Belle demande ! C'est que c'estoit un Prince ambitieux, qui vouloit que toute la terre lui fust soumise.

DIOGENE.

Point du tout. C'est qu'il vouloit délivrer sa Princesse, qui avoit esté enlevée.

PLUTON.

Quelle Princesse?

DIOGENE.

Mandane.

PLUTON.

Mandane ?

DIOGENE.

Oüi. Et sçavez-vous combien elle a esté enlevée de fois?

PLUTON.

Où veux-tu que je l'aille chercher ?

DIOGENE.

Huit fois.

MINOS.

Voilà une beauté qui a passé par bien des mains.

DIOGENE.

Cela est vrai. Mais tous ses Ravisseurs estoient les

fcélérats du monde les plus vertueux. Affurément ils n'ont pas ofé lui toucher.

PLUTON.

J'en doute. Mais laiffons-là ce fou de Diogéne. Il faut parler à Cyrus lui-mefme. Hé bien, Cyrus, il faut combattre. Je vous ai envoyé chercher pour vous donner le commandement de mes troupes. Il ne répond rien. Qu'a-t-il? Vous diriez qu'il ne fçait où il eft.

CYRUS.

Eh, divine Princeffe!

PLUTON.

Quoi?

CYRUS.

Ah! injufte Mandane.

PLUTON.

Plaift-il?

CYRUS.

(1) Tu me flattes, trop complaifant Feraulas. Es-tu fi peu fage que de penfer que Mandane, l'illuftre Mandane, puiffe jamais tourner les yeux fur l'infortuné Artaméne? Aimons-la toutefois. Mais aimerons-nous une cruelle? Servirons-nous une infenfible? Adorerons-nous une inexorable? Oüi, Cyrus, il faut aimer une cruelle. Oüi, Artaméne, il faut fervir une infenfible. Oüi, fils de Cambyfe, il faut adorer l'inexorable fille de Cyaxare.

REMARQUES.

(1) *Tu me flattes, trop complaifant Feraulas*, &c.] Imitation du ftile du *Cyrus*.

PLUTON.

Il eſt fou. Je croi que Diogéne a dit vrai.

DIOGENE.

Vous voyez bien que vous ne ſçaviez pas ſon hiſtoire. Mais faites approcher ſon Ecuyer Feraulas ; il ne
demande pas mieux que de vous la conter. Il ſçait
par cœur tout ce qui s'eſt paſſé dans l'eſprit de ſon maiſtre, & a tenu un Regiſtre exaϛ de toutes les paroles,
que ſon maiſtre a dites en lui-meſme depuis qu'il eſt au
monde, avec un rouleau de ſes Lettres qu'il a tousjours
dans ſa poche. A la vérité vous eſtes en danger de bâil-
ler un peu. Car ſes narrations ne ſont pas fort courtes.

PLUTON.

Oh, j'ai bien le temps de cela.

CYRUS.

Mais trop engageante perſonne.

PLUTON.

Quel langage ? A-t-on jamais parlé de la ſorte ? Mais
dites-moi, vous, trop pleurant Artaméne, eſt-ce que
vous n'avez pas envie de combattre ?

CYRUS.

Eh de grace, généreux Pluton, ſouffrez que j'aille
entendre l'hiſtoire d'Aglatidas & d'Ameſtris, qu'on me
va conter. Rendons ce devoir à deux illuſtres malheureux. Cependant voici le fidélé Feraulas que je vous
laiſſe, qui vous inſtruira poſitivement de l'hiſtoire de ma
vie, & de l'impoſſibilité de mon bonheur.

LI ij

PLUTON.

Je n'en veux point eſtre inſtruit, moi. Qu'on me chaſſe ce grand pleureux.

CYRUS.

Eh, de grace !

PLUTON.

Si tu ne ſors.....

CYRUS.

En effet....

PLUTON.

Si tu ne t'en vas....

CYRUS.

En mon particulier.

PLUTON.

Si tu ne te retires.... A la fin le voilà dehors. A-t-on jamais vû tant pleurer ?

DIOGENE.

Vraiment il n'eſt pas au bout ; puiſqu'il n'en eſt qu'à l'hiſtoire d'Aglatidas & d'Ameſtris. Il a encore neuf gros Tomes à faire ce joli meſtier.

PLUTON.

Hé bien, qu'il rempliſſe, s'il veut, cent volumes de ſes folies. J'ai d'autres affaires préſentement qu'à l'entendre. Mais quelle eſt cette femme que je voi qui arrive ?

DIOGENE.

Ne reconnoiſſez-vous pas Tomyris ?

PLUTON.

Quoi ? Cette Reine fauvage des Maffagétes, qui fit plonger la tefte de Cyrus dans un Vaiffeau du fang humain. Celle-ci ne pleurera pas, j'en réponds. Qu'eft-ce qu'elle cherche ?

TOMYRIS.

(1) *Que l'on cherche par tout mes Tablettes perduës ;*
Mais que fans les ouvrir, elles me foient renduës.

DIOGENE.

Des tablettes ! Je ne les ai pas au moins. Ce n'eft pas un meuble pour moi que des tablettes ; & l'on prend affez de foin de retenir mes bons mots, fans que j'aye befoin de les recueillir moi-mefme dans des tablettes.

PLUTON.

Je penfe qu'elle ne fera que chercher. Elle a tantoft vifité tous les coins & recoins de cette Salle. Qu'y avoit-il donc de fi précieux dans vos tablettes, grande Reine ?

TOMYRIS.

Un Madrigal, que j'ai fait ce matin pour le charmant ennemi que j'aime.

MINOS.

Hélas ! quelle eft doucereufe !

DIOGENE.

Je fuis fafché que fes tablettes foient perduës. Je

REMARQUES.

(1) *Que l'on cherche par tout,* &c.] M. Quinault met ces deux Vers dans la bouche de Tomyris. V. *la Mort de Cyrus,* Act. I. Sc. 5.

ſerois curieux de voir un Madrigal Maſſagéte.

PLUTON.

Mais qui eſt donc ce charmant ennemi qu'elle aime?

DIOGENE.

C'eſt ce meſme Cyrus qui vient de ſortir tout à l'heure.

PLUTON.

Bon! Auroit-elle fait égorger l'objet de ſa paſſion?

DIOGENE.

Egorgé! C'eſt une erreur dont on a eſté abuſé ſeulement durant vingt-cinq ſiécles; & cela par la faute du Gazetier de Scythie, qui répandit mal à propos la nouvelle de ſa mort ſur un faux bruit. On en eſt détrompé depuis quatorze ou quinze ans.

PLUTON.

Vraiment je le croi encore. Cependant, ſoit que le Gazetier de Scythie ſe ſoit trompé ou non, qu'elle s'en aille dans ces galleries chercher, ſi elle veut, ſon charmant ennemi, & qu'elle ne s'opiniaſtre pas davantage à retrouver des tablettes, que vrai-ſemblablement elle a perduës par ſa négligence, & que ſurement aucun de nous n'a volées. Mais quelle eſt cette voix robuſte que j'entends là bas qui fredonne un air?

DIOGENE.

C'eſt ce grand Borgne d'Horatius Coclès qui chante ici proche, comme m'a dit un de vos Gardes, à un Echo qu'il y a trouvé, une chanſon qu'il a faite pour Clélie.

PLUTON.

Qu'a donc ce fou de Minos, qu'il créve de rire?

MINOS.

Et qui ne riroit? Horatius Coclès chantant à l'E-cho!

PLUTON.

Il est vrai que la chose est assez nouvelle. Cela est à voir. Qu'on le fasse entrer, & qu'il n'interrompe point pour cela sa Chanson, que Minos vrai-semblablement sera bien-aise d'entendre de plus près.

MINOS.

Assurément.

HORATIUS COCLE'S,

Chantant la reprise de la Chanson qu'il chante dans Clélie.

Et Phénisse mesme publie,
Qu'il n'est rien si beau que Clélie.

DIOGENE.

Je pense reconnoistre l'air. C'est sur le chant de *Toinon la belle Jardiniere* (1).

REMARQUES.

(1) *Toinon la belle Jardiniere.*] Chanson du Savoyard, alors à la mode: En voici les paroles.

Toinon la belle Jardiniere	*Enfin elle n'en fut maistresse,*
N'arrose jamais son jardin	*Et a fait son jardin si beau,*
De cette belle eau coutumiere,	*Tous les neuf mois par son adresse*
Dont on arrose le Jasmin.	*Il y venoit du fruit nouveau.*
Non pas mesme de l'eau de rose	*Ce n'estoit pas de l'eau de rose*
Mais de l'eau de quelque autre chose.	*Mais de l'eau de quelque autre chose.*

HORATIUS COCLES.
Et Phéniſſe meſme publie,
Qu'il n'eſt rien ſi beau que Clélie.
PLUTON.
Quelle eſt donc cette Phéniſſe?
DIOGENE.
C'eſt une Dame des plus galantes & des plus ſpiri-
tuelles de la Ville de Capouë, mais qui a une trop
grande opinion de ſa beauté, & qu'Horatius Coclès rail-
le dans cet impromptu de ſa façon, dont il a compoſé
auſſi le chant, en lui faiſant avoüer à elle-meſme, que
tout céde en beauté à Clélie.
MINOS.
Je n'euſſe jamais crû, que cet illuſtre Romain fuſt ſi
excellent Muſicien, & ſi habile faiſeur d'impromptus.
Cependant je voi bien par celui-ci qu'il eſt maiſtre paſſé.
PLUTON.
Et moi je voi bien que pour s'amuſer à de ſemblables petiteſſes, il faut qu'il ait entiérement perdu le ſens.
Hé, Horatius Coclès, vous qui eſtiez autrefois ſi déter-
miné Soldat, & qui avez défendu vous ſeul un Pont
contre toute une armée, de quoi vous eſtes-vous aviſé
de vous faire Berger après votre mort; & qui eſt le fou,
ou la folle, qui vous ont appris à chanter?
HORATIUS COCLES.
Et Phéniſſe meſme publie,
Qu'il n'eſt rien ſi beau que Clélie.
MINOS.

MINOS.

Il se ravit dans son chant.

PLUTON.

Oh, qu'il s'en aille dans mes galleries chercher, s'il veut, un nouvel Echo. Qu'on l'emméne?

HORATIUS COCLE'S,
s'en allant, & toujours chantant.

Et Phéniffe mefme publie,
Qu'il n'eft rien fi beau que Clélie.

PLUTON.

Le fou! le fou! Ne viendra-t-il point à la fin une personne raifonnable?

DIOGENE.

Vous allez avoir bien de la fatisfaction. Car je voi entrer la plus illuftre de toutes les Dames Romaines, cette Clélie, qui paffa le Tibre à la nage, pour fe dérober du Camp de Porfena, & dont Horatius Coclés, comme vous venez de le voir, eft amoureux.

PLUTON.

J'ai cent fois admiré l'audace de cette fille dans Tite-Live. Mais je meurs de peur que Tite-Live n'ait encore menti. Qu'en dis-tu, Diogéne?

DIOGENE.

Ecoutez ce qu'elle va dire.

CLELIE.

Eft-il vrai, fage Roi des Enfers, qu'une troupe de mutins ait ofé fe foulever contre Pluton, le vertueux Pluton?

Tome II.   *   M m

PLUTON.

Ah! à la fin nous avons trouvé une perſonne raiſonnable. Oüi, ma fille; il eſt vrai que les Criminels dans le Tartare ont pris les armes, & que nous avons envoyé chercher les Héros dans les Champs Eliſées & ailleurs, pour nous ſecourir.

CLELIE.

Mais de grace, Seigneur, les rebelles ne ſongent-ils point à exciter quelque trouble dans le Royaume de *Tendre*? Car je ſerois au déſeſpoir s'ils étoient ſeulement poſtés dans le Village de *Petits-Soins*. N'ont-ils point pris *Billets-doux*, ou *Billets-galants*?

PLUTON.

De quel pays parle-t-elle là? Je ne me ſouviens point de l'avoir vû dans la Carte.

DIOGENE.

Il eſt vrai que Ptolomée n'en a point parlé. Mais on a fait depuis peu de nouvelles découvertes. Et puis ne voyez-vous pas que c'eſt du pays de Galanterie qu'elle vous parle?   **PLUTON.**

C'eſt un pays que je ne connois point.

CLELIE.

En effet, l'illuſtre Diogéne raiſonne tout-à-fait juſte. Car il y a trois ſortes de Tendres, Tendre ſur Eſtime, Tendre ſur Inclination, & Tendre ſur Reconnoiſſance. Lorſque l'on veut arriver à Tendre ſur Eſtime, il faut aller d'abord au Village de Petits-ſoins, &...

PLUTON.

Je voi bien, la belle fille, que vous fçavez parfaitement la Géographie du Royaume de Tendre, & qu'à
un homme qui vous aimera, vous lui ferez voir bien
du pays dans ce Royaume. Mais pour moi, qui ne le
connois point, & qui ne le veux point connoiftre, je
vous dirai franchement que je ne fçay fi ces trois Vil-
lages & ces trois Fleuves ménent à Tendre, mais qu'il
me paroift que c'eft le grand chemin des Petites-Mai-
fons.

MINOS.

Ce ne feroit pas trop mal fait, non, d'ajoufter ce Village là dans la Carte de Tendre. Je croi que ce font ces
terres inconnuës dont on y veut parler.

PLUTON.

Mais vous, tendre Mignonne? Vous eftes donc auffi
amoureufe, à ce que je vois?

CLELIE.

Oüi, Seigneur, je vous *concéde* que j'ai pour Aronce
une amitié qui tient de l'amour véritable : Auffi faut-il
avoüer que cet admirable fils du Roi de Clufium a en
toute fa perfonne je ne fçai quoi de fi extraordinaire, &
de fi peu imaginable, qu'à moins que d'avoir une dureté de cœur inconcevable, on ne peut pas s'empefcher
d'avoir pour lui une paffion tout-à-fait raifonnable.
Car enfin....

PLUTON.

Car enfin, Car enfin.... je vous dis moi, que j'ai

pour toutes les folles une averſion inexplicable ; &
que quand le fils du Roi de Cluſium auroit un charme
inimaginable, avec votre langage inconcevable, vous
meferiez plaiſir de vous en aller, vous & votre galant,
au diable. A la fin la voilà partie. Quoi, toujours des
amoureux ? Perſonne ne s'en ſauvera ; & un de ces jours
nous verrons Lucréce galante.

DIOGENE.

Vous en allez avoir le plaiſir tout à l'heure. Car voici
Lucréce en perſonne.

PLUTON.

Ce que j'en diſois n'eſt que pour rire. A Dieu ne plai-
ſe que j'aye une ſi baſſe penſée de la plus vertueuſe perſonne du monde.

DIOGENE.

Ne vous y fiez pas. Je lui trouve l'air bien coquet.
Elle a ma foi les yeux fripons.

PLUTON.

Je voi bien, Diogéne, que tu ne connois pas Lucréce. Je voudrois que tu l'euſſes vûë la premiere fois
qu'elle entra ici toute ſanglante, & toute échevelée. Elle
tenoit un Poignard à la main. Elle avoit le regard farouche, & la colere eſtoit encore peinte ſur ſon viſage,
malgré les paſleurs de la mort. Jamais perſonne n'a porté la chaſteté plus loin qu'elle. Mais pour t'en convaincre, il ne faut que lui demander à elle-meſme ce qu'elle
penſe de l'amour. Tu verras. Dites-nous donc, Lucré-

ce; mais expliquez-vous clairement. Croyez-vous qu'on doive aimer?

LUCRECE.
Tenant des Tablettes à la main.

Faut-il abſolument ſur cela vous rendre une réponſe exacte & déciſive?

PLUTON.

Oüi.

LUCRECE.

Tenez, la voilà clairement énoncée dans ces Tablettes. Liſez.

PLUTON.
Liſant.

Toujours. l'on. ſi. Mais. aimoit. d'éternelles. hélas. amours. d'aimer. doux. il. point. ſeroit. n'eſt. Qu'il.

Que veut dire ce galimathias?

LUCRECE.

Je vous aſſure, Pluton, que je n'ai jamais rien dit de mieux, ni de plus clair.

PLUTON.

Je voi bien que vous avez accoutumé de parler fort clairement. Peſte de la folle. Où a-t-on jamais parlé comme cela? *Point.ſi. eternelles*. Et où veut-elle que j'aille chercher un Oedipe pour m'expliquer cette Enigme?

DIOGENE.

Il ne faut pas aller fort loin. En voici un qui entre, & qui eſt fort propre à vous rendre cet office.

PLUTON.

Qui eft-il?

DIOGENE.

C'eſt Brutus; celui qui délivra Rome de la tyrannie des Tarquins.

PLUTON.

Quoi? cet auſtere Romain, qui fit mourir ſes enfans pour avoir conſpiré contre leur patrie? Lui, expliquer des Enigmes? Tu es bien fou, Diogéne.

DIOGENE.

Je ne ſuis point fou. Mais Brutus n'eſt pas non plus cet auſtere perſonnage que vous vous imaginez. C'eſt un eſprit naturellement tendre & paſſionné, qui fait de fort jolis Vers, & les billets du monde les plus galants.

MINOS.

Il faudroit donc que les paroles de l'Enigme fuſſent écrites, pour les lui montrer.

DIOGENE.

Que cela ne vous embarraſſe point. Il y a long-temps que ces paroles ſont écrites ſur les Tablettes de Brutus. Des Héros comme lui ſont toujours fournis de Tablettes.   PLUTON.

Hé bien, Brutus, nous donnerez-vous l'explication des paroles qui ſont ſur vos Tablettes?

BRUTUS.

Volontiers. Regardez bien. Ne les ſont-ce pas là?
Toujours. l'on. ſi. Mais, &c.

PLUTON.

Ce les font là elles-mefmes.

BRUTUS.

Continuez donc de lire. Les paroles fuivantes non feulement vous feront voir que j'ai d'abord conçû la fineffe des paroles embroüillées de Lucréce ; mais elles contiennent la réponfe précife que j'y ai faite. *Moi. nos. verrez. vous. de. permettez. d'éternelles. jours. qu'on. merveille. peut. amours. d'aimer. voir.*

PLUTON.

Je ne fçai pas fi ces paroles fe répondent jufte les unes aux autres. Mais je fçai bien que ni les unes ni les autres ne s'entendent , & que je ne fuis pas d'humeur à faire le moindre effort d'efprit pour les concevoir.

DIOGENE.

Je voi bien que c'eft à moi de vous expliquer tout ce myftére. Le myftére eft que ce font des paroles tranfpofées. Lucréce , qui eft amoureufe & aimée de Brutus, lui dit en ces mots tranfpofés :

Qu'il feroit doux d'aimer , fi l'on aimoit toujours !
Mais helas ! il n'eft point d'éternelles Amours.

Et Brutus, pour la raffeurer , lui dit en d'autres termes tranfpofez.

Permettez-moi d'aimer , Merveille de nos jours :
Vous verrez, qu'on peut voir d'éternelles Amours.

PLUTON.

Voilà une groffe fineffe. Il s'enfuit de là que tout ce

qui fe peut dire de beau eft dans les Dictionaires. Il n'y
a que les paroles qui font tranfpofées. Mais eft-il poffible que des perfonnes du mérite de Brutus & de Lucréce en foient venus à cet excès d'extravagance, de
compofer de femblables bagatelles?

DIOGENE.

, C'eft pourtant par ces bagatelles, qu'ils ont fait connoiftre l'un & l'autre qu'ils avoient infiniment d'efprit.

PLUTON.

Et c'eft par ces bagatelles, moi, que je reconnois qu'ils
ont infiniment de folie. Qu'on les chaffe. Pour moi, je
ne fçai tantoft plus où j'en fuis. Lucréce amoureufe!
Lucréce coquette! Et Brutus fon Galant! Je ne defef-
pére pas un de ces jours de voir Diogéne lui-mefme
galant.   DIOGENE.

Pourquoi non? Pythagore l'eftoit bien.

PLUTON.

Pythagore eftoit galant?

DIOGENE.

Oüi, & ce fut de Théano fa fille, formée par lui à la
galanterie, ainfi que le raconte le genereux Herminius
dans l'hiftoire de la vie de Brutus; ce fut, dis-je, de Théano, que cet illuftre Romain apprit ce beau Symbole,
qu'on a oublié d'ajoufter aux autres Symboles de Pythagore : *Que c'eft à pouffer de beaux fentimens pour une*
Maitreffe, & à faire l'Amour, que fe perfectionne le grand
Philofophe.

PLUTON.

PLUTON.

J'entens. Ce fut de Théano qu'il fçut que c'eft la folie qui fait la perfection de la Sageffe. O l'admirable
précepte ! Mais laiffons là Théano. Quelle eft cette précieufe renforcée que je voi qui vient à nous ?

DIOGENE.

(1) C'eft Sappho, cette fameufe Lefbienne, qui a inventé les Vers Saphiques.

PLUTON.

On me l'avoit dépeint fi belle. Je la trouve bien laide.

DIOGENE.

Il eft vrai qu'elle n'a pas le teint fort uni, ni les traits
du monde les plus réguliers. Mais prenez garde qu'il y
a une grande oppofition du blanc & du noir de fes yeux,
comme elle le dit elle-mefme dans l'Hiftoire de fa vie.

PLUTON.

Elle fe donne là un bizarre agrément, & Cerbére, felon elle, doit donc paffer pour beau, puifqu'il a dans
les yeux la mefme oppofition.

DIOGENE.

Je crois qu'elle vient à vous. Elle a feurement quelque queftion à vous faire.

SAPPHO.

Je vous fupplie, fage Pluton, de m'expliquer fort au
long ce que vous penfez de l'Amitié, & fi vous croïez

REMARQUES.

(1) *C'eft Sappho, cette fameufe Lesbienne,* &c.] Mademoifelle de Scuderi paroift icy | fous le nom de *Sappho*, nom qui lui avoit efté donné par les Poëtes de fon tems.

qu'elle foit capable de tendreffe auffi bien que l'Amour.
Car ce fut le fujet d'une génereufe converfation que
nous eumes l'autre jour avec la Sage Démocede &
l'agréable Phaon. De grace, oubliez donc pour quelque temps le foin de votre Perfonne & de votre Etat;
& au lieu de cela, fongez à me bien définir ce que c'eft
que cœur tendre, tendreffe d'Amitié, tendreffe d'Amour;
tendreffe d'Inclination, & tendreffe de Paffion.

MINOS.

Oh celle-ci eft la plus folle de toutes. Elle a la mine
d'avoir gafté toutes les autres.

PLUTON.

Mais regardez cette impertinente. C'eft bien le temps
de refoudre des queftions d'Amour, que le jour d'une
revolte.

DIOGENE.

Vous avez pourtant autorité pour le faire, & tous les
jours, les Heros que vous venez de voir, fur le point
de donner une bataille, où il s'agit du tout pour eux,
au lieu d'emploïer le temps à encourager les Soldats,
& à ranger leurs armées, s'occupent à entendre l'hiftoire de Timarete ou de Bérelife dont la plus haute a-
vanture eft quelquefois un billet perdu, ou un bracelet
égaré.

PLUTON.

Ho bien! s'ils font fous, je ne veux pas leur reffem-
bler, & principalement à cette Précieufe ridicule.

SAPPHO.

Eh de grace ! Seigneur, défaites-vous de cet air groffier & provincial de l'Enfer, & fongez à prendre l'air
de la belle galanterie de Carthage & de Capouë. A vous
dire le vrai, pour décider un point auffi important que
celui que je vous propofe, je fouhaiterois fort que toutes
nos génereufes Amies & nos illuftres Amis fuffent ici.
Mais en leur abfence, le fage Minos repréfentera le dif-
cret Phaon, & l'enjoüé Diogene le galant Efope.

PLUTON.

Atten, atten, je m'en vai te faire venir ici une perfonne avec qui lier converfation. Qu'on m'appelle
Tifiphone.

SAPPHO.

Qui ? Tifiphone ? Je la connois, & vous ne ferez peut-
eftre pas fafché que je vous en faffe voir le Portrait, que
j'ai desja compofé par précaution, dans le deffein où je
fuis de l'inferer dans quelqu'une des Hiftoires, que nous
autres faifeurs & faifeufes de Romans, fommes obligez
de raconter à chaque Livre de notre Roman.

PLUTON.

Le portrait d'une Furie ! Voilà un eftrange projet.

DIOGENE.

Il n'eft pas fi eftrange que vous penfez. En effet, cette
mefme Sappho que vous voïez, a peint dans fes Ouvrages beaucoup de fes génereufes Amies, qui ne furpaf-
fent guéres en beauté Tifiphone, & qui néanmoins à la

faveur des mots galants, & des façons de parler élegantes & précieuses, qu'elle jette dans leurs peintures, ne laiſſent pas de paſſer pour de dignes Héroïnes
de Roman.　　M I N O S.

Je ne ſçai ſi c'eſt curioſité ou folie. Mais je vous a-
vouë que je meurs d'envie de voir un ſi bizarre portrait.　　P L U T O N.

Hé bien donc! qu'elle vous le montre, j'y conſens.
Il faut bien vous contenter. Nous allons voir comment
elle s'y prendra pour rendre la plus effroïable des Eu-
ménides, agréable & gracieuſe.

D I O G E N E.

Ce n'eſt pas une affaire pour elle, & elle a déja fait
un pareil chef-d'œuvre, en peignant la vertueuſe Arri-
cidie. Ecoutons donc. Car je la voi qui tire le portrait
de ſa poche.　　S A P P H O,

Liſant.

(1) L'illuſtre fille dont j'ai à vous entretenir, a en
toute ſa perſonne, je ne ſçai quoi de ſi furieuſement extraordinaire, & de ſi terriblement merveilleux, que je
ne ſuis pas médiocrement embarraſſée, quand je ſonge
à vous en tracer le portrait.

M I N O S.

Voilà les adverbes *furieuſement* & *terriblement*, qui

R E M A R Q U E S.

(1) *L'illuſtre fille dont j'ai à vous entretenir*, &c.] Portrait de Mademoiſelle Scuderi
elle-meſme.

font, à mon avis, bien placez, & tout à fait en leur lieu.

SAPPHO,

continue de lire.

Tifiphone a naturellement la taille fort haute, & paſſant de beaucoup la meſure des perſonnes de ſon ſexe, mais pourtant ſi dégagée, ſi libre, & ſi bien proportionnée en toutes ſes parties, que ſon énormité meſme lui ſied admirablement bien. Elle a les yeux petits, mais pleins de feu, vifs, perçans & bordez d'un certain vermillon, qui en reléve prodigieuſement l'éclat. Ses cheveux ſont naturellement bouclez & annelez; & l'on peut dire que ce ſont autant de ſerpens, qui s'entortillent les uns dans les autres, & ſe jouent non-chalamment autour de ſon viſage. Son teint n'a point cette couleur fade & blanchaſtre des femmes de Scythie; mais il tient beaucoup de ce brun maſle & noble que donne le Soleil aux Afriquaines qu'il favoriſe le plus près de ſes regards. Son ſein eſt compoſé de deux demi-globes, bruſlez par le bout, comme ceux des Amazones, & qui s'éloignant le plus qu'ils peuvent de ſa gorge, ſe vont négligemment & languiſſamment perdre ſous ſes deux bras. Tout le reſte de ſon corps eſt preſque compoſé de la meſme ſorte. Sa démarche eſt extrémement noble & fiére. Quand il faut ſe haſter, elle vole plûtoſt qu'elle ne marche; & je doute qu'Atalante la peuſt devancer à la courſe. Au reſte, cette vertueuſe fille eſt naturellement ennemie du vice, ſur tout des grands cri-

mes, qu'elle pourſuit par tout, un flambeau à la main,
& qu'elle ne laiſſe jamais en repos; ſecondée en cela par
ſes deux illuſtres ſœurs, Alecto & Mégere, qui n'en ſont
pas moins ennemies qu'elle : & l'on peut dire de toutes
ces trois Sœurs, que c'eſt une morale vivante.

DIOGENE.

Hé bien, n'eſt-ce pas là un Portrait merveilleux?

PLUTON.

Sans doute, & la laideur y eſt peinte dans toute ſa
perfection, & pour ne pas dire dans toute ſa beauté.
Mais c'eſt aſſez écouter cette extravagante. Continuons
la revuë de nos Heros; & ſans nous plus donner la peine, comme nous avons fait juſqu'ici, de les interroger
l'un après l'autre, puiſque les voilà tous reconnus veritablement inſenſez; contentons-nous de les voir paſſer
devant cette baluſtrade, & de les conduire exactement
de l'œil dans mes Galeries, afin que je ſois ſeur qu'ils y
ſont. Car je défends d'en laiſſer ſortir aucun, que je n'aie
préciſément déterminé ce que je veux qu'on en faſſe.
Qu'on les laiſſe donc entrer; & qu'ils viennent maintenant tous en foule. En voilà bien, Diogéne. Tous ces
Heros ſont-ils connus dans l'Hiſtoire?

DIOGENE.

Non; il y en a beaucoup de chimeriques, meſlez
parmi eux.

PLUTON.

Des Heros chimeriques! & ſont-ce des Heros?

DIOGENE.

Comment, si ce sont des Heros ! Ce sont eux qui ont toujours le haut bout dans les Livres , & qui battent infailliblement les autres.

PLUTON.

Nomme-m'en par plaisir quelques-uns.

DIOGENE.

Volontiers. Orondate , Spitridate , Alcaméne , Mélinte , Britomare , Merindor , Artaxandre , &c.

PLUTON.

Et tous ces Heros-là ont-ils fait vœu comme les autres de ne jamais s'entretenir que d'amour ?

DIOGENE.

Cela seroit beau qu'ils ne l'eussent pas fait. Et de quel droit se diroient-ils Heros , s'ils n'étoient point Amoureux ? N'est-ce pas l'amour qui fait aujourd'hui la vertu héroïque ?

PLUTON.

Quel est ce grand Innocent, qui va des derniers , & qui a la Mollesse peinte sur le visage ? Comment t'appelles-tu ?   ASTRATE.

(1) Je m'appelle Astrate.

PLUTON.

Que viens-tu chercher ici ?

REMARQUES.

(1) *Je m'appelle Astrate.*] Dans le temps que l'Auteur fit ce Dialogue, on jouoit à l'Hôtel de Bourgogne , l'Astrate de M. Quinault , & l'Ostorius de l'Abbé de Pure.

ASTRATE.

Je veux voir la Reine.

PLUTON.

Mais admirez cet impertinent. Ne diriez-vous pas que j'ai une Reine que je garde ici dans une boite, & que je montre à tous ceux qui la veulent voir ? Qu'es-tu, toi ? As-tu jamais efté ?

ASTRATE.

Oüi-da, j'ai efté, & il y a un Hiftorien Latin qui dit de moi en propres termes ; *Aftratus vixit;* Aftrate a vefcu.

PLUTON.

Eft - ce là tout ce qu'on trouve de toi dans l'Hiftoire ?

ASTRATE.

Oiii, & c'eft fur ce bel argument, qu'on a compofé une Tragédie intitulée du nom d'ASTRATE ; où les paffions tragiques font maniées fi adroitement, que les Spectateurs y rient à gorge déploïée depuis le commencement jufqu'à la fin, tandis que moi j'y pleure toujours, ne pouvant obtenir que l'on m'y montre une Reine, dont je fuis paffionnément épris.

PLUTON.

Ho bien, va-t-en dans ces Galeries voir fi cette Reine y eft. Mais quel eft ce grand mal-bafti de Romain qui vient après ce chaud Amoureux ? Peut-on fçavoir fon nom ?

OSTORIUS.

OSTORIUS.

Mon nom eſt Oſtorius.

PLUTON.

Je ne me ſouviens point d'avoir jamais nulle part lû ce nom-là dans l'hiſtoire.

OSTORIUS.

Il y eſt pourtant. L'Abbé de Pure aſſure qu'il l'y a lû.

PLUTON.

Voilà un merveilleux garant. Mais, dis-moi, appuïé de l'Abbé de Pure, comme tu es, as-tu fait quelque figure dans le Monde ? T'y a-t-on jamais vû ?

OSTORIUS.

Oüi-da ; & à la faveur d'une piéce de Théatre, que cet Abbé a faite de moi, on m'a vû à l'Hôtel de Bourgogne.

PLUTON.

Combien de fois ?

OSTORIUS.

Eh, une fois.

PLUTON.

Retourne-t-y-en.

OSTORIUS.

Les Comédiens ne veulent plus de moi.

PLUTON.

Crois-tu que je m'accommode mieux de toi qu'eux ? Allons, déloge d'ici au plus viſte, & va te confiner dans mes Galeries. Voici encore une Héroïne, qui ne ſe haſte

Tome II.   *   O o

pas trop, ce me femble, de s'én aller. Mais je lui pardonne. Car elle me paroift fi lourde de fa perfonne, & fi pefamment armée, que je vois bien que c'eft la difficulté de marcher, pluftoft que la répugnance à m'obéir, qui l'empefche d'aller plus vifte. Qui eft-elle ?

DIOGENE.

Pouvez - vous ne pas reconnoiftre la Pucelle d'Orleans ?

PLUTON.

C'eft donc là cette vaillante fille, qui délivra la France du joug des Anglois.

DIOGENE.

C'eft elle-mefme.

PLUTON.

Je lui trouve la phyfionomie bien platte, & bien peu digne de tout ce qu'on dit d'elle.

DIOGENE.

Elle touffe & s'approche de la Baluftrade. Ecoutons. C'eft affeurément une harangue qu'elle vous vient faire, & une harangue en Vers. Car elle ne parle plus qu'en Vers.

PLUTON.

A-t-elle du talent pour la Poëfie ?

DIOGENE.

Vous l'allez voir.

LA PUCELLE.

(1) *O grand Prince, que grand dès cette heure j'appelle,*

REMARQUES.

(1) *O grand Prince, que grand*, &c.] Vers du Poëme de la Pucelle.

Il eſt vrai, le reſpeƈt ſert de bride à mon zele :
Mais ton illuſtre aſpeƈt me redouble le cœur ;
Et me le redoublant, me redouble la peur.
A ton illuſtre aſpeƈt mon cœur ſe ſollicite,
Et grimpant contre mont la dure Terre quitte.
O que n'ai-je le ton deſormais aſſez fort,
Pour aſpirer à toi ſans te faire de tort !
Pour toi puiſſé-je avoir une mortelle pointe,
Vers où l'épaule gauche à la gorge eſt conjointe,
Que le coup briſaſt l'os, & fiſt pleuvoir le ſang
De la Temple, du dos, de l'épaule & du flanc.

PLUTON.
Quelle langue vient-elle de parler ?

DIOGENE.
Belle demande ! Françoiſe.

PLUTON.
Quoi ! c'eſt du François qu'elle a dit ? Je croïois que ce fuſt du bas-Breton, ou de l'Allemand. Qui lui a appris cet eſtrange François-là ?

DIOGENE.
(1) C'eſt un Poëte, chez qui elle a eſté en penſion quarante ans durant.

PLUTON.
Voilà un Poëte qui l'a bien mal élevée.

REMARQUES.
(1) *C'eſt un Poëte.*] Chapelain.

Oo ij

DIOGENE.

Ce n'eſt pas manque d'avoir eſté bien païé, & d'avoir exactement touché ſes penſions.

PLUTON.

Voilà de l'argent bien mal emploïé. Hé, Pucelle d'Orleans, pourquoi vous eſtes-vous chargé la mémoire de ces grands vilains mots, vous qui ne ſongiez autrefois qu'à délivrer voſtre patrie, & qui n'aviez d'objet que la gloire?

LA PUCELLE.

La gloire?

Un ſeul endroit y meine ; & de ce ſeul endroit
Droite & roide.,..

PLUTON.

Ah! Elle m'écorche les oreilles.

LA PUCELLE.

Droite & roide eſt la coſte & le ſentier étroit.

PLUTON.

Quels Vers, juſte Ciel ! Je n'en puis pas entendre prononcer un, que ma teſte ne ſoit preſte à ſe fendre.

LA PUCELLE.

De fléches toutefois aucune ne l'atteint ,
Ou pourtant l'atteignant, de ſon ſang ne ſe teint.

PLUTON.

Encore. J'avoüe que de toutes les Heroïnes qui ont paru en ce lieu, celle-ci me paroiſt beaucoup la plus inſupportable. Vraiement elle ne preſche pas la tendreſſe.

Tout en elle n'eft que dureté & que fechereffe, & elle me paroift plus propre à glacer l'ame, qu'à infpirer l'amour.

DIOGENE.

Elle en a pourtant infpiré au vaillant Dunois.

PLUTON.

Elle ? infpirer de l'amour au cœur de Dunois !

DIOGENE.

Oüi affurément,

Au grand cœur de Dunois, le plus grand de la Terre,
Grand cœur, qui dans lui feul deux grands amours
enferre.

Mais il faut fçavoir quel amour. Dunois s'en explique ainfi lui-mefme en un endroit du Poëme fait pour cette merveilleufe fille.

Pour ces céleftes yeux, pour ce front magnanime,
Je n'ai que du refpeçt, je n'ai que de l'eftime:
Je n'en fouhaitte rien; & fi j'en fuis Amant,
D'un amour fans defir je l'aime feulement.
Et foit. Confumons-nous d'une flamme fi belle.
Bruflons en holocaufte aux yeux de la Pucelle.

Ne voilà-t-il pas une paffion bien exprimée, & le mot d'*holocaufte* n'eft-il pas tout-à-fait bien placé dans la bouche d'un Guerrier comme Dunois.

PLUTON.

Sans doute ; & cette vertueufe Guerriere peut innocemment, avec de tels Vers, aller tout de ce pas, fi elle veut, infpirer un pareil amour à tous les Heros qui font dans ces Galeries. Je ne crains pas que cela leur amoliffe l'ame. Mais du refte qu'elle s'en aille. Car je tremble qu'elle ne me veüille encore réciter quelques-uns de fes Vers, & je ne fuis pas réfolu de les entendre. La voilà enfin partie. Je ne vois plus ici aucun Heros, ce me femble. Mais non, Je me trompe. En voici encore un qui demeure immobile derriere cette porte. Vrai-femblablement il n'a pas entendu que je voulois que tout le monde fortift. Le connois-tu, Diogene?

DIOGENE.

(1) C'eft Pharamond, le premier Roi des François.

PLUTON.

Que dit-il? il parle en lui-mefme.

PHARAMOND.

Vous le fçavez bien, divine Rofemonde, que pour vous aimer je n'attendis pas que j'euffe le bonheur de vous connoiftre, & que c'eft fur le feul récit de vos charmes, fait par un de mes rivaux, que je devins fi ardemment épris de vous.

PLUTON.

Il femble que celui-ci foit devenü amoüreux avant que de voir fa Maiftreffe.

DIOGENE.

Affurément, il ne l'avoit point vûë.

REMARQUES.

(1) *C'eft Pharamond, le premier Roi, &c.*] Critique de Pharamond, Roman de la Calprenéde,

PLUTON.

Quoi ? il eſt devenu amoureux d'elle ſur ſon portrait ?

DIOGENE.

Il n'avoit pas meſme vû ſon portrait.

PLUTON.

Si ce n'eſt là une vraie folie, je ne ſçai pas ce qui
peut l'eſtre. Mais dites-moi, vous, amoureux Pharamond, n'eſtes-vous pas content d'avoir fondé le plus
floriſſant Royaume de l'Europe, & de pouvoir compter
au rang de vos Succeſſeurs le Roi qui y régne aujour-
d'hui ? Pourquoi vous eſtes-vous allé mal-à-propos embarraſſer l'eſprit de la Princeſſe Roſemonde ?

PHARAMOND.

Il eſt vrai, Seigneur. Mais l'amour.....

PLUTON.

Ho ! l'amour ! l'amour ! Va exaggerer, ſi tu veux, les
injuſtices de l'amour dans mes Galeries. Mais pour moi,
le premier qui m'en viendra encore parler, je lui don-
nerai de mon ſceptre tout au travers du viſage. En voilà
un qui entre. Il faut que je lui caſſe la teſte.

MINOS.

Prenez garde à ce que vous allez faire. Ne voyez-
vous pas que c'eſt Mercure ?

PLUTON.

Ah, Mercure ! je vous demande pardon. Mais ne ve-
nez-vous point auſſi me parler d'amour ?

MERCURE.

Vous fçavez bien que je n'ai jamais fait l'amour pour
moi-mefme. La verité eft que je l'ai fait quelquefois
pour mon pere Jupiter, & qu'en fa faveur autrefois j'endormis fi bien le bon Argus, qu'il ne s'eft jamais ré-
veillé. Mais je viens vous apporter une bonne nouvelle. C'eft qu'à peine l'artillerie que je vous ameine a
paru, que vos ennemis fe font rangés dans le devoir.
Vous n'avez jamais efté Roi plus paifible de l'Enfer que
vous l'eftes.   **P L U T O N.**

Divin Meffager de Jupiter, vous m'avez rendu la vie.
Mais au nom de notre proche parenté, dites-moi, vous
qui eftes le Dieu de l'éloquence, comment vous avez
fouffert qu'il fe foit gliffé dans l'un & dans l'autre monde une fi impertinente maniere de parler que celle
qui régne aujourd'hui, fur tout en ces Livres qu'on
appelle Romans ; & comment vous avez permis que
les plus grands Heros de l'Antiquité parlaffent ce langage.   **M E R C U R E.**

Hélas ! Apollon & moi, nous fommes des Dieux
qu'on n'invoque prefque plus, & la plufpart des Ecrivains d'aujourd'hui ne connoiffent pour leur véritable patron qu'un certain Phébus, qui eft bien le plus
impertinent perfonnage qu'on puiffe voir. Du refte je
viens vous avertir qu'on vous a joüé une piéce.

P L U T O N.

Une piéce à moi ! Comment ?

M E R C U R E.

DE ROMAN. 297

MERCURE.

Vous croyez que les vrais Heros font venus ici?

PLUTON.

Affurément je le crois, & j'en ai de bonnes preuves, puifque je les tiens encore ici tous renfermés dans les Galeries de mon Palais.

MERCURE.

Vous fortirez d'erreur, quand je vous dirai que c'eft une troupe de faquins, ou plûtoft de fantofmes chimériques, qui n'eftant que de fades copies de beaucoup de perfonnages modernes, ont eu pourtant l'audace de prendre le nom des plus grands Heros de l'Antiquité, mais dont la vie a efté fort courte, & qui errent maintenant fur les bords du Cocyte & du Styx. Je m'étonne que vous y ayez été trompé. Ne voyez-vous pas que ces gens-là n'ont nul caractere de Heros? Tout ce qui les foutient aux yeux des hommes, c'eft un certain oripeau, & un faux clinquant de paroles, dont les ont habillés ceux qui ont écrit leur vie, & qu'il n'y a qu'à leur ofter pour les faire paroiftre tels qu'ils font. J'ai mefme amené des Champs Elifées, en venant ici, un François pour les reconnoiftre quand ils feront dépoüillés. Car je me perfuade que vous confentirez fans peine qu'ils le foient.

PLUTON.

J'y confens fi bien, que je veux que fur le champ la chofe ici foit exécutée. Et pour ne point perdre de temps, Gardes, qu'on les faffe de ce pas fortir tous de

Tome II.   *   P p

mes Galeries par les portes dérobées, & qu'on les amene
tous dans la grande Place. Pour nous, allons nous mettre fur le Balcon de cette feneftre baffe, d'où nous pourrons les contempler, & leur parler tout à notre aife.
Qu'on y porte nos fiéges. Mercure, mettez-vous à ma
droite; & vous, Minos, à ma gauche : & que Diogene
fe tienne derriere nous.

MINOS.

Les voilà qui arrivent en foule.

PLUTON.

Y font-ils tous?

UN GARDE.

On n'en a laiffé aucun dans les Galeries.

PLUTON.

Accourez donc, vous tous, fidéles exécuteurs de mes
volontés, Spectres, Larves, Démons, Furies, Milices
infernales que j'ai fait affembler. Qu'on m'entoure tous
ces prétendus Héros, & qu'on me les dépouille.

CYRUS.

Quoi, vous ferez dépoüiller un Conquérant comme
moi?   PLUTON.

Hé de grace, généreux Cyrus, il faut que vous paf-
fiez le pas.

HORATIUS COCLE'S.

Quoi! un Romain comme moi, qui a défendu lui feul
un pont contre toutes les forces de Porfenna? Vous ne
le confidererez pas plus qu'un coupeur de bourfe.

PLUTON.

Je m'en vais te faire chanter.

ASTRATE.

Quoi, un Galant auſſi tendre & auſſi paſſionné que moi, vous le ferez maltraiter?

PLUTON.

Je m'en vais te faire voir la Reine. Ah! les voilà dépouillés.   ### MERCURE.

Où eſt le François que j'ai amené?

LE FRANÇOIS.

Me voilà, Seigneur. Que ſouhaitez-vous?

MERCURE.

Tien, regarde bien tous ces gens-là; les connois-tu?

LE FRANÇOIS.

Si je les connois? Hé, ce ſont tous des Bourgeois de mon quartier. Bon jour, Madame Lucréce. Bon jour, M. Brutus. Bon jour, Mademoiſelle Clélie. Bon jour, M. Horatius Coclès.

PLUTON.

Tu vas voir accommoder tes Bourgeois de toutes piéces. Allons, qu'on ne les épargne point; & qu'après qu'ils auront eſté abondamment fuſtigés, on me les conduiſe tous ſans différer droit aux bords du Fleuve de Léthé. Puis lorſqu'ils y ſeront arrivés, qu'on me les jette tous, la teſte la premiere, dans l'endroit du Fleuve le plus profond, eux, leurs Billets doux, leurs Lettres galantes, leurs Vers paſſionnés; avec tous les nombreux volumes, ou pour mieux dire, les monceaux de ridicule papier, où font écrites leurs hiftoires. Marchez donc, faquins, autrefois fi grands Heros. Vous voilà arrivés à votre fin, ou pour mieux dire, au dernier Acte de la Comédie que vous avez jouée fi peu de temps.

CHŒUR DE HEROS,

s'en allant chargés d'écourgées.

Ah! La Calprenéde! Ah! Scuderi!

PLUTON.

Hé, que ne les tiens-je! Que ne les tiens-je! Ce n'eft pas tout, Minos. Il faut que vous vous en alliez tout de ce pas donner ordre que la mefme juftice fe faffe fur tous leurs pareils dans les autres Provinces de mon Royaume.

MINOS.

Je me charge avec plaifir de cette commiffion,

MERCURE.

Mais voici les véritables Heros qui arrivent, & qui demandent à vous entretenir. Ne voulez-vous pas qu'on les introduife?

PLUTON.

Je ferai ravi de les voir. Mais je fuis fi fatigué des fottifes que m'ont dites tous ces impertinens ufurpateurs de leurs noms, que vous trouverez bon qu'avant tout j'aille faire un fomme.

(1) ARREST
BURLESQUE,

Donné en la Grand'Chambre du Parnasse, en faveur
des Maistres-ès-Arts, Médecins & Professeurs de
l'Université (2.) de Stagire, au Pays des Chimeres,
pour le maintien de la Doctrine d'Aristote.

VEU par la Cour la Requeste présentée par les Régens, Maistres-ès-Arts, Docteurs & Professeurs de
l'Université, tant en leurs noms, que comme tuteurs
& défenseurs de la Doctrine de Maistre *en blanc*, Aristote, ancien Professeur Royal en Grec dans le Collége du
Lycée, & Précepteur du feu Roi de querelleuse mémoi-

REMARQUES.

(1) L'Université de Paris vouloit présen-
ter Requeste au Parlement pour empescher
qu'on enseignât la Philosophie de Descartes. On en parla à M. le P. P. de Lamoignon; & ce Magistrat dit un jour à M. Despréaux, qu'il ne pourroit se dispenser de
donner un Arrest conforme à la Requeste.
Sur cela, M. Despréaux imagina cet Arrest, & le composa avec le secours de M.
Bernier & de M. Racine. M. Dongois,
neveu de l'Auteur, & Greffier de la Grand'-
Chambre, y eut aussi beaucoup de part,
sur-tout pour le style & les termes de pratique. Quelque temps après, M. Dongois,
donnant à signer à M. le P. Président ses
expéditions, y joignit l'Arrest burlesque,
pour tascher de surprendre ce Magistrat.
Mais il s'en apperçut: & fit semblant de le
jetter au nez de M. Dongois, en lui disant: *A d'autres. Voilà un tour de Despréaux*. Il le lut, en rit avec l'Auteur; &
convint en plusieurs occasions que cet Arrest l'avoit empesché de donner un Arrest
sérieux, qui auroit apprêté à rire à tout le
monde.

La Requeste de l'Université ne parut
point. Bernier en fit une autre sur le modéle
de l'Arrest. On la peut voir dans le Ména-
giana, Tome IV.

(2) *De Stagire.*] Ville de Macédoine,
sur la Mer Egée, & patrie d'Aristote.

re Alexandre dit le Grand, acquereur de l'Afie, Europe, Afrique & autres lieux ; Contenant que depuis quelques années, une inconnuë nommée la Raifon, auroit entrepris d'entrer par force dans les Ecoles de ladite Univerfité, & pour cet effet à l'aide de certains Quidams factieux, prenant les furnoms de Gaffendiftes, Cartéfiens, Malebranchiftes & Pourchotiftes, gens fans aveu, fe feroit mife en eftat d'en expulfer ledit Ariftote, ancien & paifible poffeffeur defdites Ecoles, contre lequel Elle & fes Conforts auroient déja publié plufieurs Livres, Traités, Differtations & Raifonnemens diffamatoires, voulant affujettir ledit Ariftote à fubir devant Elle l'examen de fa doctrine ; ce qui feroit directement oppofé aux Loix, Us & Coutumes de ladite Univerfité, où ledit Ariftote auroit toujours efté reconnu pour Juge fans appel & non comptable de fes opinions. Que mefme fans l'aveu d'icelui, Elle auroit changé & innové plufieurs chofes en & au-dedans de la nature, ayant ofté au cœur la prérogative d'eftre le principe des nerfs, que ce Philofophe lui avoit accordé libéralement & de fon bon gré, & laquelle Elle auroit cédée & tranfportée au cerveau. Et enfuite par une procédure nulle de toute nullité, auroit attribué audit cœur la charge de recevoir le Chyle, appartenant ci-devant au Foye ; comme auffi de faire voiturer le fang par tout le corps, avec plein pouvoir audit fang d'y vaguer, errer & circuler impunément par les veines & arteres, n'ayant autre

droit ni titre pour faire lefdites vexations que la feule
expérience, dont le témoignage n'a jamais efté reçû
dans lefdites Ecoles. Auroit auffi attenté ladite Raifon,
par une entreprife inoüie, de déloger le feu de la plus
haute région du Ciel, & prétendu qu'il n'avoit là aucun domicile, nonobftant les certificats dudit Philofophe, & les vifites & defcentes faites par lui fur les lieux.
Plus par un attentat & voye de fait énorme contre la
Faculté de Médecine, fe feroit ingérée de guérir, & auroit réellement & de fait guéri quantité de fiévres inter-
mittentes, comme tierces, double-tierces, quartes,
triple-quartes, & mefme continuës, avec vin pur, pou-
dres, écorce de Quinquina, & autres drogues inconnuës audit Ariftote, & à Hippocrate fon devancier ; &
ce fans faignée, purgation ni évacuation précedentes ;
ce qui eft non feulement irrégulier, mais tortionnaire &
abufif ; ladite Raifon n'ayant jamais efté admife ni ag-
grégée au Corps de ladite Faculté, & ne pouvant par
conféquent confulter avec les Docteurs d'icelle, ni eftre
confultée par eux, comme elle ne l'a en effet jamais
efté. Nonobftant quoi, & malgré les plaintes & oppo-
fitions réïterées des Sieurs (1) Blondel, Courtois, Denyau, & autres défenfeurs de la bonne Doctrine, elle
n'auroit pas laiffé de fe fervir toujours defdites drogues,

REMARQUES.

(1) *Blondel, Courtois, Dényau.*] Médecins de la Faculté de Paris. *Blondel* a écrit
que la vertu du Quinquina venoit des pactes
que les Américains ont faits avec le Diable.
Courtois aimoit fort la faignée. *Dényau* nioit
la circulation du fang.

ayant eu la hardieffe de les employer fur les Médecins
mefmes de ladite Faculté, dont plufieurs, au grand fcandale des régles, ont efté guéris par lefdits remédes. Ce
qui eft d'un exemple très-dangereux, & ne peut avoir
efté fait que par mauvaifes voyes, fortiléges & pactes
avec le diable. Et non contente de ce, auroit entrepris
de diffamer & de bannir des Ecoles de Philofophie les
Formalités, Matérialités, Entités, Identités, Virtualités,
Eccéïtés, Pétréïtés, Polycarpéïtés, & autres Etres ima-
ginaires, tous enfans & ayans caufe de défunt Maiftre
Jean Scot leur pere. Ce qui porteroit un préjudice no-
table, & cauferoit la totale fubverfion de la Philofophie
Scholaftique, dont elles font tout le myftere, & qui
tire d'elles toute fa fubfiftance, s'il n'y eftoit par la
Cour pourvû. Vû les libelles intitulés Phyfique de Ro-
hault, Logique de Port-Royal, Traités du Quinquina,
méfme l'*Adverfus Ariftoteleos* de Gaffendi, & autres
piéces attachées à ladite Requefte, Signée, CHICANEAU,
Procureur de ladite Univerfité. Oüi le rapport du Confeiller Commis. Tout confidéré,

   LA COUR ayant égard à ladite Requefte, a main-
tenu & gardé, maintient & garde ledit Ariftote en la
pleine & paifible poffeffion & joüiffance defdites Ecoles.
Ordonne qu'il fera toujours fuivi & enfeigné par les
Régens, Docteurs, Maiftres-ès-Arts & Profeffeurs de
ladite Univerfité : fans que pour ce ils foient obligés de
le lire, ni de fçavoir fa langue & fes fentimens. Et
                       fur

fur le fond de fa doctrine, les renvoye à leurs cahiers.
Enjoint au Cœur de continuer d'eftre le principe des
nerfs, & à toutes perfonnes, de quelque condition &
profeffion qu'elles foient, de le croire tel, nonobftant
toute expérience à ce contraire. Ordonne pareillement
au Chyle d'aller droit au Foye fans plus paffer par le
cœur, & au Foye de le recevoir. Fait défenfes au Sang
d'eftre plus vagabond, errer, ni circuler dans le corps,
fous peine d'eftre entiérement livré & abandonné à la Faculté de Médecine. Défend à la Raifon, & à fes adhérans,
de plus s'ingérer à l'avenir de guérir les fiévres tierces,
double-tierces, quartes, triple-quartes ni continuës par
mauvais moyens & voyes de fortiléges, comme vin
pur, poudre, écorce de Quinquina, & autres drogues
non approuvées ni connuës des Anciens. Et en cas de
guérifon irréguliere par icelles drogues, permet aux
Médecins de ladite Faculté, de rendre, fuivant leur méthode ordinaire, la fiévre aux malades, avec caffe, féné,
firops, juleps, & autres remédes propres à ce; & de remettre lefdits malades en tel & femblable eftat qu'ils
eftoient auparavant, pour eftre enfuite traités felon les
régles; & s'ils n'en réchappent, conduits du moins en
l'autre monde fuffifamment purgés & évacués. Remet
les Entités, Identités, Virtualités, Ecceïtés, & autres
pareilles formules Scotiftes, en leur bonne fàme & renommée. A donné acte aux Sieurs Blondel, Courtois
& Denyau de leur oppofition au bon fens. A réintégré le

feu dans la plus haute région du Ciel, suivant & conformément aux descentes faites sur les lieux. Enjoint à
tous Régens, Maistres-ès-Arts & Professeurs, d'enseigner
comme ils ont accoutumé, & de se servir pour raison de
ce, de tels raisonnemens qu'ils aviseront bon estre; &
aux Repétiteurs, Hibernois & autres leurs Suppots, de
leur prester main-forte, & de courir sus aux Contrevenans, à peine d'estre privés du droit de disputer sur les
Prolégoménes de la Logique. Et afin qu'à l'avenir il
n'y soit contrevenu, a banni à perpétuité la Raison des
Ecoles de ladite Université; lui fait défenses d'y entrer,
troubler, ni inquiéter ledit Aristote en la possession &
joüissance d'icelles, à peine d'estre déclarée Janséniste,
& amie des nouveautés. Et à cet effet sera le présent
Arrest lû & publié (1) aux Mathurins de Stagire, à la
premiere Assemblée qui sera faite pour la Procession du
Recteur, & affiché aux portes de tous les Colléges du
Parnasse, & par tout où besoin sera. Fait ce trente-
huitiéme jour d'Aoust onze mil six cens soixante &
quinze.

Collationné avec paraphe.

R E M A R Q U E S.

(1) *Aux Mathurins de Stagire.*] Quand le Recteur de l'Université de Paris fait ses Processions, l'Université s'assemble aux Mathurins.

DISCOURS
SUR
LA SATIRE. (1)

QUAND je donnai la premiere fois mes Satires au
Public, je m'eſtois bien preparé au tumulte que
l'impreſſion de mon Livre a excité ſur le Parnaſſe. Je
ſçavois que la nation des Poëtes, & ſur tout des mauvais Poëtes, eſt une nation farouche qui prend feu aiſément ; & que ces Eſprits avides de loüanges, ne dige-
reroient pas facilement une raillerie, quelque douce
qu'elle puſt eſtre. Auſſi oſerai-je dire à mon avantage,
que j'ai regardé avec des yeux aſſez Stoïques les libelles diffamatoires qu'on a publiez contre moi. Quelques
calomnies dont on ait voulu me noircir ; quelques faux
bruits qu'on ait ſemez de ma perſonne, j'ai pardonné
ſans peine ces petites vengeances au déplaiſir d'un Auteur irrité, qui ſe voïoit attaqué par l'endroit le plus
ſenſible d'un Poëte, je veux dire par ſes ouvrages.

Mais j'avoüe que j'ai eſté un peu ſurpris du chagrin
bizarre de certains Lecteurs, qui, au lieu de ſe divertir
d'une querelle du Parnaſſe, dont ils pouvoient eſtre ſpe-
ctateurs indifferens, ont mieux aimé prendre parti &
s'affliger avec les ridicules, que de ſe réjoüir avec les

REMARQUES.

(1) Ce Diſcours parut la premiere fois en 1668. avec la Satire IX.

Qq ij

honneftes gens. C'eft pour les confoler que j'ai compofé ma neuviéme Satire, où je penfe avoir montré
affez clairement, que fans bleffer l'Etat, ni fa confcience, on peut trouver de méchans Vers méchans, & s'en-
nuïer de plein droit à la lecture d'un fot Livre. Mais puifque ces Meffieurs ont parlé de la liberté que je me fuis
donnée de nommer, comme d'un attentat inouï & fans
exemples, & que des exemples ne fe peuvent pas mettre en rimes, il eft bon d'en dire ici un mot, pour les
inftruire d'une chofe qu'eux feuls veulent ignorer; &
leur faire voir qu'en comparaifon de tous mes Confre-
res les Satiriques, j'ai efté un Poëte fort retenu.

Et pour commencer par Lucilius inventeur de la
Satire, quelle liberté, ou pluftoft, quelle licence ne
s'eft-il point donnée dans fes Ouvrages? Ce n'eftoit
pas feulement des Poëtes & des Auteurs qu'il atta-
quoit: c'eftoit des gens de la premiere qualité de Rome; c'eftoit des perfonnes Confulaires. Cependant
Scipion & Lélius ne jugérent pas ce Poëte, tout déterminé Rieur qu'il eftoit, indigne de leur amitié; &
vrai-femblablement dans les occafions ils ne lui refu-
ferent pas leurs confeils fur fes Ecrits, non plus qu'à
Terence. Ils ne s'aviferent point de prendre le parti
de Lupus & de Métellus, qu'il avoit joüez dans fes
Satires; & ils ne crurent pas lui donner rien du leur,
en lui abandonnant tous les Ridicules de la République.

Num Lælius, aut qui
Duxit ab oppreſsà meritum Carthagine nomen,
Ingenio offenſi aut læſo doluere Metello,
Famoſiſve Lupo cooperto verſibus?

En effet, Lucilius n'épargnoit ni petits ni grands : &
ſouvent des Nobles & des Patriciens, il deſcendoit juſqu'à la lie du peuple :

Primores populi arripuit, populumque tributim.

On me dira que Lucilius vivoit dans une République, où ces ſortes de libertez peuvent eſtre permiſes.
Voïons donc Horace, qui vivoit ſous un Empereur,
dans les commencemens d'une Monarchie, où il eſt bien
plus dangereux de rire qu'en un autre temps. Qui ne
nomme-t-il point dans ſes Satires ? & Fabius le grand
Cauſeur, & Tigellius le Fantaſque, & Naſidiénus le Ridicule, & Nomentanus le Débauché, & tout ce qui vient
au bout de ſa plume. On me répondra que ce ſont des
noms ſuppoſez. O la belle réponſe ! comme ſi ceux qu'il
attaque n'eſtoient pas des gens connus d'ailleurs : comme ſi l'on ne ſçavoit pas que Fabius eſtoit un Chevalier
Romain, qui avoit compoſé un livre de Droit : que Tigellius fut en ſon temps un Muſicien cheri d'Auguſte :
que Naſidiénus Rufus eſtoit un Ridicule célébre dans
Rome : que Caſſius Nomentanus eſtoit un des plus fameux débauchez de l'Italie. Certainement il faut que
ceux qui parlent de la ſorte, n'ayent pas fort lû les An-

ciens, & ne foient pas fort inftruits des affaires de la Cour
d'Augufte. Horace ne fe contente pas d'appeller les gens
par leur nom : il a fi peur qu'on ne les méconnoiffe, qu'il
a foin de rapporter jufqu'à leur furnom, jufqu'au métier
qu'ils faifoient, jufqu'aux Charges qu'ils avoient exer-
cées. Voïez par exemple, comme il parle d'Aufidius
Lufcus, Préteur de Fondi :

Fundos Aufidio Lufco Prætore libenter
Linquimus, infani ridentes præmia Scribæ,
Prætextam & latum clavum, &c.

Nous abandonnafmes, dit-il, *avec joïe le bourg de Fon-*
di, dont eftoit Préteur un certain Aufidius Lufcus ; mais
ce ne fut pas fans avoir bien ri de la folie de ce Préteur,
auparavant Commis, qui faifoit le Sénateur & l'Homme
de qualité. Peut-on défigner un homme plus précifément ; & les circonftances feules ne fuffifoient-elles pas
pour le faire reconnoiftre ? On me dira peut-eftre,
qu'Aufidius eftoit mort alors : mais Horace parle-là d'un
voïage fait depuis peu. Et puis, comment mes Cenfeurs
répondront-ils à cet autre paffage ?

Turgidus Alpinus jugulat dum Memnona ; dumque
Diffingit Rheni luteum caput, hæc ego ludo.

Pendant, dit Horace, *que ce Poëte enflé d'Alpinus,*
égorge Memnon dans fon Poëme, & s'embourbe dans la
defcription du Rhin, je me joüe en ces Satires. Alpinus

vivoit donc du temps qu'Horace fe joüoit en ces Satires ; & fi Alpinus en cet endroit eft un nom fuppofé,
l'Auteur du Poëme de Memnon pouvoit-il s'y mécon-
noiftre ? Horace, dira-t-on, vivoit fous le régne du plus
poli de tous les Empereurs : mais vivons-nous fous un
régne moins poli ? Et veut-on qu'un Prince, qui a tant
de qualités communes avec Augufte, foit moins dé-
goûté que lui des méchans livres, & plus rigoureux
envers ceux qui les blafment ?

Examinons pourtant Perfe, qui écrivoit fous le régne
de Neron. Il ne raille pas fimplement les Ouvrages des
Poëtes de fon temps : il attaque les Vers de Neron mefme. Car enfin tout le monde fçait, & toute la Cour de
Neron le fçavoit, que ces quatre Vers, *Torva Mimal-
loneis, &c.* dont Perfe fait une raillerie fi amére dans fa
premiére Satire, eftoient des Vers de Neron. Cependant
on ne remarque point que Neron, tout Neron qu'il
eftoit, ait fait punir Perfe ; & ce Tyran ennemi de la Raifon, & amoureux, comme on fçait, de fes Ouvrages, fut
affez galant homme pour entendre raillerie fur fes Vers,
& ne crut pas que l'Empereur, en cette occafion, duft
prendre les interefts du Poëte.

Pour Juvénal, qui florilfoit fous Trajan, il eft un peu
plus refpectueux envers les grands Seigneurs de fon fiécle. Il fe contente de répandre l'amertume de fes Satires
fur ceux du régne précedent : mais à l'égard des Auteurs,
il ne les va point chercher hors de fon fiécle. A peine

eft-il entré en matiére, que le voilà en mauvaife humeur contre tous les Ecrivains de fon temps. Demandez à Juvénal ce qui l'oblige de prendre la plume. C'eft
qu'il eft las d'entendre & la *Théſeide* de Codrus, & l'O-
reſte de celui-ci, & le *Telephe* de cet autre, & tous les
Poëtes enfin, comme il dit ailleurs, qui récitoient leurs
Vers au mois d'Aouſt, *& Auguſto recitantes menſe Poë-*
tas. Tant il eſt vrai que le droit de blaſmer les Auteurs
eſt un droit ancien, paſſé en coûtume parmi tous les
Satiriques, & ſouffert dans tous les ſiécles. Que s'il faut
venir des anciens aux modernes ; Regnier qui eſt preſque notre ſeul Poëte Satirique, a eſté véritablement
un peu plus diſcret que les autres. Cela n'empêche pas
néanmoins qu'il ne parle hardiment de Gallet, ce célébre joüeur, qui *aſſignoit ſes créanciers ſur ſept & qua-*
torze ; & du Sᵣ de Provins, *qui avoit changé ſon balan-*
dran en manteau court ; & du Couſin, *qui abandonnoit*
ſa maiſon de peur de la réparer ; & de Pierre du Puis,
& de pluſieurs autres.

    Que répondront à cela mes Cenſeurs ? Pour peu
qu'on les preſſe, ils chaſſeront de la République des
Lettres tous les Poëtes Satiriques, comme autant de
perturbateurs du repos public. Mais que diront-ils de
Virgile, le ſage, le diſcret Virgile, qui dans une Eglogue, où il n'eſt pas queſtion de Satire, tourne d'un ſeul
Vers deux Poëtes de ſon tems en ridicule ?

    Qui Bavium non odit, amet tua carmina, Mævi :
                                   dit

SUR LA SATIRE. 313

dit un Berger fatirique dans cette Eglogue. Et qu'on ne
me dife point que Bavius & Mævius en cet endroit font
des noms fuppofés : puifque ce feroit donner un trop
cruel démenti au docte Servius, qui affure pofitive-
ment le contraire. En un mot, qu'ordonneront mes Cenfeurs, de Catulle, de Martial, & de tous les Poëtes de
l'Antiquité, qui n'en ont pas ufé avec plus de difcrétion
que Virgile? Que penferont-ils de Voiture, qui n'a point
fait confcience de rire aux dépens du célébre Neuf-
Germain, quoiqu'également recommandable par l'antiquité de fa Barbe, & par la nouveauté de fa Poëfie?
Le banniront-ils du Parnaffe, lui & tous les Poëtes de
l'Antiquité, pour établir la feureté des Sots & des Ridicules? Si cela eft, je me confolerai aifément de mon
exil. Il y aura du plaifir d'eftre relegué en fi bonne compagnie. Raillerie à part, ces Meffieurs veulent-ils eftre
plus fages que Scipion & Lélius, plus délicats qu'Augufte, plus cruels que Neron? Mais eux qui font fi rigoureux envers les Critiques, d'où vient cette clémence
qu'ils affectent pour les méchans Auteurs? Je voi bien
ce qui les afflige : ils ne veulent pas eftre deftrompés. Il
leur fafche d'avoir admiré férieufement des Ouvrages
que mes Satires expofent à la rifée de tout le monde, &
de fe voir condamnés à oublier dans leur vieilleffe, ces
mefmes Vers qu'ils ont autrefois appris par cœur comme des chefs-d'œuvres de l'Art. Je les plains fans doute :
mais quel reméde? Faudra-t-il, pour s'accommoder à

Tome II.   *   R r

leur goût particulier, renoncer au fens commun? Faudra-t-il applaudir indifféremment à toutes les impertinences qu'un ridicule aura répanduës fur le papier? Et au lieu (1) qu'en certains pays on condamnoit les méchans Poëtes à effacer leurs Ecrits avec la langue, les livres deviendront-ils déformais un afyle inviolable, où toutes les fottifes auront droit de bourgeoifie; où l'on n'ofera toucher fans profanation? J'aurois bien d'autres chofes à dire fur ce fujet. Mais comme j'ai déja traité de cette matiere dans ma neuviéme Satire, il eft bon d'y renvoyer le Lecteur.

REMARQUES.

(1) *En certains pays.*] A Lyon, dans un Temple célébre, que les foixante Nations des Gaules firent bâtir en l'honneur de l'Empereur Augufte, au confluent du Rhône & de la Saône, dans l'endroit où eft à préfent l'Abbaye d'Aifnay. L'Empereur Caligula y inftitua des Jeux, & y fonda des prix pour les difputes d'Eloquence & de Poëfie; il établit auffi des peines contre ceux qui ne réuffiroient pas. Les vaincus étoient obligés de donner des prix aux vainqueurs, & de compofer des difcours à leur louange. Pour ceux dont les difcours avoient efté trouvés les plus mauvais, ils eftoient contraints de les effacer avec la langue, ou avec une éponge; pour éviter d'eftre battus de verges, ou plongés dans le Rhône. *Suétone, Vie de Caligula,* 20.

REMERCIMENT
A MESSIEURS
DE L'ACADEMIE
FRANÇOISE. (1)

MESSIEURS,

L'honneur que je reçois aujourd'hui eſt quelque choſe pour moi de ſi grand, de ſi extraordinaire, de ſi peu attendu, & tant de ſortes de raiſons ſembloient devoir pour jamais m'en exclure, que dans le moment meſme où je vous en fais mes remercimens, je ne ſçai encore ce que je dois croire. Eſt-il poſſible, eſt-il bien vrai, que vous m'aïez en effet jugé digne d'eſtre admis dans cette illuſtre Compagnie, dont le fameux eſtabliſſement ne fait guéres moins d'honneur à la mémoire du

REMARQUES.

(1) M. Deſpréaux prononça ce Diſcours le 3. Juillet 1684. jour auquel il fut reçû à l'Académie Françoiſe. On avoit déja penſé à l'y admettre, à la mort de M. Colbert; mais s'étant trouvé alors en concurrence avec le célébre M. de la Fontaine, quelques Académiciens que M. Deſpréaux avoit nommés dans ſes Satires, firent en ſorte que la pluralité des ſuffrages fut pour M. de la Fontaine. Le Roi, quoique perſuadé du mé- rite de ce dernier, ne fut pas content qu'on l'euſt préferé à M. Deſpréaux qu'il conſidé- roit particuliérement. S. M. différa ſon a- grément pour cette nomination juſqu'à l'an- née ſuivante, que M. Deſpréaux fut nommé pour ſuccéder à M. de Bezons Conſeiller d'Etat. Le Roi en approuvant ce choix, con- firma alors celui qu'on avoit fait de M. de la Fontaine.

Rr ij

Cardinal de Richelieu, que tant de chofes merveilleufes qui ont efté exécutées fous fon miniftére ? Et que
penferoit ce grand Homme ? Que penferoit ce (1) fage
Chancelier qui a poffedé après lui la Dignité de voftre
Protecteur, & après lequel vous avez jugé ne pouvoir
choifir d'autre Protecteur que le Roi mefme ? Que pen-
feroient-ils, dis-je, s'ils me voïoient aujourd'hui entrer
dans ce Corps fi célébre, l'objet de leurs foins & de leur
eftime, & où par les loix qu'ils ont établies, par les maximes qu'ils ont maintenuës, perfonne ne doit eftre reçu
qu'il ne foit d'un merite fans reproche, d'un efprit hors
du commun, en un mot, femblable à vous ? Mais à qui
eft-ce encore que je fuccéde dans la place que vous m'y
donnez ? (2) N'eft-ce pas à un Homme également confidérable, & par fes grands emplois, & par fa profonde
capacité dans les affaires ; qui tenoit une des premieres
places dans le Confeil, & qui en tant d'importantes
occafions a efté honoré de la plus étroite confiance de
fon Prince ; à un Magiftrat non moins fage qu'éclairé,
vigilant, laborieux, & avec lequel, plus je m'examine,
moins je me trouve de proportion ?

    Je fçai bien, MESSIEURS, & perfonne ne l'ignore,
que dans le choix que vous faites des Hommes propres

REMARQUES.

(1) *Ce fage Chancelier.*] M.Seguier. Après fa mort arrivée en 1672. le Roi voulut bien fe déclarer Protecteur de l'Académie Fran-çoife, à laquelle il permit de tenir fes Af-

femblées au Louvre.
  (2) *N'eft-ce pas à un homme*, &c.] M. de Bezons (Claude Bazin) Confeiller d'Etat.

à remplir les places vacantes de voftre fçavante Affemblée, vous n'avez égard ni au rang, ni à la dignité : que
la politeffe, le fçavoir, la connoiffance des belles Lettres, ouvrent chez vous l'entrée aux honneftes gens, &
que vous ne croïez point remplacer indignement un
Magiftrat du premier ordre, un Miniftre de la plus haute
élévation, en lui fubftituant un Poëte célébre, un Ecrivain illuftre par fes Ouvrages, & qui n'a fouvent d'autre dignité que celle que fon merite lui donne fur le
Parnaffe. Mais en qualité mefme d'Homme de Lettres,
que puis-je vous offrir qui foit digne de la grace dont
vous m'honorez ? Seroit-ce un foible recueil de Poëfies, qu'une témérité heureufe, & quelque adroite imitation des Anciens, ont fait valoir, pluftoft que la beauté des penfées, ni la richeffe des expreffions ? Seroit-ce
une traduction fi éloignée de ces grands chefs-d'œuvres
que vous nous donnez tous les jours, & où vous faites
fi glorieufement revivre les Thucydides, les Xeno-
phons, les Tacites, & tous ces autres célébres Heros de
la fçavante Antiquité ? Non, MESSIEURS, vous con-
noiffez trop bien la jufte valeur des chofes, pour païer
d'un fi grand prix des Ouvrages auffi médiocres que les
miens, & pour m'offrir de vous-mefmes, s'il faut ainfi
dire, fur un fi léger fondement, un honneur que la connoiffance de mon peu de merite ne m'a pas laiffé feulement la hardieffe de demander.

Quelle eft donc la raifon qui vous a peû infpirer fi

heureuſement pour moi en cette rencontre ? Je commence à l'entrevoir ; & j'oſe me flatter que je ne vous
ferai point ſouffrir en la publiant. La bonté qu'a eu le
plus grand Prince du monde, en voulant bien que je
m'emploïaſſe (1) avec un de vos plus illuſtres Ecrivains
à ramaſſer en un corps le nombre infini de ſes actions
immortelles ; cette permiſſion, dis-je, qu'il m'a donnée,
m'a tenu lieu auprès de vous de toutes les qualités qui
me manquent. Elle vous a entierement déterminés en
ma faveur. Oüi, MESSIEURS, quelque juſte ſujet qui
duſt pour jamais m'interdire l'entrée de voſtre Académie, vous n'avez pas crû, qu'il fuſt de voſtre équité
de ſouffrir, qu'un Homme deſtiné à parler de ſi grandes
choſes, fuſt privé de l'utilité de vos leçons, ni inſtruit
en d'autre Eſcole qu'en la voſtre. Et en cela vous avez
bien fait voir, que lorſqu'il s'agit de voſtre auguſte Protecteur, quelque autre conſideration qui vous puſt retenir d'ailleurs, voſtre zéle ne vous laiſſe plus voir que le
ſeul intereſt de ſa gloire.

Permettez pourtant que je vous déſabuſe, ſi vous vous
eſtes perſuadés que ce grand Prince, en m'accordant
cette grace, ait crû rencontrer en moi un Ecrivain capable de ſoutenir en quelque ſorte par la beauté du ſtile,
& par la magnificence des paroles, la grandeur de ſes

REMARQUES.

(1) *Avec un de vos plus illuſtres Ecri-* | mie en 1673. Il fut nommé en 1677. avec
vains.] M. Racine avoit été reçû à l'Acadé- | M. Deſpréaux, pour écrire l'Hiſtoire du Roi.

exploits. C'eft à vous, MESSIEURS, c'eft à des plumes comme les voftres, qu'il appartient de faire de tels chefs-d'œuvres ; & il n'a jamais conçû de moi une fi avantageufe penfée. Mais comme tout ce qui s'eft fait fous fon regne tient beaucoup du miracle & du prodige, il n'a pas trouvé mauvais, qu'au milieu de tant d'Ecrivains célébres, qui s'appreftent à l'envi à peindre fes actions dans tout leur éclat, & avec tous les ornemens de l'éloquence la plus fublime, un Homme fans fard, & accufé pluftoft de trop de fincerité que de flatterie, contribuaft de fon travail & de fes confeils à bien mettre en jour & dans toute la naïveté du ftile le plus fimple, la vérité de fes actions, qui eftant fi peu vraifemblables d'elles-mefmes, ont bien plus befoin d'eftre fidélement écrites que fortement exprimées.

En effet, MESSIEURS, lorfque des Orateurs & des Poëtes, ou des Hiftoriens mefme auffi entreprenans quelquefois que les Poëtes & les Orateurs, viendront à déployer fur une matiére fi heureufe toutes les hardieffes de leur Art, toute la force de leurs expreffions : Quand ils diront de LOUIS LE GRAND, à meilleur titre qu'on ne l'a dit d'un fameux Capitaine de l'Antiquité, qu'il a fait lui feul plus d'exploits que les autres n'en ont lû; qu'il a pris plus de Villes que les autres Rois n'ont fouhaité d'en prendre : Quand ils affureront, qu'il n'y a point de Potentat fur la terre, quelque ambitieux qu'il puiffe eftre, qui dans les vœux fecrets qu'il fait au Ciel,

ofe lui demander autant de profperités & de gloire, que
le Ciel en a accordé liberalement à ce Prince : Quand
ils écriront, que fa conduite eft maitreffe des événemens, que la Fortune n'oferoit contredire fes deffeins :
Quand ils le peindront à la tefte de fes armées, marchant
à pas de Géant au travers des fleuves & des montagnes,
foudroïant les remparts, brifant les rocs, terraffant tout
ce qui s'oppofe à fa rencontre ; ces expreffions paroi-
ftront fans doute grandes, riches, nobles, accommo-
dées au fujet : mais en les admirant, on ne fe croira point
obligé d'y adjoufter foi, & la vérité fous ces ornemens
pompeux, pourra aifément eftre defavoüée ou mé-
connuë.

Mais lorfque des Ecrivains fans artifice, fe contentant
de rapporter fidellement les chofes, & avec toute la
fimplicité de témoins qui dépofent, plûtoft mefme que
d'Hiftoriens qui racontent, expoferont bien tout ce qui
s'eft paffé en France depuis la fameufe Paix des Pirénées,
tout ce que le Roi a fait pour rétablir dans fes Etats
l'ordre, les loix, la difcipline : quand ils compteront
bien toutes les Provinces que dans les guerres fuivantes il a ajouftées à fon Royaume, toutes les Villes qu'il
a conquifes, tous les avantages qu'il a eûs, toutes les
Victoires qu'il a remportées fur fes Ennemis : l'Efpagne,
la Hollande, l'Allemagne, l'Europe entiere trop foible
contre lui feul, une guerre tousjours féconde en profperités, une paix encore plus glorieufe ; quand, dis-je,

des

des plumes fincéres, & plus foigneufes de dire vrai que
de fe faire admirer, articuleront bien tous ces faits dif-
pofés dans l'ordre des temps, & accompagnés de leurs
veritables circonftances; qui eft-ce qui en pourra difconvenir, je ne dis pas de nos Voifins, je ne dis pas de
nos Alliés , je dis de nos Ennemis mefmes? Et quand
ils n'en voudroient pas tomber d'accord, leurs puiffan-
ces diminuées, leurs Etats refferrés dans des bornes plus
étroites, leurs plaintes, leurs jaloufies, leurs fureurs,
leurs invectives mefme ne les en convaincront-ils pas
malgré eux? Pourront-ils nier que l'année mefme où
je parle, ce Prince voulant les contraindre d'accepter
la Paix qu'il leur offroit pour le bien de la Chreftienté,
il a tout à coup, & lors qu'ils le publioient entiérement
épuifé d'argent & de forces, il a, dis-je, tout-à-coup fait
fortir comme de terre dans les Païs-bas deux Armées
de quarante mille hommes chacune, & les y a fait fubfifter abondamment malgré la difette des fourrages &
la féchereffe de la faifon? Pourront-ils nier, que tandis
qu'avec une de ces Armées il faifoit affiéger Luxem-
bourg, lui-mefme avec l'autre, tenant tousjours les Villes du Hainaut & du Brabant comme bloquées; par
cette conduite toute merveilleufe, ou plûtoft par une
efpece d'enchantement, femblable à celui de (1) cette
Tefte fi célébre dans les Fables , dont l'afpect conver-

R E M A R Q U E S.

(1) *Cette Tefte fi célébre*, &c.] La Tefte de Médufe.

tiffoit les hommes en rochers, il a rendu les Efpagnols
immobiles fpectateurs de la prife de cette Place fi importante, où ils avoient mis leur derniere reffource:
que par un effet non moins admirable d'un enchantement fi prodigieux, (1) cet opiniaftre Ennemi de fa
gloire, cet induftrieux Artifan de ligues & de querelles,
qui travailloit depuis fi long-temps à remuer contre lui
toute l'Europe, s'eft trouvé lui-mefme dans l'impuiffan-
ce, pour ainfi dire, de fe mouvoir; lié de tous coftés,
& réduit pour toute vengeance, à femer des libelles, à
pouffer des cris & des injures? Nos Ennemis, je le répete, pourront-ils nier toutes ces chofes? Pourront-ils
ne pas avoüer, qu'au mefme temps que ces merveilles s'exécutoient dans les Païs-bas, noftre Armée navale
fur la Mer Méditerranée, après avoir forcé Alger à demander la paix, faifoit fentir à Genes, par un exemple
à jamais terrible, la jufte punition de fes infolences &
de fes perfidies; enfeveliffoit fous les ruines de fes Palais
& de fes Maifons cette fuperbe Ville, plus aifée à détruire qu'à humilier? Non fans doute, nos Ennemis
n'oferoient démentir des verités fi réconnuës; fur tout,
lors qu'ils les verront écrites avec cet air fimple & naïf,
& dans ce caractére de fincerité & de vrai-femblance,
qu'au défaut des autres chofes je ne defefpere pas ab-

REMARQUES.

(1) *Cet opiniaftre ennemi de fa gloire.*] Le Prince d'Orange, Guillaume de Naffau, depuis Roi d'Angleterre.

folument de pouvoir, au moins en partie, fournir à l'Hiftoire.

Mais comme cette fimplicité mefme, toute ennemie qu'elle eft de l'oftentation & du fafte, a pourtant fon art, fa méthode, fes agrémens; où pourrois-je mieux puifer cet art & ces agrémens, que dans la fource mefme de toutes les délicateffes; dans cette Académie qui tient depuis fi long-temps en fa poffeffion tous les thréfors, toutes les richeffes de notre langue? C'eft donc, MESSIEURS, ce que j'efpere aujourd'hui trouver parmi vous; c'eft ce que j'y viens étudier, c'eft ce que j'y viens apprendre. Heureux! fi par mon affiduité à vous cultiver, par mon adreffe à vous faire parler fur ces matieres, je puis vous engager à ne me rien cacher de vos connoiffances & de vos fecrets. Plus heureux encore! fi par mes refpeĉts, & par mes fincéres foûmiffions, je puis parfaitement vous convaincre de l'extrefme reconnoiffance, que j'aurai toute ma vie de l'honneur inefperé que vous m'avez fait.

DISCOURS
SUR LE STILE
DES INSCRIPTIONS.

M. Charpentier de l'Académie Françoise, ayant com-
posé des Inscriptions pleines d'emphase, qui furent mi-
ses par ordre du Roi au bas des Tableaux des Victoi-
res de ce Prince, peints dans la grande Galerie de Ver-
sailles par M. le Brun; M. de Louvois, qui succéda à
M. Colbert dans la Charge de Sur-intendant des Bâ-
timens, fit entendre à Sa Majesté, que ces Inscriptions
déplaisoient fort à tout le monde; & pour mieux lui
monstrer que c'estoit avec raison, me pria de faire sur
cela un mot d'écrit qu'il peust monstrer au Roi. Ce que
je fis aussi-tost. Sa Majesté lut cet Ecrit avec plaisir,
& l'approuva. De sorte que la saison l'appellant à
Fontainebleau, il ordonna qu'en son absence on ostast
toutes ces pompeuses déclamations de M. Charpentier,
& qu'on y mist les Inscriptions simples, qui y sont;
que nous composasmes presque sur le champ, M. Ra-
cine & moi, & qui furent approuvées de tout le monde.
C'est cet Ecrit, fait à la priere de M. de Louvois,
que je donne ici au Public.

LEs Inscriptions doivent estre simples, courtes, &
familieres. La pompe, ni la multitude des paroles
n'y valent rien, & ne sont point propres au stile grave,

qui eſt le vrai ſtile des Inſcriptions. Il eſt abſurde de faire une déclamation autour d'une Médaille, ou au bas d'un Tableau ; ſur tout lorſqu'il s'agit d'actions comme celles du Roi, qui eſtant d'elles-meſmes toutes grandes & toutes merveilleuſes, n'ont pas beſoin d'eſtre exaggérées.

Il ſuffit d'énoncer ſimplement les choſes pour les faire admirer. *Le paſſage du Rhin* dit beaucoup plus, que *le merveilleux paſſage du Rhin*. L'Epithéte de *merveilleux* en cet endroit, bien loin d'augmenter l'action, la diminuë, & ſent ſon déclamateur qui veut groſſir de petites choſes. C'eſt à l'Inſcription à dire, *voilà le paſſage du Rhin ;* & celui qui lit, ſçaura bien dire ſans elle, *Le paſſage du Rhin eſt une des plus merveilleuſes actions qui aïent jamais eſté faites dans la guerre.* Il le dira meſme d'autant plus volontiers, que l'Inſcription ne l'aura pas dit avant lui ; les hommes naturellement ne pouvant ſouffrir qu'on prévienne leur jugement, ni qu'on leur impoſe la néceſſité d'admirer ce qu'ils admireront aſſez d'eux-meſmes.

D'ailleurs, comme les Tableaux de la Galerie de Verſailles ſont des eſpéces d'emblêmes héroïques des actions du Roi, il ne faut, dans les régles, que mettre au bas du Tableau le fait hiſtorique, qui a donné occaſion à l'emblême. Le Tableau doit dire le reſte, & s'expliquer tout ſeul. Ainſi, par exemple, lorſqu'on aura mis au bas du premier Tableau : *Le Roi prend lui-meſme la conduite*

de son Royaume, & se donne tout entier aux affaires,
1661. Il sera aisé de concevoir le dessein du Tableau,
où l'on voit le Roi fort jeune, qui s'éveille au milieu
d'une foule de plaisirs dont il est environné, & qui tenant de la main un timon, s'apprête à suivre la gloire
qui l'appelle, &c.

Au reste, cette simplicité d'Inscriptions est extrêmement du goust des Anciens, comme on le peut voir
dans les Médailles, où ils se contentoient souvent de
mettre pour toute explication la date de l'action qui
est figurée, ou le Consulat sous lequel elle a esté faite,
ou tout au plus deux mots, qui apprennent le sujet de
la Médaille.

Il est vrai que la Langue Latine dans cette simplicité a une noblesse & une énergie, (1) qu'il est difficile d'attraper en notre langue. Mais si l'on n'y peut
atteindre, il faut s'efforcer d'en approcher; & tout du
moins ne pas charger nos Inscriptions d'un verbiage
& d'une enflûre de paroles, qui étant fort mauvaise

REMARQUES.

(1) *Qu'il est difficile d'attraper en notre Langue.*] La raison de cela est bien expli-
quée dans une Lettre de l'Auteur, du 15 Mai 1705.... Je suis entièrement déclaré pour la Langue Latine, qui est extrêmement propre, à mon avis, pour les Inscrip-
tions, à cause de ses Ablatifs absolus: au lieu que la Langue Françoise, en de pareilles occasions, traisne & languit par ses Gé-
rondifs incommodes, & par ses Verbes au-
xiliaires, où elle est indispensablement assu-
jettie, & qui sont toujours les mesmes. Ajou-
tez, qu'ayant besoin, pour plaire, d'estre soutenue, elle n'admet point cette simplici-
té majestueuse du Latin; & pour peu qu'on l'orne, on donne dans un certain Phébus qui la rend sotte & fade. Quelle comparai-
son, par exemple, y auroit-il entre ces mots qui me viennent au bout de la plume: *Regiâ Familiâ Urbem invisente;* & ceux-ci: *La Royale Famille estant venuë voir la Ville.*

par tout ailleurs , devient fur tout infupportable en ces endroits.

Ajoutez à tout cela , que ces Tableaux eftant dans l'appartement du Roi, & ayant efté faits par fon ordre ; c'eft en quelque forte le Roi lui-mefme qui parle à ceux qui viennent voir fa Galerie. C'eft pour ces raifons qu'on a cherché une grande fimplicité dans les nouvelles Infcriptions, où l'on ne met proprement que le titre & la date, & où l'on a fur tout évité le fafte & l'oftentation.

DISSERTATION
SUR LA JOCONDE: (1)
A
M. L'ABBE' LE VAYER.
LETTRE I.

Monsieur,

Votre gageure est sans doute fort plaisante, & j'ai ri de tout mon cœur de la bonne foi avec laquelle votre Ami soutient une opinion aussi peu raisonnable que la sienne. Mais cela ne m'a point du tout surpris : ce n'est pas d'aujourd'hui que les plus méchans Ouvrages ont trouvé de sincéres protecteurs, & que des opiniastres ont entrepris de combattre la Raison à force ouverte. Et pour ne vous point citer ici d'exemples du commun, il n'est pas que vous n'aiez ouï parler du goust bizarre (2) de cet Empereur, qui préféra les Ecrits d'un je ne

REMARQUES.

(1) Il parut en 1663. deux Traductions en Vers François de la Joconde ; l'une étoit du célébre la Fontaine ; & l'autre du Sieur Bouillon, Poète médiocre. Il y eut une gageure considérable sur la préference de ces deux Ouvrages, entre M. l'Abbé le Vayer, & M. de Saint-Gilles. Moliere étoit leur ami commun : ils le prirent pour Juge; mais il refusa de dire son sentiment, pour ne pas faire perdre la gageure à Saint-Gilles, qui avoit parié pour la Joconde de Bouillon. M. Despréaux, jeune alors, décida le différend par cette Dissertation en forme de Lettre.

(2) *De cet Empereur.*] Caligula. *Suétone.*

fçai

fçai quel Poëte aux Ouvrages d'Homére, & qui ne
vouloit pas que tous les hommes enfemble, pendant
prés de vingt fiécles, euffent eu le fens commun.

Le fentiment de voftre Ami a quelque chofe d'auffi
monftrueux. Et certainement quand je fonge à la chaleur avec laquelle il va, le livre à la main, défendre
la Joconde de Monfieur Boüillon, il me femble voir
Marfife dans l'Ariofte (puis qu'Ariofte il y a) qui veut
faire confeffer à tous les Chevaliers, que cette Vieille
qu'il a en croupe, eft un chef-d'œuvre de beauté. Quoi
qu'il en foit, s'il n'y prend garde, fon opiniaftreté lui
couftera un peu cher, & quelque mauvais paffe-temps
qu'il y ait pour lui à perdre cent Piftoles, je le plains
encore plus de la perte qu'il va faire de fa réputation
dans l'efprit des habiles gens.

Il a raifon de dire qu'il n'y a point de comparaifon
entre les deux Ouvrages dont vous eftes en difpute,
puis qu'il n'y a point de comparaifon entre un Conte
plaifant, & une narration froide: entre une invention
fleurie & enjoüée, & une Traduction féche & trifte.
Voilà en effet, la proportion qui eft entre ces deux Ouvrages. M. de la Fontaine a pris à la verité fon fujet de
l'Ariofte; mais en mefme temps il s'eft rendu maiftre
de fa matiére: ce n'eft point une copie qu'il ait tirée un
trait aprés l'autre fur l'original; c'eft un original qu'il a
formé fur l'idée que l'Ariofte lui a fournie. C'eft ainfi
que Virgile a imité Homére; Terence, Ménandre; & le

Tome II.   *   T t

Tasse, Virgile. Au contraire, on peut dire de M. Boüillon que c'est un Valet timide qui n'oseroit faire un pas sans le congé de son Maistre, & qu'il ne le quitte jamais que quand il ne le peut plus suivre. C'est un Traducteur maigre & décharné : les plus belles fleurs que l'Ariofte lui fournit deviennent seches entre ses mains, & à tous momens quittant le François pour s'attacher à l'Italien, il n'eft ni Italien ni François.

Voilà, à mon avis, ce qu'on doit penser de ces deux piéces. Mais je passe plus avant, & je soutiens que non seulement la Nouvelle de M. de la Fontaine eft infiniment meilleure que celle de ce Monsieur, mais qu'elle eft mesme plus agréablement contée que celle de l'Ariofte. C'est beaucoup dire, sans doute, & je vois bien que par-là je vais m'attirer sur les bras tous les amateurs de ce Poëte. C'est pourquoi vous trouverez bon que je n'avance pas cette opinion, sans l'appuïer de quelques raisons.

Premierement je ne vois pas par quelle licence Poëtique l'Ariofte a pû, dans un Poëme Héroïque & sérieux, mesler une Fable, & un Conte de Vieille, pour ainsi dire, aussi burlesque qu'eft l'Hiftoire de Joconde. *Je sçai bien,* (1) dit un Poëte, grand Critique, *qu'il y a*

REMARQUES.

(1) *Dit un Poëte.*] Horace, Art Poët. vers 9. & suiv.
———— *Pictoribus atque Poëtis ,*
Quidlibet audendi semper fuit æqua poteftas , &c.

beaucoup de chofes permifes aux Poëtes & aux Peintres;
qu'ils peuvent quelquefois donner carriere à leur ima-
gination; & qu'il ne faut pas toujours les refferrer dans
la raifon étroite & rigoureufe. Bien loin de leur vouloir
ravir ce Privilége, je le leur accorde pour eux, & je le
demande pour moi. Ce n'eft pas à dire toutefois qu'il leur
foit permis pour cela de confondre toutes chofes, de ren-
fermer dans un mefme corps mille efpéces différentes,
auffi confufes que les refveries d'un malade; de mefler
enfemble des chofes incompatibles; d'accoupler les Oi-
feaux avec les Serpens, les Tigres avec les Agneaux.
Comme vous voïez, Monfieur, ce Poëte avoit fait le
Procès à l'Ariofte, plus de mille ans avant que l'Ariofte
euft écrit. En effet, ce corps compofé de mille efpéces
différentes, n'eft-ce pas proprement l'image du Poëme
de Roland le furieux? Qu'y a-t-il de plus grave & de
plus héroïque que certains endroits de ce Poëme? Qu'y
a-t-il de plus bas & de plus bouffon que d'autres? Et fans
chercher fi loin, peut-on rien voir de moins ferieux
que l'Hiftoire de Joconde & d'Aftolphe? Les avantures
de Bufcon & de Lazarille ont-elles quelque chofe de
plus extravagant? Sans mentir, une telle baffeffe eft bien
éloignée du gouft de l'Antiquité; & qu'auroit-on dit de
Virgile, bon Dieu! fi à la defcente d'Enée dans l'Italie,
il lui avoit fait conter par un hoftelier, l'Hiftoire de
Peau-d'Afne, ou les Contes de ma Mere-l'Oye? Je dis
les Contes de ma Mere-l'Oye, car l'Hiftoire de Jo-

conde n'eſt guéres d'un autre rang. Que ſi Homére a
eſté blaſmé dans ſon Odyſſée (qui eſt pourtant un Ouvrage tout Comique, comme l'a remarqué Ariſtote)
ſi, dis-je, il a eſté repris par de fort habiles Critiques,
pour avoir meſlé dans cet Ouvrage l'Hiſtoire des Compagnons d'Ulyſſe changés en Pourceaux, comme eſtant
indigne de la majeſté de ſon ſujet ; que diroient ces Critiques, s'ils voyoient celle de Joconde dans un Poëme
Héroïque ? N'auroient-ils pas raiſon de s'écrier, que ſi
cela eſt reçû, le bon ſens ne doit plus avoir de Juriſdic-
tion ſur les Ouvrages d'eſprit, & qu'il ne faut plus parler d'Art ni de Régles ? Ainſi, Monſieur, quelque bonne
que ſoit d'ailleurs la Joconde de l'Arioſte, il faut tomber d'accord qu'elle n'eſt pas en ſon lieu.

Mais examinons un peu cette Hiſtoire en elle-meſme.
Sans mentir, j'ai de la peine à ſouffrir le ſérieux avec
lequel l'Arioſte écrit un Conte ſi bouffon. Vous diriez
que non-ſeulement, c'eſt une Hiſtoire très-véritable,
mais que c'eſt une choſe très-noble & très-héroïque qu'il
va raconter : & certes s'il vouloit décrire les exploits
d'un Alexandre, ou d'un Charlemagne, il ne débute-
roit pas plus gravement.

Aſtolfo Re de' Longobardi, quello
A cui lasciò il fratel monaco il Regno,
Fù ne la Giovanezza ſua ſi bello,
Che mai poèh' altri giunſero à quel ſegno.

N'havria à fatica un tal fatto a pennello
Appelle, Zeuſi, ò ſe v'è alcun più degno.

Le bon meſſer Ludovico ne ſe ſouvenoit pas, ou
plûtôſt ne ſe ſoucioit pas du précepte de ſon Horace.

Verſibus exponi Tragicis res Comica non vult.

Cependant il eſt certain que ce précepte eſt fondé ſur
la pure raiſon, & que comme il n'y a rien de plus
froid que de conter une choſe grande en ſtile bas,
auſſi n'y a-t-il rien de plus ridicule, que de raconter
une Hiſtoire comique & abſurde en termes graves &
ſérieux : à moins que ce ſérieux ne ſoit affecté tout exprès pour rendre la choſe encore plus burleſque. Le
ſecret donc en contant une choſe abſurde, eſt de s'é-
noncer d'une telle maniere, que vous faſſiez concevoir au Lecteur, que vous ne croyez pas vous-meſme
la choſe que vous lui contez. Car alors il aide lui
meſme à ſe décevoir, & ne ſonge qu'à rire de la plaiſanterie agréable d'un Auteur qui ſe joué & ne lui parle
pas tout de bon. Et cela eſt ſi veritable, qu'on dit meſme aſſez ſouvent des choſes qui choquent directement
la raiſon & qui ne laiſſent pas néanmoins de paſſer, à
cauſe qu'elles excitent à rire. Telle eſt cette hyperbole
d'un ancien Poëte Comique, pour ſe moquer d'un
homme qui avoit une terre de fort petite étenduë : *Il*
poſſedoit, dit ce Poëte, *une terre à la Campagne, qui*
n'étoit pas plus grande qu'une Epiſtre de Lacédémonien.

Y a-t-il rien, (1) ajoûte un ancien Rhéteur, de plus abfurde que cette penfée? Cependant elle ne laiffe pas de
paffer pour vraifemblable, parce qu'elle touche la paffion, je veux dire qu'elle excite à rire. Et n'eft-ce pas
en effet ce qui a rendu fi agréables certaines Lettres de
Voiture, comme celle du Brochet & de la Carpe, dont
l'invention eft abfurde d'elle-mefme, mais dont il a caché les abfurdités par l'enjoûment de fa narration, &
par la maniere plaifante dont il dit toutes chofes? C'eft
ce que M. de la Fontaine a obfervé dans fa Nouvelle;
il a cru que dans un Conte comme celui de Joconde,
il ne falloit pas badiner férieufement. Il rapporte à la
verité des avantures extravagantes, mais il les donne
pour telles; par tout il rit & il joûë; & fi le Lecteur lui
veut faire un procès fur le peu de vrai-femblance qu'il
y a aux chofes qu'il raconte, il ne va pas comme l'A-
riofte, les appuïer par des raifons forcées, & plus abfurdes encore que la chofe mefme; mais il s'en fauve en
riant, & en fe joüant du Lecteur, qui eft la route qu'on
doit tenir en ces rencontres.

Ridiculum acri
Fortius & melius magnas plerumque fecat res.

Ainfi, lorfque Joconde, par exemple, trouve fa Femme
couchée entre les bras d'un Valet, il n'y a pas d'appa-

REMARQUES.

(1) *Ajoûte un ancien Rhéteur.*] Longin, Traité du Sublime, chap. 31.

rence que dans la fureur il n'éclate contre elle, ou du moins contre ce Valet. Comment eft-ce donc que l'Ariofte fauve cela ? Il dit que la violence de l'amour ne lui permet pas de faire déplaifir à fa Femme.

Ma, da l'amor che porta al fuo difpetto ,
A l'ingrata moglie , li fu interdetto.

Voilà, fans mentir, un Amant bien parfait, & Céladon ni Silvandre ne font jamais parvenus à ce haut degré de perfeҫtion. Si je ne me trompe, c'eftoit bien plûtoft là une raifon, non feulement pour obliger Joconde à éclater, mais c'en eftoit affez pour lui faire poignarder dans la rage fa Femme, fon Valet, & foi-mefme ; puis qu'il n'y a point de paffion plus tragique & plus violente que la jaloufie qui naift d'un extrefme amour. Et certainement , fi les hommes les plus fages & les plus moderés ne font pas maiftres d'eux-mefmes, dans la chaleur de cette paffion, & ne peuvent s'empefcher quelquefois de s'emporter jufqu'à l'excès , pour des fujets fort légers ; que devoit faire un jeune homme comme Joconde, dans le premier accès d'une jaloufie auffi bien fondée que la fienne ? Eftoit-il en eftat de garder encore des mefures avec une perfide , pour qui il ne pouvoit plus avoir que des fentimens d'horreur & de mépris ? M. de la Fontaine a bien vû l'abfurdité qui s'enfuivoit de là : il s'eft donc bien gardé de faire Joconde amoureux d'un amour romanefque &

extravagant; cela ne ferviroit de rien, & une paffion comme celle là n'a point de rapport avec le caraĉtére dont Joconde nous eft dépeint, ni avec fes avantures amoureufes. Il l'a donc repréfenté feulement, comme un homme perfuadé au fonds de la vertu & de l'honnefteté de fa Femme. Ainfi, quand il vient à reconnoiftre l'infidélité de cette Femme, il peut fort bien, par un fentiment d'honneur, comme le fuppofe M. de la Fontaine, n'en rien témoigner, puifqu'il n'y a rien qui faffe plus de tort à un homme d'honneur en ces fortes de rencontres, que l'éclat.

> *Tous deux dormoient : dans cet abord Joconde*
> *Voulut les envoïer dormir en l'autre monde ;*
> *Mais cependant il n'en fit rien,*
> *Et mon avis eft qu'il fit bien.*
> *Le moins de bruit que l'on peut faire*
> *En telle affaire,*
> *Eft le plus fûr de la moitié.*
> *Soit par prudence ou par pitié,*
> *Le Romain ne tua perfonne.*

Que fi l'Ariofte n'a fuppofé l'extrefme amour de Joconde, que pour fonder la maladie & la maigreur qui lui vint enfuite, cela n'eftoit point néceffaire, puifque la feule penféé d'un affront n'eft que trop fuffifante pour faire tomber malade un homme de cœur. Ajoûtez à toutes ces raifons, que l'image d'un honnefte homme
lafchement

lafchement trahi par une ingrate qu'il aime, tel que Joconde nous eft repréfenté dans l'Ariofte, a quelque
chofe de tragique, qui ne vaut rien dans un Conte
pour rire: au lieu que la peinture d'un mari qui fe réfout à fouffrir difcretement les plaifirs de fa Femme,
comme l'a dépeint M. de la Fontaine, n'a rien que de
plaifant & d'agréable, & c'eft le fujet ordinaire de nos
Comédies.

L'Ariofte n'a pas mieux réüffi dans cet autre endroit,
où Joconde apprend au Roi l'abandonnement de fa
Femme avec le plus laid monftre de la Cour. Il n'eft
pas vrai-femblable que le Roi n'en témoigne rien. Que
fait donc l'Ariofte pour fonder cela? Il dit que Joconde,
avant que de découvrir ce fecret au Roi, le fit jurer fur
le Saint Sacrement, ou fur l'*Agnus Dei*, ce font fes termes, qu'il ne s'en reffentiroit point. Ne voilà-t-il pas
une invention bien agréable? Et le Saint Sacrement n'eft-
il pas là bien placé? Il n'y a que la licence Italienne
qui puiffe mettre une femblable impertinence à couvert, & de pareilles fottifes ne fe fouffrent point en Latin ni en François. Mais comment eft-ce que l'Ariofte
fauvera toutes les autres abfurdités qui s'enfuivent de
là? Où eft-ce que Joconde trouve fi vifte une Hoftie
facrée pour faire jurer le Roi? Et quelle apparence
qu'un Roi s'engage ainfi légerement à un fimple Gentilhomme, par un ferment fi exécrable? Avoüons que
M. de la Fontaine s'eft bien plus fagement tiré de ce pas;

par la plaifanterie de Joconde, qui propofe au Roi,
pour le confoler de cet accident, l'exemple des Rois &
des Céfars qui avoient fouffert un femblable malheur
avec une conftance toute heroïque ; & peut-on en fortir plus agréablement qu'il ne fait par ces Vers?

> *Mais enfin il le prit en homme de courage,*
> *En galant homme ; & pour le faire court,*
> *En veritable homme de Cour.*

Ce trait ne vaut-il pas mieux lui feul que tout le férieux de l'Ariofte ? Ce n'eft pas pourtant que l'Ariofte
n'ait cherché le plaifant autant qu'il a pû. Et on peut
dire de lui, ce que Quintilien dit de Démofthéne :
Non difplicuiffe illi jocos, fed non contigiffe : qu'il ne
fuyoit pas les bons mots ; mais qu'il ne les trouvoit pas.
Car quelquefois de la plus haute gravité de fon ftile,
il tombe dans des baffeffes à peine dignes du Burlefque. En effet, qu'y a-t-il de plus ridicule que cette longue Généalogie qu'il fait du Reliquaire que Joconde
reçut en partant, de fa femme? Cette raillerie contre la
Religion n'eft-elle pas bien en fon lieu ? Que peut-on
voir de plus fale que cette métaphore ennuyeufe, prife
de l'exercice des chevaux, de laquelle Aftolfe & Joconde fe fervent pour fe reprocher l'un à l'autre leur
lubricité ? Que peut-on imaginer de plus froid que cette
équivoque qu'il employe à propos du retour de Joconde à Rome ? On croyoit, dit-il, qu'il étoit allé à
Rome, & il étoit à Cornetto.

Credeano che da lor ſi foſſe tolto
Per gire à Roma, è gito era à Cornetto.

Si Monſieur de la Fontaine avoit mis une ſemblable
ſottiſe dans toute ſa piéce, trouveroit-il grace auprès
de ſes Cenſeurs ? Et une impertinence de cette force
n'auroit-elle pas eſté capable de décrier tout ſon Ouvrage, quelques beautés qu'il euſt eu d'ailleurs ? Mais
certes, il ne falloit pas appréhender cela de lui. Un homme formé, comme je vois bien qu'il l'eſt au gouſt de Té-
rence & de Virgile, ne ſe laiſſe pas emporter à ces extra-
vagances Italiennes, & ne s'écarte pas ainſi de la route
du bon ſens. Tout ce qu'il dit eſt ſimple & naturel, & ce
que j'eſtime ſur tout en lui, c'eſt une certaine naïveté de
langage, que peu de gens connoiſſent, & qui fait pourtant tout l'agrément du diſcours. C'eſt cette naïveté inimitable qui a eſté tant eſtimée dans les écrits d'Horace &
de Térence, à laquelle ils ſe ſont étudiés particuliérement, juſqu'à rompre pour cela la meſure de leurs Vers,
comme a fait M. de la Fontaine en beaucoup d'endroits.
En effet, c'eſt ce *molle* & ce *facetum* qu'Horace a attribué à Virgile, & qu'Apollon ne donne qu'à ſes Favoris.
En voulez-vous des exemples ?

Marié depuis peu; Content, je n'en ſçaï rien.
Sa femme avoit de la jeuneſſe,
De la beauté, de la délicateſſe.
Il ne tenoit qu'à lui qu'il ne s'en trouvaſt bien.

Vu ij

340 LETTRES.

S'il eût dit fimplement, que Joconde vivoit content avec fa femme, fon difcours auroit efté affez froid; mais par ce doute où il s'embarraffe lui-mefme, & qui ne veut pourtant dire que la mefme chofe, il enjouë fa narration, & occupe agréablement le Lecteur. C'eft ainfi qu'il faut juger de ces Vers de Virgile dans une de fes Eglogues, à propos de Médée, à qui une fureur d'amour & de jaloufie avoit fait tuer fes enfans.

Crudelis mater magis, an puer improbus ille?
Improbus ille puer; crudelis tu quoque mater.

Il en eft de mefme encore de cette réflexion que fait M. de la Fontaine, à propos de la défolation que fait paroiftre la femme de Joconde, quand fon mari eft preft à partir.

Vous autres bonnes gens auriez crû que la Dame,
Une heure après euft rendu l'ame.
Moi qui fçait ce que c'eft que l'efprit d'une femme,&c.

Je pourrois vous montrer beaucoup d'endroits de la mefme force, mais cela ne ferviroit de rien pour convaincre voftre ami. Ces fortes de beautés font de celles qu'il faut fentir, & qui ne fe prouvent point. C'eft ce je ne fçai quoi qui nous charme, & fans lequel la beauté mefme n'auroit ni grace ni beauté. Mais après tout, c'eft un je ne fçai quoi; & fi voftre ami eft aveugle, je ne m'engage pas à lui faire voir clair: & c'eft auffi pour-

quoi vous me difpenferez, s'il vous plaift, de répondre
à toutes les vaines objections qu'il vous a faites. Ce feroit combattre des Fantômes qui s'évanoüiffent d'eux-
mefmes ; & je n'ai pas entrepris de diffiper toutes les chimeres qu'il eft d'humeur à fe former dans l'efprit.

Mais il y a deux difficultés, dites-vous, qui vous ont
efté propofées par un fort galant homme, & qui font
capables de vous embarraffer. La premiere regarde
l'endroit où ce valet d'hoftellerie trouve le moyen de
coucher avec la commune Maiftreffe d'Aftolfe & de Joconde, au milieu de ces deux Galans. Cette avanture,
dit-on, paroift mieux fondée dans l'Original, parce
qu'elle fe paffe dans une hoftellerie où Aftolfe & Joconde viennent d'arriver fraîchement, & d'où ils doivent partir le lendemain : ce qui eft une raifon fuffifante pour obliger ce valet à ne point perdre de temps,
& à tenter ce moyen, quelque dangereux qu'il puiffe
eftre, pour joüir de fa maiftreffe ; parce que s'il laiffe
échaper cette occafion, il ne pourra plus la recouvrer :
au lieu que dans la nouvelle de M. de la Fontaine,
tout ce myftere arrive chez un Hofte où Aftolfe & Joconde font un affez long féjour. Ainfi ce valet logeant
avec celle qu'il aime, & eftant avec elle tous les jours,
vrai-femblablement il pouvoit trouver d'autres voyes
plus feures pour coucher avec elle, que celle dont il
fe fert.

A cela je réponds, que fi ce valet a recours à celle-ci,

c'eſt qu'il n'en peut imaginer de meilleure, & qu'un gros brutal, tel qu'il nous eſt repréſenté par M. de la Fontaine, & tel qu'il devoit l'eſtre en effet, pour faire une entrepriſe comme celle-là, eſt fort capable de hazarder tout pour ſe ſatisfaire, & n'a pas toute la prudence que pourroit avoir un honneſte homme. Il y auroit quelque choſe à dire ſi M. de la Fontaine nous l'avoit préſenté comme un amoureux de Roman, tel qu'il eſt dépeint dans l'Arioſte, qui n'a pas pris garde que ces paroles de tendreſſe & de paſſion qu'il lui met dans la bouche, ſont fort bonnes pour un Tircis, mais ne conviennent pas trop bien à un Muletier. Je ſoutiens en ſecond lieu, que la meſme raiſon qui dans l'Arioſte empeſche tout un jour ce valet & cette fille de pouvoir exécuter leur volonté; cette meſme raiſon, dis-je, a pû ſubſiſter pluſieurs jours; & qu'ainſi eſtant continuellement obſervés l'un & l'autre par les gens d'Aſtolfe & de Joconde, & par les autres valets de l'Hoſtellerie, il n'eſt pas dans leur pouvoir d'accomplir leur deſſein, ſi ce n'eſt la nuit. Pourquoi donc, me direz-vous, M. de la Fontaine n'a-t-il point exprimé cela ? Je ſoutiens qu'il n'eſtoit point obligé de le faire, parce que cela ſe ſuppoſe aiſément de ſoi-meſme, & que tout l'artifice de la narration conſiſte à ne marquer que les circonſtances qui ſont abſolument néceſſaires. Ainſi, par exemple, quand je dis qu'un tel eſt de retour de Rome, je n'ai que faire de dire qu'il y eſtoit allé; puiſque cela s'enſuit de là néceſſairement.

De mefme, lorfque dans la nouvelle de M. de la Fontaine, la fille dit au valet qu'elle ne lui peut pas accorder fa demande, parce que fi elle le faifoit, elle perdroit
infailliblement l'Anneau qu'Aftolfe & Joconde lui a-
voient promis : il s'enfuit de là infailliblement qu'elle
ne lui pouvoit accorder cette demande fans eftre dé-
couverte, autrement l'Anneau n'auroit couru aucun
rifque.

Qu'eftoit-il donc befoin que M. de la Fontaine allaft
perdre en paroles inutiles, le temps qui eft fi cher dans
une narration ? On me dira peut-eftre que M. de la Fontaine après tout, n'avoit que faire de changer ici l'A-
riofte. Mais qui ne voit au contraire, que par là il a
évité une abfurdité manifefte, c'eft à fçavoir ce marché
qu'Aftolfe & Joconde font avec leur Hofte, par lequel
ce pere vend fa fille à beaux deniers contans. En effet,
ce marché n'a-t-il pas quelque chofe de choquant, ou
plûtoft d'horrible ? Ajoûtez que dans la nouvelle de M.
de la Fontaine, Aftolfe & Joconde font trompés bien
plus plaifamment, parce qu'ils regardent tous deux
cette fille, qu'ils ont abufée, comme une jeune innocente à qui ils ont donné, comme il dit,

La premiere Leçon du plaifir amoureux.

Au lieu que dans l'Ariofte, c'eft une infafme qui va courir le pays avec eux, & qu'ils ne fçauroient regarder
que comme une abandonnée.

Je viens à la feconde objection. Il n'eft pas vrai-femblable, vous a-t-on dit, que quand Aftolfe & Joconde,
prennent réfolution de courir enfemble le pays, le
Roi, dans la douleur où il eft, foit le premier qui s'a-
vife d'en faire la propofition; & il femble que l'Ariofte
ait mieux réuffi de la faire faire par Joconde. Je dis que
c'eft tout le contraire; & qu'il n'y a point d'apparence
qu'un fimple Gentilhomme faffe à un Roi une propofition fi eftrange, que celle d'abandonner fon Royaume,
& d'aller expofer fa perfonne en des pays éloignés,
puifque mefme la feule penfée en eft coupable : au lieu
qu'il peut fort bien tomber dans l'efprit d'un Roi, qui
fe voit fenfiblement outragé en fon honneur, & qui ne
fçauroit plus voir fa femme qu'avec chagrin, d'abandonner fa Cour pour quelque temps, afin de s'ofter de
devant les yeux un objet qui ne lui peut caufer que de
l'ennui.

Si je ne me trompe, Monfieur, voilà vos doutes affez
bien réfolus. Ce n'eft pas pourtant que de là je veuille
inférer que M. de la Fontaine ait fauvé toutes les abfurdités qui font dans l'Hiftoire de Joconde : il y auroit
eu de l'abfurdité à lui-mefme d'y penfer. Ce feroit vouloir extravaguer fagement, puis qu'en effet toute cette
Hiftoire n'eft autre chofe qu'une extravagance affez in-
génieufe, continuée depuis un bout jufqu'à l'autre. Ce
que j'en dis n'eft feulement que pour vous faire voir
qu'aux endroits où il s'eft écarté de l'Ariofte, bien loin
d'avoir

d'avoir fait de nouvelles fautes, il a rectifié celles de
cet Auteur. Après tout néanmoins, il faut avoüer que
c'eft à l'Ariofte qu'il doit fa principale invention. Ce
n'eft pas que les chofes qu'il a ajoûtées de lui-mefme,
ne pûffent entrer en paralléle avec tout ce qu'il y a de
plus ingénieux dans l'Hiftoire de Joconde. Telle eft
l'invention du Livre blanc que nos deux Avanturiers
emportérent pour mettre les noms de celles qui ne feroient pas rebelles à leurs vœux : car cette badinerie me
femble bien auffi agréable que tout le refte du conte. Il
n'en faut pas moins dire de cette plaifante conteftation
qui s'émeut entre Aftolfe & Joconde, pour le pucelage
de leur commune Maiftreffe, qui n'eftoit pourtant que
les reftes d'un valet. Mais, Monfieur, je ne veux point
chicaner mal-à-propos. Donnons, fi vous voulez, à l'A-
riofte toute la gloire de l'invention, ne lui dénions pas
le prix qui lui eft juftement dû pour l'élegance, la netteté, & la briéveté inimitable avec laquelle il dit tant
de chofes en fi peu de mots; ne rabaiffons point mali-
cieufement, en faveur de notre nation, le plus ingénieux Auteur des derniers fiécles. Mais que les graces
& les charmes de fon efprit ne nous enchantent pas de
telle forte, qu'elles nous empefchent de voir les fautes
de jugement qu'il a faites en plufieurs endroits ; &
quelque harmonie de Vers dont il nous frappe l'o-
reille, confeffons que M. de la Fontaine ayant conté
plus plaifamment une chofe très-plaifante, il a mieux

compris l'idée & le caractere de la narration.

Après cela, Monfieur, je ne penfe pas que vous vou-
luffiez exiger de moi de vous marquer ici exactement
tous les défauts qui font dans la piéce de M. Boüillon.
J'aimerois autant eftre condamné à faire l'Analyfe exacte
d'une Chanfon du Pont-neuf, par les régles de la Poëtique d'Ariftote. Jamais ftile ne fut plus vicieux que le
fien , & jamais ftile ne fut plus éloigné de celui de M. de
la Fontaine. Ce n'eft pas, Monfieur, que je veüille faire
paffer ici l'ouvrage de M. de la Fontaine pour un Ouvrage fans défauts; je le tiens affez galant homme pour
tomber d'accord lui-mefme des négligences qui s'y péu-
vent rencontrer : & où ne s'en rencontre-t-il point? Il
fuffit pour moi que le bon y paffe infiniment le mauvais,
& c'eft affez pour faire un Ouvrage excellent.

Ergo ubi plura nitent in carmine, non ego paucis
Offendar maculis. (Hor. Art. Poët.)

Il n'en eft pas de mefme de M. Boüillon, c'eft un Auteur fec & aride, toutes fes expreffions font rudes & forcées, il ne dit jamais rien qui ne puiffe eftre mieux dit;
& bien qu'il bronche à chaque ligne, fon Ouvrage eft
moins à blafmer pour les fautes qui y font, que pour
l'efprit & le génie qui n'y eft pas. Je ne doute point que
vos fentimens en cela ne foient d'accord avec les miens;
mais s'il vous femble que j'aille trop avant, je veux
bien, pour l'amour de vous, faire un effort, & en examiner feulement une page.

Aftolfe , Roi de Lombardie ,
A qui fon frere plein de vie,
Laiffa l'Empire glorieux ,
Pour fe faire Religieux :
Nafquit d'une forme fi belle,
Que Zeuxis , & le grand Apelle ,
De leur docte & fameux pinceau
N'ont jamais rien fait de fi beau.

Que dites-vous de cette longue Periode ? N'eft-ce pas
bien entendre la maniére de conter, qui doit être fimple
& coupée, que de commencer une Narration en Vers,
par un enchaîfnement de paroles à peine fupportable
dans l'exorde d'une Oraifon ?

A qui fon frere plein de vie.
Plein de vie eft une cheville , d'autant plus qu'il n'eft
pas du texte. M. Boüillon l'a ajoûté de fa grace, car il
n'y a point en cela de beauté qui l'y ait contraint.

Laiffa l'Empire glorieux.
Ne femble-t-il pas que felon M. Boüillon il y a un Empire particulier des Glorieux, comme il y a un Empire
des Ottomans & des Romains ; & qu'il a dit *l'Empire*
glorieux , comme un autre diroit *l'Empire Ottoman ?*
Ou bien il faut tomber d'accord que le mot de *glorieux*
en cet endroit là eft une cheville , & une cheville grof-
fiére & ridicule.

Pour fe faire Religieux.

X x ij

Cette maniére de parler eſt baſſe, & nullement Poëtique.

Naſquit d'une forme ſi belle.

Pourquoi *Naſquit*? N'y a-t-il pas des gens qui naiſ-
ſent fort beaux, & qui deviennent fort laids dans la
ſuite du temps? Et au contraire n'en voit-on pas qui
viennent fort laids au monde, & que l'âge enſuite em-
bellit?

Que Zeuxis, & le grand Apelle.

On peut bien dire qu'*Apelle* étoit un grand Peintre;
mais qui a jamais dit *le grand* Apelle? Cette Epithéte
de *grand* tout ſimple, ne ſe donne jamais qu'à des Con-
quérans, & à nos Saints. On peut bien appeller Ciceron
un *grand* Orateur; mais il ſeroit ridicule de dire *le grand*
Ciceron; & cela auroit quelque choſe d'enflé & de puérile. Mais qu'a fait ici le pauvre *Zeuxis*, pour demeurer ſans Epithéte, tandis qu'Apelle eſt *le grand Apelle*?
Sans mentir, il eſt bien malheureux que la meſure du
Vers ne l'ait pas permis, car il auroit eſté du moins *le*
brave Zeuxis.

De leur doɛte & fameux pinceau,
N'ont jamais rien fait de ſi beau.

Il a voulu exprimer ici la penſée de l'Arioſte, que quand
Zeuxis & Apelle auroient épuiſé tous leurs efforts pour
peindre une beauté doüée de toutes les perfeɛtions, cette
beauté n'auroit pas égalé celle d'Aſtolfe. Mais qu'il y a

mal réüffi! & que cette façon de parler eft groffiere! *N'ont jamais rien fait de fi beau de leur pinceau.*

Mais fi fa grace fans pareille.

Sans pareille, eft là une cheville; & le Poëte n'a pas pû dire cela d'Aftolfe, puifqu'il déclare dans la fuite qu'il y avoit un homme au monde plus beau que lui, c'eft à fçavoir, Joconde.

Eftoit du monde la merveille.

Cette tranfpofition ne fe peut fouffrir.

Ni les avantages que donne
Le Roïal efclat de fon fang.

Ne diriez-vous pas que le fang des Aftolfes de Lombardie eft ce qui donne ordinairement de l'éclat? Il falloit dire, *ni les avantages que lui donnoit le Roïal éclat de fon fang.*

Dans les Italiques Provinces.

Cette maniere de parler fent le Poëme Epique, où mefme elle ne feroit pas fort bonne; & ne vaut rien du tout dans un Conte, où les façons de parler doivent eftre fimples & naturelles.

Elevoient au-deffus des Anges.

Pour parler François, il falloit dire, *élevoient au-deffus de ceux des Anges.*

Au prix des charmes de fon Corps.

De fon Corps, eft dit baffement pour rimer. Il falloit dire, *de fa beauté.*

Si jamais il avoit vû naiftre.

Naiftre eft maintenant auffi peu néceffaire qu'il l'eftoit tantoft.

> *Rien qui fuft comparable à lui.*

Ne voilà-t-il pas un joli Vers ?

> *Sire, je crois que le Soleil*
> *Ne voit rien qui vous foit pareil,*
> *Si ce n'eft mon frere Joconde,*
> *Qui n'a point de pareil au monde.*

Le pauvre Boüillon s'eft terriblement embarraffé dans ces termes de *pareil*, & de *fans pareil*. Il a dit là-bas que la beauté d'Aftolfe n'a point de pareille ; ici il dit, que c'eft la beauté de Joconde qui eft fans pareille : de là il conclud que la beauté fans pareille du Roi, n'a de pareille que la beauté fans pareille de Joconde. Mais fauf l'honneur de l'Ariofte que M. Boüillon a fuivi en cet endroit, je trouve ce compliment fort impertinent, puifqu'il n'eft pas vrai-femblable qu'un Courtifan aille de but en blanc dire à un Roi qui fe pique d'eftre le plus bel homme de fon fiécle : *J'ai un frere plus beau que vous.* M. de la Fontaine a bien fait d'éviter cela, & de dire fimplement que ce Courtifan prit cette occafion de loüer la beauté de fon frere, fans l'élever néanmoins au-deffus de celle du Roi. Comme vous voïez, Monfieur, il n'y a pas un Vers où il n'y ait quelque chofe à reprendre, & que Quintilius n'envoïaft rebattre fur l'enclume.

Mais en voilà affez ; & quelque réfolution que j'aïe
prife d'examiner la page entiere, vous trouverez bon
que je me faffe grace à moi-mefme, & que je ne paffe pas
plus avant. Et que feroit-ce, bon Dieu ! fi j'allois rechercher toutes les impertinences de cet Ouvrage, les mauvaifes façons de parler, les rudeffes, les incongruités,
les chofes froides & platement dites qui s'y rencontrent
par tout ? Que dirions-nous *de ces murailles dont les ou-*
vertures baaillent ? De ces erremens, qu'Aftolfe & Jo-
conde fuivent dans les païs Flamans ? Suivre des erre-
mens, jufte Ciel ! quelle langue eft-ce là ? Sans mentir,
je fuis honteux pour M. de la Fontaine, de voir qu'il ait
pû eftre mis en paralléle avec un tel Auteur ; mais je
fuis encore plus honteux pour voftre Ami. Je le trouve
bien hardi fans doute, d'ofer ainfi hazarder cent Piftoles
fur la foi de fon jugement. S'il n'a point de meilleure
Caution, & qu'il faffe fouvent de femblables gageures, il
eft au hazard de fe ruiner. Voilà, Monfieur, la maniere d'a-
gir ordinaire des demi-Critiques ; de ces gens, dis-je, qui
fous l'ombre d'un fens commun, tourné pourtant à leur
mode, prétendent avoir droit de juger fouverainement de
toutes chofes, corrigent, difpofent, réforment, loüent,
approuvent, condamnent tout au hazard. J'ai peur que
voftre Ami ne foit un peu de ce nombre. Je lui pardonne cette haute eftime qu'il fait de la piéce de M. Boüillon ; je lui pardonne mefme d'avoir chargé fa mémoire
de toutes les fottifes de cet Ouvrage : mais je ne lui par-

donne pas la confiance avec laquelle il fe perfuade que tout le monde confirmera fon fentiment. Penfe-t-il donc que trois des plus Galants Hommes de France, aillent de gaïeté de cœur fe perdre d'eftime dans l'efprit des habiles gens, pour lui faire gagner cent Piftoles? Et depuis Midas d'impertinente mémoire, s'eft-il trouvé perfonne qui ait rendu un jugement auffi abfurde que celui qu'il attend d'eux? Mais, Monfieur, il me femble qu'il y a affez long-temps que je vous entretiens, & ma Lettre pourroit enfin paffer pour une Differtation préméditée? Que voulez-vous? C'eft que voftre gageure me tient au cœur, & j'ai efté bien aife de vous juftifier à vous-mefme le droit que vous avez fur les cent Piftoles de voftre Ami. J'efpere que cela fervira à vous faire voir avec combien de paffion je fuis, &c.

A

A MONSEIGNEUR LE DUC
DE VIVONNE,
SUR SON ENTRÉE
DANS LE FARE DE MESSINE (1).

LETTRE II.

M ONSEIGNEUR,

Sçavez-vous bien qu'un des plus sûrs moyens pour empefcher un homme d'eftre plaifant, c'eft de lui dire : Je veux que vous le foyez ? Depuis que vous m'avez défendu le férieux, je ne me fuis jamais fenti fi grave, & je ne parle plus que par fentences. Et d'ailleurs, votre derniere action a quelque chofe de fi grand, qu'en vérité je ferois confcience de vous en écrire autrement qu'en ftile héroïque. Cependant je ne fçaurois me réfoudre à ne vous pas obéir en tout ce que vous m'ordonnez. Ainfi dans l'humeur où je me trouve, je tremble également de vous fatiguer par un férieux fade, ou

REMARQUES.

(1) M. le Duc de Vivonne commandoit alors les Troupes que la France avoit envoyées au fecours de Meffine. Il venoit de battre la Flotte d'Efpagne & de fecourir la Ville de munitions & de vivres. Il écrivit à M. Defpréaux de lui envoyer quelque chofe qui le confolât des mauvaifes Harangues qu'il avoit à effuyer. Telle fut l'occafion de ces deux Lettres,

de vous ennuyer par une méchante plaisanterie. Enfin, mon Apollon m'a secouru ce matin ; & dans le temps que j'y pensois le moins, m'a fait trouver sur mon chevet deux Lettres, qui, au défaut de la mienne, pourront peut-estre vous amuser agréablement. Elles sont datées des Champs Elysées. L'une est de Balzac, & l'autre de Voiture, qui tous deux charmés du récit de votre dernier combat, vous écrivent de l'autre Monde, pour vous en féliciter.

Voici celle de Balzac. Vous la reconnoîtrez aisément à son stile, qui ne sçauroit dire simplement les choses, ni descendre de sa hauteur.

MONSEIGNEUR,

Aux Champs Elysées, le 2 Juin 1675.

Le bruit de vos actions ressuscite les morts. Il réveille des gens endormis depuis trente années, & condamnés à un sommeil éternel. Il fait parler le silence mesme. La belle, l'éclatante, la glorieuse conquéste que vous avez faite sur les Ennemis de la France ! Vous avez redonné le pain à une Ville qui a accoutumé de le fournir à toutes les autres. Vous avez nourri la Mere-nourrice de l'Italie. Les tonnerres de cette flote, qui vous fermoit les avenuës de son Port, n'ont fait que saluer votre entrée. Sa résistance ne vous a pas arresté plus

long-temps qu'une réception un peu trop civile. Bien loin
d'empescher la rapidité de votre course, elle n'a pas seulement interrompu l'ordre de votre marche. Vous avez
contraint à sa vûë le Sud & le Nord de vous obéïr. Sans
chastier la mer, comme Xerxès, vous l'avez renduë dis-
ciplinable. Vous avez plus fait encore; vous avez rendu l'Espagnol humble : Après cela, que ne peut-on point
dire de vous? Non, la Nature, je dis la Nature encore
jeune, & du temps qu'elle produisoit les Alexandres &
les Césars, n'a rien produit de si grand que sous le régne de LOUIS quatorziéme. Elle a donné aux François, sur son déclin, ce que Rome n'a pas obtenu d'elle
dans sa plus grande maturité. Elle a fait voir au monde
dans vostre siécle, en corps & en ame, cette valeur parfaite, dont on avoit à peine entrevû l'idée dans les Romans & dans les Poëmes héroïques. (1) N'en déplaise à
un de vos Poëtes, il n'a pas raison d'écrire, qu'au-delà
du Cocyte le mérite n'est plus connu. Le vostre, MON-
SEIGNEUR, est vanté ici d'une commune voix des
deux costés du Styx. Il fait sans cesse ressouvenir de
vous dans le séjour mesme de l'oubli. Il trouve des par-
tisans zélés dans le païs de l'indifférence. Il met l'A-
cheron dans les interests de la Seine. Disons plus, il n'y
a point d'ombre parmi nous, si prévenuë des principes

REMARQUES.

(1) *N'en déplaise à un de vos Poëtes.*] | *Au delà des bords du Cocyte*
Voiture, dans son Epistre à M. le Prince : | *Il n'est plus parlé de mérite.*

*du Portique, si endurcie dans l'Ecole de Zénon, si fortifiée
contre la joye & contre la douleur, qui n'entende vos
loüanges avec plaisir, qui ne batte des mains, qui ne crie
miracle! au moment que l'on vous nomme, & qui ne soit
preste de dire avec vostre Malherbe :*

A la fin c'est trop de silence
En si beau sujet de parler.

*Pour moi, MONSEIGNEUR, qui vous conçois encore
beaucoup mieux, je vous médite sans cesse dans mon repos ; je m'occupe tout entier de vostre idée, dans les longues heures de nostre loisir ; je crie continuellement, le
grand Personnage! & si je souhaite de revivre, c'est moins
pour revoir la lumiere, que pour jouir de la souveraine fé-
licité de vous entretenir, & de vous dire de bouche, avec
combien de respect je suis de toute l'étenduë de mon ame,*

MONSEIGNEUR,

Votre très-humble, & très-obéissant
serviteur, BALZAC.

Je ne sçai, **MONSEIGNEUR,** si ces violentes
exaggérations vous plairont, & si vous ne trouverez point
que le stile de Balzac s'est un peu corrompu dans l'autre Monde. Quoi qu'il en soit, jamais à mon avis il n'a
prodigué ses hyperboles plus à propos. C'est à vous d'en
juger. Mais auparavant lisez, je vous prie, la Lettre de
Voiture.

LETTRES. 357

MONSEIGNEUR,

Aux Champs Elysées, le 2 Juin.

Bien que nous autres Morts ne prenions pas grand intérêst aux affaires des Vivans, & ne foyons pas trop portés à rire, je ne fçaurois pourtant m'empefcher de me réjoüir des grandes chofes que vous faites au-deffus de noftre tefte. Sérieufement, voftre dernier Combat fait un bruit de diable aux Enfers. Il s'eft fait entendre dans un lieu, où l'on n'entend pas Dieu tonner, & a fait connoiftre voftre gloire dans un pays, où l'on ne connoift point le Soleil. Il eft venu ici un bon nombre d'Efpagnols qui y eftoient, & qui nous en ont appris le détail. Je ne fçai pas pourquoi on veut faire paffer les gens de leur nation pour fanfarons. Ce font, je vous affure, de fort bonnes gens; & le Roi, depuis quelque temps, nous les envoye ici fort humbles & fort honneftes. Sans mentir, MONSEI-GNEUR, vous avez bien fait des voftres depuis peu. A voir de quel air vous courez la Mer Méditerranée, il femble qu'elle vous appartienne toute entière. Il n'y a pas à l'heure qu'il eft, dans toute fon eftenduë, un feul Corfaire en fureté; & pour peu que cela dure, je ne voi pas dequoi vous voulez que Tunis & Alger fubfiftent. Nous avons les Céfars, les Pompées, & les Alexandres. Ils trouvent tous que vous avez affez attrapé leur air dans votre maniere de combattre. Sur tout, Céfar vous trouve très-Céfar. Il n'y a pas jufqu'aux Alarics, aux

Genserics , aux Théodorics , & à tous ces autres Conqué-
rans en ics *, qui ne parlent fort bien de voftre action : &*
dans le Tartare mefme , je ne fçai fi ce lieu vous eft connu ,
il n'y a point de diable , MONSEIGNEUR , qui ne
confeffe ingénument , qu'à la tefte d'une Armée vous eftes
beaucoup plus diable que lui. C'eft une vérité dont vos
ennemis tombent d'accord. Néanmoins , à voir le bien que
vous avez fait à Meffme , j'eftime pour moi que vous te-
nez plus de l'Ange que du diable , hors que les Anges ont
la taille un peu plus légere que vous , (1) & n'ont point le
bras en efcharpe. Raillerie à part, l'Enfer eft extrêmement
déchaifné en voftre faveur. On ne trouve qu'une chofe à
redire à voftre conduite ; c'eft le peu de foin que vous pre-
nez quelquefois de votre vie. On vous aime affez en ce
pays ici , pour fouhaiter de ne vous y point voir. Croyez-
moi , MONSEIGNEUR , je l'ai déja dit en l'autre
Monde , (2) C'eft fort peu de chofe qu'un demi-Dieu
quand il eft mort. *Il n'eft rien tel que d'eftre vivant. Et*
pour moi , qui fçais maintenant par expérience ce que c'eft
que de ne plus eftre ; je fais ici la meilleure contenance que
je puis. Mais , à ne vous rien celer , je meurs d'envie de
retourner au monde ; ne fuft-ce que pour avoir le plaifir de
vous y voir. Dans le deffein mefme que j'ai de faire ce

R E M A R Q U E S.

(1) *Et n'ont point le bras en écharpe.*] | bras en écharpe.
Dans l'action qui fuivit le paffage du Rhin ,   (2) *C'eft fort peu de chofe qu'un Demi-*
M. de Vivonne reçut une grande bleffure à | *Dieu, &c.*] Voiture , mefme Epiftre à M. le
l'épaule gauche , & porta toujours depuis le | Prince.

*voyage, j'ai desja envoyé plusieurs fois chercher les parties
de mon corps, pour les rassembler : mais je n'ai jamais pû
ravoir mon cœur, que j'avois laissé en partant* (1) *à ces
sept Maistresses, que je servois, comme vous sçavez, si
fidellement toutes sept à la fois. Pour mon esprit, à moins
que vous ne l'ayez, on m'a assuré qu'il n'estoit plus dans
le monde. A vous dire le vrai, je vous soupçonne un peu
d'en avoir au moins l'enjoüement. Car on m'a rapporté ici
quatre ou cinq mots de votre façon,* (2) *que je voudrois de
tout mon cœur avoir dits, & pour lesquels je donnerois
volontiers le Panégyrique de Pline, & deux de mes meilleures Lettres. Supposé donc que vous l'ayez, je vous prie
de me le renvoyer au plûtost. Car en vérité, vous ne sçau-
riez croire quelle incommodité c'est que de n'avoir pas
tout son esprit ; sur tout lorsqu'on écrit à un homme comme
vous. C'est ce qui fait que mon stile aujourd'hui est tout
changé. Sans cela, vous me verriez encore rire, comme
autrefois,* (3) *avec mon compere le Brochet, & je ne serois
pas réduit à finir ma Lettre trivialement, comme je fais,
en vous disant que je suis,*

MONSEIGNEUR,

Vostre très-humble, & très-obéissant
serviteur, VOITURE.

REMARQUES.

(1) *A ces sept Maistresses,* &c.] Voyez l'Histoire de l'Académie Françoise, & la Pompe funèbre de Voiture.

(1) Un jour le Roi raillant M. de Vivonne sur sa grosseur, lui dit en présence du Duc d'Aumont, qui étoit aussi fort gros : Vous grossissez à vûe d'œil, vous ne faites point d'exercice. *Ah, Sire,* reprit M. de Vivonne, *c'est une médisance ; il n'y a point de jour que je ne fasse au moins trois fois le tour de mon cousin d'Aumont.*

(3) *Avec mon compere le Brochet.*] Voiture, Lettre 143.

Voilà les deux Lettres telles que je les ai reçûës. Je vous les envoye écrites de ma main : parce que vous auriez eu trop de peine à lire les caracteres de l'autre monde, fi je vous les avois envoyées en original. N'allez donc pas vous figurer, MONSEIGNEUR, que ce foit ici un pur jeu d'efprit, & une imitation du ftile de ces deux Ecrivains. Vous fçavez bien que Balzac & Voiture font deux hommes inimitables. Quand il feroit vrai pourtant, que j'aurois eu recours à cette invention pour vous divertir, aurois-je fi grand tort ? Et ne devroit-on pas au contraire m'eftimer, d'avoir trouvé cette adreſ-fe pour vous faire lire des loüanges que vous n'auriez jamais fouffertes autrement ? En un mot, pourrois-je mieux faire voir avec quelle fincérité & quel refpect je fuis,

MONSEIGNEUR,

Votre, &c.

A

A MONSEIGNEUR LE MARECHAL
DUC DE VIVONNE,
A MESSINE.
LETTRE III. (1)

M ONSEIGNEUR,

Sans une maladie très-violente qui m'a tourmenté
pendant quatre mois, & qui m'a mis très-long-temps
dans un estat moins glorieux à la vérité, mais presque
aussi périlleux que celui où vous estes tous les jours;
vous ne vous plaindriez pas de ma paresse.

Avant ce temps-là je me suis donné l'honneur de vous
écrire plusieurs fois : & si vous n'avez pas reçu mes lettres, c'est la faute des Courriers & non pas la mienne.
Quoi qu'il en soit, me voilà guéri : je suis en estat de réparer mes fautes, si j'en ai commis quelques-unes ; &
j'espere que cette lettre-ci prendra une route plus seure
que les autres. Mais dites-moi, MONSEIGNEUR,
sur quel ton faut-il maintenant vous parler ? Je sçavois
assez bien autrefois de quel air il falloit écrire à MON-
SEIGNEUR DE VIVONNE, Général des Galéres de

REMARQUES.

(1) Cette Lettre fut écrite en 1676.

Tome II.   *   Z z

France; mais oſeroit-on ſe familiariſer de meſme avec le Libérateur de Meſſine, le vainqueur de Ruyter, le deſtructeur de la Flotte Eſpagnole? Seriez-vous le premier Héros qu'une extreſme proſpérité ne puſt enorgueillir? Eſtes-vous encore ce meſme grand Seigneur qui venoit ſouper chez un miſérable Poëte, & y porteriez-vous ſans honte vos nouveaux Lauriers au ſecond & au troiſiéme étage? Non, non, MONSEIGNEUR, je n'oſerois plus me flater de cet honneur. Ce ſeroit aſſez pour moi que vous fuſſiez de retour à Paris; & je me tiendrois trop heureux de pouvoir groſſir les pelotons de peuple qui s'amaſſeroient dans les ruës, pour vous voir paſſer. Mais je n'oſerois pas meſme eſperer cette joïe. Vous vous eſtes ſi fort habitué à gagner des Batailles, que vous ne voulez plus faire d'autre meſtier. Il n'y a pas moïen de vous tirer de la Sicile. Cela accommode fort toute la France; mais cela ne m'accommode point du tout. Quelque belles que ſoient vos Victoires, je n'en ſçaurois eſtre content, puiſqu'elles vous rendent d'autant plus néceſſaire au païs où vous eſtes; & qu'en avançant vos Conqueſtes, elles reculent voſtre retour. Tout paſſionné que je ſuis pour voſtre gloire, je cheris encore plus voſtre perſonne, & j'aimerois encore mieux vous entendre parler ici de Chapelain & de Quinault, que d'entendre la Renommée parler ſi avantageuſement de vous. Et puis, MONSEIGNEUR, combien penſez-vous que voſtre protection m'eſt néceſſaire en ce

païs, dans les démeflez que j'ai inceffamment fur le Parnaffe? Il faut que je vous en conte un, pour vous faire
voir que je ne ments pas. Vous fçaurez donc, MON-
SEIGNEUR, qu'il y a un Médecin à Paris nommé
M. P.... très-grand ennemi de la fanté & du bon fens;
mais en récompenfe, fort grand ami de M. Quinault.
Un mouvement de pitié pour fon païs, ou plûtoft le peu
de gain qu'il faifoit dans fon meftier, lui en a fait à la
fin embraffer un autre. Il a lû Vitruve, il a fréquenté
(1) M. le Vau & M. Ratabon, & s'eft enfin jetté dans
l'Architecture, où l'on prétend qu'en peu d'années il a
autant élevé de mauvais baftimens, qu'eftant Médecin
il avoit ruiné de bonnes fantés. Ce nouvel Architecte
qui veut fe mefler auffi de Poëfie, m'a pris en haine fur
le peu d'eftime que je faifois des Ouvrages de fon cher
Quinault. Sur cela il s'eft déchaifné contre moi dans le
monde. Je l'ai fouffert quelque tems avec affez de modération; mais enfin la bile fatirique n'a pû fe contenir:
fi bien que dans le quatriéme Chant de ma Poëtique,
à quelque temps de là, j'ai inferé la Métamorphofe d'un
Médecin en Architecte. Vous l'y avez peut-eftre vuë,
elle finit ainfi:

Noftre Affaffin renonce à fon art inhumain;
Et déformais la Régle & l'Equierre à la main,

REMARQUES.

(1) *M. le Vau, & M. Ratabon.*] Deux fameux Architectes. M. le Vau avoit été | Premier Architecte du Roi; & M. Ratabon, Sur-Intendant des Bâtimens.

Laiſſant de Galien la Science ſuſpecte ,
De méchant Médecin devient bon Architecte.

Il n'avoit pourtant pas ſujet de s'offenſer , puiſque je
parle d'un Médecin de Florence : & que d'ailleurs il n'eſt
pas le premier Médecin qui dans Paris ait quitté ſa Robe
pour la Truelle (1). Ajouſtez , que ſi en qualité de
Médecin il avoit raiſon de ſe faſcher , vous m'avouërez
qu'en qualité d'Architecte il me devoit des remercimens. Il ne me remercia pas pourtant. Au contraire ,
comme il a un frere chez M. Colbert , & qu'il eſt lui-
meſme employé dans les Baſtimens du Roi , il cria fort
hautement contre ma hardieſſe : juſques-là que mes
amis eurent peur que cela ne me fiſt une affaire auprès
de cet illuſtre Miniſtre. Je me rendis donc à leurs re-
montrances ; & pour raccommoder toutes choſes , je
fis une réparation ſincére au Médecin , par l'Epigramme
que vous allez voir.

> *Oüi , j'ai dit dans mes Vers , qu'un célebre aſſaſſin ,*
> *Laiſſant de Galien la ſcience infertile ,*
> *D'ignorant Médecin devint Maçon habile.*
> *Mais de parler de vous je n'eus jamais deſſein*
> *Lubin , ma Muſe eſt trop correcte.*
> *Vous eſtes , je l'avouë , ignorant Médecin ;*
> *Mais non pas habile Architecte.*

REMARQUES.

(1) Louis Savot Médecin du Roi, ne-
gligea ſa profeſſion pour s'attacher à l'Architecture. On a de lui un Ouvrage ſur cette matiere.

Cependant, regardez, MONSEIGNEUR, comme les efprits des hommes font faits : cette réparation bien loin d'appaifer l'Architecte, l'irrita encore davantage. Il gronda, il fe plaignit, il me menaça de me faire ofter ma penfion. A tout cela je répondis que je craignois fes remédes, & non pas fes menaces. Le dénoüëment de l'affaire eft, que j'ai touché ma Penfion ; que l'Archi-tecte s'eft broüillé auprès de M. Colbert ; & que fi Dieu ne regarde en pitié fon peuple, notre homme va fe re-jetter dans la Médecine. Mais, MONSEIGNEUR, je vous entretiens là d'eftranges bagatelles. Il eft temps, ce me femble, de vous dire que je fuis avec toute forte de zéle & de refpect,

MONSEIGNEUR,

Voftre, &c;

✦✦

RÉPONSE A LA LETTRE QUE
Son Excellence M. le Comte d'Ericeyra m'a écrite de
Lisbonne, en m'envoyant la Traduction de mon Art
Poëtique faite par lui en Vers Portugais.

LETTRE IV.

Monsieur,

Bien que mes Ouvrages ayent fait de l'éclat dans
le monde, je n'en ai point conçû une trop haute opinion de moi-mefme; & fi les loüanges qu'on m'a données m'ont flaté affez agréablement, elles ne m'ont
pourtant point aveuglé. Mais j'avouë que la Traduction que voftre Excellence a bien daigné faire de mon
Art Poëtique, & les éloges dont elle l'a accompagnée
en me l'envoïant, m'ont donné un veritable orgueil. Il
ne m'a plus été poffible de me croire un homme ordinaire en me voïant fi extraordinairement honoré; & il
m'a paru que d'avoir un Traducteur de votre capacité,
de votre élevation, eftoit pour moi un titre de mérite,
qui me diftinguoit de tous les Ecrivains de noftre fiécle.
Je n'ai qu'une connoiffance très-imparfaite de votre
langue, & je n'en ai fait aucune étude particuliere. J'ai
pourtant bien entendu votre Traduction pour m'y admirer moi-mefme, & pour me trouver beaucoup plus
habile Ecrivain en Portugais qu'en François. En effet,

vous enrichiſſez toutes mes penſées en les exprimant.
Tout ce que vous maniez ſe change en or; les cailloux
meſme, s'il faut ainſi parler, deviennent des pierres pré-
cieuſes entre vos mains. Jugez après cela ſi vous devez
exiger de moi, que je vous marque les endroits où vous
pouvez vous eſtre un peu écarté de mon ſens. Quand à
la place de mes penſées vous m'auriez, ſans y prendre
garde, preſté quelques-unes des voſtres, bien loin de
m'emploïer à les faire oſter, je ſongerois à profiter de
voſtre mépriſe, & je les adopterois ſur le champ pour
me faire honneur. Mais vous ne me mettez nulle part
à cette épreuve. Tout eſt également juſte, exact, fidele
dans votre Traduction; & bien que vous m'y aïez fort
embelli, je ne laiſſe pas de m'y reconnoiſtre par tout.
Ne dites donc plus, MONSIEUR, que vous craignez
de ne m'avoir pas aſſez bien entendu. Dites-moi plûtoſt comment vous avez fait pour m'entendre ſi bien,
& pour appercevoir dans mon Ouvrage juſqu'à des fineſſes, que je croyois ne pouvoir eſtre ſenties que par
des gens nez en France, & nourris à la Cour de LOUIS
LE GRAND. Je vois bien que vous n'eſtes étranger
en aucun païs, & que par l'étenduë de vos connoiſſan-
ces vous eſtes de toutes les Cours, & de toutes les Nations. La Lettre & les Vers François, que vous m'avez
fait l'honneur de m'écrire, en ſont un bon témoignage.
On n'y voit rien d'eſtranger que voſtre nom, & il n'y a
point en France d'homme de bon gouſt, qui ne vou-

luſt les avoir faits. Je les ai montrez à pluſieurs de nos meilleurs Ecrivains. Il n'y en a pas un qui n'en ait eſté extrémement frappé, & qui ne m'ait fait comprendre que s'il avoit reçû de vous de pareilles loüanges, il vous auroit desja récrit des volumes de Proſe & de Vers. Que penſerez-vous donc de moi, de me contenter d'y répondre par une ſimple Lettre de compliment? Ne m'accuſerez - vous point d'eſtre ou méconnoiſſant, ou groſſier! Non, M O N S I E U R, je ne ſuis ni l'un ni l'autre: mais je ne fais pas des Vers, ni meſme de la Proſe quand je veux. Apollon eſt pour moi un Dieu bizarre, qui ne me donne pas, comme à vous, audience à toutes les heures. Il faut que j'attende les momens favorables. J'aurai ſoin d'en profiter dès que je les trouverai : & il y a du malheur ſi je ne meurs enfin quitte d'une partie de vos éloges. Ce que je puis vous dire par avance, c'eſt qu'à la premiere édition de mes Ouvrages, je ne manquerai pas d'y inferer voſtre Traduction, & que je ne perdrai aucune occaſion de faire ſçavoir à toute la Terre, que c'eſt des extrémités de notre Continent, & d'auſſi loin que les Colonnes d'Hercule, que me ſont venuës les loüanges dont je m'applaudis davantage, & l'Ouvrage dont je me ſens le plus honoré. Je ſuis avec un très-grand reſpect,

DE VOSTRE EXCELLENCE,

Très-humble, & très-obéiſſant
ſerviteur. DESPREAUX.

A

❖❖❖❖❖❖❖❖❖❖❖❖❖❖❖❖❖❖❖❖❖❖❖❖❖❖❖❖❖❖❖❖❖❖❖❖❖

A

M. PERRAULT
DE L'ACADEMIE FRANÇOISE.

LETTRE V. (1)

Monsieur,

Puiſque le Public a eſté inſtruit de noſtre démeſlé, il eſt bon de lui apprendre auſſi noſtre réconciliation, & de ne lui pas laiſſer ignorer, qu'il en a eſté de noſtre querelle ſur le Parnaſſe, comme de ces Duels d'autrefois, que la prudence du Roi a ſi ſagement réprimés, où après s'être battu à outrance, & s'être quelquefois cruellement bleſſé l'un l'autre, on s'embraſſoit & on devenoit ſincérement amis. Noſtre Duel Grammatical s'eſt meſme terminé encore plus noblement, & je puis dire, ſi j'oſe vous citer Homére, que nous avons fait comme Ajax & Hector dans l'Iliade, qui auſſi-toſt après leur long combat, en préſence des Grecs & des Troïens, ſe

REMARQUES.

(1) Cette Lettre fut écrite en 1700. & inſérée dans l'édition que l'Auteur donna l'année ſuivante. C'eſt proprement une dixiéme Réflexion contre M. Perrault, ou du moins une réparation trés-équivoque. M. de Lamoignon faiſant alluſion à cette Lettre, diſoit à M. Deſpréaux, « Je ne » doute pas que nous ne ſoyons toujours bons amis; mais ſi jamais nous venions à nous raccommoder après une brouillerie, point de réparations, je vous prie; je crains plus vos réparations, que vos injures. »

comblent d'honnestetés, & se font des présens. En effet,
MONSIEUR, nostre dispute n'estoit pas encore bien
finie, que vous m'avez fait l'honneur de m'envoyer vos
Ouvrages, & que j'ai eu soin qu'on vous portast les
miens. Nous avons d'autant mieux imité ces deux Héros
du Poëme qui vous plaist si peu, qu'en nous faisant ces
civilités nous sommes demeurés comme eux, chacun
dans nostre mesme parti & dans nos mesmes sentimens;
c'est-à-dire, vous tousjours bien résolu de ne point trop
estimer Homére ni Virgile, & moi tousjours leur passionné admirateur. Voilà de quoi il est bon que le Public soit informé : & c'estoit pour commencer à le lui
faire entendre, que peu de temps après nostre réconciliation, je composai une Epigramme qui a couru, &
que vrai-semblablement vous avez vuë. La voici.

Tout le trouble Poëtique
A Paris s'en va cesser :
Perrault l'Anti-Pindarique,
Et Despréaux l'Homérique,
Consentent de s'embrasser.
Quelque aigreur qui les anime,
Quand malgré l'emportement,
Comme Eux l'un l'autre on s'estime,
L'accord se fait aisément.
Mon embarras est comment
On pourra finir la guerre
De Pradon & du Parterre.

Vous pouvez reconnoiftre , MONSIEUR , par ces
Vers, où j'ai exprimé fincérement ma penfée, la différence que j'ai tousjours fait de vous ,& de ce Poëte de
Théatre , dont j'ai mis le nom en œuvre pour égaïer la
fin de mon Epigramme. Auffi eftoit - ce l'Homme du
monde qui vous reffembloit le moins.

Mais maintenant que nous voilà bien remis , & qu'il
ne refte plus entre nous aucun levain d'animofité ni
d'aigreur, oferois-je, comme voftre Ami , vous demander ce qui a pû depuis fi long - temps vous irriter , &
vous porter à écrire contre tous les plus célébres Ecrivains de l'Antiquité. Eft-ce le peu de cas qu'il vous a
paru que l'on faifoit parmi nous des bons Auteurs modernes? Mais où avez-vous vû qu'on les méprifaft? Dans
quel fiécle a-t-on plus volontiers applaudi aux bons
Livres naiffans que dans le noftre ? Quels éloges n'y a-
t-on point donnés aux Ouvrages de M. Defcartes , de
M. Arnauld, de M. Nicole, & de tant d'autres admirables Philofophes & Théologiens, que la France a pro-
duits depuis foixante ans , & qui font en fi grand nombre , qu'on pourroit faire un petit volume de la feule
lifte de leurs Ecrits. Mais pour ne nous arrefter ici qu'aux
feuls Auteurs qui nous touchent vous & moi de plus
près , je veux dire, aux Poëtes ; quelle gloire ne s'y font
point acquis les Malherbes , les Racans , les Maynards ?
Avec quels battemens de mains n'y a-t-on point reçû
les Ouvrages de Voiture , de Sarrazin , & de la Fontaine ?

Quels honneurs n'y a-t-on point, pour ainſi dire, rendus à **M.** Corneille & à **M.** Racine ? Et qui eſt-ce
qui n'a point admiré les Comédies de Moliere ? Vous-
meſme, MONSIEUR, pouvez-vous vous plaindre
qu'on n'y ait pas rendu juſtice à voſtre Dialogue de l'A-
mour & de l'Amitié, à voſtre Epiſtre ſur **M.** de la Quin-
tinie, & à tant d'autres excellentes piéces de votre façon ? On n'y a pas veritablement fort eſtimé nos Poëmes
Heroïques : mais a-t-on eu tort ? Et ne confeſſez-vous
pas vous-meſme en quelque endroit de vos paralléles,
que le meilleur de ces Poëmes eſt ſi dur & ſi forcé,
qu'il n'eſt pas poſſible de le lire ?

Quel eſt donc le motif qui vous a tant fait crier
contre les Anciens ? Eſt-ce la peur qu'on ne ſe gaſtaſt
en les imitant ? Mais pouvez-vous nier, que ce ne ſoit
au contraire à cette imitation-là meſme, que nos plus
grands Poëtes ſont redevables du ſuccès de leurs Ecrits ?
Pouvez-vous nier que ce ne ſoit dans Tite-Live, dans
Dion Caſſius, dans Plutarque, dans Lucain & dans Sénéque, què **M.** Corneille a pris ſes plus beaux traits,
a puiſé ces grandes idées qui lui ont fait inventer un
nouveau genre de Tragédie inconnu à Ariſtote ? Car c'eſt
ſur ce pié, à mon avis, qu'on doit regarder quantité de
ſes plus belles piéces de Théatre où ſe mettant au-deſſus des régles de ce Philoſophe, il n'a point ſongé,
comme les Poëtes de l'ancienne Tragédie, à émouvoir
la Pitié & la Terreur ; mais à exciter dans l'ame des Spec-

tateurs, par la fublimité des penfées, & par la beauté
des fentimens, une certaine admiration, (1) dont plufieurs perfonnes, & les jeunes gens fur tout, s'accom-
modent fouvent beaucoup mieux que des véritables
paffions Tragiques. Enfin, MONSIEUR, pour finir
cette periode un peu longue, & pour ne me point efcarter de mon fujet, pouvez-vous ne pas convenir, que
ce font Sophocle & Euripide qui ont formé M. Racine?
Pouvez-vous ne pas avoüer que c'eft dans Plaute &
dans Terence que Moliere a appris les plus grandes fineffes de fon Art.

D'où a pû donc venir voftre chaleur contre les Anciens? Je commence, fi je ne m'abufe, à l'appercevoir.
Vous avez vrai-femblablement rencontré, il y a long-
temps, dans le monde, quelques-uns de ces faux fçavans, tels que le Préfident de vos Dialogues, qui ne
s'eftudient qu'à enrichir leur mémoire, & qui n'ayant
d'ailleurs ni efprit, ni jugement, ni gouft, n'eftiment
les Anciens, que parce qu'ils font Anciens; ne penfent
pas que la raifon puiffe parler une autre langue, que la
Grecque ou la Latine, & condamnent d'abord tout Ouvrage en langue vulgaire, fur ce fondement feul, qu'il
eft en langue vulgaire. Ces ridicules admirateurs de
l'Antiquité vous ont revolté contre tout ce que l'An-

REMARQUES.

(1) *Dont plufieurs perfonnes,* &c.] C'eft | Les vrayes paffions tragiques, font la ter-
le fentiment de S. Evremond; il fe trompe. | reur & la pitié.

tiquité a de plus merveilleux. Vous n'avez pû vous
réfoudre d'eftre du fentiment de gens fi déraifonnables
dans la chofe mefme où ils avoient raifon. Voilà, felon
toutes les apparences, ce qui vous a fait faire vos Paralléles. Vous vous eftes perfuadé qu'avec l'efprit que
vous avez & que ces gens-là n'ont point, avec quelques argumens fpécieux, vous déconcerteriez aifément
la vaine habileté de ces foibles Antagoniftes ; & vous y
avez fi bien réuffi, que fi je ne me fuffe mis de la partie, le champ de bataille, s'il faut ainfi parler, vous demeuroit : ces faux Sçavans n'ayant pû, & les vrais Sçavans, par une hauteur un peu trop affectée, n'ayant pas
daigné vous répondre. Permettez-moi cependant de
vous faire reffouvenir, que ce n'eft point à l'approbation des faux ni des vrais Sçavans, que les grands Ecrivains de l'Antiquité doivent leur gloire : mais à la conftante & unanime admiration de ce qu'il y a eu dans
tous les fiécles d'hommes fenfez & délicats, entre lefquels on compte plus d'un Alexandre & plus d'un
Céfar. Permettez-moi de vous repréfenter, qu'aujour-
d'hui mefme encore ce ne font point, comme vous
vous le figurez, les Schrévélius, les Perarédus, les Mé-
nagius, ni, pour me fervir des termes de Moliere, les
Sçavans en *Us*, qui gouftent davantage Homére, Horace, Ciceron, Virgile. Ceux que j'ai tousjours vûs le
plus frapés de la lecture des Ecrits de ces grands Perfonnages, ce font des Efprits du premier ordre, ce font

des hommes de la plus haute élevation. Que s'il falloit
néceffairement vous en citer ici quelques-uns, je vous
eftonnerois peut-eftre par les noms illuftres que je met-
trois fur le papier ; & vous y trouveriez non feulement
des Lamoignons, des Dagueffeaux, (1) des Troifvilles,
mais des Condez, des Contis, & des Turennes.

Ne pourroit-on point donc, M o n s i e u r, auffi galant homme que vous l'eftes, vous réünir de fentimens
avec tant de fi galants hommes ? Oüi, fans doute, on le
peut ; & nous ne fommes pas mefme, vous & moi, fi
éloignés d'opinion que vous penfez. En effet, qu'eft-ce
que vous avez voulu établir par tant de Poëmes, de
Dialogues & de Differtations fur les Anciens & fur les
Modernes ? Je ne fçai fi j'ai bien pris voftre penfée :
mais la voici, ce me femble. Voftre deffein eft de montrer, que pour la connoiffance, fur tout des beaux Arts,
& pour le merite des belles Lettres, noftre Siécle, ou
pour mieux parler, le Siécle de LOUIS LE GRAND,
eft non feulement comparable, mais fuperieur à tous
les plus fameux Siécles de l'Antiquité, & mefme au
Siécle d'Augufte. Vous allez donc eftre bien eftonné,
quand je vous dirai, que je fuis fur cela entiérement de

R E M A R Q U E S.

(1) *Des Troifvilles.*] Henri-Jofeph de
Peyre, Comte de Troifville, qui fe pronon-
ce *Tréville*, ayant quitté la profeffion des armes en 1667. vécut enfuite dans la retraite,
& il y fit de grands progrès dans la piété &
dans l'étude des Peres. C'étoit un efprit fi
jufte & fi exact, qu'il *parloit* toujours *comme
un Livre.* Auffi difoit-on que cette efpéce de
proverbe fembloit avoir été faite pour lui. Il
avoit été élevé près du Roi. Il mourut à Paris
au mois d'Aouft 1708. âgé de 66 ans.

voftre avis ; & que mefme , fi mes infirmités & mes emplois m'en laiffoient le loifir , je m'offrirois volontiers de prouver comme vous cette propofition la plume à la main. A la vérité j'employerois beaucoup d'autres raifons que les voftres , car chacun a fa maniere de raifonner ; & je prendrois des précautions & des mefures que vous n'avez point prifes.

Je n'oppoferois donc pas , comme vous avez fait, noftre Nation & noftre Siécle feuls , à toutes les autres Nations & à tous les autres Siécles joints enfemble. L'entreprife , à mon fens , n'eft pas foûtenable. J'examinerois chaque Nation & chaque Siécle l'un après l'autre ; & après avoir mûrement pefé en quoi ils font au deffus de nous , & en quoi nous les furpaffons , je fuis fort trompé , fi je ne prouvois invinciblement , que l'avantage eft de noftre cofté. Ainfi , quand je viendrois au Siécle d'Augufte , je commencerois par avoüer fincérement, que nous n'avons point de Poëtes héroïques , ni d'Orateurs que nous puiffions comparer aux Virgiles & aux Cicerons. Je conviendrois que nos plus habiles Hiftoriens font petits devant les Tite-Lives & les Salluftes. Je pafferois condamnation fur la Satire & fur l'Elégie ; quoiqu'il y ait des Satires de Regnier admirables , & des Elégies de Voiture, de Sarrazin, de la Comteffe de la Suze d'un agrément infini. Mais en mefme temps je ferois voir que pour la Tragédie nous fommes beaucoup fupérieurs aux Latins , qui ne fçauroient oppofer à tant
d'excellentes

d'excellentes piéces Tragiques que nous avons en notre Langue, que quelques déclamations plus pompeufes que raifonnables d'un prétendu Sénéque, & un peu de bruit qu'ont fait en leur temps le Thyefte de Varius, & la Medée d'Ovide. Je ferois voir, que bien loin qu'ils ayent eu dans ce fiécle-là des Poëtes Comiques meilleurs que les noftres, ils n'en ont pas eu un feul dont le nom ait mérité qu'on s'en fouvinft : les Plautes, les Cécilius & les Terences eftant morts dans le fiécle précédent. Je montrerois que fi pour l'Ode nous n'avons point d'Auteurs fi parfaits qu'Horace, qui eft leur feul Poëte Lyrique, nous en avons néanmoins un affez grand nombre, qui ne lui font guere inférieurs en délicateffe de Langue & en jufteffe d'expreffion, & dont tous les Ouvrages, mis enfemble, ne feroient peut-eftre pas dans la balance un poids de mérite moins confiderable, que les cinq Livres d'Odes qui nous reftent de ce grand Poëte. Je montrerois qu'il y a des genres de Poëfie, où non-feulement les Latins ne nous ont point furpaffés ; mais qu'ils n'ont pas même connus : comme par exemple, ces Poëmes en profe, que nous appellons *Romans*, & dont nous avons chez nous des modéles, qu'on ne fçauroit trop eftimer, à la Morale près qui y eft fort vicieufe, & qui en rend la lecture dangereufe aux jeunes perfonnes. Je foûtiendrois hardiment qu'à prendre le fiécle d'Augufte dans fa plus grande étenduë, c'eft-à-dire, depuis Cicéron jufqu'à Corneille Tacite, on ne sçauroit pas trouver parmi les Latins un seul Philosophe, qu'on puisse mettre pour la Physique, en parallèle avec Descartes, ni même avec Gassendi. Je prouverois que pour le grand sçavoir & la multiplicité de connoissances, leurs Varrons & leurs Plines, qui sont leurs plus doctes Ecrivains, paroistroient de médiocres Sçavans devant nos Bignons, nos Scaligers, nos Saumaises, nos Peres Sirmonds, & nos Peres Pétaux. Je triompherois avec vous du peu d'étenduë de leurs lumieres sur l'Astronomie, sur la Géographie, & sur la Navigation. Je les défierois de me citer, à l'exception du seul Vitruve, qui est mesme plûtost un bon Docteur d'Architecture, qu'un excellent Architecte, je les défierois, dis-je, de me nommer un seul habile Architecte, un seul habile Sculpteur, un seul habile Peintre Latin: Ceux qui ont fait du bruit à Rome dans tous ces Arts, estant des Grecs d'Europe & d'Asie, qui venoient pratiquer chez les Latins, des Arts que les Latins, pour ainsi dire, ne connoissoient point: au lieu que toute la Terre aujourd'hui est pleine de la réputation & des Ouvrages de nos Poussins, de nos Lebruns, de nos Girardons & de nos Mansards. Je pourrois ajouter encore à cela beaucoup d'autres choses: mais ce que j'ai dit est suffisant, je crois, pour vous faire entendre comment je me tirerois d'affaire à l'égard du siécle d'Auguste. Que si de la comparaison des Gens de Lettres & des illustres Artisans, il falloit passer à celle des Heros & des grands

Princes, peut-eftre en fortirois-je avec encore plus de
fuccès. Je fuis bien feur au moins que je ne ferois pas
fort embarraffé à montrer, que l'Augufte des Latins ne
l'emporte pas fur l'Augufte des François. Par tout ce
que je viens de dire, vous voyez, MONSIEUR, qu'à
proprement parler, nous ne fommes point d'avis different fur l'eftime qu'on doit faire de noftre Nation & de
noftre fiécle : mais que nous fommes differemment de
mefme avis. Auffi n'eft - ce point voftre fentiment que
j'ai attaqué dans vos Paralléles ; mais la maniere hau-
taine & méprifante, dont voftre Abbé & voftre Chevalier y traitent des Ecrivains, pour qui, mefme en les
blafmant, on ne fçauroit à mon avis marquer trop d'eftime, de refpect, & d'admiration. Il ne refte donc plus
maintenant, pour affurer noftre accord, & pour étouf-
fer entre nous toute femence de difpute, que de nous
guérir l'un & l'autre ; Vous d'un penchant un peu trop
fort à rabaiffer les bons Ecrivains de l'Antiquité, & Moi
d'une inclination un peu trop violente à blafmer les
méchans, & mefme les médiocres Auteurs de noftre
fiécle. C'eft à quoi nous devons férieufement nous appliquer. Mais quand nous n'en pourrions venir à bout,
je vous répons que de mon cofté cela ne troublera
point noftre réconciliation ; & que pourvû que vous ne
me forciez point à lire le Clovis ni la Pucelle, je vous
laifferai tout à voftre aife critiquer l'Iliade & l'Eneïde,
me contentant de les admirer, fans vous demander pour

elles cette efpéce de culte tendant à l'adoration , que vous vous plaignez en quelqu'un de vos Poëmes, qu'on veut exiger de vous ; & que Stace femble en effet avoir eû pour l'Eneïde , quand il fe dit à lui-mefme :

Nec tu divinam Æneïda tenta :
Sed longe fequere , & veftigia femper adora.

Voilà , MONSIEUR , ce que je fuis bien aife que le Public fçache : & c'eft pour l'en inftruire à fond que je me donne l'honneur de vous écrire aujourd'hui cette Lettre , que j'aurai foin de faire imprimer dans la nouvelle Edition , qu'on fait en grand & en petit de mes Ouvrages. J'aurois bien voulu pouvoir adoucir en cette nouvelle Edition quelques railleries un peu fortes , qui me font échapées dans mes Réflexions fur Longin ; mais il m'a paru que cela feroit inutile , à caufe des deux Editions qui l'ont précédée , aufquelles on ne manqueroit pas de recourir , auffi bien qu'aux fauffes Editions qu'on en pourra faire dans les Païs étrangers , où il y a de l'apparence qu'on prendra foin de mettre les chofes en l'eftat qu'elles eftoient d'abord. J'ai crû donc , que le meilleur moïen d'en corriger la petite malignité , c'eftoit de vous marquer ici , comme je viens de le faire , mes vrais fentimens pour vous. J'efpere que vous ferez content de mon procedé , & que vous ne vous choquerez pas mefme de la liberté que je me fuis donnée de faire imprimer dans cette derniére Edition , la Lettre que l'illuftre M. Arnauld vous a écrite au fujet de ma dixiéme Satire.

Car outre que cette Lettre a déja efté renduë publi-que dans deux Recueils des Ouvrages de ce grand hom-me, je vous prie, MONSIEUR, de faire réflexion, que dans la Préface de voftre Apologie des Femmes, con-tre laquelle cet Ouvrage me défend, vous ne me re-prochez pas feulement des fautes de Raifonnement & de Grammaire : mais que vous m'accufez d'avoir dit des mots fales, d'avoir gliffé beaucoup d'impuretés, & d'avoir fait des médifances. Je vous fupplie, dis-je, de confiderer, que ces reproches regardant l'honneur, ce feroit en quelque forte reconnoiftre qu'ils font vrais, que de les paffer fous filence. Qu'ainfi je ne pouvois pas honneftement me difpenfer de m'en difculper moi-mefme dans ma nouvelle Edition, ou d'y inferer une Lettre qui m'en difculpe fi honorablement. Ajouftez que cette Lettre eft écrite avec tant d'honnefteté & d'égards pour celui mefme contre qui elle eft écrite, qu'un honnefte homme, à mon avis, ne fçauroit s'en offenfer. J'ofe donc me flatter, je le répete, que vous la verrez fans chagrin ; & que comme j'avoüe franche-ment que le dépit de me voir critiqué dans vos Dialo-gues, m'a fait dire des chofes qu'il feroit mieux de n'a-voir point dites, vous confefferez auffi que le déplaifir d'eftre attaqué dans ma dixiéme Satire, vous y a fait voir des médifances & des faletés qui n'y font point.

Du refte , je vous prie de croire que je vous eftime comme je dois , & que je ne vous regarde pas fimplement comme un très - bel efprit , mais comme un des hommes de France qui a le plus de probité & d'honneur. Je fuis ,

MONSIEUR,

Voftre , &c.

✦✦✦

A

M· LE VERRIER·

LETTRE VI. (1703.)

N'ESTES-vous point fafché , MONSIEUR , du peu de complaifance que j'eus hier pour vous ? Non fans doute , vous ne l'eftes plus , & je fuis perfuadé , qu'à l'heure qu'il eft , vous gouftez toutes mes raifons. Suppofé pourtant que voftre colere dure encore , je m'offre d'aller aujourd'hui chez vous à midi & demi , vous prouver le verre à la main , par plus d'un argument en forme , qu'un homme comme moi n'eft point obligé de préferer fon plaifir à fa fanté , ni de demeurer à fouper , mefme avec la meilleure compagnie du monde , quand il fent que cela le pourroit incommoder , &

quand il a , pour s'en excufer , foixante & fix raifons auffi bonnes & auffi valables , que celles que *la Vieilleffe avec fes doigts pefans m'a jettées fur la tefte.* Et pour commencer ma preuve , je vous dirai ces Vers d'Horace à Mécénas.

Quam mihi das ægro , dabis ægrotare timenti ,
Mecenas veniam.

En cas donc que vous vouliez que j'acheve ma démonftration , mandez-moi ,

Si validus , fi lætus eris , fi denique pofces.

Autrement ordonnez qu'on ne m'ouvre point chez vous. J'aime encore mieux n'y point entrer , que d'y eftre mal reçû. Au refte , j'ai foigneufement relû voftre plainte contre les Tuileries , & j'y ai trouvé des Vers fi bien tournés , que franchement en les lifant je n'ai pû me défendre d'un moment de jaloufie Poëtique contre vous. De forte qu'en la remaniant , j'ai plûtoft fongé à vous furpaffer qu'à vous réformer. C'eft cette jaloufie qui m'a fait mettre la piéce en l'eftat où vous l'allez voir. Prenez la peine de la lire.

PLAINTE CONTRE LES TUILERIES.

Agréables jardins , où les Zéphirs & Flore
Se trouvent tous les jours au lever de l'Aurore ,
Lieux charmans , qui pouvez dans vos fombres
*   reduits ,*
Des plus triftes Amans adoucir les ennuis ,

Cessez de rappeller dans mon ame insensée
De mon premier bonheur la gloire enfin passée.
Ce fut, je m'en souviens, dans cet antique bois
Que Philis m'apparut pour la premiere fois :
C'est ici que souvent, dissipant mes alarmes,
Elle arrestoit d'un mot mes soupirs & mes larmes;
Et que me regardant d'un œil si gracieux,
Elle m'offroit le Ciel ouvert dans ses beaux yeux.
Aujourd'hui cependant, injustes que vous estes,
Je sçai qu'à mes Rivaux vous prestez vos retraites,
Et qu'avec elle assis sur vos tapis de fleurs,
Ils triomphent contens de mes vaines douleurs.
Allez, jardins dressés par une main fatale,
Tristes Enfans de l'Art du malheureux Dédale,
Vos bois, jadis pour moi si charmans & si beaux,
Ne font plus qu'un désert, réfuge de Corbeaux,
Qu'un séjour infernal, où cent mille Vipéres
Tous les jours en naissant assassinent leurs Meres.

Je ne sçai, MONSIEUR, si dans tout cela vous re-
connoiftrez voftre Ouvrage, & si vous vous accommo-
derez des nouvelles penfées que je vous prefte. Quoi
qu'il en foit, faites-en tel ufage que vous jugerez à propos. Car pour moi je vous déclare que je n'y travaille-
rai pas davantage. Je ne vous cacherai pas mefme que
j'ai une efpéce de confufion, d'avoir, par une molle
complaifance pour vous, emploïé quelques heures à
un

un Ouvrage de cette nature , & d'eftre moi-mefme tombé dans le ridicule dont j'accufe les autres , & dont je me fuis fi bien moqué par ces Vers de la Satire à mon Efprit :

Faudra-t-il de fens froid , & fans eftre amoureux ,
Pour quelque Iris en l'air faire le langoureux ;
Lui prodiguer les noms de Soleil & d'Aurore ,
Et toujours bien mangeant , mourir par métaphore ?

Ce qu'il y a de feur , c'eft que je ne retomberai plus dans une pareille foibleffe , & que c'eft à ces Vers d'Amourettes , bien plus juftement qu'à ceux de ma pénultiéme Epiftre , qu'aujourd'hui je dis très-férieufement,

Adieu , mes Vers , adieu pour la derniere fois.

Du refte , je fuis parfaitement Voftre , &c.

❖❖

A

M· RACINE·

LETTRE VII. (1)

JE crois que vous ferez bien aife d'eftre inftruit de ce qui s'eft paffé dans la vifite que nous avons, fuivant voftre confeil, renduë ce matin, mon frere le Docteur de Sorbonne & moi, au Révérend Pere de la Chaife. Nous fommes arrivés chez lui fur les neuf heures, & fi toft qu'on lui a dit noftre nom, il nous a fait entrer. Il nous a reçûs avec beaucoup d'agrément, m'a interrogé fort obligeamment fur l'eftat de ma fanté, & a paru fort content de ce que je lui ai dit que (2) mon incommodité n'augmentoit point. Enfuite il a fait apporter des chaifes, s'eft mis tout proche de moi, (3) afin que je le puffe mieux entendre, & auffi-toft entrant en matiére, m'a dit, que vous lui aviez lû un Ouvrage de ma façon, où il y avoit beaucoup de bonnes chofes ; mais que la matiére que j'y traitois, eftoit une matiere fort délicate, & qui demandoit beaucoup de fçavoir. Qu'il avoit autrefois enfeigné la Théologie, & qu'ainfi il devoit eftre

REMARQUES.

(1) Cette Lettre a été écrite en 1697. M. Racine étoit à la Cour, en qualité de Gentilhomme ordinaire du Roi.

(2) *Mon incommodité.*] Un Afthme, ou une difficulté de refpirer, à laquelle M.

Defpréaux a été fujet prefque toute fa vie.

(3) *Afin que je le puiffe mieux entendre.*]M. Defpréaux avoit peine à entendre, fur-tout de l'oreille gauche.

inftruit de cette matiére à fond. Qu'il falloit faire une
grande difference de l'Amour affectif d'avec l'Amour
effectif. Que ce dernier eftoit abfolument néceffaire,
& entroit dans l'Attrition; au lieu que l'Amour affectif
venoit de la Contrition parfaite, & qu'ainfi il juftifioit
par lui-mefme le Pécheur : mais que l'Amour effectif
n'avoit d'effet qu'avec l'Abfolution du Preftre. Enfin, il
nous a débité en très-bons termes tout ce que beaucoup
d'habiles Auteurs Scholaftiques ont écrit fur ce fujet,
fans pourtant dire, comme quelques - uns d'eux, que
l'Amour de Dieu abfolument parlant, n'eft point néceffaire pour la juftification du Pécheur. Mon frere ap-
plaudiffoit à chaque mot qu'il difoit, paroiffant eftre
enchanté de fa Doctrine, encore plus de fa maniére de
l'énoncer. Pour moi, je fuis demeuré dans le filence.
Enfin lorfqu'il a ceffé de parler, je lui ai dit, que j'avois
efté fort furpris, qu'on m'euft prefté des charités auprès
de lui, & qu'on lui euft donné à entendre que j'avois
fait un Ouvrage contre les Jéfuites; ajouftant que ce feroit une chofe bien eftrange, fi fouftenir qu'on doit aimer Dieu, s'appelloit écrire contre les Jéfuites. Que
mon frere avoit apporté avec lui vingt paffages de dix
ou douze de leurs plus fameux Ecrivains, qui foutenoient en termes beaucoup plus forts que ceux de mon
Epiftre, que pour eftre juftifié, il faut indifpenfable-
ment aimer Dieu. Qu'enfin j'avois fi peu fongé à écrire
contre les Jéfuites, que les premiers à qui j'avois lû mon

Ouvrage, c'eſtoit ſix Jéſuites des plus célébres, qui m'a-
voient tous dit, qu'un Chreſtien ne pouvoit pas avoir
d'autres ſentimens ſur l'Amour de Dieu, que ceux que
j'énonçois dans mes Vers. J'ai ajouté enſuite, que depuis peu j'avois eû l'honneur de réciter mon Ouvrage
à Monſeigneur l'Archeveſque de Paris, & à Monſeigneur l'Eveſque de Meaux, qui en avoient tous deux
paru, pour ainſi dire, tranſportés. Qu'avec tout cela
néanmoins, ſi ſa Réverence croïoit mon Ouvrage périlleux, je venois préſentement pour le lui lire, afin
qu'il m'inſtruiſiſt de mes fautes. Enfin je lui ai fait le
meſme compliment que je fis à Monſeigneur l'Archeveſque, lorſque j'eus l'honneur de le lui réciter, qui
eſtoit que je ne venois pas pour eſtre loüé, mais pour
eſtre jugé : que je le priois donc de me preſter une vive
attention, & de trouver bon meſme que je lui répetaſſe
beaucoup d'endroits. Il a fort approuvé ma propoſition ; & je lui ai lû mon Epître très-poſément ; jettant
au reſte dans ma lecture toute la force & tout l'agrément
que j'ai pû. J'oubliois de vous avertir que je lui ai
auparavant dit encore une particularité, qui l'a aſſez
agréablement ſurpris ; c'eſt à ſçavoir que je prétendois
n'avoir proprement fait autre choſe dans mon Ouvrage, que mettre en Vers la Doctrine qu'il venoit de nous
débiter, & l'ai aſſuré que j'eſtois perſuadé que lui-meſme
n'en diſconviendroit pas. Mais pour en revenir au récit
de ma Piéce, croiriez-vous, MONSIEUR, que la choſe

eſt arrivée comme je l'avois prophétiſé, & qu'à la réſerve des deux petits ſcrupules, qu'il vous a dits, & qu'il
nous a répetés, qui lui eſtoient venus au ſujet de ma
hardieſſe à traiter en Vers une matiére ſi délicate, il n'a
fait d'ailleurs que s'écrier, PULCHRE', BENE', RECTE'.
Cela eſt vrai. Cela eſt indubitable. Voilà qui eſt mer-
veilleux. Il faut lire cela au Roi. Répetez-moi encore cet
endroit. Eſt-ce là ce que M. Racine m'a lû? Il a eſté ſur
tout extrémement frapé de ces Vers, que vous lui aviez
paſſés, & que je lui ai recités avec toute l'énergie dont
je ſuis capable.

> *Cependant on ne voit que Docteurs, meſme auſtéres;*
> *Qui les ſemant par tout s'en vont pieuſement*
> *De toute Piété ſaper le fondement, &c.*

Il eſt vrai que je me ſuis heureuſement aviſé d'inferer
dans mon Epiſtre huit Vers que vous n'avez point ap-
prouvés, & que mon frere juge très à propos de rétablir. Les voici. C'eſt enſuite de ce Vers,

> *Oüi, dites-vous. Allez, vous l'aimez, croyez-moi.*
> *Qui fait exactement ce que ma Loi commande,*
> *A pour moi, dit ce Dieu, l'amour que je demande.*
> *Faites-le donc, & ſeur qu'il nous veut ſauver tous;*
> *Ne vous allarmez point pour quelques vains dégoûts,*
> *Qu'en ſa ferveur ſouvent la plus ſainte Ame éprouve.*
> *Marchez, courez à lui. Qui le cherche, le trouve;*

Et plus de votre cœur il paroît s'écarter ,
Plus par vos actions fongez à l'arrefter.

Il m'a fait redire trois fois ces huit Vers. Mais je
ne fçaurois vous exprimer avec quelle joie, quels éclats
de rire il a entendu la Profopopée de la fin. En un
mot, j'ai fi bien échauffé le Réverend Pere , que fans
une vifite , que dans ce temps là (1) M. fon Frere lui
eft venu rendre , il ne nous laiffoit point partir, que je
ne lui euffe récité auffi les deux autres nouvelles Epiftres de ma façon , que vous avez lûës au Roi. Encore ne nous a-t-il laiffé partir, qu'à la charge que nous
l'irions voir (2) à fa maifon de Campagne : & il s'eft
chargé de nous faire avertir du jour où nous l'y pourrions trouver feul. Vous voyez donc, Monsieur,
que fi je ne fuis pas bon Poëte , il faut que je fois bon
Récitateur. Après avoir quitté le Pere de la Chaife,
nous avons efté voir le Pere Gaillard, à qui j'ai auffi,
comme vous pouvez penfer , récité l'Epiftre. Je ne
vous dirai point les loüanges exceffives qu'il m'a données. Il m'a traité d'homme infpiré de Dieu, & m'a dit
qu'il n'y avoit que des coquins qui puffent contredire
mon opinion. Je l'ai fait reffouvenir du petit Théolo-

REMARQUES.

(1) *M. fon frere.*] Le Comte de la Chaife, Capitaine de la porte du Roi.
(2) *A fa maifon de Campagne.*] A Mont-Louis : maifon à une demi-lieuë de Paris , qui appartient aux Jéfuites de la rue Saint Antoine. Le R. P. de la Chaife , qui l'avoit fort embellie , y paffoit ordinairement toutes les femaines deux ou trois jours.

gien, avec qui j'eus une prife devant lui chez M. de
Lamoignon. Il m'a dit que ce Théologien étoit le dernier des hommes. Que fi fa Société avoit à eftre fafchée,
ce n'eftoit pas de mon Ouvrage, mais de ce que des
gens ofoient dire que cet Ouvrage eftoit fait contre les
Jéfuites. Je vous écris tout ceci à dix heures du foir, au
courant de la plume. Je vous prie de retirer la Copie
que vous avez mife entre les mains de Madame de....
afin que je lui en donne une autre, où l'Ouvrage foit
dans l'eftat où il doit demeurer. Je vous embraffe de
tout mon cœur, & fuis tout à vous.

❖❖❖

A

M· DE MAUCROIX·

LETTRE VIII. (1).

LE s chofes hors de vrai-femblance, qu'on m'a dites
de M. de la Fontaine, font à peu près celles que vous
avez devinées : je veux dire, que ce font ces haires, ces
cilices, & ces difciplines, dont on m'a affuré qu'il affli-
geoit fréquemment fon corps, & qui m'ont paru d'autant plus incroyables de noftre défunt ami, que jamais
rien, à mon avis, ne fut plus éloigné de fon caractere
que ces mortifications. Mais quoi? La grace de Dieu
ne fe borne pas à des changemens ordinaires, & c'eft
quelquefois de véritables métamorphofes qu'elle fait·
Elle ne paroift pas s'eftre répandue de la mefme forte
fur le pauvre M. Caffandre, qui eft mort tel qu'il a vécu ;
c'eft à fçavoir très-mifanthrope, & non feulement haïf-
fant les hommes, mais aïant mefme affez de peine à fe
réconcilier avec Dieu, à qui, difoit-il, fi le rapport
qu'on m'a fait eft véritable, il n'avoit nulle obligation.
Qui euft crû que de ces deux hommes, c'eftoit M. de

REMARQUES.

(1) Cette Lettre eft datée du 29. Avril 1699. M. de Maucroix étoit Chanoine de Rheims, né à Noyon le 7. Janvier 1619. Il mourut à Rheims le 9. Avril 1708. âgé d'environ 90. ans.

la

la Fontaine (1) qui eſtoit le vaſe d'élection? Voilà, MONSIEUR, de quoi augmenter les réflexions ſages & chreſtiennes, que vous me faites dans votre Lettre, & qui me paroiſſent partir d'un cœur ſincérement perſuadé de ce qu'il dit.

Pour venir à vos Ouvrages, j'ai déja commencé à conférer le Dialogue des Orateurs avec le Latin. Ce que j'en ai vû me paroiſt extrémement bien. La Langue y eſt parfaitement écrite. Il n'y a rien de geſné, & tout y paroiſt libre & original. Il y a pourtant des endroits, où je ne conviens pas du ſens que vous avez ſuivi. J'en ai marqué quelques-uns avec du crayon, & vous y trouverez ces marques quand on vous les renvoyera. Si j'ai le temps, je vous expliquerai mes objections : car je doute ſans cela que vous les puiſſiez bien comprendre. En voici une que par avance je vais vous écrire, parce qu'elle me paroiſt plus de conſéquence que les autres. C'eſt à la page 6. de voſtre Manuſcrit, où vous traduiſez, *Minimum inter tot ac tanta locum obtinent imagines, ac tituli & ſtatuæ, quæ neque*

REMARQUES.

(1) Ceux qui ont connu particuliérement M. de la Fontaine, aſſurent qu'il penſa ſérieuſement à ſe convertir dans les derniers temps de ſa vie. L'abyſme immenſe de l'avenir dans lequel il étoit preſt d'entrer, lui cauſoit de temps en temps de telles frayeurs, que ſes amis crurent qu'il en perdroit la teſte. Il ſe ſentoit déchiré de cruels remords d'avoir prêté ſa plume à tant de Poëſies licencieuſes. Son deſſein étoit de faire une réparation publique du ſcandale qu'il avoit cauſé; & la veille de ſa mort, il répéta pluſieurs fois, que ſi le Seigneur vouloit bien lui prolonger la vie de quelques jours, il ſe feroit traiſner dans un Tombereau par les ruës de Paris, afin que tout le monde ſçût combien il avoit en horreur les vers trop libres qu'il avoit eu le malheur de compoſer.

ipfa tamen negliguntur : Au prix de ces talens fi eftima-
bles, qu'eft-ce que la nobleffe & la naiffance, qui pour-
tant ne font pas méprifées. Il ne s'agit point à mon fens
dans cet endroit de la nobleffe ni de la naiffance, mais
des Images, des Infcriptions, & des Statuës, qu'on faifoit faire fouvent à l'honneur des Orateurs, & qu'on
leur envoyoit chez eux. Juvénal parle d'un Avocat de
fon temps, qui prenoit beaucoup plus d'argent que les
autres, à caufe qu'il en avoit une équeftre. Sans rapporter ici toutes les preuves que je vous pourrois alléguer,
Maternus lui-mefme, dans votre Dialogue, fait entendre clairement la mefme chofe, lorfqu'il dit que *ces*
Statuës & ces Images fe font emparées malgré lui de fa
maifon. ÆRA, *& Imagines quæ etiam me nolente in*
domum meam irruperunt. Excufez, MONSIEUR, la
liberté que je prends de vous dire fi fincérement mon
avis. Mais ce feroit dommage, qu'un auffi bel Ouvrage
que le voftre euft de ces taches où les Sçavans s'arreftent,
& qui pourroient donner occafion de le ravaler. Et puis
vous m'avez donné tout pouvoir de vous dire mon fentiment.

Je fuis bien aife que mon gouft fe rencontre fi conforme au voftre, dans tout ce que je vous ai dit de nos
Auteurs, & je fuis perfuadé auffi bien que vous, que M.
Godeau eft un Poëte fort eftimable. Il me femble pourtant qu'on peut dire de lui ce que Longin dit d'Hypéride, qu'il eft toujours à jeun, & qu'il n'a rien qui re-

muë, ni qui échauffe : en un mot qu'il n'a point cette force de ftile & cette vivacité d'expreſſion, qu'on cherche dans les Ouvrages, & qui les font durer. Je ne ſçai point s'il paſſera à la poſtérité : mais il faudra pour cela qu'il reſſuſcite ; puiſqu'on peut dire qu'il eſt desja mort, n'eſtant preſque plus maintenant lû de perſonne. Il n'en eſt pas ainſi de Malherbe, qui croiſt de réputation à meſure qu'il s'éloigne de ſon ſiécle. La vérité eſt pourtant, & c'eſtoit le ſentiment de noſtre cher Ami Patru, que la nature ne l'avoit pas fait grand Poëte. Mais il corrige ce défaut par ſon eſprit & par ſon travail. Car perſonne n'a plus travaillé ſes Ouvrages que lui, comme il paroiſt aſſez par le petit nombre de Piéces qu'il a faites. Noſtre Langue veut eſtre extrémement travaillée. Racan avoit plus de génie que lui ; mais il eſt plus négligé, & ſonge trop à le copier. Il excelle ſur tout, à mon avis, à dire les petites choſes, & c'eſt en quoi il reſſemble mieux aux Anciens, que j'admire ſur tout par cet endroit. Plus les choſes ſont ſéches & mal-aifées à dire en Vers, plus elles frapent quand elles ſont dites noblement, & avec cette élegance qui fait proprement la Poëſie. Je me ſouviens que M. de la Fontaine m'a dit plus d'une fois, que les deux Vers de mes Ouvrages qu'il eſtimoit davantage, c'eſtoit ceux où je loüe le Roi d'avoir eſtabli la manufacture des Points de France, à la place des Points de Veniſe. Les voici. C'eſt dans la premiere Epiſtre à Sa Majeſté.

Et nos voifins fruftrés de ces tributs ferviles ,
Que payoit à leur art le luxe de nos Villes.

Virgile & Horace font divins en cela , auffi - bien
qu'Homére. C'eft tout le contraire de nos Poëtes , qui
ne difent que des chofes vagues , que d'autres ont désja
dites avant eux , & dont les expreffions font trouvées.
Quand ils fortent de-là , ils ne fçauroient plus s'exprimer , & ils tombent dans une féchereffe qui eft encore
pire que leurs larcins. Pour moi, je ne fçai pas fi j'y ai
réüffi : mais quand je fais des Vers, je fonge toujours à
dire ce qui ne s'eft point encore dit en notre Langue.
C'eft ce que j'ai principalement affeété (1) dans une
nouvelle Epiftre, que j'ai faite à propos de toutes les
Critiques qu'on a imprimées contre ma derniere Satire.
J'y conte tout ce que j'ai fait depuis que je fuis au monde. J'y rapporte mes défauts, mon âge, mes inclinations, mes mœurs. J'y dis de quel Pere & de quelle
Mere je fuis né. J'y marque les degrés de ma fortune ;
comment j'ai efté à la Cour, comment j'en fuis forti;
les incommodités qui me font furvenuës : les Ouvrages que j'ai faits. Ce font bien de petites chofes dites en
affez peu de mots, puifque la Piéce n'a pas plus de cent
trénte Vers. Elle n'a pas encore vû le jour, & je ne l'ai
pas mefme encore écrite. Mais il me paroift que tous

REMARQUES.

(1) *Dans une nouvelle Epiftre ,* &c.] L'Epiftre X. à fes Vers.

ceux à qui je l'ai récitée, en font auffi frapés que d'aucun autre de mes Ouvrages. Croiriez-vous, MONSIEUR, qu'un des endroits où ils fe récrient le plus, c'eft un endroit qui ne dit autre chofe, finon qu'aujourd'hui que j'ai cinquante-fept ans, je ne dois plus prétendre à l'approbation publique. Cela eft dit en quatre Vers que je veux bien vous écrire ici, afin que vous me mandiez fi vous les approuvez.

> *Mais aujourd'hui qu'enfin la Vieilleffe venuë,*
> *Sous mes faux cheveux blonds déja toute chénuë,*
> *A jetté fur ma tefte avec fes doigts pefans,*
> *Onze Luftres complets furchargés de deux ans.*

Il me femble que la Perruque eft affez heureufement frondée dans ces quatre Vers. Mais, MONSIEUR, à propos des petites chofes qu'on doit dire en Vers, il me paroift qu'en voilà beaucoup que je vous dis en Profe, & que le plaifir que j'ai à vous parler de moi, me fait affez mal à propos oublier à vous parler de vous. J'efpére que vous excuferez un Poëte nouvellement délivré d'un Ouvrage. Il n'eft pas poffible qu'il s'empefche d'en parler, foit à droit, foit à tort.

Je reviens (1) aux piéces que vous m'avez mifes entre

REMARQUES.

(1) *Aux piéces que vous m'avez mifes entre les mains.*] C'eftoient les Traités *de la Vieilleffe* & *de l'Amitié,* & *la premiere Tufculane* de Cicéron, avec le Dialogue *de Caufis corruptæ Eloquentiæ.* M. de Maucroix vou- | loit faire un Volume de ces quatre Traductions, & il les avoit données aux Révifeurs ordinaires. M. Dubois, de l'Académie Françoife, qui de fon côté avoit traduit les Traités *de la Vieilleffe,* & *de l'A-*

les mains. Il n'y en a pas une qui ne foit très-digne
d'eftre imprimée. Je n'ai point vû les Traduûions des
Traités de la Vieilleffe & de l'Amitié, qu'a faites auffi-
bien que vous le Dévot dont vous vous plaignez, tout
ce que je fçai, c'eft qu'il a eû la hardieffe, pour ne pas
dire l'impudence, de retraduire les Confeffions de Saint
Auguftin, après Meffieurs de Port-Royal; & qu'eftant
autrefois leur humble & rampant Ecolier, il s'eftoit tout
à coup voulu ériger en Maiftre. Il a fait une Préface au
devant de fa traduûion des Sermons de S. Auguftin,
qui, quoiqu'affez bien écrite, eft un chef-d'œuvre d'impertinence & de mauvais fens. M. Arnauld, un peu avant
que de mourir, a fait contre cette Préface une Differtation qui eft imprimée. Je ne fçai fi on vous l'a envoïée:
mais je fuis feur que fi vous l'avez luë, vous conve-
nez avec moi qu'il ne s'eft rien fait en notre Langue
de plus beau ni de plus fort fur les matiéres de Rhétorique. C'eft ainfi que toute la Cour & toute la Ville en
ont jugé, & jamais Ouvrage n'a efté mieux refuté que
la Préface du Dévot. Tout le monde voudroit qu'il fuft
en vie, pour voir ce qu'il diroit en fe voïant fi bien
foudroïé. Cette Differtation eft le pénultiéme Ouvrage

REMARQUES.

mitié, obtint des Réviſeurs qu'ils garderoient
près d'un an le Manufcrit de M. de Maucroix; & pendant ce temps-là il fit imprimer
le fien. M. de Maucroix, après avoir bien
grondé dans fa Province contre la lenteur
des Réviſeurs de Paris, apprit enfin le tour

que M. Dubois lui avoit joué. C'eft à ce fujet que M. Defpréaux lui dit ici : *le Dévot
dont vous vous plaignez*. Sa colere alla jufqu'à ne vouloir publier enfuite aucune de
ces Traduûions.

de M. Arnauld, & j'ai l'honneur que c'eft par mes loüanges que ce grand Perfonnage a fini, puifque la Lettre qu'il a écrite fur mon fujet à M. Perrault, eft fon dernier Ecrit. Vous fçavez fans doute ce que c'eft que cette Lettre qui me fait un fi grand honneur; & M. le Verrier en a une Copie, qu'il pourra vous faire tenir quand vous voudrez, fuppofé qu'il ne vous l'ait pas déja envoïée. Il eft furprenant qu'un homme dans l'extrefme vieilleffe, ait confervé toute cette vigueur d'efprit & de mémoire, qui paroift dans ces deux Ecrits, qu'il n'a fait pourtant que dicter; la foibleffe de fa vuë ne lui permettant plus d'écrire lui-mefme.

Il me femble, Monsieur, que voilà une longue Lettre. Mais quoi? le loifir que je me fuis trouvé aujourd'hui à Auteüil, m'a comme tranfporté à Rheims, où je me fuis imaginé que je vous entretenois dans votre Jardin, & que je vous revoïois encore, comme autrefois, avec tous ces chers Amis que nous avons perdus, & qui ont difparu, *velut fomnium furgentis.* Je n'efpére plus de m'y revoir. Mais vous, Monsieur, eft-ce que nous ne vous reverrons plus à Paris, & n'avez-vous point quelque curiofité de voir ma folitude d'Auteüil? Que j'aurois de plaifir à vous y embraffer, & à dépofer entre vos mains le chagrin que me donne tous les jours le mauvais gouft de la plufpart de nos Académiciens, gens affez comparables aux Hurons & aux Topinamboux, comme vous fçavez bien que je l'ai déja avancé

dans mon Epigramme : *Clio vint l'autre jour*, &c. J'ai
fupprimé cette Epigramme, & ne l'ai point mife dans
mes Ouvrages, parce qu'au bout du compte je fuis de
l'Académie, & qu'il n'eft pas honnefte de diffamer un
Corps dont on eft. Je n'ai mefme jamais montré à
perfonne une badinerie que je fis enfuite pour m'excufer de cette Epigramme. Je vais la mettre ici pour vous
divertir ; mais c'eft à la charge que vous me garderez le
fecret, & que ni vous ne la retiendrez par cœur, ni ne
la montrerez à perfonne. (1)

> *J'ai traité de Topinamboux*
> *Tous ces beaux Cenfeurs, je l'avouë,*
> *Qui de l'Antiquité fi follement jaloux,*
> *Aiment tout ce qu'on hait, blafme tout ce qu'on louë.*
> *Et l'Académie, entre nous,*
> *Souffrant chez foi de fi grands fous,*
> *Me femble un peu Topinambouë.*

C'eft une folie, comme vous voïez, mais je vous la
donne pour telle. Adieu, MONSIEUR, je vous embraffe de tout mon cœur, & fuis entierement à vous,

DESPRE'AUX.

REMARQUES.

(1) Si elle n'avoit pas déja paru, on n'héfiteroit pas à la fupprimer, ce feroit remplir les
intentions de l'Auteur.

LETTRE

LETTRE
DE M. ARNAULD
DOCTEUR DE SORBONNE.

A M. P** au fujet de ma dixiéme Satire.

LETTRE IX. (1)

VOus pouvez eftre furpris, MONSIEUR, de ce
que j'ai tant differé à vous faire réponfe, aïant à
vous remercier de voftre préfent, & de la maniere honnefte dont vous me faites fouvenir de l'affection que
vous m'avez toujours témoignée, vous & Meffieurs
vos Freres, depuis que j'ai le bien de vous connoiftre.
Je n'ai pû lire voftre Lettre fans m'y trouver obligé.
Mais, pour vous parler franchement, la lecture que je
fis enfuite de la Préface de votre Apologie des Femmes,
me jetta dans un grand embarras, & me fit trouver cette
réponfe plus difficile que je ne penfois. En voici la
raifon.

Tout le monde fçait que M. Defpréaux eft de mes
meilleurs amis, & qu'il m'a rendu des témoignages

REMARQUES.

(1) Cette Lettre fut écrite au mois de Mai 1694. peu de temps avant la mort de M. Arnauld; & c'eft fon dernier Ouvrage. Il l'envoya ouverte à un de fes amis à Paris, afin qu'il la fift lire à M. Defpréaux; cet ami en garda une copie.

d'estime & d'amitié en toutes sortes de temps. Un de mes
Amis m'avoit envoïé sa dernière Satire. Je témoignai à
cet Ami la satisfaction que j'en avois euë, & lui mar-
quai en particulier, que ce que j'en estimois le plus,
par rapport à la Morale, c'étoit la maniere si ingénieuse
& si vive dont il avoit représenté les mauvais effets que
pouvoient produire dans les jeunes personnes les Opera,
& les Romans. Mais comme je ne puis m'empescher de
parler à cœur ouvert à mes Amis, je ne lui dissimulai
pas que j'aurois souhaité qu'il n'y eût point parlé (1)
de l'Auteur de Saint Paulin. Cela a esté écrit avant que
j'eusse rien sçû de l'Apologie des Femmes, que je n'ai
reçûë qu'un mois après. J'ai fort approuvé ce que vous
y dites en faveur des peres & des meres, qui portent
leurs enfans à embrasser l'estat du Mariage par des mo-
tifs honnestes & Chrestiens, & j'y ai trouvé beaucoup
de douceur & d'agrément dans les Vers.

Mais ayant rencontré dans la Préface diverses choses
que je ne pouvois approuver sans blesser ma conscience, cela me jetta dans l'inquiétude de ce que j'avois à
faire. Enfin, je me suis déterminé à vous marquer à
vous-mesme quatre ou cinq points qui m'y ont fait le
plus de peine, dans l'espérance que vous ne trouveriez
pas mauvais que j'agisse à vostre égard avec cette naïve

R E M A R Q U E S.

(1) *De l'Auteur de Saint Paulin.*] Dans
la premiere édition de la Satire X. l'Auteur
avoit mis quatorze Vers, contre M. Perrault, Auteur du Poëme de S. Paulin. Ces
Vers ont esté retranchés dans les éditions
suivantes.

LETTRES. 403

& cordiale fincérité, que les Chreftiens doivent pratiquer envers leurs Amis.

La première chofe que je n'ai pû approuver, c'eſt
que vous aïez attribué à votre Adverſaire cette propoſition générale : *Que l'on ne peut manquer en ſuivant
l'exemple des Anciens*; & que vous ayez conclu, *que
parce qu'Horace & Juvénal ont declamé contre les Femmes d'une maniére ſcandaleuſe, il avoit penſé qu'il eſtoit
en droit de faire la meſme choſe.* Vous l'accuſez donc
d'avoir déclamé contre les Femmes d'une maniére ſcandaleuſe, & en des termes qui bleſſent la pudeur, & de
s'eſtre crû en droit de le faire à l'exemple d'Horace &
de Juvénal. Mais bien loin de cela, il déclare poſitivement le contraire. Car après avoir dit dans ſa Préface,
*qu'il n'appréhende pas que les Femmes s'offenſent de ſa
Satire,* il ajoute, *qu'une choſe au moins dont il eſt certain qu'elles le louëront, c'eſt d'avoir trouvé moïen, dans
une matiére auſſi délicate que celle qu'il y traitoit, de
ne pas laiſſer échaper un ſeul mot qui puſt bleſſer le
moins du monde la pudeur.* C'eſt ce que vous-meſme,
MONSIEUR, avez rapporté de lui dans voſtre Préface;
& ce que vous prétendez avoir réfuté par ces paroles :
*Quelle erreur ! Eſt-ce que des Héros à voix luxurieuſe,
des Morales lubriques, des rendés-vous chez la Cornu,
& les plaiſirs de l'Enfer qu'on gouſte en Paradis, peuvent ſe préſenter à l'eſprit, ſans y faire des images dont
la pudeur eſt offenſée?*

Eee ij

Je vous avoüe, MONSIEUR, que j'ai efté extrémement furpris de vous voir foutenir une accufation de
cette nature contre l'Auteur de la Satire, avec fi peu de
fondement. Car il n'eft point vrai que les termes que
vous rapportez foient des termes deshonneftes, & qui
bleffent la pudeur : & la raifon que vous en donnez ne
le prouve point. S'il eftoit vrai que la pudeur fuft offenfée de tous les termes qui peuvent préfenter à noftre
efprit certaines chofes dans la matiére de la pureté, vous
l'auriez bien offenfée vous-même, quand vous avez
dit, *Que les anciens Poëtes enfeignoient divers moïens*
pour fe paffer du mariage, qui font des crimes parmi les
Chrefliens, & des crimes abominables. Car y a-t-il rien
de plus horrible & de plus infâme, que ce que ces mots
de *crimes abominables* préfentent à l'efprit ? Ce n'eft
donc point par là qu'on doit juger fi un mot eft deshonnefte ou non.

On peut voir fur cela une Lettre de Cicéron à Pa-
pirius Pœtus, qui commence par ces mots, *Amo vere-*
cundiam, tu potius libertatem loquendi. Car c'eft ainfi
qu'il faut lire, & non pas *Amo verecundiam, vel potiùs*
libertatem loquendi, qui eft une faute vifible qui fe trouve prefque dans toutes les éditions de Cicéron. Il y traite
fort au long cette queftion, fur laquelle les Philofophes
eftoient partagés : s'il y a des paroles qu'on doive regarder comme malhonneftes, & dont la modeftie ne per-
mette pas que l'on fe ferve. Il dit que les Stoïciens

nioient qu'il y en euft : il rapporte leurs raifons. Ils di-
foient que l'obfcénité, pour parler ainfi, ne pouvoit eftre
que dans les mots ou dans les chofes ; Qu'elle n'eftoit
point dans les mots, puifque plufieurs mots eftant équivoques, & aïant diverfes fignifications, ils ne paffoient
point pour deshonneftes felon une de leurs fignifications, dont il apporte plufieurs exemples: Qu'elle n'e-
ftoit point auffi dans les chofes ; parce que la mefme
chofe pouvant eftre fignifiée par plufieurs façons de parler, il y en avoit quelques-unes, dont les perfonnes les
plus modeftes ne faifoient point de difficulté de fe fervir; Comme, dit-il, perfonne ne fe bleffoit d'entendre
dire, *Virginem me quondam invitam is per vim violat:*
au lieu que fi on fe fuft fervi d'un autre mot que Cicéron laiffe fous-entendre, & qu'il n'a eu garde d'écrire,
Nemo, dit-il, *tuliffet*, perfonne ne l'auroit pû fouffrir.

Il eft donc conftant, felon tous les Philofophes, &
les Stoïciens mêmes, que les hommes font convenus,
que la mefme chofe eftant exprimée par de certains termes, elle ne blefferoit pas la pudeur ; & qu'eftant exprimée par d'autres, elle la blefferoit. Car les Stoïciens
mefmes demeuroient d'accord de cette forte de convention : mais la croïant déraifonnable, ils foutenoient
qu'on n'eftoit point obligé de la fuivre. Ce qui leur faifoit dire, *nihil effe obfcænum, nec in verbo, nec in re ;* &
que le Sage appelloit chaque chofe par fon nom.

Mais comme cette opinion des Stoïciens eft infoufte-

nable, & qu'elle eſt contraire à S. Paul, qui met entre
les vices, *Turpiloquium*, les mots ſales, il faut néceſſairement reconnoiſtre, que la meſme choſe peut eſtre exprimée par de certains termes, qui feroient fort deshonn-
neſtes; mais qu'elle peut auſſi eſtre exprimée, par de
certains termes, qui ne le font point du tout au jugement de toutes les perſonnes raiſonnables. Que ſi on
veut en ſçavoir la raiſon, que Cicéron n'a point donnée, on peut voir ce qui en a eſté écrit dans *l'Art de
penſer*, premiére partie, chap. 13.

Mais ſans nous arreſter à cette raiſon, il eſt certain
que dans toutes les Langues policées, car je ne ſçai pas
s'il en eſt de meſme des Langues ſauvages; il y a de certains termes que l'uſage a voulu qui fuſſent regardés
comme deshonneſtes, & dont on ne pourroit ſe ſervir
ſans bleſſer la pudeur; & qu'il y en a d'autres, qui ſigni-
fiant la meſme choſe ou les meſmes actions, mais d'une
maniére moins groſſiére, & pour ainſi dire, plus voilée,
n'eſtoient point cenſés deshonneſtes. Et il falloit bien
que cela fuſt ainſi. Car ſi certaines choſes qui font rougir, quand on les exprime trop groſſiérement, ne pouvoient eſtre ſignifiées par d'autres termes dont la pudeur n'eſt point offenſée, il y a de certains vices dont on
n'auroit point pû parler, quelque néceſſité qu'on en
euſt, pour en donner de l'horreur, & pour les faire
éviter.

Cela eſtant donc certain, comment n'avez-vous

point vû que les termes que vous avez repris, ne paſſeront jamais pour deshonneſtes? Les premiers ſont *les voix
luxurieuſes*, & *la Morale lubrique de l'Opera.* Ce que l'on
peut dire de ces mots, *luxurieux* & *lubrique*, eſt qu'ils
ſont un peu vieux : ce qui n'empeſche pas qu'ils ne
puiſſent bien trouver place dans une Satire. Mais il eſt
inoüi qu'ils aïent jamais eſté pris pour des mots deshonneſtes, & qui bleſſent la pudeur. Si cela eſtoit, auroit-
on laiſſé le mot de *luxurieux* dans les Commandemens
de Dieu que l'on apprend aux enfans? *Les rendez-vous
chez la Cornu* ſont aſſurément de vilaines choſes pour
les perſonnes qui les donnent. C'eſt auſſi dans cette vuë
que l'Auteur de la Satire en a parlé, pour les faire dé-
teſter. Mais quelle raiſon auroit-on de vouloir que cette
expreſſion ſoit malhonneſte? Eſt-ce qu'il auroit mieux
valu nommer le métier de la Cornu par ſon propre
nom? C'eſt au contraire ce qu'on n'auroit pû faire ſans
bleſſer un peu la pudeur. Il en eſt de meſme *des plaiſirs
de l'Enfer gouſtés en Paradis.* Et je ne vois pas que ce
que vous en dites ſoit bien fondé. *C'eſt*, dites-vous,
une expreſſion fort obſcure. Un peu d'obſcurité ne ſied
pas mal dans ces matiéres. Mais il n'y en a point ici que
les gens d'eſprit ne dévelopent ſans peine. Il ne faut
que lire ce qui précéde dans la Satire, qui eſt la fin de
la fauſſe Dévote :

Voilà le digne fruit des ſoins de ſon Docteur.
Encore eſt-ce beaucoup, ſi ce Guide impoſteur,

Par les chemins fleuris d'un charmant Quiétisme
Tout-à-coup l'amenant au vrai Molinozisme,
Il ne lui fait bien-tost, aidé de Lucifer,
Gouster en Paradis les plaisirs de l'Enfer.

N'est-il pas loüable d'avoir cherché les plus noires couleurs qu'il a pû, pour donner de l'horreur d'un si détestable abus, dont on a vû depuis peu de si terribles exemples? On voit assez que ce qu'il a entendu par ce que nous venons de rapporter, est le crime d'un Directeur hypocrite, qui aidé du Démon, fait gouster des plaisirs criminels, dignes de l'Enfer, à une malheureuse qu'il auroit feint de conduire en Paradis. *Mais,* dites-vous, *on ne peut creuser cette pensée, que l'imagination ne se salisse effroïablement.* Si creuser une pensée de cette nature, c'est s'en former dans l'imagination une image sale, quoiqu'on n'en eust donné aucun sujet, tant pis pour ceux, qui comme vous dites, creuseroient celle-ci. Car ces sortes de pensées revestues de termes honnestes, comme elles le font dans la Satire, ne présentent rien proprement à l'imagination, mais seulement à l'esprit, afin d'inspirer de l'aversion pour la chose dont on parle. Ce qui bien loin de porter au vice, est un puissant moïen d'en destourner. Il n'est donc pas vrai qu'on ne puisse lire cet endroit de la Satire, sans que l'imagination en soit salie; à moins qu'on ne l'ait fort gastée par une habitude vicieuse d'imaginer ce que l'on doit seulement connoistre pour le fuïr, selon cette belle

parole

parole de Tertullien, fi ma mémoire ne me trompe,
*Spiritualia nequitiæ non amica confcientia, fed inimica
fcientia novimus.*

Cela me fait fouvenir de la fcrupuleufe pudeur du P.
Bouhours, qui s'eft avifé de condamner tous les Traducteurs du Nouveau Teftament pour avoir traduit,
Abraham genuit Ifaac, Abraham engendra Ifaac; parce,
dit-il, que ce mot *engendra,* falit l'imagination. Comme
fi le mot Latin, *genuit,* donnoit une autre idée que le
mot *engendrer* en François. Les perfonnes fages & modeftes ne font point de ces fortes de réflexions, qui ban-
niroient de notre Langue une infinité de mots, comme
celui de *concevoir,* d'*ufer du mariage,* de *confommer le
mariage,* & plufieurs autres. Et ce feroit auffi en vain que
les Hébreux loueroient la chafteté de la Langue fainte
dans ces façons de parler, *Adam connut fa femme, & elle
enfanta Caïn.* Car ne peut-on pas dire qu'on ne peut
creufer ce mot, *connoiftre fa femme,* que l'imagination
n'en foit falie? S. Paul a-t-il eu cette crainte, quand il a
parlé en ces termes de la fornication, dans la premiere
Epiftre aux Corinthiens, chap. 6. *Ne fçavez-vous pas,*
dit-il, *que vos corps font les membres de Jefus-Chrift? Ar-
racherai-je donc à Jefus-Chrift fes propres membres, pour
en faire les membres d'une Proftituée? A Dieu ne plaife.
Ne fçavez-vous pas que celui qui fe joint à une Proftituée, devient un mefme corps avec elle? car ceux qui
eftoient deux, ne feront plus qu'une mefme chair,* dit l'E-

Tome II.   *   Fff

criture : *mais celui qui demeure attaché au Seigneur, eſt un meſme eſprit avec lui. Fuïez la fornication.* Qui peut douter que ces paroles ne préſentent à l'eſprit des choſes qui feroient rougir, ſi elles eſtoient exprimées en certains termes que l'honneſteté ne ſouffre point ? Mais outre que les termes dont l'Apoſtre ſe ſert, ſont d'une nature à ne point bleſſer la pudeur; l'idée qu'on en peut prendre, eſt accompagnée d'une idée d'exécration, qui non ſeulement empeſche que la pudeur n'en ſoit offen-ſée, mais qui fait de plus que les Chreſtiens conçoivent une grande horreur du vice dont cet Apoſtre a voulu deſtourner les fidéles. Mais veut-on ſçavoir ce qui peut eſtre un ſujet de ſcandale aux foibles ? C'eſt quand un faux délicat leur fait appréhender une ſaleté d'imagi-nation, où perſonne avant lui n'en avoit trouvé. Car il eſt cauſe par là qu'ils penſent à quoi ils n'auroient point penſé, ſi on les avoit laiſſés dans leur ſimplicité. Vous voïez donc, MONSIEUR, que vous n'avez pas eu ſu-jet de reprocher à voſtre Adverſaire qu'il avoit eu tort de ſe vanter, *qu'il ne lui eſtoit pas échapé un ſeul mot, qui puſt bleſſer le moins du monde la pudeur.*

La ſeconde choſe qui m'a fait beaucoup de peine, MONSIEUR, c'eſt que vous blaſmiez dans voſtre Pré-face les endroits de la Satire, qui m'avoient paru les plus beaux, les plus édifians, & les plus capables de contribuer aux bonnes mœurs, & à l'honneſteté publi-que. J'en rapporterai deux ou trois exemples. J'ai eſté

charmé, je vous l'avoüe, de ces Vers de la page si-
xiefme.

> *L'Epoufe que tu prens, fans tache en fa conduite,*
> *Aux vertus, m'a-t-on dit, dans Port-Royal in-*
> *ſtruite,*
> *Aux Loix de fon devoir régle tous fes defirs.*
> *Mais qui peut t'affurer qu'invincible aux plaifirs,*
> *Chez toi dans une vie ouverte à la licence,*
> *Elle confervera fa première innocence ?*
> *Par toi-mefme bien-toſt conduite à l'Opera,*
> *De quel air penfes-tu que ta Sainte verra*
> *D'un ſpectacle enchanteur la pompe harmonieufe,*
> *Ces danfes, ces Héros à voix luxurieufe ;*
> *Entendra ces difcours fur l'amour feul roulans,*
> *Ces doucereux Renauds, ces infenfés Rolans ;*
> *Sçaura d'eux qu'à l'Amour, comme au feul Dieu*
> *fupreſme,*
> *On doit immoler tout, jufqu'à la vertu mefme :*
> *Qu'on ne fçauroit trop toſt fe laiffer enflammer ;*
> *Qu'on n'a reçû du Ciel un cœur que pour aimer ;*
> *Et tous ces Lieux communs de morale lubrique,*
> *Que Lulli réchauffa des fons de fa Mufique ?*
> *Mais de quels mouvemens dans fon cœur excités,*
> *Sentira-t-elle alors tous fes fens agités ?*

On trouvera quelque chofe de femblable dans un
Livre imprimé il y a dix ans. Car on y fait voir par

l'autorité des Payens mefmes, combien c'eft une chofe pernicieufe de faire un Dieu de l'Amour, & d'infpirer aux jeunes perfonnes qu'il n'y a rien de plus doux que d'aimer. Permettez-moi, MONSIEUR, de rapporter ici ce qui eft dit dans ce Livre, qui eft affez rare. *Peut-on avoir un peu de zéle pour le falut des ames, qu'on ne déplore le mal que font dans l'efprit d'une infinité de perfonnes, les Romans, les Comédies, & les Opera? Ce n'eft pas qu'on n'ait foin préfentement de n'y rien mettre qui foit groffierement deshonnefte: mais c'eft qu'on s'y eftudie à faire paroiftre l'Amour comme la chofe du monde la plus charmante & la plus douce. Il n'en faut pas davantage pour donner une grande pente à cette malheureufe paffion. Ce qui fait fouvent de fi grandes plaïes, qu'il faut une grace bien extraordinaire pour en guérir. Les Payens mefmes ont reconnu combien cela pouvoit caufer de defordres dans les mœurs. Car Cicéron ayant rapporté les Vers d'une Comédie, où il eft dit que l'Amour eft le plus grand des Dieux* (ce qui ne fe dit que trop dans celles de ce temps-ci) *il s'écrie avec raifon: O la belle réformatrice des mœurs que la Poëfie, qui nous fait une divinité de l'Amour, qui eft une fource de tant de folies & de déréglemens honteux! Mais il n'eft pas eftonnant de lire de telles chofes dans une Comédie: puifque nous n'en aurions aucune, fi nous n'approuvions ces defordres:* De Comœdia loquor, quæ, fi hæc flagitia non approbaremus, nulla effet omnino.

Mais ce qu'il y a de particulier dans l'Auteur de la Satire, & en quoi il est le plus louable, c'est d'avoir repréfenté avec tant d'efprit & de force, le ravage que peuvent faire dans les bonnes mœurs les Vers de l'Opera, qui roulent tous fur l'Amour, chantés fur des airs, qu'il a eu grande raifon d'appeller *luxurieux*; puifqu'on ne fçauroit s'en imaginer de plus propres à enflammer les paffions, & à faire entrer dans les cœurs *la Morale lubrique* des Vers. Et ce qu'il y a de pis, c'est que le poifon de ces chanfons lafcives ne fe termine pas au lieu où fe joüent ces piéces, mais fe répand par toute la France, où une infinité de gens s'appliquent à les apprendre par cœur, & fe font un plaifir de les chanter par tout où ils fe trouvent.

Cependant, M O N S I E U R, bien loin de reconnoiftre le fervice que l'Auteur de la Satire a rendu par là au Public, vous voudriez faire croire, que c'est pour donner un coup de dent à M. Quinault, Auteur de ces Vers de l'Opera, qu'il en a parlé fi mal : & c'est dans cet endroit là mefme, que vous avez crû avoir trouvé des mots deshonneftes dont la pudeur eft offenfée.

Ce qui m'a auffi beaucoup plû dans la Satire, c'est ce qu'il dit contre les mauvais effets de la lecture des Romans. Trouvez bon, M O N S I E U R, que je le rapporte encore ici.

Suppofons toutefois, qu'encor fidelle & pure,
Sa vertu de ce choc revienne fans bleffure;

Bientoſt dans ce grand monde, où tu vas l'entraiſner,
Au milieu des écueils qui vont l'environner,
Crois-tu que tousjours ferme aux bords du précipice,
Elle pourra marcher ſans que le pied lui gliſſe;
Que tousjours inſenſible aux diſcours enchanteurs
D'un idolaſtre amas de jeunes Séducteurs,
Sa ſageſſe jamais ne deviendra folie?
D'abord tu la verras, ainſi que dans Clélie,
Recevant ſes Amans ſous le doux nom d'Amis,
S'en tenir avec eux aux petits ſoins permis;
Puis bientoſt en grande eau ſur le fleuve de Tendre
Naviger à ſouhait, tout dire & tout entendre.
Et ne préſume pas que Venus, ou Satan,
Souffre qu'elle en demeure aux termes du Roman.
Dans le crime il ſuffit qu'une fois on débute,
Une chûte tousjours attire une autre chûte:
L'honneur eſt comme une Iſle eſcarpée & ſans bords;
On n'y peut plus rentrer, dès qu'on en eſt dehors.

Peut-on mieux repréſenter le mal, que ſont capables de faire les Romans les plus eſtimés, & par quels degrés inſenſibles ils peuvent mener les jeunes gens, qui s'en laiſſent empoiſonner, bien loin au-delà des termes du Roman, & juſqu'aux derniers deſordres? Mais parce qu'on y a nommé la Clélie, il n'y a preſque rien dont vous faſſiez un plus grand crime à l'Auteur de la Satire. *Combien, dites-vous, a-t-on eſté indigné de voir con-*

tinuer fon acharnement fur la Clélie? L'eftime qu'on a
tousjours faite de cet Ouvrage, & l'extréme vénération
qu'on a toujours eue (1) pour l'illuftre Perfonne qui l'a
compofé, ont fait foulever tout le monde contre une atta-
que fi fouvent & fi inutilement répétée. Il paroiſt bien
que le vrai mérite eſt bien plûtoſt une raiſon pour avoir
place dans fes Satires, qu'une raiſon d'en eſtre exempt.

Il ne s'agit point, MONSIEUR, du mérite de la
perfonne qui a compofé la Clélie, ni de l'eſtime qu'on
a faite de cet Ouvrage. Il en a pû mériter pour l'eſprit,
pour la politeffe, pour l'agrément des inventions, pour
les caracteres bien fuivis, & pour les autres chofes qui
rendent agréable à tant de perfonnes la lecture des Romans. Que ce foit, fi vous voulez, le plus beau de
tous les Romans: mais enfin c'eſt un Roman. C'eſt tout
dire. Le caractere de ces piéces eſt de rouler fur l'A-
mour, & d'en donner des leçons d'une maniére ingé-
nieufe, & qui foit d'autant mieux reçûë, qu'on en ef-
carte le plus en apparence tout ce qui pourroit paroiſtre
de trop groffierement contraire à la pureté. C'eſt par-là
qu'on va infenfiblement jufqu'au bord du précipice,
s'imaginant qu'on n'y tombera pas, quoiqu'on y foit déja à demi tombé par le plaifir qu'on a pris à fe remplir
l'eſprit & le cœur de la doucereufe Morale qui s'enfeigne au pays de *Tendre.* Vous pouvez dire, tant qu'il

REMARQUES.

(1) *Pour l'illuſtre Perfonne qui l'a compofé.*] Mademoifelle de Scuderi.

416 **L E T T R E S.**

vous plaira, que cet Ouvrage eft en vénération à tout le monde. Mais voici deux faits dont je fuis très-bien informé. Le premier eft que feuë Madame la Princeffe de Conti & Madame de Longueville, ayant fçû que M. Defpréaux avoit fait (1) une Piéce en Profe contre les Romans, où la Clélie n'eftoit pas épargnée; comme ces Princeffes connoiffoient mieux que perfonne, combien ces lectures font dangereufes; elles lui firent dire qu'elles feroient bien aifes de la voir. Il la leur récita; & elles en furent tellement fatisfaites, qu'elles témoignérent fouhaiter beaucoup qu'elle fuft imprimée. Mais il s'en excufa, pour ne pas s'attirer fur les bras de nouveaux ennemis.

L'autre fait eft, qu'un Abbé de grand mérite, & qui n'avoit pas moins de piété que de lumiere, fe réfolut de lire la Clélie, pour en juger avec connoiffance de caufe; & le jugement qu'il en porta, fut le mefme que celui de ces deux Princeffes. Plus on eftime l'illuftre Perfonne à qui on attribuë cet Ouvrage, plus on eft porté à croire qu'elle n'eft pas à cette heure d'un autre fentiment que ces Princeffes; & qu'elle a un vrai repentir de ce qu'elle a fait autrefois lorfqu'elle eftoit moins éclairée. Tous les amis de (2) M. de Gomberville, qui

R E M A R Q U E S.

(1) *Une piéce en profe contre les Romans.*] C'eft le Dialogue qui a pour titre, *les Héros de Roman.*

(2) *M. de Gomberville.*] Marin le Roy de Gomberville, de l'Académie Françoife. Outre fon Poléxandre, il a composé encore deux autres Romans; *la Cythérée & la jeune Alciane.*

avoit

avoit auſſi beaucoup de mérite, & qui a eſté un des premiers Académiciens, ſçavent que ça eſté ſa diſpoſi-tion à l'égard de ſon Polexandre; & qu'il euſt voulu, ſi cela euſt eſté poſſible, l'avoir effacé de ſes larmes. Suppoſé que Dieu ait fait la meſme grace à la perſonne que l'on dit Auteur de la Clélie, c'eſt lui faire peu d'honneur, que de la repréſenter comme tellement attachée à ce qu'elle a écrit autrefois, qu'elle ne puiſſe ſouffrir qu'on y reprenne ce que les régles de la piété Chrétienne y font trouver de repréhenſible.

Enfin, MONSIEUR, j'ai fort eſtimé, je vous l'avoüë, ce qui eſt dit dans la Satire contre un miſérable Directeur, qui feroit paſſer ſa dévote du Quiétiſme au vrai Molinoziſme. Et nous avons desja vû que c'eſt un des endroits où vous avez trouvé le plus à redire. Je vous ſupplie, MONSIEUR, de faire ſur cela de ſé-rieuſes réflexions.

Vous dites à l'entrée de voſtre Préface, que *dans cette diſpute entre vous & M. Deſpréaux, il s'agit non ſeulement de la défenſe de la Vérité, mais encore des bonnes mœurs & de l'honneſteté publique.* Permettez-moi, MONSIEUR, de vous demander, ſi vous n'avez point ſujet de craindre, que ceux qui compareront ces trois endroits de la Satire avec ceux que vous y oppoſez, ne ſoient portés à juger que c'eſt plûtoſt de ſon coſté que du voſtre, qu'eſt la défenſe des bonnes mœurs, & de l'honneſteté publique. Car ils voïent du coſté de la Satire,

1°. Une très-jufte & très-chreftienne condamnation des Vers de l'Opera, foutenus par les airs efféminés de Lulli. 2°. Les pernicieux effets des Romans, repréfentés avec une force capable de porter les peres & les meres qui ont quelque crainte de Dieu, à ne les pas laiffer entre les mains de leurs enfans. 3°. Le Paradis, le Démon & l'Enfer, mis en œuvre pour faire avoir plus d'horreur d'une abominable profanation des chofes faintes. Voilà, diront-ils, comme la Satire de M. Defpréaux eft contraire aux bonnes mœurs, & à l'honnefteté publique.

Il verront d'autre part dans votre Préface, 1°. ces mefmes Vers de l'Opera, jugés fi bons, ou au moins fi innocens, qu'il y a, felon vous, MONSIEUR, fujet de croire qu'ils n'ont efté blafmés par M. Defpréaux, que pour donner un coup de dent à M. Quinault qui en eft l'Auteur : 2°. Un fi grand zéle pour la défenfe de la Clélie, qu'il n'y a gueres de chofes que vous blafmiez plus fortement dans l'Auteur de la Satire, que de n'avoir pas eu pour cet Ouvrage affez de refpect & de vénération : 3°. Un injufte reproche, que vous lui faites d'avoir offenfé la pudeur, pour avoir eu foin de bien faire fentir l'énormité du crime d'un faux Directeur. En vérité, MONSIEUR, je ne fçai fi vous avez lieu de croire que ce qu'on jugeroit fur cela vous puft eftre favorable.

Ce que vous dites de plus fort contre M. Defpréaux, paroift appuyé fur un fondement bien foible. Vous

prétendez que fa Satire eft contraire aux bonnes mœurs;
& vous n'en donnez pour preuve que deux endroits.
Le premier eft ce qu'il dit, en badinant avec fon ami,

> *Quelle joïe, &c.*
> *De voir autour de foi croiftre dans fa maifon*
> *De petits Citoïens, dont on croit eftre Pere?*

L'autre eft dans la page fuivante, où il ne fait encore que rire.

> *On peut trouver encor quelques Femmes fidelles.*
> *Sans doute, & dans Paris, fi je fçai bien compter ;*
> *Il en eft jufqu'à trois que je pourrois citer.*

Vous dites fur le premier; *Qu'il fait entendre par là,*
qu'un homme n'eft gueres fin ni gueres inftruit des chofes
du monde, quand il croit que fes enfans font fes enfans.
Et vous dites fur le fecond; *Qu'il fait auffi entendre,*
que felon fon calcul, & le raifonnement qui en réfulte,
nous fommes prefque tous des enfans illégitimes.

Plus une accufation eft atroce, plus on doit éviter de
s'y engager, à moins qu'on n'ait de bonnes preuves. Or
c'en eft une affurément fort atroce, d'imputer à l'Auteur
de la Satire, d'avoir fait entendre *qu'un homme n'eft*
gueres fin, quand il croit que les enfans de fa femme font
fes enfans, & qu'il n'y a que trois femmes de bien dans
une Ville, où il y en a plus de deux cens mille. Cependant, MONSIEUR, vous ne donnez pour preuve de

ces eftranges accufations, que les deux endroits que j'ai rapportés. Mais il vous eftoit aifé de remarquer, que l'Auteur de la Satire a clairement fait entendre, qu'il n'a parlé qu'en riant dans ces endroits, & fur tout dans le dernier. Car il n'entre dans le férieux, qu'à l'endroit où il fait parler Alcippe en faveur du Mariage, qui commence par ces Vers:

Jeune autrefois par vous dans le monde conduit, &c.

Et finit par ceux-ci qui contiennent une vérité que les Païens n'ont point connuë, & que S. Paul nous a enfeignée: *Qui fe non continet, nubat; melius eft nubere, quàm uri.*

L'Hyménée eft un joug; & c'eft ce qui m'en plaift.
L'Homme en fes paffions toujours errant fans guide,
A befoin qu'on lui mette & le mords & la bride;
Son pouvoir malheureux ne fert qu'à le gefner;
Et pour le rendre libre, il le faut enchaifner.

Que répond le Poëte à cela? Le contredit-il? Le réfute-t-il? Il l'approuve au contraire en ces termes:

Ha, bon! voilà parler en docte Janfénifte,
Alcippe, & fur ce point fi fçavamment touché,
Defmâres dans S. Roch n'auroit pas mieux prefché.

Et c'eft enfuite qu'il témoigne qu'il va parler férieufement & fans raillerie.

Mais, c'eft trop t'infulter ; quittons la raillerie ;
Parlons fans hyperbole & fans plaifanterie.

Peut-on plus expreffément marquer, que ce qu'il
avoit dit auparavant de ces trois femmes fidelles dans
Paris, n'eftoit que pour rire ; des hyperboles fi outrées
ne fe difent qu'en badinant. Et vous mefme, MONSIEUR,
voudriez-vous qu'on vous cruft, quand vous dites, *Que*
pour deux ou trois femmes dont le crime eft averé, on ne
doit pas les condamner toutes.

De bonne foi, croïez-vous qu'il n'y en ait gueres
davantage dans Paris, qui foient diffamées par leur mauvaife vie ? Mais une preuve évidente, que l'Auteur de
la Satire n'a pas crû qu'il y euft fi peu de femmes fidelles, c'eft que dans une vingtaine de portraits qu'il en
fait, il n'y a que les deux premiers qui aïent pour leur
caractere l'infidélité ; fi ce n'eft que dans celui de la
fauffe Dévote, il dit feulement que fon Directeur pourroit l'y précipiter.

Pour ce qui eft de ces termes, *dont on croit eftre pere;*
il n'eft pas vrai qu'il faffe entendre *qu'un mari n'eft gue-*
res fin ni gueres inftruit des chofes du monde, quand il
croit que fes enfans font fes enfans. Car outre que l'Auteur parle là en badinant, ils ne difent au fond, que ce
qui eft marqué par cette régle de Droit : *Pater eft quem*
nuptiæ demonftrant ; c'eft-à-dire, que le mari doit eftre
regardé comme le pere des enfans nés dans fon mariage,

quoique cela ne foit pas tousjours vrai. Mais cela fait-il
qu'un mari doive croire, à moins que de paffer pour
peu fin, & pour peu inftruit des chofes du monde, qu'il
n'eft pas le pere des enfans de fa femme? C'eft tout le
contraire. Car à moins qu'il n'en euft des preuves certaines, il ne pourroit croire qu'il ne l'eft pas, fans faire
un jugement téméraire très-criminel contre fon époufe.

Cependant, MONSIEUR, comme c'eft de ces deux
endroits, que vous avez pris fujet de faire paffer la Satire de M. Defpréaux pour une déclamation contre le
mariage, & qui bleffoit l'honnefteté & les bonnes mœurs,
jugez fi vous l'avez pû faire fans bleffer vous-mefme la
juftice & la charité.

Je trouve dans voftre Préface deux endroits très-pro-
pres à juftifier la Satire, quoique ce foit en la blafmant.
L'un eft ce que vous dites en la page cinquiefme, *que
tout homme qui compofe une Satire, doit avoir pour but,
d'infpirer une bonne Morale; & qu'on peut, fans faire
tort à M. Defpréaux, préfumer qu'il n'a pas eu ce deffein.*
L'autre eft la réponfe que vous faites à ce qu'il avoit dit
à la fin de la Préface de fa Satire, *que les femmes ne feront
pas plus choquées des prédications qu'il leur fait dans
cette Satire contre leurs défauts, que des Satires que les
Prédicateurs font tous les jours en Chaire contre ces mefmes défauts.*

Vous avoüez qu'on peut comparer les Satires avec
les Prédications, & qu'il eft de la nature de tous les deux

de combattre les vices : mais que ce ne doit eſtre qu'en général, ſans nommer les perſonnes. Or, M. Deſpréaux n'a point nommé les perſonnes, en qui les vices, qu'il décrit, ſe rencontroient; & on ne peut nier que les vices qu'il a combattus, ne ſoient de veritables vices. On le peut donc loüer avec raiſon d'avoir travaillé à inſpirer une bonne Morale ; puiſque c'en eſt une partie de donner de l'horreur des vices, & d'en faire voir le ridicule. Ce qui ſouvent eſt plus capable, que les diſcours ſerieux, d'en détourner pluſieurs perſonnes, ſelon cette parole d'un Ancien,

                Ridiculum acri
Fortius ac melius magnas plerumque ſecat res.

Et ce ſeroit en vain qu'on objecteroit, qu'il ne s'eſt point contenté, dans ſon quatriéme portrait, de combattre l'Avarice en géneral, l'aïant appliquée à deux perſonnes connuës. Car ne les aïant point nommées, il n'a rien appris au public qu'il ne ſçuſt déja. Or comme ce ſeroit porter trop loin cette prétendue régle de ne point nommer les perſonnes, que de vouloir qu'il fuſt interdit aux Prédicateurs de ſe ſervir quelquefois d'hiſtoires connuës de tout le monde, pour porter plus efficacement leurs Auditeurs à fuïr de certains vices ; ce ſeroit auſſi en abuſer que d'étendre cette interdiction juſqu'aux Auteurs de Satires.

Ce n'eſt point auſſi comme vous le prenez. Vous prétendez que M. Deſpréaux a encore nommé les perſon-

nes dans cette derniere Satire, & d'une maniére qui a
déplû aux plus enclins à la médifance. Et toute la preuve
que vous en donnez, eft qu'il a fait revenir fur les rangs
Chapelain, Cotin, Pradon, Coras, & plufieurs autres :
ce qui eft, dites-vous, *la chofe du monde la plus ennuïeufe,*
& la plus dégouftante. Pardonnez-moi, fi je vous dis,
que vous ne prouvez point du tout par-là ce que vous
aviez à prouver. Car il s'agiffoit de fçavoir, fi M. Defpréaux n'avoit pas contribué à infpirer une bonne Morale, en blafmant dans fa Satire les mefmes défauts, que
les Prédicateurs blafment dans leurs Sermons. Vous
aviez répondu que pour infpirer une bonne Morale,
foit par les Satires, foit par les Sermons, on doit combattre les vices en géneral, fans nommer les perfonnes.
Il falloit donc montrer, que l'Auteur de la Satire avoit
nommé les Femmes dont il combattoit les défauts. Or
Chapelain, Cotin, Pradon, Coras, ne font pas des noms
de Femmes, mais de Poëtes. Ils ne font donc pas propres à montrer que M. Defpréaux, combattant differens
vices de Femmes, ce que vous avoüez lui avoir efté
permis, fe foit rendu coupable de médifance, en nom-
mant des Femmes particuliéres, à qui il les auroit at-
tribués.

Voilà donc M. Defpréaux juftifié felon vous-mefme
fur le fujet des Femmes, qui eft le capital de fa Satire.
Je veux bien cependant examiner avec vous, s'il eft
coupable de médifance à l'égard des Poëtes.

C'eft

C'eft ce que je vous avouë ne pouvoir comprendre. Car tout le monde a crû jufques ici, qu'un Auteur pouvoit écrire contre un Auteur, remarquant les défauts qu'il croïoit avoir trouvé dans fes Ouvrages, fans paffer pour médifant; pourvu qu'il agiffe de bonne foi, fans lui impofer, & fans le chicaner; lors fur tout qu'il ne reprend que de véritables défauts.

Quand, par exemple, le Pere Goulu, Géneral des Feüillans, publia, il y a plus de foixante ans, deux volumes contre les Lettres de M. de Balzac, qui faifoient grand bruit dans le monde; le Public s'en divertit. Les uns prenoient parti pour Balzac; les autres pour le Feüillant; mais perfonne ne s'avifa de l'accufer de médifance. Et on ne fit point non plus de reproche à Javerfac, qui avoit écrit contre l'un & contre l'autre. Les guerres entre les Auteurs paffent pour innocentes, quand elles ne s'attachent qu'à la Critique de ce qui regarde la Littérature, la Grammaire, la Poëfie, l'Eloquence; & que l'on n'y mefle point de calomnies & d'injures perfonnelles. Or, que fait autre chofe M. Defpréaux à l'égard de tous les Poëtes qu'il a nommés dans fes Satires, Chapelain, Cotin, Pradon, Coras, & autres, finon d'en dire fon jugement, & d'avertir le Public que ce ne font pas des modéles à imiter? Ce qui peut eftre de quelque utilité pour faire éviter leurs défauts, & peut contribuer mefme à la gloire de la Nation, à qui les Ouvrages d'efprit font honneur, quand ils font bien faits; comme au contraire, ç'a efté un deshonneur à la France, d'avoir fait tant d'eftime des pitoïables Poëfies de Ronfard.

Celui dont M. Defpréaux a le plus parlé, c'eft M. Chapelain. Mais qu'en a-t-il dit? Il en rend lui-mefme compte au Public dans fa neuviéme Satire.

> *Il a tort, dira l'un; pourquoi faut-il qu'il nomme?*
> *Attaquer Chapelain! Ah! c'eft un fi bon homme.*
> *Balzac en fait l'éloge en cent endroits divers.*
> *Il eft vrai, s'il m'euft crû, qu'il n'euft point fait de*
> *Vers.*
> *Il fe tuë à rimer: que n'écrit-il en Profe?*
> *Voilà ce que l'on dit; & que dis-je autre chofe?*
> *En blafmant fes Ecrits, ai-je d'un ftile affreux*
> *Diftilé fur fa vie un venin dangereux?*
> *Ma Mufe, en l'attaquant, charitable & difcrete,*
> *Sçait de l'homme d'honneur diftinguer le Poëte.*
> *Qu'on vante en lui la foi, l'honneur, la probité;*
> *Qu'on prife fa candeur, & fa civilité;*
> *Qu'il foit doux, complaifant, officieux, fincere;*
> *On le veut, j'y foufcris, & fuis preft de me taire.*
> *Mais que pour un modéle on montre fes Ecrits,*
> *Qu'il foit le mieux renté de tous les beaux Efprits,*
> *Comme Roi des Auteurs qu'on l'éleve à l'Empire,*
> *Ma bile alors s'échauffe, & je brufle d'écrire.*

Cependant, MONSIEUR, vous ne pouvez pas douter que ce ne foit eftre médifant, que de taxer de mé-

disance celui qui n'en seroit pas coupable. Or, si on prétendoit que M. Despréaux s'en fust rendu coupable, en
disant que M. Chapelain, quoique d'ailleurs honneste,
civil & officieux, n'estoit pas un fort bon Poëte, il lui
seroit bien aisé de confondre ceux qui lui feroient ce reproche. Il n'auroit qu'à leur faire lire ces Vers de ce
grand Poëte sur la belle Agnès.

> *On voit hors des deux bouts de ses deux courtes*
> *manches*
> *Sortir à découvert deux mains longues & blanches,*
> *Dont les doigts inégaux, mais tout ronds & menus,*
> *Imitent l'embonpoint des bras ronds & charnus.*

Enfin, MONSIEUR, je ne comprends pas comment
vous n'avez point appréhendé, qu'on ne vous appli-
quast ce que vous dites de M. Despréaux dans vos Vers ;
Qu'il croit avoir droit de maltraiter dans ses Satires ce
qu'il lui plaist ; & que la raison a beau lui crier sans cesse,
que l'équité naturelle nous défend de faire à autrui ce
que nous ne voudrions pas qu'il nous soit fait à nous-
mesmes. Cette voix ne l'émeut point. Car si vous le trouvez blasmable d'avoir fait passer la Pucelle & le Jonas
pour de méchans Poëmes, pourquoi ne le seriez-vous
pas d'avoir parlé avec tant de mépris de son Ode Pinda-
rique, qui paroist avoir esté si estimée, que (1) trois des

REMARQUES.

(1) *Trois des meilleurs Poëtes Latins.*] MM. Rollin, Lenglet, & de Saint-Remy.

meilleurs Poëtes Latins de ce temps ont bien voulu prendre la peine d'en faire chacun une Ode Latine. Je ne vous en dis pas davantage. Vous ne voudriez pas, fans doute, contre la défenfe que Dieu en fait, avoir deux poids & deux mefures. Je vous fupplie, MONSIEUR, de ne pas trouver mauvais qu'un homme de mon âge vous donne ce dernier avis en vrai ami.

On doit avoir du refpeɛt pour le jugement du Public; & quand il s'eft déclaré hautement pour un Auteur, ou pour un Ouvrage, on ne peut gueres le combattre de front, & le contredire ouvertement, qu'on ne s'expofe à en eftre maltraité. Les vains efforts du Cardinal de Richelieu contre le Cid en font un grand exemple; & on ne peut rien voir de plus heureufement exprimé que ce qu'en dit votre Adverfaire.

En vain contre le Cid un Miniftre fe ligue:
Tout Paris pour Chiméne a les yeux de Rodrigue;
L'Académie en corps a beau le cenfurer;
Le Public révolté s'obftine à l'admirer.

Jugez par-là, MONSIEUR, de ce que vous devez efpérer du mépris que vous tafchez d'infpirer pour les Ouvrages de M. Defpréaux dans voftre Préface. Vous n'ignorez pas combien ce qu'il a mis au jour a eftébien reçû dans le monde, à la Cour, à Paris, dans les Provinces, & mefme dans tous les Païs étrangers, où l'on entend le François. Il n'eft pas moins certain que tous les bons connoiſſeurs trouvent le meſme eſprit, le meſme art, & les meſmes agrémens dans ſes autres Piéces, que dans ſes Satires. Je ne ſçai donc, Monsieur, comment vous vous eſtes pû promettre qu'on ne ſeroit point choqué de vous en voir parler d'une maniere ſi oppoſée au jugement du Public? Avez-vous crû, que ſuppoſant ſans raiſon que tout ce que l'on dit librement des défauts de quelque Poëte, doit eſtre pris pour médiſance, on applaudiroit à ce que vous dites, *Que ce ne ſont que ſes médiſances qui ont fait rechercher ſes Ouvrages avec tant d'empreſſement. Qu'il va toujours terre à terre, comme un Corbeau qui va de charogne en charogne. Que tant qu'il ne fera que des Satires comme celles qu'il nous a données, Horace & Juvenal viendront toujours revendiquer plus de la moitié des bonnes choſes qu'il y aura miſes. Que Chapelain, Quinault, Caſſagne, & les autres qu'il y aura nommés, prétendront auſſi qu'une partie de l'agrément qu'on y trouve, viendra de la célébrité de leurs noms, qu'on ſe plaiſt d'y voir tournés en ridicule. Que la malignité du cœur humain, qui aime tant la médiſance & la calomnie, parce qu'elles élevent ſecrettement celui qui lit, au deſſus de ceux qu'elles rabaiſſent, dira toujours que c'eſt elle qui fait trouver tant de plaiſir dans les Ouvrages de M. Deſpréaux, &c.*

Vous reconnoiſſez donc, Monsieur, que tant de gens qui liſent les Ouvrages de M. Deſpréaux, les liſent avec grand plaiſir. Comment n'avez-vous donc pas vû,

que de dire, comme vous faites, que ce qui fait trouver
ce plaifir eft la malignité du cœur humain, qui aime la
médifance & la calomnie, c'eft attribuer cette méchante difpofition à tout ce qu'il y a de gens d'efprit à la
Cour & à Paris ?

Enfin, vous devez attendre qu'ils ne feront pas moins
choqués du peu de cas que vous faites de leur jugement, lorfque vous prétendez que M. Defpréaux a fi
peu réuffi, quand il a voulu traiter des fujets d'un autre
genre que ceux de la Satire, qu'il pourroit y avoir de
la malice à lui confeiller de travailler à d'autres Ouvrages.

Il y a d'autres chofes dans votre Préface que je voudrois que vous n'euffiez point écrites : mais celles-là
fuffifent pour m'acquitter de la promeffe que je vous ai
faite d'abord de vous parler avec la fincérité d'un Ami
chreftien, qui eft fenfiblement touché de voir cette divifion entre deux Perfonnes, qui font tous deux profeffion de l'aimer. Que ne donnerois-je pas pour eftre en
eftat de travailler à leur réconciliation plus heureufement que les gens d'honneur, que vous m'apprenez n'y
avoir pas réuffi ? Mais mon éloignement ne m'en laiffe
gueres le moyen. Tout ce que je puis faire, MONSIEUR,
eft de demander à Dieu qu'il vous donne à l'un & à l'autre cet efprit de charité & de paix, qui eft la marque la
plus affurée des vrais Chreftiens. Il eft bien difficile que
dans ces conteftations on ne commette de part & d'autre

des fautes, dont on eft obligé de demander pardon à
Dieu. Mais le moyen le plus efficace que nous avons de
l'obtenir, c'eft de pratiquer ce que l'Apoftre nous re-
commande, *de nous fupporter les uns les autres, chacun
remettant à fon frere le fujet de plainte qu'il pouvoit
avoir contre lui, & nous entrepardonnant, comme le Seigneur nous a pardonné.* On ne trouve point d'obftacle
à entrer dans des fentimens d'union & de paix, lorfqu'on
eft dans cette difpofition. Car l'amour propre ne régne
point où régne la charité; & il n'y a que l'amour propre qui nous rende pénible la connoiffance de nos fautes, quand la raifon nous les fait appercevoir. Que chacun de vous s'applique cela à foi-mefme, & vous ferez
bien-toft bons amis. J'en prie Dieu de tout mon cœur;
& fuis très-fincérement,

MONSIEUR,

Voftre très-humble, & très-obéïffant
ferviteur, A. ARNAULD.

REMERCIMENT

A

M. ARNAULD,

A L'OCCASION DE LA LETTRE

PRE'CE'DENTE.

LETTRE X.

JE ne fçaurois, MONSIEUR, affez vous témoigner ma reconnoiffance, de la bonté que vous avez euë de vouloir bien permettre, qu'on me montraft la Lettre que vous avez écrite à M. Perrault fur ma derniere Satire. Je n'ai jamais rien lû qui m'ait fait un fi grand plaifir ; & quelques injures que ce galant homme m'ait dites, je ne fçaurois plus lui en vouloir de mal, puifqu'elles m'ont attiré une fi honorable Apologie. Jamais caufe ne fut fi bien défenduë que la mienne. Tout m'a charmé, ravi, édifié dans votre Lettre : mais ce qui m'y a touché davantage, c'eft cette confiance fi bien fondée avec laquelle vous y déclarez que vous me croyez fincérement votre ami. N'en doutez point, MONSIEUR, je le fuis ; & c'eft une qualité dont je me glorifie tous les jours en préfence de vos plus grands ennemis. Il y a des Jéfuites qui me font l'honneur de m'eftimer, & que j'eftime & honore auffi beaucoup. Ils me viennent voir dans ma

folitude

folitude d'Auteuil, & ils y féjournent mefme quelquefois. Je les reçois du mieux que je puis : mais la premiere
convention que je fais avec eux, c'eft qu'il me fera permis dans nos entretiens, de vous louer à outrance. J'a-
bufe fouvent de cette permiffion, & l'écho des murailles
de mon jardin a retenti plus d'une fois de nos conteftations fur voftre fujet. La vérité eft pourtant qu'ils tombent fans peine d'accord de la grandeur de voftre génie,
& de l'étenduë de vos connoiffances. Mais je leur fou-
tiens moi, que ce font là vos moindres qualités ; & que
ce qu'il y a de plus eftimable en vous, c'eft la droiture
de voftre efprit, la candeur de voftre ame, & la pureté
de vos intentions. C'eft alors que fe font les grands cris.
Car je ne démords point fur cet article, non plus que fur
celui des Lettres au Provincial, que, fans examiner qui
des deux partis au fond a droit ou tort, je leur vante toujours comme le plus parfait Ouvrage de Profe, qui foit
en noftre Langue. Nous en venons quelquefois à des
paroles affez aigres. A la fin néanmoins tout fe tourne
en plaifanterie : *ridendo dicere verum quid vetat ?* Ou
quand je les vois trop fafchés, je me jette fur les louanges du R. P. de la Chaife, que je révere de bonne foi,
& à qui j'ai en effet tout recemment encore une très-
grande obligation, puifque c'eft en partie à fes bons offi-
ces que je dois la Chanoinie de la Sainte Chapelle de
Paris, que j'ai obtenue de Sa Majefté, pour mon frere
le Doyen de Sens. Mais, MONSIEUR, pour revenir à

voftre Lettre, je ne fçai pas pourquoi les amis de M. Perrault refufent de la lui monftrer. Jamais Ouvrage ne fut
plus propre à lui ouvrir les yeux, & à lui infpirer l'efprit
de paix & d'humilité, dont il a befoin auffi bien que moi.
Une preuve de ce que je dis, c'eft qu'à mon égard, à
peine en ai-je eu fait la lecture, que frapé des falutaires
leçons que vous nous y faites à l'un & à l'autre, je lui ai envoyé dire qu'il ne tiendroit qu'à lui que nous ne fuffions
bons amis : que s'il vouloit demeurer en paix fur mon
fujet, je m'engageois à ne plus rien écrire dont il puft fe
choquer ; & lui ai mefme fait entendre que je le laifferai
tout à fon aife faire, s'il vouloit, un Monde renverfé du
Parnaffe, en y plaçant les Chapelains & les Cotins, au-
deffus des Horaces & des Virgiles. Ce font les paroles
que M. Racine & M. l'Abbé Tallemant lui ont portées
de ma part. Il n'a point voulu entendre à cet accord, &
a exigé de moi, avant toutes chofes, pour fes Ouvrages
une eftime & une admiration, que franchement je ne lui
fçaurois promettre fans trahir la raifon, & ma confcience.
Ainfi nous voilà plus broüillés que jamais, au grand con-
tentement des Rieurs, qui eftoient déja fort affligés du
bruit qui couroit de noftre réconciliation. Je ne doute
point que cela ne vous faffe beaucoup de peine. Mais
pour vous monftrer que ce n'eft pas de moi que la ruptu-
re eft venuë ; c'eft qu'en quelque lieu que vous foïez, je
vous déclare, MONSIEUR, que vous n'avez qu'à me mander ce que vous fouhaitez que je faffe pour parvenir à un

accord, & je l'exécuterai ponctuellement ; fçachant bien
que vous ne me prefcrirez rien que de jufte & de raifonnable. Je ne mets qu'une condition au Traité que je ferai :
mais c'eft *conditio fine quâ non*. Cette condition eft que
voftre Lettre verra le jour , & qu'on ne me privera point ,
en la fupprimant , du plus grand honneur que j'aïe reçû
en ma vie. Obtenez cela de vous & de lui ; & je lui donne
fur tout le refte la carte blanche. Car pour ce qui regarde
l'eftime qu'il veut que je faffe de fes Ecrits , je vous prie ,
MONSIEUR, d'examiner vous-mefme ce que je puis
faire là-deffus. Voici une lifte des principaux Ouvrages
qu'on veut que j'admire. Je fuis fort trompé fi vous en
avez jamais lû aucun.

*Le Conte de Peau-d'Afne , & l'Hiftoire de la Femme
au nez de boudin , mis en Vers par M. Perrault de l'A-
cadémie Françoife.*

La Métamorphofe d'Orante en Miroir.

L'Amour Godenot.

*Le Labyrinthe de Verfailles , ou les Maximes d'A-
mour & de Galanterie , tirées des Fables d'Efope.*

Elégie à Iris.

La Proceffion de Sainte Geneviéve.

*Paralléles des Anciens & des Modernes , où l'on voit
la Poëfie portée à fon plus haut point de perfection dans
les Opéra de M. Quinault.*

Saint Paulin , Poëme Héroïque.

Réflexions sur Pindare, où l'on enseigne l'Art de ne
point entendre ce grand Poëte.

Je ris, MONSIEUR, en vous écrivant cette liste, &
je crois que vous aurez de la peine à vous empescher
aussi de rire en la lisant. Cependant je vous supplie de
croire que l'offre que je vous fais est très-sérieuse, & que
je tiendrai exactement ma parole. Mais soit que l'accom-
modement se fasse ou non, je vous réponds, puisque
vous prenez si grand intérest à la mémoire de feu M. Perrault le Médecin, qu'à la premiere édition qui paroistra
de mon Livre, il y aura dans la Préface un article exprès en faveur de ce Médecin, qui seurement n'a point
fait la façade du Louvre, ni l'Observatoire, ni l'Arc de
Triomphe, comme on le prouvera dans peu démonstra-
tivement : mais qui au fond estoit un homme de beaucoup de mérite, grand Physicien, & ce que j'estime encore plus que tout cela, qui avoit l'honneur d'estre vostre ami. Je doute mesme, quelque mine que je fasse du
contraire, qu'il m'arrive jamais de prendre de nouveau
la plume pour écrire contre M. Perrault l'Académicien,
puisque cela n'est plus nécessaire. En effet, pour ce qui
est de ses Ecrits contre les Anciens, beaucoup de mes
amis sont persuadés, que je n'ai déja que trop emploïé
de papier dans mes Réflexions sur Longin, à réfuter des
Ouvrages si pleins d'ignorance, & si indignes d'estre ré-
futés. Et pour ce qui regarde ses Critiques sur mes mœurs
& sur mes Ouvrages, le seul bruit, ajoutent-ils, qui a

couru que vous aviez pris mon parti contre lui, eſt ſuf-
fiſant pour me mettre à couvert de ſes invectives. J'a-
voüe qu'ils ont raiſon. La vérité eſt pourtant, que pour
rendre ma gloire compléte, il faudroit que voſtre Lettre
fuſt publiée. Que ne ferois-je point pour en obtenir de
vous le conſentement ? Faut-il ſe dédire de tout ce que
j'ai écrit contre M. Perrault ? Faut-il ſe mettre à genoux
devant lui ? Faut-il lire tout ſaint Paulin ? Vous n'avez
qu'à dire : rien ne me ſera difficile. Je ſuis avec beaucoup
de reſpect, &c.

DIALOGUE.

L'Objet de ce Dialogue eſt de montrer qu'on ne ſçauroit bien parler, ou du moins s'aſſurer qu'on parle
bien une langue morte. L'Auteur craignant d'offenſer
pluſieurs de nos Poëtes Latins qui étoient ſes amis, &
qui avoient traduit quelques-uns de ſes Ouvrages, n'a-
voit pas meſme voulu confier au papier ce meſme Dialogue. Il en récita un jour à M. Broſſette, ce que ſa mémoire put lui en fournir : & c'eſt à ce dernier que le Public eſt redevable de l'extrait ſuivant.

APOLLON, HORACE, DES MUSES,
ET DES POETES, ſont les Interlocuteurs.

HORACE. Tout le monde eſt ſurpris, grand Apollon, des abus que vous laiſſez régner ſur le Parnaſſe.

APOLLON. Et depuis quand, Horace, vous avi-fez-vous de parler François?

HORACE. Les François fe meflent bien de parler Latin. Ils eftropient quelques-uns de mes Vers : ils en font de mefme à mon ami Virgile ; & quand ils ont accro-ché, je ne fçai comment, *disjecti membra Poëtæ*, ainfi que je parlois autrefois, ils veulent figurer avec nous.

APOLLON. Je ne comprends rien à vos plaintes. De qui donc me parlez-vous?

HORACE. Leurs noms me font inconnus. C'eft aux Mufes de nous les apprendre.

APOLLON. Calliope, dites-moi, qui font ces gens-là? C'eft une chofe étrange, que vous les infpiriez, & que je n'en fçache rien.

CALLIOPE. Je vous jure que je n'en ai aucune connoiffance. Ma fœur Erato fera peut-eftre mieux inftruite que moi.

ERATO. Toutes les nouvelles que j'en ai, c'eft par un pauvre Libraire, qui faifoit dernierement retentir no-tre Vallon de cris affreux. Il s'étoit ruiné à imprimer quel-ques Ouvrages de ces Plagiaires, & il venoit fe plaindre ici de vous & de nous, comme fi nous devions répondre de leurs actions, fous prétexte qu'ils fe tiennent au pied du Parnaffe.

APOLLON. Le bon homme croit-il que nous fçachions ce qui fe paffe hors de noftre enceinte ? Mais nous voilà bien embarraffés pour fçavoir leurs noms.

Puisqu'ils ne sont pas loin de nous, faisons-les monter pour un moment. Horace, allez leur ouvrir une des portes.

CALLIOPE. Si je ne me trompe, leur figure sera réjouissante, ils nous donneront la Comédie.

HORACE. Quelle troupe! Nous allons estre accablés, s'ils entrent tous. Messieurs, doucement : les uns après les autres.

Un POETE, s'adressant à Apollon, *Da, Tymbrææ, loqui*.....

Autre POETE, à Calliope, *Dic mihi, Musa, Virum*......

Troisiéme POETE, à Erato. *Nunc age, qui Reges Erato*......

APOLLON. Laissez vos complimens, & dites-nous d'abord vos noms.

Un POETE. *Menagius*.

Autre POETE. *Pererius*.

Troisiéme POETE. *Santolius*.

APOLLON. Et ce vieux Bouquin que je vois parmi vous, comment s'appelle-t-il?

TEXTOR. Je me nomme *Ravisius Textor*. Quoique je sois en la compagnie de ces Messieurs, je n'ai pas l'honneur d'estre Poëte ; mais ils veulent m'avoir avec eux, pour leur fournir des Epithétes au besoin.

Un POETE. *Latonæ proles divina, Jovisque*...... *Jovisque*..... *Jovisque*..... *Heus tu, Textor! Jovisque*....

TEXTOR. *Magni.*

LE POETE. *Non.*

TEXTOR. *Omnipotentis.*

LE POETE. *Non , non.*

TEXTOR. *Bicornis.*

LE POETE. *Bicornis , optimè. Jovifque bicornis.*
Latonæ proles divina , Jovifque bicornis.

APOLLON. Vous avez donc perdu l'efprit? Vous donnez des cornes à mon pere.

LE POETE. C'eft pour finir le Vers. J'ai pris la premiere Epithéte que Textor m'a donnée.

APOLLON. Pour finir le Vers , falloit-il dire une énorme fottife? Mais vous, Horace, faites auffi des Vers François.

HORACE. C'eft-à-dire, qu'il faut que je vous donne auffi une Scéne à mes dépens, & aux dépens du fens commun.

APOLLON. Ce ne fera qu'aux dépens de ces Etrangers. Rimez toujours.

HORACE. Sur quel fujet? Qu'importe? Rimons, puis qu'Apollon l'ordonne. Le fujet viendra après.
Sur la rive du fleuve amaffant de l'arene....

UN POETE. Alte-là. On ne dit point en notre Langue : fur *la rive* du fleuve, mais fur *le bord* de la Riviere; Amaffer *de l'arene*, ne fe dit pas non plus ; il faut dire, *du fable.*

HORACE. Vous eftes plaifant. Eft-ce que *Rive*
&

& *bord* ne font pas des mots fynonymes auffi-bien que *Fleuve* & *Riviere*? Comme fi je ne fçavois pas que dans votre Cité de Paris la Seine paffe fous le Pont nouveau. Je fçai tout cela fur l'extrémité du doigt.

UN POETE. Quelle pitié! Je ne contefte pas que toutes vos expreffions ne foient Françoifes; mais je dis que vous les emploïez mal. Par exemple, quoique le mot de *Cité* foit bon en foi, il ne vaut rien où vous le placez : on dit, *la Ville de Paris*. De mefme, on dit *le Pont-neuf*; & non pas *Pont-nouveau*; Sçavoir une chofe *fur le bout du doigt*, & non pas *fur l'extrémité du doigt*.

HORACE. Puifque je parle fi mal votre Langue, croyez-vous, Meffieurs les faifeurs de Vers Latins, que vous foïez plus habiles dans la nôtre? Pour vous dire nettement ma penfée, Apollon devroit vous défendre aujourd'hui pour jamais de toucher plume ni papier.

APOLLON. Comme ils ont fait des Vers fans ma permiffion, ils en feroient encore malgré ma défenfe. Mais puifque dans les grands abus il faut des remedes violens, puniffons-les de la maniére la plus terrible. Je crois l'avoir trouvée. C'eft qu'ils foient obligés deformais à lire exactement les Vers les uns des autres. Horace, faites-leur fçavoir ma volonté.

HORACE. De la part d'Apollon, il eft ordonné, &c.

SANTEUL. Que je life ce galimathias de du Perier. Moi! je n'en ferai rien. C'eſt à lui de lire mes Vers.

DU PERIER. Je veux que Santeuil commence par me reconnoiſtre pour ſon Maiſtre, & après cela je verrai ſi je puis me réſoudre à lire quelque choſe de ſon Phebus.

Ces Poëtes continuent à ſe quereller, ils s'accablent ré-ciproquement d'injures; & Apollon les fait chaſſer hon-teuſement du Parnaſſe.

E P I T A P H E (1)
DE M. RACINE.

D. O. M.

HIC jacet nobilis vir Joannes Racine, Franciæ Theſauris præfe-ctus, Regi à ſecretis atque à cubiculo, nec non unus è quadraginta Gallicanæ Academiæ viris; qui poſt-

A LA GLOIRE
DE DIEU
Très-bon & très-grand.

CI giſt Meſſire JEAN RACINE, Thréſorier de France, Sécretaire du Roi, Gentilhomme de la Cham-bre, & l'un des quarante de l'AcadémieFrançoiſe.Il s'ap-pliqualong-temps à compo-

R E M A R Q U E S.

(1) M. Deſpréaux a compoſé cette Epi-taphe en François, & M. Dodart la tourna en Latin. L'Epitaphe Latine fut gravée ſur une pierre que l'on poſa dans le Cime-tiere des Domeſtiques de Port-Royal des Champs. M. Racine par ſon Codicille du 10. Octobre 1698. avoit demandé à y eſtre enterré aux piés de M. Hamon ſon ancien Maiſtre.

fer des Tragédies, qui firent l'admiration de tout le monde. Mais enfin il quitta ces fujets profanes, pour ne plus employer fon efprit & fa plume qu'à louer celui, qui feul mérite nos louanges. Les engagemens de fon état, & la fituation de fes affaires le tinrent attaché à la Cour. Mais au milieu du commerce des hommes, il fçut remplir tous les devoirs de la piété & de la Religion Chreftienne. Le Roi Louis le Grand le choifit lui, & un de fes intimes amis, (1) pour écrire l'hiftoire & les événemens admirables de fon régne. Pendant qu'il travailloit à cet Ouvrage, il tomba dans une longue & grande maladie, qui le retira de ce lieu de miferes pour l'établir dans un féjour plus heureux, la cin-

quam Tragediarum argumenta diu cum ingenti hominum admiratione tractaffet, Mufas tandem fuas uni Deo confecravit, omnemque ingenii vim in eo laudando contulit, qui folus laude dignus. Cùm eum vitæ negotiorumque rationes multis nominibus Aulæ tenerent addictum, tamen in frequenti hominum confortio omnia pietatis ac religionis officia coluit. A Chriftianiffimo Rege Ludovico Magno felectus unà cum familiari ipfius amico fuerat qui res eo regnante præclarè ac mirabiliter geftas perfcriberet. Huic intentus operi, repentè in gravem atque diuturnum morbum implicitus eft, tandemque ab hac fede miferiarum in melius do-

REMARQUES.

(1) Cet ami eft M. Defpréaux lui-mefine.

micilium tranſlatus anno
ætatis ſuæ quinquageſimo
nono. Qui mortem longiori
adhuc intervallo remotam
valdè horruerat , ejuſdem
præſentis aſpeĉtum placi-
da fronte ſuſtinuit , obiit-
que ſpe magis & pia in
Deum fiducia ereĉtus ,
quam fraĉtus metu. Ea ja-
ĉtura omnes illius amicos ,
è quibus nonnulli inter Re-
gni Primores eminebant ,
acerbiſſimo dolore perculit.
Manavit etiam ad ipſum
Regem tanti viri deſide-
rium. Fecit modeſtia ejus
ſingularis & præcipua in
hanc Portus - Regii Do-
mum benevolentia , ut in
iſto Cœmeterio pie magis
quam magnifice ſepeliri
vellet , adeoque teſtamento
cavit, ut corpus ſuum juxta
piorum hominum , qui hîc
jacent, corpora humaretur.

    Tu vero quicumque es ,

quante-neuviéme année de
ſon âge. Quoiqu'il euſt eu
autrefois des frayeurs horribles de la mort, il l'enviſagea
alors avec beaucoup de tranquillité , & il mourut , non
abattu par la crainte , mais
ſoutenu par une ferme eſpé-
rance & une grande confiance en Dieu. Tous ſes amis ,
entre leſquels il comptoit
pluſieurs grands Seigneurs ,
furent extrêmement ſenſi-
bles à la perte de ce grand
homme. Le Roi meſme té-
moigna le regret qu'il en
avoit. Sa grande modeſtie &
ſon affeĉtion ſinguliere envers cette maiſon de Port-
Royal lui firent choiſir une
ſépulture pauvre, mais ſainte, dans ce Cimetiere, & il
ordonna par ſon Teſtament
qu'on enterraſt ſon corps auprès des Gens de bien qui y
repoſent.

    Qui que vous ſoyez, qui

venez ici par un motif de piété, souvenez-vous, en voyant le lieu de sa sépulture, que vous estes mortel, & pensez plûtost à prier Dieu pour cet homme illustre, qu'à lui donner des éloges.

quem in hanc domum pietas adducit, tuæ ipsius mortalitatis ad hunc aspectum recordare, & clarissimam tanti viri memoriam precibus potius quam elogiis prosequere.

PREFACE

De la premiere Edition faite en 1666.
Et des Editions suivantes, jusqu'en 1674.

LE LIBRAIRE AU LECTEUR.

CES Satires dont on fait part au Public, n'auroient jamais couru le hazard de l'impression, si l'on eust laissé faire leur Auteur. Quelques applaudissemens qu'un assez grand nombre de personnes amoureuses de ces sortes d'Ouvrages, ait donnés aux siens; sa modestie lui persuadoit, que de les faire imprimer, ce seroit augmenter le nombre des méchans Livres, qu'il blasme en tant de rencontres, & se rendre par là digne lui-mesme en quelque façon d'avoir place dans ses Satires. C'est ce qui lui a fait souffrir fort long-temps, avec une patience qui tient quelque chose de l'Héroïque dans un Auteur, les mauvaises Copies qui ont couru de ses Ouvrages, sans estre tenté pour cela de les faire mettre sous la presse.

Mais enfin , toute fa conftance l'a abandonné à la vûë
(1) de cette monftrueufe édition qui en a paru depuis
peu. Sa tendreffe de pere s'eft réveillée à l'afpeƈt de fes
enfans ainfi défigurés & mis en piéces, fur tout lorfqu'il
les a vûs accompagnés de cette Profe fade & infipide ,
que tout le fel de fes Vers ne pourroit pas relever : Je veux
dire de ce (2) *Jugement fur les Sciences* , qu'on a coufu fi
peu judicieufement à la fin de fon Livre. Il a eu peur
que fes Satires n'achevaffent de fe gafter en une fi méchante compagnie : & il a crû enfin , que puifqu'un Ouvrage , toft ou tard , doit paffer par les mains de l'Imprimeur, il valoit mieux fubir le joug de bonne grace, &
faire de lui-mefme ce qu'on avoit desja fait malgré lui.
Joint que ce galant homme qui a pris le foin de la premiere édition , y a meflé les noms de quelques perfonnes que l'Auteur honore , & devant qui il eft bien aife
de fe juftifier. Toutes ces confidérations , dis-je , l'ont
obligé à me confier les véritables Originaux de fes Piéces, (3) augmentées encore de deux autres, pour lefquelles il appréhendoit le mefme fort. Mais en mefme-
temps il m'a laiffé la charge de faire fes excufes aux Auteurs qui pourront eftre choqués de la liberté qu'il s'eft
donnée, de parler de leurs Ouvrages en quelques endroits

REMARQUES.

(1) *De cette monftrueufe édition.*] Elle avoit été faite à Rouen , en 1665.
(2) *Jugement fur les Sciences.*] C'eft un petit Difcours en profe, par Saint-Evremond.

(3) *Augmentées de deux autres.*] De la Satire II. fur un feftin ridicule, & de la Satire V. fur la Nobleffe.

de fes Ecrits. Il les prie donc de confidérer que le Parnaffe fut de tout temps un Païs de liberté : que le plus
habile y eft tous les jours expofé à la cenfure du plus
ignorant : que le fentiment d'un feul homme ne fait point
de loi ; & qu'au pis aller, s'ils fe perfuadent qu'il ait fait
du tort à leurs Ouvrages, ils s'en peuvent venger fur les
fiens, dont il leur abandonne jufqu'aux points & aux vir-
gules. Que fi cela ne les fatisfait pas encore ; il leur confeille d'avoir recours à cette bienheureufe tranquillité
des grands hommes, comme eux, qui ne manquent jamais de fe confoler d'une femblable difgrace (1) par
quelque exemple fameux, pris des plus célébres Auteurs de l'Antiquité, dont ils fe font l'application tout
feuls. En un mot, il les fupplie de faire réflexion ; que fi
leurs Ouvrages font mauvais, ils méritent d'eftre cenfu-
rés : & que s'ils font bons, tout ce qu'on dira contre eux
ne les fera pas trouver mauvais. (2) Au refte, comme la
malignité de fes ennemis s'efforce depuis peu de donner
un fens coupable à fes penfées, mefme les plus innocentes ; il prie les honneftes gens, de ne fe pas laiffer furprendre aux fubtilités rafinées de ces petits efprits, qui
ne fçavent fe venger que par des voyes lafches, & qui lui
veulent fouvent faire un crime affreux d'une élégance
poëtique.

REMARQUES.

(1) *Par quelque exemple fameux.*] Socrate affifta à la repréfentation de la Comédie
des Nuées d'Ariftophane, quoiqu'il en fuft
le principal objet, & qu'il fuft nommé.

(2) *Au refte,* &c.] Tout ce qui fuit, jufqu'à la fin de la Préface, fut ajoûté dans
l'édition de 1668.

J'ai charge encore d'avertir ceux qui voudront faire
des Satires contre les Satires, de ne fe point cacher. Je
leur réponds, que l'Auteur ne les citera point devant
d'autre Tribunal que celui des Mufes. Parce que fi ce font
des injures groffieres, les Beurrieres lui en feront raifon ;
& fi c'eft une raillerie délicate, il n'eft pas affez ignorant
dans les Loix, pour ne pas fçavoir qu'il doit porter la
peine du Talion. Qu'ils écrivent donc librement: comme ils contribueront fans doute à rendre l'Auteur plus
illuftre, ils feront le profit du Libraire : & cela me regarde. Quelque intéreft pourtant que j'y trouve, je leur confeille d'attendre quelque temps, & de laiffer meurir leur
mauvaife humeur. On ne fait rien qui vaille dans la colere. Vous avez beau vomir des injures fales & odieufes :
cela marque la baffeffe de voftre ame, fans rabaiffer la
gloire de celui que vous attaquez: & le Lecteur, qui eft
de fens froid, n'époufe point les fottes paffions d'un Ri-
meur emporté. Il y auroit auffi plufieurs chofes à dire,
touchant le reproche qu'on fait à l'Auteur, d'avoir pris
fes penfées dans Juvénal & dans Horace. Mais, tout bien
confideré, il trouve l'objection fi honorable pour lui,
qu'il croiroit fe faire tort d'y répondre.

PREFACE

PREFACE

Pour l'Edition de 1674. in-quarto.

AU LECTEUR.

J'AVOIS médité une affez longue Préface, où, fuï-
vant la coutume reçûë parmi les Ecrivains de ce
temps, j'efpérois rendre un compte fort exact de mes
Ouvrages, & juftifier les libertés que j'y ai prifes. Mais
depuis j'ai fait réflexion, que ces fortes d'Avant-propos
ne fervoient ordinairement qu'à mettre en jour la vanité
de l'Auteur, & au lieu d'excufer fes fautes, fourniffoient
fouvent de nouvelles armes contre lui. D'ailleurs je ne
crois point mes Ouvrages affez bons pour mériter des
éloges, ni affez criminels pour avoir befoin d'apologie.
Je ne me louerai donc ici, ni ne me juftifierai de rien.
Le Lecteur fçaura feulement que je lui donne une édition de mes Satires plus correcte que les précédentes,
(1) deux Epiftres nouvelles, l'Art Poëtique en Vers,
(2) & quatre Chants du Lutrin. J'y ai ajouté auffi la traduction du Traité que le Rhéteur Longin a compofé du
Sublime ou du Merveilleux dans le Difcours. J'ai fait
originairement cette Traduction pour m'inftruire, plû-

REMARQUES.

(1) *Deux Epîtres nouvelles.*] L'Epiftre
II. & l'Epiftre III. Car la quatriéme, adreffée
au Roi, avoit déja été publiée en 1672.

(2) *Et quatre Chants du Lutrin.*] Le cinquiéme & le fixiéme Chants ne furent imprimés qu'en 1683.

Tome II.   ✻   Lll

toſt que dans le deſſein de la donner au Public. Mais j'ai
crû qu'on ne feroit pas faſché de la voir ici à la ſuite de
la Poëtique , avec laquelle ce Traité a quelque rapport ,
& où j'ai meſme inféré pluſieurs préceptes qui en ſont
tirés. J'avois deſſein d'y joindre auſſi quelques Dialogues en Proſe que j'ai compoſés ; mais des conſidéra-
tions particulieres m'en ont empeſché. (1) J'eſpere en
donner quelque jour un Volume à part. Voilà tout ce
que j'ai à dire au Lecteur. Encore ne ſçai-je ſi je ne lui
en ai point déja trop dit ; & ſi en ce peu de paroles ,
je ne ſuis point tombé dans le défaut que je voulois
éviter.

R E M A R Q U E S.

(1) Il a en vûe le Dialogue qui eſt à la page 437. de ce volume.

P R E F A C E

Pour l'Edition de 1675.

A U L E C T E U R.

JE m'imagine que le Public me fait la juſtice de
croire, que je n'aurois pas beaucoup de peine à répondre aux Livres qu'on a publiés contre moi ; mais j'ai
naturellement une eſpéce d'averſion pour ces longues
Apologies qui ſe font en faveur de bagatelles auſſi bagatelles que ſont mes Ouvrages. Et d'ailleurs aïant attaqué, comme j'ai fait, de gaïeté de cœur, pluſieurs Ecri-

vains célébres, je ferois bien injufte, fi je trouvois mauvais qu'on m'attaquaft à mon tour. Ajouftez, que fi les
objections qu'on me fait font bonnes, il eft raifonnable
qu'elles paffent pour telles; & fi elles font mauvaifes,
il fe trouvera affez de Lecteurs fenfés pour redreffer les
petits efprits qui s'en pourroient laiffer furprendre. Je ne
répondrai donc rien à tout ce qu'on a dit, ni à tout ce
qu'on a écrit contre moi : & fi je n'ai donné aux Auteurs
de bonnes régles de Poëfie, j'efpere leur donner par là
une leçon affez belle de modération. Bien loin de leur
rendre injures pour injures, ils trouveront bon que je les
remercie ici du foin qu'ils prennent de publier que ma
Poëtique eft une Traduction de la Poëtique d'Horace.
Car puifque dans mon Ouvrage, qui eft d'onze cens
Vers, il n'y en a pas plus de cinquante ou foixante tout
au plus, imités d'Horace, ils ne peuvent pas faire un plus
bel éloge du refte qu'en le fuppofant traduit de ce grand
Poëte; & je m'eftonne après cela qu'ils ofent combattre
les régles que j'y débite. (1) Pour Vida dont ils m'accu-
fent d'avoir pris auffi quelque chofe, mes amis fçavent
bien que je ne l'ai jamais lû, & j'en puis faire tel ferment
qu'on voudra, fans craindre de bleffer ma confcience.

REMARQUES.

(1) *Pour Vida.*] Marc-Jerofme Vida, de
Crémone, Evefque d'Albe, Poëte célébre,
qui floriffoit au commencement du feizié-
me fiécle. Il a compofé un Art Poëtique en
trois Livres, & plufieurs autres Poëfies Latines.

PREFACE

Pour les Editions de 1683. & de 1694.

VOICI une édition de mes Ouvrages beaucoup plus exacte que les précédentes, qui ont toutes esté assez peu correctes. J'y ai joint cinq Epistres nouvelles que j'avois composées long-temps avant que d'estre engagé (1) dans le glorieux emploi qui m'a tiré du mestier de la Poësie. Elles font du mesme stile que mes autres écrits, & j'ose me flatter qu'elles ne leur feront point de tort. Mais c'est au Lecteur à en juger, & je n'emploïerai point ici ma Préface, non plus que dans mes autres éditions, à le gagner par des flatteries, ou à le prévenir par des raisons dont il doit s'aviser de lui-mesme. Je me contenterai de l'avertir d'une chose dont il est bon qu'on foit instruit. C'est qu'en attaquant dans mes Satires les défauts de quantité d'Ecrivains de notre Siécle, je n'ai pas prétendu pour cela oster à ces Ecrivains le mérite & les bonnes qualités qu'ils peuvent avoir d'ailleurs. Je n'ai pas prétendu, dis-je, que Chapelain, par exemple, quoiqu'assez méchant Poëte (2), n'ait pas fait autrefois, je ne sçai comment, une assez

REMARQUES.

(1) *Dans le glorieux emploi*, &c.] En 1677. le Roi avoit nommé MM. Despréaux & Racine, pour écrire son histoire.

(2) *N'ait pas fait autrefois.... une assez*

belle Ode.] Chapelain avoit fait une Ode à la gloire du Cardinal de Richelieu, & sur cette Ode seule Chapelain avoit esté regardé comme le premier Poëte de son tems.

belle Ode ; & qu'il n'y euſt point d'eſprit ni d'agrément
dans les Ouvrages de M. Quinault, quoique ſi éloignés
de la perfection de Virgile. (1) J'ajouſterai meſme ſur
ce dernier, que dans le temps où j'écrivis contre lui ,
nous eſtions tous deux fort jeunes, & qu'il n'avoit pas
fait alors (2) beaucoup d'Ouvrages qui lui ont dans la
ſuite acquis une juſte réputation. Je veux bien auſſi
avouer qu'il y a du génie dans les écrits de Saint-Amand,
de Brebeuf, de Scuderi, & de pluſieurs autres que j'ai
critiqués, & qui ſont en effet d'ailleurs, auſſi-bien que
moi, très-dignes de critique. En un mot, avec la meſme
ſincérité que j'ai raillé ce qu'ils ont de blaſmable, je ſuis
preſt à convenir de ce qu'ils peuvent avoir d'excellent.
Voilà, ce me ſemble, leur rendre juſtice, & faire bien
voir que ce n'eſt point un eſprit d'envie & de médiſance qui m'a fait écrire contre eux. Pour revenir à mon
édition, (3) outre mon remerciment à l'Académie, &
quelques Epigrammes que j'y ai jointes, j'ai auſſi ajouté
au Poëme du Lutrin deux Chants nouveaux qui en
font la concluſion. Ils ne ſont pas, à mon avis, plus
mauvais que les quatre autres Chants, & je me perſua-
de qu'ils conſoleront aiſément les Lecteurs de quelques

REMARQUES.

(1) *J'ajouſterai meſme*, &c.] Toute cette
phraſe , juſqu'à ces mots : *Je veux bien auſſi*,
&c. fut ajouſtée par l'Auteur dans l'édition
de 1694.

(2) *Beaucoup d'ouvrages*, &c.] On voit
que l'Auteur diſtingue ici deux temps dans
la réputation de M. Quinault : le temps de

ſes Tragédies , & celui de ſes Opera. Il n'a-
voit encore fait que des Tragédies , quand
M. Deſpréaux le nomma dans ſes Satires.

(3) *Outre mon remerciment . . . . & quelques Epigrammes que j'y ai jointes*.] Addi-
tion faite dans l'édition de 1694.

Vers que j'ai retranchés à l'Epifode de l'Horlogere, qui m'avoit toujours paru un peu trop long. (1) Il feroit inutile maintenant de nier que ce Poëme a efté compofé à l'occafion d'un différend affez leger qui s'émût dans une des plus célébres Eglifes de Paris , entre le Thréforier & le Chantre. Mais c'eft tout ce qu'il y a de vrai. Le refte , depuis le commencement jufqu'à la fin , eft une pure fiction ; & tous les Perfonnages y font non-feulement inventés ; mais j'ai eu foin mefme de les faire d'un caractere directement oppofé au caractere de ceux qui deffervent cette Eglife , dont la plufpart , & particuliérement les Chanoines , font tous gens non-feulement d'une fort grande probité , mais de beaucoup d'efprit , & entre lefquels il y en a tel à qui je demanderois auffi volontiers fon fentiment fur mes Ouvrages , qu'à beaucoup de Meffieurs de l'Académie. Il ne faut donc pas s'étonner fi perfonne n'a efté offenfé de l'impreffion de ce Poëme , puifqu'il n'y a en effet perfonne qui y foit véritablement attaqué. Un prodigue ne s'avife gueres de s'offenfer de voir rire d'un avare ; ni un dévot de voir tourner en ridicule un libertin. Je ne dirai point comment je fus engagé à travailler à cette bagatelle fur une efpéce de défi qui me fut fait en riant par feu M. le Premier Préfident de Lamoignon , qui eft celui que j'y peins

R E M A R Q U E S.

(1) *Il feroit inutile* , &c.] Tout ce qui fuit a été détaché d'ici dans l'édition de 1701. | & placé devant le Poëme du Lutrin , où il fert d'*Avertiffement au Lecteur.*

fous le nom d'Arifte. Ce détail, à mon avis, n'eft pas
fort néceffaire. Mais je croirois me faire un trop grand
tort, fi je laiffois échapper cette occafion d'apprendre
à ceux qui l'ignorent, que ce grand Perfonnage durant fa
vie, m'a honoré de fon amitié. Je commençai à le connoiftre dans le temps que mes Satires faifoient le plus de
bruit; & l'accès obligeant qu'il me donna dans fon illuftre
Maifon, fit avantageufement mon Apologie contre ceux
qui vouloient m'accufer alors de libertinage & de mauvaifes mœurs. C'eftoit un homme d'un fçavoir eftonnant & paffionné admirateur de tous les bons Livres
de l'Antiquité; & c'eft ce qui lui fit plus aifément fouffrir mes Ouvrages, où il crut entrevoir quelque gouft
des Anciens. Comme fa piété eftoit fincere, elle eftoit
auffi fort gaïe, & n'avoit rien d'embarraffant. Il ne
s'effraïa pas du nom de Satires que portoient ces Ouvrages, où il ne vit en effet que des Vers & des Auteurs
attaqués. Il me loua mefme plufieurs fois d'avoir purgé,
pour ainfi dire, ce genre de Poëfie, de la faleté qui
lui avoit efté jufqu'alors comme affectée. J'eus donc le
bonheur de ne lui eftre pas défagréable. Il m'appella à
tous fes plaifirs & à tous fes divertiffemens, c'eft-à-dire
à fes lectures & à fes promenades. Il me favorifa mefme
quelquefois de fa plus eftroite confidence, & me fit
voir à fond fon ame en entier. Et que n'y vis-je point?
Quel thréfor furprenant de probité & de juftice! Quel
fonds inépuifable de piété & de zéle! Bien que fa vertu

jettaſt un fort grand éclat au dehors, c'eſtoit toute autre
choſe au dedans ; & on voïoit bien qu'il avoit ſoin
d'en tempérer les raïons , pour ne pas bleſſer les yeux
d'un Siécle auſſi corrompu que le noſtre. Je fus ſincérement épris de tant de qualités admirables ; & s'il euſt
beaucoup de bonne volonté pour moi , j'eus auſſi pour
lui une très-forte attache. Les ſoins que je lui rendis ne
furent meſlez d'aucune raiſon d'intéreſt mercénaire : &
je ſongeai bien plus à profiter de ſa converſation que
de ſon crédit. Il mourut dans le temps que cette amitié
étoit en ſon plus haut point , & le ſouvenir de ſa perte
m'afflige encore tous les jours. Pourquoi faut-il que
des hommes ſi dignes de vivre ſoient ſitoſt enlevés du
monde , tandis que des miſérables & des gens de rien
arrivent à une extreſme vieilleſſe ? Je ne m'eſtendrai pas
davantage ſur un ſujet ſi triſte : car je ſens bien que ſi je
continuois à en parler , je ne pourrois m'empeſcher de
mouiller peut-eſtre de larmes la Préface d'un Livre de
Satires & de plaiſanteries.

AVERTISSEMENT

AVERTISSEMENT

Mis après la Préface de 1694.

AU LECTEUR.

J'AI laiſſé ici la meſme Préface qui eſtoit dans les deux éditions précédentes : à cauſe de la juſtice que j'y rends à beaucoup d'Auteurs que j'ai attaqués. Je croïois avoir aſſez fait connoiſtre par cette démarche, où perſonne ne m'obligeoit, que ce n'eſt point un eſprit de malignité qui m'a fait écrire contre ces Auteurs, & que j'ai eſté plûtoſt ſincere à leur égard, que médiſant. M. Perrault néanmoins n'en a pas jugé de la ſorte. Ce galant homme, au bout de près (1) de vingt-cinq ans qu'il y a que mes Satires ont eſté imprimées la premiere fois, eſt venu tout à coup, & dans le temps qu'il ſe diſoit de mes amis, réveiller des querelles entiérement oubliées, & me faire ſur mes Ouvrages un procès que mes ennemis ne me faiſoient plus. Il a compté pour rien les bonnes raiſons que j'ai miſes en rimes pour montrer qu'il n'y a point de médiſance à ſe moquer des méchans écrits : & ſans prendre la peine de réfuter ces raiſons, a jugé à propos de me traiter dans un Livre en termes aſſez peu obſcurs, de médiſant, d'envieux, de calomniateur, d'hom-

REMARQUES.

(1) *De vingt-cinq ans.*] Il falloit dire : *de près de trente ans.* Car la premiere édition des Satires fut faite en 1666.

Tome II.   ✶   M m m

me qui n'a fongé qu'à eftablir fa réputation fur la ruine de celle des autres. Et cela fondé principalement fur ce que j'ai dit dans mes Satires, que Chapelain avoit fait des Vers durs, & qu'on eftoit à l'aife aux fermons de l'Abbé Cotin.

Ce font en effet les deux grands crimes qu'il me reproche, jufqu'à vouloir me faire comprendre que je ne dois jamais efpérer de rémiffion du mal que j'ai caufé, en donnant par là occafion à la poftérité de croire que fous le régne de Louis le Grand il y a eu en France un Poëte ennuïeux, & un Prédicateur affez peu fuivi. Le plaifant de l'affaire eft, que dans le Livre qu'il fait pour juftifier notre Siécle de cette eftrange calomnie, il avouë lui-mefme que Chapelain eft un Poëte très-peu divertiffant, & fi dur dans fes expreffions, qu'il n'eft pas poffible de le lire. Il ne convient pas ainfi du defert qui étoit aux prédications de l'Abbé Cotin. Au contraire il affure qu'il a efté fort preffé à un des Sermons de cet Abbé; mais en mefme-temps il nous apprend cette jolie particularité de la vie d'un fi grand Prédicateur : que fans ce Sermon, où heureufement quelques-uns de fes Juges fe trouverent, la Juftice fur la requefte de fes parens, lui alloit donner un Curateur comme à un imbécile. C'eft ainfi que M. Perrault fçait défendre fes amis, & mettre en ufage les leçons de cette belle Rhétorique moderne inconnuë aux Anciens, où vrai-femblablement il a appris à dire ce qu'il ne faut point dire.

Mais je parle affez de la jufteffe d'efprit de M. Perrault
dans mes Réflexions Critiques fur Longin; & il eft bon
d'y renvoïer les Lecteurs.

Tout ce que j'ai ici à leur dire, c'eft que je leur donne
dans cette nouvelle édition, outre mes anciens Ouvrages exactement revûs, ma Satire contre les Femmes,
l'Ode fur Namur, quelques Epigrammes, & mes Réflexions Critiques fur Longin. Ces Réflexions que j'ai compofées à l'occafion des Dialogues de M. Perrault, fe
font multipliées fous ma main beaucoup plus que je ne
croïois, & font caufe que j'ai divifé mon Livre en deux
volumes. J'ai mis à la fin du fecond volume les Traductions Latines qu'ont fait de mon Ode les deux plus
célébres Profeffeurs en Eloquence de l'Univerfité : je
veux dire M. Lenglet & M. Rollin. Ces Traductions
ont efté généralement admirées, & ils m'ont fait en
cela tous deux d'autant plus d'honneur, qu'ils fçavent
bien que c'eft la feule lecture de mon Ouvrage qui les
a excités à entreprendre ce travail. J'ai auffi joint à ces
Traductions quatre Epigrammes Latines que (1) le Réverend Pere Fraguier Jéfuite a faites contre le Zoïle
Moderne. Il y en a deux qui font imitées d'une des miennes. On ne peut rien voir de plus poli ni de plus élegant
que ces quatre Epigrammes; & il femble que Catulle y

REMARQUES.

(1) *Le R. P. Fraguier.*] Claude-François Fraguier de l'Académie des Belles-Lettres &
de l'Académie Françoife, mort le 13. May 1728.

foit reffufcité pour venger Catulle. J'efpere donc que
le Public me fçaura quelque gré du préfent que je lui
en fais.

Au refte, dans le temps que cette nouvelle édition
de mes Ouvrages alloit voir le jour, (1) le Réverend
Pere de la Landelle autre célébre Jéfuite, m'a apporté
une Traduction Latine qu'il a aufli faite de mon Ode,
& cette Traduction m'a paru fi belle, que je n'ai pû
réfifter à la tentation d'en enrichir encore mon Livre,
où on la trouvera avec les deux autres à la fin du fecond tome.

REMARQUES.

(1) *Le R. P. de la Landelle.*] Aujourd'hui M. l'Abbé de Saint-Remy, qui a donné au
Public une belle Traduction de Virgile.

AVERTISSEMENT,

Pour la premiere Edition de la Satire IX.

Imprimée féparément en 1668.

LE LIBRAIRE AU LECTEUR.

VOICI le dernier Ouvrage qui eft forti de la plume
du Sr Defpréaux. L'Auteur, après avoir écrit (1)
contre tous les hommes en général, a crû qu'il ne pouvoit mieux finir qu'en écrivant contre lui-mefme, &

REMARQUES.

(1) *Contre tous les hommes,* &c.] Dans la Satire VIII.

que c'eſtoit le plus beau champ de Satire qu'il pûſt trouver. Peut-eſtre que ceux qui ne ſont pas fort inſtruits des
démeſlés du Parnaſſe, & qui n'ont pas beaucoup lû les
autres Satires du meſme Auteur, ne verront pas tout
l'agrément de celle-ci, qui n'en eſt, à bien parler, qu'une
ſuite. Mais je ne doute point que les Gens de Lettres,
& ceux ſur tout qui ont le gouſt délicat, ne lui donnent le prix, comme à celle où il y a le plus d'art,
d'invention & de fineſſe d'eſprit. Il y a déja du temps
qu'elle eſt faite : l'Auteur s'eſtoit en quelque ſorte ré-
ſolu de ne la jamais publier. Il vouloit bien épargner
ce chagrin aux Auteurs qui s'en pourront choquer. (1)
Quelques libelles diffamatoires que l'Abbé Cotin &
pluſieurs autres euſſent fait imprimer contre lui, il s'en
tenoit aſſez vengé par le mépris que tout le monde a
fait de leurs Ouvrages, qui n'ont eſté lûs de perſonne,
& que l'impreſſion meſme n'a pû rendre publics. Mais
une copie de cette Satire eſtant tombée, par une fatalité
inévitable, entre les mains des Libraires, ils ont réduit
l'Auteur à recevoir encore la loi d'eux. C'eſt donc à
moi qu'il a confié l'Original de ſa Piéce ; & il l'a accompagné (2) d'un petit Diſcours en Proſe, où il juſtifie par

R E M A R Q U E S.

(1) *Quelques libelles diffamatoires que
l'Abbé Cotin*, &c.] Il avoit publié une Satire
en Vers, contre M. Deſpréaux, & un Li-
belle en Proſe intitulé, *Critique déſintéreſſée
ſur les Satires du temps*. Bourſault avoit fait
imprimer *la Satire des Satires*. C'eſtoit une
Comédie où il faiſoit la Critique des Satires
de l'Auteur.

(2) *D'un petit Diſcours en Proſe.*] Diſcours ſur la Satire, imprimé dans ce volume.

l'autorité des Poëtes anciens & modernes la liberté
qu'il s'eft donnée dans fes Satires. Je ne doute donc
point que le Lecteur ne foit bien aife du préfent que je
lui en fais.

AVERTISSEMENT,

Pour la feconde Edition de l'Epiftre I. en 1672.

AVIS AU LECTEUR.

JE m'eftois perfuadé que la Fable de l'Huiftre que j'a-
vois mife à la fin de cette Epiftre au Roi, pourroit y
délaffer agréablement l'efprit des Lecteurs qu'un Sublime trop férieux peut enfin fatiguer, joint que la correction que j'y avois mife fembloit me mettre à couvert d'une faute dont je faifois voir que je m'apperce-
vois le premier. Mais j'avoüe qu'il y a eu des perfonnes
de bon fens qui ne l'ont pas approuvée. J'ai néanmoins
balancé long-temps fi je l'ofterois, parce qu'il y en avoit
plufieurs qui la loüoient avec autant d'excès que les autres la blafmoient. Mais enfin je me fuis rendu à l'autorité (1) d'un Prince non moins confidérable par les lumieres de fon efprit, que par le nombre de fes Victoires. Comme il m'a déclaré franchement que cette Fable,
quoique très-bien contée, ne lui fembloit pas digne du

REMARQUES.

(1) *D'un Prince.*] Le Prince de Condé.

reſte de l'Ouvrage; je n'ai point réſiſté, j'ai mis une autre fin à ma Piéce, & je n'ai pas crû pour une vingtaine
de Vers devoir me brouiller avec le premier Capitaine
de noſtre Siécle. Au reſte, je ſuis bien aiſe d'avertir
le Lecteur, qu'il y a quantité de piéces impertinentes
qu'on s'efforce de faire courir ſous mon nom, & entr'autres (1) une Satire contre les Maltoſtes Eccléſiaſti-
ques. Je ne crains pas que les habiles gens m'attribuënt
toutes ces Piéces; parce que mon ſtile, bon ou mauvais, eſt aiſé à reconnoiſtre. Mais comme le nombre
des ſots eſt grand, & qu'ils pourroient aiſément s'y méprendre, il eſt bon de leur faire ſçavoir, que hors les
(2) onze piéces qui ſont dans ce Livre, il n'y a rien de
moi entre les mains du Public, ni imprimé, ni en manuſcrit.

REMARQUES.

(1) *Une Satire contre les Maltoſtes Ecclé-*
ſiaſtiques.] Elle commence ainſi :

Quel eſt donc ce cahos, & quelle extra-
vagance
Agite maintenant l'eſprit de notre Fran-
ce; &c.

On attribue cette Satire au P. Louis San-
lecque, Chanoine Régulier de la Congré-
gation de Sainte Geneviéve.

(2) *Onze piéces,* &c.] Le Diſcours au
Roi, neuf Satires, & l'Epiſtre I. l'Auteur ne
comptoit pas ſon *Diſcours ſur la Satire,*
quoiqu'imprimé avec le reſte, dans le meſme volume. Il ne parloit que des Ouvrages en Vers.

464

AVERTISSEMENT,

Pour la premiere Edition de l'Epiftre IV. en 1672.

AU LECTEUR.

JE ne fçai fi les rangs de ceux qui pafférent le Rhin à la nage devant Tolhus, font fort exactement gardés dans le Poëme que je donne au Public; & je n'en voudrois pas eftre garant: parce que franchement je n'y eftois pas, & que je n'en fuis encore que fort médiocrement inftruit. Je viens mefme d'apprendre en ce moment que M. de Soubize, dont je ne parle point, eft un de ceux qui s'y eft le plus fignalé. Je m'imagine qu'il en eft ainfi de beaucoup d'autres, & j'efpere de leur faire juftice dans une autre édition. Tout ce que je fçai, c'eft que ceux dont je fais mention ont paffé des premiers. Je ne me déclare donc caution que de l'Hiftoire du Fleuve en colere, que j'ai apprife d'une de fes Naïades, qui s'eft réfugiée dans la Seine. J'aurois bien pû auffi parler de la fameufe rencontre qui fuivit le paffage: mais je la réferve pour un Poëme à part. C'eft là que j'efpere rendre aux mânes de (1) M. de Longueville l'honneur que tous les Ecrivains lui doivent, & que je peindrai cette Victoire qui fut arrofée du plus illuftre Sang de l'Univers. Mais il faut un peu reprendre haleine pour cela.

REMARQUES.

(1) *M. de Longueville.*] Charles-Paris d'Orleans, Duc de Longueville, tué après le paffage du Rhin, en 1672.

PREFACE

✠✠✠

PREFACE

Pour la premiere Edition du Lutrin, en 1674.

AU LECTEUR.

JE ne ferai point ici comme (1) l'Ariofte, qui, quelquefois fur le point de débiter la Fable du monde la plus abfurde, la garantit vraïe d'une vérité reconnuë, & l'appuïe même de l'autorité (2) de l'Archevefque Turpin. Pour moi je déclare franchement que tout le Poëme du Lutrin n'eft qu'une pure fiction, & que tout y eft inventé, jufqu'au nom même du lieu où l'action fe paffe. Je l'ai appellé *Pourges*, du nom d'une petite Chapelle qui eftoit autrefois proche de Monlhéry. C'eft pourquoi le Lecteur ne doit pas s'eftonner que pour y arriver de Bourgogne la Nuit prenne le chemin de Paris & de Monlhéry.

C'eft une affez bizarre occafion qui a donné lieu à ce Poëme. Il n'y a pas long-temps que dans une affemblée

REMARQUES.

(1) *L'Ariofte.*] Louis Ariofte, Poëte Italien, qui a compofé le Poëme de *Roland le Furieux*, & plufieurs autres Poëfies. Il mourut l'an 1533.

(2) *De l'Archevefque Turpin.*] Hiftorien fabuleux des actions de Charlemagne & de Roland. L'Auteur de ce Roman ridicule a emprunté le nom de Turpin, Archevefque de Rheims, Prélat d'une grande réputation, qui avoit accompagné Charlemagne dans la plufpart de fes voïages, & qui, felon Trithéme, avoit écrit la vie de cet Empereur, en deux Livres que nous n'avons plus. Le fçavant M. Huet, (*Origine des Romans*,) croit que le Livre des faits de Charlemagne, attribué à l'Archevefque Turpin, lui eft poftérieur de plus de 200 ans; & M. Allard, dans fa Bibliothéque de Dauphiné, affure que ce Roman a efté compofé dans Vienne par un Moine de Saint André, l'an 1092.

Tome II. ✱ N n n

où j'étois, la converſation tomba ſur le Poëme Héroïque. Chacun en parla ſuivant ſes lumieres. A l'égard
de moi, comme on m'en eût demandé mon avis, je
ſoutins ce que j'ai avancé dans ma Poëtique : qu'un
Poëme Héroïque, pour être excellent, devoit eſtre chargé de peu de matiere, & que c'eſtoit à l'invention à la
ſoutenir & à l'étendre. La choſe fut fort conteſtée. On
s'échauffa beaucoup ; mais après bien des raiſons alléguées pour & contre, il arriva ce qui arrive ordinairement en toutes ces ſortes de diſputes : je veux dire qu'on
ne ſe perſuada point l'un l'autre, & que chacun demeura ferme dans ſon opinion. La chaleur de la diſpute
eſtant paſſée, on parla d'autre choſe, & on ſe mit à rire
de la maniere dont on s'eſtoit échauffé ſur une queſtion
auſſi peu importante que celle-là. On moraliſa fort ſur
la folie des hommes qui paſſent preſque toute leur vie
à faire ſérieuſement de très-grandes bagatelles, & qui ſe
font ſouvent une affaire conſidérable d'une choſe indif-
férente. A propos de cela, (1) un Provincial raconta un
démeſlé fameux, qui eſtoit arrivé autrefois dans une petite Egliſe de ſa Province, entre le Thréſorier & le Chantre, qui ſont les deux premieres dignités de cette Egliſe, pour ſçavoir ſi un Lutrin ſeroit placé à un endroit
ou à un autre. La choſe fut trouvée plaiſante. Sur cela,

REMARQUES.

(1) *Un Provincial raconta,* &c.] Cette circonſtance eſt inventée pour dépaïſer les
Lecteurs.

(1) un des Sçavans de l'assemblée, qui ne pouvoit pas
oublier si-tost la dispute, me demanda : si moi, qui voulois si peu de matiere pour un Poëme Héroïque, j'en-
treprendrois d'en faire un sur un démeslé aussi peu chargé d'incidens que celui de cette Eglise. J'eus plûtost
dit, pourquoi non, que je n'eus fait réflexion sur ce qu'il
me demandoit. Cela fit faire un éclat de rire à la compagnie, & je ne pus m'empescher de rire comme les
autres : ne pensant pas en effet moi-mesme que je dûsse
jamais me mettre en estat de tenir parole. Néanmoins le
soir me trouvant de loisir, je resvai à la chose, & aïant
imaginé en général la plaisanterie que le Lecteur va
voir, j'en fis vingt Vers que je montrai à mes amis. Ce
commencement les réjouit assez. Le plaisir que je vis
qu'ils y prenoient, m'en fit faire encore vingt autres :
ainsi de vingt Vers en vingt Vers, j'ai poussé enfin l'Ouvrage à près de neuf cens Vers. Voilà toute l'Histoire
de la bagatelle que je donne au Public. J'aurois bien
voulu la lui donner achevée; Mais (2) des raisons très-
secretes, & dont le Lecteur trouvera bon que je ne l'in-
struise pas, m'en ont empesché. Je ne me serois pourtant pas pressé de le donner imparfait, comme il est,
n'eust esté les misérables fragmens qui en ont couru.
C'est un Burlesque nouveau, dont je me suis avisé en

REMARQUES.

(1) *Un des sçavans de l'Assemblée.*] M.
le Premier Président de Lamoignon.
(2) *Des raisons très-secretes.*] Ces raisons très-secretes font que le Poëme n'estoit pas encore achevé.

N n n ij

notre Langue. Car au lieu que dans l'autre Burlefque
Didon & Enée parloient comme des harangeres & des
crocheteurs; dans celui-ci une Perruquiere & un Perru-
quier parlent comme Didon & Enée. Je ne fçai donc fi
mon Poëme aura les qualités propres à fatisfaire un
Lecteur : mais j'ofe me flatter qu'il aura au moins l'agrément de la nouveauté, puifque je ne penfe pas qu'il y
ait d'Ouvrage de cette nature en notre Langue : (1) la
défaite des Bouts-rimés de Sarrazin eftant plûtoft une
pure Allégorie, qu'un Poëme comme celui-ci.

REMARQUES.

(1) *La défaite*, &c.] *Dulot vaincu, ou la défaite des Bouts-rimés.* Poëme en quatre
Chants, par M. Sarrazin.

PREFACE

Pour l'Edition de 1701.

COMME c'eft ici vrai-femblablement la derniere
édition de mes Ouvrages que je reverrai, & qu'il
n'y a pas d'apparence, qu'âgé comme je fuis, (1) de plus
de foixante & trois ans, & accablé de beaucoup d'infirmités, ma courfe puiffe eftre encore fort longue, le
Public trouvera bon que je prenne congé de lui dans
les formes, & que je le remercie de la bonté qu'il a euë

REMARQUES.

(1) C'eft-à-dire de plus de 64 ans. Voïez à la tête du 1. vol. la 1. Note fur l'Eloge de
l'Auteur, par M. de Boze.

d'acheter tant de fois des Ouvrages fi peu dignes de
fon admiration. Je ne fçaurois attribuer un fi heureux
fuccès qu'au foin que j'ai pris de me conformer toujours à fes fentimens, & d'attraper, autant qu'il m'a efté
poffible, fon gouft en toutes chofes. C'eft effectivement à quoi il me femble que les Ecrivains ne fçauroient
trop s'eftudier. Un Ouvrage a beau eftre approuvé d'un
petit nombre de Connoiffeurs, s'il n'eft plein d'un certain agrément & d'un certain fel, propre à piquer le
gouft général des hommes, il ne paffera jamais pour un
bon Ouvrage ; & il faudra à la fin que les Connoiffeurs
eux-mefmes avoüent qu'ils fe font trompés en lui donnant leur approbation. Que fi on me demande ce que
c'eft que cet agrément & ce fel, je répondrai que c'eft
un je ne fçai quoi qu'on peut beaucoup mieux fentir
que dire. A mon avis néanmoins, il confifte principalement à ne jamais préfenter au Lecteur que des penfées
vraïes & des expreffions juftes. L'efprit de l'homme eft
naturellement plein d'un nombre infini d'idées confufes
du vrai, que fouvent il n'entrevoit qu'à demi ; & rien ne
lui eft plus agréable que lorfqu'on lui offre quelqu'une
de ces idées bien éclaircie, & mife dans un beau jour.
Qu'eft-ce qu'une penfée neuve, brillante, extraordinaire ? Ce n'eft point, comme fe le perfuadent les ignorans, une penfée que perfonne n'a jamais euë, ni dû
avoir. C'eft au contraire une penfée qui a dû venir à
tout le monde, & que quelqu'un s'avife le premier d'ex-

primer. Un bon mot n'eft bon mot qu'en ce qu'il dit
une chofe que chacun penfoit, & qu'il la dit d'une maniere vive, fine & nouvelle. Confidérons, par exemple,
cette réplique fi fameufe de Louis Douziéme à ceux de
fes Miniftres qui lui confeillérent de faire punir plufieurs perfonnes, qui fous le régne précédent, & lorfqu'il n'eftoit encore que Duc d'Orleans, avoient pris à
tâche de le deffervir. *Un Roy de France*, leur répondit-
il, *ne venge point les injures d'un Duc d'Orleans.* D'où
vient que ce mot frappe d'abord ? N'eft-il pas aifé de
voir que c'eft parce qu'il préfente aux yeux une vérité
que tout le monde fent, & qu'il dit mieux que tous les
plus beaux difcours de Morale: *Qu'un grand Prince,*
lorfqu'il eft une fois fur le Throfne, ne doit plus agir par
des mouvemens particuliers, ni avoir d'autre vûë que la
gloire & le bien général de fon Eftat? Veut-on voir au
contraire combien une penfée fauffe eft froide & puérile? Je ne fçaurois rapporter un exemple qui le faffe
mieux fentir, que deux Vers du Poëte Théophile, dans
fa Tragédie intitulée, *Pyrame & Thifbé*; lorfque cette
malheureufe Amante aïant ramaffé le poignard encore
tout fanglant dont Pyrame s'eftoit tué, elle querelle
ainfi ce poignard,

Ah! voici le poignard, qui du fang de fon Maiftre
S'eft foüillé lafchement. Il en rougit, le Traiftre.

Toutes les glaces du Nord enfemble ne font pas, à

mon fens , plus froides que cette penfée. Quelle extravagance , bon Dieu ! de vouloir que la rougeur du fang,
dont eft teint le poignard d'un homme qui vient de s'en
tuer lui-mefme , foit un effet de la honte qu'a ce poignard de l'avoir tué ? Voici encore une penfée qui n'eft
pas moins fauffe , ni par conféquent moins froide. Elle
eft de Benferade dans fes Métamorphofes en Rondeaux,
où parlant du déluge envoyé par les Dieux , pour chaf-
tier l'infolence de l'homme , il s'exprime ainfi :

Dieu lava bien la tefte à fon Image.

Peut-on , à propos d'une auffi grande chofe que le Déluge , dire rien de plus petit , ni de plus ridicule que ce
quolibet , dont la penfée eft d'autant plus fauffe en toutes manieres , que le Dieu dont il s'agit en cet endroit,
c'eft Jupiter , qui n'a jamais paffé chez les Païens pour
avoir fait l'homme à fon image : l'homme dans la Fable
eftant, comme tout le monde fçait, l'ouvrage de Pro-
méthée.

Puifqu'une penfée n'eft belle qu'en ce qu'elle eft vraïe;
& que l'effet infaillible du Vrai, quand il eft bien énoncé, c'eft de fraper les hommes ; il s'enfuit que ce qui ne
frape point les hommes, n'eft ni beau ni vrai, ou qu'il
eft mal énoncé : & que par conféquent un Ouvrage qui
n'eft point goufté du Public , eft un très-méchant Ouvrage. Le gros des hommes peut bien , durant quelque
temps , prendre le faux pour le vrai, & admirer de mé-

chantes chofes : mais il n'eft pas poffible qu'à la longue
une bonne chofe ne lui plaife ; & je défie tous les Auteurs les plus mécontens du Public, de me citer un bon
Livre que le Public ait jamais rebuté ; à moins qu'ils ne
mettent en ce rang leurs Ecrits, de la bonté defquels
eux feuls font perfuadés. J'avoue néanmoins, & on ne
le fçauroit nier, que quelquefois, lorfque d'excellens
Ouvrages viennent à paroiftre, la cabale & l'envie trouvent moïen de les rabaiffer, (1) & d'en rendre en apparence le fuccès douteux : mais cela ne dure guéres ; & il
arrive de ces Ouvrages comme d'un morceau de bois
qu'on enfonce dans l'eau avec la main : il demeure au
fond tant qu'on l'y retient ; mais bientoft la main venant
à fe laffer, il fe releve & gagne le deffus. Je pourrois
dire un nombre infini de pareilles chofes fur ce fujet, &
ce feroit la matiere d'un gros Livre : mais en voilà affez,
ce me femble, pour marquer au Public ma reconnoiffance, & la bonne idée que j'ai de fon gouft & de fes
jugemens.

Parlons maintenant de mon Edition nouvelle. C'eft
la plus correcte qui ait encore paru ; & non feulement
je l'ai revûë avec beaucoup de foin, mais j'y ai retou-
ché de nouveau plufieurs endroits de mes Ouvrages.
Car je ne fuis point de ces Auteurs fuïans la peine, qui
ne fe croïent plus obligés de rien raccommoder à leurs

REMARQUES.

(1) *Et d'en rendre.... le fuccès douteux.*]   des *Femmes* de Moliere, & la *Phédre* de M.
M. Defpréaux citoit pour exemples, *l'Ecole*   Racine.

Ecrits,

Ecrits, dès qu'ils les ont une fois donnés au Public. Ils
alléguent pour excuſer leur pareſſe, qu'ils auroient
peur, en les trop remaniant, de les affoiblir, & de leur
oſter cet air libre & facile, qui fait, diſent-ils, un des
plus grands charmes du diſcours : mais leur excuſe, à
mon avis, eſt très-mauvaiſe. Ce ſont les Ouvrages faits
à la haſte, &, comme on dit, au courant de la plume,
qui ſont ordinairement ſecs, durs & forcés. Un Ouvrage ne doit point paroiſtre trop travaillé ; mais il ne ſçauroit eſtre trop travaillé ; & c'eſt ſouvent le travail meſme, qui en le poliſſant lui donne cette facilité tant vantée qui charme le Lecteur. Il y a bien de la différence
entre des Vers faciles & des Vers facilement faits. Les
Ecrits de Virgile, quoiqu'extraordinairement travaillés,
ſont bien plus naturels que ceux de Lucain, qui écrivoit, dit-on, avec une rapidité prodigieuſe. C'eſt ordinairement la peine que s'eſt donnée un Auteur à limer
& à perfectionner ſes Ecrits, qui fait que le Lecteur n'a
point de peine en les liſant. Voiture, qui paroiſt ſi aiſé,
travailloit extrémement ſes Ouvrages. On ne voit que
des gens qui font aiſément des choſes médiocres ; mais
des gens qui en faſſent, meſme difficilement, de fort
bonnes, on en trouve très-peu.

Je n'ai donc point de regret d'avoir encore employé
quelques-unes de mes veilles à rectifier mes Ecrits dans
cette nouvelle Edition, qui eſt, pour ainſi dire, mon Edition favorite. Auſſi y ai-je mis mon nom, que je m'eſtois

abſtenu de mettre à toutes les autres. J'en avois ainſi uſé par pure modeſtie : mais aujourd'hui que mes Ouvrages ſont entre les mains de tout le monde , il m'a paru que cette modeſtie pourroit avoir quelque choſe d'affecté. D'ailleurs , j'ai eſté bien aiſe, en le mettant à la teſte de mon Livre, de faire voir par-là quels ſont préciſément les Ouvrages que j'avouë ; & d'arreſter, s'il eſt poſſible, le cours d'un nombre infini de méchantes Piéces qu'on répand par tout ſous mon nom, & principalement dans les Provinces & dans les Païs étrangers. J'ai meſme, pour mieux prévenir cet inconvénient, fait mettre au commencement de ce Volume , une liſte exacte & dé-taillée de tous mes Ecrits ; & on la trouvera immédia-tement après cette Préface. Voilà de quoi il eſt bon que le Lecteur ſoit inſtruit.

Il ne reſte plus préſentement qu'à lui dire quels ſont les Ouvrages dont j'ai augmenté ce Volume. Le plus conſidérable eſt une onziéme Satire, que j'ai tout ré-cemment compoſée, & qu'on trouvera à la ſuite des dix précédentes. Elle eſt adreſſée à Monſieur de Valincour, mon illuſtre aſſocié à l'Hiſtoire. J'y traite du vrai & du faux Honneur , & je l'ai compoſée avec le meſme ſoin que tous mes autres Ecrits. Je ne ſçaurois pourtant dire ſi elle eſt bonne ou mauvaiſe : car je ne l'ai encore com-muniquée qu'à deux ou trois de mes meilleurs amis, à qui meſme je n'ai fait que la réciter fort viſte, dans la peur qu'il ne lui arrivaſt ce qui eſt arrivé à quelques au-

---

tres de mes Piéces, que j'ai vû devenir publiques avant
mesme que je les eusse mises sur le papier : plusieurs
personnes, à qui je les avois dites plus d'une fois, les aïant
retenues par cœur, & en aïant donné des copies. C'est
donc au Public à m'apprendre ce que je dois penser de
cet Ouvrage, ainsi que de plusieurs autres petites Piéces de Poësie qu'on trouvera dans cette nouvelle édition, & qu'on y a meslées parmi les Epigrammes qui y
estoient desja. Ce sont toutes bagatelles que j'ai la plûpart composées dans ma plus tendre jeunesse ; mais
que j'ai un peu rajustées, pour les rendre plus suppor-
tables au Lecteur. J'y ai fait aussi ajouter deux nouvelles Lettres, l'une que j'écris à M. Perrault, & où je badine avec lui sur nostre démeslé Poëtique, presque aussi-
tost éteint qu'allumé. L'autre est un Remerciment à
M. le Comte d'Ericeyra, au sujet de la Traduction de
mon Art Poëtique faite par lui en Vers Portugais, qu'il
a eu la bonté de m'envoyer de Lisbonne, avec une
Lettre & des Vers François de sa composition, où il
me donne des louanges très-délicates, & ausquelles il ne
manque que d'estre appliquées à un meilleur sujet. J'aurois bien voulu pouvoir m'acquitter de la parole que je
lui donne à la fin de ce Remerciment, de faire imprimer
cette excellente Traduction à la suite de mes Poësies ;
mais malheureusement (1) un de mes amis, à qui je

REMARQUES.

(1) *Un de mes amis.*] M.l'Abbé Regnier-Desmarais, Sécretaire de l'Académie Françoise.

J'avois prestée, m'en a égaré le premier Chant ; & j'ai
eu la mauvaise honte de n'oser récrire à Lisbonne pour
en avoir une autre copie. Ce sont là à peu près tous les
Ouvrages de ma façon, bons ou méchans, dont on trouvera mon Livre augmenté. Mais une chose qui sera seurement agréable au Public, c'est le présent que je lui
fais dans ce mesme Livre, de la Lettre que le célébre
M. Arnauld a écrite à M. Perrault à propos de ma dixiéme Satire, & où, comme je l'ai dit dans l'Epistre à mes
Vers, il fait en quelque sorte mon apologie. Je ne doute
point que beaucoup de gens ne m'accusent de témérité,
d'avoir osé associer à mes Ecrits les Ouvrages d'un si
excellent homme ; & j'avoue que leur accusation est
bien fondée. Mais le moïen de résister à la tentation de
montrer à toute la Terre, comme je le montre en effet
par l'impression de cette Lettre, que ce grand Personnage me faisoit l'honneur de m'estimer, & avoit la bonté
meas esse aliquid putare nugas !

Au reste, comme malgré une apologie si authen-
tique, & malgré les bonnes raisons que j'ai vingt fois
alléguées en Vers & en Prose, il y a encore des gens
qui traitent de médisances les railleries que j'ai faites
de quantité d'Auteurs modernes, & qui publient qu'en
attaquant les défauts de ces Auteurs, je n'ai pas rendu justice à leurs bonnes qualités ; je veux bien, pour
les convaincre du contraire, répéter encore ici les
mesmes paroles que j'ai dites sur cela dans la Préface

(1) de mes deux Editions précédentes. Les voici. *Il eft
bon que le Lecteur foit averti d'une chofe ; c'eft qu'en
attaquant dans mes Ouvrages les défauts de plufieurs
Ecrivains de noftre fiécle , je n'ai pas prétendu pour cela
ofter à ces Ecrivains le mérite & les bonnes qualités qu'ils
peuvent avoir d'ailleurs. Je n'ai pas prétendu , dis-je ,
nier que Chapelain , par exemple , quoique Poëte fort dur ,
n'ait fait autrefois , je ne fçai comment , une affez belle
Ode ; & qu'il n'y ait beaucoup d'efprit dans les Ouvrages de Monfieur Quinault , quoique fi éloigné de la perfection de Virgile. J'ajouterai mefme fur ce dernier , que
dans le temps où j'écrivis contre lui , nous eftions tous
deux fort jeunes , & qu'il n'avoit pas fait alors beaucoup
d'Ouvrages , qui lui ont dans la fuite acquis une jufte
réputation. Je veux bien auffi avouer qu'il y a du génie
dans les Ecrits de Saint-Amand , de Brébeuf , de Scuderi , (1) de Cotin mefme , & de plufieurs autres que j'ai
critiqués. En un mot , avec la mefme fincérité que j'ai
raillé de ce qu'ils ont de blafmable ; je fuis preft à convenir de ce qu'ils peuvent avoir d'excellent. Voilà , ce me
femble , leur rendre juftice , & faire bien voir que ce n'eft
point un efprit d'envie & de médifance qui m'a fait écrire
contre eux.*

REMARQUES.

(1) *De mes deux éditions précédentes.*]
De 1683. & 1694.

(2) On m'accufe , difoit M. Defpréaux ,
de ne rien louer de ce qu'a fait Scuderi ;
voici pourtant deux beaux Vers que je fuis

étonné qui foient de lui.
*Il n'eft rien de fi doux à des cœurs pleins de
    gloire
Que la paifible nuit qui fuit une victoire.*

Après cela , fi on m'accufe encore de médifance , je ne fçai point de Lecteur qui n'en doive auffi eftre accufé ; puifqu'il n'y en a point qui ne dife librement fon avis des Ecrits qu'on fait imprimer ; & qui ne fe croïe en plein droit de le faire , du confentement mefme de ceux qui les mettent au jour. En effet , qu'eft-ce que mettre un Ouvrage au jour ? N'eft-ce pas en quelque forte dire au Public , Jugez-moi ? Pourquoi donc trouver mauvais qu'on nous juge ? Mais j'ai mis tout ce raifonnement en rimes dans ma neuviéme Satire , & il fuffit d'y renvoyer mes Cenfeurs.

OUVRAGES

QUI ONT RAPPORT

A CEUX DE L'AUTEUR.

*L*Es Piéces qui *suivent* ont rapport à la Dixiéme *& à l'Onziéme Réflexion de M. Despréaux. On les a inserées dans l'Edition de Genéve ; & elles ont paru dans les autres Editions. C'étoit donc une sorte de nécessité que de les donner ici. Autrement on auroit supprimé la Réponse de M. le Clerc & ses Remarques, qui sont bien plus propres à montrer sa mauvaise humeur contre le Poëte, qu'à appuyer le sentiment qu'il veut soutenir.*

EXAMEN

EXAMEN(1)
DU SENTIMENT
DE LONGIN
SUR CE PASSAGE
DE LA GENESE,

ET DIEU DIT: QUE LA LUMIERE SOIT FAITE; ET LA LUMIERE
FUT FAITE.

PAR M. HUET,

Ancien Evêque d'Avranches.

IL y a quelque tems que cette Differtation du favant M. HUET me tomba entre les mains. Je la lûs avec plaifir, & comme je croi qu'il a raifon, je jugeai qu'il feroit utile qu'elle vît le jour, & j'euffe fouhaité que l'Auteur lui-même l'eût publiée. Mais aïant appris qu'il ne vouloit pas fe donner cette peine, j'ai crû qu'il ne feroit nullement fâché qu'elle parût ici, & qu'on lui donnât place dans la *Bibliothéque Choifie*, en y joignant quelques réflexions pour la confirmer, que l'on pourra diftinguer des paroles de cet illuftre Prélat, par les Guillemets qu'on voit à côté de ces mêmes paroles ; au lieu qu'il n'y en a point à côté de ce que l'on y ajoûte.

A M. LE DUC DE MONTAUSIER.

« Vous avez voulu, Monfeigneur, que je priffe parti dans le différend,
» que vous avez eu (2) avec M. *l'Abbé de S. Luc*, touchant *Apollon.*
» J'en ai un autre à mon tour avec M. *Defpréaux*, dont je vous fupplie
» très-humblement de vouloir être Juge. C'eft fur un paffage de *Longin*,
» qu'il faut vous rapporter, avant toutes chofes. Le voici mot à mot : *
» *Ainfi le Lézislateur des Juifs, qui n'étoit pas un homme du Commun,* * Chap. VII.
» *aïant conçû la puiffance de Dieu, felon fa dignité, il l'a exprimée de même,* paz. 34. de
» *aïant écrit au commencement de fes Loix en ces termes* : Dieu dit : *Quoi !* cette édition.
» Que la Lumiere foit faite ; & elle fut faite.
Il y a proprement, dans l'Hébreu, *que la Lumiere foit, & la Lumiere fut* ;

---

(1) Tiré de la *Bibliothéque Choifie*, de M. LE | (2) Cet Abbé foutenoit qu'Apollon & le Soleil
CLERC, Tome X. p. 211. & fuiv. | ne font pas le même Dieu.

ce qui a meilleure grace que de dire: *que la Lumiere soit faite; & la Lumiere fut faite*; car à lire ces dernieres paroles, on diroit que Dieu commanda à quelque autre Etre de faire la Lumiere, & que cet autre Etre la fit. Ce qui a fait traduire ainsi, c'est la Vulgate qui a mis: *Fiat lux & lux facta est*, parce qu'elle suivoit le Grec, qui dit γενηθήτω φῶς, καὶ ἐγένετο φῶς, & qu'elle traduit ordinairement γένεσθαι par *fieri*; au lieu que ce verbe signifie souvent simplement *être*. Si la Vulgate a fait commettre cette faute aux Traducteurs Catholiques de la Bible; les Traducteurs de *Longin* n'y devoient pas tomber, comme ils ont fait, en Latin & en François. Mais ce n'est pas sur quoi roule la dispute de Mrs *Huet*, & *Despréaux*. Le premier continue ainsi.

« Dès la premiere lecture que je fis de *Longin*, je fus choqué de cette » remarque, & il ne me parut pas, que le passage de Moïse fût bien choisi, » pour un exemple du Sublime. Il me souvient qu'étant un jour chez » vous, Monseigneur, long-tems avant que j'eusse l'honneur d'être chez » Monseigneur le Daufin, je vous dis mon sentiment sur cette observa- » tion, & quoique la Compagnie fût assez grande, il ne s'en trouva qu'un » seul, qui fût d'un avis contraire. Depuis ce tems-là, je me suis trouvé » obligé de rendre public ce sentiment, dans le Livre que j'ai fait, pour » prouver la vérité de notre Religion; Car aïant entrepris le dénombre- » ment des Auteurs profanes, qui ont rendu témoignage à l'Antiquité des » Livres de Moïse, je trouvai *Longin* parmi eux, & parce qu'il me rap- » portoit ce qu'il dit de lui, que sur la foi d'autrui, je me sentis obligé » de tenir compte au public de cette conjecture, & de lui en dire la prin- » cipale raison; qui est, que s'il avoit vû ce qui suit & ce qui précède le » passage de Moïse, qu'il allégue, il auroit bien-tôt reconnu qu'il n'a rien *Demonstr.* » de sublime. Voici mes paroles: * *Longin Prince des Critiques dans l'ex-* *Evangel. Pro-* » *cellent Livre qu'il a fait* touchant le Sublime, *donne un très-bel Eloge à* *pos. IV. Cap.* » *Moïse, car il dit* qu'il a connu & exprimé la puissance de Dieu selon sa di- *II. 51.* » gnité, aïant écrit au commencement de ses Loix, que Dieu dit que la Lumie- » re soit faite, & elle fut faite; que la Terre soit faite, & elle fut faite. *Néanmoins* » *ce que* Longin *rapporte ici de* Moïse, *comme une expression sublime & figurée,* » *me semble très-simple Il est vrai que* Moïse *rapporte une chose, qui est gran-* » *de; mais il l'exprime d'une façon qui ne l'est nullement. C'est ce qui me per-* » *suade que* Longin *n'avoit pas pris ces paroles dans l'Original; car s'il eût* » *puisé à la source, & qu'il eût eû les Livres mêmes de* Moïse, *il eût trouvé* » *par tout une grande simplicité, & je crois que* Moïse *l'a affectée, à cause de* » *la dignité de la matiere, qui se fait assez sentir, étant rapportée nuement,* » *sans avoir besoin d'être relevée par des ornemens recherchés; quoique l'on* » *connoisse bien d'ailleurs, & par ses Cantiques, & par le Livre de Job,* » *dont je crois qu'il est Auteur, qu'il étoit fort entendu dans le Sublime.*

« Quoique je susse bien que M. *Despréaux* avoit travaillé sur *Longin*, » que j'eusse même lû son Ouvrage, & qu'après l'avoir examiné soigneu-

» fement, j'en euffe fait le jugement qu'il mérite, je ne crus pas qu'il eût
» pris cet Auteur fous fa protection, & qu'il fe fût lié fi étroitement d'inté-
» rêt avec lui, que de reprendre cet Auteur ce fût lui faire une offenfe;
» non plus qu'à trois ou quatre favans Hommes, qui l'ont traduit avant lui.
» A Dieu ne plaife, que je vouluffe époufer toutes les querelles d'*Origéne*,
» & prendre fait & caufe pour lui, lorfqu'on le traite tous les jours d'hé-
» rétique & d'idolâtre! Vous favez cependant, Monfeigneur, que j'ai
» pris des engagemens avec lui du moins auffi grands que M. *Defpréaux*
» en a pris avec *Longin*. Ainfi à dire la vérité, je fus un peu furpris, lors
» qu'aïant trouvé l'autre jour fur votre table, la nouvelle édition de fes
» Oeuvres, à l'ouverture du Livre, je tombai fur ces * paroles: *Mais que* * Préface fur
» *dirons-nous d'un Savant de ce Siécle, qui, éclairé des lumieres de l'Evan-* Longin.
» *gile, ne s'eft pas apperçû de la beauté de cet endroit,* (il parle du paffage de
» Moïfe rapporté par Longin) *qui a ofé, dis-je, avancer dans un Livre qu'il*
» *a fait pour démontrer la Religion Chrétienne, que* Longin *s'étoit trompé,*
» *lorfqu'il avoit crû que ces paroles étoient fublimes? J'ai la fatisfaction au*
» *moins que des perfonnes, non moins confidérables par leur piété, que par*
» *leur fçavoir, qui nous ont donné depuis peu la Traduction du Livre de*
» *la Genéfe, n'ont pas été de l'avis de ce Savant Homme, & dans leur*
» *Préface, entre plufieurs preuves excellentes, qu'ils ont apportées, pour faire*
» *voir que c'eft l'Efprit Saint, qui a dicté ce Livre, ont allegué le paffage de*
» Longin, *pour montrer combien les Chrétiens doivent être perfuadés d'une*
» *vérité fi claire, & qu'un Païen même a fentie, par les feules lumieres de la*
» *Raifon.* Je fus furpris, dis-je, de ce difcours, Monfeigneur, car nous
» avons pris des routes fi différentes, dans le païs des Lettres, M. Def-
» préaux & moi, que je ne croïois pas le rencontrer jamais dans mon
» chemin, & que je penfois être hors des atteintes de fa redoutable Cri-
» tique. Je ne croïois pas non plus que tout ce qu'a dit *Longin* fuffent
» mots d'Evangile, qu'on ne pût contredire fans audace; qu'on fût
» obligé de croire comme un article de foi, que ces paroles de Moïfe
» font fublimes; & que de n'en demeurer pas d'accord, ce fût douter que
» les Livres de Moïfe foient l'Ouvrage du S. Efprit. Enfin je ne me ferois
» pas attendu à voir *Longin* canonizé, & moi prefque excommunié, com-
» me je le fuis par M. *Defpréaux*. Cependant, quelque bizarre que foit
» cette cenfure, il pouvoit l'exprimer d'une maniere moins farouche &
» plus honnête. Pour moi, Monfeigneur, je prétends vous faire voir,
» pour ma juftification, que non-feulement, il n'y a rien d'approchant
» du Sublime, dans ce paffage de Moïfe, mais même que s'il y en avoit,
» comme le veut *Longin*, le Sublime feroit mal emploïé, s'il eft permis de
» parler en ces termes d'un Livre Sacré.

« C'eft une maxime reçue de tous ceux qui ont traité de l'Eloquence,
» que rien ne donne plus de force au Sublime, que de lui bien choifir fa
» place, & que ce n'eft pas un moindre défaut d'emploïer le Sublime, là

» où le difcours doit être fimple ; que de tomber dans le genre fimple ,
» lorfqu'il faut s'élever au Sublime. *Longin* lui-même , fans en alleguer d'au-
» tres , en eft un bon témoin. Quand les Auteurs ne le diroient pas , le Bon
» Sens le dit affez. Combien eft-on choqué d'une baffeffe, qui fe rencon-
» tre dans un Difcours noble & pompeux? Combien eft-on furpris , au
» contraire , d'un difcours, qui étant fimple & dépouillé de tout orne-
» ment , fe guinde tout d'un coup , & s'emporte en quelque figure écla-
» tante ? Croiroit-on qu'un homme fût fage , qui racontant à fes Amis quel-
» que événement furprenant , dont il auroit été témoin , après avoir rap-
» porté le commencement de l'aventure , d'une maniere commune & or-
» dinaire , s'aviferoit tout d'un coup d'apoftropher celui qui auroit eu la
» principale part à l'action , quoiqu'il fût abfent ; & reviendroit enfuite à
» fa premiere fimplicité , & réciteroit la fin de fon hiftoire du même air ,
» que le commencement ? Cette apoftrophe pourroit-elle paffer pour un
» exemple de Sublime , & ne pafferoit-elle pas , au contraire , pour un
» exemple d'extravagance ?

« On accufe cependant Moïfe d'avoir peché contre cette regle , quand
» on foutient qu'il s'eft élevé au-deffus du langage ordinaire , en rappor-
» tant la création de la lumiere. Car fi on examine tout le premier Chapi-
» tre de la Genéfe , où eft ce paffage , & même tous les cinq Livres de la
» Loi , hormis les Cantiques, qui font d'un autre genre, & tous les Livres
» Hiftoriques de la Bible , on y trouvera une fi grande fimplicité , que
» des gens de ces derniers fiécles , d'un efprit poli à la vérité, mais gâté
» par un trop grand ufage des Lettres Profanes , & S. *Auguftin* , lorfqu'il
» étoit encore Païen , n'en pouvoient fouffrir la lecture.

Aux Cantiques , il faut ajoûter les Prophéties , qui font d'un ftile plus
élevé que la narration, & que les Hébreux nomment *mafchal*, ou figuré.
Voïez Genef. XLIX. & Deut. XXXIII. Du refte , toute la narration de
Moïfe eft la plus fimple du monde. Ceux qui ne pouvoient fouffrir le ftile
de la Bible étoient , à ce que l'on dit , *Ange Politien* , & *Pierre Bembe* , qui
ne la lifoient point , de peur de fe gâter le ftile. Mais leur dégoût tomboit plûtôt fur la Vulgate , que fur les Originaux.

« Je ne fortirai point de ce premier Chapitre , pour faire voir ce que je
» dis. Y a-t-il rien de plus fimple , que l'entrée du récit de la Création du
» Monde ; *Au commencement , Dieu créa le Ciel & la Terre , & la Terre*
» *étoit vuide & informe , & les ténébres étoient fur la face de l'abîme , &*
» *l'Efprit de Dieu étoit porté fur les eaux.* Moïfe fentoit bien que fon fujet
» portoit avec foi fa recommandation, & fon Sublime ; que de le rapporter
» nuëment , c'étoit affez s'élever ; & que le moins qu'il y pourroit mettre
» du fien , ce feroit le mieux ; & comme il n'ignoroit pas qu'un difcours
» relevé (ce que *Longin* lui-même a reconnu) n'eft pas bon par tout , lorf-
» qu'il a voulu annoncer aux hommes une vérité , qui confond toute la
» Philofophie profane , en leur apprenant que Dieu , par fa parole , a pû

» faire quelque chofe du néant, il a crû ne devoir enfeigner ce grand prin-
» cipe, qu'avec des expreffions communes & fans ornement. Pourquoi
» donc, après avoir rapporté la Création du Ciel & de la Terre d'une
» maniere fi peu étudiée, feroit-il forti tout d'un coup de fa fimplicité,
» pour narrer la Création de la lumiere d'une maniere fublime? *Et Dieu*
» *dit: que la Lumiere foit faite, & elle fut faite.* Pourquoi feroit-il retombé
» dans fa fimplicité, pour n'en plus fortir? *Et Dieu vit que la lumiere étoit*
» *bonne, & il divifa la lumiere des ténébres, & il appella la lumiere Jour,*
» *& les ténébres Nuit: & du foir & du matin fe fit le premier Jour.* Tout
» ce qui fuit porte le même caractere. (*Et Dieu dit: que le Firmament foit*
» *fait au milieu des eaux, & fépare les eaux des eaux. Et Dieu divifa les*
» *eaux, qui étoient fous le Firmament; & il fut fait ainfi; & Dieu appella*
» *le Firmament Ciel, & du foir & du matin fe fit le fecond Jour.* Dieu
» forma le Firmament de la même maniere, qu'il a formé la Lumiere,
» c'eft-à-dire, par fa parole. Le récit, que Moïfe fait de la Création de
» la Lumiere, n'eft point d'un autre genre que la Création du Firmament.
» Puis donc qu'il eft évident que le récit de la Création du Firmament
» eft très-fimple, comment peut-on foutenir que le récit de la Création de
» la Lumiere eft fublime? »

Ces raifons font très-folides, pour ceux qui ont lû avec attention les
Ecrits de Moïfe dans l'Original, ou au moins dans les Verfions, & qui
font un peu accoutumez au ftile des Hébreux. Mais deux chofes peuvent
empêcher qu'on ne s'apperçoive du peu de fondement qu'il y a, en ce que
dit *Longin.* La premiere eft la grande idée, que l'on s'eft formée avec raifon de Moïfe, comme d'un homme tout extraordinaire. Dans cette fuppofition, on lui attribue, fans y penfer, un ftile tel que l'on croit que doit
avoir un homme, dont on a une fi haute idée; & l'on s'imagine que fon
langage doit être fublime, lorfqu'il parle de grandes chofes; & au contraire médiocre, lorfqu'il parle de chofes médiocres, & fimple, lorfqu'il
s'agit de chofes communes; felon les regles ordinaires de l'Art, que les
Rhéteurs Grecs & Latins nous ont données. Ainfi quand on vient à lire
fes Ecrits, avec cette prévention, on y trouve ce que l'on croit y devoir
être, & ce qui n'y eft néanmoins pas. On croit voir des figures de Rhétorique, où il n'y en a point, & on lui attribue des vûes fines & recherchées, aufquelles il n'a jamais penfé. Que fi l'on dit que l'Efprit faint,
qui a conduit la plume de Moïfe, a été capable des vûes les plus relevées,
& que par conféquent on ne fauroit expliquer ce qu'il dit d'une maniere
trop fublime; je réponds à cela que perfonne ne peut douter des grands
deffeins du S. Efprit; mais à moins qu'il ne le faffe connoître lui-même,
il n'eft pas permis de les imaginer, comme l'on trouve à propos, & de
lui attribuer des projets, feulement parce qu'on les juge dignes de lui.
J'ofe même dire qu'il a exécuté fes deffeins par des inftrumens foibles &
incapables d'eux-mêmes d'y contribuer; auffi bien fous le Vieux, que

fous le Nouveau Teftament ; c'eft en quoi la Providence Divine eft admirable ; & cela fait voir que l'établiffement du culte d'un feul Dieu &
fa propagation pendant tant de fiécles , eft un effet de fa puiffance , &
non des moyens humains. Ainfi fans avoir aucun égard aux regles de la
Rhetorique , qui étoient déja établies, ou que les fiecles à venir devoient
établir ; les Livres facrés nous ont appris ce qu'il étoit néceffaire que nous
fûffions , de la maniere du monde la plus fimple & la plus éloignée de
l'art , que les hommes ont accoutumé d'emploïer dans leurs Difcours.
M. *Huet* en parlera dans la fuite. L'autre chofe qui a fait que *Longin* a
crû voir une expreffion fublime dans Moïfe , & que l'on a applaudi à fa
remarque , c'eft que l'on a confideré cette expreffion à part , *Dieu dit que
la Lumiere foit , & elle fut ;* comme fi on l'avoit trouvée dans un Orateur
Grec ou Latin , qui l'auroit employée dans une piéce d'éloquence , où il
auroit tâché de reprefenter la Puiffance Divine , dans les termes les plus
relevés. A confiderer de la forte cette expreffion , elle paroît en effet fublime , & c'eft ce qui a trompé *Longin* , qui apparemment n'avoit jamais
lû Moïfe , comme il paroîtra par la fuite. Depuis , les Chrétiens , préve-
nus de la maniere, que j'ai déja dite, & voïant qu'un Païen avoit trouvé
cette expreffion fublime , ils ont crû devoir parler de même de Moïfe ,
comme s'il leur eût été honteux de n'admirer pas dans fes Ecrits , ce
qu'un Païen y avoit admiré. M. *Defpréaux* a fait valoir ce préjugé populaire , contre M. *Huet* ; mais s'il l'examine de près , il trouvera que ce
n'eft qu'un préjugé fans fondement. Pour l'autorité de M. de *Sacy* , quelque pieté qu'il ait pû avoir d'ailleurs , elle ne peut pas être fort grande
en matiere de Critique , & d'explication exaéte de l'Ecriture fainte ; à
moins qu'on n'ait aucune idée de l'une , ni de l'autre. Mais écoutons notre
Prélat.

« Toute la fuite répond parfaitement à ce commencement , il fe tient tou-
» jours dans fa fimplicité , pour nous apprendre comment Dieu forma les
» Aftres & y renferma la lumiere. *Et Dieu dit : qu'il fe faffe des Luminaires
» dans le Firmament , qui divifent le jour & la nuit , & fervent de fignes
» pour marquer les tems , les jours & les années , & luifent dans le Firma-
» ment & éclairent la Terre ; & il fut fait ainfi. Et Dieu fit deux grands
» Luminaires , le plus grand Luminaire , pour préfider au Jour , & le plus
» petit Luminaire , pour préfider à la Nuit , & les Etoiles ; & il les mit au
» Firmament , pour luire fur la Terre , & préfider au Jour & à la Nuit , &
» divifer la lumiere des ténèbres ; & Dieu vit que cela étoit bon.* La Créa-
» tion même de l'Homme , qui devoit commander à la Terre , qui devoit
» porter l'image de Dieu , & qui devoit être fon Chef-d'œuvre , ne nous
» eft enfeignée qu'en des termes communs , & des expreffions vulgaires.
» *Et Dieu dit : faifons l'Homme à notre image & à notre reffemblance , &
» qu'il préfide aux poiffons de la Mer & aux oifeaux du Ciel , & aux bêtes
» & à toute la Terre , & à tous les reptiles qui fe remuent fur la Terre. Et*

» *Dieu créa l'Homme à son image, il le créa à l'image de Dieu, & il les*
» *créa mâle & femelle.* Si en tout ceci il n'y a nulle ombre de Sublime,
» comme affurément il n'y en a aucune, je demande par quelle préroga-
» tive la Création de la lumiere a mérité d'être rapportée d'une maniere
» fublime, lorfque tant d'autres chofes plus grandes & plus nobles, font
» rapportées d'un air qui eft au-deffous du médiocre ?

» « J'ajoute encore, que fi ces paroles font fublimes, elles pechent contre
» un autre précepte d'éloquence, qui veut que les entrées des Ouvrages
» les plus grands & les plus fublimes foient fimples, pour faire fortir la
» flamme du milieu de la fumée, pour parler comme un grand Maître
» de l'art. Saint *Auguftin* affujettit à cette loi ceux même, qui annoncent
» les Myfteres de Dieu : *il faut*, dit-il, *que dans le genre fublime, les com-*
» *mencemens foient médiocres.* Moïfe fe feroit bien écarté de cette regle, fi
» le fentiment de *Longin* étoit véritable ; puifque les Livres de la Loi au-
» roient un exorde fi augufte.

» « Auffi ne voïons-nous pas qu'aucun des anciens Peres de l'Eglife, ni
» des Interprétes de l'Ecriture ait trouvé rien de relevé dans ce paffage,
» hormis la matiere, qui étant très-haute & très-illuftre, frappe vivement
» l'efprit du Lecteur : en forte que s'il n'a pas toute l'attention néceffaire, il
» attribue aifément à l'artifice des paroles ce qui ne vient que de la dignité
» du fujet. Mais s'il confidere cette expreffion en elle-même, faifant ab-
» ftraction de ce grand fens, qui la foutient, il la trouvera fi fimple, qu'elle
» ne peut l'être davantage : de forte que fi *Longin* avoit donné les regles
» du Simple, comme il a donné celles du Sublime, il auroit trouvé, fans
» y penfer, que les paroles qu'il a rapportées de Moïfe, y font entiere-
» ment conformes. »

Il eft certain que la grandeur de la matiere fait fouvent que l'on s'imagine, fans y prendre garde, que celui qui en parle tient un langage fublime, quoiqu'il s'exprime d'une maniere très-fimple. C'eft ce que l'ancien
Rheteur, dont nous avons un Traité du Stile, fous le nom de *Demetrius
de Phalere*, a très-bien remarqué. *Il y a un Magnifique*, dit-il, *qui confifte dans les chofes, comme eft un grand & illuftre combat par Terre, ou par
Mer, ou lors que l'on parle du Ciel, ou de la Terre : car ceux qui entendent
parler d'une grande chofe, s'imaginent d'abord que celui qui parle a un
Stile grand & fublime, & c'eft en quoi ils fe trompent. Il faut confidérer,
non ce que l'on dit, mais la maniere dont on le dit ; car on peut dire en ftile
fimple de grandes chofes ; en forte que l'on ne parle pas d'une maniere, qui
leur convienne. C'eft pourquoi on dit que certains Auteurs ont un ftile grand,
qui difent de grandes chofes qu'ils n'expriment pas d'une maniere relevée,
comme Theopompe.* On peut dire la même chofe de ceux, qui cherchent du
Sublime en certains endroits de l'Ecriture Sainte, où il n'y en a point ;
feulement parce qu'il s'agit de grandes chofes. C'eft ce qui eft arrivé à
feu M. *Tollius*, dans fa note Latine fur le paffage de *Longin*, où il réfute

M. *Huet.* Il confond visiblement le stile sublime, avec la chose même ; sans prendre garde que tous ceux qui parleront de grandes choses, en termes qui ne soient pas tout-à-fait bas, parleront toujours, à son compte, d'une maniere sublime. M. *Huet* a très-bien montré, par toute la suite du discours de Moïse, qu'il n'y a rien de sublime dans l'expression, quoique Dieu & la Création soient les choses du monde les plus sublimes.

« La verité de ceci, continue-t-il, paroîtra par des exemples. Pour-
» roit-on soupçonner un homme de vouloir s'énoncer figurément, & no-
» blement, qui parleroit ainsi : *Quand je sortis je dis à mes gens, suivez-*
» *moi, & ils me suivirent.* Trouveroit-on du merveilleux dans ces paro-
» les : *je priai mon ami de me prêter son cheval, & il me le prêta.* On trou-
» veroit sans doute au contraire, qu'on ne sauroit parler d'une maniere
» plus simple. Mais si le Sublime se trouvoit dans la chose même, il paroî-
» troit dans l'expression, quelque nue qu'elle fût. *Xerxès commanda qu'on*
» *enchaînât la Mer, & la Mer fut enchaînée. Alexandre dit : qu'on brûle*
» *Tyr & que l'on égorge les Tyriens ; & Tyr fut brûlée & les Tyriens furent*
» *égorgez.* Il y a en cela de l'élevation & du grand. Mais il vient du sujet,
» & ne pas faire cette distinction, c'est confondre les choses avec les paro-
» les ; c'est ne savoir pas séparer l'Art de la Nature, l'ouvrage de la ma-
» tiere, ni l'adresse de l'Historien, de la grandeur & de la puissance du
» Heros.

C'est pourquoi M. *Tollius* lui-même, dans une note sur le passage de *Longin*, avoue qu'il n'y a rien de sublime dans ces paroles d'*Apulée*, qui sont au *Livre VII. de sa Métamorphose : Noluit esse Cæsar Hæmi latronis collegium, & confestim interiit. Tantùm potest nutus etiam magni Principis !* « L'Empereur voulut qu'il n'y eût plus de bande du brigand He-
» mus, & cette bande périt promptement. Tant est grande la force de la
» seule volonté d'un puissant Prince ! » M. *Tollius* a raison de se moquer d'*Apulée*, & de dire que sans les dernieres paroles on n'auroit pas compris ce que veut dire sa figure. Elle est même sans fondement, parce que ce ne fut pas par sa seule volonté que l'Empereur anéantit la bande d'Hemus, mais par le moïen de ses troupes, qu'il mit à la poursuite de ces brigands, & qui les prirent ou les tuerent avec assez de peine.

« Je ne puis pas croire qu'un homme d'un jugement aussi exquis que
» *Longin*, eût pû s'y méprendre, s'il avoit lû tout l'Ouvrage de Moïse ;
» & c'est ce qui m'a fait soupçonner qu'il n'avoit pas vû ce passage dans
» l'Original. J'en ai même une autre preuve, qui me paroît incontestable,
» c'est qu'il fait dire à Moïse ce qu'il ne dit point. *Dieu dit.* Quoi ? *Que*
» *la Lumiere soit faite, & elle fut faite ; que la Terre soit faite, & elle fut*
» *faite.* Ces dernieres paroles ne sont point dans Moïse, non plus que
» cette interrogation, * *quoi ?* & apparemment *Longin* avoit lû cela,
» dans quelque Auteur, qui s'étoit contenté de rapporter la substance des
» choses que Moïse a écrites, sans s'attacher aux paroles. M. *le Févre* ne
s'éloigne

* *Pag. 191. Ed. Elmenhorstii.*

* M. Despré-aux l'a omise dans sa Version.

» s'éloigne pas de ce sentiment : *Il est assez croïable*, dit-il, *que Longin* » *avoit lû quelque chose dans les Livres de Moïse, ou qu'il en avoit entendu* » *parler.*

« Le Philosophe *Aristobule*, tout Juif qu'il étoit & passionné pour Moïse, » comme tous ceux de sa Nation, n'a pas laissé de bien distinguer la pa- » role dont Dieu se servit, pour créer le Monde, d'avec la parole, que » Moïse a emploïée pour nous en faire le récit. *Il ne faut pas nous imagi-* » *ner,* * dit-il, *que la voix de Dieu soit renfermée dans un certain nombre* » *de paroles, comme un discours, mais il faut croire que c'est la production* » *même des choses, & c'est en ce sens que Moïse appelle la Création de l'U-* » *nivers, la Voix de Dieu ; car il dit de tous ses Ouvrages :* Dieu dit, & il fut » fait. Vous voïez, Monseigneur, que cette remarque n'est pas faite pour » la création seule de la Lumiere, mais pour la création de tous les Ouvra- » ges de Dieu, & que, selon cet Auteur, le Merveilleux & le Sublime, qui » se trouvent dans l'histoire de la Création, sont dans la parole de Dieu, » qui est son opération même, & non pas dans les paroles de Moïse. *Ari-* » *stobule* poursuit en ces termes : *& c'est à mon avis à quoi* Pythagore, So- » crate *&* Platon *ont eu égard, quand ils ont dit que, lors qu'ils consi-* » *roient la Création du Monde, il leur sembloit entendre la voix de Dieu.* » Ces Philosophes admiroient le sublime de cette voix toute-puissante, & » n'en avoient remarqué aucun dans les paroles de Moïse, quoiqu'ils ne » les ignorassent pas. Car, selon le témoignage du même *Aristobule*, on » avoit traduit en Grec quelques parties de la Sainte Ecriture avant Ale- » xandre ; & c'est cette traduction que Platon avoit lûe ».

*[marge : * Apud Euse-bium Præp. Evang. Lib. XIII. c. 12.]*

Je ne croi pas que *Platon* ait jamais lû rien de Moïse, & j'ai dit les rai- sons, que j'en ai dans l'*Ars Critica*, Tom. 3. Epist. VII. Cet *Aristobule*, Juif & Peripateticien, m'est extrémement suspect, aussi-bien qu'à M. *Hody*, que l'on peut consulter dans son Ouvrage de la Version des Septante, Liv. I. Chap. 9. Quand même ses Livres seroient véritablement d'un Juif, qui auroit en effet vécu dans le tems de *Ptolemée Philometor*, sous lequel *Aristobule* doit avoir vécu, je ne croirois pas pour cela que *Platon* eût pillé l'Ecriture Sainte, pendant que je n'en voi aucune preuve solide, & que j'ai même de très-fortes raisons de ne le point croire. Mais quoi qu'il en soit, cet *Aristobule*, vrai ou faux, a assez bien réussi, dans son explication de ces mots, *& Dieu dit.* J'en ai déja parlé dans mon Commentaire sur la Genese, & je ne repéterai pas ici ce que j'y ait dit. Voïons ce qu'ajoûte notre Prélat.

« Je dis de plus, que tant s'en faut que cette expression de Moïse soit » sublime, elle est au contraire très-commune & très-familiere aux Auteurs » Sacrés ; de sorte que si c'étoit une figure, étant emploïée aussi souvent qu'elle » l'est, elle cesseroit d'être sublime, parce qu'elle cesseroit de toucher le Lec- » teur ; & de faire impression sur son esprit, à cause de sa trop fréquente repé- » tition. Car, selon * *Quintilien*, les figures perdent le nom de figures,

*[marge : * Lib. IX. c. 3.]*

» quand elles font trop communes , & trop maniées. J'en pourrois donner
» mille exemples, mais il fuffira d'en rapporter quelques-uns, qu'on ne peut
» foupçonner d'être fublimes. Dieu dit à Moïfe , dans le VIII. Chapitre de
» l'Exode: *Dites à Aaron qu'il étende fa verge, & qu'il frappe la pouffiere de la*
» *Terre , & qu'il y ait de la vermine dans toute l'Egypte , & ils firent ainfi , &*
» *Aaron étendit fa main , tenant fa verge, & frappa la pouffiere de la Terre , &*
» *il y eut de la vermine dans les hommes & dans les animaux.* Voilà le même
» langage que dans le I. Chapitre de la Genefe , & ce n'eft point ici le
» commencement de la loi, que *Longin* a crû que Moïfe avoit voulu ren-
» dre plus augufte par une expreffion fublime. En voici une autre du Cha-
» pitre IX. de l'Exode, qui ne l'eft pas davantage ; *& Dieu dit à Moïfe ,*
» *étendez votre main vers le Ciel , afin qu'il fe faffe de la grêle dans toute*
» *la Terre d'Egypte. Et Moïfe étendit fa verge vers le Ciel , & Dieu fit tom-*
» *ber de la grêle fur la Terre d'Egypte.* Dans le XVII. Chapitre du même
» Livre , Moïfe dit à Jofué : *Combattez contre les Amalécites. Jofué fit*
» *comme Moïfe lui avoit dit , & combattit contre les Amalécites.* Dans le
» I. Chapitre des Paralipomenes, où nous lifons que David aïant défait
» les Philiftins prit leurs Idoles , & les fit brûler , le Texte porte : *& David*
» *dit , & elles furent brûlées dans le feu.* Ceci reffemble encore mieux à du
» Sublime , que ce qui a impofé à *Longin ;* & cependant tout le narré &
» tout le Livre des Paralipomenes font affez voir que l'Hiftorien Sacré
» n'a penfé à rien moins , qu'à s'expliquer , en cet endroit , par une figure.
» Dans l'Evangile, lors que le Centurion veut épargner à Notre Seigneur
» la peine de venir chez lui , pour guérir fon fils : Seigneur , dit - il , fans
» vous donner la peine de venir chez moi , vous n'avez qu'à dire une
» parole & mon fils fera gueri ; car j'obéis à ceux qui font au - deffus de
» moi , & les Soldats qui font fous ma charge, m'obéiffent , *& je dis à l'un*
» *va, & à l'un viens , & il vient ; & à mon valet, fais cela , &*
» *il le fait.* Ce Centurion avoit-il lû les Livres des Rheteurs & les Traités
» du Sublime , & vouloit-il faire voir à Notre Seigneur , par ce trait de
» Rhetorique , la promptitude avec laquelle il étoit obéi? Quand S. Jean
» rapporte en ces termes , le miracle de la guérifon de l'Aveugle-né , *Jefus*
» *lui dit , allez , lavez-vous dans la Pifcine de Siloé. Il s'y en alla & s'y*
» *lava ;* & quand l'Aveugle raconte ainfi enfuite fa guérifon : *il m'a dit ,*
» *allez à la Pifcine de Siloé & vous y lavez ; j'y ai été , je m'y fuis lavé ,*
» *& je voi ;* l'Aveugle & l'Evangélifte ufent-ils de cette expreffion figurée ,
» pour faire admirer davantage le miracle? Croient-ils qu'il ne paroîtra
» pas affez grand , s'il n'eft rehauffé par le fecours du Sublime? Eft-ce dans
» cette vûe , que le même Evangélifte rapportant la guérifon du malade
» de trente - huit ans , s'explique ainfi : *Jefus lui dit: Levez-vous, prenez*
» *votre lit & marchez ; & cet homme fut auffi-tôt guéri , & prit fon lit &*
» *marcha?* S. Matthieu prétend-il orner le récit de fa vocation , quand il
» dit parlant de foi-même: *Jefus lui dit , Suivez-moi ; & lui s'étant levé le*

» *fuivit*? A-t-il le même deffein, lorfqüe parlant de l'homme qui avoit
» une main feche, & qui fut guéri par Notre Seigneur, il ufe de ces ter-
» mes : *alors il dit à cet homme, étendez votre main, & il l'étendit* ».

Les exemples que M. *Huet* rapporte ici, peuvent être en quelque forte
conteftés, parce qu'il s'y agit de paroles véritablement proférées, & exécutées en leur fens propre, par des hommes. On ne pouvoit pas exprimer
les chofes, dont il eft parlé, plus fimplement & plus naturellement. Mais
dans cette defcription de la Création du Monde, *Dieu dit, & fes commandemens furent exécutés* ; l'action de Dieu eft repréfentée figurément,
fous l'image d'un commandement, pour dire qu'il fit tout par fa volonté,
& c'eft en quoi confifte la figure, qui n'a néanmoins rien de Sublime dans
Moïfe, qui dans fes narrations n'a rien moins penfé qu'à s'exprimer d'une
maniere relevée.

« Ces façons de parler, continue M. *Huet*, ne font pas particulieres aux
» Auteurs Sacrés ; quand les Juifs, qui font venus après eux, parlent de
» Dieu, ils le nomment fouvent ainfi : *Celui qui a dit & le Monde a été
» fait* ; pour dire celui qui a créé le Monde par fa parole. Ils le nomment
» ainfi dans des Ouvrages dogmatiques, dénués de toutes fortes d'orne-
» mens & de figures. La louange la plus ordinaire, que Mahomet donne
» à Dieu, dans l'Alcoran, c'eft que lorfqu'il veut quelque chofe, *il dit,
» fois ; & elle eft*. Tout cela fait voir manifeftement, que quand Moïfe a
» écrit : *Dieu dit que la Lumiere foit faite, & elle fut faite*. Cette répétition,
» dis-je, qui eft fouvent figurée parmi les Grecs, & qui ne l'eft point parmi
» les Hébreux, a paru à *Longin* avoir été faite avec deffein : car felon * *Lib. VIII.*
» * *Quintilien*, la répétition feule fait une figure. Et même l'interrogation   c. 5.
» qui précéde : *Dieu dit, quoi ? que la Lumiere foit faite* ; cette interroga-
» tion, dis-je, qui n'eft pas de Moïfe, excitant, comme elle fait, l'atten-
» tion du Lecteur, & préparant fon efprit à apprendre quelque chofe de
» grand, & n'étant point du langage ordinaire, a dû lui paroître venir
» de l'Art. C'eft en vain que quelques-uns prétendent, que ce *quoi* n'a
» pas été mis là comme venant de Moïfe, & faifant partie du paffage
» qu'il raporte, mais qu'il l'a mis comme venant de lui-même. Car à quoi
» feroit bonne cette interrogation ? Si la fublimité prétendue du paffage
» confiftoit purement dans ces paroles, *que la Lumiere foit faite*, on pour-
» roit croire qu'il auroit voulu réveiller par là l'efprit du Lecteur, pour
» les lui faire mieux entendre. Mais fi ce Sublime confifte, felon l'opinion
» des Adverfaires, dans l'expreffion vive de l'obéiffance de la Créature à
» la voix du Créateur, il s'étend autant fur ce qui précéde l'interrogation,
» que fur ce qui la fuit, & ainfi elle auroit été mife là fort mal-à-propos par
» *Longin* ; outre que ce n'eft pas fa coutume que de fe mêler ainfi, parmi
» les Auteurs qu'il cite. Dans tous les paffages, dont fon Ouvrage eft
» rempli, il rapporte nuement leurs paroles, fans y rien mettre du fien.
» Ainfi on peut dire, que fi l'on n'a égard qu'aux paroles de Moïfe alte-

rées, & peu fidélement rapportées, telles qu'il les avoit lûes, le jugement
» qu'il en fait peut s'excuser. Mais il n'est pas supportable, si on le rapporte
» à ce que Moïse a dit en effet ; & c'est cet Original que M. *Despréaux*
» devoit consulter ».

C'est aussi ce qu'il a fait, comme il semble, bien plus que ce qu'il lisoit
dans son exemplaire de *Longin*, puisque dans la citation du passage de
Moïse, il a ôté ce *quoi* ? Je suis surpris qu'il n'en ait rien dit dans ses notes, & que notre Prélat ne lui ait pas reproché ce retranchement ; car
enfin, comme il le remarque très-bien, ce *quoi* fait tomber le Sublime
seulement sur les paroles suivantes, au lieu qu'on prétend qu'il ne consiste
pas moins dans ces paroles, *& Dieu dit.* Il n'est pas permis de retrancher
rien dans un passage de cette sorte, en le traduisant. Autrement on fait
dire à un Auteur, non ce qu'il a dit, mais ce qu'il a dû dire effectivement.

« Il se trouve d'autres expressions dans l'Ecriture Sainte, qu'on a crû
» figurées & sublimes, & qui dans leur Langue Originale ne le sont nulle-
» ment. Un des plus polis Ecrivains de ce siécle a mis dans ce genre ce
* Ch. I. 3.   » passage du I. Livre des Maccabées, * où il est dit *que la Terre se tut
» devant Alexandre* ; prenant ce silence pour une expression métaphori-
» que de la soumission que la Terre domptée eut pour ce Conquerant ; &
» cela faute de sçavoir que l'origine de cette façon de parler vient d'un
» mot de la Langue Hébraïque qui signifie *se taire, se reposer & être en
» paix.* Il seroit aisé d'en rapporter plusieurs exemples ; de sorte que ce
» qui paroissoit sublime dans notre Langue, & dans la Langue Latine,
« n'est en Hébreu qu'une façon de parler simple & vulgaire. Aussi dans
» ce même Livre des Maccabées, on trouve ces paroles, *& siluit terra
» dies paucos* ; *& siluit terra annis duobus*, où le Grec porte ἡσύχασεν, *fut
» en paix* : de même que dans S. Luc, lorsqu'il dit que les femmes de Gali-
» lée *sabbatho siluerunt*, pour dire qu'elles se tinrent en repos le jour du
» Sabbat. Le Lecteur jugera si ces expressions sont sublimes ».

Il est certain que c'est un Hébraïsme, car on dit en Hébreu *schaketah
erets* ; le pays se tut, pour dire qu'il se reposa. *Voïez* Josué, XI. 23.

« Je ne désavouerai pas que David n'ait parlé figurément, quand il a
* Ou xxxiii. » dit au Pseaume XXXII. * en parlant de Dieu ; *car il a dit, & il a été.
9.   » Il a commandé & il s'est arrêté.* C'est ainsi que porte l'Original. Tout le
» tissu de ce Pseaume, enrichi de tant de figures si nobles & si hautes, fait
» assez voir ce qu'on doit penser de celle-ci, & elle porte aussi en elle-
» même les marques du Sublime ; car en disant que Dieu *a dit*, sans
» ajouter quoi, & que ce qu'il a dit *a été*, le Prophéte ne donne aucunes
» bornes à l'imagination du Lecteur, & par deux paroles, il lui fait par-
» courir en esprit tout le Ciel & toute la Terre, & tous les grands Ouvra-
» ges, qui sont sortis de la main de Dieu. Il fait ensuite une espece de
» gradation, & de la simple parole, il passe au commandement, pour faire

» connoître la puissance infinie de cette parole & la souveraineté de Dieu.
» Quand il ajoute qu'à ce commandement, *il s'est arrêté*, sans dire ce qui
» s'est arrêté; soit qu'il veuille rappeller le souvenir du miracle qui arriva
» à la bataille de Gabaon, quand le Soleil s'arrêta, ou qu'il veuille faire
» entendre le pouvoir absolu que Dieu a toujours sur ses Créatures, pour
» les tenir dans le repos & dans le mouvement, pour les créer & les con-
» server; ne déterminant rien, il porte notre esprit jusques dans l'infini,
» & c'est-là ce qui mérite le nom de Sublime ».

Il est certain qu'il en est tout autrement d'une simple narration, comme
le commencement de la Genese, & d'un Cantique, tel qu'est le Pseaume
que *M. Huet* cite. Ce qui est simple dans l'un, devient sublime dans
l'autre, par le sens qu'on lui donne. Par exemple, le Psalmiste dit, v. 6.
Par la parole du Créateur les Cieux ont été faits, & par le souffle de sa
bouche toute leur Armée. Il est visible que ces expressions sont sublimes,
non seulement parce qu'elles le sont en elles-mêmes, mais parce qu'elles
sont inserées dans un Cantique. Pour le vers. 9. je croirois qu'il faut le
traduire: *il dit & le* Monde *fut; il commanda,* & il *se présenta à lui*: en
Latin, *dixit &* Orbis *fuit; imperavit, & se ei stitit;* car le verbe *jaha-*
mod, ne se rapporte pas à Dieu, mais à la Créature, ou au mot *thebel*,
qui est le dernier du verset précédent, & qui signifie *le Monde.* C'est comme S. *Jérôme* l'a entendu, dans sa Version sur l'Hébreu, dont voici les
termes: *Quia ipse dixit & factus est* (Orbis) *ipso præcipiente, stetit.* M.
Huet continue de la sorte.

« Pour mieux juger encore du Passage de Moïse, il faut faire une di-
» stinction des divers genres de Sublime, différente de celle de *Longin*,
» & en établir de quatre sortes, qui étant bien reconnues feront la déci-
» sion entiere de notre différend; le Sublime des termes, le Sublime du
» tour de l'expression, le Sublime des pensées & le Sublime des choses. *Le*
» *Sublime des termes* est une élévation du discours, qui ne consiste que
» dans un choix de beaux & de grands mots, qui ne renferment qu'une
» pensée commune, & quelques-uns ne croïent pas que ce genre mérite
» proprement le nom de Sublime. Mais en cela il n'est question que du
» nom. *Le Sublime du tour de l'expression* vient de l'arrangement & de la
» disposition des paroles, qui, mises en un certain ordre, ébranlent l'Ame, &
» qui demeurant au contraire dans leur ordre naturel, la laissent sans au-
» cune émotion. *Le Sublime des pensées* part immédiatement de l'esprit,
» & se fait sentir par lui-même, pourvû qu'il ne soit point affoibli, ou par
» la bassesse des termes, ou par leur mauvaise disposition. Pour *le Sublime*
» *des choses*, il dépend uniquement de la grandeur & de la dignité du sujet
» que l'on traite; sans que celui qui parle ait besoin d'emploïer aucun ar-
» tifice, pour le faire paroître aussi grand qu'il est; de sorte que tout hom-
» me qui sçaura rapporter quelque chose de grand, tel qu'il est, sans en
» rien dérober à la connoissance de l'Auditeur, & sans y rien mettre du

» fien ; quelque groffier & quelque ignorant qu'il foit d'ailleurs, il pourra
» être eftimé, avec juftice, véritablement fublime dans fon difcours, mais
» non pas de ce Sublime enfeigné par *Longin*. Il n'y a prefque point de
» Rheteurs qui n'aient reconnu ces quatre fortes de Sublimes ; mais ils ne
» conviennent pas dans la maniere de les diftinguer & de les définir. De
» ces quatre Sublimes il eft évident que les trois premiers font de la jurif-
» diction de l'Orateur, & dépendent des préceptes, mais que la Nature
» feule a droit fur le dernier, fans que l'Art y puiffe rien prétendre ; & par
» conféquent quand *Longin*, Rheteur de profeffion, a donné des régles
» du Sublime, ce n'a pas été de ce dernier Sublime, qui n'eft point de fa
» compétence ; puifque ce qui eft naturellement grand eft toujours grand,
» & paroîtra grand aux yeux de ceux qui le regarderont tel qu'il eft en
» lui-même.

« Cela pofé, fi on applique cette diftinction des Sublimes au paffage de
» Moïfe, on verra bien-tôt que le Sublime des termes ne s'y trouve pas,
» puifque les termes en font communs. Le Sublime de l'expreffion façon-
» née & figurée n'y eft pas non plus ; puifque j'ai fait voir que les paroles
» font difpofées d'une maniere qui eft très-ordinaire dans les Livres de
» Moïfe, & dans tous les Livres des Hébreux anciens & modernes, & que
» c'eft un tour de leur Langue & non de leur Rhétorique. On ne peut
» pas dire non plus qu'il y ait aucune fublimité de penfée ; car où trouve-
» roit-on cette penfée ? Donc ce qui nous frappe & nous émeut en lifant
» ces paroles de Moïfe, c'eft le fublime même de la chofe exprimée par
» ces paroles : car quand on entend que la feule voix du Seigneur a tiré la
» Lumiere des abîmes du néant, une verité fi furprenante donne un grand
» branle à l'efprit, & le faint Hiftorien aïant bien connu que tout ce qu'il
» pourroit ajoûter de fon invention, en obfcurciroit l'éclat, il l'a renfer-
» mée dans des termes fimples & vulgaires, & ne lui a point donné d'au-
» tre tour, que celui qui étoit d'un ufage commun & familier dans fa
» Langue ; femblable à un Ouvrier habile, qui aïant à enchaffer une pierre
» précieufe, fans défaut, n'employe qu'un filet d'or pour l'environner &
» la foûtenir, fans rien dérober de fa beauté aux yeux de ceux qui la re-
» gardent ; fçachant bien que ce qu'il ajoûteroit ne vaudroit pas ce qu'il
» cacheroit ; & que le grand art, c'eft qu'il n'y ait point d'art : au lieu que
» quand il faut mettre en œuvre une pierre, où il y a quelque défaut, il ufe
» d'un artifice contraire, couvrant adroitement fous l'or & l'émail la
» tache qui en peut diminuer le prix. Ce Sublime des chofes eft le véri-
» table Sublime, le Sublime de la Nature, le Sublime original ; & les au-
» tres ne le font que par imitation & par art. Le Sublime des chofes a la
» fublimité en foi-même ; les autres ne l'ont que par emprunt ; le premier
» ne trompe point l'efprit ; ce qu'il lui fait paroître grand, l'eft en effet.
» Le Sublime de l'Art au contraire, tend des piéges à l'efprit, & n'eft
» employé que pour faire paroître grand ce qui ne l'eft pas, ou pour le

» faire paroître plus grand qu'il n'eft. Donc le Sublime que *Longin* & fes
» Seƈateurs trouvent dans le paſſage contefté fait véritablement honneur
» à Moïfe, mais un honneur qu'il a méprifé. Celui que j'y trouve fait hon-
» neur à l'Ouvrage de Dieu, & c'eft ce que Moïfe lui-même s'eft propofé.
» C'eft dans cette vûe que *Chalcidius* Platonicien, en rapportant le com-
» mencement de la Genefe, a dit, que Moïfe, qui en eft l'Auteur, n'é-
» toit pas foutenu & animé d'une éloquence humaine ; mais que Dieu
» même lui mettoit les paroles à la bouche, & l'infpiroit. Ce Philofophe
» ne trouvoit pas, comme *Longin*, dans le difcours de Moïfe, le fard
» de l'Ecole, & les déguifemens, que l'efprit humain a inventez ; mais il
» y reconnoiffoit la voix féconde de Dieu, qui eft tout efprit & vie.

   « Mais ce n'eft pas encore le feul & le principal défaut que je trouve
» dans le jugement que *Longin* a fait du paſſage en queftion. Quand il a dit
» ces paroles, *Dieu dit que la Lumiere foit faite, & elle fut faite*, en voulant
» rehauffer la beauté de cette expreffion, il a rabaiffé la grandeur de Dieu,
» & a fait voir que ni la baffeffe de l'efprit humain, ni l'élévation de la
» Majefté Divine ne lui étoient pas affez connues. Il ne fçavoit pas que
» nos conceptions & nos paroles ne fauroient atteindre à la hauteur infi-
» nie de la fageffe de Dieu, dont les richeffes ne font jamais entrées dans
» le cœur de l'homme, & qui lui font incompréhenfibles, & que quand
» Dieu a commandé aux Prophétes de publier fes myfteres, l'un lui a
» remontré qu'il étoit incirconcis de lévres ; l'autre lui a dit qu'il ne fau-
» roit parler, & tous fe font reconnus inférieurs à la dignité de cet em-
» ploi : & cela feul découvre affez l'erreur de ceux qui croyent que le Su-
» blime de ce paſſage confifte, en ce que l'aƈte de la volonté de Dieu
» nous y eft repréfenté comme une parole. Quoique les hommes n'aïent
» que des idées très-baffes & très-groffieres de la grandeur de Dieu,
» leurs expreffions font pourtant encore au-deffous de leurs idées. Ne
» pouvant s'élever jufqu'à lui, ils le rabaiffent jufqu'à eux, & parlent de
» lui comme d'un homme. Ils lui donnent un vifage, une bouche, des
» yeux & des oreilles, des pieds & des mains. Ils le font affeoir, mar-
» cher & parler. Ils lui attribuent les paffions des hommes, la joie & le
» defir, le repentir & la colere. Ils lui donnent jufqu'à des aîles & le font
» vôler. Eft-ce-là connoître la puiffance de Dieu, felon fa dignité, &
» l'exprimer de même ? Et ofera-t-on donner le nom de Sublime à un
» difcours qui avilit infiniment, & deshonore fon fujet ? Enfin fi c'eft une
» expreffion fublime, que de dire que Dieu a parlé, qui eft celui des Pro-
» phétes qui n'ait pû fournir mille exemples pareils à celui que *Longin* a
» tiré de Moïfe ? Les Prophétes même ne donnent-ils pas le nom de pa-
» role aux jugemens que nous faifons intérieurement des chofes, pour y
» confentir ou n'y confentir pas : & la parole extérieure, que forme notre
» bouche, qu'eft-ce autre chofe que l'image de la parole intérieure de
» l'Entendement ? Moïfe s'eft donc exprimé en Philofophe & non pas

» en Rhéteur, quand il a dit que Dieu a créé la Lumiere par fa parole. »

On ne peut pas nier que ces réflexions de M. *Huet* ne foient très-fines, très-exactes & très-juftes. Il n'y a rien de fi vrai, que nous n'avons qu'une très-foible idée de la Divinité, & qui eft infiniment au-deffous de la réalité; quelque foin que nous ayions pris d'épurer notre raifon par l'étude, & quelque effort que nous faffions pour nous élever au-deffus des erreurs vulgaires. Il eft encore très-vrai qu'après cela, lorfque nous effayons de faire paffer nos idées dans l'efprit des autres hommes, par le moyen de la parole, nous ne faifons qu'emploïer des expreffions métaphoriques, dont la plûpart font tirées des chofes corporelles, parce qu'il n'y en a point d'autres. Ainfi à parler exactement, les hommes font encore moins en état de parler d'une maniere fublime de la Divinité, qu'ils ne le font de s'en former une idée qui réponde à cet immenfe Original; quoiqu'il foit auffi peu poffible d'en approcher, que d'épuifer l'infini. Tous les efforts des hommes ne ferviroient qu'à tromper les autres, & à les tromper eux-mêmes, fi nous nous imaginions que nous pouvons parler de lui d'une maniere *qui exprime fa grandeur & fa puiffance dans toute fa dignité*, comme parle *Longin*. Dieu même ne s'eft fait connoître aux Prophetes, qu'autant que leur foibleffe le pouvoit permettre, & d'une maniere proportionnée à la petiteffe de l'efprit de ceux à qui il envoyoit ces faints hommes. Autrement fi Dieu eût voulu fe manifefter d'une maniere qui fût au-deffus de notre portée, cela nous auroit été inutile. C'eft à caufe de cela que l'on voit dans l'Ecriture une infinité d'expreffions, que les Théologiens nomment des *Anthropopathies*, ou qui expriment des chofes divines, par des métaphores tirées des chofes humaines; & qui font bien éloignées d'élever nos efprits à une connoiffance, qui ait quelque proportion avec l'éternelle grandeur de la Divinité.

Cependant nous difons quelquefois que d'autres hommes ont parlé d'une maniere fublime de Dieu, fans penfer que nous n'avons ni idées, ni paroles, qui ne le rabaiffent infiniment. Mais ce Sublime doit s'entendre par rapport à notre foibleffe, & nous appellons relevé un langage, qui eft au-deffus de celui dont on fe fert communément, & par lequel d'excellens génies, à proportion des autres, ont tâché d'élever nos efprits autant qu'ils ont pû au-deffus des idées vulgaires. Mais il faut toujours fe reffouvenir que ceux que nous admirons le plus parmi les hommes, ont tous été renfermés dans les bornes de la Nature humaine, defquelles il eft impoffible à la pofterité d'Adam de jamais fortir ici-bas. Les efprits du premier ordre, parmi nous, font des efprits fans doute très-populaires, en comparaifon des Intelligences élevées au-deffus de notre nature, & il y a toujours une diftance infinie entre les Intelligences les plus relevées & la Divinité. Ainfi ce ne peut être que très-improprement que nous difons que quelque homme a parlé d'une maniere fublime de la Divinité; & cette expreffion, comme toutes les autres femblables, doit être entendue par rapport à nous. *Homère*

Homére qui , comme le remarque *Longin* , dans le Chapitre, où font les paroles que l'on a examinées , décrit les Dieux comme des hommes , & quelquefois même comme des Etres plus malheureux que les hommes , fe guinde d'autres fois auffi haut qu'il peut pour en parler d'une maniere plus relevée ; mais il ne fatisfait pas même , en toutes chofes , *Longin* , & là où il fait le mieux , & où ce Rhéteur le trouve fublime , il eft infiniment au-deffous des idées des Philofophes ; comme ceux qui liront ce Chapitre en conviendront. Ainfi ce Rhéteur n'étoit pas un Juge fort pénétrant, quand il s'agiffoit de juger fi une expreffion eft digne de Dieu , ou non.

Je dois encore dire , que M. *Huet* a fort bien réfuté , par ce qu'il a dit des différentes fortes de Sublimes , ce que M. *Tollius* avoit dit contre lui , dans fes Notes fur *Longin* , & que je ne rapporterai pas , à caufe de cela.

Si l'on veut donc dire encore que le Légiflateur des Juifs , qui en effet n'étoit pas un homme du commun , *aïant fort bien conçû la grandeur & la puiffance de Dieu , l'a exprimée dans toute fa dignité* , il le faut entendre par rapport à la foibleffe de la Nature humaine , à laquelle la révélation qu'il avoit reçûe du Ciel , avoit dû être néceffairement proportionnée. Il faut nous former la plus grande & la plus magnifique idée de la Divinité qu'il nous eft poffible , & cependant nous garder avec foin de nous ima-giner que nous approchions de cet incompréhenfible Original. Se con-duire autrement , c'eft être peuple , & n'en vouloir pas revenir , c'eft vou-loir demeurer parmi la populace ignorante & entêtée.

« Il eft aifé maintenant de voir , conclut M. *Huet* , fi la cenfure de » M. *Defpréaux* eft bien fondée. Elle fe réduit à faire un point de Religion » de notre différend , & à m'accufer d'une efpece d'impiété d'avoir nié » que Moïfe ait emploïé le Sublime , dans le paffage dont il s'agit. Mais » cela eft avancé fans preuve , & c'eft donner pour raifon ce qui eft en » queftion. Or s'il eft contre le bon Sens de dire que ce paffage eft fubli- » me , comme je croi l'avoir fait voir ; il eft ridicule de dire que c'eft » bleffer la Religion , que de ne parler pas contre le bon Sens. La feconde » preuve roule fur les nouveaux Traducteurs de la Genefe , qui ont ap-» puïé fon opinion. Mais il eft vifible que M. *Defpréaux* ne les a pas tant » allegués , pour le poids qu'il a crû qu'auroit leur fentiment en cette ma-» tiere , que pour s'acquitter des louanges qu'ils lui ont données , en rap-» portant ce même paffage.

« Puis donc que cette cenfure n'eft foutenue , que de l'air décifif dont » elle eft avancée ; il me femble que j'ai droit de demander à mon tour » ce que nous dirons d'un homme , qui , bien qu'éclairé des lumieres de » l'Evangile , a ofé faire paffer Moïfe pour un mauvais Rhétoricien , qui a » foutenu qu'il avoit emploïé des figures inutiles dans fon Hiftoire , & » qu'il avoit déguifé par des ornemens fuperflus , une matiere excellem-» ment belle & riche d'elle-même ? Que dirons-nous , dis-je , de cet hom-» me , qui ignore que la bonté , la force & le prix de l'Ecriture Sainte ne

» confifte pas dans la richeffe de fes figures, ni dans la fublimité de fon
» langage ? * *Non in fublimitate fermonis aut fapientiæ, non in perfuafibi-*
» *libus humanæ fapientiæ verbis ; fed in oftenfione fpiritùs & virtutis, ut*
» *fides noftra non fit in fapientia hominum, fed in virtute Dei* ; & que ni
» l'élévation, ni la fimplicité des Livres Sacrés ne font pas les marques,
» qui font connoître que l'Efprit Saint les a diétés, puifque S. *Auguftin* a
» eftimé qu'il étoit indifférent que le langage de l'Ecriture fût poli ou bar-
» bare ; qui a ignoré que S. Paul n'entendoit point les fineffes de la Rhé-
» torique, & qu'il étoit * *imperitus fermone* ; que Moïfe avoit de la peine
» à s'expliquer ; que le Prophéte Amos étoit groffier & ruftique, & que
» tous ces faints Perfonnages, quoique parlant des langages différens,
» étoient pourtant animés du même Efprit ?

« Du refte, Monfeigneur, je vous demande un jugement. Vos lumieres
» vives & pénétrantes, & le grand ufage que vous avez des faintes Lettres
» vous feront voir clair dans cette queftion. Quelque encens que M. *Def-*
» *préaux* vous ait donné dans la derniere édition de fes Ouvrages, pour
» tâcher de fléchir l'indignation fi digne de votre Vertu, que vous avez
» publiquement témoignée contre fes Satires, ni les louanges intéreffées,
» ni le fouvenir du paffé, ne fauroient vous empêcher de tenir la balance
» droite, & de garder entre lui & moi cette droiture, que vous obfervez
» fi religieufement en toutes chofes. Pour moi, je ne ferai pas moins
» docile & foumis à votre décifion que j'ai toujours été avec refpeét,
» Monfeigneur, votre, &c.

» *A Paris, le 26 de Mars 1683.*

Je n'ai rien appris de la fuite de ce démêlé, & je n'ai garde d'y entrer,
en ce qu'il peut renfermer de perfonnel. La Differtation de M. *Huet* m'a
parû digne de voir le jour, & je l'ai donnée, comme elle eft tombée entre
mes mains, fans y rien changer, finon que j'ai mis au long le nom de
M. *Defpréaux*, qui n'y étoit marqué que par des étoiles, parce qu'il l'a
mis lui-même dans la derniere édition de fes Oeuvres. Il femble qu'il n'ait
pas changé de fentiment, puifque ce qu'il avoit dit de M. *l'Evêque d'A-*
vranches eft demeuré dans cette Edition, à quelques legers changemens
près. Quoi qu'il en foit, on peut, fans perdre rien de l'eftime que M. *Def-*
préaux mérite, n'être pas de fon fentiment en cette occafion.

* I. Cor. II.
I. 4.

* II. Cor. XI.
v. 6.

RÉPONSE
A L'AVERTISSEMENT
Qui a été ajouté à la nouvelle Edition
DES OEUVRES
DE M. DESPREAUX,

Envoyée de Paris à M. le Clerc *, & inférée dans fa*
Bibliothéque choifie *, Tom. XXVI. pag.* 64.

MONSIEUR *Defpréaux*, dans fa dixiéme Réflexion, par laquelle
il répond à la Lettre de M. *Huet*, fur le fameux paffage de *Longin*,
a été trop modefte, au gré de ceux qui ont pris foin de la derniere Edition
de fes Ouvrages. Ils ont jugé devoir fuppléer du leur, à ce qu'ils ont crû
qui manquoit d'aigreur à cette réponfe; & ils avoient déja menacé M. *Huet*
de l'indignation de leur cabale, pour avoir ofé laiffer paroître fa défenfe,
contre une infulte publique réiterée par plufieurs éditions, que lui fit
M. *Defpréaux*.

Mais M. *Defpréaux* & fes Sectateurs devoient au moins, avant que de
l'attaquer, s'éclaircir nettement du véritable fujet de la conteftation, &
tâcher d'entendre bien la matiere & le nœud de la queftion. Il paroît clairement qu'ils ne l'ont pas fait, par un mot qui leur eft échapé dans leur
Avertiffement, lorfqu'ils ont dit, que *la Critique de* M. *Huet paroît plûtôt
contre Moïfe, que contre Longin;* & que le confeil de répondre à M. *Huet*,
fut donné à M. *Defpréaux*, par plufieurs perfonnes zélées pour la Religion.
Ils ont fuivi en cela leur oracle M. *Defpréaux*, qui dans fes Préfaces avoit
déja voulu faire un point de Religion à M. *Huet*, & prefque un Article
de Foi, du jugement qu'il avoit fait du fentiment de *Longin*, fur ce paffage de Moïfe, & d'avoir douté que *Longin* ait vû ce paffage dans l'Original. Mais lorfqu'il a voulu rafiner, par une diftinction frivole du Sublime, & du ftile fublime, & lorfqu'il a confondu le Sublime des chofes,
& le Sublime de l'expreffion; il a montré clairement, qu'il a traité du Sublime fans le connoître; qu'il a traduit *Longin*, fans l'entendre; & qu'il
devoit fe contenir dans les bornes d'une Satire modefte, fans entrer dans
les épines de la Critique, qui demandent d'autres talens.

R r r ij

Ses Editeurs l'ont imité, en parlant avec confiance de chofes dont ils font fort mal inftruits. *Il faut*, difent-ils, *que la Lettre de M. Huet ait été lûe à petit bruit, puifque ceux qui étoient le plus familiers avec M. de Montaufier & qui le voïoient tous les jours, ne l'en ont jamais ouï parler; & qu'on n'en a eu connoiffance que plus de vingt ans aprés, par l'impreffion qui en a été faite en Hollande.* On leur répond que ceux, qui voïoient M. de *Montaufier* plus fouvent & plus particulierement qu'eux, qu'on ne connoiffoit pas alors, l'entendoient inceffamment parler de ce différend & de la jufte indignation qu'il fentoit de l'audace effrenée d'un homme, tel que M. *Defpréaux*, de décrier une infinité de gens de mérite, qui valoient mieux que lui, & qui ne lui étoient inférieurs en rien, qu'en l'Art de médire. Comme M. *Huet* protefte de n'avoir jamais donné d'autre copie de cette Lettre, que celle qu'il fut obligé de donner à M. de *Montaufier*, à qui elle étoit adreffée; il y a apparence que cette copie paffa en d'autres mains, lorfqu'on la tira de fon cabinet, après fa mort.

M. de *Montaufier* ajoutoit que, dans un Etat bien policé, tel que le nôtre, un Calomniateur de profeffion devoit être envoié aux Galeres. Il pouvoit joindre à cela l'Ordonnance d'Augufte, rapportée par *Dion*, & les Loix de *Conftantin* & des autres Empereurs, inférées dans le Code *Théodofien*, qui condamnent au feu les libelles fcandaleux & médifans, & leurs Auteurs au fouet. Comme l'applaudiffement que recevoit tous les jours M. *Defpréaux*, des gens de fon humeur, lui avoit enflé le courage; il eut l'infolence de rappeller M. de *Montaufier* à l'exemple odieux de Néron. Toute la vengeance qu'en prit M. de *Montaufier*, ce fut de dire fouvent & publiquement, qu'il fe levoit tous les matins, avec le deffein de châtier le Satirique, de la peine ordinaire des gens de fon métier, & qui a été pratiquée depuis peu avec éclat, fur un de fes imitateurs, à la fatisfaction de tous les gens de bien. C'eft cette même peine, qui fut ordonnée dans l'ancienne Rome, par la Loi des XII. Tables, *Ut fuftibus feriretur, qui publicè invehebatur*: & qu'*Horace* dit avoir fait changer de ton à plufieurs Satiriques de fon tems, & les avoir réduit, malgré eux, à donner des louanges, au lieu des injures, qui leur étoient familieres, & à divertir feulement les Lecteurs. Mais comme M. de *Montaufier* avoit de la pieté & de la bonté, il avouoit que fa colere du matin fe trouvoit amortie *M. le Duc* après fa priére. Un autre Duc * illuftre par la beauté de fon efprit & les
de Nevers. agrémens de fes vers, qui n'étoit pas favorable à la Satire maligne de M. *Defpréaux*, jugeoit à propos d'emploïer le même moïen pour la corriger. Il a même annoncé au Public, par une Epigramme fort élégante, que notre homme avoit déja tâté de ce correctif, & en avoit profité. Il paroît du moins l'avoir appréhendé, lorfqu'il a dit, au commencement de la feptiéme Satire, que le métier de médire, qu'il pratiquoit, eft fouvent fatal à fon Auteur, lui attire de la honte, & ne lui caufe que des larmes. Après la lecture que M. *Huet* fit de fa Lettre, dans cette bonne compagnie, que

M. de *Montauſier* avoit aſſemblée chez lui, pour l'entendre; le même M. de *Montauſier* avouoit, ſelon ſa candeur, qu'il avoit autrefois incliné vers le ſentiment de *Longin*; mais que les raiſons qu'il venoit d'entendre, l'avoient pleinement deſabuſé. Et ces gens, qui ſe portent dans le Public pour témoins ſecrets, & confidents intimes de toutes ſes paroles & de ſes penſées, n'en ſeront pas crus ſur leur témoignage; quand on ſçaura que long-tems avant cette lecture, & le différend de M. *Huet* avec M. *Deſpréaux*, la queſtion ſur le paſſage de *Longin* aïant été propoſée un jour à ſa table, devant pluſieurs perſonnes fort intelligentes, tout le monde ſe trouva de l'avis de M. *Huet*; hormis un ſeul homme, qui étoit reconnu pour affecter de ſe diſtinguer, par des affections ſingulieres & bizarres.

Les Editeurs des Oeuvres de M. *Deſpréaux* diſent, dans leur Avertiſſement, qu'il fut long-tems ſans ſe déterminer à répondre à l'Ecrit de M. *Huet*, publié en Hollande par M. *Le Clerc*. Si cela eſt ainſi, M. *Deſpréaux* avoit donc bien changé d'humeur; étant devenu ſi lent à ſa propre défenſe, lui qui s'étoit montré ſi prompt à l'attaque, dans la Préface de ſes Oeuvres; & étant devenu ſi circonſpect à la réplique, lui qui, dans toutes les éditions de ſes Oeuvres, qui ſe faiſoient preſque tous les ans, (car le peuple aime la médiſance) n'oublioit pas de renouveller la remarque injurieuſe, qu'il avoit lâchée contre M. *Huet*; qui, pendant tout ce tems là, avoit eu aſſez de modération, pour s'abſtenir de rendre ſa défenſe publique. Il faut avertir cependant cette petite cabale, protectrice de la Satire, que quand ils avancent, que M. *Deſpréaux* fut long-tems à ſe déterminer à répondre à M. *Huet*, ils le contrediſent ouvertement; car il déclare dans ſa dixiéme Réflexion, que quand il eut inſulté M. *Huet*, par ſa *Préface*, d'une maniere qu'il reconnoît avoir été peu honnête, il s'attendoit à voir bientôt paroître une réplique très-vive de ſa part, & qu'il ſe préparoit à y répondre. Le voilà tout préparé à répondre à un Ecrit, qu'il ſçavoit bien s'être attiré, qu'il n'avoit pas encore vû, & qui n'étoit pas encore fait; & le voici fort lent & indéterminé à répondre à cet Ecrit, après qu'il eut été vû par tous les Gens Lettrés de la Cour. Comment M. *Deſpréaux* pût-il donc ignorer un fait ſi public, dont M. *Huet* parla même exprès, en pleine Académie, en préſence de ſes plus particuliers amis? Comment a-t-il pû dire, qu'après le traitement que M. *Huet* avoit reçû de lui, il ſe tint dans le ſilence?

Les Suppôts du Satirique expoſent, dans leur Avertiſſement, que M. *Huet* étoit informé de tout le détail de ce qui ſe paſſa chez M. *Deſpréaux*, lorſqu'il eût vû la Lettre imprimée à Amſterdam, par M. *Le Clerc*; M. *Huet* le nie. Il avoit ſû par M. l'Abbé *Boileau*, frere du Satirique, que dans la nouvelle Edition de ſes Oeuvres, qu'il préparoit ſur la fin de ſa vie, il répondroit à M. *Huet* d'une maniere dont il n'auroit pas ſujet de ſe plaindre. Voilà ce que M. *Huet* a ſû: mais que des perſonnes diſtinguées, par leur dignité & par leur zéle pour la Religion, au nombre deſquels apparemment se mettent les approbateurs de la Satire, lui aïent conseillé de répondre, c'est ce que M. *Huet* ne sait point, & ne croit point; car il ne se persuadera pas aisément que des personnes zélées pour la Religion aïent emploïé leur zéle & leur soin, pour favoriser la défense d'une nouvelle publication de calomnies sanglantes; dont toutes les personnes de conscience, & qui se croïent obligées de pratiquer la charité Chrétienne, doivent au contraire souhaiter la suppression. Le fameux Docteur, qui s'est voulu signaler pendant tant d'années par l'austérité de sa doctrine, & par tant d'Ecrits contentieux, s'est déclaré sur ses vieux jours, le Défenseur de la Satire, par une longue Apologie, que l'on voit dans cette nouvelle Edition des Oeuvres de M. *Despréaux.* Par là, il a fait voir que, du moins en ce point, il n'est pas fort ennemi de la Morale relâchée. Il ne faut pas trop s'en étonner. Que ne croïoit-il point devoir faire, pour s'acquitter envers un homme, qui avoit pris si hautement son parti décrié? Il se persuadera sans doute d'être obligé, par sa reconnoissance, de rabattre au moins quelque chose de la sévérité de ses maximes, pour excuser l'injustice du Poëte Satirique son ami, & les traits envenimés de sa médisance, en soutenant qu'ils ne font tout au plus qu'effleurer la charité.

Les patrons de la Satire veulent rendre suspecte la bonne foi de M. l'Abbé de *Tilladet*, sur ce qu'il a dit, dans la Préface de son recueil de Dissertations, qu'il les a publiées, sans la permission de ceux à qui appartenoit ce thrésor. C'est à cet illustre Abbé, à se justifier de cette calomnieuse imputation, digne des Défenseurs de la calomnie. Il ne conviendra pas sans doute du reproche, qu'ils lui font d'avoir attaqué la mémoire de M. *Despréaux*, en publiant une Lettre déja publique, qui ne traite que d'un point de Critique, & qui n'a été écrite que pour défendre M. *Huet*, contre les insultes de M. *Despréaux.* Si la délicatesse de cette petite cabale est si grande, qu'il leur paroisse aussi étonnant, qu'ils le disent, que M. l'Abbé de *Tilladet* ait pris une telle hardiesse, contre le nom illustre de M. *Despréaux*, sans avoir reçu de lui aucune offense; il est plus étonnant encore qu'ils approuvent la note injurieuse, que M. *Despréaux* a publiée tant & tant de fois contre M. *Huet*, qui ne lui avoit jamais donné aucun sujet de plainte; & il ne l'est pas moins qu'ils attaquent eux-mêmes aujourd'hui publiquement & de sang froid M. *Huet*, à qui non seulement ils ne peuvent pas reprocher la moindre offense, mais qui croïoit leur avoir donné sujet d'être de ses amis.

On n'a pas pû dire, qu'on n'a eu connoissance de l'Ecrit de M. *Huet*, que plus de vingt ans après l'Edition de la Préface injurieuse de M. *Despréaux.* Après la lecture, qui en fut faite publiquement chez M. de *Montausier*, en l'année 1683. & la connoissance que l'on en donna à l'Académie, M. *Huet* fut fort sollicité de la rendre publique, comme l'étoit l'insulte, qui lui avoit été faite. Il répondit qu'il en useroit, selon que M. *Despréaux* profiteroit de sa correction; & que s'il regimboit contre l'éperon, elle feroit auffi-tôt publiée. Mais M. *Defpréaux* s'étant prudemment tû, M. *Huet* garda fa Lettre dans fon porte-feuille; fans en vouloir donner d'autre Copie, que celle qu'il fut obligé de laiffer entre les mains de M. de *Montaufier*, à qui elle étoit écrite.

Les Protecteurs du Poëte difent, qu'ils ne comprennent pas quels pou-voient être les rieurs, qui ne furent pas favorables à M. *Defpréaux*, après la lecture de la Lettre de M. *Huet*; ne les trouvant pas dans la lifte, qu'il leur plaît de faire des beaux Efprits, qui étoient alors à la Cour. En cela ces Meffieurs perfeverent dans leur hardieffe d'avancer des faits, qu'ils ne favent point, & où ils ne furent point appellez, étant inconnus alors. Du refte, quand on a dit que M. *Defpréaux* n'eut pas les rieurs de fon côté, on ne l'a pas dit par rapport à la matiere, qui n'étoit pas propre à faire rire; mais par rapport à M. *Defpréaux*, qui dans la plus grande par-tie de fes Ouvrages, femble n'avoir eu en vûe que de faire rire les Le-cteurs, & qui dans fa premiere jeuneffe n'avoit point de plus agréable exercice, que de faire rire les Clercs du Palais. Du nombre de ces rieurs, qui ne furent pas favorables au Poëte Satirique, dont les Auteurs de l'A-vertiffement difent, avec leur confiance ordinaire, qu'on n'en peut pas nommer un feul; on leur en nommera un qui en vaut mille autres, par la beauté de fon efprit, & la fineffe de fon goût. Je veux dire M. de *Pelliffon*; fans parler de tous les autres, qui affifterent à cette lecture, au nombre de neuf ou dix, dont aucun ne contredit le fentiment de M. *Huet*, non pas même l'Abbé de *S. Luc*: quoi qu'en difent au contraire les nouveaux Editeurs des Satires, parmi tous les autres faits apocryphes qu'ils débi-tent fi liberalement. Mais quand le nombre des Contradicteurs de M. *Huet* feroit auffi grand, & plus grand encore, qu'ils ne le font fans aucune preuve; la lumiere du Soleil eft-elle obfcurcie, parce que les taupes ne la peuvent voir? A quoi bon donc cette Kyrielle de gens, qu'ils veulent faire ici efcadronner contre M. *Huet*? Ce gros fe trouveroit foible, fi l'on affectoit de leur oppofer tous ceux qui ont applaudi à la cenfure que M. *Huet* a faite du paffage de *Longin*. Ils doivent cependant, s'ils font tou-chez de quelque amour de la Vérité, en retrancher M. de *Meaux*, qu'ils mettent à la tête; puifque M. *Huet*, qui lui avoit communiqué fa *Dé-monftration Evangélique* avant l'Edition, en le priant de lui marquer ce qui ne feroit pas de fon goût, ne lui oppofa aucune contradiction, fur le paffage de *Longin*.

Le petit bataillon Satirique, fertile en fictions, tâche de fortifier fon parti, du nom du grand Prince de *Condé*, & de ceux des Princes de *Conti* fes neveux. Ce Prince avoit lû véritablement la *Démonftration Evangéli-que*, avec une grande avidité, comme il s'en expliqua avec l'Auteur; lui marquant même les endroits qu'il fouhaitoit qui fuffent retouchez dans la feconde Edition, fans lui rien dire du paffage de *Longin*. Pour Meffieurs les Princes de *Conti*, qui étoient à peine alors fortis de l'enfance, on voit bien que la cabale Satirique cherche à honorer le parti de fon Heros, par de grands noms, & à éblouir le Public, par l'éclat d'une haute naiſ-ſance; ſans examiner ſi elle étoit ſoutenue de la maturité de l'âge que de-mande la diſcuſſion de ces matiéres. Lors même que ces Princes furent dans un âge plus avancé, ils étoient encore ſi éloignés de la capacité qu'el-les demandent, que M. le Prince de *Condé* leur Oncle, prenoit ſoin de ne laiſſer approcher d'eux, & entrer dans leur familiarité, que des gens ſages, non ſuſpeĉts, & incapables de corrompre ces jeunes Eſprits, par leur doĉtrine dangereuſe.

Pour M. *Le Clerc*, je ne ſais pas comment il s'accommodera de l'air mépriſant, dont il eſt traité par M. *Deſpréaux*, & par ſa petite cohorte, & des injures atroces qu'ils ont vomies contre lui. Ce ſeroit peu pour lui, que de n'avoir que le *Janſéniſme* à leur objeĉter, contre le *Socinianiſme* qu'ils lui imputent. Mais il a un mérite à leur oppoſer, qui offuſquera ai-ſément le leur: & il a du reſte bec & ongles, pour ſe défendre contre les vengeurs de la Satire; qui, à l'exemple de leur Diĉtateur, répandent ſur lui ſi librement le venin de leur médiſance.

La concluſion de l'Avertiſſement qui nous apprend le jugement que faiſoit M. *Deſpréaux* de l'utilité des Romans, contraire à ce que M. *Huet* en a écrit, eſt entierement poſtiche, & étrangere à la queſtion préſente; & ne ſert qu'à découvrir de quel eſprit eſt animée cette Societé, lorſqu'ils ramaſſent ſi ſoigneuſement tout ce qu'ils croïent pouvoir faire repentir M. *Huet*, de n'avoir pas prodigué, comme eux, ſon encens à leur idole. Mais quand M. *Deſpréaux* tiendroit, comme ils le prétendent, quelque rang entre les Poëtes du premier ordre, eſt-ce un titre, pour lui en faire auſſi tenir un parmi les Caſuiſtes? Eſperent-ils faire recevoir dans les ma-tieres de conſcience, l'autorité d'un homme, qui, pendant tout le cours de ſa vie, a fait ſon unique occupation d'exercer une maligne & noire médiſance, & de décrier la réputation du prochain, ſans épargner, ni la vertu, ni le mérite, ni même le caraĉtére Eccléſiaſtique, pour lequel il veut paroître avoir quelques égards, quoique dans les premieres copies, qu'il répandit de ſon Lutrin, il ait produit à viſage découvert, & ſous ſon nom propre un bon *Evêque*, qui a long-tems exercé avec édification une Prélature conſidérable, au milieu de Paris; plus reſpeĉtable encore par l'intégrité de ſes mœurs, que par ſa dignité? Voilà le Caſuiſte rafiné, au tribunal duquel la Cabale Satirique ſoumet les gens de Lettres, & les Ouvrages d'eſprit. Voudront-ils auſſi faire valoir la cenſure qu'il a pro-noncée tant de fois contre les Opéra; tâchant de nous faire accroire qu'il ne les a condamnés que par délicateſſe de conſcience; & non parce qu'aïant tenté d'y réuſſir, il ſe trouva infiniment au deſſous d'un homme qu'il avoit entrepris de tourner en ridicule, & de ruiner de réputation, & dont il n'a jamais pû égaler le génie?

Mais avant que de finir cette Réponſe, je croi devoir rendre ce bon office

office aux adorateurs infenfés de M. *Defpréaux*, de les faire revenir des fauffes idées qu'ils ont conçûes de fon mérite, afin que le voïant réduit à fa jufte valeur, ils ceffent de nous le furfaire; & fe délivrent d'un préjugé qui n'eft pas foutenable devant ceux qui ont le véritable goût de la bonne Poëfie, & qui, par un long ufage des Poëtes anciens & modernes, fçavent diftinguer le Poëte du Verfificateur; & l'inventeur de l'imitateur, qu'*Horace* appelle *une bête née pour l'efclavage*. Il faut pour cela les rappeller à la régle de ce même *Horace*, que M. *Defpréaux* a choifi pour fon modéle.

Neque fi quis fcribat, uti nos,

Sermoni propiora, putes hunc effe Poëtam.

Ingenium cui fit, cui mens divinior, atque os

Magna fonaturum, des nominis hujus honorem.

C'eft à eux d'examiner de bonne foi, s'ils trouveront dans M. *Defpréaux* ce génie divin, cet efprit fublime, & de belles & grandes chofes forties de la bouche. Rien de tout cela, au contraire un efprit fombre & fec; plaifantant d'une maniere chagrine, ftérile; ennuïeux par fes redites importunes; des idées baffes, bourgeoifes, prefque toutes tirées de l'enceinte du Palais; un ftile pefant, nulle amenité, nulles fleurs, nulles lumieres, nuls agrémens, autres que ceux, que la malignité des hommes leur fait trouver dans la médifance; une humeur noire, envieufe, outrageufe, mifanthrope, incapable de louer, telle qu'il la reconnoît lui même. *Eumolpe*, dans *Petrone*, demande encore une autre condition dans les bons Poëtes, à laquelle je ne crois pas que M. *Defpréaux* ait jamais afpiré. *Neque concipere*, dit-il, *aut edere partum mens poteft, nifi ingenti flumine litterarum inundata*. Quelque oftentation de favoir, qu'il ait affeétée, elle n'impofe pas aux connoiffeurs, qui apperçoivent bien-tôt dans fes Ecrits une érudition mince & fuperficielle. On auroit du moins attendu d'un Académicien un ftile châtié, & des expreffions correétes; & c'eft ce qu'on ne trouve pas. Pour conclufion, fi la vaine confiance & la préfomption des fuppôts Satiriques ne leur permettent pas de reconnoître cette peinture; du moins aura-t-elle fervi à mettre en évidence leur entêtement & leur mauvais goût.

❖❖❖

REMARQUES
DE M· LE CLERC,

Sur la Réflexion X. *de la nouvelle Edition de* LONGIN,
par M. DESPRE'AUX.

ON peut avoir vû , dans l'Article précedent , que j'ai inseré ici , comme je l'ai reçû , que tout Paris ne parle pas , comme feu M. *Despréaux*,
ou comme M. l'Abbé *Renaudot* , Auteur de l'Avertissement, qui est à la
tête de la nouvelle édition des Oeuvres de ce Poëte satirique ; quoique ces
Messieurs se vantent beaucoup du nombre de leurs approbateurs. On a
trop bon goût à Paris , pour approuver généralement un sentiment si bien
réfuté par M. *Huet* , & trop d'équité , pour trouver bonne l'aigreur de l'un
& de l'autre , dans une contestation de nulle importance. Tout le monde
n'est pas dans ce parti échauffé , qui croit avoir droit de maltraiter tous
ceux , qui ne sont pas de ses sentimens , quelque modération qu'ils gardent
d'ailleurs à son égard. On sait que je ne suis point du sentiment des *Jansenistes* , mais cela n'a pas empêché que je n'aye parlé d'eux avec éloge ,
quand j'ai crû qu'ils le méritoient , & que je n'aye marqué de l'estime pour
plusieurs de leurs Livres. Je n'ai jamais approuvé la maniere , dont on les
a traités , pour leurs sentimens. Au contraire , j'ai témoigné que je croïois
qu'on devoit les tolerer , pourvû que de leur côté , ils usassent de la même
douceur envers leurs Adversaires.

Cela auroit dû rendre M. l'Abbé *Renaudot* , à qui d'ailleurs je n'ai jamais rien fait , plus retenu envers moi ; & bien loin d'exhorter feu M. *Despréaux* , à me maltraiter & de le faire lui-même , il auroit dû l'en détourner,
& parler plus civilement. Voudroit-il que je dise que le *Jansenisme* n'est
qu'une pure faction , & que bien des gens soupçonnent que parmi ceux qui
l'approuvent , quelque dévotion qu'ils fassent paroître , il y a des *Spinosistes*
cachés , qui cherchent à introduire la nécessité de toutes choses , comme
faisoit *Spinosa* ? Il se récrieroit sans doute à la calomnie ; & par conséquent
il ne doit pas en user de même , en parlant de moi , comme d'un homme
dont la Religion est décriée. Je n'ai point de Religion que la Chrétienne ;
& si elle est *décriée* parmi quelques *Jansenistes* , j'espere qu'elle ne le sera
jamais par tout.

*Elle est ci-
dessus , pag.
481. & suiv.* Il y a six ans , ou environ , que je publiai , dans l'Article 8. du X. Tome
de cette *Bibliotheque Choisie* , une Dissertation* de M. *Huet* , ancien Evê-

que d'Avranches, touchant le paſſage de *Longin*, où ce Rhéteur ſoutient
qu'il y a un très-grand Sublime dans ces paroles de Moïſe : *Que la Lu-*
miere ſoit & la Lumiere fut ; dans leſquelles cet Evêque avoit ſoûtenu, en ſa
Demonſtration Evangelique, qu'il n'y a point le Sublime , que *Longin* y
trouve. J'appuïai le ſentiment de ce ſavant homme , par quelques raiſons
que l'on y peut lire , & qui me paroiſſoient propres à l'éclaircir & à le confirmer. M. *Huet* & moi convenions avec M. *Deſpréaux*, 1°. Que la choſe
même eſt ſublime , parce qu'il s'agit de la Création de la Lumiere , par la
ſeule volonté de Dieu : 2°. Que l'expreſſion priſe à part peut auſſi paſſer
pour ſublime , & qu'elle le ſeroit dans un Diſcours Oratoire , dont l'Auteur
entreprendroit de relever la puiſſance de Dieu. Tout le différend qu'il y
avoit entre M. *Deſpréaux* & nous , conſiſtoit uniquement à ſçavoir ſi les
paroles que j'ai rapportées ſont ſublimes , dans l'endroit de Moïſe , où elles
ſe trouvent. Il ſoûtenoit qu'elles le ſont , & nous prétendions que non ;
parce qu'il ne ſe peut rien de plus ſimple , que toute la narration de Moïſe ,
au Chapitre I. de la Geneſe , quoique la choſe même ſoit très-relevée. Il
s'agiſſoit donc de ſçavoir ici , s'il y a là une figure de Rhétorique , dans
l'expreſſion , ou s'il n'y en a point. On voit que le différend étoit de très-
petite conſéquence.

   M. *Huet* s'eſt défendu d'ailleurs , avec une très-grande retenue , ſans
dire un ſeul mot , qui pût bleſſer la délicateſſe de M. *Deſpréaux* ; qui l'avoit
traité avec beaucoup de hauteur , dans ſa Préface ſur *Longin*. Je n'ai rien
ajouté non plus , qui le pût offenſer légitimement , dans les Remarques ,
que j'ai jointes à la Diſſertation de M. *Huet* , que j'ai même finies par ces
mots : *On peut, ſans perdre rien de l'eſtime que M. Deſpréaux mérite, n'être*
pas de ſon ſentiment , en cette occaſion. Aïant appris en 1710. que M. *Deſ-*
préaux avoit répondu à M. *Huet* , je dis dans le XXIe Volume de cette
même *Bibliotheque* , Part. II. Art. 3. après avoir parlé d'une nouvelle
Edition de *Longin* , que je verrois avec plaiſir , la Diſſertation de M. *Deſ-*
préaux ; qui apparemment , continuois-je , *ſe ſera défendu avec beaucoup*
d'eſprit & de politeſſe. C'eſt ici une de ces matieres, diſois - je encore , où
l'on peut être de divers ſentimens , ſans perdre l'eſtime , que les gens diſtin-
gués , comme Mrs Huet & Deſpréaux, doivent avoir les uns pour les autres.
J'ajoutois de plus : *que le dernier ſembloit être tombé dans la penſée de Lon-*
gin , par reſpect pour l'Ecriture Sainte. On voit par-là , que notre Poëte Satirique n'avoit aucun ſujet de ſe plaindre de moi , non plus que de M. *Huet* ;
à moins qu'il ne crût que c'étoit l'offenſer , que de n'être pas de ſon ſentiment , même dans des choſes de néant. J'avoue que je n'avois pas crû
qu'il fût capable de ſe fâcher contre moi , avec toute l'aigreur & tout le
fiel d'un eſprit né pour la Satire , ſeulement parce que j'avois publié la
Diſſertation de ſon Adverſaire , & témoigné que j'étois de ſon ſentiment.
Je m'étois encore moins imaginé , qu'il ſe trouvât des gens capables d'entrer dans ſa paſſion , même après ſa mort.

Je vois, par fa Xe Réflexion fur *Longin*, & par l'Avertiſſement de M. *Renaudot*, que je m'étois trompé. Mais j'aime mieux m'être trompé, en penſant bien du Prochain, quoique l'on m'ait rendu le mal pour le bien; que d'avoir fait un mauvais jugement de quelqu'un, qui ne l'auroit pas mérité. Comme ce que je puis dire à préſent ne peut pas nuire à feu M. *Deſpréaux*, & que ſes Amis ont publié, après ſa mort, une Piéce contre moi, qu'ils auroient dû ſupprimer, s'ils avoient eu un peu d'équité; perſonne ne pourra trouver mauvais, que j'en diſe ce que j'en penſe, avec autant de liberté, qu'il en a priſe.

Avant toutes choſes, il eſt ridicule de s'adreſſer à moi, comme ſi j'étois plus coupable de l'avoir contredit, que M. *Huet*, qui l'avoit réfuté exprès & beaucoup plus au long. Notre homme étoit ſi en colere, contre moi, de ce que j'avois crû que la Diſſertation de M. *Huet* étoit digne de voir le jour, qu'il n'a pas pris garde à ſa longueur, ni à celle de mes Remarques. Il dit que le tout a *vingt-cinq pages*, pour dire vingt-cinq feuillets, ou cinquante pages; & il ajoûte que mes *Remarques ſont preſque auſſi longues, que la Lettre même*; au lieu que de cinquante pages, elles n'en tiennent qu'environ quatorze. Le mécompte eſt un peu grand, mais ce faux calcul lui donnoit plus de droit, comme il lui ſembloit, de ne s'adreſſer qu'à moi; & il lui étoit avantageux de le faire, plûtôt que de parler à M. *Huet*, contre qui il n'auroit oſé vomir toute la bile dont il ſe trouvoit chargé. Autrement s'il avoit eu droit de ſe plaindre de ce qu'on n'entroit pas dans tous ſes ſentimens, & qu'on oſoit les réfuter; il auroit eu bien plus de ſujet de ſe fâcher contre ce ſavant Evêque, que contre moi; puiſqu'il l'a fait bien plus directement, & avec beaucoup plus d'étendue, non ſeulement dans ſa Lettre Françoiſe, mais encore dans la 3. Edition de ſa *Demonſtration Evangélique*, où il y a, ce me ſemble, quelque choſe qui n'étoit pas dans la premiere, que je n'ai pas à préſent, pour la comparer avec la troiſiéme. Voïez la propoſition IV. Chap. II. 55. La choſe eſt viſible, & quelque ſemblant qu'il faſſe de ne lui en vouloir pas, l'on doit regarder ce qu'il dit contre moi, comme s'il le diſoit contre M. *Huet*, à qui, dans le fond de ſon ame, il adreſſoit tous ces beaux diſcours.

Il eſt ſurprenant que notre Poëte Satirique ſe ſoit imaginé d'avoir droit de laiſſer, dans toutes les Editions de ſes Poëſies, pendant plus de vingt ans, des paroles très-aigres contre ce Prélat; ſans que ce Prélat, ni aucune autre perſonne pût défendre en public un ſentiment oppoſé à celui de *Longin*, & de ſon Interpréte. S'il s'étoit agi d'un paſſage d'un Poëte, ou d'un Orateur Grec, on auroit crû devoir avoir plus d'égard au jugement de ce Rhéteur, parce qu'il auroit pû en être un Juge plus compétent que nous. Mais il eſt abſurde de vouloir qu'un Rhéteur Païen, qui n'avoit jamais lû l'Ecriture Sainte, & qui n'entendoit point l'Hébreu, ni le ſtile des Livres Sacrés, ait plus de droit de décider de ce qu'on doit penfer d'un paffage de Moïfe, que M. *Huet*, qui a fait une très-longue étude de l'Ecriture Sainte dans les Originaux, & qui a d'ailleurs toutes les lumieres néceffaires, pour s'en bien acquitter. Je ne parle pas de moi, quoique j'aie emploié la plus grande partie de ma vie à cette même étude, & que le Public n'ait pas mal reçu ce que j'ai produit, fur l'Ancien Teftament. Mais je crois qu'on regarderoit en moi, comme une modeftie ridicule & affectée, une difpofition qui m'empêcheroit de dire librement mes fentimens fur un paffage de l'Ecriture; lorfqu'ils fe trouveroient contraires à ceux de *Longin*, ou de quelque autre Auteur Païen.

S'il s'agiffoit encore d'un paffage d'un Poëte François, il fe pourroit faire que l'on auroit de la déférence pour les fentimens de M.*Defpréaux*, qui avoit fait toute fon étude de la Poëfie Françoife, à laquelle ni M. *Huet*, ni moi, ne nous fommes jamais attachés. Notre Poëte auroit peut-être, avec quelque apparence de raifon, pû prendre en cette occafion un ton de Maître & décider plus hardiment que nous. Mais c'étoit une préfomption intolérable à un homme qui n'avoit que peu ou point de lecture de l'Ecriture Sainte, & qui ne favoit pas plus d'Hébreu que *Longin*; à l'égard de M. *Huet*, de l'érudition de qui il ne pouvoit pas douter. Je ne crois pas même qu'il pût s'imaginer d'être auffi habile à peu près dans les Belles Lettres, que ce favant Evêque; au moins il auroit été le feul de fon opinion parmi ceux qui ont lû les Ouvrages de l'un & de l'autre. Il étoit donc de la bienféance & de l'équité de parler de lui, avec plus de refpect que notre Poëte n'a fait. Il auroit même beaucoup mieux valu fe taire entiérement; puifque M. *Huet* n'avoit nommé perfonne, ni rien dit qui le pût choquer. Il eft trop tard de dire, après tant d'années d'infulte, *que M. Huet eft un grand Prélat, dont, en qualité de Chrétien, il refpecte fort la dignité; & dont, en qualité d'homme de Lettres, il honore extrémement le mérite & le grand favoir.* C'eft un mauvais compliment, & qui reffemble à ceux qu'il a faits à M. *Perrault*, après fa réconciliation avec lui. Il falloit au moins, s'il ne vouloit pas fe taire, réfuter civilement la Differtation de M. *Huet*; car enfin, quoi qu'en dife notre Poëte accoûtumé aux fictions, c'eft de lui, & non de moi, dont il s'agit. Pour s'excufer, il dit que *les deux Differtations*, celle de M. *Huet* & la mienne (car c'eft ainfi qu'il nomme mes Remarques) *font écrites avec affez d'amertume & d'aigreur*; ce qui n'eft point véritable, comme on peut s'en affurer en les lifant. Il n'eft pas plus vrai, que j'aie en mon particulier *réfuté très-impérieufement*, comme il s'en plaint, *Longin & lui, & que je les aye traitez d'Aveugles & de petits Efprits d'avoir crû qu'il y avoit là quelque fublimité.* Il n'y a aucune expreffion femblable dans mes Remarques, & je n'ai jamais eu la moindre penfée de mal parler de M. *Defpréaux*. J'ai appuié feulement la réfutation que M. *Huet* avoit faite de fon fentiment, qui peut être faux, comme il l'eft en effet, fans que perfonne puiffe dire que ni *Longin*, ni M. *Defpréaux*, aïent été des *Aveugles* &

de *petits Efprits.* Je pourrois citer plus d'un endroit de mes Ouvrages , où j'ai fait l'éloge de ce dernier. Voïez le I. Tome du *Parrhafiana* , p. 7. & ce que j'ai dit depuis peu , de fa Vie , dans le Tome XXIV. de la *Bibliotheque Choifie* , p. 460. Mais il parle comme un homme en colere , qui s'imagine d'avoir été offenfé , quoiqu'on n'en ait eu aucun deffein ; & qui fe poffede d'autant moins , qu'il n'ofe pas fe fâcher contre ceux qui font la véritable caufe de fon chagrin , & qu'il n'a rien de folide à leur répondre.

C'eft fe moquer du Public , que d'appeller *infulte* la publication de la Lettre de M. *Huet* , & la liberté que l'on a prife de témoigner d'être du fentiment d'un auffi favant homme , plûtôt que de celui de M. *Defpréaux.* J'avois déja dit , depuis l'an 1693. dans mon Commentaire fur la Genefe, que je ne croïois pas qu'il y eût rien de fublime , dans l'expreffion de l'en-droit de Moïfe , de laquelle il s'agit , & j'avois renvoïé le Lecteur à la *Démonftration Evangélique* , fans que M. *Defpréaux* l'eût pris pour un af-front. Il ne devoit pas ignorer qu'il étoit l'homme du monde qui avoit le moins de droit d'exiger qu'on ne fe déclarât pas contre fes fentimens , & cela d'une maniere civile & modefte , puifqu'il étoit l'homme du monde qui avoit cenfuré le plus librement , dans fes Satires , ceux qui ne lui plai-foient pas. Mais on voit fouvent que ceux qui aiment à contredire les autres , ne peuvent pas fouffrir d'être contredits ; ce qui eft très-injufte.

M. *Defpréaux* croit qu'il fuffiroit pour faire fentir la fublimité de ces paroles , *que la Lumiere fe faffe , & la Lumiere fe fit* , de les prononcer un peu majeftueufement. Mais ce n'eft pas de quoi il s'agit. M. *Huet* & moi lui avons accordé que ces paroles , prifes à part , ou inferées dans une Piéce d'Eloquence , peuvent paroître fublimes. Il s'agit de favoir fi elles le font , dans le Chap. I. de la Genefe , où Moïfe ne fait que raconter le plus fim-plement & le plus naïvement qu'il a pû , la création du monde. On pourra voir ce que j'avois déja remarqué là-deffus au Tome X. *pag.* 224. *& 244, & fuivantes.*

Je n'ai point foutenu , comme notre Poëte me le fait dire , que *fi Moïfe avoit mis du fublime au commencement de la Genefe , il auroit péché contre toutes les Régles de l'Art.* C'eft M. *Huet* , qui dit quelque chofe de fem-blable , pag. 227. * Il n'y en a rien dans mes Remarques. Ainfi c'eft à lui en particulier que la cenfure de notre Satirique s'adreffe ; & quoiqu'il fût facile de lui répondre , je ne m'y arrêterai pas.

Il s'applique en vain à montrer que l'on peut dire des chofes fublimes , en ftile fimple , comme fi on le lui avoit nié : puifque M. *Huet* l'avoit ex-pliqué au long , en parlant du Sublime des chofes , pag. 248. *& fuiv.* *On ne lui a jamais nié le Sublime de l'idée , mais on a dit qu'il n'y avoit rien de fublime dans le tour , ni dans les mots , en cet endroit de Moïfe , & on l'a , ce me femble , prouvé. Ainfi il fe bat ici contre fa propre ombre , en croïant porter des coups à fes Adverfaires. On tombe d'accord qu'on peut dire de

* Pag. 483. & 484.

* Pag. 493.

grandes chofes en termes fimples, & l'on reconnoît que Moïfe l'a fait ;
mais il s'agit de favoir fi Moïfe a eu deffein d'exprimer d'une maniere
fublime, la création de la Lumiere, en parlant de la forte, & on lui a
foutenu que non ; parce que toute la fuite du difcours eft tournée de la maniére du monde la moins fublime, comme tout le refte de la narration de
Moïfe. Qu'on life de fens froid quelque peu de Chapitres de ce Prophéte,
& l'on s'en convaincra. Il eft donc inutile de chercher des exemples, où
des chofes fublimes foient dites en termes fimples.

M. *Defpréaux* demande enfuite à M. *Huet*, car enfin ce font fes paroles, qu'il cenfure, & non les miennes, *s'il eft poffible, qu'avec tout le favoir qu'il a, il foit encore à apprendre ce que n'ignore pas le moindre Apprentif Rhétoricien, que pour bien juger du Beau, du Sublime, du Merveilleux, il ne faut pas fimplement regarder la chofe que l'on dit, mais la perfonne qui la dit, la maniere dont on la dit, & l'occafion où on la dit.*
Cette demande eft ridicule, parce que M. *Huet* a remarqué prefque tout
cela dans fa Lettre, & que j'ai réfuté le préjugé populaire tiré de la per-   * Ci-deffus
fonne qui parle, * pag. 222. & *fuiv.* Le refte de la déclamation de M. *Def-* pag. 485. &
préaux n'a pas befoin d'être réfuté ; il ne faut que prier le Lecteur, qui en- 486.
tend l'Hébreu, ou qui eft au moins un peu verfé dans le ftile de l'Ecriture Sainte, & qui fait ce que les Rhéteurs nomment *Sublime*, de lire de
nouveau les deux ou trois premiers Chapitres de la Genefe, & de dire en
confcience, s'il en trouve le ftile fublime. Pour bien juger de cela, il faut
avoir lû avec foin l'Ecriture Sainte, en elle-même, & l'avoir méditée ;
comme l'on fait toutes fortes d'Auteurs que l'on veut bien entendre ; &
non, comme notre Poëte femble l'avoir fait, n'y jetter les yeux que par
occafion ou en paffant.

M. *Huet* avoit affuré, * page 247. que tout homme, qui faura rapporter .* Ci-deffus
quelque chofe de grand, tel qu'il eft, fans en rien dérober à la connoif- pag. 493. &
fance de l'Auditeur, & fans y mettre du fien, quelque groffier & quel- 494.
que ignorant qu'il foit d'ailleurs ; il pourra être eftimé, avec juftice, véritablement fublime dans fon difcours, non pas de ce Sublime enfeigné
par *Longin.* Notre Poëte Satirique feint de ne pas entendre ce qu'il veut
dire, par *le Sublime de Longin ;* quoique fon Adverfaire l'explique affez
clairement, dans la fuite, d'un Sublime qui dépend de l'art & qui eft recherché par celui qui parle. Tel eft le Sublime des Cantiques, mais il n'y
en a point de femblable dans la Genefe, ni dans la narration des Livres
Hiftoriques. Il feint encore de croire que M. *Huet* a voulu dire *que les
grandes chofes, pour être mifes en œuvre dans un Difcours, n'ont befoin
d'aucun génie, ni d'aucune adreffe ;* ce qui n'eft pas véritable de tout un
Difcours, fur-tout s'il eft un peu long ; mais qui eft très-vrai d'une période ou deux, où la grandeur de la chofe fe trouvera foûtenue par des
expreffions nobles ; quoique celui qui parle, ne les ait point recherchées.

Notre Poëte déclamateur continue à montrer qu'un homme groffier ne-

fauroit faire un difcours d'un Sublime foutenu, & ménagé avec art; ce que perfonne ne lui nie. Il prétend enfuite *que l'Efprit de Dieu* a mis dans l'Ouvrage de Moïfe, quoique le Prophéte *n'y ait point penfé*, *toutes les grandes figures de l'Art Oratoire*, *avec d'autant plus d'art qu'on ne s'apperçoit point qu'il y ait aucun art*. Il femble qu'il parle de Moïfe par oüi dire, & fur la foi de quelque Prédicateur, ou de quelque Auteur femblable, fans l'avoir jamais lû. L'Efprit de Dieu n'y a point employé d'art, ni fenfible ni caché, mais feulement de la naïveté & de la fimplicité, qui doivent être les compagnes du Vrai; quand il s'agit de veritez férieufes & importantes. C'eft par les chofes & non par les mots & l'artifice de la diction, qu'il a voulu gagner les Efprits.

Il n'y a enfuite que des répétitions de fon fentiment, que M. *Huet* a très-bien refuté. Après tout, ce favant homme convenant auffi-bien que moi, avec M. *Defpréaux*, de la fublimité de la chofe; il étoit ridicule de le chicaner fur la divifion qu'il fait de quatre fortes de Sublimes, & fur tout fur celui *de la penfée*; par où il femble qu'il a voulu dire une penfée recherchée, & qui ne tombe pas d'elle-même dans l'efprit. En effet, l'Efprit de Dieu, ni Moïfe n'ont pas voulu parler ici, comme un Rhéteur qui auroit cherché la maniere la plus noble d'exprimer la Création; mais feulement dire naïvement, felon l'ufage des Hébreux, que j'ai prouvé par des exemples dans mon Commentaire, que Dieu a créé tout, par fa volonté; car *vouloir* & *dire* font très-fouvent la même chofe dans la Langue Hébraïque. Si Moïfe avoit dit : Dieu voulut que la lumiere fust, et elle fut, la fublimité de la chofe feroit trouver ce difcours fublime; quoique celui qui s'en feroit fervi, n'eût point penfé à parler d'une maniere fublime, & il feroit plus clair que de dire que Dieu dit, &c.

M. *Defpréaux* me querelle après cela moi-même d'une maniere affez groffiere, felon fa coutume, de ce que j'ai dit page 253 * *& fuiv.* des vains efforts que les hommes font pour parler de Dieu d'une maniere fublime; parce qu'après tout nous ne faifons que bégaïer là-deffus. Cependant il convient de la verité de ce que je dis, & il ne laiffe pas de foutenir que les expreffions des hommes font *fublimes*, felon la portée des hommes. Je ne le nie point, mais je dis que l'on doit s'en fouvenir & ne pas s'écrier fur la beauté des expreffions, & dire avec *Longin*, qui n'avoit qu'une mauvaife idée de Dieu, que les hommes *expriment la puiffance & la grandeur de Dieu, dans toute fa dignité*. Ce que j'ai dit là-deffus ne fe trouvant pas du goût d'une imagination Poëtique, qui pour l'ordinaire fe païe de mots, & ne pénétre point les chofes, a paru à notre Poëte du *verbiage*; je ne m'en étonne point, il falloit avoir plus de Philofophie & de Théologie qu'il n'en avoit, pour le goûter. Je m'en rapporte à ceux qui ont étudié ces Sciences.

Enfin il m'apoftrophe d'une maniere odieufe, & en même tems M. *Huet*; car je n'ai paru digne à notre Poëte de reffentir le venin de fa

plume

* Ci-deffus, p. 496.

plume Satirique, que parce que j'ai appuïé le fentiment de cet habile homme. Il ne s'agit point ici des opinions qui diftinguent les Proteftans de
l'Eglife Romaine, ou de quelque penfée qui me foit particuliere ; mais
d'un point de critique où l'on peut prendre quelque parti que l'on veut,
dans les différentes Societés des Chrétiens, fans en bleffer aucune. La
chofe, dans le fonds, eft de très-petite conféquence, & devoit être trai-
tée avec douceur ; mais c'eft une vertu peu connue parmi les Poëtes Satiriques, & notre Auteur eft aigre jufques dans les complimens qu'il tâche de faire à ceux avec qui il veut paroître réconcilié, comme on le
peut voir par fa Lettre à M. *Perrault* ; tant eft vrai ce que dit un * Poëte   * Hor. L. I.
que M. *Defpréaux* eftimoit beaucoup :   Ep. X. v. 24.

Naturam expellas furcâ, tamen ufque recurret.

Voici comme il parle : *Croïez-moi donc, Monfieur, ouvrez les yeux. Ne
vous opiniâtrez pas davantage à défendre, contre Moïfe, contre Longin &
contre toute la Terre, une caufe auffi odieufe que la vôtre, & qui ne fçauroit fe foutenir, que par des équivoques & par de fauffes fubtilités.* Cela
s'adreffe, dans le fonds, autant à M. *Huet*, qu'à moi. Ce vénérable vieillard, dont la fcience & la probité font connues de tout le monde, fans
parler de la dignité de l'Epifcopat, méritoit affurément un traitement
plus doux. Il s'agiffoit, comme je l'ai dit, d'une queftion de peu d'importance, & où l'on peut fe tromper, fans que la Confcience y foit intéref-
fée. Il s'agiffoit d'un point de Critique, qui ne pouvoit être bien entendu
par notre Poëte, qui n'étoit pas capable de lire l'Original, que M. *Huet*
entend à fonds. Par conféquent c'étoit une hardieffe inexcufable dans
notre Satirique, de prétendre en pouvoir mieux juger que lui, & fur tout
de le cenfurer avec cette aigreur. Cela méritoit une rétraction au lit de
la mort. C'eft fe moquer du Lecteur, que de dire que ce Prélat ou moi,
foûtenons quelque chofe *contre Moïfe* : pour lequel nous avons témoigné
plus de refpect mille fois que notre Poëte ; en foûtenant l'un & l'autre la
verité & l'authenticité de fes Livres ; lui dans fa *Démonftration Evangelique*, & moi dans la 3. *Differtation* que j'ai mife au devant du *Pentateuque*. Si j'ajoûte encore le Commentaire que j'ai publié fur fes Livres,
dont j'ai fait voir la fageffe & l'excellence ; il n'y aura perfonne qui me
contefte l'eftime infinie que j'en fais. Il n'eft pas befoin pour cela de chercher dans le ftile des figures de Rhétorique qui n'y font pas. Au contraire, ce feroit l'expofer à la raillerie des Libertins fans y penfer ; parce
qu'ils verroient fans peine que l'on parleroit par un entêtement, qui ne
doit fe trouver que dans les fauffes Religions ; où l'on emploïe de mauvaifes raifons pour faire refpecter ce qui ne le mérite pas. Moïfe mérite
fi fort, par les chofes qu'il dit, notre vénération, que nous n'avons que
faire de lui prêter un ftile, dans fes narrations, qu'il n'a point, & qu'il ne
fait paroître que dans les endroits Oratoires, ou dans les Cantiques qui

Tome II.   *   T t t font dans fes Ouvrages. *Toute la Terre* qu'on nous oppofe, eft un petit parti de gens qui ne favent pas mieux l'Hébreu, & qui n'ont pas mieux lû le Pentateuque que notre Satirique. Il n'y a rien d'*odieux* à dire qu'une chofe eft fublime, quoique l'expreffion ne le foit pas, & à foûtenir que l'Auteur Sacré n'a point eu deffein de parler d'une maniere fublime. M. *Defpréaux*, ni qui que ce foit au monde, ne fauroit prouver, que ç'ait été le deffein de Moïfe ; & dans la fuppofition que ce ne l'a point été, comme il paroît par tout le Livre, on ne parle point *contre lui*, lorfqu'on foûtient qu'il n'a point recherché d'expreffion fublime dans le paffage dont il s'agit. Il n'y a point là d'*équivoque*, & M. *Huet* s'eft exprimé très-nettement. Je ne croi pas non plus qu'il y en ait aucune dans ce que j'ai dit. Mais il y en a fans doute une, fi cela ne mérite pas un autre nom, en ce que M. *Defpréaux* dit, dans l'Avertiffement de cette Edition de fes Oeuvres, *qu'il n'a point fait la Satire* de l'Equivoque, *contre les Jefuites*. Tout le monde & fur tout fes meilleurs Amis, à qui il en a plufieurs fois récité des morceaux, favent le contraire. La fincerité demandoit que, s'il n'ofoit avouer la vérité, il fe tût là-deffus ; pour ne pas groffir le nombre de ceux qui fe fervent d'Equivoques, & pour ne pas fe condamner lui-même.

Lifez, continue-t-il, *l'Ecriture avec un peu moins de confiance en vos propres lumieres.* Aux lumieres de qui faut-il donc que je me foumette ? Eft-ce à celles d'un Rhéteur Païen, qui n'avoit jamais lû Moïfe, & qui le prenoit pour un Impofteur ? Eft-ce à celles d'un Poëte Satirique, qui n'entendoit pas plus l'Original de Moïfe, que celui de l'*Alcoran*, & qui felon toutes les apparences, ne l'avoit pas lû non plus ? Je croi que perfonne ne doutera que je ne l'aïe lû avec application, & que je n'y entende quelque chofe, puifque je l'ai traduit & commenté. Ce feroit donc à moi une ex-trême folie de renoncer à des lumieres claires, pour fuivre les conjeêtures de *Longin*, & de M. *Defpréaux*. *Défaites-vous*, ajoûte-t-il, *de cette hauteur Calvinifte & Socinienne, qui vous fait croire qu'il y va de votre honneur d'empêcher qu'on n'admire trop legerement le début d'un Livre, dont vous êtes obligé d'avouer vous-même qu'on doit adorer tous les mots & tou-tes les fyllabes, & qu'on peut bien ne pas affez admirer ; mais qu'on ne fauroit trop admirer.* Je ne fuis ni *Calvinifte*, ni *Socinien* ; mais ni les uns, ni les autres n'ont point d'orgueil qui leur faffe croire qu'il eft de leur honneur d'empêcher qu'on n'admire Moïfe. Ils n'emploient point, à la vérité, de mauvais artifices pour y trouver une figure de Rhétorique, qui n'y eft pas. Ils s'attachent avec raifon, plus aux chofes qu'aux mots, & fur tout ils tâchent, comme je le fais auffi, d'obferver exaêtement fes préceptes, en ce qu'ils ont de commun avec l'Evangile. Ce ne fera pas pour avoir dit que l'on admire le Sublime d'un Prophéte, que l'on n'a jamais lû, au moins dans l'Original, & peut-être pas même dans une Ver-fion ; mais pour avoir fuivi fa doêtrine, que l'on fera jugé l'avoir refpeêté.

M. *Despréaux* ne devoit pas reprocher aux Proteſtans de reſpecter moins Moïſe que lui. Il ſavoit bien les Diſputes qu'ils ont avec l'Egliſe Romaine, ſur le premier & le ſecond Commandement du Décalogue; touchant le culte de ce qui n'eſt pas Dieu, & touchant les Images. Je ſai auſſi ce que l'Egliſe Romaine en croit, & je n'attribue pas à tous ceux qui y vivent, les mêmes excès. Mais il eſt certain que les Proteſtans obſervent ces commandemens, beaucoup plus à la lettre, que les Catholiques Romains. C'eſt à cette lettre à quoi il faut s'attacher, & non à de prétendues figures de Rhétorique, qui ne font rien à la Religion. Ajoûtez à tout ceci, qu'il ne s'agit point ici de *Socinianiſme*, ni de *Calviniſme*, & que M. *Huet*, ſans avoir *l'orgueil* que l'Auteur Satirique lui attribue, a été le premier qui a ſoûtenu le ſentiment que M. *Despréaux* me reproche avec tant de hauteur.

Il auroit auſſi dû penſer à une autre controverſe, qui eſt entre l'Egliſe Romaine & nous, ſur le ſtile de l'Ecriture; par où il auroit compris qu'il n'étoit pas à propos de parler de *l'admiration* qu'il veut faire paroître pour les Livres Sacrés. A cet égard M. *Nicole*, qui a été l'un de ſes Héros, lui auroit pû apprendre qu'il regardoit ce ſtile comme un ſtile ſi obſcur, qu'on ne peut ſavoir ce que les Ecrivains Sacrés ont crû des Articles de Foi les plus eſſentiels, ſans l'explication de l'Egliſe. Si cela étoit vrai, le ſtile de l'Ecriture ne ſeroit guere digne de notre admiration; car le plus grand défaut du ſtile eſt l'obſcurité, ſur tout lorſqu'elle eſt ſi grande, qu'on ne peut entendre un Livre, avec quelque étude que l'on y apporte & quelque attention qu'on le liſe, pas même en ce qu'il renferme de principal. Mais ce n'eſt pas ici le lieu de pouſſer ce raiſonnement plus loin, & je ſuis même perſuadé que l'air dévot que notre Satirique prend ici mal-à-propos ſur cette matiere, ne venoit que du deſſein de nuire, & non d'une opinion qu'il s'en fût formée par la lecture de l'Ecriture Sainte.

Il répond enfin à l'objection que M. *Huet* avoit faite, pour montrer que *Longin* n'avoit pas lû les paroles qu'il cite dans Moïſe même; parce qu'il les rapporte autrement qu'elles n'y ſont. Il me ſemble que M. *Despréaux* n'y ſatisfait point, & je ſuis perſuadé qu'un Rhéteur Païen, qui auroit lû quelques Chapitres dans la Verſion des Septante, n'y auroit aſſurément point trouvé de Sublime, ni même comme je l'ai dit, dans l'Original, s'il avoit été capable de l'entendre. M. *Despréaux* en ſeroit peut-être convenu, s'il ne s'étoit pas entêté de l'Auteur qu'il avoit publié, comme le font communément les Editeurs.

Je crois néanmoins qu'outre le penchant que ce Poëte Satirique avoit à défendre *Longin*, qu'il avoit pris ſous ſa protection; il y a eu des perſonnes *zelées*, *non pour la Religion*, comme l'Auteur de l'Avertiſſement nous le veut faire croire, mais pour un parti fort décrié dans toute l'Egliſe Romaine, qui ont échauffé l'imagination d'un homme

facile à enflammer. M. *Huet* n'a jamais été dans ce parti, & il n'avoit
pas parlé, non plus que moi, de M. de *Saci*, comme d'un Interpréte fort
exact & fort versé dans la Critique. Cela a suffi pour mettre ces gens en
colere contre nous. Mais les Versions de la Vulgate & les Remarques
de M. de *Saci* sont entre les mains de tout le monde, & ceux qui en
sont capables en peuvent juger. Je n'empêche nullement qu'on ne s'édi-
fie de ses Remarques spirituelles, sur tout si l'on en devient plus doux
envers le prochain; mais si on le prend pour un bon Interpréte, j'avoue
que je ne pourrai m'empêcher de croire qu'on n'a aucun goût pour cette
sorte de choses. D'ailleurs l'aigre dévotion que l'on affecte, n'est qu'un
pur esprit de parti; la vraie dévotion est inséparable de la justice, de la
charité & de la modération. Tout le mal que j'ai à souhaiter à ceux en
qui ces vertus ne se trouvent pas, consiste à prier Dieu de les éclairer,
& de leur toucher le cœur.

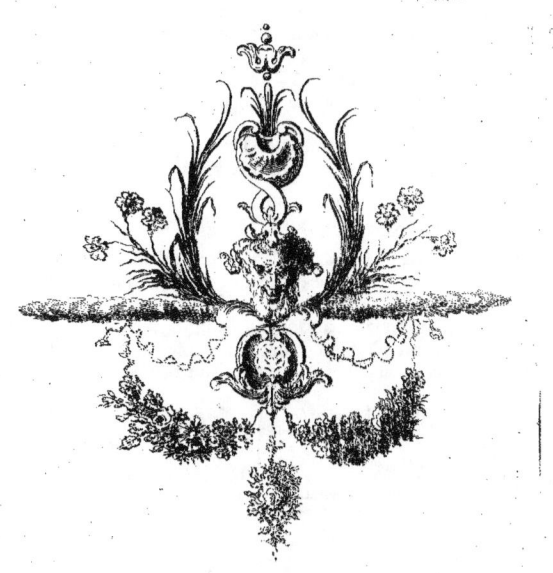

REPONSE (1)
DE M. DE LA MOTTE
A LA
XI. REFLEXION
DE M. DESPREAUX
SUR
LONGIN.

EN parlant des expreſſions audacieuſes, dans mon Diſcours ſur l'Ode, j'ai dit qu'elles ne convenoient proprement qu'au Poëte Lyrique, & au Poëte Epique, quand il ne fait pas parler ſes perſonnages: & j'ai cru que dès qu'on introduiſoit des Acteurs, il ſe falloit contenter du langage ordinaire, ſoutenu ſeulement de l'élegance & des graces que pouvoit comporter leur état.

J'ai cité de plus, pour exemple de l'excès que les Auteurs de Théatre doivent éviter, le vers célébre que M. Racine met dans la bouche de Théramène,

Le flot qui l'apporta recule épouvanté (2).

M. Deſpréaux, digne ami de M. Racine, lui a fait l'honneur de le défendre, en me faiſant celui de combattre mon ſentiment, qu'il eût pû juger ſans conſéquence, s'il m'avoit traité à la rigueur.

Il employe ſa onzième Réflexion ſur Longin, à vouloir démontrer que le Vers en queſtion n'eſt point exceſſif. Je ſerois gloire de me rendre, s'il m'avoit convaincu; mais comme les Eſprits ſuperieurs, quelque choſe

(1) M. de Fenelon dans ſes *Réflexions ſur la Poëtique*, eſt du même ſentiment: voici comme il s'exprime. « Rien n'eſt moins naturel que la » narration de la mort d'Hippolyte, à la fin de » la Tragédie de Phédre, qui a d'ailleurs de » grandes beautés. Theramene qui vient pour » apprendre à Théſée la mort funeſte de ſon » fils, devroit ne dire que ces deux mots, & » manquer même de force pour les prononcer » diſtinctement. *Hippolyte eſt mort: un monſtre* » *envoyé du fonds de la mer par la colere des* » *Dieux, l'a fait périr. Je l'ai vû.* Un tel homme » ſaiſi, éperdu, ſans baleine, peut-il s'amuſer » à faire la deſcription la plus pompeuſe & la

» plus fleurie de la figure du Dragon.... Sopho- » cle eſt bien loin de cette élegance ſi déplacée, » & ſi contraire à la vrai-ſemblance . » &c.

(2) Ces mots, *recule épouvanté*, les ſeuls que l'on puiſſe avoir en vûe ici, ne ſont après tout qu'une ſimple traduction de ces mots de Virgile. *Æneid.* 8. v. 240.

——— *Refluitque exterritus amnis.*

Les deux expreſſions entrent dans une narration : & s'il y a quelque différence entre l'imitation & l'original ; c'eſt que dans l'original Evandre qui parle eſt tranquille, & que dans l'imitation Theramène eſt livré à la douleur.

qu'ils avancent, prétendent païer de raifon, & non pas d'autorité, je fais la juftice à M. Defpréaux de penfer que s'il vivoit encore, il trouveroit fort bon que je défendiffe mon opinion, dût-elle fe trouver la meilleure.

Je me juftifierai donc le mieux qu'il me fera poffible; & pour le faire avec tout le refpeét que je dois à la mémoire de M. Defpréaux, je fuppofe que je lui parle à lui-même, comme j'y aurois été obligé, un jour qu'il m'alloit communiquer fa Réflexion, fi quelques vifites imprévûes ne l'en avoient empêché.

Ce que la haute eftime que j'avois pour lui, ce que l'amitié dont il m'honoroit m'auroient infpiré d'égard en cette occafion, je vais le joindre, s'il fe peut, à l'exaétitude & à la fermeté qui m'euffent manqué fur le champ & en fa préfence.

J'aurois peine à trouver des modéles dans les difputes des Gens de Lettres. Ce n'eft gueres l'honnêteté qui les affaifonne; on attaque d'ordinaire par les railleries, & l'on fe défend fouvent par les injures; ainfi les manieres font perdre le fruit des chofes, & les Auteurs s'aviliffent eux-mêmes, plus qu'ils n'inftruifent les autres. Quelle honte que dans ce genre d'écrire, ce foit être nouveau que d'être raifonnable.

Je fuppofe donc que M. Defpréaux me lit fa Réflexion, je l'écoute jufqu'au bout fans l'interrompre; & comme l'interêt de me corriger ou de me défendre auroit alors redoublé mon attention & foutenu ma mémoire, je m'imagine qu'après la premiere leéture j'aurois été en état de lui répondre à peu près en ces termes:

Il me femble, Monfieur, que la premiere raifon que vous alleguez contre moi, eft la plus propre à juftifier mon fentiment. Vous dites que les expreffions audacieufes qui feroient reçues dans la Profe, à l'aide de quelque adouciffement, peuvent & doivent s'emploïer en vers fans correétif, parce que la Poëfie porte fon excufe avec elle. J'en conviens, Monfieur, mais vous en concluez auffi-tôt que le vers en queftion eft hors de cenfure, parce que la même expreffion que Théramène emploïe fans correétif, feroit fort bonne en Profe avec quelque adouciffement. J'accepte de bon cœur cette maniere de verifier la convenance d'une audace Poëtique; & il me femble qu'elle met Théramène tout-à-fait dans fon tort; car s'il parloit en Profe, & qu'il dît à Théfée en parlant du Monftre,

Le flot qui l'apporta recule, pour ainfi dire, *épouvanté*;

ne fentiroit-on pas dans ce difcours une affeétation d'Orateur, incompatible avec le fentiment profond de douleur dont il doit être pénétré? Je ne fçai fi je me trompe; mais je fens vivement que ce *pour ainfi dire*, met dans tout fon jour le défaut que la hardieffe brufque de la Poëfie ne laiffoit pas fi bien appercevoir.

Vous ajoûtez avec Longin que le meilleur remede à ces figures audacieufes, c'eft de ne les emploïer qu'à propos & dans les grandes occafions. M. Racine, dites-vous, a donc entiérement cause gagnée : car quel plus grand évenement que l'arrivée de ce Monstre effroïable envoïé par Neptune contre Hippolyte ? Je l'avoue, Monsieur, la circonstance est grande, & si elle étoit unique, s'il ne s'agissoit que de la peindre, je ne trouverois pas que M. Racine eût employé des couleurs trop fortes : mais la mort d'Hippolyte aïant été causée par l'arrivée du Monstre, cette mort devient le seul évenement important pour Théramène qui le raconte, & pour Thésée qui l'entend : c'est, sans comparaison, l'idée la plus intéressante pour le Gouverneur & pour le Pere ; & je ne conçois pas qu'elle pût laisser à l'un de l'attention de reste pour la description du Monstre, & de la curiosité à l'autre pour l'entendre. Ainsi, Monsieur, en me tenant au mot décisif de Longin, qui veut qu'on n'emploïe ces figures audacieuses qu'à propos, je ne crois pas encore que M. Racine fût dans le cas de les pouvoir prêter à Théramène.

Vous faites valoir contre moi les acclamations que le Vers dont il s'agit, a toujours attirées dans la représentation de Phédre ; car selon vous & Longin, rien ne prouve mieux la sublime beauté d'une expression que ce concours de suffrages : *lors*, dit Longin, *qu'en un grand nombre de personnes différentes de profession & d'âge, & qui n'ont aucun rapport, ni d'humeurs, ni d'inclinations, tout le monde vient à être frappé également de quelque endroit d'un Discours, ce jugement & cette approbation uniforme de tant d'esprits si discordans d'ailleurs, est une marque certaine & indubitable qu'il y a là du merveilleux & du grand.*

Permettez-moi de vous dire d'abord, Monsieur, qu'à prendre la supposition de Longin à la lettre, elle est presque impossible, & qu'on ne trouveroit gueres de Sublime par cette voïe ; la différence d'âge, d'humeur, & de profession, empêchera toujours que les hommes ne soient également frappez des mêmes choses. Tout ce qui peut arriver, c'est que le plus grand nombre soit frappé vivement, & que l'impression du plaisir se répande comme par contagion sur le reste, avec plus ou moins de vivacité ; encore y a-t-il toujours des rebelles, & quelquefois judicieux, qui résistent à l'approbation générale.

Mais, Monsieur, je ne prétends point chicaner, je m'en tiens à l'expérience pour faire voir que les acclamations du Théatre sont souvent fautives, & sujettes à de honteux retours. Rappellez, je vous prie, ces Vers fameux du Cid :

> *Pleurez, pleurez, mes yeux, & fondez-vous en eau ;*
> *La moitié de ma vie a mis l'autre au tombeau ;*
> *Et m'oblige à venger après ce coup funeste,*
> *Celle que je n'ai plus sur celle qui me reste.*

Vous ne sauriez douter du plaisir que ces Vers ont fait, & cependant ne seriez-vous pas le premier à désiller les yeux du Public, s'ils ne s'étoient déja ouverts fur la mauvaife fubtilité de ces expreffions. Je comprends pourtant ce qui charmoit dans ces Vers : la fituation de Chimène auffi cruelle que finguliere, touchoit fans doute le cœur ; le brillant de l'Antithèfe éblouïffoit l'imagination : ajoûtez à cela le goût régnant des pointes ; on n'avoit garde de regretter le naturel qui manque en cet endroit. Mais , me direz-vous , on en eft revenu. Je n'en veux pas davantage, Monfieur ; les acclamations ne prouvent donc pas abfolument, & elles ne fauroient prefcrire contre la Raifon.

J'oferai vous dire de plus , qu'on eft auffi défabufé de l'expreffion de M. Racine , & je n'ai prefque trouvé perfonne qui ne convînt qu'elle eft exceffive dans le Perfonnage, quoiqu'elle fût fort belle à ne regarder que le Poëte. C'auroit été dommage en cet endroit de ne pouvoir m'armer d'une autorité que j'ai recueillie depuis, à une féance de l'Académie, où tout ce qui fe trouva d'Académiciens, me confirma dans mon fentiment.

M. Defpréaux n'auroit pû moins faire en ce cas, que de trouver la queftion plus problématique qu'il ne l'avoit crûe d'abord.

Mais , Monfieur , aurois-je continué , vous faites une remarque importante fur la différence que j'ai voulu mettre entre le Perfonnage & le Poëte. Le Perfonnage , felon vous , peut être agité de quelque paffion violente , qui vaudroit bien la fureur Poëtique ; & le Perfonnage alors peut emploïer des figures auffi hardies que le Poëte.

Ecartons , s'il vous plaît , l'équivoque des termes , afin qu'il n'y en ait point non plus dans mes raifons. Si vous entendez par fureur poëtique, ce génie heureufement échauffé qui fait mettre les objets fous les yeux , & peindre les diverfes paffions de leurs véritables couleurs. Cette idée même fait voir que le Poëte eft obligé d'imiter la nature , foit dans les tableaux qu'il trace , foit dans les Difcours qu'il prête à fes Perfonnages , & qu'on peut traiter hardiment de fautes tout ce qui s'en éloigne.

Si au contraire , par fureur poëtique vous entendez fimplement ce langage particulier aux Poëtes , que la hardieffe des fictions & des termes a fait appeller le langage des Dieux : je réponds que les paffions ne l'emprunteront jamais. Ce langage eft le fruit de la méditation & de la recherche , & l'impétuofité des paffions n'en laiffe ni le goût ni le loifir.

Vous m'alleguez vainement l'exemple de Virgile. Vous voïez bien , Monfieur , que puifque j'ofe combattre vos raifons , je ne fuis pas d'humeur de me rendre aux autorités. Enée , dites-vous , au commencement du fecond Livre de l'Enéïde , racontant avec une extrême douleur la chûte de fa Patrie , & fe comparant lui-même à un grand arbre que des Laboureurs s'efforcent d'abattre à coups de coignée , ne fe contente pas de prêter à cet arbre , du fentiment & de la colere ; mais il lui fait faire des menaces à ceux qui le frappent , jufqu'à ce qu'enfin il foit renverfé fous leurs coups. Vous pourriez , ajoûtez-vous , m'apporter cent exemples de

même

même force. Qu'importe le nombre, Monsieur, si j'ai raison ? C'est autant de rabattu sur la perfection des Anciens ; & le Bon Sens, qui est uniforme, n'approuvera pas chez eux ce qu'il condamne chez nous.

Quant à l'exemple particulier d'Enée, quoiqu'on puisse dire qu'il n'est pas dans le cas de Théramène, & qu'après sept ans passez depuis les malheurs qu'il raconte, il peut conserver assez de sang froid pour orner son récit de ses comparaisons ; j'avoue qu'il m'y paroît excessivement Poëte, & c'est un défaut que j'ai senti dans tout le second & tout le troisiéme Livre de l'Enéide, où Enée n'est ni moins fleuri ni moins audacieux que Virgile. Peut-être que Virgile a bien apperçû lui-même ce défaut de convenance, mais aïant à mettre deux Livres entiers dans la bouche de son Héros, il n'a pû se résoudre à les dépouiller des ornemens de la grande Poësie.

J'aurois pû dire d'autres choses à M. Despréaux, si j'avois vérifié l'endroit qu'il me cite, comme je l'ai fait depuis. Il se trompe dans le sens du passage, parce qu'il s'en est fié à sa mémoire, confiance dangereuse pour les plus savans même.

La preuve qu'il a cité de mémoire, c'est qu'il place la comparaison au commencement du second Livre, au lieu qu'elle est vers la fin (1). Il est tombé par cette négligence dans une double erreur (2) ; l'une de croire qu'Enée se compare lui-même à l'arbre, quoique la comparaison ne tombe manifestement que sur la Ville de Troye saccagée par les Grecs ; l'autre, de penser qu'Enée prête à l'arbre du sentiment & de la colére, quoique les termes dont Virgile se sert, ne signifient que l'ébranlement, & que les secousses violentes de l'arbre sous la coignée des Laboureurs.

Je ne puis m'empêcher de dire ici que les Auteurs ne sauroient être trop en garde contre ces sortes de méprises, parce que rien n'est plus propre à diminuer leur autorité ; mais j'ajoûterai que ceux qui apperçoivent ces fautes n'en doivent pas tirer trop d'avantage contre ceux qui y tombent. On va quelquefois en pareille occasion jusqu'à accuser un homme de n'entendre ni la Langue ni l'Auteur qu'il cite, & l'on traite témérairement d'ignorance grossiere, ce qui peut n'être qu'un effet d'inattention. Quelle extravagance seroit-ce, par exemple, d'accuser M. Despréaux, sur ce que je viens de dire, de n'entendre ni Virgile ni le Latin ; & cependant on a fait cette injure à d'autres, peut-être avec aussi peu de fondement.

Je finis enfin ma Réponse, comme M. Despréaux finit sa Réflexion, en mettant sous les yeux le récit entier dont il s'agit. M. Despréaux l'expose, afin qu'on puisse mieux prononcer sur tout ce qu'il a dit ; je l'expose de même, afin qu'on en juge mieux de mon sentiment ; & sur tout pour l'ex-

---

(1) Vers 628. & 629.
(2) Peut-être que l'erreur ne vient point de M. Despréaux : du moins est-il certain que la

Réflexion dont il s'agit, ne fut imprimée qu'après la mort de M. Despréaux.

plication de quelques termes de mon Difcours fur l'Ode, que M. Defpréaux n'a pas trouvé affez clairs ; *on eft choqué*, ai-je ofé dire, *de voir un*
homme accablé de douleur, comme eft Théramène, fi attentif à fa defcri-
ption, & fi recherché dans fes termes. Je crois que les Vers fuivans pleins
d'expreffions & de tours poëtiques, éclairciront ma penfée mieux que tout
ce que je pourrois dire.

> *Cependant fur le dos de la Plaine liquide*
> *S'éleve à gros bouillons une Montagne humide.*
> *L'Onde approche, fe brife, & vomit à nos yeux,*
> *Parmi des flots d'écume un Monftre furieux.*
> *Son front large eft armé de cornes menaçantes ;*
> *Tout fon dos eft couvert d'écailles jauniffantes.*
> *Indomptable Taureau, Dragon impétueux,*
> *Sa croupe fe recourbe en replis tortueux.*
> *Ses longs mugiffemens font trembler le rivage ;*
> *Le Ciel avec horreur voit ce Monftre fauvage ;*
> *La Terre s'en émeut ; l'Air en eft infecté ;*
> *Le flot qui l'apporta recule épouvanté.*

J'avoue de bonne foi que plus j'examine ces Vers, & moins je puis
me repentir de ce que j'en ai dit.

REPONSE
DE M. L'ABBE' D'OLIVET
A M. DE LA MOTTE. (1)

Le flot qui l'apporta, recule épouvanté.

*A*Pporta, marque un temps éloigné : cependant la chose eſt arrivée il n'y a qu'un moment. Voilà pour ce qui regarde la Grammaire ; & puiſque c'eſt ici mon unique objet, je m'y pourrois borner. Mais ce même Vers ayant donné lieu à une Critique bien plus importante, & qui a fait du bruit, je la raconterai.

Feu M. de la Motte (2) fut l'agreſſeur. Voici ſes termes, qui doivent être peſés. *Ce Vers de Racine*, dit-il,

Le flot qui l'apporta, recule épouvanté,

eſt exceſſif dans la bouche de Théramène. On eſt choqué de voir un homme accablé de douleur, ſi recherché dans ſes termes, & ſi attentif à ſa deſcription. Mais ce même Vers ſeroit beau dans une Ode, parce que c'eſt le Poëte qui y parle, qu'il y fait profeſſion de peindre, qu'on ne lui ſuppoſe point de paſſion violente qui partage ſon attention, & qu'on ſait bien enfin, quand il ſe ſert d'une expreſſion outrée, qu'il le fait à deſſein, pour ſuppléer par l'exagération de l'image, à l'abſence de la choſe même.

Autant que M. de la Motte avoit été *choqué* de ce Vers, autant M. Deſpréaux le fut-il de ſa Critique. Il y répondit. Mais ſa réponſe (3) n'ayant été imprimée qu'après ſa mort, il n'a pas pu voir la Réplique de M. de la Motte, ſur laquelle je vais, par occaſion, propoſer mes doutes.

Pour ſavoir donc ſi le Vers de Racine eſt *exceſſif dans la bouche de Théramène* ; s'il y a quelque choſe d'*outré*, d'*exageré* ; commençons par examiner quel eſt le langage ordinaire de la Poëſie, & quelle a été l'origine de ce langage.

Quant au premier point, il ne ſouffre nulle difficulté. Perſonne n'ignore ce qu'a dit Deſpréaux, qu'il n'y a point de figure plus ordinaire dans la Poëſie, que de perſonifier les choſes inanimées ; que de leur donner du ſentiment, de la vie, du raiſonnement, & des paſſions.

Tout prend un corps, une ame, un eſprit, un viſage.

Pour des Phyſiciens, un flot eſt une certaine quantité d'eau pouſſée &

---

(1) Cette réponſe eſt tirée des *Remarques ſur Racine*, p. 97.

(2) Dans ſon Diſcours ſur la Poëſie en géné- ral, & ſur l'Ode en particulier.

(3) Onziéme Réflexion ſur Longin, imprimée pour la premiere fois en 1713.

agitée par une caufe naturelle. Pour les Poëtes, ce fera un individu animé, un être penfant, & même, s'ils en ont envie, ce fera une Divinité.

> *Ce n'eft plus la vapeur qui produit le tonnerre,*
> *C'eft Jupiter armé pour effrayer la terre.*
> *Un orage terrible aux yeux des matelots,*
> *C'eft Neptune en courroux, qui gourmande les flots.*
> *Echo n'eft plus un fon, qui dans l'air retentiffe;*
> *C'eft une Nymphe en pleurs, qui fe plaint de Narciffe.*

Telles font les idées, telle eft la langue du pays habité par les Poëtes : & il eft fage de n'y point voyager, pour qui ne voudra, ni entendre leur langue, ni fe faire à leurs coutumes. (1)

Mais remontons à l'origine de la langue poëtique. Car j'ai là-deffus à dire quelque chofe de moins connu, & qui tend plus directement à la juftification de Racine. On tient Homére pour l'auteur de la langue poëtique, du moins par rapport aux Grecs. Or les pays où les Sciences étoient floriffantes du temps d'Homére, c'étoit l'Egypte, c'étoit la Phénicie : & nous favons par une foule de témoignages irréprochables, que la Phyfique de ces pays-là reconnoiffoit une ame univerfelle, une ame répandue dans tout ce qui exifte. Jufques-là que Démocrite foutenoit qu'il n'y avoit point d'atômes, qui ne fuffent animés : & fa doctrine venoit de Mofchus Phénicien, qui vivoit avant le fiége de Troie. Ainfi le langage de la Poëfie fut originairement le langage de la Phyfique; ou du moins ne fut qu'une conféquence & une extenfion des idées généralement reçues par les plus célébres Phyficiens. Je ne fais, au refte, fi cette réflexion a déjà été faite; mais il me feroit aifé de la mettre dans un grand jour.

Plus de trois mille ans fe font donc écoulés, depuis que la Phyfique forma le langage de la Poëfie. Et quand la Phyfique a changé d'opinion, ce qui lui eft arrivé depuis tant de fiécles une infinité de fois, en même temps elle a toujours changé fon langage. Mais, au contraire, la Poëfie a toujours retenu le fien; parce qu'en effet le fyftême de l'ancienne Phyfique eft le feul qui autorife la fiction, le feul qui multiplie les images à l'infini, & qui par-là donne lieu à des peintures vivantes.

> *Sans tous ces ornemens le vers tombe en langueur,*
> *La Poëfie eft morte, ou rampe fans vigueur.*

A la vérité, ces ornemens ne conviennent pas à toute forte de fujets. Rien ne feroit plus contre le bon fens, que de faire entrer la Fable dans un Poëme Chrétien. Et même cette langue poëtique doit être fobrement employée dans une Tragédie, dont les perfonnages font poftérieurs aux temps où la Fable étoit reçue. Ainfi le Vers que Racine met dans la bouche de Théramène, eût mérité la cenfure d'un Critique raifonnable, s'il avoit été

(1) L'Auteur *du Racine vengé*, penfe à cet / n'adopte pas l'origine que M. d'Olivet donne à égard comme M. l'Abbé d'Olivet ; quoiqu'il / la Langue Poëtique.

dans la bouche de celui qui raconte la mort de Bajazet : car les Turcs du
fiécle paffé ne croyoient non plus que ceux d'à préfent, qu'un flot pût être
épouvanté.

Pourquoi ce même vers feroit-il beau dans une Ode ? Ce n'eft pas feulement , comme l'a dit M. de la Motte , parce que l'Auteur d'une Ode fait
profeſſion de peindre, & qu'on ne lui fuppofe *point de paſſion violente , qui partage fon attention*. Mais c'eft , parce que l'Auteur d'une Ode eft maître d'a-
dopter le fyftême qu'il juge à propos. Quand il adopte celui de la Fable, on
n'a rien à lui dire. Il prend fes avantages , & il ufe de fes droits. Mais l'Auteur d'une Tragédie , par la raifon même qu'il fait auſſi *profeſſion de peindre*,
n'eft nullement le maître de faire parler fes perfonnages comme bon lui femble, & fans avoir égard à l'Hiftoire, qui , en nous apprenant les mœurs de
leur pays & de leur fiécle , nous apprend quel langage il faut leur faire tenir.

Tous ces principes étant déduits , il me refte peu de chofes à dire , non
pour excufer le Vers de Racine , mais pour montrer qu'il eft parfait. Car enfin , puifque la fiction ne coûte rien , abouchons Théramène, qui vivoit
dans les temps héroïques de la Grèce , avec M. de la Motte vivant au dix-
huitiéme fiécle de l'Ere Chrétienne. Quel procès me faites-vous donc , lui
diroit-il ? Où prenez-vous que mes termes foient *recherchés* , & mes expreffions *outrées* ? Je raconte ce que j'ai vû , & comme je l'ai vû. Oui , je vous le
jure. Jamais récit ne fut plus fimple , ni plus vrai que le mien. Ah ! mon cher
Théramène , lui répondroit notre Moderne , eft-ce qu'un flot *s'épouvante* ?
Hé vous qui l'ignorez , répondroit le Grec, de quel pays êtes-vous ? Parlez plutôt à nos Fontenelles , à nos Mairans : ils vous diront qu'il n'y a rien
fur la terre , ni dans l'eau , ni dans l'air , point de fleuve , point de fontaine , point d'arbre , point de plante , qui n'ait une ame ; & cela , parce que
l'ame univerfelle eft répandue dans tous les êtres particuliers , & ne fait
continuellement que paffer de l'un dans l'autre , qui eft ce que vous appellez *naître & mourir*.

Racine, grand admirateur d'Homère & de Platon , étoit inftruit de
ce fyftême ; & par conféquent il a dû , en Peintre qui fait les régles de fon
art , faire parler ainfi un contemporain de Théfée. Mais ce qui m'étonne ,
c'eft qu'un flot *épouvanté* ait pu fcandalifer dans une Scène où il s'agit
d'un monftre envoïé par Neptune; & dans une Tragédie dont l'Héroïne
eft petite-fille du Soleil. En vérité, ce n'étoit pas trop bien prendre fon
champ de bataille pour attaquer le langage de la Poëfie. Quand on a ura
obtenu de mon imagination , qu'elle laiffe paffer Neptune & ce Monftre
qu'il envoïe ; rien n'empêche qu'on ne donne du fentiment à un flot , &
qu'on ne puiffe le peindre orgueilleux , humble , menaçant , foumis , avare,
prodigue , humain , cruel , épouvanté , irrité , fe cachant de honte , bon-
diffant de joie , tout ce qu'on voudra. Je ne répugne pas plus à croire
l'effroi de ce flot , qu'à croire le Monftre de Neptune ; & même je ne puis ,
quand j'admets l'un , rebuter l'autre.

Après ces réflexions, je n'ai point à suivre pied à pied la Replique de M. de la Motte à M. Despréaux, car elle tombe d'elle-même. Je m'arrêterai seulement à la conséquence qu'il tire du succès qu'eurent d'abord cés quatre Vers du Cid, aujourd'hui, & depuis long-temps méprisés.

Pleurez, mes yeux, pleurez, & fondez-vous en eau :
La moitié de ma vie a mis l'autre au tombeau ;
Et m'oblige à venger, après ce coup funeste ,
Celle que je n'ai plus sur celle qui me reste.

Il n'eft donc pas vrai, conclut M. de la Motte, que les acclamations du Théatre, puifqu'elles se trompoient sur les Vers du Cid, servent à justifier celui de Théramène. C'est, selon moi, conclure très-mal. Car les Vers du Cid ne portent que sur la métaphore & sur l'hyperbole. Jamais on n'a pu dire sérieusement :

La moitié de ma vie a mis l'autre au tombeau.

Or, ce qui eft faux, peut bien éblouir pendant un temps ; mais il ne sauroit plaire toujours. Il étoit donc naturel qu'on cessât d'admirer cet endroit du Cid. Mais le Vers de Racine, dans la Scéne où il eft placé, a toute la solidité, toute la vérité requise ; & il renferme une circonstance aggravante, que Théramène auroit eu grand tort d'omettre. Ainsi ce vers ne sauroit être mis en paralléle avec ceux du Cid. La chute de ceux-ci ne prouve rien contre l'autre. Despréaux a donc eu raison de le justifier par les acclamations du Théatre. Car, dit Longin, qu'il cite à ce sujet, *lorsqu'en un grand nombre de personnes différentes de profession & d'âge, & qui n'ont aucun rapport ni d'humeurs, ni d'inclinations, tout le monde vient à être frappé également de quelque endroit d'un discours, ce jugement & cette approbation uniforme de tant d'esprits, si discordans d'ailleurs, est une preuve certaine & indubitable qu'il y a là du merveilleux & du grand.*

Preuve décisive, à bien plus forte raison, en faveur d'Homére. Car la Philosophie ne va point à détruire les faits certains & avérés. Elle tâche seulement d'en comprendre la nature, & d'en rechercher les causes. C'est là son devoir, c'est sa fin. Or, s'il y a un fait certain, c'est qu'Homére fut toujours une lecture charmante. Donc, si vous êtes Philosophe, n'allez point nous dire qu'il ne sauroit plaire. La certitude du contraire, bien attestée depuis près de trois mille ans, vous ferme la bouche. Remontez plûtôt à la source du plaisir qu'Homére nous donne. Vous la trouverez, si vous êtes Philosophe ; & par-là vous aiderez ceux qui ont du génie, à imiter ce grand original : au lieu qu'en leur inspirant du mépris pour tout ce que l'Antiquité nous offre de plus divin, vous les réduisez à ne connoître & à n'étudier que des modéles, dont l'imitation, bien loin d'aider leur talent, le gâtera, & l'anéantira.

JOCONDE (1).

NOUVELLE TIRÉE DE L'ARIOSTE

PAR M. DE LA FONTAINE.

JADIS regnoit en Lombardie
  Un Prince auffi beau que le Jour,
Et tel, que des Beautés qui regnoient en fa Cour
  La moitié lui portoit envie,
5 L'autre moitié brûloit pour lui d'amour.
  Un jour en fe mirant, je fais, dit-il, gageure,
    Qu'il n'eft Mortel dans la Nature
    Qui me foit égal en appas ;
  Et gage, fi l'on veut, la meilleure Province
10   De mes Etats ;
  Et s'il s'en rencontre un, je promets, foi de Prince,
  De le traiter fi bien qu'il ne s'en plaindra pas.

  A ce propos s'avance un certain Gentilhomme
      D'auprès de Rome.
15 Sire, dit-il, fi Votre Majefté
    Eft curieufe de beauté,
    Qu'elle faffe venir mon frere ;
  Aux plus charmans il n'en doit guere :
  Je m'y connois un peu, foit dit fans vanité.
20 Toutefois en cela pouvant m'être flaté,
  Que je n'en fois pas crû, mais les cœurs de vos Dames :
    Du foin de guérir les flâmes
  Il vous foulagera, fi vous le trouvez bon :
  Car de pouvoir vous feul au tourment de chacune
25 Outre que tant d'amour vous feroit importune,
  Vous n'auriez jamais fait, il vous faut un fecond.

    Là-deffus Aftolfe répond :
  (C'eft ainfi qu'on nommoit ce Roy de Lombardie)
  Votre difcours me donne une terrible envie

---

(1) On a inferé ici cette Piece & la fuivante, par rapport à la Differtation, où M. Defpréaux examine qui de la Fontaine, ou de Bouillon mérite la préférence.

30 De connoître ce frere : amenez-le nous donc.
   Voyons fi nos Beautés en feront amoureufes ,
     Si fes appas le mettront en crédit ;
     Nous en croirons les connoiffeufes ,
     Comme très-bien vous avez dit.

35 Le Gentilhomme part , & va querir Joconde.
     (C'eft le nom que ce frere avoit.)
     A la campagne il vivoit ,
     Loin du commerce du monde.
   Marié depuis peu : content , je n'en fai rien.
40   Sa femme avoit de la jeuneffe ,
     De la beauté , de la délicateffe ;
   Il ne tenoit qu'à lui qu'il ne s'en trouvât bien.
     Son frere arrive , & lui fait l'ambaffade :
     Enfin il le perfuade.
45 Joconde d'une part regardoit l'amitié
   D'un Roi puiffant , & d'ailleurs fort aimable ;
   Et d'autre part auffi fa charmante moitié
     Triomphoit d'être inconfolable ,
     Et de lui faire des adieux
50   A tirer les larmes des yeux.

     Quoi , tu me quittes , difoit-elle ,
     As-tu bien l'ame affez cruelle ,
     Pour préférer à ma conftante amour ,
      Les faveurs de la Cour ?
55 Tu fais qu'à peine elles durent un jour :
     Qu'on les conferve avec inquiétude ,
     Pour les perdre avec défefpoir.
     Si tu te laffes de me voir ,
     Songe au moins qu'en ta folitude
60   Le repos regne jour & nuit :
     Que les ruiffeaux n'y font du bruit
   Qu'afin de t'inviter à fermer la paupiere.
   Croi moi , ne quitte point les hôtes de tes bois ,
   Ces fertiles valons , ces ombrages fi cois ,
65 Enfin , moi , qui devois me nommer la premiere :
   Mais ce n'eft plus le tems , tu ris de mon amour :
   Va , cruel , va montrer ta beauté finguliere ,
   Je mourrai , je l'efpere , avant la fin du jour.

   L'Hiftoire ne dit point ni de quelle maniere

                              Joconde

70 Joconde put partir, ni ce qu'il répondit,
    Ni ce qu'il fit, ni ce qu'il dit;
Je m'en tais donc auffi de crainte de pis faire.
Difons que la douleur l'empêcha de parler;
C'eft un fort bon moïen de fe tirer d'affaire.
75 Sa femme le voyant tout prêt de s'en aller,
L'accable de baifers, & pour comble lui donne
    Un braffelet de façon fort mignonne,
    En lui difant, Ne le pers pas;
    Et qu'il foit toujours à ton bras,
80 Pour te reffouvenir de mon amour extrême:
Il eft de mes cheveux, je l'ai tiffu moi-même;
    Et voilà de plus mon portrait,
    Que j'attache à ce braffelet.

    Vous autres bonnes gens euffiez cru que la Dame
85   Une heure après eût rendu l'ame;
Moi qui fais ce que c'eft que l'efprit d'une femme,
    Je m'en ferois à bon droit défié.
Joconde partit donc; mais ayant oublié
    Le braffelet & la peinture
90   Par je ne fai quelle avanture,
    Le matin même il s'en fouvient.
    Au grand galop fur fes pas il revient,
Ne fachant quelle excufe il feroit à fa femme.
Sans rencontrer perfonne, & fans être entendu,
95 Il monte dans fa chambre, & voit près de la Dame
Un lourdaut de Valet fur fon fein étendu,
    Tous deux dormoient: dans cet abord Joconde
Voulut les envoïer dormir en l'autre Monde:
    Mais cependant il n'en fit rien;
100   Et mon avis eft qu'il fit bien.
    Le moins de bruit que l'on peut faire,
        En telle affaire,
    Eft le plus fûr de la moitié.
    Soit par prudence, ou par pitié,
105   Le Romain ne tua perfonne.
D'éveiller ces Amans il ne le faloit pas;
    Car fon honneur l'obligeoit en ce cas,
    De leur donner le trépas.
    Vi méchante, dit-il tout bas,
110   A ton remords je t'abandonne.

Joconde là-deſſus, ſe remet en chemin,
Rêvant à ſon malheur tout le long du voïage.
Bien ſouvent il s'écrie au fort de ſon chagrin;
    Encor ſi c'étoit un blondin !
115 Je me conſolerois d'un ſi ſenſible outrage;
    Mais un gros lourdaut de Valet!
    C'eſt à quoi j'ai plus de regret;
    Plus j'y penſe, & plus j'en enrage.
Ou l'Amour eſt aveugle, ou bien il n'eſt pas ſage,
120   D'avoir aſſemblé ces Amans.
        Ce ſont, Hélas! ſes divertiſſemens.
        Et poſſible eſt-ce par gageure
        Qu'il a cauſé cette avanture.

        Le ſouvenir fâcheux d'un ſi perfide tour
125   Alteroit fort la beauté de Joconde:
        Ce n'étoit plus ce miracle d'amour
        Qui devoit charmer tout le monde.
    Les Dames le voyant arriver à la Cour,
        Dirent d'abord, Eſt-ce là ce Narciſſe
130 Qui prétendoit tous nos cœurs enchaîner?
        Quoi, le pauvre homme a la jauniſſe !
        Ce n'eſt pas pour nous la donner.
        A quel propos nous amener
        Un Galant qui vient de jeûner
135   La quarantaine?
    On ſe fût bien paſſé de prendre tant de peine.

    Aſtolfe étoit ravi; le frere étoit confus;
        Et ne ſavoit que penſer là-deſſus;
    Car Joconde cachoit avec un ſoin extrême,
140   La cauſe de ſon ennui.
        On remarquoit pourtant en lui,
    Malgré ſes yeux cavés & ſon viſage blême,
        De fort beaux traits; mais qui ne plaiſoient point,
        Faute d'éclat & d'embonpoint.
145 Amour en eut pitié; d'ailleurs cette triſteſſe
    Faiſoit perdre à ce Dieu trop d'encens & de vœux:
    L'un des plus grands Suppôts de l'Empire amoureux
    Conſumoit en regrets la fleur de ſa jeuneſſe.
    Le Romain ſe vit donc à la fin ſoulagé
150 Par le même pouvoir qui l'avoit affligé.
    Car un jour étant ſeul en une Galerie,

Lieu folitaire, & tenu fort fecret,
Il entendit en certain cabinet,
Dont la cloifon n'étoit que de menuiferie,
155   Le propre difcours que voici:
Mon cher Curtade, mon fouci,
J'ai beau t'aimer, tu n'es pour moi que glace:
Je ne vois pourtant, Dieu merci,
Pas une Beauté qui m'efface:
160 Cent Conquerans voudroient avoir ta place:
Et tu fembles la méprifer;
Aimant beaucoup mieux t'amufer
A jouer avec quelque Page
Au Lanfquenet,
165 Que me venir trouver feule en ce cabinet.
Dorimene tantôt t'en a fait le meffage;
Tu t'es mis contre elle à jurer,
A la maudire, à murmurer,
Et n'as quitté le jeu que ta main étant faite,
170 Sans te mettre en fouci de ce que je fouhaite.
Qui fut bien étonné, ce fut notre Romain.
Je donnerois jufqu'à demain,
Pour deviner qui tenoit ce langage,
Et quel étoit le perfonnage
175   Qui gardoit tant fon quant-à-moi.
Ce bel Adon étoit le Nain du Roi,
Et fon Amante étoit la Reine.
Le Romain fans beaucoup de peine
Les vit en approchant les yeux
180 Des fentes que le bois laiffoit en divers lieux.
Ces Amans fe fioient aux foins de Dorimène;
Seule elle avoit toujours la clef de ce lieu-là,
Mais la laiffant tomber, Joconde la trouva,
Puis s'en fervit, puis en tira
185   Confolation non petite:
Car voici comme il raifonna.
Je ne fuis pas le feul, & puifque même on quitte
Un Prince fi charmant, pour un Nain contrefait,
Il ne faut pas que je m'irrite
190   D'être quitté pour un Valet.
Ce penfer le confole: il reprend tous fes charmes,
Il devient plus beau que jamais:
Telle pour lui verfe des larmes,
Qui fe moquoit de fes attraits.

195 C'eſt à qui l'aimera, la plus prude s'en pique;
    Aſtolfe y perd mainte pratique.
Cela n'en fut que mieux; il en avoit aſſez.
Retournons aux Amans que nous avons laiſſez.
Après avoir tout vû, le Romain ſe retire,
200   Bien empêché de ce ſecret.
Il ne faut à la Cour ni trop voir, ni trop dire;
Et peu ſe ſont vantés du don qu'on leur a fait
    Pour une ſemblable nouvelle.
Mais quoi ? Joconde aimoit avecque trop de zéle
205 Un Prince libéral qui le favoriſoit,
Pour ne pas l'avertir du tort qu'on lui faiſoit.
Or comme avec les Rois il faut plus de myſtere
Qu'avec d'autres gens ſans doute il n'en faudroit,
Et que de but en blanc leur parler d'une affaire,
210   Dont le diſcours leur doit déplaire,
    Ce ſeroit être mal adroit;
Pour adoucir la choſe, il falut que Joconde,
    Depuis l'origine du Monde,
Fît un dénombrement des Rois & des Céſars,
215 Qui ſujets comme nous à ces communs hazards,
    Malgré les ſoins dont leur grandeur ſe pique,
    Avoient vû leur femme tomber
    En telle ou ſemblable pratique,
    Et l'avoient vû ſans ſuccomber
220   A la douleur, ſans ſe mettre en colere,
    Et ſans en faire pire chere.
Moi qui vous parle, Sire, ajoûta le Romain,
Le jour que pour vous voir je me mis en chemin,
    Je fus forcé par mon deſtin
225   De reconnoître Cocuage
    Pour un des Dieux du Mariage,
    Et comme tel de lui ſacrifier.
Là-deſſus il conta ſans en rien oublier,
    Toute ſa déconvenue;
230   Puis vint à celle du Roi.
Je vous tiens, dit Aſtolfe, homme digne de foi;
    Mais la choſe, pour être crûe,
    Mérite bien d'être vûe.
    Menez-moi donc ſur les lieux.
235 Cela fut fait, & de ſes propres yeux
    Aſtolfe vit des merveilles,
Comme il en entendit de ſes propres oreilles.

L'énormité du fait le rendit si confus,
Que d'abord tous ses sens demeurerent perclus :
240 Il fut comme accablé de ce cruel outrage :
Mais bien-tôt il le prit en homme de courage,
En galant homme, & pour le faire court,
En veritable homme de Cour.
Nos femmes, se dit-il, nous en ont donné d'une ;
245 Nous voici lâchement trahis :
Vengeons-nous-en, & courons le païs ;
Cherchons par tout notre fortune.
Pour réuffir dans ce deffein,
Nous changerons nos noms, je laifferai mon train,
250 Je me dirai votre coufin,
Et vous ne me rendrez aucune déférence :
Nous en ferons l'amour avec plus d'affurance,
Plus de plaifir, plus de commodité,
Que fi j'étois fuivi felon ma qualité.

255 Joconde approuva fort le deffein du voyage.
Il nous faut dans notre équipage,
Continua le Prince, avoir un Livre blanc,
Pour mettre les noms de celles
Qui ne feront pas rebelles,
260 Chacune felon fon rang.
Je confens de perdre la vie
Si devant que fortir des confins d'Italie
Tout notre Livre ne s'emplit ;
Et fi la plus fevere à nos vœux ne fe range :
265 Nous fommes beaux ; nous avons de l'efprit,
Avec cela bonnes Lettres de change.
Il faudroit être bien étrange,
Pour réfifter à tant d'appas,
Et ne pas tomber dans les lacs
270 De gens qui femeront l'argent & la fleurette,
Et dont la perfonne eft bien faite.
Leur bagage étant prêt, & le Livre fur tout,
Nos galans fe mettent en voie.
Je ne viendrois jamais à bout
275 De nommer les faveurs que l'Amour leur envoïe :
Nouveaux objets, nouvelle proïe ;
Heureufes les Beautés qui s'offrent a leurs yeux !
Et plus heureufe encore celle qui peut leur plaire !
Il n'eft en la plûpart des lieux

280 Femme d'Echevin, ni de Maire,
De Podeftat, de Gouverneur,
Qui ne tienne à fort grand honneur
D'avoir en leur Regiftre place.
Les cœurs que l'on croyoit de glace
285 Se fondent tous à leur abord.
J'entends déja maint efprit fort
M'objeéter que la vraifemblance
N'eft pas en ceci tout-à-fait:
Car, dira-t on, quelque parfait
290 Que puiffe être un galant dedans cette fcience,
Encor faut-il du tems pour mettre un cœur à bien.
S'il en faut, je n'en fai rien ;
Ce n'eft pas mon métier de cajoler perfonne:
Je le rends comme on me le donne ;
295 Et l'Ariofte ne ment pas.
Si l'on vouloit à chaque pas
Arrêter un conteur d'hiftoire,
Il n'auroit jamais fait ; fuffit qu'en pareil cas
Je promets à ces gens quelque jour de les croire.

300 Quand nos Avanturiers eurent goûté de tout,
(De tout un peu, c'eft comme il faut l'entendre)
Nous mettrons, dit Aftolfe, autant de cœurs à bout
Que nous voudrons en entreprendre ;
Mais je tiens qu'il vaut mieux attendre.
305 Arrêtons-nous pour un tems quelque part ;
Et cela plûtôt que plus tard ;
Car en amour, comme à la table,
Si l'on en croit la Faculté,
Diverfité de mets peut nuire à la fanté.
310 Le trop d'affaires nous accable :
Ayons quelque objet en commun:
Pour tous les deux c'eft affez d'un.
J'y confens, dit Joconde, & je fais une Dame
Près de qui nous aurons toute commodité.
315 Elle a beaucoup d'efprit, elle eft belle, elle eft femme
D'un des premiers de la Cité.
Rien moins, reprit le Roi, laiffons la qualité:
Sous les cottillons des Grifettes
Peut loger autant de beauté,
320 Que fous les jupes des Coquettes.
D'ailleurs, il n'y faut point faire tant de façon,

Etre en continuel soupçon,
Dépendre d'une humeur fiere, brusque ou volage :
Chez les Dames de haut parage
325 Ces choses sont à craindre, & bien d'autres encor.
Une Grisette est un thrésor ;
Car sans se donner de la peine,
Et sans qu'aux Bals on la promeine,
On en vient aisément à bout ;
330 On lui dit ce qu'on veut, bien souvent rien du tout.
Le point est d'en trouver une qui soit fidelle :
Choisissons-la toute nouvelle,
Qui ne connoisse encor ni le mal ni le bien.
Prenons, dit le Romain, la fille de notre hôte,
335 Je la tiens pucelle sans faute ;
Et si pucelle qu'il n'est rien
De plus puceau que cette belle :
Sa poupée en fait autant qu'elle.
J'y songeois, dit le Roi, parlons-lui dès ce soir.
340 Il ne s'agit que de savoir,
Qui de nous doit donner à cette Jouvencelle,
Si son cœur se rend à nos vœux,
La premiere leçon du plaisir amoureux.
Je sai que cet honneur est pure fantaisie ;
345 Toutefois étant Roi l'on me le doit céder ;
Du reste il est aisé de s'en accommoder.
Si c'étoit, dit Joconde, une cérémonie,
Vous auriez droit de prétendre le pas,
Mais il s'agit d'un autre cas.
350 Tirons au sort, c'est la justice ;
Deux pailles en feront l'office.
De la chape à l'Evêque, hélas ! ils se battoient,
Les bonnes gens qu'ils étoient.

Quoi qu'il en soit, Joconde eut l'avantage
355 Du prétendu pucelage.
La belle étant venue en leur chambre le soir,
Pour quelque petite affaire ;
Nos deux Avanturiers près d'eux la firent seoir,
Louerent sa beauté, tâcherent de lui plaire,
360 Firent briller une bague à ses yeux.
A cet objet si précieux
Son cœur fit peu de résistance.
Le marché se conclut, & dès la même nuit,

Toute l'Hôtellerie étant dans le silence,
365　Elle les vient trouver sans bruit.
Au milieu d'eux ils lui font prendre place,
Tant qu'enfin la chose se passe
Au grand plaisir des trois, & sur tout du Romain,
Qui crut avoir rompu la glace.
370　Je lui pardonne, & c'est en vain
Que de ce point on s'embarasse.
Car il n'est si sotte après tout
Qui ne puisse venir à bout
De tromper à ce jeu le plus sage du monde :
375　Salomon qui grand Clerc étoit,
Le reconnoît en quelque endroit,
Dont il ne souvint pas au bon homme Joconde.
Il se tint content pour le coup,
Crut qu'Astolfe y perdoit beaucoup.
380　Tout alla bien, & Maître Pucelage
Joua des mieux son personnage.
Un jeune gars pourtant en avoit essayé.
Le tems à cela près fut fort bien employé,
Et si bien que la fille en demeura contente.
385　Le lendemain elle le fut encor,
Et même encor la nuit suivante.
Le jeune gars s'étonna fort
Du refroidissement qu'il remarquoit en elle :
Il se douta du fait, la gueta, la surprit,
390　Et lui fit fort grosse querelle.
Afin de l'appaiser la belle lui promit,
Foi de fille de bien, que sans aucune faute
Leurs Hôtes délogés elle lui donneroit
Autant de rendez-vous qu'il en demanderoit.
395　Je n'ai souci, dit il, ni d'Hôtesse ni d'Hôte :
Je veux cette nuit même, ou bien je dirai tout.
Comment en viendrons-nous à bout ?
(Dit la fille fort affligée)
De les aller trouver je me suis engagée :
400　Si j'y manque, adieu l'anneau,
Que j'ai gagné bien & beau.
Faisons que l'anneau vous demeure,
Reprit le garçon toute à l'heure.
Dites-moi seulement, dorment-ils fort tous deux !
405　Oui, reprit-elle ; mais entr'eux
Il faut que toute nuit je demeure couchée :

Et

Et tandis que je fuis avec l'un empêchée,
L'autre attend fans mot dire, & s'endort bien fouvent,
Tant que le fiege foit vacant,
410 C'eft-là leur mot. Le gars dit à l'inftant,
Je vous irai trouver pendant leur premier fomme.
Elle reprit: Ah! gardez-vous-en bien,
Vous feriez un mauvais homme.
Non, non, dit-il, ne craignez rien,
415 Et laiffez ouverte la porte.
La porte ouverte elle laiffa:
Le galant vint & s'approcha
Des pieds du lit; puis fit en forte
Qu'entre les draps il fe gliffa;
420 Et Dieu fait comme il fe plaça;
Et comme enfin tout fe paffa;
Et de ceci ni de cela,
Ne fe douta le moins du monde,
Ni le Roi Lombard ni Joconde.
425 Chacun d'eux pourtant s'éveilla
Bien étonné de telle aubade.
Le Roi Lombard dit à part foi,
Qu'a donc mangé mon camarade?
Il en prend trop; & fur ma foi,
430 C'eft bien fait s'il devient malade.
Autant en dit de fa part le Romain.
Et le garçon ayant repris haleine,
S'en donna pour le jour & pour le lendemain;
Enfin pour toute la femaine.
435 Puis les voïant tous deux rendormis à la fin,
Il s'en alla de grand matin,
Toujours par le même chemin,
Et fut fuivi de la Donzelle,
Qui craignoit fatigue nouvelle.

440 Eux éveillés, le Roi dit au Romain,
Frere, dormez jufqu'à demain:
Vous en devez avoir envie,
Et n'avez à préfent befoin que de repos.
Comment? dit le Romain; mais vous-même, à propos,
445 Vous avez fait tantôt une terrible vie.
Moi! dit le Roi, j'ai toujours attendu:
Et puis voïant que c'étoit temps perdu,
Que fans pitié ni confcience

Vous vouliez jufqu'au bout tourmenter ce tendron,
450   Sans en avoir d'autre raifon
    Que d'éprouver ma patience;
Je me fuis, malgré moi, jufqu'au jour rendormi.
    Que s'il vous eût plu, notre ami,
    J'aurois couru volontiers quelque pofte.
455 C'eût été tout, n'ayant pas la rifpofte,
    Ainfi que vous, qu'y feroit-on?
    Pour Dieu, reprit fon compagnon,
Ceffez de vous railler, & changeons de matiere.
Je fuis votre Vaffal, vous l'avez bien fait voir.
460 C'eft affez que tantôt il vous ait plu d'avoir
    La fillette toute entiere.
    Difpofez-en ainfi qu'il vous plaira;
Nous verrons fi ce feu toujours vous durera.
Il pourra, dit le Roi, durer toute ma vie,
465 Si j'ai beaucoup de nuits telles que celle-ci.
Sire, dit le Romain, tréve de raillerie,
Donnez-moi mon congé, puifqu'il vous plaît ainfi.
Aftolfe fe piqua de cette répartie;
Et leurs propos s'alloient de plus en plus aigrir,
470   Si le Roi n'eût fait venir
    Tout incontinent la belle.
    Ils lui dirent, jugez-nous,
    En lui contant leur querelle,
    Elle rougit, & fe mit à genoux;
475   Leur confeffa tout le myftere.
    Loin de lui faire pire chere,
Ils en rirent tous deux: l'anneau lui fut donné,
    Et maint bel écu couronné,
Dont peu de tems après on la vit mariée,
480   Et pour pucelle employée.

    Ce fut par-là que nos Avanturiers
    Mirent fin à leurs avantures,
    Se voïant chargés de Lauriers
Qui les rendront fameux chez les races futures:
485 Lauriers d'autant plus beaux qu'il ne leur en coûta
    Qu'un peu d'adreffe, & quelques feintes larmes;
Et que loin des dangers & du bruit des allarmes
    L'un & l'autre les remporta.
Tout fiers d'avoir conquis les cœurs de tant de belles,
490   Et leur Livre étant plus que plein,

Le Roi Lombard dit au Romain ;
Retournons au logis par le plus court chemin :
Si nos femmes font infidelles ,
Confolons-nous ; bien d'autres le font qu'elles.
495 La conftellation changera quelque jour :
Un tems viendra , que le flambeau d'Amour
Ne brûlera les cœurs que de pudiques flâmes :
A préfent on diroit que quelque Aftre malin ,
Prend plaifir aux bons tours des maris & des femmes.
500   D'ailleurs tout l'Univers eft plein
De maudits enchanteurs , qui des corps & des ames ,
Font tout ce qu'il leur plaît : favons-nous fi ces gens
   (Comme ils font traîtres & méchans ,
Et toujours ennemis , foit de l'un , foit de l'autre)
505 N'ont point enforcelé , mon époufe & la vôtre ?
   Et fi par quelque étrange cas
Nous n'avons point crû voir chofe qui n'étoit pas ?
Ainfi que bons Bourgeois achevons notre vie ,
Chacun près de fa femme , & demeurons-en là.
510 Peut être que l'abfence ou bien la jaloufie ,
Nous ont rendu leurs cœurs , que l'Hymen nous ôta.
Aftolfe rencontra dans cette prophétie.
Nos deux Avanturiers au logis retournés ,
Furent très-bien reçûs , pourtant un peu grondés ;
515   Mais feulement par bienféance.
L'un & l'autre fe vit de baifers regalé.
On fe récompenfa des pertes de l'abfence.
   Il fut danfé , fauté , balé :
   Et du Nain nullement parlé ,
520   Ni du Valet comme je penfe.
Chaque époux s'attachant auprès de fa moitié ,
Vécut en grand foulas , en paix , en amitié ,
Le plus heureux , le plus content du monde.
La Reine à fon devoir ne manqua d'un feul point :
525   Autant en fit la femme de Joconde :
   Autant en font d'autres qu'on ne fait point.

HISTOIRE

DE

JOCONDE,

TRADUITE ET IMITÉE

DE L'ARIOSTE,

Par Monsieur BOUILLON.

BEAU Sexe à qui dès mon jeune âge,
J'ai toujours rendu tant d'hommage
Et vous Amans qui respectez
La gloire des jeunes Beautez,
5 Pardonnez si j'ose traduire
Une Histoire qui vous peut nuire,
Et si j'expose aux yeux de tous
Ce qui vous doit mettre en courroux:
Bien loin de faire voir au monde
10 Le discours qu'on fait de Joconde.
Comme rempli de verité,
Je le soutiens mal inventé,
Faux, médisant & détestable
Et même indigne de la fable.
15 Moi dont les plaintes & les vers
Ont fait voir à tout l'Univers
Le respect que j'ai pour les Dames,
Et l'infortune de mes flammes,
Je sai trop ce que m'ont coûté
20 Mes amours & leur cruauté,
Ainsi je voi comme des songes
Et l'Arioste & ses mensonges:
Et vous pouvez ainsi que moi
N'avoir pour eux jamais de foi.
25 Si quelqu'ame vindicative
Vouloit prendre l'affirmative

Pour détruire ce que je dis
Au mépris de quelque Philis,
Je le renvoie en Italie
30 Où les maris ont la folie
De se montrer toujours jaloux
Et de vouloir sous des verroux
Tenir les volontés des femmes,
Comme si les brûlantes flammes
35 Ou de Vulcain ou de l'Amour
Se cachoient au creux d'une Tour,
Comme si la fille d'Acrise
En avoit été moins surprise,
Et si l'on ne se moquoit pas
40 Des inutiles cadenats.
La vertu des femmes s'irrite
Par la précaution maudite
Que font naître les vains soupçons
De ces gens par de-là les monts ;
45 Et si quelques-uns ont pu croire,
Que Joconde fût une histoire,
C'est en ce païs malheureux
Où c'est une histoire pour eux.
Elle est pour eux trop veritable,
50 Mais pour nous ce n'est qu'une fable,
Et, s'il vous plaît de l'écouter,
Je m'en vai vous la raconter.
Astolfe Roi de Lombardie,
A qui son frere plein de vie
55 Laissa l'Empire glorieux
Pour se faire Religieux,
Nâquit d'une forme si belle
Que Zeuxis & le grand Apelle
De leur docte & fameux pinceau
60 N'ont jamais rien fait de si beau.
Mais si sa grace sans pareille,
Etoit du monde la merveille,
Plus beau cent fois il se croyoit
Que le monde qui le voyoit.
65 Il n'estimoit rien sa couronne
Ni les avantages que donne
Le Roïal éclat de son sang,
Il méprisoit ce premier rang

Qu'il tenoit entre tous les Princes
70 Dans les Italiques Provinces:
Il comptoit pour rien ſes thréſors
Au prix des charmes de ſon corps,
Que mille flateuſes louanges
Elevoient au-deſſus des Anges.
75 Entre pluſieurs gens de ſa Cour
Le Roi s'enquit de Fauſte un jour,
Si jamais il avoit vû naître,
Depuis qu'il ſe pouvoit connoître,
Rien qui fût comparable à lui;
80 Et ce lui fut un grand ennui
Quand Fauſte banniſſant la crainte
Lui tint ce langage ſans feinte:
    Seigneur, je croi que le Soleil
Ne voit rien qui vous ſoit pareil
85 Si ce n'eſt mon frere Joconde,
Qui n'a point de pareil au monde;
Et s'il paroiſſoit devant vous,
Je croi qu'au jugement de tous
Il emporteroit la victoire.
90 Le Roi ne voulut point le croire,
Mais afin de le mieux ſavoir
Il ſe ſervit de ſon pouvoir,
Et d'un accent un peu ſevere
Il dit qu'il vouloit voir ce frere.
95 Fauſte avoit beau ſe tourmenter,
Il avoit beau repréſenter
Que ſon frere étoit un jeune homme,
Nourri dans les plairs de Rome,
Qu'il n'en étoit jamais ſorti,
100 Qu'il avoit choiſi le parti
D'y paſſer doucement ſa vie,
Que de venir juſqu'à Pavie,
C'étoit aller au Tanaïs:
Qu'il n'aimoit rien que ſon païs,
105 Que ſa fortune étoit honnête,
Qu'il ne ſe mettoit point en quête
Pour amaſſer de plus grands biens,
Qu'il étoit trop content des ſiens,
Qu'avec eux il vivoit tranquille:
110 D'ailleurs qu'il étoit difficile

De le tirer de ſa maiſon
Où ſon cœur étoit en priſon
Auprès de ſon aimable femme;
Qu'ils n'étoient qu'un corps & qu'une ame,
115 Et que de ſéparer leur corps
C'étoit leur donner mille morts.
Malgré ce diſcours raiſonnable,
Le Prince fut inéxorable,
Et joignant à ſes volontés
120 De grandes liberalités,
Pour ne le pas mettre en colere,
Fauſte s'en va querir ſon frere.
Il part & fait tant de chemin
Qu'en peu de jours le mur Romain
125 Et la maiſon qui l'a vu naître
A ſes yeux ſe firent paroître.
Là, ce que la dextérité,
Pour vaincre une difficulté,
Au cœur d'un Courtiſan inſpire,
130 Fauſte ſe ſouvint de le dire,
Et ſut par un diſcours flateur
Surmonter ſon frere & ſa ſœur.
Le jour fut pris pour le voyage,
Joconde fait ſon équipage,
135 Il dreſſe un magnifique train;
Il choiſit des chevaux de main;
Mais toute ſa magnificence
Parut ſur-tout en la dépenſe
De ſes riches habits dorés,
140 Car il ſait que les gens parés
D'or, de plume & d'étoffe fine
En ont ſouvent meilleure mine.
Deux ou trois nuits avant le jour
Qu'il falloit vaincre ſon amour
145 Pour prendre congé de ſa femme,
En des termes tout pleins de flamme
Elle lui diſoit, cher Epoux,
Comment pourrai-je être ſans vous?
Votre préſence fait ma vie,
150 Et je ſens qu'elle m'eſt ravie
En ce départ trop rigoureux,
Qui nous va ſéparer tous deux.

Hélas! par de cruels fupplices
Je vais bien payer les délices
155 Que vous m'avez fait reffentir,
Et je dois bien me repentir
D'avoir trouvé fi defirables,
Ces biens charmans & peu durables:
Et que mon cœur feroit heureux
160 S'il pouvoit mourir avec eux!
A ces mots elle ouvrit la bouche
Et de larmes baignant fa couche,
Ses fanglots, fes foupirs, fes pleurs,
A l'envi montroient fes douleurs.
165 Joconde fon mari fidelle
Pleuroit amerement comme elle,
Mais il lui juroit mille fois
Qu'il reviendroit avant deux mois,
Et que fon funefte voyage
170 Ne dureroit pas davantage,
Quand à deffein de l'engager
Aftolfe voudroit partager
Pour lui fon propre Diadême,
Son Thrône, & fa richeffe extrême.
175 Joconde par tous fes difcours
Ne pouvoit arrêter le cours
Des pleurs de fa femme affligée :
Le mal où fon ame eft plongée
Rend deux mois à paffer fi lents
180 Qu'ils font pour elle deux mille ans,
Et le mari qui la confole
Voudroit retirer fa parole,
Mais le repentir étant vain,
La Dame fe tira du fein
185 Une Croix pleine de reliques,
Précieufe & des plus antiques
Qui fut de la fainte Sion
Rapportée en dévotion,
Jadis à la ville de Rome,
190 Par un Pelerin fort faint homme,
Et cet homme faint & pieux
En fit un don à fes ayeux.
La jeune Dame inconfolable
Lui fit ce préfent agréable

195 Pour être d'elle à l'avenir
Un aimable & doux souvenir.
L'Epoux plein de tendresse & d'aise
Reçoit son présent & le baise ;
Disant qu'elle seroit toujours
200 L'objet de ses chastes amours,
Qu'il ne lui faloit point de gage
Pour conserver sa belle image
Jusques à ce dernier moment
Qui le mettroit au monument.
205 Enfin , la nuit des nuits la pire
Précédant l'adieu qu'il faut dire ,
La Dame se pâme à tous coups
Entre les bras de son Epoux ,
Et de mille douleurs atteinte
210 Elle n'épargne ni la plainte ,
Ni les larmes , ni les soupirs ,
Pour témoigner ses déplaisirs.
Joconde une heure avant l'Aurore
Quitte sa femme qu'il adore ,
215 Et si-tôt que l'adieu fut dit
Elle va se mettre au lit.
L'Epoux au sortir de la Ville
N'avoit guere fait plus d'un mille ,
Qu'il se souvint , pauvre insensé ,
220 Sous son chevet d'avoir laissé
Cette Croix que tant il revere ,
Cet aimable & beau Reliquaire ,
Ce gage précieux & saint
Du lien sacré qui l'étreint.
225 Hélas ! disoit-il en soi-même ,
Que pensera celle que j'aime ,
Me voyant d'un cœur méprisant
Oublier ainsi son présent ?
Malheureux ! est-il quelque excuse
230 Pour faire qu'elle ne m'accuse
De n'avoir pas bien estimé
Un don si digne d'être aimé ?
Après une telle conduite ,
D'envoyer quelqu'un de ma suite ,
235 Ce seroit aussi lui donner
Un sujet de me condamner :

Tome II.   *   Zzz

Il vaut donc mieux aller moi-même.
Lors il pria Faufte qui l'aime
Qu'il lui permît de retourner,
240 Et qu'avant qu'il fût au dîner,
Il le joindroit en affurance.
Il marche en toute diligence,
Il arrive fans faire bruit,
Il monte & pas un ne le fuit,
245 Il trouve fa femme endormie;
Mais par hazard ou par magie
Il trouve auffi fort endormi
Entre fes bras un jeune ami.
L'Amour eft un démon fi traître,
250 Qu'après tout il pourroit bien être
Qu'il auroit fait au pauvre époux
Ce tour pour le rendre jaloux.
Mais que le tout fût un menfonge,
Il ne le prit pas pour un fonge.
255 Et Joconde frottant fes yeux
Afin de le connoître mieux,
Vit ou crut voir un domeftique
Qu'entre tous il croyoit unique
Pour lui garder fidélité.
260 De vous dire l'extrémité
Où la chofe porta Joconde,
Je le laiffe à juger au monde,
Je veux dire ces bonnes gens
Verfez en de tels accidens.
265 Deux ou trois fois il eut envie
De les priver tous deux de vie,
Mais malgré lui l'amour vainqueur
Parla pour l'ingrate en fon cœur,
Et la lui dépeignit fi belle
270 Qu'il eut de la pitié pour elle.
Il crut qu'il étoit à propos
De ne point troubler fon repos,
De peur qu'une furprife telle
Ne lui fût un peu trop cruelle.
275 Il defcend, il monte à cheval,
Tellement preffé de fon mal
Que fon amour & fa colere
Le porte en volant à fon frere.

Il étoit déja si changé
280 Que par son visage alongé
Ses gens jugerent à sa mine
Qu'il avoit l'ame fort chagrine;
Mais pas un ne put deviner
Ce qui le pouvoit chagriner,
285 Si ce n'étoit que sa souffrance
Lui venoit déja de l'absence.
Son frere qui sait l'amitié
Qu'il a pour sa chaste moitié,
Crut qu'il avoit l'ame blessée
290 Pour l'avoir seule au lit laissée;
Mais ce bon frere est dans l'erreur,
Car ce qui lui touche le cœur
Est de l'avoir abandonnée
Un peu trop bien accompagnée :
295 De cent maux Joconde touché
Tenoit l'œil en terre fiché;
En vain son frere le console;
Il n'en tire aucune parole.
Toutes ses meilleures raisons
300 Sont pour Joconde des poisons,
Dont il envenime son ame,
Sur-tout lui parlant de sa femme.
Il ne repose jour ni nuit,
Son déplaisir par tout le suit :
305 Il ne goûte point les viandes,
Quoiqu'on lui serve les friandes:
Ses membres en sont décharnez,
Sa douleur alonge son nez,
Creuse ses yeux, grossit ses lévres;
310 Et sur le tout de grosses fiévres
Pour achever son fier destin
Le viennent surprendre en chemin.
Enfin, ce n'est plus ce Joconde
Tant admiré de tout le monde:
315 Et Fauste qui souffre en son cœur
De le voir mourir en langueur,
Se désespere quand il songe
Que le Roi prendra pour mensonge
Tous les avantageux portraits
320 Qu'il avoit fait de ses attraits.

Enfin , les voilà dans Pavie.
Mais Faufte n'ayant pas envie
Qu'Aftolfe pris à l'impourvû ,
Se moquât de lui l'ayant vû ,
325 Avoit écrit au Roi fon Maître
L'état auquel il pouvoit être.
Plus Joconde fait de pitié ,
Plus le Roi lui fait d'amitié.
Après avoir fait tant de chofes
330 Pour le voir en fon teint de rofes ,
Il a le cœur trop fatisfait
De le voir en fon teint défait.
Un apartement il lui donne
Près de fa Royale perfonne ,
335 Et le vifite à tout moment
Dans ce Royal apartement.
Les bals , les feftins , les mufiques ,
La chaffe & les fêtes publiques ,
Furent fouvent faites pour lui.
340 Mais il y languiffoit d'ennui ;
Et par tout fon ingrate femme
Lui tourmentoit le corps & l'ame :
Devant fa chambre où tout le jour
On lui venoit faire la Cour ,
345 Etoit la galerie antique ;
Où rêveur & mélancholique
Seul il fe promenoit le foir ,
Le cœur outré du défefpoir
Où l'avoit plongé fa mifere.
350 Un jour en ce lieu folitaire
Dans l'obfcurité d'un recoin
Il confidere avec foin ,
Que le plancher & la muraille
Font une ouverture qui baaille ,
355 Et qui donne paffage aux yeux.
Alors Joconde curieux
Par cette muraille fendue
Regarde & voit , Dieux ! quelle vûe !
Il voit ce qui touche fon cœur
360 De reffentiment & d'horreur.
En une chambre fort fecrette
Où la Reine faifoit retraite ,

Sans vouloir que fes confidens
Miffent jamais le pied dedans,
365 Il voit un Nain, un Monftre infâme,
Faifant ce qu'avec fa femme
Avoit à fon dommage fait
Son jeune & bienheureux valet.
A ce fpeétacle épouvantable
370 Hélas! dit-il, eft-il croyable;
Et vois-je bien ce que je voi ?
En ce moment il penfe à foi.
Hé quoi cette Reine adorable,
Dont l'Epoux eft incomparable,
375 Reçoit un monftre dans fon lit,
O Dieux, dit-il, quel appetit!
Et moi pour avoir vû ma femme
Encourir un bien moindre blâme
Avec un garçon des mieux faits,
380 J'ai mille fois fait fon procès.
Le lendemain à l'heure même,
D'un foin & d'une ardeur extrême
Se tranfportant deffus les lieux
Le même objet s'offre à fes yeux,
385 Et tous les jours de la femaine
Il voit le Nain avec la Reine.
Mais fon plus grand étonnement
Eft que la Reine à tout moment
Se plaint qu'il eft un infidéle,
390 Et qu'il n'a point d'amour pour elle.
Jufques-là qu'une fois le Nain
Lui mit le poignard dans le fein,
Lorfque par un fecond meffage,
Ayant appellé ce volage,
395 La confidente qui fait tout
N'en put jamais venir à bout,
Parce que cet amant honnête
Perdoit un tefton à la bête.
A ces ridicules objets
400 Joconde trouve des fujets
De confoler fi bien fon ame,
Que ne fongeant plus à fa femme
Il revient à fon premier point,
Il reprend tout fon embonpoint,

405 Et fe montrant le vrai Joconde,
Il eſt l'étonnement du monde.
Si le Roi veut abſolument
Savoir d'où vient ce changement,
Joconde pas moins ne defire
410 D'ouvrir ſon cœur & de lui dire.
Il veut qu'il ſache le forfait,
Mais qu'il faſſe comme il a fait.
Qu'il ne maltraite point la Reine,
Qu'il diffimule bien ſa haine ;
415 Et pour l'obliger par ferment
A fe taire éternellement,
Il veut que ſa Majeſté jure
La main ſur la ſainte Écriture,
Quoi qu'il voye ou qu'il lui ſoit dit,
420 Qu'il lui faſſe honte ou dépit,
Qu'il n'en tirera point vengeance,
Qu'il gardera bien le ſilence,
Et qu'enfin les auteurs du fait
Ne ſauront jamais qu'il le fait.
425 Le Roi qui croit tout autre choſe
Que ce qu'à voir on le diſpoſe,
Promet & jure franchement :
Joconde lui dit librement
Le ſecret de ſa propre hiſtoire,
430 Fâcheuſe encore à ſa mémoire,
Ce qu'il avoit trouvé chez lui,
Combien de douleur & d'ennui
Il avoit ſenti dans ſon ame
Du crime horrible de ſa femme,
435 Et que ſans un prompt réconfort
Il en feroit ſans doute mort ;
Qu'il avoit à ſon mal extrême
Trouvé remede au Palais même,
Et que dans ſon fort rigoureux
440 Il n'étoit pas ſeul malheureux.
Ayant conté ſon avanture,
Il montre au Roi par l'ouverture
Ce qu'on cherche & qu'on ne peut voir
Sans être au dernier déſeſpoir.
445 Aſtolfe au tourment qui l'affaille
Veut contre l'antique muraille

Sur le champ s'écraſer le front
Pour ne pas ſentir cet affront :
Voyant ainſi ſouiller ſa couche,
450 Il veut aux cris ouvrir la bouche.
Mais il fallut ſe faire effort
Et ſouffrir ſon malheureux ſort.
Car il avoit d'un cœur facile
Juré ſur la ſainte Evangile.
455 Il n'oſe donc ſe parjurer
Mais il peut au moins murmurer.
Que ferai-je, dit-il, Joconde,
Puis qu'à ma douleur ſans ſeconde
Tu défends le reſſentiment ?
460 Seigneur, ſe dit-il hardiment,
Voyons ſi les femmes des autres
Seront chaſtes comme les nôtres :
Et les courant de tout côté
Rendons ce qu'on nous a prêté.
465 Nous avons tous deux tant de charmes,
Qu'elles ſeront pour nous ſans armes,
Et ne réſiſteront jamais,
Puiſqu'elles aiment les plus laids ;
Mais à vos qualitez aimables
470 Si les cœurs ſont inexorables :
Il faut, grand Prince, s'il vous plaît,
Qu'ils ſe rendent à l'intérêt.
Etre abſent, promener ſes flammes,
Pratiquer de nouvelles Dames,
475 Souvent étouffe en peu de jours
Les plus invincibles amours.
Le Roi loue un conſeil ſi ſage,
Et ſans retarder davantage,
Choiſiſſant deux ou trois des ſiens,
480 Il ſort des champs Italiens.
Joconde & lui paſſent en France
Traveſtis & pleins de finance ;
Après, ſuivant leurs erremens,
Ils vont au païs des Flamans.
485 Puis ils paſſent en Angleterre
Et par tout ils portent la guerre
Au ſexe amoureux & charmant,
Dont ils triomphent aiſément.

Celle-ci leur fait des avances,
490 Celle-la veut des récompenses,
Tantôt payeurs, tantôt payez,
Mais d'ordinaire défrayez.
Souvent ils pourfuivent les belles,
Souvent ils font pourfuivis d'elles.
495 Ils féjournent ici deux mois;
Ailleurs ils en féjournent trois.
Ils trouvent par tout, hors en France,
Des coquettes en abondance,
Et le fexe plein de pitié
500 Les confole de leur moitié.
Enfin laffez de cette vie,
De périls fans ceffe fuivie,
Le Roi ne veut plus pour tous deu.
A voir qu'un objet amoureux,
505 Puifque dans le fiécle où nous fommes
Au fexe il faut au moins deux hommes,
Je t'aime mieux pour compagnon,
Se dit-il, qu'un autre mignon :
Ainfi nous vivrons à notre aife,
510 Sans qu'une avanture mauvaife
Vienne jamais mal-à-propos
Perfecuter notre repos.
Car nos femmes, quoique peu fages,
Pour nous ne feroient point volages,
515 Si pour arrêter leurs efprits
Les Loix leur donnoient deux maris;
Et les trouvant toujours fidelles
Nous ferions trop fatisfaits d'elles.
Joconde unit fa volonté
520 A celle de fa Majefté.
    Après avoir avec le Prince
Couru de Province en Province,
Enfin le Romain Cavalier
Chez un Efpagnol Hôtelier
525 Logé fur le pont de Valence,
Trouve une fille en apparence
Fort pleine de civilité,
Mais fur-tout de rare beauté.
Elle étoit en cet âge tendre
530 Que les Doctes les favent prendre.

Le

Le pere d'enfans furchargé,
D'une âge caduc affligé,
Avoit été toute fa vie
Ennemi de gueuferie,
535 Et dans un pareil fentiment
On le réfolut aifément
A ne pas refufer fa fille
Pour en décharger fa famille;
Puifque fur tout on l'affuroit
540 Qu'en bonnes mains elle feroit.
La fille comme fort bien née,
Fut affez tôt perfuadée
Et fon ame fans fe trahir
Ne pouvoit pas défobéir.
545 Elle fe met donc en campagne
Pour courir avec eux l'Efpagne,
Et tous marchent affez long-temps
Les uns des autres fort contens.
Enfin cette noble famille
550 Arrive aux portes de Seville,
Et le Roi n'eut pas plûtôt pris
Le meilleur de tous les logis,
Qu'en fa compagnie ordinaire,
Suivant la méthode étrangere,
555 Il va pour voir les raretez
De cette Reine des Citez,
Et Fiamette cette belle,
C'eft ainfi que chacun l'appelle;
Demeure feule avec les gens
560 A la garder trop diligens.
Dans l'auberge étoit un jeune homme
Que le Grec tout le monde nomme,
Domeftique de la maifon,
Et ce Grec ou ce beau garçon
565 Avoit fervi chez Fiamette,
Et l'aimoit d'une amour fecrette.
Ils fe connurent auffi-tôt,
Mais tous deux ne fe dirent mot
De peur que tel qui les regarde
570 Ne s'en doutât y prenant garde:
Enfin, quand il en vit le jour,
Le Grec preffé de fon amour

L'interroge & la questiohne
A qui des deux est sa personne,
575 De l'un ou de l'autre Seigneur.
Elle lui découvre son cœur
Lui racontant la chose nette.
Hélas , ce dit-il , Fiamette ,
Quand j'esperois vivre content
580 Avec toi que j'aime tant,
Tu t'en vas , & mon cœur ignore
Si mes yeux te verront encore.
Cruelle , veux-tu rendre vains
Et ma conduite & mes desseins ?
585 J'avois épargné miserable
Une somme considerable
De tous les présens que me font
Les gens qui viennent & qui vont ,
Et je croyois en mariage
590 Te donner un vrai témoignage
De la flamme que j'ai pour toi ,
Et ton cœur me manque de foi.
A ce discours la fille émue
Tient sur le Grec toujours la vûe :
595 Elle se tait & d'un regard
Elle lui dit qu'il vient trop tard :
Le garçon se plaint & soupire ,
Veux-tu que je meure en martyre ?
Ce dit-il , au moins à loisir
600 Accorde-moi ce doux plaisir
De te pouvoir dire ma peine :
Elle qui n'est pas inhumaine
Lui dit ; mon cœur plein d'amitié
A pour tes feux tant de pitié ,
605 Qu'il feroit des choses plus grandes
Que celles que tu me demandes :
Mais on m'observe avec rigueur.
Cruelle , dit-il , si ton cœur
Avoit pour moi quelque tendresse ,
610 Tu ferois ce dont je te presse ,
Et la nuit peut facilement
Cacher le larcin d'un amant.
Comment le pourrai-je , dit-elle ,
Moi qu'une fortune cruelle

615 Attache entr'eux inceffamment?
Permets-moi, dit-il, feulement
De prendre le foin de l'affaire.
Quelque tems elle délibere,
Mais enfin elle fe réfout
620 Pour fon amant à vaincre tout,
Et le garçon lui fait comprendre
La maniere qu'il s'y faut prendre.
O Dieux! quelle rufe & quel tour
Ne nous enfeigne point l'Amour!
625 Et voit-on des têtes fi fines
Que fes refforts & fes machines
Ne prennent point à dépourvû
Par quelque effet qu'on n'a point vû?
Il faut furprendre ici deux ames
630 Savantes fur le fait des femmes,
Et dans le métier qu'elles font
Qui les doivent connoître à fond.
La fille auffi jeune que belle
N'avoit point d'autre lit pour elle,
635 Que le lit qu'Aftolfe en chemin
Partageoit avec le Romain,
Et quand le Roi tenoit fujette
Ainfi la jeune Fiamette,
C'étoit que le Prince avoit peur
640 Qu'on n'attentât à fon honneur:
Car d'une volonté fincere
Il avoit promis à fon pere
Qu'il garderoit en fûreté
La fille dans fa chafteté;
645 Et les fermens & les paroles
Chez les Rois ne font point frivoles.
Le Grec qui fonge au doux plaifir
De fatisfaire fon defir,
Ne peut trouver rien qui l'arrête
650 Pour parvenir à fa conquête.
Lorfqu'il croit que les deux amis
Profondément font endormis,
Brûlé du feu qui le tranfporte
Il vient doucement à la porte,
655 Il l'ouvre, & dans l'obfcurité
Il fe conduit à pas compté:

A aaa ij

Il se soutient , & sur la terre
Il marche comme sur du verre :
Il porte un bras devant ses yeux ,
560 Et de l'autre il sonde les lieux ,
Tant qu'il vient à la couche heureuse
Où reposoit son amoureuse.
De vous dire qu'en ce moment
Le cœur de l'un & l'autre amant
565 Fût dans un état bien tranquille ,
C'est ce qui seroit inutile :
Mais le garçon ne se rend pas ,
Il leve adroitement les dras ,
Par les pieds il passe la tête ,
570 Il se glisse & point ne s'arrête
Que la belle fille & le Grec
Ne se trouvassent bec à bec.
Là , sans en dire davantage ,
Fut consommé le mariage ;
575 Et le garçon avant le jour
Tout enyvré de son amour ,
Le cœur content & plein de joie ,
S'en alla par la même voye.
    Quand le Soleil par ses clartez
580 Eut banni ses obscuritez
Pour redonner le jour au monde ,
Le Roi levé dit à Joconde,
Cher ami , je trouve à propos
Que tu te donnes du repos.
585 Après tant & tant de merveilles
Je croi qu'il faut que tu sommeilles ,
Et que le lit par sa vertu
Remette ton cœur abattu.
A cette douce raillerie,
590 Usant de même batterie ,
Joconde répondit au Roi ,
Autant que vous avez sur moi
D'avantage dans la naissance ,
Autant vous l'avez en vaillance ;
595 Et peu de gens, sans vous flater ,
Oseroient vous le disputer.
Mais ici ce qui fait ma peine
Est que votre promesse est vaine ;

Et que le cœur d'un si grand Roi
700 Manque de parole & de foi.
Croyez-vous avoir l'ame nette
De garder ainsi Fiamette ?
Est-ce là cette chasteté
Dont vous aviez tant protesté
705 De vous rendre dépositaire
Quand vous la prîtes de son pere ?
Au moins, Seigneur, je vous le dy,
C'est votre affaire & songez-y.
Le Roi d'une façon galante
710 Pousse cette guerre innocente :
Mais à force de répliquer
Son ame vient à se piquer,
Et pour la rendre satisfaite
Il a recours à Fiamette.
715 Voyant qu'Astolfe est en courroux,
La fille embrasse ses genoux
Et d'une façon ingenuë,
Lui dit la chose toute nuë.
Alors surpris d'étonnement
720 Ils se turent pour un moment.
Se regardant sans se rien dire :
Mais enfin un éclat de rire
Les ayant pris, peu s'en fallut
Que le Roi même n'en mourut :
725 Après avoir avecque peine
Repris le vent de leur haleine
Et séché les larmes du ris,
Ces inséparables amis
Se dirent ainsi l'un à l'autre :
730 Dieux ! quelle foiblesse est la nôtre
Et n'est-ce pas être bien fous
De croire qu'un sexe pour nous,
Après une telle avanture,
Gardera sa foi toute pure ?
735 Quand nous aurions cent fois plus d'yeux
Qu'on ne voit d'astres dans les Cieux,
Nous n'empêcherions pas nos femmes
D'avoir d'illégitimes flammes,
Et de prendre assez bien leur tems
740 Pour rendre leurs desirs contens.

Après tant de preuves fecrettes
Que du fexe nous avons faites,
Si nous ne le connoiffions pas,
Nous avons tort, & de ce pas
745 Sans nous amufer davantage
A prolonger notre voyage,
Allons nous rendre en nos maifons
Et par mille bonnes raifons
Croyons qu'entre toutes les belles
750 Nos femmes font des plus fidéles.
Après avoir ainfi conclu,
Sur le champ il fut réfolu,
Pour rendre la chofe complette,
Que le Grec & la Fiamette,
755 En préfence de cent témoins,
En mariage feront joints.
Et le Roi leur fit des largeffes,
Qui les comblerent de richeffes,
Dont ils lui dirent grand merci,
760 Et l'hiftoire finit ainfi.

Fin du Tome Second.

TABLE
DES MATIERES
Contenues dans ce second Volume.

A

Fin de la Table des Matieres du Tome Second.

PRIVILEGE DU ROY.

LOUIS PAR LA GRACE DE DIEU, Roy de France & de Navarre, A nos amés & féaux Conseillers, les Gens tenans nos Cours de Parlement, Maître des Requêtes ordinaires de notre Hôtel, Grand-Conseil, Prevôt de Paris, Baillis, Sénéchaux, leurs Lieutenans Civils, & autres nos Justiciers qu'il appartiendra: SALUT. Notre bien amée, la Veuve de JEAN-BARTHELEMI ALIX, Libraire à Paris; Nous ayant fait remontrer qu'elle souhaiteroit faire imprimer & donner au Public les Oeuvres du Sieur BOILEAU DESPREAUX, avec des éclaircissemens historiques, nouvelle édition, *perillustris viri Nic. BOILEAU DESPREAUX Opera è Gallicis numeris in Latinos translata à D. Godeau antiquo Rectore Universitatis studii Parisiensis*, s'il Nous plaisoit lui accorder nos Lettres de Privilége sur ce nécessaires: offrant pour cet effet de les faire imprimer en bon papier & beaux caractères suivant la feuille imprimée & attachée pour modèle sous le contrescel des Présentes. A CES CAUSES voulant traiter favorablement ladite Exposante. Nous lui avons permis & permettons par ces Présentes, de faire imprimer lesdits Ouvrages ci-dessus spécifiés en un ou plusieurs volumes, conjointement ou séparement, & autant de fois que bon lui semblera, & de les vendre, faire vendre, & débiter par tout notre Royaume, pendant le tems de vingt années consécutives, à compter du jour de la date desdites Présentes. Faisons défenses à toutes sortes de personnes, de quelque qualité & condition qu'elles soient, d'en introduire d'impression étrangère dans aucun lieu de notre obéissance : comme aussi à tous Libraires, Imprimeurs, & autres, d'imprimer, faire imprimer, vendre, faire vendre, débiter ni contrefaire lesdits Ouvrages ci-dessus exposés, en tout ni en partie, ni d'en faire aucuns extraits, sous quelque prétexte que ce soit d'augmentation, correction, changement de titre ou autrement, sans la permission expresse & par écrit de ladite Exposante, ou de ceux qui auront droit d'elle, à peine de confiscation des Exemplaires contrefaits, de six mille livres d'amende contre chacun des Contrevenans, dont un tiers à Nous, un tiers à l'Hôtel-Dieu de Paris, l'autre tiers à ladite Exposante, & de tous dépens, dommages, & intérêts. A la charge que ces Présentes seront enregistrées tout au long sur le Registre de la Communauté des Libraires & Imprimeurs de Paris, dans trois mois de la date d'icelles; que l'impression desdits Ouvrages, sera faite dans notre Royaume & non ailleurs, & que l'Impétrante se conformera en tout aux Réglemens de la Librairie; & notamment à celui du 10 Avril 1725, & qu'avant que de les exposer en vente, les Manuscrits ou imprimés qui auront servi de copie à l'impression desdits Ouvrages seront remis dans le même état où les Approbations y auront été données ès mains de notre très-cher & féal Chevalier le Sieur D'AGUESSEAU, Chancelier de France, Commandeur de nos Ordres, & qu'il en sera ensuite remis deux Exemplaires de chacun dans notre Bibliothéque publique, un dans celle de notre Château du Louvre, & un dans celle de notredit très-cher & féal Chevalier le Sieur D'AGUESSEAU, Chancelier de France, Commandeur de nos Ordres, le tout à peine de nullité des Présentes. Du contenu desquelles vous mandons & enjoignons de faire jouir l'Exposante ou ses ayans cause, pleinement & paisiblement, sans souffrir qu'il leur soit fait aucun trouble ou empêchement. Voulons que la copie desdites Présentes qui sera imprimée tout au long au commencement ou à la fin desdits Ouvrages, soit tenue pour duement signifiée, & qu'aux copies collationnées par l'un de nos amés & féaux Conseillers & Secretaires, foi soit ajoutée comme à l'original, Commandons au premier notre Huissier ou Sergent de faire pour l'exécution d'icelles, tous actes requis & nécessaires, sans demander autre permission, & nonobstant clameur de Haro, Chartre Normande, & Lettres à ce contraires. CAR tel est notre plaisir. DONNÉ à Paris le treiziéme jour de May, l'an de grace mil sept cent quarante, & de notre Regne le vingt-cinquiéme. Par le Roi en son Conseil.

Signé, SAINGON.

Registré sur le Registre X. de la Chambre Royale des Libraires & Imprimeurs de Paris, N°. 376.; F°. 363, conformément aux anciens Reglemens, confirmés par celui du 28 Février 1723. A Paris ce 15. Juin 1740.

Signé, SAUGRAIN, Syndic.

De l'Imprimerie de P. G. LE MERCIER 1740.

www.ingramcontent.com/pod-product-compliance
Lightning Source LLC
Chambersburg PA
CBHW070345030726
47504CB00001B/72